红楼梦人物立体论

欧丽娟 著

著作权合同登记号 图字：01-2017-8790

图书在版编目（CIP）数据

红楼梦人物立体论 / 欧丽娟著. —北京：北京大学出版社，2020.5
ISBN 978-7-301-31061-8

Ⅰ.①红… Ⅱ.①欧… Ⅲ.①《红楼梦》人物 – 人物研究 Ⅳ.① I207.411

中国版本图书馆 CIP 数据核字（2020）第 017609 号

本書為（臺灣）五南圖書出版股份有限公司授權北京大學出版社有限公司在中國大陸出版發行簡體中文版，2017。

书　　　名	红楼梦人物立体论 HONGLOUMENG RENWU LITI LUN
著作责任者	欧丽娟　著
责任编辑	吴　敏
标准书号	ISBN 978-7-301-31061-8
出版发行	北京大学出版社
地　　　址	北京市海淀区成府路 205 号　100871
网　　　址	http://www.pup.cn　新浪微博：@北京大学出版社
电子信箱	pkuwsz@126.com
电　　　话	邮购部 010-62752015　发行部 010-62750672 编辑部 010-62757065
印　刷　者	三河市北燕印装有限公司
经　销　者	新华书店 880 毫米 ×1230 毫米　A5　17 印张　440 千字 2020 年 5 月第 1 版　2025 年 8 月第 4 次印刷
定　　　价	79.00 元

未经许可，不得以任何方式复制或抄袭本书之部分或全部内容。
版权所有，侵权必究
举报电话：010-62752024　电子信箱：fd@pup.pku.edu.cn
图书如有印装质量问题，请与出版部联系，电话：010-62756370

再版序

《红楼梦人物立体论》是十一年前的旧作。"十年"的岁月虽不至于沧海桑田,仍足以从河东到河西,大地改貌,经纬丕变,人生尤其如此。

然而,纵使世事无常,人的知识思想、心性习态却是进展缓慢,甚至带有强大的僵固性,以致往往惯习难改,故有百年树人之说。这十年只是一个短暂的过程,固然知识更新、学术进展为应有的常态,但意识形态所导致的遮蔽效应,仍避免不了在偏光的指引之下原地踏步,一直重复看到已经被看到的东西。如米克·巴尔(Mieke Bal, 1946—)所言:"因为知识引导和涂抹着凝视的目光,由此使对象的某些方面成为可见的,而使其他方面成为不可见的。而且还有另一个方面,可视性不是被看的对象的特征,它也是一种选择的实践,甚至是一种选择的策略,这一选择决定了其他方面甚至对象处于不可见状态。"① 从而,自晚清以迄现代的文化视野,一方面是历史脉络的巨大断层,一方面是粗犷现实的强烈推动,今

---

① [荷]米克·巴尔著,吴琼译:《视觉本质主义与视觉文化的对象》,吴琼编:《视觉文化的奇观》(北京:中国人民大学出版社,2005年12月),页137。

人对古典时代的原貌或者是无知，或者是扭曲，传统世界的湮灭破碎与工具化也就势在难免。

　　受此趋势的引导，人们的观看之道也产生选择性的取舍，红学尤其是红学中的人物论更是如此，太多的人物评论只是在印证既有的成见，褒贬之说本质上更属特定心理的集体宣泄。然而追求真理的前提却是应该要超越个人、捐弃好恶，这又是人性所最难以达到的。若没有意识到"成见"，又岂能破除成见？若不自觉人的存在样态，是可以追求"坚忍、尊贵与无私"，又岂知为了人格的成长，一个人可以做多大的努力？而世界的宏大辽阔、智慧的精深渊奥，足以让七彩光谱无限地延展，更哪堪限缩在单一的苍白里？

　　本书所论，主要是回归字里行间的细读深思，从作品的内在爬梳搜剔，就其存在的根基探本求实，找到文本的内在一致性与深层的有机性，以建立具有持续性、累积性的知识体系。从十年后的河西回望河东，其中只有《〈红楼梦〉析论——"宝"与"玉"之重叠与分化》一章需要部分改写或多面补充，其他各篇的议题却都依然成立，并且在后续的研究上获得更坚实的巩固与扩大，这也让此书的再版仍有学术上的意义。借此机会，修订了一些文字上的错误，增补了若干资料、说明，以期更臻完善。

　　倘若一开始的方向和做法是正确的，那么诚然可以期待终将自有力量奔赴向前，河东与河西不是对立与分歧，而是大地的协调与统一。

欧丽娟

2017 年 8 月于台北

序　言

　　从读者到研究者，从诉诸直觉的、情感的偏好到讲求理性的、思辨的探索，《红楼梦》的意义乃在不断的生成变化之中，视点的挪移与景观的纵深也随之别开生面。而检视这段角色切换的几度春秋，既有自我的冲决，也有与他者的诘辩，"诠释"因此变得充满张力与挑战性。

　　其间我所注意到的有关《红楼梦》人物评论的两个现象，一是以《红楼梦》的博大精深，观书者却选择性地聚焦于若干重要情节的阅读习惯，极易使人忽略对文本的深入／全面之细读始能提供的客观证据，由此所产生的文学批评也就难以避免预设立场的"缺席审判"。一是不少推论乃建立在"曹雪芹认为"的权威态势之下，以此作为检证人物与解读寓意之判准，如此一来，就会将作者好恶的自我表现作为小说评论的重点，而变成一种心理主义分析；更有甚者，评论者往往又不自觉地跃居"作者"的代言人，于是评论者的褒贬才是论述的真正核心。书中人物虽然存在于字里行间，却不能破页而出，与成竹在胸的读者互相对话问难，只能坐以待"批"，在二分法所主宰的道德批判的牢笼里，更不免饱受概念先行的化约待遇，剔骨还肉、削足适履之余，血色鲜丽的活凸人物乃约减为僵直定型的平面模板，人性之复杂、变化、矛盾等辩证冲突的丰富内涵遂尔伸张无门。

　　针对上述的两个现象，首先值得思考的是：身为作者的曹雪芹究竟在哪里？除了"白傅诗灵应喜甚，定教蛮素鬼排场"这两句透过友朋间接保存下来的残诗之外，证示曹雪芹存在的直接痕迹实一无所有，《红楼梦》乃是曹雪芹心灵活动的唯一场域，除了《红楼梦》的文本世界之外，曹雪芹并不存在于其他任何地方；复以曹雪芹从不在文本中径行介入个人评断，一如脂砚斋所指出："妙在此书从不肯自下评注，云此人系何等人，只借书中人闲评一二语，故不得有未密之缝被看书者指出，真狡猾之笔耳。"（庚辰本第四十九回批语）因此，没有人能够凭空掌握所谓的作家之心，而宣称自己可以代表曹雪芹发言。尤其在"作者已死"的现代批评入径中，诠释者自有其不受作者干涉的解读权利，甚至从某个意义来说，文学批评者对文本的阐释权还要高过于创作者本身。就此，加拿大学者弗莱（Northrop Frye, 1912—1991）曾有一段发人深省的见解，所谓："正如约翰·斯图亚特·密尔（John Stuart Mill）在一段精采的具有洞察力的评论中所说的那样，艺术家不是被人聆听，而是被人偷听的。批评的要义是，诗人不是不知道他要说什么，而是他不能说他所知道的。因为，为了从根本上维护批评的存在权，就要假定批评是一种思想和知识的结构，自有其存在的理由，就其所讨论的艺术而言有某种程度的独立性。诗人当然可以有他自己的某种批评能力，因而可以谈论他自己的作品。但是但丁为自己的《天堂》的第一章写评论的时候，他只不过是许多但丁批评家中的一员。但丁的评论自然有其特别的价值，但却没有特别的权威性。人们普遍接受的一个说法是，对于确定一首诗的价值，批评家是比诗的创造者更好的法官。"诗歌如此，小说亦如此。则所谓"作者"的真实意涵，乃是出于读者的诠释视野而来的虚拟主体，是观书人的认知投射，而"曹雪芹"便是对《红楼梦》之各种解读的代言人。

以此之故，任何一种诠释本质上都无异于一种创造，诠释过程中所必须的想象推演和逻辑建构，依然有赖于批评家自身有关社会人生的知识系统与文化素养，始能获得具体的引导方向与形塑模式，并据以达到特定的思考成果。但这并不意味批评家的"创造"是可以顺任主观而凭空幻设得来的，作为一个"法官"，他的任何阐述与论断必须建立在"文本"的大前提之下，必须受制于文本所构成的完整的客观世界；在这个完整的客观世界中，各个情节之间蕴含了有机互渗、彼此牵动的种种讯息，具有互相加强、对立抵销、前后生成、辩证发展等等的复杂关系，并由此决定了判决书的拟写内容。因而，诠释者的想象推演越是具有全面的情节依据，逻辑建构越是足以涵摄这些情节内涵的周延圆满，则其诠释便越是能够逼近文本的真实；而越是伟大的作品，其文本的真实也就势必越是深刻丰富——对人性洞察之深刻，对世情理解之丰富。

为了逼近文本的真实，想象推演与逻辑建构的第一步便是奠基于全面的情节依据上，而这又非"细读"（close reading）不可得。亨利·詹姆斯（Henry James, 1843—1916）早已指出："一部小说是一个有生命的东西，像任何一个别的有机体一样，它是一个整体，并且连续不断，而且我认为，它越富于生命的话，你就越会发现，在它的每一个部分里都包含着每一个别的部分里的某些东西。"由此所推导出的判别原则,则是:"要说某些情节在本质上要比别的情节重要得多,这话听上去几乎显得幼稚。"在这发人深省的认知之下,研究者应该要突破某些受到特殊关注的经典段落的围限,避免针对单一的语词、特定的情节进行片面且过度的道德诠释,而致力于挖掘《红楼梦》全书中所有本质上相关或平行的或隐或显的情节;并在这些情节拼合而成的全景(panorama)上抉发其间的组成原则,以发现任何一段无论多么感人的场景都无法涵摄的深层意义。其结果是令人赞叹于如何从细节建构角色的性格,曹雪芹其实已经做了种种优异的示范,许多被视为理所当然而取得一致解释的情节或人物,在置诸全景之中重新解读之后,都变得更具有道德复杂性而开启多层次的理解空间,导向对人性世情的多元认知。

这样一种对人性世情的多元认知,也似乎可以引领我们眺望到一幅别有天地的景观,那是一个众声喧哗的复调世界,呈现出不被黑白所垄断的彩色光谱;活动其间的是有着立体造型的圆形人物,在言行举止间敷染了深不可测的阴影,以不同的旋律和音色演奏着生命之歌。一如高尔基(Maksim Gorky)所言:"小说需要人物,需要具有其心理底一切错综的人,而在我们这个充满矛盾的社会里面,人的心理是十分混乱的。假使作家把一个人描写成仅仅是一些善行或者仅仅是一些恶行——这就不能满足我们,这就不能说服我们,因为我们知道:人物绝不仅仅是一些罪恶或仅仅是一些善行底贮藏器,而是一个生活在充满矛盾的私有制社会里,带着自己心理底整个复杂性的人。"而弗斯特(E. M. Forster)也区分出扁平人物(flat character）与圆形人物（round character）两种形态，认为："能以令人信服的方式给人以新奇之感"的圆形人物才能短期或长期作悲剧性的表现。这已然是西方小说理论长期探索之后所认知的普遍道理。

因此，浦安迪（Andrew H. Plaks）在谈到《红楼梦》中的寓意（allegory）时，即一反学界普遍采取的二元对立观，而提出"二元补衬"的解读概念，认为："曹雪芹将'真假'概念插入情节——通过刻画甄、贾二氏及'真假'宝玉，通过整个写实的姿态——而扩大读者的视野，使其看到真与假是人生经验中互相补充、并非辩证对抗的两个方面。'太虚幻境'的坊联'假作真时真亦假，无为有处有还无'，毋宁说是含蕴着这一意思的；而《好了歌注解》中'你方唱罢我登场'一句，更可以说暗示着二元取代的关系。这样解释，似乎才符合赖以精心结撰全书的补衬手法。"这种诠释心态正可以避免简单二分法的捕风捉影，还原人性世情中的复杂、深刻与丰满。

在上述成熟小说学理论的启发之下，本书与传统人物论有别之处，乃是从"情节联系的有机化""人物性格的丰富化"双绾交涉的研究方法，挖掘出学界一般忽略的情节作为内证（internal evidence），进行全面的比对与整合；也对一般视为不证自明的叙事过程重新审察，厘清其中之因果关系与发展脉络，从而发现"不疑处"中的矛盾奇异，以及"有疑处"中的人情事理，适度借助心理学、社会学、神话学、叙事学、人类学等知识的阐发，为《红楼梦》中的人物论述开展另一种诠释方向。由此所形成的对小说人物的立体化研究，可以探测到个别角色前后不同的差异与对比，而显现一种来自成长的人格发展或心灵变化；也可以透过同时并存于一身的矛盾不一,来呈示人物性格中丰富乃至纠葛的多元构成关系,而展演出更大的生命广度与人格厚度。对《红楼梦》中人们习以为常而近乎刻板印象(stereo-type)的人物,或许可以提出有别以往的观看角度和理解方式,而重塑崭新的立体形象。

最后必须说明的是,由于《红楼梦》成书过程的特殊情况,不但版本考据独立成为一门学问,续书对整体叙事所造成的统一性问题也依然聚讼纷纭,这些都不免会牵引"文本"的建构,而松动诠释基础的稳定性。为了避免版本歧异与前后冲突所造成的混淆与干扰,本书的分析乃以前八十回为主要范围,相关之引文亦皆依据台北里仁书局所出版,由冯其庸等学者撰定的《红楼梦校注》,此书前八十回以甲戌本、庚辰本为底本,后四十回以程甲本补足,已经学界公认为最接近曹雪芹创作原貌的最佳版本;而考证、索隐等论题,亦与本书专注于文本分析之研究路径有别,为免枝节歧出造成失焦,故论述时多不涉及。如此种种,书中行文时不另一一注明。

阅读研究过程中的诠释与创造是丰足喜悦的,但一面对"生也有涯"的无常情境,却又仅存钻木取火的一丝慰藉;尤其在逼视"落了片白茫茫大地真干净"的终极虚无之际,这些呕沥刻划的文字更只是勉强抗拒大化的微弱存证。经济学者张五常曾说:"学问茫茫大海;学者沧海一粟。一个学者希望争取到的只是那一粟能发出一点光亮罢了。"而一粟之飘忽微渺,光亮之稍纵即逝,令人思之怆然。

欧丽娟

2005 年 12 月于台北

目 录

第一章 《红楼梦》论析——"宝"与"玉"之重叠与分化 001

第一节 前 言 001

第二节 "玉"的一般诠释 002

第三节 "玉"的双重属性 005

第四节 "宝"与"玉"的分化 010

第五节 "宝"与"玉"的重叠 026

第六节 结语：水与石的依存关系 044

第二章 林黛玉立体论——"变／正""我／群"的性格转化 051

第一节 前言：所谓"立体化" 051

第二节 林黛玉之早期性格及其成因 055

第三节 个体封界的消融 070

第四节 续书者对人物发展轨迹之延续 111

第五节 林黛玉之夭亡——《红楼梦》美学原则的确保 122

第三章 薛宝钗论——对《红楼梦》人物论述中几个核心问题的省思　127

第一节　前　言　127
第二节　核心情节的个别分析：世俗人文主义的表现　134
第三节　有关薛宝钗之诗句的阐述　165
第四节　对"面具"恐惧的阅读心理　185
第五节　结　语　192

第四章 "冷香丸"新解——兼论《红楼梦》中之女性成长与二元补衬之思考模式　197

第一节　前言：问题的提出　197
第二节　环绕宝钗之宿疾的相关议题　202
第三节　冷香丸的象征寓意与最初服用的年龄　222
第四节　蘅芜苑与冷香丸的平行同构　234
第五节　女性成长的"通过仪式"　241
第六节　"冷"与"香"的重叠与分化　250
第七节　结语：二元补衬的思考模式　261

第五章 《红楼梦》中的"石榴花"——贾元春新论　265

第一节　前言：花／女性／水之象喻系统　265
第二节　石榴花：元春之代表花　269
第三节　"石榴花"之象征意义　282
第四节　元春的母神地位　298

　　　　第五节　元春的钗、黛取舍观　　　310

　　　　第六节　结　语　　　322

第六章　《红楼梦》中的"灯"——袭人"告密说"析论　　　327

　　　　第一节　前言：问题之产生与反省　　　327

　　　　第二节　"告密说"之解析与辩证　　　333

　　　　第三节　"灯姑娘"与"灯知道"之平行同构　　　359

　　　　第四节　告密逐婢之真凶试探　　　370

　　　　第五节　结　语　　　396

第七章　《红楼梦》中的"狂欢诗学"——刘姥姥论　　　399

　　　　第一节　前　言　　　399

　　　　第二节　"钟漏型"的母神递接模式　　　401

　　　　第三节　小丑/傻瓜/三姑六婆　　　410

　　　　第四节　嘉年华/戏拟/生活话语　　　424

　　　　第五节　食物/秽物："物质—肉体下部形象"与"斥弃心理"　　　438

　　　　第六节　结　语　　　457

第八章　《红楼梦》中的"红杏"与"红梅"——李纨论　　　463

　　　　第一节　立体分析的意义　　　463

　　　　第二节　老梅：竹篱茅舍自甘心的旁观与陷落　　　469

　　　　第三节　稻香村之红杏：余烬中跃动的不安灵魂　　　475

第四节　栊翠庵之红梅：自觉的自我追求与个性实践　497
第五节　对"红杏"与"红梅"的价值评断　506
第六节　结　语　511

论文出处暨说明　513

征引书目　515

第一章
《红楼梦》论析——"宝"与"玉"之重叠与分化

第一节 前 言

　　整部《红楼梦》的主要内容,可以说是集中在描写石头思凡历劫、幻形入世,于富贵场、温柔乡中度过的点滴岁月。宝玉其人不但是传达作者之创作意旨的灵魂人物之一,更是支撑起整个情节发展的唯一栋梁,对这样一位总括全书的首要人物,作者无疑是会以最深的构思来刻意塑造其人其事,而赋予他艺术上和寓意上最大的传示功能。既然认识一个人往往是从名字开始,所谓"人如其名"并非完全是无稽之谈,何况将名字作为掌握一个人的指标,早已是小说艺术的特权,一如小说理论家所指出:"当人物被赋予名字时,这就不仅确定其性别(作为一条规则),而且还有其社会地位、籍贯,以及其他更多的东西。名字也可以是有目的的(motivated),可以与人物的某些特征发生联系。"① 而《红楼梦》之创作更将此一

---

① [荷]米克·巴尔(Mieke Bal)著,谭君强译,万千校:《叙述学:叙事理论导论》(北京:中国社会科学出版社,1995年11月),页95。

特权充分发挥，从姓字名号到各色名物等各个细节都竭尽隐射、象征和假托之能事，达到以一摄万、以简驭繁的最高成就。正如清人洪秋蕃所说："《红楼》妙处，又莫如命名之切。他书姓名皆随笔杂凑，间有一二有意义者，非失之浅率，即不能周详，岂若《红楼》一姓一名皆具精意，惟囫囵读之，则不觉耳。"① 既然作者之苦心亦于"姓氏上着想处"展现，读者必须加以理会始能探得个中三昧，因此如果能够将"贾宝玉"之命名所蕴含的深层意涵加以厘清，对此一伟大世情小说之解析和深入了解，无疑是极有帮助的。

第二节 "玉"的一般诠释

王国维《红楼梦评论》曾指出："生活之本质为何？欲而已矣。"因之认为《红楼梦》一书中"所谓玉者，不过生活之欲之代表而已"。他又引"饮食男女，人之大欲存焉"和"人不婚宦，情欲失半"之古语，标明此"生活之欲"的具体内容乃是"饮食（即宦）"与"男女（即婚）"，并认为"男女之欲尤强于饮食之欲。何则？前者无

---

① （清）洪秋蕃：《红楼梦抉隐》，收入一粟编：《红楼梦卷》（台北：新文丰出版公司，1989年10月），卷3，页238。另外，稍早于洪秋蕃的周春《阅红楼梦随笔》亦曰："看《红楼梦》有不可缺者二，就二者之中，通官话京腔尚易，谙文献典故犹难。倘十二钗册、十三灯谜、中秋即景联句，及一切从姓氏上着想处，全不理会，非但辜负作者之苦心，且何以异于市井之看小说者乎？"见一粟编：《红楼梦卷》，页67。

尽的，后者有限的也；前者形而上的，后者形而下的也。"①

此一说法，曾受到不少学者的支持与引用，如张淑香便曾说："变石为玉，即是将其内在之凡心尘念，憧憬文明的梦幻体现出来，因而此玉本身即是顽石内在欲望的象征，也是了解此欲望之唯一凭恃。"又指出："顽石是本真，美玉是欲幻；顽石是主体，美玉是客体；顽石是真我（I），美玉是假我（Me）。"② 此处将顽石与美玉判然区隔而有真假之分，"欲望"可说是其间的关键。此外，这种"以欲为玉"的诠释，还曾以类似而更为精细的论述在梅新林的分析中重现，而有本质上的相通之处。梅先生透过"石—玉—石"的循环结构来分析《红楼梦》的神话模式，认为其中的"石"所代表的是神性的存在，而"玉"则是俗界形象的表征；作为思凡入世后俗界形象的"玉"，则以"富贵场"和"温柔乡"为其主要追求的两大内涵，而在全书的推衍过程中，两者之比重却又高下有别，最终乃往"温柔乡"倾斜而导致对"富贵场"的否定。③ 从以上的撷要叙述中，我们可以发现：此处所谓的"富贵场"与"饮食（宦）之欲"是一致的，都着重在物质享受的层面；而"温柔乡"则是"男女（婚）之欲"的另一说词，都偏重于两性爱悦的层面；至于温柔

---

① 此文收入王国维等著：《红楼梦艺术论》（台北：里仁书局，1994年12月），分见页2、页9。

② 见张淑香：《顽石与美玉——"红楼梦"神话结构论之一》，《抒情传统的省思与探索》（台北：大安出版社，1992年3月），两段引文分见页234—235、页239。

③ 梅新林：《红楼梦哲学精神》（上海：学林出版社，1997年4月），页70—75。

乡作为超越于富贵场之上的终极价值，也明显与"男女之欲尤强于饮食之欲"的轻重关系若合符节。至此，由富贵场与温柔乡所构成的"俗界"可谓完全是"生活之欲"的展现场域，而"玉"之为"欲"的指涉又获得了再一次的认同。

　　王国维和梅新林两人皆以哲学思想的角度剖析《红楼梦》创作之深层底蕴，不但创发之处启人良多，其分析之深入精切更往往使人叹服。然则，《红楼梦》创作手法之错综交织、其感发寄寓之幽微难测，乃是研读者一致公认的特点，由此也才开展了红学源源不断的研究空间，故而若径以"玉＝欲＝俗界表现（俗性）"之推论法代入作品之中时，则是言其大体模式尚可，言其细部设计则不可；不可之因在于其扞格抵牾之处实是所在多有，乃至到了互相矛盾冲突的地步。

　　我们不能忘记，作者以悠谬吊诡的笔法，往往寓真于假、以假为真，更常透过语言的模棱而导致对真相的更进一步认识，所谓"淫虽一理，意则有别"（第五回），在警幻仙子的分析里，宝玉的"意淫"与一般好色之徒的"皮肤滥淫"乃是判若霄壤、迥不相侔的；同样的逻辑也适用于此，我们可以说"'宝玉'虽一词，意则有别"，"宝"与"玉"两者之意旨虽有同归，却彼此具有本质的差别，不但宝与玉可重叠成词，更可分述为言。因此本章拟尝试由"内证法"再加梳理，也就是根据文本（text）中散见各处、却又潜在呼应的叙述或描写，将之绾合连结、并看同观，进而掇其同、拾其要，从其内在手法中透析出作为全书关键的"玉"之究竟义。

第三节 "玉"的双重属性

　　如前一节所见,学者有以"石—玉—石"的循环架构来指称石头生命的历程,王国维等人亦多以"玉者,欲也"来解释《红楼梦》之旨归。但是"石—玉—石"的循环结构虽然十分具有新意,却非常容易造成混淆,以致使读者误认为"玉"只是代表着石头思凡落入凡间而充满俗性欲望的一个阶段,此外便无其他意义,如此一来便会对整部《红楼梦》产生误读,甚至曲解了其中幽微的意涵,无疑是阅读与诠释上的一大遗憾。

　　事实上,玉的诠释在悠久的历史发展中早已累积了丰富多元而极其复杂的意涵,就传统中的文化礼俗方面而言,学者即指出其功能与意义云:"玉在古代实具有多方面的功能,可用以质盟,可用以祷祝,可用以礼天地四方,礼日月星辰,兼及聘女贡享。只要有严肃意义的场合,玉几乎都可发挥作用。林已奈夫在一篇详尽的论文中,对于玉此种广泛而神秘的功能有所解说。他认为先人如此重视玉,乃因它具有使生命再生的能力,是神祇与祖先灵魂凭依的神具。所以佩玉在身,可增进人的生命力;遗体旁置玉,可望死者复生,至少也可防止尸体腐化,使其色如玉;祭坛用玉,盟约用玉,乃是希望能招灵引神,'实式凭之'。个人认为林已奈夫氏的观察应当是可以成立的,前儒在解释玉的性质的时候,虽或说它是'阳精之纯'(《周礼·天官》"大宗伯",郑锷注);或说它是'阴之阴'(《管子·侈靡篇》);或说它是'神灵滋液'所致(《孝经援神契》);

或以为是'天地之精'的产品（《淮南子·俶真训》）。解说不一，但玉具有种种神秘的力量，可改变人自然的性格，使人与宇宙最深沉的力量发生关联，这样的信念则殊无二致。"①

　　由此可见，玉本身即是一种综合了原始与文明、神性与俗性、自然与人为、素朴与雕琢、无价与有价之对立性质的矛盾体，它既具有天然浑成的质地，却又在人文化成的范畴中，被赋予致灵通神的形上神秘；既来自于清静无为的自然大化之中，本与其他万物平等而无价可言，却又往往沦落在充满私心成见的世俗社会里，背负了人为定义的货利价值而成为论价的对象。玉所具有的这种双重乃至多重而彼此矛盾冲突的特质，就成为《红楼梦》一书赖以呈现其徘徊挣扎于理想与现实、个人和群体之间的特定意象。因此，我们必须清楚地掌握到，在《红楼梦》中一切有关神性与俗性、形上与形下的争议和对抗，都来自于"玉"所蕴含的双重性，以及由此双重性所导致的模棱性，遂而使宝玉这个人成为理想与现实互相冲突的战场，也造成历代读者聚讼不已的来源。

　　事实上，此一"宝"与"玉"重叠而又分化的现象，在《红楼梦》中已有表面可见的端倪可寻。由于《红楼梦》的细腻致密是连命名都不肯轻易放过的，往往透过谐音的联想、字义的暗示等种种方式，将作者隐微深沉的春秋褒贬寄寓其中而曲折表现，因此我们从作者为书中人物命名的匠心中，首先可以注意到与宝玉同属"玉"

---

① 杨儒宾：《离体远游与永恒的回归——屈原作品反应出的思想型态》，《编译馆馆刊》第 22 卷第 1 期（1993 年 6 月），页 36。

字辈的贾家子孙,包括贾珍、贾琏、贾珠、贾瑞、贾璜、贾琮、贾瑞、贾琼、贾琛、贾珩、贾璎、贾璘、贾珖、贾环等等①,这些名字共同的特点是不但皆是单名,而与贾宝玉的复名成鲜明的对比;其单名远远多过于复名的情况,也恰恰违背了明清时期复名多过于单名的历史现象②,显然是别具用意的设计。况且就字面的整体构造而言,这些以玉为部首的单字中,"玉"所占的比例显然较少,起码都遭到减半的待遇,因此玉的形象和特质都不够纯粹完整,乃至落实到他们的人品和情操的具体表现时,只呈现出俗性的成分,因而其中大部分的玉字辈子孙(如贾珍、贾琏、贾环、贾瑞诸人)多是好色逐臭的纨袴子弟,成为"败家的根本"。③由此可见,从荣、宁二公以降的贾家第三代子孙中,唯独贾宝玉之名才是采取两个不同的字所构组得来,成为合成之复词,其中作者刻意安排的匠心已是宛然可知。

其次,玉之为一种有价的美石,乃是无庸置疑的解释,《说文解字》释"玉"道:"玉,石之美有五德者。"姑不论"五德"之道德比附,其中所谓"石之美"已然道出玉与石的本质联系,玉即是

---

① 这些玉字辈的贾府子孙之名,见第十三回秦可卿丧礼上的出席名单,亦可参冯其庸等:《红楼梦校注》(台北:里仁书局,1995年10月)一书之附录。

② 根据研究,唐宋明清间的取名方式与前期相比,所出现的三个特色之一,即是复名(二字名)的使用率越来越高,大致说来,唐、宋、元时代复名的使用率约占人名的一半左右,到了明清阶段,则逐步递增至60%与70%,占较大多数。参王泉根:《中国人名文化》(北京:团结出版社,2000年1月),页193。

③ 语出《红楼梦》第五回《红楼梦曲·好事终》曲文:"擅风情,禀月貌,便是败家的根本。"

石也。何况，在第一回中作者早已告诉我们，贾宝玉的前身乃是女娲炼石补天后遗剩的一块"五色石"①，其色泽缤纷又且"灵性已通"，本质实与"玉"之美质相去不远；更有甚者，当此一畸零于天外的石头欲下凡历劫之前，曾以自由之身至警幻仙子处游玩，此时其身份一变而为"神瑛侍者"，如此始得以甘露之水对林黛玉之前身的绛珠仙草有灌溉之恩，最后才在警幻仙子前"挂了号"，由一僧一道引领至凡间受享繁华欢乐。

由以上一段石头思凡入世之前的简要叙述，我们注意到由石而玉的过程里还有一个步骤，那便是以"神瑛侍者"为中介，隐微地透露石玉一体的内在消息：其中所谓的"神"字作为对立于"俗"界的意义自不待言，而所谓的"瑛"字就殊堪玩味了：《说文解字》对瑛字的解释是"玉光也"②，《玉篇》则谓："瑛，美石，似玉；……玉光也，水精谓之玉瑛。"③可见瑛与玉根本就出于同一个范畴，彼此十分近似，而且可以连"玉瑛"二字为一词，作为水晶之别称，则尚在神界的层次时，石头已非素朴之野物，而是经过锻炼、美质已具的玉石了。

---

① "五色石"为书中所无之用词，乃出自《淮南子·览冥训》："于是女娲炼五色石以补苍天，断鳌足以立四极，杀黑龙以济冀州，积芦灰以止水。"作为全书赖以成立的神话背景，亦可援引以互证而更显发其义。参高诱注：《淮南子》（台北：艺文印书馆，影钞宋本《淮南鸿烈解》，1974年4月），页168。

② （东汉）许慎著，（清）段玉裁注：《说文解字注》（上海：上海古籍出版社，1981年），《一篇上》，页11。

③ （南朝梁）顾野王：《玉篇》（台北：台湾中华书局，1982年），卷1，页8。

如此一来，整个《红楼梦》里有关"玉"的书写才获得了普遍而坚固的基础，亦即"石"与"玉"乃是一体的两面，是同一个物件在不同场域的不同名号。处于神界阶段的顽石固然早已秉具玉的美质，而落入到俗世阶段的美玉，却也依然保持其顽石的属性；也就是"石"固然是真性的象征，但"玉"也同时具有神性的一面，玉虽然在人间取得了世俗的价值，却无碍它作为美石的本质。因此玉在《红楼梦》中其实兼具了双重的性质：当它以神性的一面出现时，是为至坚不渝的"玉石"，代表的是脱俗超世的精神和自然纯真的本性，所谓"玉石演人心也"[①]；当它以俗性的一面出现时，则为臣属于世俗价值观的"宝玉"，引发了声色货利的征逐和欺瞒作伪的俗情。因此，贾宝玉此一姓名中的"宝""玉"两字并非同义复词，而是在社会范畴中具有部分交集的两种不同器物，造成了"宝"与"玉"重叠而又分化的现象：分化的关键在于玉先天所承袭的本然之性，也就是"石"的自然本质；而重叠的契机则在于玉所兼具的后天附加上去的人为认定，也就是"宝"的社会价值。

由于"宝"与"玉"的分化现象是厘清《红楼梦》之价值观及人物塑造，乃至其情节之内在联系的重要课题，但相对说来却较少受到讨论，因此下文便以此为论述之始。

---

① （清）张新之：《红楼梦读法》，一粟编：《红楼梦卷》，卷3，页156。

第四节 "宝"与"玉"的分化

所谓的分化,指的是"玉"以独立于世俗价值(所谓的"宝")之外的精神价值单独出现。因为即使在落入红尘,展现为俗众凡眼所认知的世俗价值之时,"玉"本身都依然潜存着另一种被众人所忽略的隐密归属,那就是即使混迹于浊世之时都始终未曾变质的石之质性,因而玉之一字又为提领其神性之一面、形上之一面和终极价值之一面的关键词,有其独立自存的功能。

这种"宝"与"玉"分化,而玉以独立的形质个别出现的现象,在《红楼梦》中本有多处形迹可循,其例证历历如下:

- (北静王)水溶笑道:"名不虚传,果然如'宝'似'玉'。"(第十五回)
- 黛玉便笑道:"宝玉,我问你:至贵者是宝,至坚者是玉。尔有何贵?尔有何坚?"宝玉竟不能答。(第二十二回)
- 小生宝官、正旦玉官两个女孩子,正在怡红院和袭人玩笑。(第三十回)
- 因着意出角门来找时,只见宝官、玉官都在院内,见宝玉来了,都笑嘻嘻的让座。(第三十六回)

从以上诸条叙述之中,我们可以清楚看到"宝"与"玉"的联系是截然断裂的,不再以读者熟悉的"宝玉"连词出现,因为它们非但被分隔为二,作为譬喻拟似之不同对象;又分属于不同的人,成为她们各自专有的名字,"宝官""玉官"二人自是不容相混的个体;而在黛玉的分证里,更判然划分两者彼此迥异的性质,所谓"至贵者是宝,至坚者是玉"的说法,无疑是"宝"与"玉"之分化最有力的宣言,原来"玉"本身所具备的特性并不是世俗所宝爱的珠光贵气,而是那不屈不挠、执着不渝的坚持!这和古人所云"石可破也,而不可夺坚;丹可磨也,而不可夺赤。坚与赤,性之有也"①以及"石生而坚"②的说法是何等的近似,两相对照之下,玉与石本质的相通更是灼灼可见。

玉既然被赋予在俗世中依然坚执其石性之本然,而独立展现其神性、精神性的价值,那么以"玉"为名者皆必有此一相同内蕴可言。事实上,这些名中带玉的人物,都可以算是文学创作手法中的"隐性替身"(latent double),而且这些替身的复制所根据的乃是"重叠复制"(doubling by multiplication)的原则,也就是同一个概念由数个形体重复呈现。③ 在全书之中,与贾宝玉分享此一性灵世界的

---

① 语出《吕氏春秋·季冬纪·诚廉篇》,陈奇猷校释:《吕氏春秋校释》(台北:华正书局,1985年8月),页633。
② (汉)刘安著,何宁撰:《淮南子集释》下册(北京:中华书局,1998年10月),卷17《说林训》,页1216。
③ 罗杰士(Robert Rogers)于其《文学中之替身》(*A Psychoanalytic Study of the Double in Literature*)一书中,以弗洛伊德解析梦中象征符号时所用的区分方式,将文学作品中的替身手法分为显性替身(manifest double)与隐性替身(latent double)这两种形式。所谓的显性替身,是作者在作品中有意创造两个形貌相似却独立存在的角色,其身世或相似或对立;而所谓的隐性替身,则是两个外貌不同的角色,(转下页)

人,最主要的当然是林黛玉,所谓:"黛玉是宝玉性灵的伴侣,精神之至契,与宝玉的'真我'(I)最亲,故二人之名同一'玉'字"①便是有见于此之说。她不但与宝玉有着前世已定的神界姻缘(所谓"木石前盟"),在俗界的历劫过程中,更是宝玉唯一能够浊中取清、精神相契的知己。试看两人在大观园的题名过程中所展现的契合,能够在贾政与贾元妃所代表的正统威权之下殊途同归地以"稻香村"为名,已然初步证明彼此意趣之相投②,对落花的珍爱怜惜、设想入微更是如出一辙(第二十三回);此外,书中直接坦言两人心灵紧密契合的叙述也往往得见,诸如:

- (史湘云说经济一事,)宝玉听了道:"姑娘请别的姊妹屋里

(接上页)但身分处境相似,命运个性相似,书中随时将此二人对照比较,以衬托彼此。至于这些替身的复制原则基本上有两种:第一种基本原则是重叠复制(doubling of multiplication),第二种是分割复制(doubling of division),也就是同一整体由二个对立的部分呈现,如理智对情感,精神对肉欲。参刘纪蕙:《女性的复制:男性作家笔下二元化的象征符号》,《中外文学》第18卷第1期(1989年6月),页118。私意以为在探讨《红楼梦》时,亦可将"double"一词译为"重像",似乎比较传神达意而减少误解;而就罗杰士之区分原则以观之,与贾宝玉"形貌相似却独立存在"的甄宝玉即属显性替身一类。

① 见张淑香:《顽石与美玉——"红楼梦"神话结构论之一》,页241。
② 第十七回"大观园试才题对额"时,宝玉随着父亲贾政游园观览,曾据古人"柴门临水稻花香"之诗句而提出"稻香村"之名,但被贾政黜而不用,径以"杏帘在望"为题。待得"荣国府归省庆元宵"时,贾元妃改"杏帘在望"为"浣葛山庄",却因黛玉的咏诗再变更为"稻香村"。两人之意趣暗合若是,正显出彼此不容离间的精神相契。

坐坐，我这里仔细污了你知经济学问的。……林妹妹不说这样混账话，若说这话，我也和他生分了。"林黛玉听了这话，不觉又喜又惊，又悲又叹。所喜者，果然自己眼力不错，素日认他是个知己，果然是个知己。所惊者，他在人前一片私心称扬于我，其亲热厚密，竟不避嫌疑。（第三十二回）

- 或如宝钗辈有时见机导劝，（宝玉）反生起气来，只说"好好的一个清净洁白女儿，也学得沽名钓誉，入了国贼禄鬼之流。……"独有黛玉自幼不曾劝他去立身扬名等语，所以深敬黛玉。（第三十六回）

可见即使在大观园的女儿国中，黛玉依然是最能让向往自然无为的玉石精神充分展露的清新空间；在传统重重箝制、连别有天地的闺阁之中亦不免染此陈见俗识的包围浸染之下，黛玉的遗世独立依然是顺任玉石之天然真性，使之得以逍遥自适的宽广国度。他们两个是为反抗现实之污浊而构设的大观园之中真正出尘不染的同盟，因为与大观园中的其他女儿们进一步的对立而"呼吸相关"①，将彼此更加紧密相连为一体。因此当刘姥姥以外客的身份入游大观园之时，这"少数中的少数"就被加倍明确地突显出来了，书中记载贾母笑道："我的这三丫头（案：指探春）却好，只有两个玉儿可恶。

---

① 有正本第五十七回回末总评云："写宝玉黛玉呼吸相关，不在字里行间，全从无字句处，运鬼斧神工之笔，摄魄追魂。"陈庆浩：《新编石头记脂砚斋评语辑校（增订本）》（台北：联经出版公司，1986年10月），页657。以下所引脂批，皆出自此书，仅标示版本、回数与页码。

回来吃醉了,咱们偏往他们屋里闹去。"(第四十回)这里所谓的"两个玉儿可恶",透显出对宠惜有加之晚辈的爱责怜怨之情,显然是一种"其辞若有憾焉,其实乃深喜之"这类的反语,不但微妙地点出两人不合于世的共通癖性,更清楚标示了"二玉"同生同体的一致根性。

于是,我们发现书中第三回之记载其实具备了特殊的意义:

> 宝玉又问表字。黛玉道:"无字。"宝玉笑道:"我送妹妹一妙字,莫若'颦颦'二字极妙。"探春便问何出。宝玉道:"《古今人物通考》上说:'西方有石名黛,可代画眉之墨。'况这林妹妹眉尖若蹙,用取这两个字,岂不两妙!"探春笑道:"只怕又是你的杜撰。"宝玉笑道:"除《四书》之外,杜撰的太多,偏只我是杜撰不成?"

此处透过宝玉所杜撰的《古今人物通考》而提出"西方有石名黛"的说法①,清楚地透露出作者赋予"石头"的神性取向;而所谓"黛玉"者,即"石玉"也、"玉石"也,也就是黛玉其人乃是"玉"之双

---

① 其现实依据,或是明代蒋一葵所载:京都"宛平县西堂村产石黑色而性不坚,磨之如墨。金时宫人多以画眉,名曰眉石,亦曰黛石。"(明)蒋一葵:《长安客话》(北京:北京古籍出版社,1994年5月),卷4《郊坰杂记》,"马鞍山",页79;又(明)刘侗、于奕正亦记述道:"西堂村而北,曰画眉山。产石,墨色,浮质而腻理,入金宫为眉石,亦曰黛石也。"(明)刘侗、于奕正:《帝京景物略》(北京:北京古籍出版社,2001年2月),卷5"西城外","温泉",页224。

重性中"石性"一面的展现；尤其紧接着发生了摔玉的情节时，贾宝玉对林黛玉所指称的说词便是"这们一个神仙似的妹妹"，更彰显出林黛玉所具备的，乃是"石"之神性的特质。这正是黛玉担任前身为顽石之宝玉的"灵魂伴侣"之一证，同时亦再度彰显"玉"之为"石"的根本性质与终极归属。

而除林黛玉之外，名中有玉字者皆为此辈中人，诸如"槛外人"妙玉、刘姥姥虚构的雪下抽柴的茗玉、贾家之婢女玉钏儿，以及戏子"琪官"蒋玉菡等等，都是作者藉玉以透显其最高价值观的几位辅助角色。正因为他们都算是石兄的"灵魂伴侣"（soul-mate），所以不但必须具备与宝玉同样脱俗离尘的人生价值观，能彼此取得心灵的共鸣，并且一定要禀赋女性阴柔的特质与自我鲜明的个性，而归总于同一种清明灵秀、细致不俗的审美意趣。

先就身为黛玉之重像的妙玉以观之，此"二玉"的出身背景、人品性情、外貌才华、命运遭遇和奇癖怪验各方面都类似得出奇。就以出身背景和命运遭遇这方面来看，书中对妙玉的描述是：

> 有一个带发修行的，本是苏州人氏，祖上也是读书仕宦之家。因生了这位姑娘自小多病，买了许多替身儿皆不中用，到底这位姑娘亲自入了空门，方才好了，所以带发修行，今年才十八岁，法名妙玉。如今父母俱已亡故，身边只有两个老嬷嬷、一个小丫头服侍。文墨也极通，经文也不用学了，模样儿又极好。……他既是官宦小姐，自然骄傲些。（第十七、十八回）

这段话和对黛玉的形容根本是出于同一机杼,如黛玉之父林如海"本贯姑苏人氏",其祖"曾袭过列侯,今到如海,业经五世。……至如海,便从科第出身。虽系钟鼎之家,亦是书香之族。……生得一女,乳名黛玉,年方五岁。夫妻无子,故爱如珍宝,且又见他聪明清秀,便也欲使他读书识得几个字。"(第二回)身为苏州人,两人不但是同乡,又都出于读书仕宦之家,此其近似之一。当黛玉因母亲病故而洒泪拜别父亲,前往贾家依亲时,也只"带了两个人来:一个是自幼奶娘王嬷嬷,一个是十岁的小丫头。亦是自幼随身的,名唤做雪雁。"(第三回)则两人之孤零无依,又差相仿佛,此其近似之二。据黛玉自道:"那一年我三岁时,听得说来了一个癞头和尚,说要化我去出家,我父母固是不从。他又说:'既舍不得他,只怕他的病一生也不能好的了。若要好时,除非从此以后总不许见哭声;除父母之外,凡有外姓亲友之人,一概不见,方可平安了此一世。'"(第三回)则两人之自幼多病,必须以入空门的方式消解的怪奇赎法,更是罕见的巧合,差别只在一个是终究托庇于空门而获救病愈,另一个却终身过其门而不入,导致青春夭亡、泪尽而逝的悲剧,此其近似之三。另外,两人好洁之癖性也若合符契:

- 宝玉又将北静王所赠鹡鸰香串珍重取出来,转赠黛玉。黛玉说:"什么臭男人拿过的!我不要他。"遂掷而不取。宝玉只得收回。(第十六回)
- 宝玉正拿镜子照呢!左边脸上满满的敷了一脸的药。林黛玉只当烫的十分利害,忙上来问怎么烫了,要瞧瞧。宝玉见他来了，忙把脸遮着，摇手叫他出去，不肯叫他看。——知道他的癖性喜洁，见不得这些东西。林黛玉也知道自己也有这件癖性，知道宝玉的心内怕他嫌脏。（第二十五回）

- 妙玉忙命："将那成窑的茶杯别收了，搁在外头去罢。"宝玉会意，知为刘姥姥吃了，他嫌脏不要了。……"幸而那杯子是我没吃过的，若我使过，我就砸碎了也不能给他。"（第四十一回）

这种世所难容的过度洁癖当然来自于她们孤高自许、目无下尘的心性，但这种身心的洁癖又何尝不是反过来使她们更与世乖忤的原因？彼此互为因果，便造成她们极端孤绝的处境和无处立足的下场，遂至于一离恨而死、一沦落风尘的悲惨结局[①]，此其近似之四。当然，两人之貌美才高更不待言，妙玉是"文墨也极通，模样儿又极好"，黛玉则是才冠诸艳、往往夺魁，更"禀绝代姿容，具稀世俊美"（第二十六回），此其近似之五。由此五点以观之，妙玉之为"玉"辈中人，可谓丝毫不爽。

"茗玉"则是一个俗野而不失智慧的老妪所胡诌杜撰出来的虚构人物，由于是在众人取乐的场合中临机凑趣得来的灵感所造就的，因此不但其人物形象远较模糊而不完整，同时拼凑的痕迹也十分明显。但即使如此，黛玉和妙玉的若干特点仍然附丽其上，展现

[①] 第五回预告妙玉未来命运的《世难容》曲文中写道："到头来，依旧是风尘肮脏违心愿。好一似，无瑕白玉遭泥陷。"即带有沦落风尘之寓意。

玉字辈人物的某些特质，如刘姥姥道："这老爷没有儿子，只有一位小姐，名叫茗玉。小姐知书识字，老爷太太爱如珍宝。可惜这茗玉小姐生到十七岁，一病死了。"（第三十九回）其出身环境、孤零寂寞、文化教养和青春夭逝的遭遇确实都令人感到似曾相识，其中的"生到十七岁，一病死了"更俨然有如林黛玉的谶语，预告其夭亡的年岁。不过毕竟此一角色所费笔墨不多，无以窥其全豹，再加上先前已有妙玉此一鲜明重像的交叠映衬，于是这一个虚构人物的功能主要便是在表现宝玉"天分中生成一段痴情"（第五回）和"赔身下气，情性体贴"（第九回）的个性。试看对这个只闻其大概、却不知其详细底蕴，也无参与之实感之故事的反应是："宝玉听了，跌足叹惜"，随后更急遣小厮赶往其地，欲为茗玉死后之芳魂重塑栖身之庙宇，以免继续漂泊而深受流离之苦，即可毕见其痴情体贴之精义。

至于蒋玉菡，其人虽为男子之身，却禀赋女儿之质，不仅是反串唱小旦的名伶，外貌上长得"妩媚温柔"，令宝玉一见"心中十分留恋，便紧紧的搭着他的手"（第二十八回），而且称得上是真正懂得体贴尊重、怜惜爱护女性之人。第一二〇回记载：当宝玉出家之后，宠婢袭人也因缘巧合地嫁与蒋玉菡，"那夜原是哭着不肯俯就的，那姑爷却极柔情曲意的承顺"。待得第二天身份大白，"此时蒋玉菡念着宝玉待他的旧情，倒觉满心惶愧，更加周旋"，同时"深为叹息敬服，不敢勉强，并越发温柔体贴，弄得个袭人真无死所了。"试看此一叙述中所用的"极柔情曲意的承顺""满心惶愧"和"越发温柔体贴"等语，几乎是宝玉对待以水为骨肉之女儿时言行心态的翻版。作为"玉石"之精神的发扬,蒋玉菡已当之无愧,因此脂砚斋也将两人并称为"二玉"。①

最后,就婢女玉钏儿而言,作者所叙写的恰恰是其姊金钏儿的对立形象,同时更构成另一组"金""玉"的对照设计。早在第七回金钏儿以"王夫人的丫鬟"身份首次出现时,脂砚斋便写下一段发人深省的批语,道:"金钏宝钗互相映射,妙。"②显然已注意到两人名字上同质一体、形同互文的关系,无形中也暗示了两人所具备的皆属于世俗范畴的偏向;其次又透过第三十回的记载,这位名中带"金"字的姊姊与宝玉的互动模式,已然发展到涉及两性情色的暧昧性质,两人之言行举止甚至到了突破尊卑之别、男女之防而流于打情骂俏的地步,所展现的乃是肉体感官的形下层面和俗性取向。试看以下一段描述:

> 王夫人在里间凉榻上睡着,金钏儿坐在旁边捶腿,也乜斜着眼乱晃。……宝玉见了他,就有些恋恋不舍的,悄悄的探头瞧瞧王夫人合着眼,便自己向身边荷包里带的香雪润津丹掏了出来,便向金钏儿口里一送。金钏儿并不睁眼,只管嘬了。宝玉上来便拉着手,……金钏儿睁开眼,将宝玉一推,笑道:"你忙什么!'金簪子掉在井里头,有你的只是有你的',连这句话语难道也不明白?我倒告诉你个巧宗儿,你往东小院子里拿

---

① 甲戌本第二十六回夹批,页509。
② 甲戌本第七回夹批,页158。

环哥儿同彩云去。"宝玉笑道:"凭他怎么去罢,我只守着你。"(第三十回)

由这段形容,可见两人皆举止轻佻、言语暧昧,其形景已近乎调情,而金钏儿所提供的"往东小院子里拿环哥儿同彩云去"之"巧宗儿",更是以偷情之隐私为把柄的悖德之举,故表面上合着眼而实际上却意识清醒的王夫人一一听在耳里时,即痛怒金钏儿居然"行此无耻之事,此乃平生最恨者""好好的爷们,都叫你教坏了"(第三十回),在打骂之余,竟毫不留情地将这位"虽然是个丫头,素日在我跟前比我的女儿也差不多"(第三十二回)的少女驱逐出府,而直接迫使羞辱不堪、走投无路的金钏儿跳井自尽,终究酿成一宗无法挽回的悲剧。固然王夫人的反应和处置过于激烈而严厉,难免有失理性和厚道之讥①,但金钏儿本身轻佻随便的个性和不知分际的举止却也难辞其咎,如张爱玲亦认为她是一个"个性复杂,性感大胆,富于挑拨性,而又有烈性"的女子②,则其悲剧岂非正是作者为"皮肤滥淫"者流所敲的一记警钟,是对偏重感官情色层

---

① 以王夫人昏聩平庸、胡涂善忘的个性,事件本身必须具备眼前当下的实时性以及触犯情色禁忌的严重性,才能引发她的关切与处理:事件的实时性让她记得关切,而事件的情色性质则导致她的过度处置。据此而言,金钏儿跳井与抄检大观园两个事件之间在本质上存在着近似一贯的孪生关系,详参欧丽娟:《〈红楼梦〉中的"灯":袭人"告密说"析论》,《台大文史哲学报》第62期(2005年5月),页229—276。
② 张爱玲:《三详红楼梦——是创作不是自传》,《红楼梦魇》(台北:皇冠文化公司,1998年7月),页183。

次的俗性取向所下的当头棒喝?

"金"在俗性层面上与"宝"紧密相随而追求重叠,"玉"却在精神层次上与"宝"脱离而致力于分化。我们可以看到相对于这样性感大胆、挑逗献媚的金钏儿,妹妹玉钏儿则特别显出傲然兀立、不同流俗的尊贵女儿的形象。第三十五回记载:王夫人令玉钏儿将荷叶汤与宝玉送去,当她和宝钗之婢女莺儿一同进入怡红院房中时,所表现的居然是身为奴仆绝不应有的怒形于色之抗议和强烈激切之谴责:

> 玉钏便向一张杌子上坐了,莺儿不敢坐下。袭人便忙端了个脚踏来,莺儿还不敢坐。……这里麝月等预备了碗箸来伺候吃饭。宝玉只是不吃,问玉钏儿道:"你母亲身子好?"玉钏儿满脸怒色,正眼也不看宝玉,半日,方说了一个"好"字。宝玉便觉没趣,半日,只得又陪笑问道:"谁叫你给我送来的?"玉钏儿道:"不过是奶奶太太们!"……宝玉便笑求她:"好姐姐,你把那汤拿了来我尝尝。"玉钏儿道:"我从不会喂人东西,等他们来了再吃。"……宝玉笑道:"好姐姐,你要生气只管在这里生罢,见了老太太、太太可放和气些,若还这样,你就挨骂了。"玉钏儿道:"吃罢!吃罢!不用和我甜嘴蜜舌的,我可不信这样话!"……宝玉只管央求陪笑要吃,玉钏儿又不给他,一面又叫人打发吃饭。

莺儿的主人正是整个贾府上下众望所归之红人薛宝钗,但连她在怡红院中都十分敬谨守分,一再不敢落坐,玉钏儿却不但无视礼教地不待命而坐,更对尊宠无比的贾宝玉始终不假辞色,完全不愿卑躬屈膝地尽其服侍主子的义务。固然这是因为对宝玉间接害死其姊而含恨怀怨,因此不自觉地表现出抗议和谴责之故,但若非其本身即具备不屈不抑的高度自尊和不向世俗价值低头的傲然心性,又岂能致此? 毕竟反抗权威所付出的代价并不是一般人愿意承担的,此所以宝玉殷殷叮嘱其"见了老太太、太太可放和气些,若还这样,你就挨骂了"的原因。因此清人涂瀛才会如此称美道:

> 玉钏于宝玉,有不反兵之义,徒以主仆之故,敢怒而不敢言,而眉睫间余憾未平也。胡赭颜公子又欲卖痴憨,作息夫人之蛊哉? 则使心机费尽,强博一笑于红颜,而词色不亲,终带三分乎白眼。于义有足多焉!①

由此可见玉钏儿也是"以心役形"的性情中人,不以现实之得失利害阻止自我本真之任性抒放,所谓"我从不会喂人东西"的兀傲之说,与引用"金簪子掉在井里头,有你的只是有你的"来逗引宝玉的金钏儿无异有天壤之别,与傲岸不谐、不愿媚俗迎合以取悦他人的黛玉乃具有一种质性近似的关系。则玉钏儿之为"玉石精神"的化身之一,遂以自然真性和脱俗不伪的特质,而与落入世道俗情、拘于形下境界的金钏儿形成强烈的对比,正是书中展现"宝"(此

---

① (清)涂瀛:《红楼梦论赞·玉钏赞》,一粟编:《红楼梦卷》,卷4,页136。

处坐实为"金")与"玉"之分化现象的鲜明例证。

如此一来,玉的失落就代表了玉石精神的丧失,以及自然真性的消亡。这在书中另一个以"玉"为本名,但其"玉"字却被刻意削除而隐没不彰的人物身上即明白可证,那便是宝玉屋中的丫头小红。

书中描述道:"这小红本姓林,小名红玉,只因'玉'字犯了林黛玉、宝玉,便都把这个字隐起来,便都叫他'小红'。"(第二十四回)我们应该认识到,她之所以不配拥有玉之名号,其深层缘故绝不单单只是出于传统社会避讳的陋习,因为同属婢女辈而名字中亦含有"玉"字的玉钏儿就没有遇到这个问题,可以推知避讳之说不过是虚应故事而已;真正让小红隐玉不称的理由,以《红楼梦》所创设的价值体系来看,应该还是在于她违反了纯真自然的玉石精神,而落入汲汲营营于富贵的世道浊俗之中:

> 这红玉虽然是个不谙事的丫头,却因他原有三分容貌,心内着实妄想痴心的向上攀高,每每的要在宝玉面前现弄现弄。只是宝玉身边一干人,都是伶牙俐爪的,那里插的下手去。(第二十四回)

既然眼前无路,于是便眼观四路、耳听八方,一旦机会从外而降则毫不放松,"见凤姐儿站在山坡上招手叫,红玉连忙弃了众人,跑至凤姐跟前,堆着笑问奶奶使唤做什么事?"(第二十七回)从此就爬上贾府当权派的高枝,入了凤姐麾下;见入园掌理栽植花木之职的贾芸，则生出"遗帕"而暗通款曲，以冀图提高身份之谋虑。这种钻营务求的表现，乃至连随俗容众的宝钗都有所褒贬，视之为"素日眼空心大，是个头等刁钻古怪东西"（第二十七回）。更有甚者，小红还因此得到脂砚斋"奸邪婢"的恶评①，成为脂批中有关女性的唯一特例。既然徒有玉之外在名号、却无玉之精神内里，其不配入列于玉辈中人自是顺理成章之事，于是作者便索性隐去其玉字以求名实相符，遂唯"小红"或"红儿"是称了。②如此一来，"红玉"的舍玉取红，以世俗性的"红"字独领风骚，便恰恰对映于怡红院原名为"红香绿玉"，却被简化为"怡红"一词独大而"绿玉"隐没不彰的情况③，彼此呈现出一种平行同构的重叠现象。

正因为玉的失落代表了玉石精神的丧失，也象征那股使生命真切具体之存在实感的沦落，和使生命灵动有味的清明俊秀之气的消翳，于是不但失去那块含在口中与生俱来的形器之玉会使宝玉的生机耗弱，而呈现昏聩蒙昧、神智不清的状态，所谓：

> 宝玉也好几天不上学，只是怔怔的，不言不语，没心没绪的。……不料他自失了玉后，终日懒怠走动，说话也胡涂了。

---

① 庚辰本第二十七回眉批云："奸邪婢岂是怡红应答者，故即逐之。"页526。
② 后见康来新：《雪里的金簪——从命名谈"薛宝钗"》一文已先有此说，收入《石头渡海》（台北：汉光文化公司，1987年3月），页233。
③ 此意下文亦有所及，而其中所呈现元春命名时之价值考虑，以及其后端午赐礼时之钗、黛取舍的用心与深意，详参欧丽娟：《〈红楼梦〉中的"石榴花"——贾元春新论》，《台大文史哲学报》第60期（2004年5月），页141—150。

并贾母等出门回来，有人叫他去请安，便去；没人叫他，他也不动。……每天茶饭，端到面前便吃，不来也不要。袭人看这光景不像是有气，竟像是有病的。……贾母等进屋坐下，问他的话，袭人教一句，他说一句，大不似往常，直是一个傻子似的。（第九十五回）

而这样一种"有病的傻子"似的状态，也会在失去那与其真我最亲、为其灵魂之伴侣与精神之至契的"黛玉"时发生。早在大观园的欢乐繁华犹存之际，"慧紫鹃情辞试忙玉"一段情节就已透露出二玉共存共亡、脐带相连的关系：

紫鹃道："你妹妹回苏州去。"……宝玉听了，便如头顶上响了一个焦雷一般。……晴雯见他呆呆的，一头热汗，满脸紫涨，忙拉他的手，到怡红院中。袭人见了这般，慌起来，只说时气所感，热汗被风扑了。无奈宝玉发热事犹小可，更觉两个眼珠儿直直的起来，口角边津液流出，皆不知觉。给他个枕头，他便睡下；扶他起来，他便坐着；倒了茶来，他便吃茶。……一时李嬷嬷来了，看了半日，问他几句话也无回答，用手向他脉门摸了摸，嘴唇人中上边掐了两下，掐的指印如许来深，竟也不觉疼。……李嬷嬷捶床捣枕说："这可不中用了！我白操了一世心了！"（第五十七回）

试看此段文字中，宝玉一如木雕泥塑、动静全不由自主的失魂情状,岂非正与后来大观园荒败、其玉亦失落不见之后的糊涂样貌完全一致!两相比观,"玉"之为其神性、精神性、形上追求和终极价值的象征,此理更加显豁彰明。也正因为如此,于是唯有在玉失落之时,即玉石精神已荡然无存之际,"如玉之坚"的木石前盟才会被弱化到无力维持的地步,由此遂使宝玉、宝钗这"二宝"的俗世结合得以顺利完成,而标志了"宝"与"玉"之重叠的重大胜利。

第五节　"宝"与"玉"的重叠

从前文之论证中,我们已然确知当"玉"单独存在的时候,其意义乃是采取"美石"此一原始意涵,以及由此而来的真生命、真精神的价值取向。但这样一种超世脱俗于现实之外的价值取向,无疑会遭到来自于现实世界的强烈反对,如前文所见贾母所谓"两个玉儿可恶"的笑谈之语,虽然话语中主要含具的是怜爱回护的成分,但已隐微透露此中消息;至于元妃和凤姐这类完全处身于现实世界之中,而以俗世价值为主要导向的当权派人士,就不免对毫不务实的玉石精神加以摒斥排拒了。

例如元妃在回府省亲时,将宝玉所题的"红香绿玉"改为"怡红快绿",并简称为"怡红院","玉"字乃荡然无存;后来宝玉受命应景作诗时,于有关怡红院的草稿中再度用"绿玉"一词,结果宝钗转眼瞥见,便趁众人不理论,急忙回身悄推他道:

> 他（指元妃）因不喜"红香绿玉"四字，改了"怡红快绿"；你这会子偏用"绿玉"二字，岂不是有意和他争驰了？况且蕉叶之说也颇多，再想一个字改了罢。（第十八回）

其实，我们从字句之间的玩味中已可以觉察：再次为宝玉改掉"玉"字的，不是别人，而恰恰就是同以"宝"字命名的宝钗，"宝"与"玉"的潜在对立已在若无似有之间；而宝玉之二度使用"绿玉"一词，也并非偶然的胡涂所重蹈的覆辙，而是一种自觉或不自觉表露出来的喜好，因为所谓的"绿玉"，实即"黛玉"也。"黛"本是一种深绿色的染料，其色近黑，妇女可以之代为画眉之用，前引第三回宝玉杜撰的《古今人物通考》中亦有"西方有石名黛，可代画眉之墨"之语，则"绿玉"与"黛玉"便具有颜色相近与成分相通的性质。如此一来，宝玉在有关怡红院的命名和题咏上一再偏好于"绿玉"一词的现象，其中似乎隐喻着对"黛玉"的执着偏爱，和对俗世价值观的反抗。

当然这里的反抗是微弱而隐微曲折的，而且此一反抗不论是微弱或强烈、是直接或间接，最后也都注定会走向失败，此观"绿玉"之终被改为"绿蜡"，甚至在院名总题上完全让位消失而由"怡红"独占称号，以及下文之分梳即可知晓。另外，我们还可以看到对"玉"的排斥态度表现得十分直接的，是凤姐不假掩饰而明显露骨的反感：

> 凤姐……又问名字，红玉道："原叫红玉的，因为重了宝

二爷,如今只叫红儿了。"凤姐听说将眉一皱,把头一回,说道:"讨人嫌的很!得了玉的益似的,你也玉,我也玉。"(第二十七回)

对平常宝爱有加、呵护备至的小叔子,竟会因重名于"玉"字而皱眉说出"讨人嫌的很"这样的重话,实在是令人出乎意料之外。事实上,贾府中以玉为名的亲属只有黛玉一个,所谓"得了玉的益似的,你也玉,我也玉"的现象,其实只有对宝、黛二人才说得通;而既然这样皱眉嫌厌的反感绝对不可能针对宝玉个人而发①,也根本不会是冲着黛玉而来②,那么就只有转向宝、黛两人所共有的"玉石精神"才能求得解答。

的确,当玉石落入凡间,为世俗所包围、所羁縻时,玉石精神之一面难免会受到蒙蔽或排拒而隐沦敛藏,而其货利价值之一面

---

① 宝玉以人中龙凤的尊贵地位,固然是深明利害关系的凤姐极力笼络的对象,一如林黛玉所洞察的:"便是有事缠住了,他必定也是要来打个花胡哨,讨老太太和太太的好儿才是。"(第三十五回)但实际上王熙凤对贾宝玉的确也是出以姊弟之情地给予真诚的关照与呵护,对宝、黛之爱情也是抱持维护出力的态度,此点可参余英时:《眼前无路想回头》,《红楼梦的两个世界》(台北:联经出版公司,1996年2月),页122—125。

② 即如第五十一回记载:王熙凤建议在大观园中另行开伙,以免为了吃饭而园里园外地奔波,理由是:"便多费些事,小姑娘们冷风朔气,别人还可,第一林妹妹如何禁得住?就连宝兄弟也禁不住,何况众位姑娘。"话语中对林黛玉特殊的关切体贴之情溢于言表,显然体弱多病的林黛玉得到了凤姐最细致的体贴与照顾,才能成为第一优先考虑的对象,这就更清楚证明凤姐对"玉"之名号的嫌恶绝非针对宝、黛二人而来。

便趁此突显而获得宣扬。最明显的例子，是当宝玉为马道婆的魔法所祟而奄奄待毙之时，作为沟通神界与俗界之使者和智慧老人的一僧一道特地赶来救赎，其中的癞头和尚便清楚表示："长官你那里知道那物的妙用。只因他如今被声色货利所迷，故不灵验了。"（第二十五回）本能通灵而不灵，本有妙用而失迷，可见玉石精神与宝玉价值的颉颃与消长，是神俗对立之时在所难免的课题。

　　既然玉石之精神消，而宝玉之价值长，则所谓"金玉良姻"就在"如宝之贵"这种世俗价值的共同基础上成就起来。身为众人捧在手心的龙凤[①]，"宝玉"之至贵自不待言，而与此"宝"相提并论的宝钗更是出自豪富显达之家的世间之宝。就出身背景来看，相对于黛玉、妙玉等玉字辈人物所源自的诗书清宦之族，那薛家则虽"本是书香继世之家"，却主要是"家中有百万之富，现领着内帑钱粮，采办杂料"的"皇商"（第四回）。既是以求富为务的商人，其家族事业中不但有遍布各省的买卖承局、总管、伙计，甚至还包括当铺，第五十七回记载：当邢岫烟为生活所迫而典衣的当票为大观园中众女儿拾获时，湘云对当铺的营运方式曾率直地大发批评道：

[①] 如第四十三回记载：水仙庵的老尼姑"见宝玉来了，事出意外，竟像天上掉下个活龙来的一般"。待宝玉私祭回府后，"玉钏儿独坐在廊檐下垂泪，一见他来，便收泪说道：'凤凰来了，快进去罢。再一会子不来，都反了。'……宝玉忙进厅里，见了贾母王夫人等，众人真如得了凤凰一般"。此外，赵姨娘也曾嫉妒说道："也不是有了宝玉，竟是得了活龙。"（第二十五回）由此种种，可知宝玉炙手可热的尊贵地位。

"人也太会想钱了,姨妈家的当铺也有这个(案:指当票)不成?"众人笑道:"这又呆了。'天下老鸦一般黑',岂有两样的?"(第五十七回)

所谓"人也太会想钱了",是仅看到当铺趁人之危牟取利益的一面而言,难怪地方人士对薛家会有"原系金陵一霸,倚财仗势"(第四回)之说法。其次,就宝钗的个人条件而言,其稳重和平的性格与圆融周全的行为态度,也远较为合群而宜于处众,可谓完全具备了对应世务的种种条件。于是在各种主客观条件的凑合之下,当皇帝有意"除聘选妃嫔外,凡仕宦名家之女,皆亲名达部,以备选为公主郡主入学陪侍,充为才人赞善之职"的时候,宝钗也厕身于待选的行列(第四回),而此番情节,又是"现因贤孝才德,选入宫中作女史去了"(第二回)的元春的另一个缩影。于是乎,在"玉"所兼具的神性与俗性、精神性与现实性的彼此对辩关系中,来自于庞大的社会基础,而拥有深远之传统根源的俗性和现实性,无疑是较能投合那些在世俗伦理体系(如君臣关系、父子关系)中建立起权威和地位的当权者,并以绝对的优势取得周遭环境的认同。

以周遭环境的认同而言,书中明白表示:"薛宝钗年岁虽大不多,然品格端方,容貌丰美,人多谓黛玉所不及;而且宝钗行为豁达,随分从时,不比黛玉孤高自许,目无下尘,故比黛玉大得下人之心。便是那些小丫头子们,亦多喜与宝钗去顽。"(第五回)不管这是天性使然,或是后天矫厉而得的结果,这都是宝钗稳固的群众基础所在。而就那些从世俗伦理体系中掌握权力,并总管现实世界之运作方式而取决未来发展之方向的当权者而言，选择一个得人心、孚众望又具备充分之俗务能力与兴趣的继承人，乃是俗不可耐却理有必然之事；再加上贾、史、王、薛"四家皆联络有亲，一损皆损，一荣皆荣，扶持遮饰，俱有照应"（第四回）的既存关系，那么传统中门当户对的观念以及由之而来的联姻，自然就更受到加倍的肯定而不容置疑。这就是"金玉良姻"之说赖以成立的现实基础。

因此，上从元妃、贾母的隐形权威开始，到台面上实际当家的王夫人各方面，都直接或间接地指向"金玉良姻"的撮合与完成。前八十回中，以元妃为例，她先是在大观园筑成暨归府省亲之后，下谕"命宝钗等只管在园中居住，不可禁约封锢"（第二十三回），此处以宝钗为总提，而非以黛玉为概括，已隐隐然有轻重之分；接着更明显的表示是在端午节赐礼时，独独宝钗的节礼项目与宝玉一样，而黛玉的赐礼只与一般姊妹相同，使宝玉都疑惑道："怎么林姑娘的倒不同我的一样，倒是宝姐姐的同我一样！别是传错了罢？"（第二十八回）至此，其取舍已是昭然若揭。

在贾母方面，当宝钗十五岁生日时，不但以老祖宗之尊出面作主替她庆生，使凤姐对生日宴的筹办要胜于对黛玉的往例，同时更亲自斥资二十两为之置酒戏（第二十二回），隆重的程度远超乎长辈对晚辈的一般疼爱；此外贾母又曾亲口说道："提起姊妹，不是我当着姨太太的面奉承，千真万真，从我们家四个女孩儿算起，全不如宝丫头。"背地里还常向王夫人说宝丫头好，使原本勾起话题，欲贾母称赞黛玉的宝玉都意出望外（第三十五回）；再者，贾母甚至拿出连宝玉都未曾给过的体己珍藏的物品亲自为宝钗的住处布置，更是贾府子孙求之不得的难得待遇，第四十回记载贾母见宝钗所居的蘅芜苑过于素净，便说：

> "如今让我替你收拾，包管又大方又素净。我的梯己两件，收到如今，没给宝玉看见过，若经了他的眼，也没了。"说着叫过鸳鸯来，亲吩咐道："你把那石头盆景儿和那架纱桌屏，还有两个墨烟冻石鼎，这三样摆在这案上就够了。再把那水墨字画白绫帐子拿来，把这帐子也换了。"

而以上所述的这些特殊荣宠，在在都透露出贾母的偏重之情。到了王夫人这一边，我们则可以看到当凤姐病倒而治家无人之时，除了"命探春合同李纨裁处"之外，更因"园中人多，又恐失于照管，因又特请了宝钗来，托他各处小心"（第五十五回），由此遂形成了鼎足而治的局面。三人之中，李纨、探春乃同姓同族的自家人，裁处之权交付在她们手上，虽未必服众却合于情理；但宝钗乃是以外姓亲戚入主，此中名不正言不顺之处便显得相当突兀，既然"李纨、探春代凤姐管事，理所应当；兼请宝钗，实出情理之外"①，因此将来透过婚姻以正名顺言，乃是水到渠成之事，可谓用意至深。于是在这样来自四面八方的支持与倾重之下，宝钗之为"宝二奶奶"的地位可谓众望所归而根深蒂固，又岂是作为玉石精神之代

---

① （清）江顺怡：《读红楼梦杂记》，一粟编：《红楼梦卷》，卷3，页207。

表的黛玉所能稍加抗衡或动摇的！①

相应于黛玉与妙玉同以"玉"字为名、以彰扬玉石精神的重像关系，宝钗也有其同以"宝"为名的重像以为映衬烘托之用；而贾府对宝钗之倾重，便可由此一重像——另一个"宝"字辈的人物薛宝琴身上得到更大程度的印证。宝琴之为"宝"字辈人物，并不只是出于堂姊妹之间同辈排行的命名习惯而已，在《红楼梦》全书的布局中，她最大的功能是作为"金玉良姻"之俗界姻缘的补足、加强、巩固与彰显。

正如妙玉之出身几为黛玉之翻版一样，宝琴之罕见美貌与家世背景也与宝钗大略近似，她的美丽是"连他姐姐并这些人总不及"（第四十九回），一来就独占大观园之魁首，一如薛宝钗初至贾府时，也是"容貌丰美，人多谓黛玉所不及"（第五回），顷刻之间即压倒贾府中惯于居尊的掌上明珠。其次，透过薛姨妈之口，我们知道"他从小儿见的世面倒多，跟他父母四山五岳都走遍了。他父亲是好乐的，各处因有买卖，带着家眷，这一省逛一年，明年又往那一省逛半年，所以天下十停走了有五六停了"（第五十回），宝琴自己也说过："我八岁时节，跟我父亲到西海沿子上买洋货。"（第五十二回）可见两人皆出自买卖遍及各省的富商，此其二。其三，当宝琴初来乍到之时，贾母对她的怜爱疼惜也异乎寻常，试看以下之描述：

---

① 不过，后续的研究也证实，于贾府上下的舆论中，一致公认黛玉才是宝二奶奶的当然人选，高鹗续书亦就此铺陈，可见伟大小说刻画人情世理之复杂，此处所论乃其一端。参欧丽娟：《〈红楼梦〉中的"金玉良姻"重探》，《师大学报：语言与文学类》第61卷第2期（2016年9月），页29—57。

探春道:"老太太一见了,喜欢的无可不可,已经逼着太太认了干女儿了。"……果然王夫人已认了宝琴作干女儿,贾母欢喜非常,连园中也不命住,晚上跟着贾母一处安寝。……只见宝琴来了,披着一领斗篷,金翠辉煌,不知何物。……湘云道:"那里是孔雀毛,就是野鸭子头上的毛作的。可见老太太疼你了,这样疼宝玉,也没给他穿。"(第四十九回)

在这段话中,我们可以注意到贾母将"这样疼宝玉,也没给他穿"的凫靥裘给了宝琴,此一做法岂不是先前将其"梯己两件,收到如今,没给宝玉看见过"的石头盆景儿、纱桌屏,还有两个墨烟冻石鼎这三样东西为宝钗的住处布置此一情节的再现!两段情节前后模拟和互相映带的表现,无疑正是因为宝钗、宝琴乃同属"如宝之贵"的关系而来的,因此清人陈其泰甚至认为:"突然来一宝琴,是衬托宝钗文字。……勿认真看作有一个宝琴。"[①] 就在这样的近似关系中,作者很巧妙地将"金玉良姻"中属于"宝"的一边加以代换,而由"宝钗"移位到"宝琴"。

将"金玉良姻"中属于"宝"的一边加以代换移置,而由"宝钗"移位到"宝琴",此一安排之妙处,在于不但使完成金玉良姻之说的情节发展不再单向进行而呆板单调,因此能够显得丰富活泼,饶具多重艺术效果;同时也在这双轨并行又互相补充的设计

---

① (清)陈其泰:《红楼梦回评》,第四十九回评语,朱一玄:《红楼梦资料汇编》(天津:南开大学出版社,2001年10月),页736。

之中，造成"金玉良姻"的进一步巩固与强化，而加重了木石前盟的悲剧。

尤其在前一段独立引文中，所谓"晚上跟着贾母一处安寝"的叙述令人颇有似曾相识之感，因其情节正与黛玉初来贾府之时差相仿佛。第五回记述道："且说林黛玉自在荣府以来，贾母万般怜爱，饮食起居，一如宝玉，迎春、探春、惜春三个亲孙女倒且靠后；便……同随贾母一处坐卧。"第七回也提到："近日贾母说孙女儿们太多了，一处挤着倒不方便，只留宝玉、黛玉二人这边解闷，却将迎、探、惜三人移到王夫人这边房后三间小抱厦内居住，令李纨陪伴照管。"可见黛玉在贾府中也曾受到贾母宠爱的优待殊遇。但两相比较，宝琴之事显然有过之而无不及，盖黛玉初来之时，大观园尚未兴建，孤身伶仃的外孙女随外祖母的爱孙一处坐卧，两人并留在贾母身边陪伴解闷，来自大家长的偏怜钟爱固然是最重要的原因，然以黛玉之外姓身分与寄居性质来看，如此安排在人情事理上却也属于顺理成章；而并无自然血缘关系的宝琴才初来乍到，则老祖宗不仅急急认作干孙女，特别以人为的方式建立亲密的关系，且"连园中也不命住，晚上跟着贾母一处安寝"，放着现成的园子不入而独独让她陪侍在侧，其偏爱就显得刻意之至，则无形之中连宝玉亦靠后退为其次，何况其余诸女？

而贾母更进一步的做法，是主动为宝玉求婚配，这可以说是整部《红楼梦》中唯一一次的"老祖宗之命"：

> 贾母因又说及宝琴雪下折梅比画儿上还好，因又细问他

的年庚八字并家内景况。薛姨妈度其意思,大约是要与宝玉求配。(第五十回)

虽然结果是因宝琴已先许梅翰林之子而作罢,但此一情节已开"二宝"连姻之先声。其实,此一"二宝"连姻的成立在书中还有其他的隐喻可寻:

- 当下又值宝玉生日已到,原来宝琴也是这日,两人相同。(第六十二回)
- 老妈妈指道:"这一个蕙香,又叫做四儿的,是同宝玉一日生日的。"……王夫人冷笑道:"这也是个不怕臊的。他背地里说的,同日生日就是夫妻,这可是你说的?"(第七十七回)

"同日生日就是夫妻"固然是丫头无所避忌之时的玩笑话,然而置诸《红楼梦》谶语式的表达方法中来看,又何尝不是一种隐微的暗示?而恰巧宝琴的生日正与宝玉相同,这就应该不是作者的偶然涉笔所致。还有,贾母把一件珍贵无比的氅衣给了宝玉,说:"这叫做'雀金呢',这是哦啰斯国拿孔雀毛拈了线织的。前儿把那一件野鸭子的给了你小妹妹,这件给你罢。"(第五十二回)如此一来,宝琴的凫靥裘和宝玉的雀金呢恰恰可以两方相互辉映,这岂非是"金玉相对"的另一种形式的表现?而著名的"宝琴立雪"一幕,所引出的明代画家仇英所绘《双艳图》的联想(第五十回),也是由宝琴与宝玉联合塑造出来的。从这种种伏笔的勾连和曲笔的暗示，可见宝玉、宝琴此"二宝"乃是"金玉良姻"的另一个投影，也是另一个潜在的金玉良姻，是台面上宝钗与宝玉之金玉良姻的呼应与补充。

事实上，这个宝琴与宝玉"二宝连姻"的潜在可能性，不但是黛玉所无法企及的，即连备受礼遇的宝钗也都曾受到威胁，她曾以半含醋意的玩笑对宝琴说道："你也不知是那里来的福气！你倒去罢，仔细我们委曲着你。我就不信我那些儿不如你。"甚至于"说话之间，宝玉黛玉都进来了，宝钗犹自嘲笑"（第四十九回）。此一反应的非比寻常，在于宝钗素日里本是"罕言寡语，人谓装愚；安分随时，自云守拙"的性情（第八回），为人处世的表现一皆"稳重和平""不妄言轻动""坦然自若"（第二十二回），而此处不但没有平常时节装愚守拙、安分得体的言语表现，反而竟在众人之间"犹自嘲笑"不停，破坏了她四平八稳、周全沉静的均衡形象，其反应之违反常情和人物性格之一般规定，已然近似于黛玉之"多心""小性儿""说歪话"，实在是大有深意的。

由此可见，宝琴之为宝钗在"金玉良缘""二宝连姻"之关系中的重像或复本，而成为"金玉良缘""二宝连姻"之关系的隐形结构和潜在完成，是十分明确而奥妙的情节设计；而宝钗在显处，宝琴在隐处，一显一隐、一明一暗地共同发挥功能，完成宝玉之俗界姻缘的任务。

而除了宝玉、宝钗、宝琴之外，《红楼梦》中其他的"宝"字辈人物尚有值得补充说明者，一如康来新所指出："女伶'宝官'因作者着墨太少，不宜纳入'至贵者宝'的系列人物中，但秦可卿的丫鬟'宝珠'却有幸成为逝世女主人的义女，一步登于'小姐'之列。还有'宝蟾'，出身是夏金桂的陪嫁丫鬟还在其次，那作风的放荡轻浮跋扈尤其不堪，但如此的一个'宝'，不费什么气力就成为薛蟠的屋中人，而丫鬟的最好出路也不过是主子的妾，这么看来，以个人的背景言，这些'宝'字号人物一样在她们所属的圈子中都享有一份'位尊'的'贵重'"，以至于相关人等共同具备一种社会化与世俗化的意义，而对立于自我与自然的价值取向。① 如是种种，都可以说是将世俗价值透过"宝"字辐射于次要人物上的结果，并进一步证成"至贵者宝"的命名设计。

但与此同时的另一方面，也必然对玉石精神和木石神缘造成莫大的压迫。就在玉混迹于世间，不可避免地面对到世俗的价值观，而展现其宝光贵气、为世所重的一面，进而不免"金玉相对"成说之际，"如宝之贵"的玉固然成为一般俗众艳称嫉羡的对象，是俗界威权所认可维护的价值，但也因其枷锁性灵、贬抑天然的世俗力量而为黛玉所疑惧、为宝玉所抗拒。于是"宝"与"玉"的重叠情形，造成了宝、黛爱情关系中两次波澜狂飙的高潮，两次惊天动地的摔玉、砸玉之举，其根本动因即在于此。试看以下两段引文：

- （宝玉）问黛玉："可也有玉没有？"众人不解其语，黛玉便忖度着因他有玉，故问我有也无，因答道："我没有那个。想来那玉是一件罕物，岂能人人有的。"宝玉听了，登时发

---

① 康来新：《雪里的金簪——从命名谈"薛宝钗"》，《石头渡海》。

作起痴狂病来，摘下那玉，就狠命摔去，骂道："什么罕物，连人之高低不择，还说'通灵'不'通灵'呢！我也不要这劳什子了！"吓的众人一拥争去拾玉。（第三回）

- 那宝玉又听见他（黛玉）说"好姻缘"三个字，越发逆了己意，心里干噎，口里说不出话来，便赌气向颈上抓下通灵宝玉，咬牙恨命往地上一摔，道："什么捞什骨子，我砸了你完事！"偏生那玉坚硬非常，摔了一下，竟文风没动。宝玉见没摔碎，便回身找东西来砸。……袭人见他脸都气黄了，眉眼都变了，从来没气的这样。（第二十九回）

初次之摔玉，是因为眼见这位"虽然未曾见过他，然我看着面善，心里就算是旧相识，今日只作远别重逢"的黛玉居然无玉以相对，于是一种畸零孤独之悲怀遂油然而生，乃愤而将"连人之高低不择"的玉加以毁弃。此时的玉在宝玉心中乃是一个不通灵的蠢物，一个未能沟通"二玉"精神，使之更形相契的俗器，则虽然至宝至贵，却要之何用？不过毕竟此时二玉之间仅止于初次见面，彼此之相知尚浅，故首次的"摔玉"还只是一种出自蒙昧之本能的反抗，虽然激烈骇俗却缺乏深切的自觉，因此一摔即止，突如其来，也倏忽而去；但到了第二次的"砸玉"就更进一步了，不但动机更为明显，完全是出于对金玉良姻之俗界枷锁的极力抗拒，而其反抗的力度也越发强烈，从"摔"到"砸"代表的是一个持续不断的意志和锲而不舍的过程，于是一摔不成，更奋力以砸，不至碎坏绝不罢休，其中蕴含的意义，是对"如石之坚"的玉石精神的最大坚持和极力维护，以及对"至贵之宝"的宝玉价值的全心唾弃和抵死抗拒。

因此，当后来宝玉失玉之时，阖府上下忧急交迸、如临末日，却独独只有黛玉不忧反喜，因为她认为失了玉就好比"金玉良姻"跛了一足而无法成对，遂乃解除了心中积压已久的疑虑：

> 且说黛玉先自回去，想起金石的旧话来，反自喜欢，心里说道："和尚道士的话真个信不得。果真金玉有缘，宝玉如何能把这玉丢了呢。或者因我之事，拆散他们的金玉，也未可知。"想了半天，更觉安心。（第九十五回）

但从前文之论述，我们知道"玉"并不只有俗性的、如宝之贵的一面，还兼具着神性的、如石之坚的性质，所谓"果真金玉有缘，宝玉如何能把这玉丢了"的疑问，原是出于对玉之双重性的无知，而黛玉"反自喜欢"和"更觉安心"的反应也实在流于一厢情愿。因为先前所摔、所砸的玉固然是金玉相对时的"宝玉"，但此处所丢失的玉却转成为玉石精神的象征，是二玉联系的最后凭借，玉的失落即代表了玉石精神的丧失，同时也显示木石前盟的坚持被弱化到无力维持的地步，由此才能使宝玉、宝钗这"二宝"的俗世结合得以顺利完成，此点已证诸前文。

至此，我们可以对"宝"与"玉"之重叠与分化做一清晰的界划：

一、当玉"如宝之贵"的一面被强调时，则不但有"金玉良姻"之说，符合传统与世俗的要求；更有摔玉、砸玉的情节出现，掀起神性对俗性的反抗而造成冲突的高潮。此时的"玉"是为俗界所认同的"宝玉"。

二、当玉"如石之坚"的一面被突显时,则不但有"木石前盟"之誓约,产生"失玉"而丧失灵明神智的重大事件,同时此一形上层次的追求更普遍存在于以"玉"为名的人物身上,形成远较为绵延广大而处处志之的执着,这也是全书视"女儿"为无上价值的一种表现。此时的"玉"则为神界所锻造的"玉石"。

以上就是《红楼梦》中"宝"与"玉"之重叠与分化的究竟之义。

由此言之,在《红楼梦》中作为贾宝玉之映衬与对比的甄宝玉,其人之设计构成与命名玄机也就得到了另一种解答。所谓"假作真时真亦假,无为有处有还无"(第一回),真假之混淆不清乃是作者欲透过悠谬之说、荒唐之言以辩证出生命真理的一种策略,王希廉即指出:"《红楼梦》一书,全部最要关键是'真假'二字。读者须知,真即是假,假即是真;真中有假,假中有真;真不是真,假不是假。明此数意,则甄宝玉、贾宝玉是一是二,便心目了然,不为作者冷齿,亦知作者匠心。"[①] 而真、假辩证之义施诸同名为"宝玉"之二人者,或当如下所说:

一、贾宝玉者,假宝真玉也,即"假的宝玉""真的玉石"。也就是贾宝玉其人具备了"如宝之贵"而金玉其外的世俗形貌,所谓"长的得人意儿,大人偏疼他些"(第二十五回)、"就是大人溺爱的,是他一则生的得人意"(第五十六回),其"神彩飘逸,秀色夺人"甚至足以使严父贾政"素日嫌恶处分宝玉之心不觉减了八九"(第二十三

---

① (清)王希廉:《红楼梦总评》,一粟编:《红楼梦卷》,卷3,页147。

回),可见相貌之美本就是他备受世俗爱宠的原因之一;与他"模样相仿"(第五十六回)的甄宝玉,情况自当相类。同时,有别于黛玉姿容之纯以神态气韵取胜①,宝玉的外型毋宁较偏于感官肤触的血色鲜丽,而更近似宝钗的"容貌丰美"(第五回),比较书中对此二宝的描述,如第三回宝玉的"面如中秋之月,色如春晓之花,鬓若刀裁,眉如墨画,面如桃瓣,目若秋波",以及宝钗的"唇不点而红,眉不画而翠,脸若银盆,眼如水杏"(第八回)、"脸若银盆,眼似水杏,唇不点而红,眉不画而翠"(第二十八回),可见其雷同程度有如复制翻版的孪生品;至于体态上,宝玉的"越发发福""形容身段,言谈举动,怎么就同当日国公爷一个稿子"(第二十九回),也与宝钗的"体丰怯热""他们拿姐姐比杨妃"(第三十回)相当,都以富贵福相指向国公贵妃之类在历史与世俗上扬名立万的成功人物,而这种夫妻脸般的丰美外貌更加强二宝联姻的世俗基础。但他虽然陷身于重重的富贵温柔之中,却一贯地以神性的、形上的价值取向为其终极追求,因此唯有剥开金玉其外的外壳,才能透显玉石其内的真正本质,于是当他意识到有了世俗化的甄宝玉之后,便认为"我竟要连我这个相貌都不要了"(第一一五回)。而一旦他意欲将这金玉般的丰美容颜都舍弃之际,此时便是"真玉石"由内而外地彻底完成,这时的贾宝玉便如同《庄子》中诸如啮缺、支离疏之类的"畸人",是为智慧道体的化身,而"宝玉"之假也就完全无立足之地。

---

① 如张爱玲所言:作者"写黛玉,就连面貌也几乎纯是神情,唯一具体的是'薄面含嗔'的'薄面'二字。通身没有一点细节,只是一种姿态,一个声音。"见《红楼梦未完》,《红楼梦魇》,页22。

二、甄宝玉者，真宝假玉也，即"真的宝玉""假的玉石"。亦即甄宝玉其人一开始虽然是以与"玉石精神"相通的脱俗形象出现，如"其暴虐浮躁，顽劣憨痴，种种异常。只一放了学，进去见了那些女儿们，其温厚和平，聪敏文雅，竟又变了一个"（第二回），甚且与贾宝玉"模样是一样，据老太太说，淘气也一样"（第五十六回）；但到得后来，却沦入于所谓的"国贼禄鬼"之路，成为"禄蠹"一流的人物，不但"惟有念书为事"（第九十三回），而且谈话内容"不过说些什么文章经济，又说什么为忠为孝"（第一一五回），世俗之气令人窒息，遂使贾宝玉终于憬然有悟："我想来，有了他，我竟要连我这个相貌都不要了。"（同前回）可见甄宝玉终究是以俗性的、形下的价值取向为主导，与贾宝玉的关系呈现出"同途殊归"的对比性。就此，可见他是以显性替身（manifest double）的方式贯穿全书，而其复制手法则是先重叠、后分割[①]，在形貌、身世、审美观与价值取向皆极度雷同的状况下，其个性与人生发展却由早期的相似急转为最终的对立；一旦到了人生发展的关键时刻而必须进行抉择时，将他玉石精神的外衣剥落之后，金玉其内的真相也就豁然显现。

而到了"我竟要连我这个相貌都不要了"的时候，也就是前面所谓"剥开金玉其外的外壳"之际，贾宝玉的"假宝玉"便终于由内而外地被彻底毁弃，从精神到形体都完全"玉石化"而复归其真；

---

① 参刘纪蕙：《女性的复制：男性作家笔下二元化的象征符号》，《中外文学》第18卷第1期，页118。

相反地，甄宝玉的"真宝玉"却由外而内地逐步占领，除了金玉的形貌之外，终于将心灵也完全"宝玉化"，而宣告了俗世价值的全面成功。如此一来，宝与玉的重叠与分化又从"真""假"的角度取得另一层次的推衍，而再度证明其中幽隐之精义。

第六节　结语：水与石的依存关系

以上"宝"与"玉"之重叠与分化的情形既明，此处我们可以更进一步探讨水与玉石的依存关系，以申足其义。

在《红楼梦》情节铺叙的深层结构里，与玉石一起来自于茫渺之大荒，而同具原始自然之性质，并能够彼此相濡互成的力量者，乃是本质清净不染的水。水，是一切生命的源头，也是净化万物的基本凭借，在《红楼梦》中更象征了一种无上的价值。当石头在思凡入世之前，曾以神瑛侍者的身份眷顾黛玉之前身绛珠仙草（第一回），其所灌溉滋养的雨露，是水；当宝玉表示其最高价值观，而宣称："女儿是水作的骨肉，男人是泥作的骨肉。我见了女儿，我便清爽；见了男子，便觉浊臭逼人。"（第二回）此刻用以比喻的对象，也是水。而当第五回宝玉神游太虚幻境之际，警幻仙子用以暗示众女儿悲剧的"群芳髓（碎）""千红一窟（哭）""万艳同杯（悲）"[①]

[①] 其中髓与碎、窟与哭、杯与悲的谐音关系，参甲戌本第五回脂砚斋夹批，页127—128。

等香料茶酒之物，其酿制的原质还是水。①最后，当宝、黛分离之前最终一次的互剖兰契之时，所藉以谈禅说理的媒介，更是水：

> 宝玉笑道："我虽丈六金身，还借你一茎所化。"黛玉趁此说道："我便问你一句话，你如何回答？"宝玉盘着腿，合着手，闭着眼，嘘着嘴道："讲来。"
>
> 黛玉道："宝姐姐和你好你怎么样？宝姐姐不和你好你怎么样？宝姐姐前儿和你好，如今不和你好你怎么样？今儿和你好，后来不和你好你怎么样？你和他好他偏不和你好你怎么样？你不和他好他偏要和你好你怎么样？"宝玉呆了半晌，忽然大笑道："任凭弱水三千，我只取一瓢饮。"（第九十一回）

由此可见，水之为女儿之象征，是一个潜存于全书庞大而复杂之意义结构中的核心，而固然石以水灌溉仙草，使之得延岁月，但另一方面，"我见了女儿，我便清爽"也表示水同时会反过来净化玉石，使之神性永存。这就呼应了人类文化中水这个原型意象的古老象征意义，一如威尔赖特（Philip E. Wheelwright, 1901—1970）于《原型性的象征》一文中所言："水这个原型性象征，其普遍性来自于它的复合的特性：水既是洁净的媒介，又是生命的维持者。因而水

---

① 在《红楼梦》中，"茶、酒、香"可作为象征女儿的复合意象，而茶、酒即以水为质，乃是水的进一步美化与菁萃化，详参欧丽娟：《〈红楼梦〉中的〈四时即事诗〉：乐园的开幕颂歌》，《中国古典文学研究》第 2 期（1999 年 12 月）；后收入《诗论红楼梦》（台北：里仁书局，2001 年 1 月），页 421—422。

既象征着纯净又象征着新生命。在基督教的洗礼仪式中这两种观念结合在一起了：洗礼用水一方面象征着洗去原罪的污浊，另一方面又象征着即将开始的精神上的新生。"① 同样地，中国早在先秦时代的诸子思想中，"水"也展现出创生、深奥、女性、自由、消融（软化）的特性，而属于一种"同化意象"（isomorphicimage）。② 水的这些原型意义与哲学内涵不绝如缕地涵摄于种种文学表述或艺术文化之中，在《红楼梦》里，象征着洁净与新生命的水更进一步具形化成为"女儿"，与"花"共同成为代表女性的意象核心，与那从美石化身而来的贾宝玉展开互相依存的紧密关系。

此一"水与美石之依存"的神话内涵，在《红楼梦》书中曾以各种形式表现，除了前文所述之外，最明显的例子是大观园的兴筑布局里，每一处建筑都有曲水流过，与居于其中的诸位女儿相互映衬；而作为"诸艳之贯"（第十七回回前总批）、"绛洞花主"（第三十七回）的宝玉所住的怡红院，则是"总一园之水"③，由沁芳闸自外引入之水最后是"共总流到这里，仍旧合在一处，从那墙下

---

① [美]威尔赖特（Philp E. Wheelwright）：《隐喻与真实》第6章，引自叶舒宪编：《神话——原型批评》（西安：陕西师范大学出版社，1987年7月），页228。
② 详参杨儒宾：《水与先秦诸子思想》，台大中文系主编：《语文、情性、义理：中国文学的多层面探讨国际学术会议论文集》（台北：台大中文系，1996年4月），页533—573。
③ 脂砚斋评语，原作"总一园之看"，宋淇认为应是"总一园之首"，乃出于形近误抄；而余英时以为或是"总一园之水"，因草书形近而讹误，见陈庆浩：《新编石头记脂砚斋评语辑校（增订本）》，页325。

出去"(第十七回),隐含了"通部情案,皆必从石兄挂号"①的象征寓意,可见宝玉其人与"水作的女儿"关系何等密切。

而"女儿之清爽"与"水之净化"两者之间可以画上等号,最显明的证据出现在第二十三回的叙述中:

> 只见一阵风过,把树头上桃花吹下一大半来,落的满身满书满地都是。宝玉要抖将下来,恐怕脚步践踏了,只得兜了那花瓣,来至池边,抖在池内。那花瓣浮在水面,飘飘荡荡,竟流出沁芳闸去了。回来只见地下还有许多,宝玉正踟蹰间,只听背后有人说道:"你在这里作什么?"宝玉一回头,却是林黛玉来了,肩上担着花锄,锄上挂着花囊,手内拿着花帚。宝玉笑道:"好,好,来把这个花扫起来,撂在那水里。我才撂了好些在那里呢。"林黛玉道:"撂在水里不好。你看这里的水干净,只一流出去,有人家的地方脏的臭的混倒,仍旧把花遭塌了。那畸角上我有一个花冢,如今把他扫了,装在这绢袋里,拿土埋上,日久不过随土化了,岂不干净?"宝玉听了喜不自禁,笑道:"待我放下书,帮你来收拾。"

所谓"这里的水干净",而"只一流出去,有人家的地方脏的臭的混倒,仍旧把花遭塌了",此一说法中内外有别的鲜明对比中已然清楚地告诉我们:在这座专为清净女儿所筑的乐园里,水的一尘不

---

① 庚辰本第四十六回批语,页627。

染就如同女儿们的纯净洁白一样，具有同一个本质或同质性的意义，因为它们都必须在大观园这座人为的世外桃源中才能确保其清净不染的存在样态；一旦脱离与世隔绝之大观园的保护而纵身进入到俗世的喧嚷红尘之中，便难免有如落花之被脏垢糟蹋一般，遭受到污染蒙尘而沦落毁败的不幸命运。因此，林黛玉的《葬花吟》中便曾说道："未若锦囊收艳骨，一掊净土掩风流。质本洁来还洁去，强于污淖陷渠沟。"（第二十七回）其中充分展现了对"污淖陷渠沟"的恐惧与对"质本洁来还洁去"的坚持；而透过林黛玉特别幽微细腻的诗人禀赋和灵敏深刻的观察体认，正以此传达了大观园中众多女儿们的共同心声与普遍愿望。此所以当最后贾府遭到抄没、大观园亦崩溃之际，也就是众女儿们被迫风流云散，如花辞故枝一般或悲惨死去、或流落他乡的时候。由此可见，在《红楼梦》的象征系统和价值体系中，"花＝女儿＝如水般的洁净"的联系脉络便清楚地浮现出来，而充分彰显水对石的净化作用。

另外，"水与石的对话与依存关系"还透过特殊的安排，集中表现在一位并不特别引人注目的人物身上：

- 北静王水溶年未弱冠，生得形容秀美，情性谦和，……不以王位自居。（第十四回）
- 宝玉举目见北静王水溶头上戴着洁白簪缨银翅王帽，穿着江牙海水五爪坐龙白蟒袍，系着碧玉红鞓带，面如美玉，目似明星，真好秀丽人物。宝玉忙抢上来参见，水溶连忙从轿内伸出手来挽住。（第十五回）

由于《红楼梦》是"书未成,芹为泪尽而逝"①,于是这位北静王的功能并未全幅彰显,但我们就其形容而言,亦可捉摸此一人物的奥妙之处。"水溶"中的水字,所传达的正是那一个潜存于全书庞大而复杂之意义结构中的核心,是"水与美石之对话与依存"的神话故事里的两大要素之一,不但呼应石头以神瑛侍者的身分对黛玉之前身绛珠仙草的雨露浇溉,也印证了纵贯宝玉一生的唯一价值观——"女儿是水作的骨肉,男人是泥作的骨肉"(第二回),甚至还遥遥与第九十一回的"任凭弱水三千,我只取一瓢饮"相互映带。而水溶所系的"碧玉带"和"如美玉"之面,与宝玉初见之时两相辉映的清明秀丽之姿,以及彼此之间双向流露的惺惺相惜之好感,在在都充分显示这位北静王乃是从命名与形容装束都经过匠心安排的特殊人物,也就是他象征了《红楼梦》对水与美石之对话与依存的综合表现。

若此,水与玉石的交融已历历可见,水与石的相互依存彰显了全幅的玉石精神:当"宝"与"玉"分化之后,玉石与水两者一至坚、一至柔的兼容并济,这便是玉石精神的最充实的表现。但如水之洁净终究敌不过现实世界的污浊,玉石也毕竟遭受蒙蔽而沦落,于是前身为绛珠仙草的黛玉将水化为至情至痛的眼泪,以还报过去的雨露灌溉之恩,就成为水与石之间最哀艳动人的对话,也是玉石精神最真切忘我的沉痛誓言。

---

① 甲戌本第一回脂砚斋眉批,页12。

第二章
林黛玉立体论——"变／正""我／群"的性格转化

第一节 前言：所谓"立体化"

就《红楼梦》的创作而言，曹雪芹（1715—1763）乃是胸有成竹地在既有视野之下五次增删而成其书的[①]，但这并不意味书中角色都只能服膺于一种固定的理念，而成为某种特定概念或价值观的化身，以至于沦为作者与读者心中某种标签化的成见乃至偏见。因为在真正的小说艺术中，书中人物虽是经由作者的创造而产生，却是一个个独立发展的活生生的生命，会随着时间的发展而不断丰富化、立体化，在极端的情形下，甚至于终究自作者笔下逸出，脱

[①] 《红楼梦》第五回载："曹雪芹于悼红轩中批阅十载，增删五次，纂成目录，分出章回。"这里所谓的"胸有成竹"，并不是说曹雪芹写作时一气呵成、没有修改，而是再怎么修改，应该都是在一定的大原则底下进行；同时其修改的结果，也都是符合他在创作上整体的艺术考虑，甚至是他认为最能呈现其创作内涵的定本。既然已经确定《红楼梦》前八十回是出于曹雪芹一人之手，则其最终呈现在读者眼前的，应该就是作者定案的成品，足供学者就之研究其艺术价值与思想意涵。

离作者的主观意愿而自我成长,并彰显出丰富奥妙的人性。如徐吁曾转引小说家罗勃·史蒂文生(Robert Louis Stevenson, 1850—1894)的说法,指出:小说家"创造的人物在小说里往往自己活动起来,而变成他所不能控制的存在。这句话倒是切实的经验之谈,因为小说里人物的个性一经建立,他有他的情感与意志,作者不得不随他自己发展。因此小说里人物个性的活动,他很自然要牵动作者预想的情节与布局。"① 这样的小说人物绝不是为了作者的需要而提供特定的服务,让书中角色成为小说家的传声筒,以担任某种理念或价值观的表达媒介,因此其人物造型便不至流于刻板、平面而一成不变,成为所谓的扁平人物。

弗斯特(1879—1970)在分析小说艺术时,曾依照人物在情节发展过程中之表现,而将之分类为"扁平人物"(flat character)、"圆形人物"(round character)两种型态,前者意指:"在最纯粹的形式中,他们依循着一个单纯的理念或性质而被创造出来。"② 因此他们总是只代表一种观念或功能,在整个故事中只表现出公式化的言行,仿佛在他们身上牢牢挂着"理智""傲慢""情感""偏见"等固定的标帜,给我们的主要印象可以用一句话完全描绘,从而也易于辨认、易为读者所记忆③;而后者便有所不同,所有属于"三度

---

① 徐吁:《红楼梦的艺术价值与小说里的对白》,收入王国维等:《红楼梦艺术论》(台北:里仁书局,1994年12月),页83。
② [英]弗斯特(Edward Morgan Forster)著,李文彬译:《小说面面观》(Aspects of the Novel)(台北:志文出版社,1995年12月),页92。
③ [英]弗斯特著,李文彬译:《小说面面观》,页102—103。

空间"的圆形人物都可以随时延伸,不为书本的篇幅内容以及单一的观念标帜所限,可以活跃于小说的每一页,而不受限制地延伸或隐藏,这就是为什么这些人物显得自然逼真的原因。

弗斯特并且提出如何区分两种人物类型的方法,认为:"要检验一个圆形人物,只要看看他是否能以令人信服的方式给人以新奇之感。如果他无法给人新奇感,他就是扁平人物;如果他无法令人信服,他只是扁平人物伪装的圆形人物。圆形人物的生命深不可测——他活在书本的字里行间。"① 就这两种人物形态的比较而言,"只有圆形人物才能短期或长期作悲剧性的表现"②。据此,既然我们视《红楼梦》为一部伟大的悲剧小说,处处以生动鲜活的情节引人入胜,那么在阅读研究时,便应该摒除那种削足适履、对号入座的人物分析方式,放弃传统小说评论中"脸谱式"的简单二分法,以免让书中各主要角色立体发展的丰富性被某种固定而褊狭的成见所削弱,从而在读者主观好恶情绪的作用下成为单薄、贫乏的扁平人物。

事实上,身为《红楼梦》之最早读者(甚至是创作之参与者)的脂砚斋,早已经透过尤氏这个次要人物的美恶兼擅,而无形中指出类似"圆形人物"的立体赏鉴原则:

尤氏亦可谓有才矣。论有德比阿凤高十倍,惜乎不能谏夫

---

① [英]弗斯特著,李文彬译:《小说面面观》,页104。
② [英]弗斯特著,李文彬译:《小说面面观》,页99。

> 治家，所谓人各有当也。此方是至理至情。最恨近之野史中，恶则无往不恶，美则无一不美，何不近情理之如是耶！①

正是基于"人各有当，方是至理至情"之见，对于人们各持一端聚讼不休的《红楼梦》主要人物，本书所采取的立场是"分析"大于"评价"，克就文本所展现的人情事理进行厘清，不涉入好恶是非的判断，更不对人物预设动机和目的，以免带来"欲加之罪（誉），何患无辞"的危险。这是因为人性本是构造复杂的综合体，既有先天上生而为人的共同而普遍的特点，又必然会随着后天不同的环境和遭遇而引进彼此悬殊的因素，只要不违反人物性格之基本规定，也未破坏其内在发展的统一性，而做到"若得其情，则哀矜而勿喜"——不带主观好恶地将书中人物之言行表层底下，所隐藏的心理状况和必然逻辑之类的"情实"发掘出来，这便是本书的终极目标。

由于林黛玉是一个被读者充分理想化而受到极度怜悯与包容的角色，因此在阅读与诠释上所呈现的"扁平化"倾向尤其明显，一如夏志清所指出："中国读者习惯将黛玉看作是一个令人荡魂摄魄的天仙，一个优雅娇弱的美女和才情横溢的诗人；……他们要把她纯粹看作是不受丑陋情欲沾染的绛珠仙草的化身。然而这样一种形象是对一个复杂性格的明显的简单化。"② 此一说法背后所蕴藏的诠释立场，不啻是对脂砚斋、弗斯特的直接呼应。既然单一视景（single

---

① 庚辰本第四十三回批语，页 614。
② [美] 夏志清（C. T. Hsia）著，胡益民等译：《中国古典小说史论》（南昌：江西人民出版社，2001 年 9 月），页 287。

vision）并不是最佳的批评工具①，不仅分析小说艺术时如此，理解人性时亦然，因此，下文对《红楼梦》中林黛玉的立体分析，将在以前八十回为一有机整体的前提之下，采取亨利·詹姆斯（1843—1916）在《小说的艺术》中所提出的看法："人物个性决定事件，事件阐明人物个性。"②透过书中所有相关事件的阐明，而全面展现人物个性之内涵及其发展。

第二节　林黛玉之早期性格及其成因

早期之林黛玉，乃是一般读者脑海中刻板印象的来源：一位孤独成长、体弱多病的聪慧少女，母亲早逝而父亲忙于官务，因此自幼即托付于贾家外祖母处；名为依亲，实不免寄人篱下，在大家族步步为营的复杂人际关系里努力争取尊严，因此总不免养成敏感多疑、高傲好胜、感伤自怜，乃至于神经质的性格特点。

的确，林黛玉早期性格的造型尽可以粗略描绘如上，且其性格养成的因素之一，也确实与其自幼离家依亲度日的生活环境有关。

---

① ［英］弗斯特著，李文彬译：《小说面面观》，页191。
② Henry James, "The Art of Fiction," A. Walton Litz (ed.), *Modern American Fiction: Essays in Criticism* (New York, Oxford University Press, 1963), p.6. 此一中文引文为徐旰的译法，朱乃长则译为："除了决定情节以外，性格又是什么呢？说了说明性格以外，情节又是什么呢？"见［英］亨利·詹姆斯(Henry James)著，朱雯等译：《小说的艺术：亨利·詹姆斯文论选》（上海：上海译文出版社，2001年5月），页17。

试看黛玉初入贾府之前,已经"常听得母亲说过,他外祖母家与别家不同",等到"近日所见的这几个三等仆妇,吃穿用度,已是不凡了,何况今至其家。因此步步留心,时时在意,不肯轻易多说一句话,多行一步路,惟恐被人耻笑了他去"(第三回),显然林黛玉在生活转轨切换到那"白玉为堂金作马"(第四回)的富贵尊荣之家时,意识中已根植一种仰攀他人的自卑情结;而由于"自卑情结总是会造成紧张,所以争取优越感的补偿动作必然会同时出现,但其目的却不在于解决问题。争取优越感的动作总是朝向生活中无用的一面"①,以致在争取优越感时,来自紧张的挫折感与悲观的情绪,便扩散为一种生活中弥漫的氛围,时时在脆弱心灵上浸润、笼罩,就逐渐积凝出一种感伤的人格主调。

然而,以七八岁未足十岁之龄进入贾府的林黛玉②,在初来乍到时表现出"不肯轻易多说一句话,多行一步路,惟恐被人耻笑"的小心翼翼,以及入境问俗而"不得不随的,少不得一一改过来"

---

① [奥]阿德勒(Alfred Adler)著,黄光国译:《自卑与超越》(台北:志文出版社,1990年10月),页42。
② 《红楼梦》第二回记载:林如海夫妇生得一女,乳名黛玉,年方五岁;紧接着便述及贾雨村因身体劳倦、盘费不继,而谋入林府为其教席。然后堪堪一载的光阴,贾氏一病而终,不久贾母挂念年幼多病的林黛玉,务要遣人护送至贾府照料,至此已是第三回的情节。如此算来,林黛玉入贾府之年纪屈指可数,若据周汝昌之说则仅为六岁,见《红楼梦新证》(北京:华艺出版社,1998年8月),页145。

的"行权达变"①之后,非但没有顺势学会压抑自我以合群媚世,反倒素以放纵情绪而率直任性见称,于此,我们就发现自卑情结的解释是必要却不够充分的,这样的性格造型其实还来自另一个环境因子,透过这两个因子彼此的交互作用,才足以完整构成林黛玉性格发展之初期样态。这个环境因子,就是身居金字塔尖的外祖母贾母的娇宠溺爱,这才是使林黛玉个性中属于自我的那一面得以充分顺性发展,而毫不修饰地突显出来的真正原因。

林黛玉在贾府孙辈中地位的突出乃是显而易见的,所谓:"黛玉自在荣府以来,贾母万般怜爱,寝食起居,一如宝玉,迎春、探春、惜春三个亲孙女倒且靠后。"(第五回)书中更是处处可见贾母这位大家长以各种行动展示出这位外孙女的与众不同,例如她可以为了宝玉生气、黛玉中暑,而执意不去打醮祈福的清虚观,并为了宝、黛不和而抱怨哭了(第二十九回);又会出于"怕他劳碌着了"的理由,而一直纵容黛玉的懒于针线女红(第三十二回);当大家凑分子替凤姐庆生时,这位老祖宗除了自己的二十两之外,"又有林妹妹宝兄弟的两分子"(第四十三回),对宝黛的一体怜爱守护不言可喻;而当元宵节放炮仗时,还出现"林黛玉禀气柔弱,不禁毕驳之声,贾母便搂他在怀中"(第五十四回)这独钟一人的景象,以至于会因为看到黛玉与薛家母女之间亲如母子手足的胶漆之情,而感到十分喜悦放心(第五十八回);用饭时更特别赏赐,指着"这

---

① 语出王府本第三回夹批,所谓:"幼而学、壮而行者,常情。有不得已,行权达变,多至于失守者,亦千古用(同)概,诚可悲夫!"页80。

一碗笋和这一盘风腌果子狸给颦儿宝玉两个吃去"(第七十五回)。此外,贾母还将看顾黛玉的责任扩大到身边众人身上,既特别叮嘱史湘云别让宝、黛二人多吃螃蟹,以免影响健康(第三十八回),还千叮万嘱薛姨妈照管黛玉(第五十八回),至于私底下"老太太们为姑娘的病体,千方百计请好大夫配药诊治,也是为姑娘的病好"(第六十七回),而亲自探视疾病,则老早就成为理所当然的例行工作。这样时时与"人间龙凤"般之贾宝玉①相提并论,乃至被联名直呼"两个玉儿"(第四十回)的待遇,在一个成长中的少女心灵上烙下或隐或显的优越感或特权意识,似乎是极其必然的。

如此一来,其结果就如心理学家所说:"被娇宠的儿童多会期待别人把他的期待当法律看待,他不必努力便成为天之骄子,通常他还会认为:与众不同是他的天赋权利。结果,当他进入一个不是以他为众人注意中心的情境,而别人也不以体贴其感觉为主要目的时,他即会若有所失而觉得世界亏待了他。"②这样的描述十分贴近林黛玉早期的人格表象,并解释了她在全书前半部许多言行的内在原因。同时,在个体心理学的看法中,优越情结本就是出于自卑情结的补偿作用,因此"自卑／优越"的心理机制往往是一体两面,

---

① 第二十五回记赵姨娘嫉恨说道:"也不是有了宝玉,竟是得了活龙。"第四十三回亦述及水仙庵中"那老姑子见宝玉来了,事出意外,竟像天上掉下个活龙来的一般。"接着更描写玉钏儿见到宝玉回府后,便收泪说道:"凤凰来了,快进去罢。再一会子不来,都反了。"果然随后"宝玉忙进厅里,见了贾母王夫人等,众人真如得了凤凰一般。"

② [奥]阿德勒著,黄光国译:《自卑与超越》,页12。

第二章 林黛玉立体论——"变/正""我/群"的性格转化

这正足以说明前述林黛玉两种矛盾的性格表征乃是相反相成的。然而应该指出的是,优越意识固然可以与自卑情结发生因果关系,但若非具备被娇宠的环境条件,让争取优越的行动可以得到纵容甚至肯定,则自卑情结不但不能获得补偿的作用,反而会在处处受挫的不利环境中,因为不断蒙受否定与抑制而更形加深。于是我们看到的是,林黛玉一方面承受了贾母这位最高权威公开的娇宠与纵容,同时又不能完全免除来自周遭众人隐微的否定与抑制[①],因此在林黛玉身上所产生的"自卑/优越"的心理机制,便呈现着辩证性的互补关系,使她在争取优越感而欲处处凌驾别人的状态中,却能不至于沦为自私自大者流,亦即虽然自尊,却不自大;虽然自我,却不自私,在争强好胜的同时又流露着令人怜惜的孤独脆弱,如此才能保有一种人性上与艺术上的特殊美感。

由此以观第四十五回一段黛玉对自身之成长过程,以及此种成长过程何以影响其性格的自述自省,就掌握林黛玉早期性格之养成及其后来之转变而言,堪称提供了一把切中肯綮的钥匙。她对宝钗说道:

> 细细算来,我母亲去世的早,又无姊妹兄弟,我长了今年十五岁,竟没一个人像你前日的话教导我。

---

① 正如她所自觉的:"那些底下的婆子丫头们,……因见了老太太多疼了宝玉和凤丫头两个,他们尚虎视眈眈,背地里言三语四的,何况于我?况我又不是他们这里正经主子,原是无依无靠投奔了来的,他们已多嫌着我了,……吃穿用度,一草一纸,皆是和他们家的姑娘一样,那起小人岂有不多嫌的。"(第四十五回)

这段话明白揭示的讯息,在于林黛玉深深局限于个体性的自我世界而孤僻任性的人格情态,其实与她自幼缺乏群体互动的成长背景是密切相关的。原因一方面是来自孤独伶仃的家世背景,无从与亲人日常互动而自然学习,正呼应了第三回林如海所说"汝多病,年又极小,上无亲母教养,下无姊妹兄弟扶持"的话语,显示林黛玉既饱尝当时一般儿童容易遭遇的丧亲之痛,又欠缺他们常有的手足友伴的成长环境①,这乃是属于超乎人力之外的自然因素;另一方面则是来自贾母娇宠而无人敢撄其锋的特权地位,至多只有豪爽敢言的史湘云曾当面表示过不满②,其余姊妹多百般宽容,如书中所记述的:黛玉在自己房中养病时,"有时闷了,又盼个姊妹来说些闲话排遣;即至宝钗等来望候他,说不得三五句话又厌烦了。众人都体谅他病中,且素日形体娇弱,禁不得一些委屈,所以他接待不周,礼数粗忽,也都不苛责"(第四十五回),于是在周遭他人的包容或忍耐之下,欠缺教导的情形便一直持续下去,则此乃属于社

---

① 当时一般儿童的处境,参熊秉真:《试窥明清幼儿的人事环境与情感世界》,杨国枢主编:《本土心理学研究》第 2 辑(台北:桂冠图书公司,1993 年),页 251—273。

② 如第二十回记载史湘云指责黛玉道:"他再不放人一点儿,专挑人的不好。你自己便比世人好,也犯不着见一个打趣一个。"后来第二十二回在宝钗生日宴上,大家发现唱戏的小旦扮相上与林黛玉十分形似,却都心知而不愿明说,此时也只有湘云胆敢率然直言无忌而惹恼了黛玉。乃至第四十九回黛玉讥嘲湘云等人露天烧烤鹿肉大吃大嚼的行径,笑道:"那里找这一群花子去!罢了,罢了,今日芦雪庵遭劫,生生被云丫头作践了。我为芦雪庵一大哭!"湘云也冷笑直接反击道:"你知道什么!'是真名士自风流',你们都是假清高,最可厌的。"在在可见湘云所代表的光明正直之气度。

会造成的人为因素。这两个因素一前一后承续连接的结果，便构成了长达十五年"竟没一个人像你前日的话教导我"的特殊情况，清楚地展现出林黛玉乃是一个从小就完全缺乏群体教养与社会意识的少女，因而不免显现出强烈的个人主义倾向。

个体心理学家阿德勒（Alfred Adler, 1870—1937）曾提出这样的观点：一个人要成为正常而健康的人，就必须通过合作和建设性的姿态将自身融于社会之中，借此获得一种社会意识，亦即对他人怀有一种社会兴趣。社会兴趣是一种与他人和谐生活、友好相处的内在需要，不仅包括人们对所爱者和朋友的直接感情，还包括对现在和未来的全部感情；而其表现形式是多样化的：第一是平时或困难时与他人合作、帮助他人的准备状况；第二是在与他人交往时保持着"给多于取"的倾向；第三，还表现为对他人的思想、情感、经验给予理解的能力。不过，个体与生俱来的通常只是一种社会兴趣的潜能，要保证这种固有的潜能在个体后天的生活中被认知并获得充分的发展，儿童时期的母亲便发挥了关键性的重要作用。母亲是儿童最初接触到的、最主要的社会环境因素，母子关系是建立以后与他人发生的社会关系的雏型，母子之间早期交往的性质，从根本上决定了儿童今后能否以一种健康坦诚的态度对待他人。①

以如此的观察切入林黛玉早期的成长经验，我们似乎可以确信：这样一种"母亲去世的早，又无姊妹兄弟"的童年，剥夺了林

---

① 以上一段本诸王小章、郭本禹：《潜意识的诠释》（北京：中国社会出版社，1998年1月），第2章，页60—61。

黛玉潜在的社会兴趣发展成熟的机会，使她只能孤独地自我摸索，从而将全副精神专注于个体自身，忽视外界的人情世故，对群体事理无意也无暇旁顾。母亲的过早缺席，使黛玉无法在充满慈爱与同情的环境里，逐渐体会并进入到与他人紧密联系的（即使只是初步的、雏形的）社会关系之中；再加上缺少平辈的兄弟姊妹之间彼此分享、关怀、互助、忍让、协调的互动学习，导致天性中本就带有一段孤傲性分的林黛玉，只有长期抑制了潜在的合群天性，丧失了在群体中取得认同与价值实践的社会兴趣，因而最终只能慨然自叹："我长了今年十五岁，竟没一个人像你前日的话教导我！"

因此处在荣国府的群体生活中时，林黛玉便往往以一种"失败者"的形象或本质出现，不但自卑自怜而患得患失，而且在补偿性的骄矜自傲中，所争取的也是一种虚假的个人优越感，以及只有对她自身才有意义的成功。一如阿德勒所说："所有失败者……之所以失败，就是因为他们缺乏从属感和社会兴趣。他们在处理职业、友谊和性的问题时，都不相信这些问题可以用合作的方式加以解决。他们赋予生活的意义，是一种属于个人的意义，……他们争取的目标是一种虚假的个人优越感，他们的成功也只有对他们自身才有意义。"[①] 这点以林黛玉在认可"女子无才便是德"的时代环境中，却无比珍视诗歌创作这种不被社会认可的才华，且往往表现得争强好胜、不肯让人，即可以窥见一斑。而前述社会兴趣所表现的种种形式，如平时或困难时与他人合作、帮助他人的准备状况，在与他

---

① ［奥］阿德勒著，黄光国译：《自卑与超越》，页5。

人交往时保持着"给多于取"的倾向，以及对他人的思想、情感、经验给予理解的能力，于林黛玉与其他姊妹甚至长辈的相处上，也明显是极度欠缺的。

在这样的情况下，封闭的林黛玉既无法改变其存在情境，又不愿放弃自我存在的优越感，同时却还必须不断与外在群体相处，此际我们就可以看到心理学家的观察鲜活地在此际呈现："眼泪与抱怨——这些方法我称之为'水性的力量'（water power）——是破坏合作并将他人贬为奴仆地位的有效武器。"①这样一种"水性的力量"虽然被曹雪芹的"还泪神话"妆点得十分优美动人，但在现实世界里，却实实在在是一种"破坏合作并将他人贬为奴仆地位的有效武器"，它不但是自卑感的表露，其真正意涵与实质效果却又等于是对他人与世界的不满与谴责，足以将众人隔离而造成阻绝，因此早期的林黛玉总是"无事闷坐，不是愁眉，便是长叹，且好端端的不知为了什么，常常的便自泪道不干的。……后来一年一月的竟常常的如此"（第二十七回）。如果从"水性的力量"这个角度来看，则后期林黛玉自谓："近来我只觉心酸，眼泪却像比旧年少了些的。心里只管酸痛，眼泪却不多。"（第四十九回）此一现象不但可以解释为"泪尽而逝"的宿命已经逐渐地趋向终点，也可以理解为在林黛玉后来的成长阶段中，虽然感伤性格依然根植深藏，却已经不再需要借眼泪与抱怨来祛除自卑感或争取优越感的一个表征。

---

① ［奥］阿德勒著，黄光国译：《自卑与超越》，页43。

的确，随着岁月的累增和经验的沉淀，黛玉内在心灵也因为成长而发生了微妙的变化。原本她仅仅耽溺于个人世界里，只拥有、也只在意的，仅仅是"才情"与"爱情"这两者而已；但当故事发展到象征一般女孩成熟的及笄之年时，作者让我们看到十五岁的林黛玉从个体小小的框架中破茧而出，将自我纳入到群体之中，开始具备对外在群体世界的概念与关心。不过，在细察这些发展与变化之前，首先我们必须明白，黛玉虽然欠缺对俗务的兴趣，但实际上却不缺乏处理世务的能力，早在她独宠于父母膝下的幼年时期，以及初来乍到荣国府之际，那察言观色、见机行事而处处因地制宜的做法，便足以显露她并不缺乏掌握人情世故的才能，甚至对现存伦理秩序亦由衷遵行的服从心理。

比如从第二回"冷子兴演说荣国府"的叙述说明中，可知年仅六七岁之龄的林黛玉即懂得避讳之礼并奉行如仪，为避母亲"贾敏"之名讳，因此念书时凡遇敏字皆念作"密"，书写时凡遇敏字皆故意减一二笔，同时采行了"更读"与"缺笔"这两种源远流长的避讳手法，其心态属于出于尊敬和亲近之感情所产生的"敬讳"类型[①]；而"避讳"乃是君父伦理架构中阶级权力运作的结果，林黛玉那沛然难舍的孺慕之情竟完全契合于社会设定的尊卑机制，可见天生自然的亲子情感与后天人为的礼教规范沦浃为一体，而彼此一无丝毫扞格。此外，接下来的第三回亦记载黛玉初至荣国府时，先

---

① 有关避讳的形态与形式，详参王新华：《避讳研究》（济南：齐鲁书社，2008年8月），页32、页180—183、页190—191。

是"步步留心,时时在意,不肯轻易多说一句话,多行一步路,惟恐被人耻笑了他去";于乍见先声夺人、放诞无礼的王熙凤时,表现的更是"忙陪笑见礼,以嫂呼之"的世故。后来到王夫人房中,见"炕沿上却有两个锦褥对设,黛玉度其位次,便不上炕,只向东边椅子上坐了",同时"一面吃茶,一面打谅这些丫鬟们,妆饰衣裙,举止行动,果亦与别家不同";当众人晚饭时,林黛玉见此处饮食不合家中之式,也知"不得不随的,少不得一一改过来",因此一方面接过饭后立即奉上之茶,一方面见人又捧过漱盂来,立刻心领神会地随众人"照样漱了口。盥手毕,又捧上茶来,这方是吃的茶"。这就初步显示了林黛玉完全具备了察言观色、入境问俗,而与时俯仰、随俗从众的能力,故脂砚斋于这一回也处处提点"写黛玉自幼之心机""黛玉之心机眼力"①"行权达变"②。

接着在大观园生活的初期,于宝玉大承鞭笞之际,黛玉更展现出她对人情世故中机心运作的洞察力。第三十五回描写道:

> 林黛玉还自立于花阴之下,远远的却向怡红院内望着,只见李宫裁、迎春、探春、惜春并各项人等都向怡红院内去过之后,一起一起的散尽了,只不见凤姐儿来,心里自己盘算道:"如何他不来瞧宝玉?便是有事缠住了,他必定也是要来打个花胡哨,讨老太太和太太的好才是。今儿这早晚不来,必有原

---

① 见甲戌本第三回夹批,页60、71。
② 王府本第三回夹批,所谓:"幼而学、壮而行者,常情。有不得已,行权达变,多至于失守者,亦千古用(同)概,诚可悲夫!"页80。

故。"一面猜疑,一面抬头再看时,只见花花簇簇一群人又向怡红院内来了。定睛看时,只见贾母搭着凤姐儿的手,后头邢夫人王夫人跟着周姨娘并丫鬟媳妇等人都进院去了。黛玉看了不觉点头。

很显然,不但林黛玉心里是有所"盘算"的,其实并非白纸一般地心无城府;而且她所盘算的,正是存在于贾府错综复杂的人际关系中,逢迎取媚、趋炎附势这种攸关利害得失的心计和手腕。而不久事情果然如其所料,王熙凤立刻奉承着贾母前来探病,这就称得上是料事如神地掌握了王熙凤"机关算尽太聪明"(第五回)的心性,将人情世故中"挽弓当挽强,用剑当用长;射人先射马,擒贼先擒王"①的策略透视得入木三分。可见她虽然率真纯洁,却绝不单纯无知;虽然唯性灵是求,却绝非不通世务,对于现实人性中机变巧饰的那一部分的认识,她其实是和宝钗一样的玲珑剔透。

---

① 语出杜甫《前出塞九首》之六,仇兆鳌:《杜诗详注》(台北:里仁书局,1980年),卷2。杜甫诗中此俗语的原意,本来是希望朝廷不要穷兵黩武、滥杀无辜,若是非战不可,也应该以最有效的方式达到最少的牺牲,其宗旨乃是诗中坦言的"苟能制侵凌,岂在多杀伤";但此一俗语本身的意涵却也包含人情事理,军事战术与人际谋略有其本质性的相通之处,可以容许作此一扩大性的解释,故加以借用。而衡诸《红楼梦》之叙写,林黛玉对王熙凤心计的掌握确实极其精准,因为第十五回已出现过类似而更为明显的情节,当王熙凤弄权于铁槛寺时,面对宝玉再留一天的恳求,王熙凤心中立刻盘算出多住一夜的"三益",其中的好处之一就包括:"顺了宝玉的心,贾母听见,岂不欢喜?"这种顺藤摸瓜、两面讨好的做法与用心,正可与此处相印证。

而这一点，其实也得到精明干练、具有"穿心透肺的识力"①的王熙凤金口直断的肯定：

> 我正愁没个膀臂，虽有个宝玉，他又不是这里头的货，纵收伏了他也不中用。大奶奶是个佛爷，也不中用。二姑娘更不中用，亦且不是这屋里的人。四姑娘小呢。兰小子更小。环儿更是个燎毛的小冻猫子。……再者林丫头和宝姑娘他两个倒好，偏又都是亲戚，又不好管咱家务事。况且一个是美人灯儿，风吹吹就坏了；一个是拿定了主意，"不干己事不张口，一问摇头三不知"，也难十分去问他。（第五十五回）

在这段完全是以现实俗务能力（所谓"这里头的货"）为评准的话语中，相对于宝玉、李纨、迎春、贾环的"不中用"，以及惜春、贾兰的稚幼无知，林黛玉和薛宝钗则同时得到了"他两个倒好"的肯定，这就显示了在王熙凤那"穿心透肺"的知人之明中，林黛玉处理俗务的能力完全是可以和宝钗相提并论的。可见黛玉的隔绝于现实俗务之外，乃是"不为也，非不能也"，是因为身体的娇弱、外姓亲戚的距离和心灵趋向的分歧，而不是因为能力的不足。

因此当黛玉的成长使她开始从狭小的自身推扩出去时，林黛玉自己也清楚表露过她从自我投向外在世界的转向：

---

① 吕启祥：《"凤辣子"辣味解》，《红楼梦会心录》（台北：贯雅出版社，1992年4月），页205。

黛玉便说道："你家三丫头倒是个乖人，虽然叫他管些事，倒是一步也不肯多走。差不多的人早就作起威福来了。"宝玉道："你不知道呢。你病时，他干了好几件事。这园子也分了人管，如今多掐一草也不能了。又蠲了几件事，单拿我和凤姐姐作筏子禁别人。最是心里有算计的人，岂只乖而已。"黛玉道："要这样才好，咱们家里也太花费了。我虽不管事，心里每常闲了，替你们一算计，出的多，进的少，如今若不省俭，必致后手不接。"（第六十二回）

　　此处所言"替你们一算计"的"算计"一词，进一步呼应了前述第三十五回她对凤姐处事手腕的"盘算"之说，只是把对象转向为对整个家族用度收支状况的关心与忧虑；同时，此中所算计的"出的多，进的少，如今若不省俭，必致后手不接"，又恰恰符应于置身权力核心的王熙凤所坦承的："家里出去的多，进来的少，……若不趁早儿料理省俭之计，再几年就都赔尽了。"（第五十五回）比观两段话之一致性，简直是从字句到意义都完全贴合到了"如印之印泥"的程度，有如王熙凤出以经管家计者的立场所发之言论的翻版。此一现象实已透显出黛玉已开始踏入世间的讯息：黛玉非但不再不食人间烟火，而且也无法免除置身于处处冲撞刃靡的世间所必然俱来的得失计较。

　　由此也才足以说明，在第六十九回尤二姐被王熙凤赚入大观园以图不轨时，大家对王熙凤的口蜜腹剑、外慧内奸都一无察觉，所谓："园中姊妹和李纨迎春惜春等人，皆为凤姐是好意，然宝黛一干人暗为二姐担心。"清楚点出黛玉具备了看出凤姐之心性手段的充分能力；而在第七十三回"懦小姐不问累金凤"一段情节中，黛玉对于探春一方面调停威逼讨情的乳母媳妇与捍卫清白的大丫头之间的口舌纷争，一方面却早已不动声色地暗示手下适时请来平儿示威辖治，发挥致命一击的做法，更是精准中地指出探春明断轻重、灵活调度的处事手腕，所谓："这倒不是道家玄术，倒是用兵最精的，所谓'守如处女，脱如狡兔'，出其不备之妙策也。"比起宝琴"三姐姐敢是有驱神召将的符术"这流于表面而不免天真的浅识浮说，黛玉实在展现出处置政治、军事这类群众之事的高度眼力与深刻掌握，恰恰与前述第三十五回中，她对凤姐探视宝玉之现实因素的正确洞察与应有作为的精准判断前后呼应。由此可见，从自我投向社会，从个人推扩到群体，黛玉关注的眼光开始由自己幽微细腻的内在心灵，转向复杂虚浮的外在世界。

　　如果说黛玉是因为意识自己的未来与贾家的存亡密切相关，遂对贾府内部"一共倒有二十多两银子，……这一顿的钱够我们庄家人过一年"（第三十九回刘姥姥语）的奢靡产生关切，并因此首次在价值判断上与宝玉分歧，而认为探春整治大观园的务实做法是正确的，如此则势必将黛玉推入自私自利者流了。因为凡是以个人的得失为出发点，所关心的课题亦取决于个人的利害关系，而不能跳脱利己立场的人，毋宁会令人感到面目可憎。然而我们从前文已经知道，黛玉虽然自我，却绝对并不自私；虽然大部分的时候局限于个人主义，这却并不等同于自利。黛玉固然总是过于重视自我的感受而往往有些小性儿，有些多愁善感，却不会引起读者的反感，其原因便在于当她耽溺于自我的感受时，我们看到的是一个敏感多疑、同时却不失纯真优美的清新少女，如果她的敏感聪慧不是用于真挚的爱情追求与凄伤的身世感怀，而是用在个人生存所系之得失利害的计算上，如此一来，林黛玉的基本形象将被破坏无遗。

因此，探讨林黛玉中途转变的原因，势必不能素朴地仅仅只从现实因素着眼，否则又是一个奠基于"挑战与响应"之模式的"环境决定论"的刻板操演，其间类似行为主义者所持"条件反射"（conditioning）之理解与诠释，似乎稍嫌简化。因此我们毋宁是希望细腻而全面地抉发林黛玉外在言行转变的种种形迹，将林黛玉从一般习以为常的僵固造型中解脱出来，然后便可以在此一基础上进一步归纳林黛玉内在性格转变的核心，始能成就对真实人性的了解与掌握。

第三节　个体封界的消融

在这样的立场上，首先我们注意到第四十五回"金兰契互剖金兰语"中有一段重要的情节，不但是长期以来钗、黛不和之关系面临根本性调整，而大幅转向的关键点所在，也更是区分林黛玉性格前后期不同发展的分水岭：

> 黛玉叹道："你素日待人，固然是极好的，然我最是个多心的人，只当你心里藏奸。从前日你说看杂书不好，又劝我那些好话，竟大感激你。往日竟是我错了，实在误到如今。细细

算来，我母亲去世的早，又无姊妹兄弟，我长了今年十五岁，竟没一个人像你前日的话教导我。怨不得云丫头说你好。……比如若是你说了那个，我再不轻放过你的；你竟不介意，反劝我那些话，可知我竟自误了。"

面对薛宝钗这位素来最大的假想情敌，黛玉倾吐的这段说辞中居然一连五次使用"竟"这个语气词，既充分表现出一种茅塞顿开、恍然大悟的强烈感受，而"今是昨非"的深刻悔意也自在其中。透过引文，我们可以看出几点讯息：

首先，黛玉在高傲自尊的一面外，同时也是谦虚受教的，如同第四十二回黛玉也央告过宝钗："颦儿年纪小，只知说，不知道轻重，作姐姐的教导我。"这种真诚的自省与受教，更衬托了其人之纯良可爱。

其次，黛玉是孤独长大的，其教养完全是凭借自修和独自摸索而来，不只是因为"母亲去世的早，又无姊妹兄弟"的童年，剥夺了林黛玉潜在的社会兴趣发展成熟的机会，即使在大观园中数年群居的团体生活中，竟也无人曾加教导。前者乃是无可奈何的造化拨弄，只能怨天，不能尤人；后者则不免令人感叹，原来在贾母、宝玉的娇宠溺爱之余，林黛玉并不能获得旁人真心的指点，颇有自生自灭的味道。如此的成长背景，才是造成林黛玉孤僻尖锐而与人格格不入的真正原因。

第三，黛玉之虚心受教，必然是奠基于对宝钗之话语的真切了解和全然接受上；换言之，她对所谓"女子无才便是德"的传统规范也开始有了认同之意。引文中所提到宝钗劝的"那些好话",见于第四十二回:"咱们女孩儿家不认得字的倒好。男人们读书不明理,尚且不如不读书的好,何况你我。就连作诗写字等事,原不是你我分内之事,究竟也不是男人分内之事。……你我只该做些针黹纺织的事才是,偏又认得了字,既认得了字,不过拣那正经的看也罢了,最怕见了些杂书,移了性情,就不可救了。"而当时的情形是:"一席话,说的黛玉垂头吃茶,心下暗伏,只有答应'是'的一字。"这就历历分明地告诉我们,所谓"好话",不仅是主观情感的认同与信服,也是一种出于客观理性对价值判断的正面肯定。

此处我们必须区分清楚的是:对某一个人之"存在个体"在"情感上"的接纳,并不等同于对其人之"存在价值观"在"理念上"的认同,因此纵使宝钗是出于谋略而"收伏"林黛玉(案:事实上此说并无确证,未免厚诬之嫌),其最大之意义也只限于钗、黛之间长久以来情感不和的冰释;而瓦解黛玉顽强之敌意,却未必等同于黛玉对宝钗之价值观和思考模式的认同和仿效。因为情感之冰释可以发生在瞬时的一念之间,而价值观和思考模式的明显改变,却必然有长期学习努力的基础和调整适应的阶段而后可。因此,除非是黛玉本身已经开始有了内在而本质性的改变,否则受教于兰契之诤言、赞同探春之务实做法、算计贾府家计之入不敷出、对亲友下人之虚礼周旋、对自我才情的谦抑逊让等等随后而来的这些情节(详参下文),是无法接二连三地发生的。

以薛宝钗教导林黛玉不可让"杂书移了性情"一事为例,综观全书情节,可知黛玉对那些"好话"所表示的认同、信服与肯定,的确是前有所承而有迹可循的。当宝玉两次借语《西厢记》对黛玉进行情色试探时，面对"我就是个'多愁多病身'，你就是那'倾国倾城貌'"（第二十三回）以及"若共你多情小姐同鸳帐，怎舍得叠被铺床"（第二十六回）这样饱含挑逗意味的言词，羞怒交加的林黛玉总是毫无例外地以"该死的胡说""淫词艳曲""混话"以及"村话""混账书"来加以贬责痛斥，从而掀起二玉之间仅次于"金玉良姻"的重大风波。然而，试看林黛玉所谓的"胡说""混话""村话""混帐书"种种用语，与宝钗兰言教诲中所指陈的"杂书"，和同样奉守"女子无才便是德"之李纨所声称的"邪书"（第五十一回），还有贾母、李婶、薛姨妈等所谓的"杂话"（第五十四回），以及探春所斥责的"混话"（第六十三回），其间有何不同？而"淫词艳曲"一词，与乾隆时期称《西厢记》为"小说淫辞"，以"诱人为恶"为由而加以禁毁①，两者在用语上更是差相仿佛、如出一辙。

---

① 史传记载：有清一代，于康、雍、乾三朝时曾多次禁毁"淫辞小说"，如乾隆十八年《水浒传》译成满语时，高宗旋即谕示内阁云："近有不肖之徒，并不翻译正传，反将《水浒》《西厢记》等小说翻译，诱人为恶，不可不严行禁止。"见虞云国等编：《中国文化史年表》（上海：上海辞书出版社，1991 年），页 621—645。此时曹雪芹犹然在世，刚刚好正是他起草《红楼梦》稿，展开"于悼红轩中披阅十载，增删五次"（第一回）之生涯的开端。到了乾隆五十八年时，其上谕又云："朕惟治天下，以人心风俗为本。……近见坊肆间多卖小说，淫辞鄙亵荒唐，渎乱伦理。不但诱惑愚民，即缙绅子弟，未免游目盅心，伤风败俗，所关非细。着该部通行中外，严禁所在书坊，仍卖小说淫辞者，从重治罪。"见《淡水厅志》卷 5，台湾文献丛刊第 172 种（南投：台湾省文献委员会，1993 年），页 121。另外，亦可参王晓传：《元明清三代禁毁小说戏曲史料》（北京：作家出版社，1958 年 7 月），书中详列三朝从各个角度加以防范的法令与评论。

这就足以证明黛玉对外界社会之主流价值其实称得上是知之甚详，因此在理性判断上与之全然合拍，而不自觉地表现出认同遵奉的形迹；同时也正因为如此，所以当黛玉于行酒令时忘情引用《西厢记》，导致宝钗前来调侃审问之初，黛玉的反应才会是："想起来昨儿失于检点，那《牡丹亭》《西厢记》说了两句，不觉红了脸"，并满口央告道："好姐姐，你别说与别人，我以后再不说了。"（第四十二回）由其中所流露的强烈的羞愧意识与罪咎心理，可见林黛玉在理性层次上显然是属于传统价值观的主流派，那一时忘情引用杂书的行为仅仅是感性上偶然的脱缰失控而已，故一经觉察便立刻诚心悔过。

换言之，初入大观园而年仅约略十一二岁的少女林黛玉①，一直到十五岁为止，期间虽然纯洁率真、天然未凿地沉浸于个人世界，但其实并不是对外在社会中的主流价值毫无所知。若再对照前文所述第二回的避讳行为，第三回黛玉初入贾府之表现，与第三十五回对凤姐探视宝玉之心理机制的精准推测，在在可见林黛玉具备了对社会中人情世理的高度洞察力，以及对传统主流价值的清楚认识。凡此种种，已足以证明林黛玉之所以诚心推服薛宝钗之兰言，固然是以情感的暖化与冰释为助缘，遂乃撤除那道长期阻隔的心理防线，但更重要的是，黛玉内在心理中原本即根植的对世道俗

---

① 第二十三回记载：搬入大观园居住之初，贾宝玉乃是以"十二三岁的公子"的身份作出《四时即事诗》，而第三回又透过林黛玉之口说道：宝玉"这位哥哥比我大一岁"。据此推算当时林黛玉之年龄大约是十一二岁。

务的认知基础，才是让宝钗此一价值观得以在其心壤上茁长成形的先决条件。

无论如何，林黛玉个体封界消融的迹象，首先是表现在薛宝钗的破冰而入，一旦开启通往外界的心路之后，随着薛宝钗而来的，便是众多群体成员以及世俗面向的接踵而至。我们以第四十二回（包括情节发展与之紧接承续的第四十五回）为界分的里程碑，而爬梳书中或隐或显的相关情节，可以综合分类为以下的八个面向，从八个重心不同而又互相绾连的角度，辐射叠映出林黛玉转变的全貌。

一、由孤绝的个体到和睦的群体

早期的林黛玉，因为自卑情结所产生的不安全感，使她"从未把他的兴趣扩展至他最熟悉的少数几个人之外"[①]，因此书中明白说道："黛玉本性懒与人共，原不肯多语。"（第二十二回）又谓："林黛玉天性喜散不喜聚。他想的也有个道理，他说，'人有聚就有散，聚时欢喜，到散时岂不清冷？既清冷则生伤感，所以不如倒是不聚的好。比如那花开时令人爱慕，谢时则增惆怅，所以倒是不开的好。'故此人以为喜之时，他反以为悲。"（第三十一回）这些说法都是作者出以全知观点所作的剖示，以之覆按书中前半部的情节，可谓历历得验。

---

① ［奥］阿德勒著，黄光国译：《自卑与超越》，页43。

但这样自我封闭的孤绝状态，到了后期却明显地破除了，因为克服了自卑情结的林黛玉开始相信：她"能凭自己的努力，在家庭的范围之外，赢取温暖和爱情"①，而其最主要的做法便是破除心防，解消人我之间的敌对意识，进而与周遭环境建立友谊关系乃至拟亲缘关系。于是我们看到："此时黛玉已好了大半，见香菱也进园来住，自是欢喜"（第四十八回），"一时林黛玉又赶着宝琴叫妹妹，并不提名道姓，直是亲姊妹一般"（第四十九回），接着更从姊妹关系扩及亲子关系，在第五十七回"薛姨妈爱语慰痴颦"一段中，黛玉趁着薛姨妈对她摩娑抚爱同时表示疼惜之情时，提议道："姨妈既这么说，我明日就认姨妈做娘，姨妈若是弃嫌不认，便是假意疼我了。"而从后文所记述，她"也一头伏在薛姨妈身上"，要求打那取笑她的薛宝钗，以及后来薛姨妈借便"挪至潇湘馆来和黛玉同房，一应药饵饮食十分经心。黛玉感戴不尽，以后便亦如宝钗之呼，连宝钗前亦直以姐姐呼之，俨似同胞共出，较诸人更似亲切"（第五十八回）。乃至当宝钗分赠土仪之后，也以"自家姊妹不必见外"为由，向宝玉说明无须拘礼特意前去道谢（第六十七回），在在可见林黛玉已然开始打破血缘上孤绝的疆界，与自我之外的他者勾连扣结，如锁链般从情感上扩大了拟亲族的人际关系，而共同形成和睦的群体。

然后，我们便不免惊讶地发现这样的情节：林黛玉竟然会为了"大家热闹些"的理由，而与同住的薛姨妈都往宝钗那里去，连饭

---

① ［奥］阿德勒著，黄光国译：《自卑与超越》，页43。

也端了那里去吃（第五十九回）。这就显示出在情感上扩大了亲族关系的表现，根本上还是建立在性格质变的基础上的，因为由"大家热闹"一语中所内蕴的群体取向，正是对过去"懒与人共""喜散不喜聚"之个体主义的否定，是悲剧之孤绝感受趋向喜剧之团圆意识的逆转，意味着在"自卑／优越"情结所造成的围篱撤销之后，林黛玉终于能够以平等善意的姿态去追求与"他者"的连结。因此与薛氏姊妹手足相称、同桌而食，只是出于个体封界消融之后一种自然而然的结果，从而当"海棠社"改为"桃花社"时，大家乃议定"林黛玉就为社主，明日饭后，齐集潇湘馆"（第七十回），因而第二天宝琴就说"在园里林姐姐屋里大家说话的"（第七十一回），意义在此。换句话说，黛玉那只用"才情"与"爱情"所建构的个人狭小的世界，已开始突破而向外打开，以足够的宽广容纳别人的优点，接纳来自宝玉以及贾母之外的他者的情谊，从而与世界握手和解，进入到由"人伦关系"与"世俗价值"所建构的群体世界中，真正与大观园的人际社会融为一体。

二、由洁癖守净到容污从众

另外，生性好洁的黛玉，不但曾经掷回宝玉珍重转赠的北静王所赐的鹡鸰香串，理由是："什么臭男人拿过的！我不要他。"（第十六回）后来当宝玉左边脸上被贾环故意以滚热蜡灯油烫出一溜燎泡，而黛玉得知后赶来探视时，宝玉也是连忙把脸遮着，不肯要她看，因为"知道他的癖性喜洁，见不得这些东西。林黛玉自己也知道自己也有这件癖性,知道宝玉的心内怕他嫌脏。"(第二十五回)可见其喜净好洁已到了孤绝不谐的地步,会在幽僻无人之处洒泪歌吟"质本洁来还洁去"之诗句(第二十七回《葬花辞》),而那"过洁世同嫌"(第五回)的妙玉正是黛玉的极端化表现。

但林黛玉如此纤尘不容的洁癖,却也随着胸界的开展而逐渐模糊松解,让"好洁"不再成为阻碍人际之间汇流融通的障壁。试看以下这段有关饮茶的描写:

> 袭人便送了那钟去,偏(黛玉)和宝钗在一处,只得一钟茶,便说:"那位渴了那位先接了,我再倒去。"宝钗笑道:"我却不渴,只要一口漱一漱就够了。"说着先拿起来喝了一口,剩下半杯递在黛玉手内。袭人笑说:"我再倒去。"黛玉笑道:"你知道我这病,大夫不许我多吃茶,这半钟尽够了,难为你想的到。"说毕,饮干,将杯放下。(第六十二回)

身为黛玉之重像的妙玉,曾经因为嫌脏而打算将刘姥姥用过的杯子丢弃(第四十一回),这毋宁是好洁太过、孤介骄世的行为,以至于"世同嫌"而"世难容",终究落入"终陷淖泥中""到头来,依旧是风尘肮脏违心愿"(第五回人物判词)的悲剧收场;相较之下,黛玉能够直接以宝钗喝过的茶杯就口饮干而不以为意,此一作法与其背后所隐藏的心态便随和得多。纵然这是与宝钗尽释前嫌之后的友好表示,但就黛玉的性格而言,毋宁更蕴含了性格转变的一个微妙契机;而袭人对林黛玉的了解显然还停留在前期阶段,为了怕唐突这位敏感多心的小姐,因此在话语中一再表示"我再倒去",当其目睹眼前奇景之际,心中的惊异意外之情应是可以想见!

三、由尊傲自持到"明白体下"

在前期孤绝的封闭状态时,林黛玉以"孤高自许,目无下尘"(第五回)的姿态,总是毫不保留地逞露个人自卑自尊而敏感多疑的脾性,所谓"林黛玉素习猜忌,好弄小性儿"(第二十七回),对平辈已然率性而为,对佣仆者流更是无所顾忌。以下人而言,于周瑞家的送来宫花一事,林黛玉在确定宫花的客观美丑与自己的主观好恶之前,首先关心的,乃是潜藏在送花先后顺序中的尊卑关系,因此她只就宝玉手中看了一看,便问道:"还是单送我一人的,还是别的姑娘们都有呢?"当她获得的答案是"各位都有了。这两枝是姑娘的了",随之便当场冷笑道:"我就知道,别人不挑剩下的也不给我。"几句话说得周瑞家的一声儿不敢言语(第七回);后来更因为贾宝玉的奶娘李嬷嬷扫了大家的玩兴,而一面悄推宝玉,使他赌气,一面悄悄的咕哝说道:"别理那老货,咱们只管乐咱们的。"随即更针锋相对地加以尖刻反讽,惹得李嬷嬷又急又笑地说:"真真这林姐儿,说出一句话来,比刀子还尖。"(第八回)种种锋芒都莫不是"目无下尘"之性格的显露。

然而,对待下人态度的改变,同样也在林黛玉的成长史上留下了鲜明的一页。试看她如何在同样的一件事情上,从早期的"娇生

惯养"转变成后来"明白体下"的姑娘:

- （佳蕙）坐在床上:"我好造化！才刚在院子里洗东西，宝玉叫往林姑娘那里送茶叶，花大姐姐交给我送去。可巧老太太那里给林姑娘送钱来，正分给他们的丫头呢。见我去了，林姑娘就抓了两把给我，也不知多少。"（第二十六回）
- 蘅芜苑的一个婆子，也打着伞提着灯，送了一大包上等燕窝来，还有一包子洁粉梅片雪花洋糖。……（黛玉）命他外头坐了吃茶。婆子笑道:"不吃茶了，我还有事呢。"黛玉笑道:"我也知道你们忙。如今天又凉，夜又长，越发该会个夜局，痛赌两场了。……难为你，误了你发财，冒雨送来。"命人给他几百钱，打些酒吃，避避雨气。（第四十五回）

比较以上两段时间断面不同的叙述，可以看到前者还在黛玉成长的初期阶段，因此只是在凑巧分钱的情况下，见者有份地抓了两把给刚好撞来的丫头；而且除了抓钱分享的举动之外别无余话，可见若非当时正在分钱给丫头，送茶叶过去的佳蕙恐怕也享受不到这一意外巧遇的横财，所谓"可巧老太太那里给林姑娘送钱来"中的"可巧"一语，恰恰点出此事完全是出于因缘凑巧的机运。而也正因为此事乃非常态的难得之举，突破了过去为林黛玉服务之往例，所以意出望外的丫头佳蕙才会惊喜地呼之为"好造化"。故此一情节所表现的，仅只是直接而不假修饰的单纯善意，而此一直接单纯的施惠做法，主要应该还是出于小姐对下人的一般礼数使然，在"凑巧分钱"的前提之下,一时顺手的无心之举。

但到了后一例则不同了,林黛玉除了特地(而不是凑巧)给送燕窝来的婆子几百钱之外,还外加命茶寒暄,其中所蕴含的刻意招待之迹宛然可见;慰劳婆子的内容则又充满了对下人之生活嗜好的理解,与对下人之劳动奔波的体贴,甚至对于贾母都视为罪大恶极而动怒申饬的设局聚赌一事(见第七十三回),都不但能够寄予同情的理解,还更充满包容尊重的顺任之情,所谓"难为你,误了你发财"的说辞,已然直逼生意人的口吻,也只有人情练达、世事洞明之人才能道出。这样的做法,实与宝钗、探春、袭人等较具有俗务经验而世故圆熟的人物已大为趋近。以袭人为例,第三十七回记载下人们送来贾芸所孝敬的两盆海棠花,袭人问明缘故后便即命坐慰劳、赏钱犒奖:

> 便命他们摆好,让他们在下房里坐了,自己走到自己房内秤了六钱银子封好,又拿了三百钱走来,都递与那两个婆子道:"这银子赏那抬花来的小子们,这钱你们打酒吃罢。"那婆子们站起来,眉开眼笑,千恩万谢。

如此描述,比诸宝钗、探春两位正宗主子小姐的做法也是差相仿佛,本质上乃出于同一机杼。第六十一回透过掌管厨房的柳家的说道:

> 前儿三姑娘和宝姑娘偶然商议了要吃个油盐炒枸杞芽儿

来,现打发个姐儿拿着五百钱来给我,我倒笑起来了,说:"二位姑娘就是大肚子弥勒佛,也吃不了五百钱的去。这三二十个钱的事,还预备的起。"赶着我送回钱去,到底不收,说赏我打酒吃,又说"如今厨房在里头,保不住屋里的人不去叨登,一盐一酱,那不是钱买的。你不给又不好,给了你又没的赔。你拿着这个钱,全当还了他们素日叨登的东西窝儿。"这就是明白体下的姑娘,我们心里只替他念佛。

其中所谓"明白体下的姑娘",指的是可以理解下人工作处事的辛苦与难处,并能够待之以宽容大方的主子小姐;而除了茶酒之招待、金钱的额外赏赐之外,其宽容大方还表现在言语之体恤、对其生活方式的体认与尊重等方面,这才真正是"明白体下"一词的深义。两两相较比观,黛玉与宝钗、探春、袭人的做法又相去几希?林黛玉所谓的"我也知道你们忙"云云,正是"明白"的同义互文;而接下来的命茶赏钱之举,也完全是"体下"的具体作为,连赏钱给下人时,用的一样都是"数百钱"的定额以及"给你打酒吃"的理由,显然属于口径一致的官方说辞,人为之迹宛然可见。这就与先前抓钱给佳蕙时的"可巧"成为鲜明的对比。从而,当贾母为了下人夜间聚赌之事而动怒申饬时,一同出面为迎春之乳母向贾母讨情的姑娘中,除了宝钗、探春之外,还有一位便是黛玉(第七十三回),三人在此异口同声地为下人关说开脱,这样的情节发生在林黛玉性格发展的后期阶段,也就不会那么突兀而顺理成章了。于此,开始称得上是"明白体下的姑娘"

的林黛玉，所表现的正是"社会兴趣"中对他人的思想、情感、经验给予理解的能力，以及平时帮助他人的准备状况，这岂非也是从孤立之个体突破至外在群体世界的结果？

四、从口角锋芒到自悔失言

如前文所见，黛玉之原初形象乃是争强好胜、不落人后，是故往往流于言语尖刻、口角锋芒，每每"说出一句话来，比刀子还尖"（第八回）、"嘴里又爱刻薄人，心里又细"（第二十七回）、"忙中使巧话来骂人"（第三十七回）。而此一尖言利语又往往如散弹一般扫射身边眼前之众人，正如湘云所不满的："他再不放人一点儿，专挑人的不好。你自己便比世人好，也不犯着见一个打趣一个。"（第二十回）这种"专挑人的不好"的打趣方式，结果必然是刺激别人的隐痛、提醒别人的不如人之处，甚至是在别人的伤口上洒盐，其性质已近乎"虐"而非"谑"；而且用比刀子还尖的话打趣（甚至伤害）别人之后，黛玉也并不曾自以为有过，往往在口角风波之后，有的只是在受到他人反击时所产生的赌气自伤而已。但自第四十二回开始，我们所看到的黛玉就有了收敛自持的不同风范，虽然一时之间不能完全改掉这"打趣别人"的习惯，如同一回在"蘅芜君兰言解疑癖"之后，黛玉立刻又旧习复发地讥讽刘姥姥是"母蝗虫"，并取笑惜春画才迟钝，随后竟嗔赖李纨不务正业地招令大家玩笑，接着再编派宝钗所开的画具单子有如办嫁妆，种种表现都清晰展现人性中的"惯性原理"依然强韧地发挥作用。

但值得留意的是，虽然在惯性原理的强韧作用之下，刻薄的林黛玉却已懂得自省自制，不继续纵情顺性地放任自己的性格惯性脱缰而去，以致同时伤害了别人与自己。试看以下诸例：

- （宝钗）走上来，把黛玉按在炕上，便要拧他的脸。黛玉笑着忙央告："好姐姐，饶了我罢！颦儿年纪小，只知说，不知道轻重，作姐姐的教导我。姐姐不饶我，还求谁去？"（第四十二回）
- 黛玉笑道："他（指湘云）倒有心给你们一瓶子油，又怕挂误着打盗窃的官司。"众人不理论，宝玉却明白，忙低了头。彩云有心病，不觉的红了脸。宝钗忙暗暗的瞅了黛玉一眼。黛玉自悔失言，原是趣宝玉的，就忘了趣着彩云。自悔不及，忙一顿行令划拳岔开了。（第六十二回）

两段情节中，俱见黛玉"见一个打趣一个"的习惯一时之间不能净去，以偶发的残留状态出现，这正是作者对人性的深刻了解之处。但随着情节的发展，黛玉"打趣嘲讽"和"口角锋芒"的做法不但在次数上已经逐渐稀少，不似前期般令人动辄得咎，甚至可以说是完全消失；即便那少数几次的偶然发作，其后也都伴随着认错自悔的心理反应，从"饶了我罢"的软语央告，和"自悔失言""自悔不及"的惭愧心理，在在可见黛玉对自我的调整以及性格的转变，实在是十分用心而颇具成果的。尤其让她"自悔失言""自悔不及"的对象，乃是身为女婢的彩云,这就更加印证了前述"明白体下"的表现,与周全圆融的心态乃是一体同源的本质性关联。

五、从率性而为到虚礼周旋

因此,这样一种从口角锋芒到自悔失言的改变,不仅仅只是表面上的不逞口舌之快而已,更积极的意义在于:林黛玉对外界之"他者"的态度已经发生了内在质变,因此解消敌对竞争的抗衡心态,而融入更多善意的了解与接纳。例如对于贾府中最昏聩愚贪的赵姨娘,林黛玉原本是视而不见、嫌恶不屑的,而且往往不加掩饰地直接表露,一如赵姨娘所觉察的:"若是那林丫头,他把我们娘儿们正眼也不瞧,那里还肯送我们东西?"(第六十七回)但到得后来,却也懂得稍加文饰,改为以礼相待:

> 只见赵姨娘走了进来瞧黛玉,问:"姑娘这两天好?"黛玉便知他是从探春处来,从门前过,顺路的人情。黛玉忙陪笑让坐,说:"难得姨娘想着,怪冷的,亲身走来。"又忙命倒茶,一边又使眼色与宝玉。(第五十二回)

黛玉一向自尊自傲,因而行事往往"也只瞧我高兴罢了"(第十七回),要不便是鼓励同调的宝玉"咱们只管乐咱们的"(第八回),后来却能够在面对赵姨娘时好言相迎,并在洞识其顺路人情的虚情假意之余,还能顾及陪笑让坐倒茶之类的情面虚礼,其中的周旋之态已大非昔比。

更往后发展，到了大观园生活的晚期，林黛玉应对人情的表现便越加圆熟，例如她对写出《如梦令·柳絮词》而心中得意的史湘云，不但没有任何竞技的较劲心理，反而还谦说："好，也新鲜有趣。我却不能。"（第七十回）其中"我却不能"的说法，在她缠绵悲戚的《唐多令》写成后便不攻自破，显见为一种社交客套之谦词。正是在这样的基础上，后来她与湘云于中秋夜的凹晶馆联诗，中途随现身止住的妙玉一起前往栊翠庵休息、论诗之时，才会发生以下的情节：

> 妙玉……自取了笔砚纸墨出来，将方才的诗命他二人念着，遂从头写出来。黛玉见他今日十分高兴，便笑道："从来没见你这样高兴。我也不敢唐突请教，这还可以见教否？若不堪时，便就烧了；若或可改，即请改正改正。"妙玉笑道："也不敢妄加评赞。只是这才有了二十二韵。我意思想着你二位警句已出，再若续时，恐后力不加。我竟要续貂，又恐有玷。"黛玉从没见妙玉作过诗，今见他高兴如此，忙说："果然如此，我们的虽不好，亦可以带好了。"（第七十六回）

细观此一叙述，比诸前述对湘云谦称"我却不能"的一段情节，足见是出以类似的模式而犹有过之。我们清楚看到黛玉已掌握到世俗人际关系中，对不知底蕴的对象先加客套一番的做法，因为她居然会对从未见过作诗的妙玉谦言"唐突请教"，并请慧眼评价、或烧或改,已然令人耳目一新;最后那"我们的虽不好,亦可以带好了"的奉承说辞,更是让只习惯林黛玉孤高性情的读者大感意外。

回顾初来贾府的黛玉乃是"孤高自许,目无下尘"(第五回),尤其在众人逞才竞艳的场合中,往往存心"大展奇才,将众人压倒",更因"未得展其抱负,自是不快"(第十八回),将才情视为自我价值的最大实践,因而丝毫不肯让人。彼时对与之势均力敌的薛宝钗尚且往往拈酸讥刺、不以为然,如今却能对完全不知虚实的妙玉毫不吝惜地倾其美言,两两相较之下,的确落差甚大;若非妙玉之续诗果然足可称道,让黛玉、湘云深感相见恨晚,惋惜过去竟错失了这样一位"诗仙",则黛玉这些预先的称扬颂赞岂不都沦为"谬赏"与"过奖"?而如此奉承溢美的说辞,正与前述黛玉针对婆子夜间聚赌之事所说的"误了你发财"一样,是连宝钗这种娴熟人情世故者都未曾有过的客套话,这正足以显示黛玉的学习之路走得太过用力,因此产生"过犹不及"的现象。

其次,在这段描写中,我们还可以注意到与妙玉客套往来的整个过程中,一直都只有黛玉一人出声对答,却不见同在的湘云单独发话;只有在妙玉的续诗写成之后,湘云才和黛玉异口同声地赞赏道:"可见我们天天是舍近而求远。现有这样诗仙在此,却天天去纸上谈兵。"据此可知,其中玄机实在是大可推敲——很显然,黛玉的虚心客套的确是源于其个人性格改变之后外显的一个面相,尤其是史湘云依然秉持其一贯坦率无伪、实事求是之素性,而心口如一地保持沉默,只在后来有凭有据的情况下才出言推美,这就恰恰与黛玉的言行形成鲜明的对比,而更加突兀地彰示了黛玉已经懂得在人际关系中以退让相接、以虚礼客套的道理。

六、对传统女性价值观的回归

更特别的是,上述这样一种虚礼谦退的客套做法,并不仅仅只是出于人情世故的考虑而已,其中还蕴涵了黛玉对自我实践之女性价值观的转变。

试看初期的林黛玉,在其孤绝幽独的个人世界里乃是以"才情"与"爱情"为生命价值之所系,因此她往往"安心今夜大展奇才,将众人压倒",也会因"未得展其抱负,自是不快"(第十八回),诗歌才情可以说是她争取优越感、实践自我价值的重要凭借,因此往往表现得"露才扬己"。但是在第四十二回之后,林黛玉对诗歌创作的看法,明显已非前期那般视之为自我生存价值的指针,试观以下三段情节:

- 黛玉笑道:"既要作诗,你就拜我为师,我虽不通,大略也还教得起你。"(第四十八回)
- 探春黛玉都笑道:"谁不是顽?难道我们是认真作诗呢!若说我们认真成了诗,出了这园子,把人的牙还笑倒了呢。"宝玉道:"这也算自暴自弃了。前日我在外头和相公们商议画儿,他们听见咱们起诗社,求我把稿子给他们瞧瞧。我就写了几首给他们看看,谁不真心叹服。他们都抄了刻去了。"探春黛玉忙问道:"这是真话么?"宝玉笑道:"说谎的是那

第二章 林黛玉立体论——"变／正""我／群"的性格转化

架上的鹦哥。"黛玉探春听说,都道:"你真真胡闹!且别说那不成诗,便是成诗,我们的笔墨也不该传到外头去。"宝玉道:"这怕什么!古来闺阁中的笔墨不要传出去,如今也没有人知道了。"(第四十八回)

- 黛玉说道:"我……才刚做了五首,一时困倦起来,搁在那里,不想二爷来了就瞧见了。其实给他看也倒没有什么,但只我嫌他是不是的写给人看去。"宝玉忙道:"我多早晚给人看来呢。昨日那把扇子,原是我爱那几首白海棠的诗,所以我自己用小楷写了,不过为的是拿在手中看着便易。我岂不知闺阁中诗词字迹是轻易往外传诵不得的。自从你说了,我总没拿出园子去。"宝钗道:"林妹妹这虑的也是。你既写在扇子上,偶然忘记了,拿在书房里去被相公们看见了,岂有不问是谁做的呢。倘或传扬开了,反为不美。自古道'女子无才便是德',总以贞静为主,女工还是第二件。其余诗词,不过是闺中游戏,原可以会可以不会。咱们这样人家的姑娘,倒不要这些才华的名誉。"(第六十四回)

我们看到此时的林黛玉,一方面是向香菱自认对作诗"不通",一方面与探春同时发言,视自己的文字书写为"不认真作"而"不成诗"的闺中游戏,认定"出了这园子,把人的牙还笑倒了";另一方面则认为这些出于女子之手的笔墨"也不该传到外头去",故而对宝玉在外"写给人看去"以传扬众姝诗才的行为横加责难,乃至斥之为"胡闹"。如此一来,林黛玉对创作的态度已大大趋近于传统"内言不出"①的女性价值观,甚至在宝玉拿起案上《秋窗风雨夕》看后叫好之际,竟"忙起来夺在手内,向灯上烧了"(第四十五回),乃近乎明清时代某些观念极度保守的女性不惜焚稿以示此志的作为②,与书中身为正统女性之代表,而一贯奉守"女子无才便是德"之价值观的薛宝钗,则几乎已经是完全叠合。

宝钗曾说:"作诗写字等事,原不是你我分内之事。"(第四十二回)又谓:"一个女孩儿家,只管拿着诗作正经事讲起来,叫有学问的人听了,反笑话说不守本分的。"(第四十九回)既然作诗并非女性分内之事,所谓"究竟这也算不得什么,还是纺绩针黹是你我的本等"(第三十七回),甚至于"自古道'女子无才便是德',总以贞静为主,女工还是第二件。其余诗词,不过是闺中游戏,原可以会可以不会"(第六十四回),则黛玉与探春同时自承"谁不是顽?难道我们是认真作诗呢",这显然正是传统价值观的反映。而如此之女性价值观也无形中连带渗透到黛玉的生活型态中,试看初期的林黛玉,对于针黹女红之事的态度乃是兴致缺缺,有时偶尔同紫鹃雪雁做了一回针线,便"更觉烦闷"(第二十五回),阑珊之情溢于言表,因此其整体情态正如袭人所称:"他可不作呢。饶这么

---

① 《礼记》,《十三经注疏》(台北:艺文印书馆,1989年1月),《内则篇》,页520。
② 如查慎行之母钟韫有《长绣楼诗集》若干卷,却"自以风雅流传非女士所尚,悉焚弃之",仅由查慎行默记而得以留下六十余首诗作;又黄宗羲之夫人叶宝琳"少通经史,有诗三帙,清新雅丽,时越中闺秀有以诗结社者,叶闻之蹙然曰:'此伤风败俗之尤也。'即取己稿焚之。"参姚品文:《是"为文人写照"还是"为闺阁昭传"》,《红楼梦学刊》总第26辑(北京:文化艺术出版社,1985年12月),页279—280。

着,老太太还怕他劳碌着了。大夫又说好生静养才好,谁还烦他作?旧年好一年的工夫,做了个香袋儿;今年半年,还没见拿针线呢。"(第三十二回)而这用了一年才做成的唯一一个香袋儿,恐怕还是在宝玉的央请之下才动手剪裁的①,可以说是专力于作诗而无意于纺绩女红的反传统价值观。

但后期的林黛玉,却在薛姨妈过生日时,"自贾母起,诸人皆有祝贺之礼。黛玉亦早备了两色针线送去"(第五十七回),如此以两色针线为薛姨妈庆生的做法,正与史湘云"将自己旧日作的两色针线活计取来,为宝钗生辰之仪"(第二十二回)若合符契,显然是回归于传统主流价值观之后的自然表现。由此我们也可以进一步了解,当故事发展到后半期时,林黛玉为何往往谦抑自己的诗才,其原因究竟何在。如第七十回对史湘云所填的《如梦令》笑说:"好,也新鲜有趣,我却不能。"更有甚者,后来于第七十六回与史湘云在凹晶馆联诗时,对妙玉中途现身加入的续作,林黛玉居然可以在不明究里的情形下,不断以"我也不敢唐突请教,这还可以见教否?若不堪时,便就烧了;若或可改,即请改正改正",或者"果然如此,我们的虽不好,亦可以带好了"等说词来加以自我谦抑乃至于贬低,此一做法不单单是虚礼周旋的客套而已,其实也必须在这样回归传统,以至于"抑才尚德"的观念转变的背景之下才能成立,并获得更深的理解。换句话说,林黛玉将原本视为自我实践之

---

① 第十七回记载:黛玉误以为宝玉将她给的荷包送了他人,因此"赌气回房,将前日宝玉所烦他作的那个香袋儿——才做了一半——赌气拿过来就绞",引发一阵风波后,宝玉又央求道:"好妹妹,明儿另替我作个香袋儿罢。"本处之猜测即据此而来。

主要凭藉的诗歌横加贬抑的做法，就是受到主观因素（抑才尚德的女教）与客观因素（虚礼周旋的社会规范）的双重影响，因而可以显得那么自然而然、顺理成章。

同时，也就是在这种向传统女教回归的基础上，我们对第五十一回中，紧接着薛宝琴作《怀古绝句》十首之后的一段情节有了新的体认。当时宝钗对题材分别出自《西厢记》与《牡丹亭》的《蒲东寺怀古》《梅花观怀古》这两首诗发出异议，表示："后二首却无考，我们也不大懂得，不如另作两首为是。"随即林黛玉立刻表示反对，认为如此刻意撇清已沦于"胶柱鼓瑟，矫揉造作"，仿佛是宝钗所持传统价值观的对立者，因此才会如此迅速地大唱反调。但进一步综观文本细加分辨的话，从她接下来所申述的说法中，我们可以发现：其实她主张保留那两首诗作的原因并非出于对礼教的反对，而正好相反，其本质恰恰不脱传统女教妇德的立场，完全属于宝钗、探春、李纨之辈的同道。所谓：

咱们虽不曾看这些外传，不知底里，难道咱们连两本戏也没有见过不成？那三岁孩子也知道，何况咱们？

此说明显是以说书唱戏老少咸宜的普及性来维护这类创作题材的正当性，却依然谨守闺训女教中不得看这些"淫辞小说"的分际，由此也才接连获得探春、李纨的赞同，纷纷就此抒发类似之议论。如李纨以同样的逻辑仲裁道："这两首虽无考，凡说书唱戏，甚至于求的签上皆有注批，老小男女，俗语口头，人人皆知皆说。况且又并不是看了《西厢》《牡丹》的词曲,怕看了邪书。这竟无妨,只管留着。"此说堪称为对黛玉之说的进一步引申,也就是在黛玉所提出的观念基础之上添加了更形充分而具体的论证,终究让建议另做的宝钗让步作罢,而保留住宝琴的原诗。而第五十四回描写荣府元宵夜宴时,贾母在众姊妹都在场的情况下,叫来梨香院的女戏子所搬演的戏曲中,即包括芳官唱一出《牡丹亭》的《寻梦》、葵官唱一出《西厢记》的《惠明下书》,而其随后追忆少女时代也听过史家戏班所弹奏的《西厢记》的《听琴》、《玉簪记》的《琴挑》,更恰恰印证了说书唱戏之为这类题材的合法管道,因此闺中并无禁忌。① 则在保留与否的表层问题上,钗、黛二人虽是意见相左,然而在根本性的传统价值观上,当场诸人都具备了本质上的一致性,就此而言,黛玉并非宝钗之对立者,已然明白可见。

更何况在这段话中,另外还蕴含了殊堪玩味的讯息。实际上,林黛玉明明已经读过全本《西厢记》,早在迁入大观园之初,就不但"将十六出俱已看完,自觉辞藻警人,余香满口。虽看完了书,却只管出神,心内还默默记诵"(第二十三回),而且此后更屡次于幽居独处或公开场合中忘情引用②,斑斑皆是其证;然则,此刻她

---

① 详参欧丽娟:《〈红楼梦〉中的情/欲论述——以"才子佳人模式"之反思为中心》,《台大文史哲学报》第 78 期(2013 年 5 月),页 1—43。
② 如第二十六回于潇湘馆午睡初醒抒发幽情时,细细长叹的"每日家情思睡昏昏"之句,乃出于《西厢记》杂剧第二本"崔莺莺夜听琴"第一折;另外,于第四十回刘姥姥诸人游宴大观园时,林黛玉则是在大家行酒令取乐之际,随口引述了《牡丹亭·惊梦》中的"良辰美景奈何天"以及改写自《西厢记》第一本第四折的"纱窗也没有红娘报"诸语。

却宣称"咱们不曾看这些外传,不知底里",显然是违背事实的说法,而与同样声言"我们也不大懂得"(第五十一回)、"我竟不知那里来的"(第四十二回)的宝钗同一旨归。由此亦可见其人随着年龄递增而逐渐迈入成长后期,回归于传统主流价值观之一端。

七、从形上的童贞之爱到实质的婚姻之想

这样一个逐渐投向群体、接受主流价值的林黛玉,在面对贾宝玉这位向来是她唯一的灵魂伴侣时,彼此互动的关系是否还维持着过去的样貌呢?我们可以注意到,宝、黛二人面对面的最激动的几个场景,除葬花之外,全在第二十九回至第三十五回这七回内①,都属于前期阶段;但从第四十二回开始,十五岁之后的林黛玉与贾宝玉之间的冲突呕气就明显地减少了,这一方面是因为宝、黛之情感已从试炼期进入到稳定期,两人的默契已到了"宝玉和黛玉作个眼色儿,黛玉会意,便走至里间将镜袱揭起,照了一照,……仍旧收拾好了,方出来"(第四十二回)这种心照不宣、相融无间,不像以前动辄猜疑挑剔,往往引发一心两左、擦枪走火的怨怒之情;而另一方面,黛玉对爱情的需要也在达到心灵相契的境界之余,逐渐滋生了在形体层次结偶为亲的秘密想望。

如第四十五回记载:林黛玉看到宝玉披蓑戴笠而来,便笑他是"那里来的渔翁!"后来宝玉想送她一顶,在冬天下雪时可以戴上,

---

① 张爱玲认为这些场景是曹雪芹逝世之前所改写的,见其《五详红楼梦》,《红楼梦魇》,页359。

结果黛玉的反应是:

> 黛玉笑道:"我不要他。戴上那个,成个画儿上画的和戏上扮的渔婆了。"及说了出来,方想起话未忖夺,与方才说宝玉的话相连,后悔不及,羞的脸飞红,便伏在桌上嗽个不住。宝玉却不留心。

此一情节透露的讯息,是林黛玉已从过去仅止于追求爱情专一,而与宝玉契合无间的精神层面,转向到了留心于现实层面结偶成双的心理,遂经由渔翁与渔婆"相连"而成的夫妻关系的联想间接透露出来。

而这种联想方向在过去不但是不可能发生的,甚至还是宝、黛爱情发展初期的一大禁忌,只要稍微一碰触到这种比喻,就会引起林妹妹的嗔怒羞辱之感,而掀起两人之间的狂飙插曲。试看过去宝玉以《西厢记》中的词语比拟两人之爱情关系时,一次说道:"我就是个'多愁多病身',你就是那'倾国倾城貌'。"(第二十三回)一次又透过黛玉的丫头紫鹃间接影射,声称:"好丫头,'若共你多情小姐同鸳帐,怎舍得叠被铺床?'"(第二十六回)结果黛玉在这两次比喻后的反应都是嗔怒而哭,为遭受屈辱而悲愤,可以说是两人之间仅次于"金玉良缘"的最大冲突事件。而奇妙的是,这两次令宝玉十分意外而恐慌的冲突事件,其实事前都已经具备了黛玉对《西厢记》深情认可、自我比附的先决条件:

第一次冲突发生之前,黛玉初看此书时展现的状态完全称得上是心醉魂迷、目眩神驰:"从头看去,越看越爱看,不到一顿饭工夫，将十六出俱已看完，自觉辞藻警人，余香满口。虽看完了书，却只管出神，心内还默默记诵。"接着对宝玉的询问也回答以"果然有趣"；而宝玉第二次的言语唐突，则更是完全受到黛玉不自觉的引发，所谓："宝玉便将脸贴在纱窗上，往里看时，耳内忽听得细细的长叹了一声道：'每日家情思睡昏昏。'宝玉听了，不觉心内痒将起来，再看时，只见黛玉在床上伸懒腰。"从以上这两段描写，可以清楚看到宝玉两次的失言都不是凭空无由地莽撞肇祸，反倒每一回都是有迹可寻而互为因果；亦即若非先有黛玉或是越看越爱、出神记诵，或是潜移默化、忘情引用，于无形中发挥了开路引导的功能，则向来对林妹妹如临渊履冰般诚惶诚恐的贾宝玉，又何尝胆敢如此放言无忌？因此事故发生后，宝玉对黛玉的激烈反应总是感到十分意外而恐慌失措，正是为此而来。

问题便在于黛玉一方面嗜爱《西厢》，一方面却又对挪借自《西厢》的情感表达感到愤怒羞辱，显然充满对立互斥的错综情绪；但若进一步细加推究，即可知这使宝玉惊慌失措、不明所以的反应，表面上看似矛盾冲突，其实却是有源有本地奠基于特定的心理机制而产生，也就是黛玉对《西厢记》的性质其实存在着正反两种不同的双重认知，并不是毫无条件的完全接纳而照单全收。她一方面对崔莺莺在爱情中追求自我、自由抉择的形上层次无限向往[①]，另一

---

① 在第六十四回林黛玉所作的《五美吟》中，也以同属唐人传奇小说虚构之"红拂女"为歌咏题材，透过唐传奇女性而充分彰显女性的自主意识，可视为其嗜读《西厢记》的一个注脚。详参欧丽娟：《〈红楼梦〉中的〈五美吟〉：开显女性主体意识的咏叹调》，《中国古典文学研究》第 3 期（2000 年 6 月），页 117—136，（转下页）

方面对其中所涉及形而下的两性结合的情色部分,却因"皮肤滥淫"的肮脏污秽而深恶痛绝,所谓"该死的胡说""淫词艳曲""混话"(第二十三回)以及"村话""混账书"(第二十六回),其贬义皆是就此一层面而言。正是出于黛玉此时追求爱情的心理尚停留在童贞纯洁的层次,虽然对两心相许、爱情自决的理想满怀憧憬,故对适时而来的《西厢记》才会一见钟情,立刻就擦撞出心授神予的热烈火花;但与此同时,却又完全不能接受张生与崔莺莺的爱情关系中,那有关两性结合的情色部分,因而对涉及这个层次的隐喻或暗示都立刻加以痛愤反击。

换句话说,此时的黛玉乃是将灵与肉断然判分,对"灵"的绝对向往同时也就决定了对"肉"的彻底厌弃。便是在如此精神洁癖的作用之下,才会斥责宝玉所看的《西厢记》乃是"淫词艳曲""混帐书",所引用的书中话语乃是"村话""混话""该死的胡说";最重要的是,在这种来自淫艳关系的比喻里,自己所处的情色暧昧的地位,又恰恰与她在《葬花辞》中所诉说"质本洁来还洁去,强于污淖陷渠沟"(第二十七回)的尊严大相抵触,使她深深感到自己是被"欺负""取笑""成了爷们解闷的",因此勃然大怒又羞愤

(接上页) 后收入欧丽娟:《诗论红楼梦》,第9章。不过,根据后续的进一步研究,此说犹可商榷,如第一回石头所言:"至若佳人才子等书,则又千部共出一套,且其中终不能不涉于淫滥。"盖连动心私情都被视为"淫滥",则黛玉恐怕其实并无所谓的向往之意,以符合其大家闺秀的礼教意识。详参欧丽娟:《〈红楼梦〉中的情/欲论述——以"才子佳人模式"之反思为中心》,《台大文史哲学报》第78期(2013年5月),页1—43。

生悲，最后都立刻加以翻脸挞伐，让早已"初试云雨情"（第六回）之贾宝玉对她的爱情试探一再地严重受挫。

虽然如此，宝玉却也并未完全断念，不久的后来还不死心地大胆诉说："好妹妹，……我为你也弄了一身的病在这里，又不敢告诉人，只好掩着。只等你的病好了，只怕我的病才得好呢。睡里梦里也忘不了你！"（第三十二回）有别于先前两次透过间接比喻、稍带含蓄的借用，此回则大大突破禁忌，到了直接露骨、不假掩饰的地步，幸而此际黛玉已然先行离去，并未听见此一大胆已极的话语，否则恐怕又不免一场程度更甚的哭闹风波。然而，虽然避开此一可以预见的滔天巨祸，却也足以让错听此言的袭人吓得魄消魂散，惊畏于将来"不才之丑祸"发生的可能，乃至当宝玉后来果然因为金钏儿跳井之事而大承答挞之后，便向王夫人建议道："怎么变个法儿，以后还教二爷搬出园外来住就好了！"（第三十四回）从此遂一步步走向失落大观园的不可避免的悲剧。

可是，如此专注于形而上童贞之爱的林黛玉，似乎也在岁月的催成之下，逐渐注意到现实世界里属于形而下实质的婚姻结合。当情节发展到"兰言解疑癖"之后的第四十五回，那"渔翁渔婆"的联想，就隐隐然传示了林黛玉情感内容质变的讯息。事实上，若非黛玉个人形诸外在的娇羞情态所带来的提醒，一般人看这一段情节时并不容易产生"夫妻"的联想，甚至连身处情节之中的另一个当事人都未曾注意，所谓"宝玉却不留心"正暗示我们：宝玉对黛玉的爱恋性质，似乎在几次受阻之后，已从过去"灵肉合一"的企望回过来止于精神层次的纯净，因此反而显得磊落坦荡；相较之下，林黛玉却反倒无中生有，因为自己的联想而"羞的脸飞红，便伏在桌上嗽个不住"，其中所寓藏的女儿心思明白可见。

这点隐微暗藏的心思想望，顺着人物的成长，日后也必然趋向于对形而下的实质婚姻的向往，由此乃为"父母早逝，无人为自己做主"而深悲伤感，故第八十二回记载：

> （黛玉）想起自己身子不牢，年纪又大了。看宝玉的光景，心里虽没别人，但是老太太舅母又不见有半点意思。深恨父母在时，何不早定了这头婚姻。又转念一想道："倘若父母在时，别处定了婚姻，怎能够似宝玉这般人材心地，不如此时尚有可图。"心内一上一下，辗转缠绵，竟像辘轳一般。

这段描写虽是续书者所作，其手笔也带有续书中特有的笔调而略嫌露骨（此点另参下一节），但就人性之发展与变化而言，这种由形上转到形下，由少女的童贞之爱走向俗世的灵肉合一，由心灵契合之知己进而追求婚姻结合之伴侣，其间之发展趋向却是十分合乎逻辑，称得上是势所必至、理有固然。而黛玉自觉"年纪又大了"的意识，毋乃恰巧点出此一变化轨迹正是一种岁月催成的结果。

另一方面，由于整部小说的陈述焦点，到了后半部时已从对宝、黛之爱情发展的关注，转移到贾府内部纷纷扰扰、治丝愈棼的细节观察，因此对两人爱情关系的着墨当然也就相对减少。但除此之外，应该看到的是，黛玉性格的逐渐成熟与处世的温和容众，又何尝不是宝、黛之间冲突呕气之现象明显减少的更根本原因？两人先前痛苦万分的爱情试炼期，其实完全都是从黛玉的"疑忌"和"不放心"而来的，正如潇湘馆中紫鹃的观察："我看他素日在姑娘身上就好，皆因姑娘小性儿，常要歪派他，才这么样。"（第三十回）而贾宝玉之说更是切中肯綮："你皆因总是不放心的原故，才弄了一身病。"（第三十二回）这些话的确一语道破宝黛之间、乃至于黛玉与其他人之间歧分扞格之所由。可见只要黛玉突破了人际关系中的猜防之心和不安全感，不再"小性""歪派"，则不但宝、黛的爱情试炼期便可以宣告结束，随之而来的，更是黛玉个人与周遭群体的对峙关系的终结。

因此从第四十二回宝钗"兰言解疑癖"，与黛玉前嫌尽释之后，我们一方面看到的是宝、黛之间冲突与眼泪的减少，另一方面看到的则是黛玉与他人之间隔膜的解消，以及黛玉对外在俗务前所未有的关注。正如心理学家所指出：有关婚姻所作的特殊准备中，包括了与性吸引之本能有关连的社会感觉之训练[①]，既然婚姻之秘想中蕴含着社会感觉的训练，则林黛玉对探春治家理事之做法的肯定，对妙玉、下人们的以礼相待，或对宝钗、宝琴、薛姨妈诸人的亲热等等表现，其实都是属于同一范畴的平行现象，也都让林黛玉秘想婚姻结偶的心理得到更天然浑成的呈现背景，共同为林黛玉的步入世俗之路，作了更周整而完善的铺垫。

---

① [奥]阿德勒著，叶颂姿译：《自卑与生活》（台北：志文出版社，1989年10月），《爱情与婚姻》，页175。

八、宝、黛之间的价值裂变

在与贾宝玉彼此互动的关系中，因为林黛玉逐渐投向群体而发生的变化，除了将迈向婚姻之路上个人的心理障碍加以铲除之外，对两个建立在神界盟约之上的心灵伴侣而言，或许还会带来价值观裂变、人生意趣分歧的隐忧。

首先我们注意到，适逢黛玉突破个人封界而与宝钗亲好如手足，甚至扩及其周边人士而一无芥蒂地"赶着宝琴叫妹妹，并不提名道姓，直是亲姊妹一般"之际，当场敏感察觉的宝玉除了暗暗纳罕之外，更对钗、黛二人"今看来竟更比他人好十倍"的情状感到"心中闷闷不乐"；待得直接求证于黛玉而了解原委之后，又道："先时你只疑我，如今你也没的说，我反落了单。"（第四十九回）显而易见的，宝玉对黛玉之融入人群的改变并未出以欣慰、鼓励之情，反而引发"闷闷不乐"的情绪表现与"落了单"的孤弃之感，此中未尝言喻之微妙心理，正是一种对彼此同调合拍之深厚默契发生错歧的失落反应，实则亦是双方生命步伐开始不一致的前兆。

但在分析价值观裂变、人生意趣分歧这个问题之前，我们应该说明的是：早期的林黛玉沉浸于个人世界，对外在世界根本上是漠不关心，也不感兴趣的。而所谓"不关心""不感兴趣"的真正意涵，其实并不是否定或不赞同，而是既不鼓励也没有反对，完全缺乏主观积极的好恶之情，因此严格说来，在"读书功名""经济世务"一事上，她并非宝玉真正的知己与支持者。虽然书中提到：

- 史湘云说经济一事，宝玉又说："林妹妹不说这样混帐话，若说这话，我也和他生分了。"（第三十二回）
- 独有林黛玉自幼不曾劝他去立身扬名等语，所以深敬黛玉。（第三十六回）

两人情意之相投合契固然毫无疑义，不过，在这几段文字中，明明白白指出林黛玉对经济功名之事从来只是"不说""不曾劝"，其中并未有反对、排斥之意涵，与贾宝玉积极反抗、强烈否定的态度在本质上与程度上都是十分不同的，两者完全不能相提并论。事实上，"不说""不曾劝"乃是一种不置可否，其心理上的根源，恐怕还是出自一种漠不关心的心态。

因此，早期的林黛玉才可以在宝玉初次上学时，对前来辞行的宝玉笑道："好，这一去，可定是要'蟾宫折桂'去了。"（第九回）其中径以"蟾宫折桂"这代表科举及第的成语作为临别赠言，显见对读书功名并无排拒之意；而一旦宝玉因不积极追求功名仕宦，在价值取舍上又与父亲贾政发生严重冲突，以致酿造出一场"不肖种种大承笞挞"的风暴而挨打受苦时，黛玉也才会一改原来不说不劝的态度，而带着肿得核桃一般的眼睛，抽抽噎噎地要他"从此可都改了罢"（第三十四回），显见她对读书功名之事毫无特定的坚持。后来听说宦游在外的贾政即将回家时，林黛玉和其他担心宝玉被查考功课而吃亏的女儿们一样，不但捉刀代写字帖，并且因为料得"贾政回家，必问宝玉的功课，宝玉肯分心，恐临期吃了亏，因此自己只装作不耐烦，把诗社便不起，也不以外事去勾引他"(第七十回)。此处将"功课"凌驾于诗社之上,又将功课之外包括结社作诗诸事视为"外事",其间之主从关系或价值取舍更是明显可见。由此诸事以观之,如果说黛玉是宝玉价值观的积极支持者,那么所谓"这一去,可定是要'蟾宫折桂'去了"的笑语,和"从此可都改了罢"的劝说,以及"不以外事去勾引他"的做法无疑都十分突兀,甚且将造成黛玉言行的矛盾而破坏其人性格的统一,后果极为严重。

因此我们认为:黛玉对代表了世俗追求之最的读书功名、仕宦经济诸事,其态度之是非可否,完全都是根据宝玉之需要而来,亦即当读书仕宦会造成宝玉之厌恶不喜时,她便不加以劝说;而一旦对读书仕宦之否定所带来的却是宝玉的不幸重创,所谓"恐临期吃了亏",那么她便反过来祈求他"都改了罢",以免再度因此而受难。这就清楚显示林黛玉唯一关切的,乃是贾宝玉个人感受的快乐幸福,对于仕途经济一事实在是可有可无,并无主观好恶之情的。由此也再度证明黛玉对于外在群体世界之事,本质上并不是否定与厌恶,而是真正的漠不关心,因此也绝对谈不上积极的支持或强烈的排斥,若称之为宝玉反抗传统的"革命同志",恐怕是言过其实的;反而应该承认,"林黛玉的叛逆与贾宝玉的叛逆是有本质不同的。林黛玉则是由个人的放纵天性和自由恋爱而逸出了封建礼教的轨道,她的叛逆意识是不自觉和无意识的,在很大程度上是由一些偶然的因素造成的"①,此番见解可谓得其窾綮;而林黛玉先前所

---

① 周蕙:《林黛玉别论》,《文学遗产》1988 年第 3 期,页 86。

谓"不说""不劝"所展现的真正意义，乃是一种不带价值判断的不置可否。

但是，随着年龄的增长与性格的发展，林黛玉的价值观也缓慢却本质地产生变化，试观前述第六十二回对于探春治理大观园一事，林黛玉因贾家入不敷出的现实考虑而表示赞同，贾宝玉却停留在延续乐园的主观理想而横加抗拒，这就开始出现两人不再如先时一般"略无参商"（第五回）而微微错榫的迹象。若果此处两人的不同看法可以说是第一次较隐而不显的价值判断之分歧，则接下来第七十九回所记的一段情节，便是两人第二次的价值判断之裂变，而且比诸第一次更鲜明突出，更意义重大。

第二次宝黛之间严重的价值裂变，发生在第七十九回两人论证修改《芙蓉女儿诔》的几句诔词之后。当诔文中的"红绡帐里，公子多情；黄土垄中，女儿薄命"被反复修改为"茜纱窗下，我本无缘；黄土垄中，卿何薄命"之际，因敏感察觉其中来自诗谶的不祥意味而不禁怵然变色，一方面是一反常态地在言行上表现出过去所罕见的表里不一，"心中虽有无限的狐疑乱拟，外面却不肯露出，反连忙含笑点头称妙，说：'果然改的好。'"如此对内心澎湃强加抑遏，一变而为表面含笑以对的修养功夫，显然与她过去率直无讳的作风大相径庭；而另一方面，她面上含笑所说的事，竟是转告他王夫人所吩咐叮嘱的家族往来、世道应酬之类的"正经事"，这也与过去她对宝玉这类人际酬酢之事不说、不劝的态度迥然有别。作者叙述道：

（黛玉）反连忙含笑点头称妙，说："果然改的好，再不必乱改了，快去干正经事罢。才刚太太打发人叫你明儿一早快过大舅母那边去。你二姐姐已有人家求准了，想是明儿那家人来拜允，所以叫你们过去呢。"宝玉拍手道："何必如此忙？我身上也不大好，明儿还未必能去呢。"黛玉道："又来了。我劝你把脾气改改罢。一年大二年小，……"一面说话，一面咳嗽起来。……（因欲家去歇息）便自取路去了。宝玉只得闷闷的转步。

人家前来求亲拜允而加以接待，毋宁是交际应酬之类的俗世虚礼，黛玉却称之为"正经事"，如此岂非与宝玉之厌恶人际酬酢，乃至连手足弟兄之间也只不过是"尽其大概的情理就罢了"（第二十回）的价值观有所悖离？尤其此说又是紧接在宝玉以至情至性、至悲至痛之心，倾其全部才华作一新奇诔文以祭奠爱婢晴雯之后，就更透露出一种比较的意味；亦即与宝玉之私祭作诔相比，前去与上门拜允的亲友见面叙礼乃是一件"正经事"，则私祭作诔的"非正经"意涵亦不言可喻。而此一"礼重情轻"的价值判定，岂非又与宝玉"情重礼轻"的取舍标准分驰而对反？尤其微妙的是，将黛玉所称的"正经事"，衡诸宝钗诸人曾经规劝宝玉的"正经话"[①]，不但

[①] 第三十六回记载：宝玉挨打之后反倒获得了绝对的自由，天天逍遥度日，宝钗等曾趁机导劝，却惹得宝玉反感斥责，视之为沽名钓誉的国贼禄鬼之流，有负天地钟灵毓秀之德；并由此祸延古人，除四书之外，将其余的书籍尽皆烧了。众人见宝玉如此疯癫，也就不再对他说这些"正经话"了。

内容相符，连用语也都一致，共同指涉于人情世道、往来应酬的范畴，则黛玉价值观的转变实已潜露出来，而与宝玉呈现分歧乃至对立的现象。

事实上，先前经过贾政死命笞挞宝玉的父子严重冲突之后，在贾母颁布有如圣旨般之护身符的庇荫下，宝玉堪称彻底获得了全面的个性自由。书中清楚点明："那宝玉本就懒与士大夫诸男人接谈，又最厌峨冠礼服贺吊往还等事，……（至此）不但将亲戚朋友一概杜绝了，而且连家庭中晨昏定省亦发都随他的便了，日日只在园中游卧。"（第三十六回）后来他也曾在"寿怡红群芳开夜宴"的场合中，针对庆生时穿大衣裳、轮流安席的礼节，再度向众人宣称："知道我最怕这些俗套子，在外人跟前不得已的，这会子还怄我就不好了。"（第六十三回）而这样极端厌恶与士大夫诸男人接谈，又最厌峨冠礼服贺吊往还的贾宝玉，于此依然积习不改，照旧要依其素昔秉性推病不去时，对"宝玉一生行为，颦知最确"①的林黛玉竟一反以往不置可否、不劝不阻的淡漠态度，而不以为然地表示："又来了。我劝你把脾气改改罢。一年大二年小，……"其说未完，却已充满弹压箴告的意味，若非被一阵咳嗽打断，底下顺理成章的谈话内容，大旨应该是不会偏离袭人、宝钗、湘云等曾经苦劝过的道理罢！②何况，这番言语又恰恰呼应了第五十七回紫鹃对宝玉所说

---

① 庚辰本第二十二回脂砚斋批语，页441。
② 除了前述第三十六回宝钗所言之外，第十九回"情切切良宵花解语"中亦记载：
袭人对宝玉所下之箴规道："作出个喜读书的样子来，也教老爷少生些气，在人前也好说嘴。……再不可毁僧谤道，调弄脂粉。还有更要紧的一件，（转下页）

第二章 林黛玉立体论——"变/正""我/群"的性格转化

的:"一年大二年小的,……还只管和小时一般行为,如何使得。姑娘常常盼咐我们,不叫和你说笑。你近来瞧他远着你还恐远不及呢。"事略有别,理出一源,而主仆两人异口同声"一年大二年小"的说法,更一字不差地同时指出:人不可能永远活在童年的乐园里抗拒长大,终身过着以自我为中心的任性遂情的生活,"时间岁月"正是促使人们必须成长的关键因素!

为了不至于显得过露、过显,而保有含蓄蕴藉的叙事风格,作者在此特地安排了一阵咳嗽,让黛玉弹压箴告的话语自然而然地中断,实在是煞费苦心的设计。然而,黛玉形象的转变和与宝玉之间价值观的二度分歧,却已然透出玄机:当话未说完的黛玉因风冷咳嗽而紧接着家去歇息后,我们看到的是"宝玉只得闷闷的转步"的后续景象,此一举动所反映的心头的怅闷不顺,主要即是源于与黛玉之扞格不合,其中的怅闷苦涩实在无以言宣,遂转而透过肢体动作来表现。而此一现象与以往两人之间"言和意顺,略无参商"(第五回),对方说话"竟比自己肺腑中掏出来的还觉恳切"(第三十二回)的水乳交融,甚至达到"有什么可说的,你的话我早知道了"(第三十二回)这样心照不宣而不落言诠的境界,显然是不可同日而语,从而真正落实了第四十五回黛玉于雨夜独处时所依稀

(接上页)再不许吃人嘴上擦的胭脂了,与那爱红的毛病儿。"至于宝钗、湘云的劝言,则见诸第三十二回,湘云对宝玉说道:"你就不愿读书去考举人进士的,也该常常的会会这些为官作宰的人们,谈谈讲讲些仕途经济的学问,也好将来应酬世务,日后也有个朋友。"由袭人接下来所说的话,可知"上回也是宝姑娘也是说过一回"类似的内容,只是宝玉都视之为"混账话"而嗤之以鼻。

感到的不安："宝玉虽素习和睦，终有嫌疑。"原来所谓的"嫌疑"，并不只是来自一般的礼教之防、男女之别，还隐含了彼此在不同的成长速度之下，所导致的价值观上的分歧与裂变！

至此，透过宝、黛之间的分歧，足见那建立于神界的水石相依之情，在"一年大二年小"之说辞所蕴含的时间因素之下，已开始受到俗界的冲击而面临内在质变的考验；而林黛玉的立体化，也几乎触及极限的底线。

综合上文引论的"和群认亲""自悔失言""陪笑让坐""虚礼周旋""谦逊自抑""容污从众""明白体下""抑才尚德""秘求婚偶""经济为务"等等言行表现，再参照前面受教于兰契之诤言，赞同探春之务实做法，与算计贾府家计之入不敷出等等这些情节，其中随着岁月迁变所带来的成长之迹宛然可见。因此有学者把林黛玉称为"封建传统的回归者"[1]，认为："这是一个介于贾宝玉和薛宝钗之间，具有独特审美价值的'第三种人'，如果以第四十二回为分水岭，就可以看出，在前半段，她是贾宝玉的同路人，在后半段，则成为薛宝钗的同归者"[2]，大体是不错的；而我们要更进一步指出的是，此乃出于林黛玉对生活意义或人生价值的认知发生变化之后，所带来的直接影响与外在表现，也就是她在生活意义的认知上，从属于个体的"私人的意义"——只对个人有价值的意义，逐渐发展到属于群体的"共同的意义"——它们都是别人能够分享

---

[1] 马建华：《一个封建传统的回归者——林黛玉性格之我见》，《红楼梦学刊》1999年第1辑，页103—115。

[2] 周蕙：《林黛玉别论》，《文学遗产》1988年第3期，页86。

的意义，也是能被别人认定为有效的意义。① 对应于《红楼梦》的世界来看，所谓"私人的意义"，就林黛玉而言指的是才情与爱情，乃个人先天禀赋或内在具足而无待于外者；所谓"共同的意义"，则是指用以调节社会、抟和人群的世俗价值与人伦关系，是为薛宝钗之辈所秉持的后天文化教养。由追求"私人的意义"到接受"共同的意义"这一内在价值观的改变，就是林黛玉在岁月的延展中，逐步发生立体化转变的心理机制所在。

由此也正足以进一步说明，何以林黛玉前期总是表现出一夫当关式的特立独行，到了后期阶段却往往与他人异口同声地同时发话的原因。试看她与探春口径一致地对宝玉声称"内言不出"之理（第四十八回），与湘云一起对宝玉所作"寻春问腊到蓬莱"之诗句点头笑道"有些意思"（第五十回），又在薛姨妈讲明当票之原故后，齐声表示："原来如此。人也太会想钱了，姨妈家的当铺也有这个不成？"（第五十七回）更与宝钗、探春一起出面为迎春之乳母说情（第七十三回），复与湘云同时出言赞赏妙玉是"诗仙"（第七十六回）；尤其当宝玉动身往栊翠庵乞红梅之际，黛玉不但与湘云一齐说道："外头冷得很，你且吃杯热酒才去。"且在湘云执起壶时，立即递了一个大杯，满满斟与宝玉（第五十回），展现出彼此配合的绝佳默契，于是更有"黛玉湘云二人斟了一小杯酒，齐贺宝琴"（第五十回）的一体行动。这些都意味着友好的情绪、共同的参与、一致的信念，绝非"目无下尘""懒与人共"之性格所能做到。

---

① ［奥］阿德勒著，黄光国译：《自卑与超越》，页6。

此外，其前期往往在"也只瞧我高兴罢了"（第十七回）的行事原则下，展现出诸般如"啐了一口"（第二十回、第二十五回、第二十八回、第三十回、第五十七回）、摔帘子（第二十五回）、甩手帕（第二十八回、第三十回）、撂剪子（第十七回、第二十八回）、掷香串诗稿（第十六回、第十八回、第三十七回）、"蹬着门槛子"之举动（第二十八回），以及口出"放屁"之粗话（第十九回），在在可以看到其他姊妹身上极其罕见的质胜于文的粗率[①]；再考虑到"拨弄鬓发"的天然之举也只见诸前期，如第十九回的"一面理鬓"、第二十六回的"一面抬手整理鬓发"等，就"毛发代表的不仅是接近动物性，也代表了所有温血动物的特性。冷血动物如爬虫类，并没有毛发，所以毛发代表了哺乳类动物特有的热烈天性，例如暴怒、冲动、情绪化、凶猛、善妒等等"[②]而言，则显示其自然率性的状态，但到了后期，此种突显热烈天性的动作已一无所见，如此

[①] 书中除下阶奴婢（如第二十八回）之外，口出"放屁"之粗话者，有王夫人（第二十八回）、王熙凤（第七回、第十六回、第六十七回）、史湘云（第三十一回）；至于第一〇六回的贾政之例，显系续书者的误套。前两位女性都出自王氏家族，其中王熙凤亦是以"啐"表厌恶者之最（第七回、第二十三回、第四十四回、第六十八回），又有"蹬着门槛子拿耳挖子剔牙"（第二十八回）之行止，属"流入市俗"之辈；史湘云则与林黛玉恰恰都是父母双亡、栖居戚家之属，缺乏及身教导的长辈。至于身为副小姐的高等大丫头中，则仅有晴雯口斥"别放诌屁"（第七十三回），可与林黛玉之例并观。此段详参欧丽娟：《林黛玉前期性格论——"真"与"率"的辨析与"个人主义"的反思》，《台大文史哲学报》第 76 期（2012 年 5 月），页 229—264。

[②] 参[美]罗勃·布莱（Robert Bly）著，谭智华译：《铁约翰：一本关于男性启蒙的书》（台北：张老师文化公司，1999 年 12 月），第 2 章，页 69—70。

种种，也隐隐然呼应其收摄自我、合乎群体礼仪的变化。

这些微妙的现象所蕴含的意义，便是无形中呈现出林黛玉已经能够以团体中之一员的身分立场，与其他成员秉持相同理念而一致行动，展示了属于群体的"共同的意义"。其间细腻奥妙之处，真可谓不落言诠！

第四节 续书者对人物发展轨迹之延续

克就《红楼梦》前八十回曹雪芹自己的手笔为范围，我们看到的是他对林黛玉立体化塑造的八个侧面，这八个面向已足以由轴入辐地交织出其全貌。然而，达到极限之后的立体化改变，接下来又会为这位第一女主角带来何种形象表现，毋宁还是永远错失残稿的读者与评论家所关心的问题，而这个问题只有系诸后四十回的续作才能取得解答，或解答的可能性；同时，我们还可以借由对人物发展轨迹的掌握程度，来提出衡量续书者功过成败的新标准。

续书者对《红楼梦》艺术价值之完成的功过问题，一直是红学界聚讼不休的焦点之一。[①] 如果从林黛玉立体化转变的角度以观

---

① 如何其芳认为："它的作用一方面是帮助了前八十回的流传，另一方面又反过来鲜明地衬托出曹雪芹的原著的不可企及。"参吕启祥：《不可企及的曹雪芹——从美学素质看后四十回》，《红楼梦会心录》，页137。而林语堂则持相反意见，认为："《红楼梦》之有今日的地位，普遍的魔力，主要是在后四十回。"见林语堂：《高本四十回之文学技俩与经营匠心》，收入王国维等：《红楼梦艺术论》，页516。

之,后四十回中有关林黛玉与前文似乎矛盾歧出的行为表现,或许也可以有另一种理解,而未必像大部分红学家所以为的全然是败笔。[①] 除了前文已经提到第八十二回的"深恨父母在时不早定婚姻"一段,可以看出林黛玉由形上之爱情滑移到形下之婚姻的改变,此外,续书里还有两段关于林黛玉之形象变化的描写,只是这两段叙述往往被视为续书者塑造人物时最大的缺失所在。其中最受到争议的情节之一,乃发生于第八十二回"老学究讲义警顽心"一段:

> 宝玉接着说道:"还提什么念书,我最厌这些道学话。……目下老爷口口声声叫我学这个,我又不敢违拗,你这会子还提念书呢。"黛玉道:"我们女孩儿家虽然不要这个,但小时跟着你们雨村先生念书,也曾看过。内中也有近情近理的,也有清微淡远的。那时虽不大懂,也觉得好,不可一概抹倒。况且你要取功名,这个也清贵些。"宝玉听到这里,觉得不甚入耳,因想黛玉从来不是这样人,怎么也这样势欲熏心起来?又不敢在他眼前驳回,只在鼻子眼里笑了一声。

而第二段启人疑讼的情节,则发生于第九十四回"宴海棠贾母赏花妖"之时:

---

① 如俞铭衡(即俞平伯):《后四十回底批评》,收入王国维等:《红楼梦艺术论》,页497—498。

第二章 林黛玉立体论——"变/正""我/群"的性格转化

"怡红院的海棠本来萎了几棵,也没人去浇灌他。……忽然今日开得很好的海棠花,众人诧异,都争着去看,连老太太、太太都哄动了来瞧花儿呢!……"黛玉也听见了,知道老太太来,便更了衣,叫雪雁去打听,"若是老太太来了,即来告诉我。"雪雁去不多时,便跑来说:"老太太、太太好些人都来了,请姑娘就去罢。"黛玉略自照了一照镜子,掠了一掠鬓发,便扶着紫鹃到怡红院来。……大家说笑了一回,讲究这花开得古怪。……李纨笑道:"……据我的胡涂想头,必是宝玉有喜事来了,此花先来报信。"……黛玉听说是喜事,心里触动,便高兴说道:"当初田家有荆树一棵,三个弟兄因分了家,那荆树便枯了。后来感动了他弟兄们仍旧归在一处,那荆树也就荣了。可知草木也随人的。如今二哥哥认真念书,舅舅喜欢,那棵树也就发了。"贾母王夫人听了喜欢,便说:"林姑娘比方的有理,很有意思。"

这两段历来饱受挞伐的情节,尤其让爱护黛玉的读者与批评家扼腕叹息,因为两者在表现手法上都失之于粗率露骨,文字浮浅、人物轻薄,不但完全与林黛玉清新的诗人气质与深厚的艺术素养背道而驰,甚至也与《红楼梦》前八十回叙事风格中所特有的含蓄蕴藉大为抵牾。[①]先前就算是薛宝钗、史湘云所说那些被贾宝玉批评为"沽

[①] 俞平伯亦有此见,见《后四十回底批评》,收入王国维等:《红楼梦艺术论》,页498—500。

名钓誉，入了国贼禄鬼之流"（第三十六回）的言论，也都还保有一定程度的含蓄美感和苦口婆心的关怀之情，为宝玉未来幸福着想的意义实在远远大于利害得失的考虑，未尝如此粗率露骨而令人感到尖锐刺耳。试看前一则黛玉所言"况且你要取功名，这个也清贵些"的说辞，已丝毫不见任何对"人"的关心，只留下对"前途"的计较，因此被宝玉视为"势欲熏心"而感到"不甚入耳"；至于后一则更完全是趋奉讨好的表现，黛玉不但是特地等到贾母来到才出门，势利之算计已呼之欲出，后来更借"荆树应人"之故典以比喻"宝玉读书，舅舅欢喜"的虚情，来向长辈凑趣邀欢，似乎都丧失了与前书之价值观与美学意识的联系统一，更损害了令人品尝玩味的无穷余韵。

不过，表现手法的粗率露骨并不一定等同于表现内容的错误失当，续书者的笔调虽未能克绍曹雪芹的功力，但对人物发展变化的轨迹却很可能有所会心，而掌握得不失大体。平心而论，如果抽离了表达方式上的粗率浅露，林黛玉的表现其实还是与前书顺势发展的性格转变一脉相承的，这并不只是林语堂所说的扭捏害羞，所谓：黛玉"仍是多心，但已是长大模样儿，不肯随便见宝玉"[①]。而是一种整体上由变而正、由我而群的性格转向。既然原作者让林黛玉在第四十二回开始对宝钗"女子无才便是德"的观念深相叹服，从而于第四十八回、第六十四回多次表现出"内言不出"的闺阁态

---

① 林语堂：《高本四十回之文学技俩与经营匠心》，收入王国维等：《红楼梦艺术论》，页531。

度,并于第五十一回做出"咱们虽不曾看这些外传,不知底里"的不实表态,则此处所谓"我们女孩儿家虽然不要这个"之说,岂非顺理成章?既然曹雪芹让林黛玉在第七十回以"读书功课"为重,视诗社诸事为"外事",在第七十九回又认为宝玉已年纪不小,应该干些"峨冠礼服贺吊往还"之类的"正经事",则后来何以不能发生黛玉规劝宝玉读书应举、以经济为务的情节?既然第七十六回中原作者让黛玉可以在不明究里的情况下,便先对妙玉的诗才加以揄扬褒美,而不怕言过其实、失之谬奖,又让林黛玉在第五十二回表现出对赵姨娘虚礼周旋之情态,则后来何以不能发生黛玉为了体贴长辈趋吉避凶之心意,而以美言软语稍加安慰承奉的故事?

　　换句话说,在大观园生涯的末期,黛玉对于宝玉虽然真心不改,二玉之间的相契未变,神瑛侍者与绛珠仙草的神界盟约依然两相魂牵梦系,然而这时与真情挚爱并行不悖的,还有双方各自不同的成长速度,以及由此带来的对现实世界的不同应对方式,于此,裂变的可能性便逐渐浮显。若在此一基础上进一步来看,性格发展至此的林黛玉,不但已经与贾宝玉产生裂变的现象,还会出现另一个更为深远而值得深思的问题,亦即这样一位向传统价值观大为趋近的女性,在进入婚姻关系之后,是否还能长保清新优美的神性样态呢?尤其在贾宝玉那奇特的审美标准中,由"女子未嫁时乃是无价的宝珠,既嫁之后成为黯淡的死珠,久嫁而老时则沦为枯瘪的鱼眼睛"(第五十九回)所谕示的女性价值毁灭三部曲,"婚姻"乃是女性所禀赋的无上之美感与价值沦丧失落的关键所在;则此一定义势必会让进入婚姻的黛玉面临"死珠"乃至"鱼眼睛"的美学困境。

这个困境一方面来自于"定义"本身即是一个无从争议的前提，只要这个定义或前提一被接受，其结论也就成为必然；而除了定义的层面之外，续书者还从实际的层面提供了一段意味深长的情节，足以呈显林黛玉在婚姻中势将化为死珠的可能性。第八十二回记载：薛家因为薛蟠所娶之正室夏金桂十分泼辣无耻，导致合家上下鸡犬不宁，身为婢妾的香菱首当其冲，尤其遭受到百般的凌辱与折磨，令闻者皆为之骇异不忍，贾府中人亦议论纷纷。某日，袭人至黛玉处谈及此事，与香菱同为偏房的袭人不免有物伤其类的忧虑，因此话语中暗示妻妾之间应该和睦相处，何必至于你死我活的惨况，所谓："想来都是一个人，不过名分里头差些，何苦这样毒？外面名声也不好听。"而黛玉听说之后的反应却是不以为然，有别于袭人言外所偏取的道德观点，黛玉采取的乃是十分务实的立场，说道：

这也难说。但凡家庭之事，不是东风压了西风，便是西风压了东风。

她将妻妾比拟为东风西风，认为彼此并非齐心协力、和谐共处的同体股肱，而是互相较劲、敌对颉颃的两股势力，其中一再重复出现的"压"字，便透露了二者之间既不能兼容，更无法并存的紧张关系，将那誓不两立、不共戴天的对立性质充分具体化；而"但凡"一词，更显示出一种本质性的、理所当然的判断，使得其认知内容被赋予永恒普遍的意义。由此可见,对妻妾之间的家庭纷争,黛玉采取的是视竞争为自然常态的世俗立场,属于成王败寇、适者生存的现实主义者,则林黛玉若嫁为人妻在不能阻止丈夫纳妾的状况下,恐怕也不免会卷入妻妾争权夺利的纷扰中,逐渐沦为失落性灵的凡妻俗妇,步上死珠乃至鱼眼睛的后尘。

就此,续书中的林黛玉以现实主义看待妻妾关系的态度,比观前述向长辈美言邀欢、劝宝玉读书应举等诸般言行,其实都是根源于"世俗化"的一体表现,是以世俗化为核心而辐射出来的同质现象;而林黛玉性格之立体化发展的程度,也就在先前曹雪芹的多方铺垫之下,被善体人意的续书者从极限的底线拉攀到了极限的顶峰。

以下便以第四十二回"蘅芜君兰言解疑癖"所展现的价值观转变作为分水岭,把前八十回林黛玉前后期不同的言行表现暨续书之相关描述列表以观之,俾清楚展现林黛玉立体化的形象设计:

林黛玉立体变化表

回　数	相关内容
第五回	孤高自许,目无下尘;与宝玉之间"言和意顺,略无参商"。
第七回	周瑞家的送来宫花,黛玉表现出唯我独尊的专宠态势,冷笑道:"我就知道,别人不挑剩下的也不给我。"周瑞家的听了,一声儿不言语。
第八回	鼓动宝玉赌气抗拒奶母的规劝,叫他"别理那老货,咱们只管乐咱们的";而"说出一句话来,比刀子还尖"。
第十六回	以"臭男人拿过"之故,掷回宝玉珍重转赠的鹡鸰香串。

续表

回数	相关内容
第十回	行事往往"也只瞧我高兴罢了"。
第十八回	大观园作诗时,存心"大展奇才,将众人压倒";又因"未得展其抱负,自是不快"。
第二十回	湘云说:"再不放人一点儿,专挑人的不好,见一个打趣一个。"
第二十一回	宝玉劝说道:"谁敢戏弄你!你不打趣他,他焉敢说你。"
第二十二回	本性懒与人共,原不肯多语。
第二十二回	湘云批评黛玉道:"小性儿、行动爱恼人的人。"
第二十三回	对宝玉以《西厢记》比喻两人关系大为嗔怒。
第二十五回	宝玉脸上被灯油烫出一溜燎泡,因黛玉癖性喜洁,怕她嫌脏而不叫她瞧;黛玉亦知自己有此癖性。
第二十五回	同紫鹃雪雁做了一回针线,便"更觉烦闷"。
第二十五回	王熙凤开了黛玉"你既吃了我们家的茶,怎么还不给我们家作媳妇"的玩笑,被李纨笑赞"该谐",林黛玉立刻反驳道:"什么诙谐,不过是贫嘴贱舌讨人厌恶罢了。"说着还啐了一口。
第二十五回	林黛玉被宝钗嘲笑,乃红了脸啐了一口,道:"你们这起人不是好人,不知怎么死!再不跟着好人学,只跟着凤姐贫嘴烂舌的学。"一面说,一面摔帘子出去。
第二十六回	分钱时顺便抓两把给凑巧送茶叶来的丫头佳蕙,被视为意外的"好造化"。
第二十六回	对宝玉引用《西厢记》的情色试探悲愤交加。
第二十七回	宝钗认为:"林黛玉素习猜忌,好弄小性儿。"
第二十七回	小红谓:"嘴里又爱刻薄人,心里又细。"
第二十九回	拈酸歪派宝玉,掀起砸玉、铰穗的重大事件。

续表

回　数	相关内容
第三十回	紫鹃道:"因小性儿,常要歪派宝玉,才有这么多争执。"
第三十一回	林黛玉天性喜散不喜聚,认为人不如不聚、花不如不开。
第三十二回	无意于针线女红,"旧年好一年的工夫,作了个香袋儿;今年半年,还没见拿针线。"且因贾母怕她劳碌着了,"谁还烦他做"。
第三十二回	因宝玉指出"总是不放心的原故,才弄了一身病",而感到此话"竟比自己肺腑中掏出来的还觉恳切",是故接下来还对有话要说的宝玉表示:"有什么可说的,你的话我早知道了。"
第三十四回	刻薄无精打彩、眼上带泪的宝钗。
第三十六回	宝玉因黛玉"自幼不曾劝他去立身扬名等语,所以深敬黛玉"。
第三十六回	湘云"知道林黛玉不让人,怕他言语之中取笑"宝钗。
第三十七回	被探春挑明"忙中使巧话来骂人"的做法。
第四十回	贾母笑道:"他们姊妹们都不大喜欢人来坐着,怕脏了屋子。……我的这三丫头却好,只有两个玉儿可恶。回来吃醉了,咱们偏往他们屋里闹去。"
第四十二回	自认"昨儿失于检点,那《牡丹亭》《西厢记》说了两句,不觉红了脸",并央告宝钗道:"好姐姐,你别说与别人,我以后再不说了。"
第四十二回	对宝钗所规劝"女子无才为德"之"兰言"感到心悦诚服。
第四十二回	讥讽刘姥姥、嘲笑惜春、嗔赖李纨、打趣宝钗。
第四十二回	李纨称黛玉的恶赖指控为"刁话"。
第四十二回	向宝钗告饶求情,软语自认"年纪小,不知轻重"。

续表

回　数	相关内容
第四十五回	"众人都体谅他病中，且素日形体娇弱，禁不得一些委屈，所以他接待不周，礼数粗忽，也都不苛责。"
第四十五回	自己因"渔翁渔婆"的联想而脸红，透露与宝玉结偶的秘密心理。
第四十五回	宝玉见案上所作之诗，看后不禁叫好；黛玉听了，忙起来夺在手内，向灯上烧了。
第四十五回	刻意招待送燕窝来的婆子，并理解其聚赌之夜局活动而打赏几百钱，为"误了你发财"作补偿，成为"明白体下的姑娘"。
第四十五回	于雨夜独处时，想到"宝玉虽素习和睦，终有嫌疑"。
第四十八回	见香菱也进园来住，自是欢喜。
第四十八回	声言自己对作诗"不通"，又与探春异口同声地表示：自己作诗是"顽"而不是"认真"，且那些作品"并不成诗"。
第四十九回	宝钗与宝琴、李纨与李纹李绮等各家亲戚团圆于贾府，而"黛玉见了，先是欢喜"，次则与新来乍到的薛宝琴亲密非常，以姊妹相称。
第四十九回	宝玉对钗、黛二人"今看来竟更比他人好十倍"的情状感到"闷闷不乐"，并发出"我反落了单"的孤弃之言。
第五十一回	作出"咱们虽不曾看这些外传（指《西厢记》《牡丹亭》等禁书），不知底里"的不实宣称，等同于薛宝钗"我们也不大懂得"的立场。
第五十二回	宝钗姊妹与邢岫烟都在潇湘馆，四人围坐在熏笼上叙家常。
第五十二回	明知赵姨娘至潇湘馆探望乃是顺路人情，仍以"陪笑让坐、忙命倒茶"之虚礼相周旋，并使眼色支开立场尴尬的宝玉。

续表

回　数	相关内容
第五十七回	紫鹃以防嫌之理对宝玉说："一年大二年小的，……姑娘常常吩咐我们，不叫和你说笑。你近来瞧他远着你还恐远不及呢。"
第五十七回	薛姨妈生日，"早备了两色针线送去"贺寿，并欲认薛姨妈做娘。
第五十八回	薛姨妈挪至潇湘馆和黛玉同住，黛玉便与宝钗、宝琴姊妹相称，俨似同胞共出。
第五十九回	为了"大家热闹些"，因此与同住的薛姨妈都往宝钗那里去，连饭也端了那里去吃。
第六十二回	黛玉自悔失言，忘了趣着彩云。自悔不及，忙一顿行令划拳岔开。
第六十二回	"算计"家计之入不敷出，认同探春治理大观园时兴利除弊的务实做法，造成与宝玉初步而隐微的观念分歧。
第六十二回	直接就宝钗饮过的杯子喝剩茶，不以为意。
第六十四回	嫌宝玉将自己的诗作写给人看去。
第六十七回	认为宝钗是"自家姊妹"，因此不必特意道谢。
第七十回	视"读书功课"之外的诗社诸事为"外事"。
第七十回	赞美湘云的《如梦令·咏柳絮》新鲜有趣，却自谦"我却不能"。
第七十回	当"海棠社"没落而重建"桃花社"时，大家议定"林黛玉就为社主，明日饭后，齐集潇湘馆"。
第七十三回	与宝钗、探春一起出面，共同为迎春之乳母讨情。
第七十六回	在未明妙玉的究里前，即过度谦抑自己的诗作，而请教妙玉"或烧或改"，并对妙玉的意欲续诗奉承道："我们的虽不好，亦可以带好了"；最后又与湘云同时出言赞美妙玉是"诗仙"。

续表

回　数	相关内容
第七十九回	虽然对"苘纱窗下，我本无缘"之谶语而"怵然变色""心中无限的狐疑乱拟"，竟一反过去率直无讳的性格，而"外面却不肯露出，反连忙含笑点头称妙"，呈现昔时罕见的表里不一；接着还以"一年大二年小"的理由劝宝玉改掉脾气，作些"峨冠礼服贺吊往还"的"正经事"，使宝玉"闷闷的转步"，形成二玉之间价值判断上较严重的第二度分歧。
第八十二回	明揭"女孩儿无须读书"的传统观念，并以"读书清贵"之言论令宝玉觉得"势欲熏心"而不甚入耳。
第八十二回	深恨父母在时何不早定这头婚姻，对婚姻之现实结合明朗化。
第八十二回	对薛家妻妾之间争宠较劲的家庭纷争，表示"但凡家庭之事，不是东风压了西风，便是西风压了东风"，显示出成王败寇、适者生存的现实主义态度。
第九十四回	以"宝玉读书，舅舅喜欢"比喻海棠花开，讨贾母等欢心。

第五节　林黛玉之夭亡——《红楼梦》美学原则的确保

《庄子·渔父篇》："礼者，世俗之所为也；真者，所以受于天也，自然不可易也。"[1] 由此以观前文所述林黛玉回归封建传统、走向世

---

[1] （清）郭庆藩集释：《庄子集释》（台北：汉京文化公司，1983年9月），页1032。

俗礼教的种种转变,我们当然可以从"失落纯真"(fall from innocence)的角度来看待。尤其在宗教、神话与文学中,与"乐园之创建"形成二元论述的"乐园之失落",都包含了"失落纯真"的仪式①,则林黛玉转变的过程,又恰恰与整个大观园步向"失乐园"的趋势同轨并行,有如被"失乐园"之主旋律整合收编的一种演奏曲式,或者反过来说,是"失乐园"主旋律赖以展现的演奏曲调之一。

但是,"失落纯真"的过程中所具备的积极意义,还在于它表现出一种成长的"通过仪式"(the rites of passage)。根据范·吉纳普(A. van Gennep, 1893—1957)的界定,"通过仪式"包含了三个阶段:

一、分离:个人从原先的生活脉络中分离出来;

二、过渡(转变):个人发生最戏剧性的身分地位变化;

三、再统合(并入):个人以新身分加入新的地位团体成为其成员。②

据此以对应林黛玉的转变过程,可谓十分相合:她从原先的生活脉络中脱离出来,以新的姿态加入团体成为其成员,中间所经过的"最戏剧性的变化",就是第四十二回薛宝钗的"兰言解疑癖"一段情节。一如脂砚斋对此回批云:"钗、玉名虽二个,人却一身,此幻笔也。今书至三十八回时已过三分之一有余,故写是回,使二人

---

① [美]皮尔森(Carol S. Pearson)著,张兰馨译:《影响你生命的12原型》(台北:生命潜能文化公司,1998年8月),页66。

② 庄英章等编:《文化人类学》(台北:空中大学,1992年3月),下册,页80—81。

合而为一。"① 所谓"二人合而为一"的说法，毋宁可以视为钗、黛冰释和好、二人日趋近同的象征性表示，因此脂砚斋更直称之为"大关节大章法"。② 就在这作为黛玉之个人成长与全书之情节发展上的"大关节大章法"的戏剧性变化之后，其身分地位的变化虽然并不是形式上可见的，却是实质上存在的；同样地，她再加入的虽然不是新的地位团体，然而就一个态度迥异、应对模式也大幅调整过的成员而言，原来相处的团体所具备的意义也确实是与过去有别，而不啻是新团体。因此习惯了林黛玉旧有处世模式的贾宝玉，才会对林黛玉崭新的互动风貌感到如此诧异："宝玉看着，只是暗暗的纳罕。"随后更特地借《西厢记》之典故一语双关，笑问黛玉道："'是几时孟光接了梁鸿案？'这句最妙。'孟光接了梁鸿案'这五个字，不过是现成的典，难为他这'是几时'三个虚字问的有趣。是几时接了？你说说我听听。"（第四十九回）

而与人群团体接了案、通了轨的林黛玉，也就逐渐跨出前期"在幽闺自怜"（第二十三回）的生活方式，顺着这座桥梁不断地向世俗走去，而与贾宝玉离得越来越远。虽然在大观园生涯的末期，黛玉对于宝玉的真心不改，二玉之间的相契未变，神瑛侍者与绛珠

---

① 庚辰本第四十二回回前总批，页606。
② 于第四十五回"金兰契互剖金兰语"一段，脂砚斋又批道："黛玉因识得宝钗后方吐真情，宝钗亦识得黛玉后方肯戏也。此是大关节大章法，非细心看不出。"页623。此回乃是紧接着第四十二回钗、黛二人冰释的延续性情节，其中叙及宝钗探病，黛玉倾吐寄居之难处，而宝钗雅为戏谑之余，并私赠燕窝予之，可与第四十二回一体并观。

第二章 林黛玉立体论——"变／正""我／群"的性格转化

仙草的神界盟约依然两相魂牵梦系，然而这时与真情挚爱并行不悖的，还有双方各自不同的成长速度，以及因不同的成长速度所带来的对现实世界的不同应对方式。我们无法预测，宝玉与黛玉这"二玉"之间在大观园生活的末期所初步展露的分歧，日后将会发展到怎样的地步，而这些分歧又会在一个什么样的程度上造成"神界木石盟约"的裂变，但从曹雪芹对林黛玉的偏爱，以及前八十回如同音乐动机一般不断再现的"还泪"预言，我们大致可以推断：林黛玉的改变应该仅止于呈现人物的立体化，而不致任其无限制地发展到了脱胎换骨的地步，乃至变成了另一个作为对立面而存在的薛宝钗，否则人物的统一律与二元对立的均衡原则势必都将面临破坏的危机；同时，就算林黛玉的改变一直持续下去，其命定夭亡的命运，也会在二玉之间本质性的裂痕发生之前就阻止了问题的发生。①

换句话说，为了维系《红楼梦》的神话架构与美学原则，林黛玉的早逝乃是必然而然的，一方面这可以彻底完成贾宝玉那奇特的价值观，也就是透过所谓"女子未嫁时乃是无价的宝珠，既嫁之后成为黯淡的死珠，久嫁而老时则沦为枯瘪的鱼眼睛"（第五十九回）所谕示的"女性价值毁灭三部曲"，使宝玉与黛玉终究有缘无分，

---

① 张爱玲的考证则认为，黛玉早死是为了后四十回的二宝联姻，以保留黛玉的身分，也免得妨碍钗、黛的友谊，从而让二宝婚后常常谈及黛玉的情节可以成立。见《红楼梦魇》，页339。这就与前八十回情节发展本身的内在需要无涉，仅是迁就脂砚斋批语中所提供的片断不全的线索，对虽不无可能却非必然的情节内涵进行推测；而在后四十回原稿散佚的情况下，恐怕也是无从验证的说法了。

而得以免除亲手将挚爱的黛玉葬送为"死珠"乃至"鱼眼睛"的美学困境，让黛玉能够永保其无价宝珠的神界形象。另一方面，青春享乐的乐园生涯毕竟短暂有限，在粗糙琐碎甚至磨难重重的现实因素入侵之前，林黛玉的年少殒落、泪尽而逝，也使得两人之间未来可能产生的价值分歧乃至爱情褪色等问题①，在来不及发生时便告结束，使二玉之间动人的爱情冻结在永恒不尽的完美境界里，没有变化，因此也长保美丽。

当然，透过黛玉之丧亡所带来的灵魂之割离，还更是促发宝玉大彻大悟、完成悟道历程的动力之一，因而黛玉的夭亡也是孕育宝玉从幻梦中彻底觉醒之契机的重大助缘，从而让宝玉最后选择了"悬崖撒手"②，实践他弃世绝俗、回归空门的终极命运。而这种由黛玉之死所造成的灵魂之割离，也必定是在黛玉身为宝玉之灵魂伴侣（soul mate）的关系尚存之际才能成立。因而黛玉的青春夭逝，从各个角度来看都成为一种必然，黛玉的夭亡就等于宝、黛之神界爱情无限延续的契机；在这里，死亡成就了一种绝对的美丽。

---

① 二知道人《红楼梦说梦》也认为："黛玉之泪，凝醋为泪也，因幼失怙恃，遂混作孤儿泪矣。黛玉之醋，心凝为醋也，因身为处女，不肯泼之于外，较熙凤稍为蕴藉耳。设使天假之年，木石成为姥属，则闺中宛若，凤、黛齐名矣。"一粟编：《红楼梦卷》，卷3，页93。

② 语见第一回、第二十一回、第二十五回脂砚斋批语。

第三章
薛宝钗论——对《红楼梦》人物论述中几个核心问题的省思

第一节 前 言

薛宝钗之人物构设及其重要性,不仅是艺术形象的审美展示而已,更涉及整部《红楼梦》所探索的人性论与道德观,她与贾宝玉、林黛玉鼎足而立[①],共同呈现人生问题与价值判断的复杂与深刻。"借用简·奥斯汀的话来说,大凡小说中的女性形象,或以见识而瞩目,或因敏感而出名。"[②] 移观曹雪芹笔下所创造的这两位女主角,恰恰与此说十分相合,林黛玉固然是"因敏感而出名",薛宝钗也的确是"以见识而瞩目",故脂评即指出:

> 总写宝卿博学宏览,胜诸才人;颦儿却聪慧灵智,非学力

---

① 脂砚斋评论中常有此说,如甲戌本第五回眉批云:宝、黛、钗三人"鼎立",庚辰本第二十八回眉批甚至谓"三人一体"。分见页114、541。
② [美]夏志清著,胡益民等译:《中国古典小说史论》(南昌:江西人民出版社,2001年9月),页279。

所致，皆绝世绝伦之人也。宝玉宁不愧杀！①

两人可谓涵括了小说中最主要的女性形象，因此作者不断以巧妙之笔在叙事的过程中让二姝对映互现。②此外，书中还透过显隐不等的象喻方式，展现钗、黛两人的各擅千秋、不分轩轾，如宝玉所居之怡红院中，庭院的设计乃是以"蕉棠两植"的方式暗蓄钗、黛之分庭抗礼，以至于宝玉认为必须"题'红香绿玉'四字，方两全其妙"（第十七回），呼应了第五回写薛宝钗进荣国府之后，脂砚斋所批云："按黛玉、宝钗二人，一如姣花，一如纤柳，各极其妙者，然世人性分甘苦不同之故耳。"③而这样双峰并峙式的分庭抗礼，甚至会有所贴近、重叠，终究互相融合为一体，宝玉神游太虚幻境时，为他揭开"性启蒙"之阶段的即是名唤"兼美"，"其鲜艳妩媚，有似乎宝钗；风流袅娜，则又如黛玉"的仙界女神（第五回）。

从红学发展中人物论的演化历史来看，脂砚斋乃是最早超出

---

① 庚辰本第二十二回批语，页443。其他类似说词更散见各处，如第八回评道：宝钗"知命知身，识理识性，博学不杂，庶可称为佳人"。第二十二回批云："宝钗可谓博学矣，不似黛玉只一《牡丹亭》，便心身不自主矣。真有学问如此，宝钗是也。"分见页191、433。

② 如同（清）张新之《红楼梦读法》所观察到的："是书叙钗、黛为比肩，袭人、晴雯乃二人影子也。凡写宝玉同黛玉事迹，接写者必是宝钗；写宝玉同宝钗事迹，接写者必是黛玉。否则用袭人代钗，用晴雯代黛。间有接以他人者，而仍必不脱本处。乃一丝不走，牢不可破，通体大章法也。"参一粟编：《红楼梦卷》（台北：新文丰出版公司，1989年10月），卷3，页155。

③ 甲戌本夹批，页114。此一设计之用意，详参欧丽娟：《〈红楼梦〉中的"石榴花"——贾元春新论》，《台大文史哲学报》第60期（2004年5月），页141—142。

钗、黛优劣而不以道德判断为终极关怀的阅读诠释者,早在两百多年前的传统评点视野中,就已清楚指出"善恶二分,忠奸判然"的人物塑造是不近情理的手法,"瑕瑜互见,美疵并存"才是人性的真实面相,所谓:

> 人各有当也,此方是至理至情。最恨近之野史中,恶则无往不恶,美则无一不美,何不近情理之如是耶!①

而"人各有当"的概念除了意指"各有所长"之外,还蕴蓄了一种多元共构的人格认知,脂砚斋便针对薛宝钗和袭人二人指出:

> 若一味浑厚大量涵养,则有何令人怜爱护惜哉。然后知宝钗袭人等行为,并非一味蠢拙古版,以女夫子自居。当绣幙灯前,绿窗月下,亦颇有或调或妒,轻俏艳丽等说。不过一时取乐买笑耳,非切切一味妒才嫉贤也,是以高诸人百倍。不然,宝玉何甘心受屈于二女夫子哉,看过后文则知矣。②

然而,脂砚斋的评析视角之后却几成绝响,野鹤所宣称"读《红楼梦》,第一不可有意辨钗、黛二人优劣",否则"便非能真读《红楼梦》"③的主张,似乎是对脂批罕有的一缕微弱回响。衡诸《红

---

① 庚辰本第四十三回批语,页 614。
② 庚辰本第二十回批语,页 396—397。
③ (清)野鹤:《读红楼札记》,一粟编:《红楼梦卷》,卷 3,页 286。

楼梦》之阅读现象与诠释心态，长久以来一直存在着明显的偏颇现象，在清朝以来"左钗右黛"的人物优劣论主流中，几乎都对薛宝钗采取一种"褒而后贬或褒中含贬"[①]的讨论立场，清代解盦居士所谓："此书既为颦颦而作，则凡与颦颦为敌者，自宜予以斧钺之贬矣。宝钗自云从胎里带来热毒，其人可知矣。"[②]最足以反映此种阅读心理。民国以后，以俞平伯为例，虽然仿佛不乏各有千秋的持平之论[③]，但其真正的人物评价却是："作者对宝钗黛玉，胸中原是黑白分明的，表现在书中人贾宝玉心理方面亦正复如此。……所以'怀金悼玉'，无碍事实上的左钗右黛，而'千红一哭，万艳同悲'，也不因而削弱作者笔下鲜明的倾向性。"[④] 从而，学者遂多主张"如果仅就薛林这一对艺术形象而言，从总的思想倾向来看，作者是贬斥薛宝钗钟爱林黛玉的，这个结论无疑是正

[①] 吕启祥：《形象的丰满与批评的贫困——关于薛宝钗这一典型及其评论》，《红楼梦研究集刊》第 8 辑（上海：上海古籍出版社，1982 年 5 月），页 33。

[②] （清）解盦居士：《石头臆说》，一粟编：《红楼梦卷》，卷 3，页 191。

[③] 所谓："书中钗黛每每并提，若两峰对峙双水分流，各极其妙莫能上下，……若宝钗为三家村妇，或黄毛鸦头，那黛玉又岂有身分之可言。与事实既不符，与文情亦不合。"见《红楼梦辨·中卷·作者底态度》，《俞平伯论红楼梦》（上海：上海古籍出版社，1988 年 3 月），页 186。

[④] 俞平伯：《〈红楼梦〉八十回校本序言》，《俞平伯论红楼梦》，页 878。又其《〈红楼梦〉中关于"十二钗"的描写》一文亦称："此书描写诸女子以黛玉为中心，以宝钗为敌体。……钗黛虽然并秀，性格却有显著不同：如黛玉直而宝钗曲，黛玉刚而宝钗柔，黛玉热而宝钗冷，黛玉尖锐而宝钗圆浑，黛玉天真而宝钗世故。……综合这些性格的特点，她们不仅是两个类型而且是对立的。"《俞平伯论红楼梦》，页 992、997。

第三章　薛宝钗论——对《红楼梦》人物论述中几个核心问题的省思　131

确的，符合作品的实际情况的。"①

在这样预设强固的认知之下，有关薛宝钗种种言谈作为的解释，势必不免以负面的方式定调立论，而产生夏志清所指出的问题：

> 除了少数有眼力的人之外②，无论是传统的评论家或是当代的评论家都将宝钗与黛玉放在一起进行不利于前者的比较。……这种稀奇古怪的主观反应如前面所指出的那样，部分是由于一种本能的对于感觉而非对于理智的偏爱。……如果人们仔细检查一下所有被引用来证明宝钗虚伪狡猾的章节，便会发现其中任何一段都有意地被加以错误的解释。③

如此认知心态之影响所及，《红楼梦》人物研究的整体结果，往往表现出一种极端化、扁平化的思维方式，犹如"中国读者习惯将黛玉看作是一个令人荡魂摄魄的天仙，一个优雅娇弱的美女和才情横溢的诗人；……他们要把她纯粹看作是不受丑陋情欲沾染的绛珠仙草的化身。然而这样一种形象是对一个复杂性格的明显的简单化。"④

---

① 见吕启祥：《形象的丰满与批评的贫困——关于薛宝钗这一典型及其评论》，页 29。
② 此处所谓"有眼力的人"，作者举陈涌《关于薛宝钗的典型分析问题》为例。经查，"陈涌"实为"千云"之误译，乃中英文来回转译后所产生的音差；其文见诸《红楼梦研究论文集》（北京：人民文学出版社，1957 年）。
③ [美] 夏志清著，胡益民等译：《中国古典小说史论》，页 299。
④ [美] 夏志清著，胡益民等译：《中国古典小说史论》，页 287。

将此说之陈述句式和推论逻辑移诸薛宝钗的人物形象评判上，只要把相反的内容填充进去，便可以获得以下的论点：中国读者习惯于将宝钗看作是一个虚伪不实、圆滑世故的商人，一个表里不一的俗士和处心积虑的阴谋家；他们要把她看作是充满丑陋欲望沾染的金玉良姻的追求者。然而事实上，这一种形象也是对一个复杂性格的明显的简单化。

正如亚里士多德（Aristotle）所言，"悲剧人物既不能是'邪恶的'，也不能仅仅只是'厄运'的牺牲品"[1]。这是因为悲剧有其复杂难测的人性议题，承担悲剧的人物也必须拥有丰富多面的心灵寓涵始得以展演悲剧的深度与力量，因此著名的小说家弗斯特在分析小说艺术时，也认为只有生命深不可测的圆形人物才能短期或长期地作悲剧性的表现。[2] 薛宝钗作为一个悲剧人物，乃是无庸置疑，但她多元复杂的丰厚性格，在长期"左钗右黛"的情况下明显并未受到足够的认识与阐发。即以书中所开启的空、情、色三个人生视点而言，其中"空"的层次乃立足于宗教哲学的形而上角度，展示

---

[1] 引自怀利·辛菲尔：《喜剧人物的状貌》，收入傅正明译：《喜剧：春天的神话》（北京：中国戏剧出版社，1992年7月），页267。

[2] 弗斯特区分出"扁平人物"（flat character）、"圆形人物"（round character）两种形态，其中所有属于"三度空间"的圆形人物都可以随时延伸，不为书本的篇幅内容以及单一的观念标帜所限，可以活跃于小说的每一页，而不受限制的延伸或隐藏，他们能以令人信服的方式给人以新奇之感，因而显得自然逼真又深不可测。参[英]弗斯特著，李文彬译：《小说面面观》（台北：志文出版社，1995年12月），页92—104。

出对世界清醒认识的灭情观①，虽以一僧一道为代表人物，但事实上被视为务实的、世俗取向的薛宝钗亦具备了此一精神范畴。她以"热闹繁华中洞见虚无幻灭"的悟道者禀赋，为望文生义的贾宝玉指出《鲁智深醉闹五台山》并不是一出喧哗嘈杂的"热闹戏"，其中那支《寄生草》的"词藻动人"之处，乃是归结于"赤条条来去无牵挂"的幻灭意趣，而成为贾宝玉性灵成长过程中"出世哲学"的思想启蒙者，最后甚至成为其人生终极价值。②仅此一端，便足见薛宝钗之人格厚度确有其深不可测之处，遑论其他多种面向。③是故对此一复杂性格的简单化、极端化看待，毋宁是偏离客观理智的做法。

---

① 依孙逊所言，曹雪芹以三个视点审度人生，分别是：

> 空——终极关怀——一僧一道——忘情者，梦醒者——对世界清醒认识的灭情观，立足于宗教哲学的形而上角度
> 情——中间关怀——宝、黛——钟情者，梦迷者——陷溺于情感执着的唯情观，彻底投入对生命理想的痴迷追求
> 色——基础关怀——刘姥姥——不及情者，从不作梦者——实用的物质功利观，来自现实生活的形而下直观

参孙逊：《红楼梦探究》（台北：大安出版社，1991年11月），页31—55。
② 详参欧丽娟：《诗论红楼梦》，页311—314。
③ 宝钗之真情流露者，诸如：淘气逾矩（第四十二回）、童真嬉戏（第二十七回）、生气愠怒（第三十回）、委屈伤心（第三十四回）、娇羞爱慕（第三十四回）、多心歪话（第三十五回）、冷笑讥刺（第四十二回）、含醋微妒（第四十九回）、撒娇慰亲（第五十七回），以及无伤大雅的嘲讽和戏谑（第二十回、第二十五回、第四十五回、第五十七回）等等，都有待进一步的整合分析。

既然这种简化／极化的做法行之已久，有关薛宝钗之论据也几乎成为不证自明的定说，则对《红楼梦》人物论述的框架而言，恐怕无法提供足以进一步发展深化的研究基础。本章即针对红学中有关薛宝钗之几个核心议题，就那些常常被引用来证明宝钗虚伪狡狯，而被有意地错误解释的章节或语词重新探讨，在每一个具体问题上提出不同的论据与分析范式，亦即进行对小说文本之全面检证，以避免选择性取材而孤证引义所产生的偏倚现象，冀图从根本处廓清文本依据、推导方式的纠绕罅隙，为日后更高层次的人物论述奠定较稳固的基础。

第二节　核心情节的个别分析：
世俗人文主义的表现

亨利·詹姆斯早已指出："要说某些情节在本质上要比别的情节重要得多，这话听上去几乎显得幼稚。"[1] 这是因为"一部小说是一个有生命的东西，像任何一个别的有机体一样，它是一个整体，并且连续不断，而且我认为，它越富于生命的话，你就越会发现，在它的每一个部分里都包含着每一个别的部分里的某些东西。"[2] 而面对伟大文学作品中那发展完整、复杂互涉的有机结构时，更不

---

[1]　[英]亨利·詹姆斯（Henry James）著，朱雯等译：《小说的艺术：亨利·詹姆斯文论选》（上海：上海译文出版社，2001年5月），页18。

[2]　[英]亨利·詹姆斯著，朱雯等译：《小说的艺术：亨利·詹姆斯文论选》，页17。

能忽略一种巨细兼摄、全幅掌握的研读心态,始能将隐显不一的相关讯息充分挖掘,从而达到俄国文论家别林斯基(Виссарио́н Григо́рьевич Бели́нский,1811—1848)所提醒的客观性:"在论断中必须避免各种极端。每一个极端是真实的,但仅仅是从事物中抽出的一个方面而已。只有包括事物各个方面的思想才是完整的真理。这种思想能够掌握住自己,不让自己专门沉溺于某一个方面,但是能从它们具体的统一中看到它们全体。"①

然而,《红楼梦》接受史的主要特色之一,即是突出书中某些"经典场面"、少数情节或片言只语的重要性与代表性,过度集中而又抱持特定成见的结果,往往便落入断章取义与深文周纳的境况。因此必须还原这些单一情节或用语与整体的统一关系,抉发个别与全体的交互轨迹,以取得恰当的定位与适切的理解。本节先就"情节"部分而论。

一、"嫁祸"论

"嫁祸"可以说是烙印在薛宝钗身上最深的道德疤痕,刻蚀在她的人格图版上,成为一切定罪性审判的出发点。如果要对薛宝钗的人格建构有所重整,"嫁祸论"的成立与否应是最关键性的根本所在。

依书中第二十七回所述,薛宝钗于滴翠亭扑彩蝶时,恰听得小

---

① 转引自蒋和森:《红楼梦论稿》(北京:人民文学出版社,1981年9月),页135。

红与坠儿有关私情传帕之一番悖礼隐私,此际一方面顾虑"他素日眼空心大,是个头等刁钻古怪东西。今儿我听了他的短儿,一时人急造反,狗急跳墙,不但生事,而且我还没趣",一方面却苦于"如今便赶着躲了,料也躲不及"之故,电光石火之间,遂使出"金蝉脱壳"之计以求脱身,故意放重了脚步,笑着叫道:"颦儿,我看你往那里藏!"一面说,一面故意往前赶,还说:"我才在河那边看着林姑娘在这里蹲着弄水儿的。……他倒看见我了,朝东一绕就不见了。别是藏在这里头了。"一面说,一面故意进去寻了一寻,然后抽身就走,口内说道:"一定又是钻在山子洞里去了。遇见蛇,咬一口也罢了。"一面说一面走,心中又好笑:这件事算遮过去了,不知他二人是怎样。小红与坠儿却信以为真,做出"林姑娘蹲在这里,一定听了话去了"的判断,同时更忧心"林姑娘嘴里又爱刻薄人,心里又细,他一听见了,倘或走漏了风声,怎么样呢?"至此为止,此事便因作者另叙他线而岔开,乃不了了之。对这段描述,何其芳的看法较为谨慎保守,认为:"水亭扑蝶,自然可以看出她有机心。但这种机心是用在想使小红坠儿以为她没有听见那些私情话,似乎还并不能确定她是有意嫁祸黛玉。"[①] 这在"左钗右黛"的主流意见中,已算是罕见的看法;至于张爱玲则径断之为嫁祸,所谓:"批语盛赞宝钗机变贞节,但是此处她实在有嫁祸黛玉的嫌疑,

---

① 何其芳:《论〈红楼梦〉》,《何其芳集》(北京:中国社会科学出版社,2004年1月),页133。

为黛玉结怨。"① 此说尤其代表了大多数读者对这段情节的理解,属于众所熟悉的习见论调。但两者都仅从情节中的孤立片段着眼,单就故事链中的单一环节立论,难免断章失据而欠缺足够的说服力。千云既被夏志清视为"少数有眼力的人",乃以不同的角度指出:"原作写得很明白:当宝钗看到宝玉去了潇湘馆的时候,她除了避嫌而外,丝毫没有什么嫉妒之心。至于扑蝶那一节,更是一段很美的抒情文字,是用以表现薛宝钗的乐趣的。以后,薛宝钗也只是为了避嫌,才来了个'金蝉脱壳'之计。如果说薛宝钗是有意识地嫁祸于人,这不仅在整个作品里,没有任何思想上和感情上的线索可寻,从作者的心情上来说,也是难以理解的:曹雪芹为什么对于一个卑劣奸诈之徒,在揭发她之前,先为她写一段美丽的抒情文字来美化她? ……如果作家不是疯子,他能够这样去刻画他笔下的人物吗?"②

这番说法中所表现的眼力,即在于将孤立的环节还原至承接一贯的脉络中,进一步从连续发展的整体情境思考,从而发现孤证引义难以在整体结构中妥贴立足的扞格矛盾。因此,至多只能推断薛宝钗的行为固然是出自熟谙人性而巧妙运用的机智造作,并非一片纯真坦率的人为之"伪",却并非是嫁祸黛玉的陷害诈欺,在已经来不及脱身的情况之下,固然可以呆楞楞地作一个察听隐私的现行犯,蹚涉浑水以显示此心坦荡;然而若是力图脱身

---

① 张爱玲:《四详红楼梦》,《红楼梦魇》(台北:皇冠文化公司,1998年7月),页228。

② 千云:《关于薛宝钗的典型分析问题》,《红楼梦研究论文集》,页137—138。

以为自己制造不在场证明，也未尝不是人类心理的自然反应，因此关键只在于是否造成伤害。进一步探究宝钗此举之所以会关涉到黛玉，实有诸多必然之理可循：

一则是出于心理的惯性作用。宝钗扑蝶之前，本就是要往黛玉处邀她至园中与众人玩耍，只因见到宝玉先一步进了潇湘馆，为免黛玉多心猜忌，才半途抽身回来。因心理的惯性作用，先前作为意念所在而欲寻找之人物会在脑海中依然留存，于扑蝶的短时间中暂时隐没形成残像；一旦面临迫切需要之际最易呼之而出，成为信手拈来的取材对象，毋乃十分便当而合于人情之常。① 此所以第五十八回宝玉为护救违禁烧纸钱的藕官，而编拟"梦见杏花神和我要一挂白纸钱"的虚词时，其杏花神之具体种类即来自前一刻眼看满树杏子，感叹"能病了几天，竟把杏花辜负了，不觉倒'绿叶成荫子满枝'了"的思维一贯性。

二者比较园中诸人，也唯有黛玉适合作为宝钗之共戏者。遍数园中诸人，宝玉乃其避之唯恐不及的对象，"因往日母亲对王夫人等曾提过'金锁是个和尚给的，等日后有玉的方可结为婚姻'等语，所以总远着宝玉"（第二十八回），当然不会在此自招嫌疑；而迎春乃浑名"二木头"（第六十五回）的"有气的死人"（第五十七回），惜春则是素日好与尼姑交游，一心想要"明儿也剃了头同他做姑子去"（第七回），显然都与风雅绝缘，平日留心的宝钗自然不会不

---

① 马建华：《从商人文化看薛宝钗》一文已提及类似的说法，附志于此以供参酌，见《红楼梦学刊》2000年第4辑，页109。

知,故也可以从名单中刊除;其他如槁木死灰之李纨、庶出敏感之探春、权高威重之凤姐,也都因为性格或处境的因素,在在不宜涉此暧昧情事;至于贴身丫鬟莺儿以及其他下人之辈如香菱等,更因为与小红份属同级而易于招致猜忌惹出祸端,势必不能沾染此事,否则就是陷其人于不义;只剩下各方面皆适合担当任务的史湘云,这时却又恰巧不在园中。于是,身分、阶级、才华、情谊皆彼此相当的林黛玉,便自然而然地中选。

第三,从潇湘馆的半途掉头到滴翠亭的金蝉脱壳,宝钗都一直处在"避嫌"的行动考虑之下,亦即一种但求无碍的消极避祸心理,差别在于前者简易即致,后者则必须急中生智运用策略,但本质都与设局构陷之类的主观意图迥异。更值得注意的是,论者往往忽略更大的文本坐标,以致无法定位"嫁祸"的"祸"究竟何在。实际上,从事发之后至第八十回为止,小红所担心"倘或走漏了风声"的忧虑显然无果而终,为期数年之间都一无关碍,就此结果来看,被"嫁祸"的林黛玉根本是毫发无伤。

而之所以无祸存在,主要乃归因于阶级上的地位悬殊,使双方差异有如卵石之别。探春曾针对芳官之类的下层人物说道:"那些小丫头子们原是些顽意儿,喜欢呢,和他说说笑笑;不喜欢便可以不理他。便他不好了,也如同猫儿狗儿抓咬了一下子。"(第六十回)显见奴婢之于主上的无足轻重,上固可以凌下,下则难以撼上,即使在奴仆中结怨树敌,其后果也仅仅是"如同猫儿狗儿抓咬了一下子",实质上并不容易产生杀伤力,何况是黛玉如此之娇客、宠儿?此所以探春初当家理事时,为刁奴怠慢欺侮,平儿便警告她们道:"他撒个娇儿,太太也得让他一二分,二奶奶也不敢怎样。你们就这么大胆子小看他,可是鸡蛋往石头上碰。"(第五十五回)后来在抄检大观园时,探春掌掴了邢夫人的陪房王善保家的,虽因"贾府风俗,年高服侍过父母的家人,比年轻的主子还有体面"(第四十三回),而就此顶了一条"犯上"之罪,却也清楚了解其结果仅会是"不过背地里说我些闲话,难道他还打我一顿不成"(第七十五回)。而小红、坠儿乃只是怡红院中不登大雅之堂的二三等婢女,比诸王善保家的更是等而下之,绝无可能为贵为贾母宠儿的黛玉肇祸,因此小红也只是基于"林姑娘嘴里又爱刻薄人"的个性,就"倘或走漏了风声"的可能性而忧心惶恐,纯属自保心理的流露,却一无怨恨报复之表示。则既无"祸"可言,"嫁祸"之举自然便无法成立;甚至就整体来说,宝钗此举除了让自己全身而退之外,其他相关人等亦皆夷然无事,所有可能的"祸"遂被化除而消弭于无形,更呈现出宝钗应世处事面面俱到的高度能力。

尤其应该进一步指出的是,这样类似"嫁祸"的情节并非绝无仅有的一个孤例,书中其他地方还似曾相识地发生过多次平行现象;而比观前后诸例,可以更分析出众人之所以往往利用林黛玉以制造不在场证明,作为个人洗脱嫌疑、免除人际纷扰的真正原因。

如第四十六回记载:邢夫人为了替贾赦讨娶鸳鸯,特地前来与王熙凤商议。而明知其事绝不可为的王熙凤,为了避开邢夫人的莽撞出丑,便先命平儿到别处逛逛,以免讨婚受阻的邢夫人在下人面前下不了台，导致羞怒更甚地殃及无辜。没想到平儿到大观园中，偏偏遇到袭人、鸳鸯等人，而鸳鸯又将一心奉承的鸳鸯之嫂口角抢白了一顿，以致鸳鸯之嫂羞恼交加地回来向邢夫人等回话时，反倒将平儿牵扯出来。为了去嫌避祸，王熙凤与另一位婢女丰儿当场天衣无缝地合演了一出双簧：

> 凤姐便命人去："快打了他（案：即平儿）来，告诉他我来家了，太太也在这里，请他来帮个忙儿。"丰儿忙上来回道："林姑娘打发了人下请字请了三四次，他才去了。奶奶一进门我就叫他去的。林姑娘说：'告诉你奶奶，我烦他有事呢。'"凤姐儿听了方罢，故意的还说："天天烦他，有些什么事！"

很显然，林黛玉在这里又被祭出来当一面挡箭牌，不知不觉地在王熙凤与邢夫人婆媳之间错综复杂的纠葛中发挥了缓冲的功能，更为平儿卸除了眼前呼之欲出、山雨欲来的危机。而从王熙凤与丰儿之间无须套词排练，立时即可以互相搭配得如此当行熟惯，则林黛玉作为众人纷扰之有力屏障，恐怕是所在多有之事；至于王熙凤故意夸大其词所说的"天天烦他，有些什么事"，更微妙地为林黛玉铺垫了为人开脱的日常功能。如果说，王熙凤（以及丰儿）是因为看准林黛玉孤独无依的处境才加以利用，而专拿她作为洗清自身嫌疑的替死鬼，这显然是有悖情理的，因为她曾以当家理事者的身分，开了林黛玉这样的玩笑："你既吃了我们家的茶，怎么还不给我们家作媳妇?"同时指宝玉道:"你瞧瞧,人物儿、门第配不上,根基配不上,家私配不上?那一点还玷辱了谁呢?"(第二十五回)如果不是上级长辈心意所趋已经显朗,擅于揣摩上意、谨守分寸大体的王熙凤绝不敢如此露出形迹,拿宝玉的终身大事乱开玩笑①,因而此回脂砚斋更批道:"二玉事在贾府上下诸人,即看书人、批书人,皆信定一段好夫妻,书中常常每每道及。"② 如此,便不能推断王熙凤有意诬陷林黛玉。何况,王熙凤对林黛玉的体贴实在已达入微之境,试看书中描述秋冬时节日短天冷之际,凤姐即向贾母、王夫人建议于大观园中另行分厨而爨,以免诸位姑娘往返奔波,所谓:"小姑娘们冷风朔气的,别人还可,第一林妹妹如何禁得住?就连宝兄弟也禁不住,何况众位姑娘。"(第五十一回)这段情节,犹如在"寿怡红群芳开夜宴"之时,贾宝玉特别叮咛关照的"林妹妹怕冷,过这边靠板壁坐"(第六十三回),一片真心关怀都溢于言表。因此余英时认为,实际上王熙凤不但以姊弟之情给予贾宝玉真诚的关照与

---

① 正如第五十回记载:贾母说及薛宝琴雪下折梅比画儿上还好,又细问她的年庚八字并家内景况,薛姨妈度其意思大约是要与宝玉求配,却因早已许给梅翰林家,只得半吐半露地予以婉拒;此时王熙凤不待薛姨妈说完,便嗐声跺脚地说:"偏不巧,我正要作个媒呢,又已经许了人家。"贾母笑道:"你要给谁说媒?"凤姐儿说道:"老祖宗别管,我心里看准了他们两个是一对,如今已许了人,说也无益,不如不说罢了。"贾母也知凤姐儿之意,然后也就不提了。由这段描述,显然可知王熙凤的作媒完全是"揣摩上意"而来,她察言观色的超凡机智,使她足以在贾母微微露意之初便先发制人,一番言行既使贾母感到知己窝心的体贴入微,又让贾母的求配不遂获得了下台阶,化解了老祖宗碰到软钉子的尴尬。此事足证在宝玉的终身大事上,王熙凤绝对是唯贾母是瞻的。

② 甲戌本第二十五回夹批,页488。

第三章 薛宝钗论——对《红楼梦》人物论述中几个核心问题的省思

呵护,对宝、黛之爱情也是抱持维护出力的态度。① 则王熙凤之利用黛玉除灾免祸,应另具理由。

其次,第五十七回记述赵姨娘欲出府为其亡故之兄弟守灵伴宿,却因舍不得弄脏自己的衣裳,而向雪雁借用其月白缎子袄儿。雪雁用以推却的托辞即是"我的衣裳簪环都是姑娘叫紫鹃姐姐收着呢,如今先得去告诉他,还得回姑娘呢,姑娘身上又病着",紫鹃听了之后笑指其托辞之"巧"便在于:"你不借给他,你往我和姑娘身上推,叫人怨不着你。"可见祭出林黛玉的屏障功能也为其贴身婢女所善用。

至于书中所出现的另一次类似的情节,更耐人寻味的地方,在于此次林黛玉再度被祭出作为挡箭牌,乃是经过宝玉的审慎认可的。故事发生于第五十八回,被拨入黛玉房中使唤的藕官,在大观园中烧纸钱以奠祭死去的菂官,不巧被素日不合的婆子撞见,因此状告层峰欲问其违禁之罪;幸而宝玉适时拔刀相助,将情责一肩兜揽下来并编了一套说辞加以弹压,逼使婆子只得自认看错了,说:

> "我如今回奶奶们去,就说是爷祭神,我看错了。"宝玉道:"你也不许再回去了,我便不说。"婆子道:"我已经回了,叫我来带他,我怎好不回去的。也罢,就说我已经叫到了他,

---

① 参余英时:《眼前无路想回头》,《红楼梦的两个世界》(台北:联经出版公司,1996年2月),页122—125。

林姑娘叫了去了。"宝玉想一想,方点头应允。那婆子只得去了。

我们可以注意到这又是一个极度为难的尴尬处境,一方面婆子已经回过话,因此必须拿人去见,这是大家族严如铁律的治家法则;但一方面护怜心切的宝玉又以严词恐吓加以阻挡,以致无法拿人交差,这将使婆子无法交代,势必沦为无中生有的诬告或办事不力而惹祸上身,正是进退维谷之两难境地。于是林黛玉又发挥了润滑的作用,成为双方两全其美的缓颊力量。试看婆子所说的理由,显然只要是被"林姑娘叫了去",则藕官即使是干犯禁忌且已被婆子拿住,都可以立刻脱身不去回话,而等着问罪的奶奶们也不会追究,甚至就此搁置不论,否则不但眼前迁延不了一时,日后更是如何能够幸免?畏上惧威的婆子为了自保,当然不会自惹尾大不掉的麻烦,于是她自己在此进退维谷的情况下急中生智,虚拟出人犯被"林姑娘叫了去"的借口,应该足以发挥让她摆脱罪嫌的有效力量。

再从宝玉听此一计后,思考一番便点头应允的反应来看,显然也是因为黛玉拥有此一至高之特权,足以为藕官卸责,而且此举对黛玉也丝毫无损,足以达到两方俱全的效果,否则宝玉岂肯将自己最为挚爱的黛玉用作牺牲品?虽然藕官本就是指派给黛玉使唤的小旦(见第五十八回),谎称被黛玉叫去乃是顺理成章,而宝玉的个性也本即如王熙凤所说:"宝玉为人不管青红皂白爱兜揽事情。别人再求求他去,他又搁不住人两句好话,给他个炭篓子戴上,什么事他不应承。"(第六十一回)但他对黛玉呵护备至、细心周到,焉能让自己兜揽烦难的个性移祸于日常步步小心、不敢稍有侵犯的情人？因此，从婆子临机应变幻设拟出的假托之词，以及宝玉经过思考斟酌之后的认可应允，在在可见黛玉绝不是被用来顶缸的可怜虫，反而证明了她在贾府中特有的优越地位与豁免权。

因此，林黛玉以亲戚客居之尊与贾母宠溺之贵所塑造的娇客身分，透过"核心／边缘""宠儿／孤儿"兼具的微妙处境，反倒可以提供免于贾府内部人际纠葛的双重免疫力，让诸多极可能越滚越大的是非可以到此为止，终究不了了之，避免膨胀为大型雪球而掀起风暴。正如黛玉与湘云的一场口舌之争中，宝玉对偏执之黛玉所劝说的："谁敢戏弄你！你不打趣他，他焉敢说你。"（第二十一回）所谓"谁敢戏弄你"正指出黛玉的地位之尊是无人胆敢稍加侵犯的，除了孤居世外的出家人妙玉之外[①]，连旗鼓相当的湘云都只是被动反击，其他人就不言可知。

林黛玉深受贾母庇护的娇贵身分，在贾府孙辈中地位的突出乃是显而易见的，所谓："黛玉自在荣府以来，贾母万般怜爱，寝食起居，一如宝玉，迎春、探春、惜春三个亲孙女倒且靠后。"（第五回）书中更是处处可见贾母这位大家长以各种行动展示出这位外孙女的与众不同，例如她可以为了宝玉生气、黛玉中暑，而执意不去打醮祈福的清虚观，并为了宝、黛不和而抱怨哭了（第二十九回）；当大家凑分子替凤姐庆生时，这位老祖宗除了自己的二十两

[①] （清）姚燮《读红楼梦纲领》即指出："宝玉过梨香院，遭龄官白眼之看，黛玉过栊翠庵，受妙玉俗人之诮，皆其平生所仅有者。"一粟编：《红楼梦卷》，卷3，页169。

之外,"又有林妹妹宝兄弟的两分子"(第四十三回),一体怜爱守护的地位不言可喻;而当元宵节放炮仗时,还出现"林黛玉禀气柔弱,不禁毕驳之声,贾母便搂他在怀中"(第五十四回)这独钟一人的景象,以致会因为看到黛玉与薛家母女之间亲如母子手足的胶漆之情,而感到十分喜悦放心(第五十八回);用饭时更特别赏赐,指着"这一碗笋和这一盘风腌果子狸给颦儿宝玉两个吃去"(第七十五回)。此外,贾母还将看顾黛玉的责任扩大到身边众人身上,既特别叮嘱史湘云别让宝、黛二人多吃螃蟹,以免影响健康(第三十八回),还千叮万嘱薛姨妈照管黛玉(第五十八回),至于私底下"老太太们为姑娘的病体,千方百计请好大夫配药诊治,也是为姑娘的病好"(第六十七回),以致亲自探视疾病,更老早就成为理所当然的例行工作。这样时时与"人间龙凤"般之贾宝玉[①]相提并论,乃至被联名直呼"两个玉儿"(第四十回)的待遇,在在都强化了黛玉备受爱宠的娇贵身分,故脂砚斋即有"黛玉乃贾母溺爱之人",而府中"将黛玉亦算为自己人"之说。[②]

于是我们看到的是,林黛玉承受了贾母这位最高权威公开的娇宠与纵容,而获得无人敢撄其锋的特权地位,至多只有豪爽敢言的

---

① 第二十五回记赵姨娘嫉恨说道:"也不是有了宝玉,竟是得了活龙。"第四十三回亦述及水仙庵中"那姑子见宝玉来了,事出意外,竟像天上掉下个活龙来的一般"。接着更描写玉钏儿见到宝玉回府后,便收泪说道:"凤凰来了,快进去罢。再一会子不来,都反了。"果然随后"宝玉忙进厅里,见了贾母王夫人等,众人真如得了凤凰一般。"

② 庚辰本第二十二回批语,两句分见页430、页431。

第三章 薛宝钗论——对《红楼梦》人物论述中几个核心问题的省思

史湘云曾当面表示过不满①，其余姊妹多百般宽待。如书中所记述的：黛玉在自己房中养病时，"有时闷了，又盼个姊妹来说些闲话排遣；即至宝钗等来望候他，说不得三五句话又厌烦了。众人都体谅他病中，且素日形体娇弱，禁不得一些委屈，所以他接待不周，礼数粗忽，也都不苛责"（第四十五回）。于是在周遭他人的包容或忍耐之下，林黛玉取得了任性的权利，以自我为中心的直率情形便一直持续下去，构成了"我长了今年十五岁，竟没一个人像你前日的话教导我"（第四十五回）的特殊情况。

事实上，在贾母的庇荫之下，"便是老太太、太太屋里的猫儿狗儿，轻易也伤他不的"（第六十三回），连作粗活的下人傻大姐，在贾母的保护伞之下都拥有无人企及的特权，所谓：

> 这傻大姐年方十四五岁，是新挑上来的与贾母这边提水桶扫院子专作粗活的一个丫头。只因他生得体肥面阔，两只大脚作粗活简捷爽利，且心性愚顽，一无知识，行事出言，常在规矩之外。贾母因喜欢他爽利便捷，又喜他出言可以发笑，便起

---

① 如第二十回记载史湘云指责黛玉道："他再不放人一点儿，专挑人的不好。你自己便比世人好，也犯不着见一个打趣一个。"后来第二十二回在宝钗生日宴上，大家发现唱戏的小旦扮相上与林黛玉十分形似，却都心知而不愿明说，此时也只有湘云胆敢率然直言无忌而惹恼了黛玉。乃至第四十九回黛玉讥嘲湘云等人露天烧烤鹿肉大吃大嚼的行径，笑道："那里找这一群花子去！罢了，罢了，今日芦雪庵遭劫，生生被云丫头作践了。我为芦雪庵一大哭！"湘云也冷笑直接反击道："你知道什么！'是真名士自风流'，你们都是假清高，最可厌的。"在在可见湘云所代表的光明正直之气度。

> 名为"呆大姐",常闷来便引他取笑一回,毫无避忌,因此又叫他作"痴丫头"。他纵有失礼之处,见贾母喜欢他,众人也就不去苛责。这丫头也得了这个力,若贾母不唤他时,便入园内来顽耍。(第七十三回)

一个专作粗活的下等傻丫头尚且得以因宠而得利,在人际关系势利复杂的贾府中取得了"他纵有失礼之处,见贾母喜欢他,众人也就不去苛责"的豁免权,甚至享有入园戏耍的特殊优遇,则林黛玉具备了亲外孙女的血缘关系与超凡脱俗的出众才貌,其得利处理应更是远远有所过之。事实也正是如此。则既然宝玉的特权来自于"贾环等都不怕他,却怕贾母,才让他三分"(第二十回),而同受贾母宠爱的黛玉也没有例外,不但宝玉曾当面对黛玉指出"谁敢戏弄你"(第二十一回)的娇贵地位,一片丹心护主的紫鹃也指出黛玉的处境是"有老太太一日还好一日"(第五十七回),显然贾母的偏怜溺爱,无形中更足以为黛玉筑起了一道诸事不侵的围墙。从第三十二回记载袭人指称林黛玉豁免于绣箑的特权,所谓:"他可不作呢。饶这么着,老太太还怕他劳碌着了。大夫又说好生静养才好,谁还烦他做?旧年好一年的工夫,做了个香袋儿;今年半年,还没见拿针线呢。"显见贾母的护爱优遇,竟使黛玉连传统妇德中不可或缺的女红都得以免除;再加上她身为未出嫁的小姑,于旗俗中与三春、宝钗等又尊于李纨、凤姐等已嫁者的家族地位[①],更使得来

---

① 周汝昌:《红楼梦新证》(北京:华艺出版社,1998年8月),页466。

第三章 薛宝钗论——对《红楼梦》人物论述中几个核心问题的省思

自外界的种种指责不敢轻易近身，纷扰便可以逐渐淡化而消弭于无形。

一如宝玉能够承揽诸多烦难之事，包括贾环恶意推倒灯油烫伤宝玉（第二十五回）、彩云偷窃王夫人之玫瑰露（第六十一回），其结果"都是宝玉应了，从此无事"（第六十二回彩云语）、"宝二爷应了，大家无事"（第六十一回平儿语），从而促使大事化小、小事化无，理由同此。两者唯一不同的是，宝玉往往自动自发地出面承揽，所谓："明儿老太太问，就说是我自己烫的罢了。"（第二十五回）又如："这件事我也应起来，就说是我唬他们顽的，悄悄的偷了太太的来了。两件事都完了。"（第六十一回）黛玉则每每是不知不觉地背了黑锅，而依两人个性的特质来推断，对无辜受冤之事，宝玉总是大而化之地豁达以待，黛玉应该会心细如发地自怨自怜。但无论如何，书中皆未曾见黛玉为此种事而受累，显然其作为"免罪牌"的特权地位发挥了极大作用，以至于事情都因此而沉埋隐没、不了了之，连黛玉自己都自始至终毫不知情，可见宝、黛之消灾功能十分一致，两者之间仅有自觉与否的差异而已。如此则是黛玉身为"核心人物"的特权。

也正是因为身居"核心人物"之故，黛玉面对贾府中崇高体面的威权人物，小自周瑞家的、大至凤姐，都展现出直言无讳、尖锐难当的率性谈吐，而毫无寄人篱下的委屈客气。如书中明示道："贾府风俗，年高伏侍过父母的家人，比年轻的主子还有体面，所以尤氏凤姐儿等只管地下站着，那赖大的母亲等三四个老妈妈告个罪，都坐在小杌子上了"（第四十三回），依此大家风俗，邢夫人的陪房王善保家的"自恃是邢夫人陪房,连王夫人尚另眼相看,何况别个",掌理大观园声望卓著的探春更必须以礼相待,"看着太太的面上,你又有年纪,叫你一声妈妈"(第七十四回);至于哺育过小姐少爷的奶娘,往往更是备受其他下人的尊重容让,甚至会"逞的他比祖宗还大"(第八回)。在这般背景之下,林黛玉对他们所采取的态度却迥非另眼相看与谦逊退让,以周瑞家的为例,其本身即担任贾府的资深管家,丈夫周瑞更是王夫人的陪房(第六回),因此刘姥姥首度前来贾府打秋风时,即是转借周瑞家的引介帮忙,而周瑞家的也借机显弄自己的体面。但当周瑞家的送来宫花之际,黛玉先是计较送花对象,问道:"还是单送我一人的,还是别的姑娘们都有呢?"表现出唯我独尊的专宠态势;待得到"各位都有了,这两枝是姑娘的了"的答案后,便冷笑道:"我就知道,别人不挑剩下的也不给我。"(第七回)

其次,第八回亦载众人在薛姨妈处吃食谈笑,奶娘李嬷嬷在宝玉三杯酒后出面加以劝阻,使宝玉登时扫去兴致,黛玉立刻回击道:"别扫大家的兴!舅舅若叫你,只说姨妈留着呢。这个妈妈,他吃了酒,又拿我们来醒脾了!"同时一边悄推宝玉鼓动他赌气,一边悄悄的咕哝说:"别理那老货,咱们只管乐咱们的。"那李嬷嬷不知黛玉的意思,还说:"林姐儿,你不要助着他了。你倒劝劝他,只怕他还听些。"如此便引来黛玉更尖锐的回应:"我为什么助他?我也不犯着劝他。你这妈妈太小心的,往常老太太又给他酒吃,如今在姨妈这里多吃一口,料也不妨事。必定姨妈这里是外人,不当在这里的也未可定。"一番话语形同挑拨离间,惹得李嬷嬷又是急

第三章 薛宝钗论——对《红楼梦》人物论述中几个核心问题的省思

又是笑,说道:"真真这林姐儿,说出一句话来,比刀子还尖。你这算了什么。"

最鲜明的例子则是第二十五回所记述的:王熙凤开了黛玉"你既吃了我们家的茶,怎么还不给我们家作媳妇"的玩笑,李纨笑向宝钗道:"真真我们二婶子的诙谐是好的。"林黛玉立刻反驳道:"什么诙谐,不过是贫嘴贱舌讨人厌恶罢了。"说着还啐了一口。而平日所向无敌、呼风唤雨的凤姐面对如此强烈尖锐的轻贱不屑,却也未充分发挥其"少说些有一万个心眼子,再要赌口齿,十个会说话的男人也说他不过"(第六回)的特长置对方于无所招架之地,只是回归基本面就事论事,挑明宝玉之样貌、门第、根基比配有余的事实而已;林黛玉听后的抬身就走,并不是被击中要害的困窘难当,而仅仅只是小儿女羞于谈及婚事的害臊而已,故书中继续描写随后二人依然说笑不休的情节,彼此情谊丝毫未损。而当宝玉被魔法所祟,终于起死回生之后,念了"阿弥陀佛"以示宽心的林黛玉被宝钗嘲笑,竟红了脸啐了一口,道:"你们这起人不是好人,不知怎么死!再不跟着好人学,只跟着凤姐贫嘴烂舌的学",一面说,一面摔帘子出去了。上述种种核心人物万夫莫敌的态势,都显示出黛玉唯我独尊的率性乃是在高度的纵容优遇之下助长起来的。

另一方面,出于林黛玉孤身一人寄居荣国府的身世背景,又抱持"孤高自许,目无下尘"(第五回)的孤傲态度,以及"本性懒与人共,原不肯多语"(第二十二回)、"天性喜散不喜聚"(第三十一回)的性格所形成的畸零处境,则使得问题容易及身而止,不会随着亲友错综的人际网络而不断扩散。一如王熙凤曾指出:林黛玉拥有处理现实世务的能力，却因为与薛宝钗"偏又都是亲戚，又不好管咱家务事"，于是许多状况很难十分去问她意见①，由此即足以说明那来自外姓亲戚所产生的隔阂或距离，正是让林黛玉置身事外的主要原因；再加上拒人以远的孤傲性格，以致"拒人于外的自我，在社会团体之中也就仿佛居于'外来者的地位，他们是边缘的、无声的、或软弱无力的'"②，这便造就了特属于"边缘人物"的专利。因此，林黛玉所具备的乃是"核心人物"才有的不可侵犯的娇宠地位，以及"边缘人物"才有的无牵无挂的孤绝处境，"核心／边缘"兼具、"宠儿／孤儿"皆备而两相混糅的结果，便形成她所特有的对人际纠葛的双重免疫力。试将相反相成之二理表列如下：

核心—宠儿—护身符—不可侵犯的豁免权
边缘—孤儿—离心力—无法扩散的绝缘体

---

① 见第五十五回。至于林黛玉具备了处理现实世务的能力，此一论点详参欧丽娟：《林黛玉立体论——"变／正""我／群"的性格转化》，《汉学研究》第 20 卷第 1 期（2002 年 6 月），页 228—229。

② 文见 Freud, "On Narcissism: An Introduction (1914)," *A General Selection from the Works of Sigmund Freud*. John Rickman, M. D. 编 (New York: Doubleday, 1957), p.113。此段中译出于郭勉、罗童之手，引自周蕾：《男性自恋与国家民族文化——陈凯歌〈孩子王〉中的主体性》，郑树森编：《文化批评与华语电影》（台北：麦田出版公司，1995 年），页 124。亦可参见贺明明译：《弗罗伊德著作选》（台北：唐山出版社，1989 年 2 月），页 25。

第三章 薛宝钗论——对《红楼梦》人物论述中几个核心问题的省思

因而薛宝钗、王熙凤、老婆子与贾宝玉等人借之以开脱卸责,理由绝不是欺负她孤掌难鸣的落井下石,事实上恰恰正好相反。由此也才足以解释,何以脂砚斋于"滴翠亭杨妃扑彩蝶"一段批道:"可是一味知书识礼女夫子行止?写宝钗无不相宜。"①完全以赞赏的笔调称许宝钗一时天真流露的扑蝶之美,然后对她的"金蝉脱壳"之举也未曾以嫁祸视之,反而在宝钗故意放重了脚步,接着笑问"你们把林姑娘藏在那里"的这段描写中,批道:

> 闺中弱女机变如此之便,如此之急。……像极,好煞,妙煞,焉得不拍案叫绝!②

于回末总评中更指出:"池边戏蝶,偶而适兴;亭外(金蝉),急智脱壳。明写宝钗非拘拘然一迂女夫子。"③很显然,脂砚斋在宝钗身上所看到的,并不是深于城府的心计、机诈、谋略与陷害,而是巧于应变的急智、灵活、聪明与慧黠;至于事后"心中又好笑"的反应也未受到不够宅心仁厚之批评,显系理解此举无关嫁祸陷害,而纯粹是出于游戏好玩之故。这与现代许多读者的看法正可谓背道而驰。

---

① 甲戌本第二十七回夹批,页518。
② 庚辰本第二十七回夹批,页520。
③ 甲戌本第二十七回回末总评,页531。另蔡义江虽然对薛宝钗存在着明显的偏见,故于其《红楼梦诗词曲赋评注(修订本)》一书中每多批判,然而对于此段情节的意见,却与脂砚斋略同,参其《曹雪芹笔下的林黛玉之死》,收入周策纵等:《曹雪芹与红楼梦》(台北:里仁书局,1985年1月),页290。

当然，为了细部还原急中生智的思考过程，文字铺陈难免显得冗长繁复，但事实上，平日积淀贮存的种种思虑本足以在电光石火的瞬间辐辏、实时链接、组织而快速形成决断，一如俄国发展心理学家列夫·谢苗诺维奇·维果茨基（Lev Semenovich Vygotsky, 1896—1934）对于思维与语言的差别所指出的："在讲话者的心中，整个的思维是立刻呈现的，但是在言语中，它必须一个项目一个项目地相继展开来。"① 这就是脂砚斋盛赞宝钗机变急智的原因。脂砚斋身为《红楼梦》最早的读者甚至创作的参与者，其察曹雪芹之心也明，其知曹雪芹之文也深，如此一片推赞之情，其理由或于上述所论可见。

二、有关金钏儿之死

　　学者一般认为："对于金钏儿之死，薛宝钗是清楚的。"② 以此作为论证的起点，从而认定："最能使人感受到这个'冷美人'透心彻骨的森然冷气的，莫过于她在金钏投井、三姐饮剑、湘莲出家这一系列事件中的态度了。……从这些地方看冷美人之冷，是冷漠、冷酷；她的镇静理智、毫不动情，是对于弱者、不幸者的无

---

① ［俄］列夫·谢苗诺维奇·维果茨基著，利瓦伊译：《思维与语言》（*Thought and Language*）（台北：胡桃木文化，2007年2月），页226。

② 马建华：《从商人文化看薛宝钗》，页109。

情。"① 这也几乎成为不证自明的定论。

然而,从书中第三十二回有关情节的叙事过程来看,我们必须厘清的是:

首先,宝钗全然不知金钏儿投井的真正原因。事实上,连府里与府外、上位与下级之间讯息流通极其迅速的贾府人际网络中②,身处同一阶级的婆子也对此一无所知,所谓:"这是那里说起!金钏儿姑娘好好的投井死了!……前儿不知为什么撵他出去,在家里哭天哭地的,也都不理会他,谁知找他不见了。刚才打水的人在那东南角上井里打水,见一个尸首,谁知是他。"则以平素刻意远离是非的性格,以及有别于下层生活之上位阶级的区隔,薛宝钗更不会风闻其事。故当她听了老婆子的报信之后,先是出以超乎意外的反应,诧异道:"这也奇了。"然后便忙向王夫人处来道安慰;等到王夫人自己提到此事,宝钗顺势所致问的也是:"怎么好好的投井?这也奇了。"如此种种皆显见其居心清白,朗朗可鉴;待安慰之后,宝钗特地回家去取自己衣裳作为金钏儿的装裹之用,却在取了衣服回来时,"只见宝玉在王夫人旁边坐着垂泪。王夫人正才说他,因宝钗来了,却掩了口不说了。宝钗见此光景,察言观色,早知觉了八分。"而其所知觉的"八分",指的是整个事件系因宝玉而起,以

---

① 吕启祥:《冷香寒彻骨,雪里埋金簪——谈谈薛宝钗的自我修养》,《红楼梦会心录》(台北:贯雅出版社,1992年4月),页226。
② 有关贾府中流动与互动的讯息建构方式,详参欧丽娟:《〈红楼梦〉中的"灯":袭人"告密说"析论》,《台大文史哲学报》第62期(2005年5月),页260—265。

及从其惨烈程度可以推想出来的,与情色性质有关的部分[①];而剩下的"二分",即是事件的具体内容与细节部分,毕竟这只有身历其境的当事人才能完整知晓。可见宝钗是在事后才依种种形迹揣摩得知,先前所作所为实在属于"不知者无罪",其人绝非文过饰非之辈。

其次,既然宝钗事先完全不知底里,自然只能依据王夫人所述的一面之词作为评论的依据。而王夫人的说法是:

> 原是前儿他把我一件东西弄坏了,我一时生气,打了他几下,撵了他下去。我只说气他两天,还叫他上来,谁知他这么气性大,就投井死了。岂不是我的罪过。

分析整段话中,只有"打了他几下,撵了他下去"的部分经过和"投井死了"的最终结果是合乎事实的,其他所谓"他把我一件东西弄坏了"的事故原因、"只说气他两天,还叫他上来"的心中打算,和"谁知他这么气性大"的行为诠释全属子虚乌有或补充说明。但心知肚明的唯有王夫人和读者,不明究里的宝钗却是别无选择,只能将此一面之词照单全收,作为推理说情的大前提,而在王夫人所提供的资讯基础下,对金钏儿之所以跳井的种种可能因素进行缜密

---

① 以王夫人的性格特质与处事作风而言,能引起她霹雳处置的事务,乃必须具备实时性与情色性这两项因素,实时性使她立即处断而不会忘诸脑后,至于情色性则使她过度反应与严厉处分,此点证诸抄检大观园一事亦若合符契。详参欧丽娟:《〈红楼梦〉中的"灯":袭人"告密说"析论》,页248—249。

合理的推演思路：

1. 宝钗先是从一般人性着眼，认为金钏儿为此小小细故而赌气投井是不可能的，故质疑道："岂有这样大气的理！"一个自幼以侍候为务的婢女，生涯中所承受的委屈打击已不知凡几，如黛玉般禁不得一点委屈的"大气"完全缺乏培养的环境条件，为细故赌气投井明显背离常情常理。因此宝钗同时由此进一步推断："他并不是赌气投井，多半他下去住着，或是在井跟前憨顽，失了脚掉下去的。他在上头拘束惯了，这一出去，自然要到各处去顽顽逛逛，岂有这样大气的理！"这就是以"意外"来解释金钏儿的事故。在不以金钏儿为不识大体的前提下，此种推测可谓合情合理。

2. 随后宝钗才考虑另一个"非意外事故"的可能性，进一步推论道："纵然有这样大气，也不过是个胡涂人，也不为可惜。"至此则是退而求其次，姑且承认"只说气他两天，还叫他上来"的金钏儿竟会因此而赌气投井，将宝贵的生命葬送在无谓的"大气"（即过度的自尊或骄傲）之下。如此行径的确属于轻重不分的偏激行事，则就此判断其人为"胡涂人"，其实也并不为过。因此脂砚斋对这段被误解为"冷酷无情"的言论，所抱持的看法乃是：

> 善劝人，大见解。惜乎不知其情，虽精金美玉之言，不中奈何！①

---

① 王府本第三十二回夹批，页556。

很显然，脂砚斋慧眼洞见宝钗不知其情（情乃"情实"之意）的无辜，洗刷了宝钗漠视人命的嫌疑；而以"大见解""精金美玉之言"赞赏其体贴入微之心意与恺切周全之推论，更足见其入情入理之练达。

其三，宝钗所谓"也不为可惜"的说法，一方面是基于"糊涂人"的前提，一方面则是出于安慰长辈的心理。首先，当宝钗知晓金钏儿投井之事时，便忙向王夫人处来道安慰，整场对谈出以"安慰"的动机或目的本就十分明确；何况死者乃王夫人亲口所谓"虽然是个丫头，素日在我跟前比我的女儿也差不多"的金钏儿，情属非常，悲痛更甚，则为减轻其心中过重的罪咎感，言谈之间偏向长辈以达安慰的目的，实也是人之常情，正如我们也往往站在亲近的倾诉者这边，以论断是非一样。因此整个谈话过程中，她一方面透过旁观者的冷静权衡，剥除不切实际的非理性情感因素，说道："姨娘也不必念念于兹，十分过不去，不过多赏他几两银子发送他，也就尽主仆之情了。"目的正是在指引沦陷于感伤情绪中的王夫人当前唯一具体可为的方向。因为无论死因为何，逝者已矣，一切悔愧自责都无济于事，为死者尽心的唯一方式，即是好好安排后事、照料遗族，而这都确实偏重于物质的补偿。也因为如此，曹雪芹亦借一般家下人之口对此事表达类似的看法，第三十三回记述老婆子重听，将"要紧"错听成"跳井"，遂就金钏儿之事发表一段议论，说道："有什么不了的事？老早的完了。太太又赏了衣服，又赏了银子，怎么不了事的！"显而易见，对一般人来说，"又赏了衣服，又赏了银子"正是"了事"的唯一做法。同时为了助成王夫人的心愿，宝钗更身体力行地摒除人人不免的忌讳心理，捐舍自己新衣裳给金钏儿装裹入殓，这岂非正是"尽主仆之情"的具体行动！足见她一心一意都以慰藉尊长为重。

毕竟，面对流泪自责不已的尊亲长辈，自己又对真正的实情不明究里，宝钗身兼"晚辈"与"不知者"的处境，如何可能以替天行道的姿态来兴师问罪？既非法官，亦非检察长，探求真相、伸张正义都与此无关，而情感安慰、减轻负荷与解决问题实为其唯一要务，宝钗之所作所为，实乃十分合乎情理。退一步言之，即使宝钗事先得知实情，洞悉事件之因果关系，但在传统伦理观念的约束之下，身为晚辈者本亦不宜当面究责于长辈，最多也只能消极地保持沉默而已，一如贾琏、凤姐之于贾赦、邢夫人（见第四十八回、第七十四回等多处），以及贾宝玉之于迁怒王夫人的贾母（见第四十六回）；何况实在是不明究里，处于不可能怀疑长辈所言所说之情境，自仅能凭目前所知来就事论事。只要回归整体的脉络之中来观察，宝钗的言谈其实都合于人情世理。

因此在整个论述的脉络中，若断章截取"也不过是个糊涂人，也不为可惜"两句为据，甚至跳接"不过多赏他几两银子发送他"一语，用以证明宝钗用钱打发弱势者的无情冷酷，恐怕有失严谨与周延。

三、有关尤、柳事件

在金钏儿事件中，宝钗所抱持的伦理价值与生命哲学观已呼之欲出，而与金钏儿事件具有同一性质的尤柳事件，更明显透出一种以生者为优先的价值排序，属于世俗人文主义的儒家思想。

第六十七回载其事云：当尤三姐情困自刎而香消玉殒，柳湘莲情悟挥剑而去发出家之讯息传来时，"宝钗听了，并不在意，便说道：'俗语说的好，"天有不测风云，人有旦夕祸福"，这也是他们前生命定。前日妈妈为他救了哥哥，商量着替他料理，如今已经死的死了，走的走了，依我说，也只好由他罢了。妈妈也不必为他们伤感了。倒是自从哥哥打江南回来了一二十日，贩了来的货物，想来也该发完了。那同伴去的伙计们辛辛苦苦的，回来几个月了，妈妈和哥哥商议商议，也该请一请，酬谢酬谢才是。别叫人家看着无理似的"。

对此，论者多批评宝钗为一"冷静到冷酷的冷美人"，连薛蟠都比宝钗有人情味，因此认为这段情节表现出"作者对宝钗的贬斥真是到了入骨剔髓的程度"。① 然而，其中的问题首先在于，将薛蟠的反应作为薛宝钗的对照比较，颇有错误模拟之虞。就人情之常来看，薛蟠对柳湘莲的苦寻感伤，乃因前有毒打之恨与救命之恩的两极化交缠，最后构成了几近于生死之交的深刻关系；而宝钗对事件主角的尤三姐与柳湘莲却是素昧平生，完全缺乏认识与交往的情分，因此薛蟠的更有人情味本是理所当然。何况，书中也曾描写宝玉挨打后，在昏昏默默之间见到蒋玉菡走了进来，诉说忠顺府拿他

---

① 吕启祥：《形象的丰满与批评的贫困——关于薛宝钗这一典型及其评论》，《红楼梦研究集刊》第8辑（上海：上海古籍出版社，1982年5月），页32。

第三章 薛宝钗论——对《红楼梦》人物论述中几个核心问题的省思

之事；又见金钏儿进来哭说为他投井之情，然而"宝玉半梦半醒，都不在意"（第三十四回）。对这两位关系匪浅，甚至有"我不杀伯仁，伯仁因我而死"之愧责的人，宝玉竟也反应以"都不在意"，这岂非更堪玩味？但论者却对此一无所及，明显是双重标准之下的不公正判决，宝钗的"冷酷"之说自无法成立。

此外，宝钗的"并不在意"另一方面更具有其生命伦理哲学的思想依据，而这又奠基于切重现实人生的儒家思想。

儒家早有"未知生，焉知死""未能事人，焉能事鬼""敬鬼神而远之""子不语怪力乱神"的生死之论，其中所强调的，并不是从认识论的范畴谈人鬼之间因先后次序、远近等差所导致的轻重有别的关系，而是一种伦理学上生者优于死者、实务重于玄虚的价值观。至于"出家"，与"死亡"都具有离世绝尘而中断人间通路的"弃世"的共通性质，在儒家思想体系之下，可以一概而论。如二知道人已指出：

> 宝玉之别父母，似老杜《无家别》；宝玉之别宝钗，似老杜《新婚别》。皈依三宝，何啻从军。①

其关键意义在于将出家视同从军，都属于一种特殊形式的生死之别，出家者脱离涵括一切人际关联之伦常社会，即等于死亡般从俗

---

① （清）二知道人：《红楼梦说梦》，冯其庸纂校订定，陈其欣助纂：《八家评批红楼梦》（北京：文化艺术出版社，1991年9月），页28。

世中除籍。而追踪"出家"一词的概念构成，也确实是儒家社会的产物，王乃骥指出：出家的名词，早就出现于北宋真宗天禧三年（1019）道诚所辑《释氏要览》之中，明清小说里更是屡见不鲜。但佛教起源于印度，印度的僧侣却并不称为出家人；惟独中国有"出家"这个代用词，越南亦然，这就产生了为什么皈依佛道为出家？家与佛道宗教之间有何必然关联的问题。其答案是为儒家文化的核心在家，随之而来的即为政治、经济、法律、宗教、思想的泛家化。家化程度之深，往往会浮现于常用的口语中而不自觉，"出家"就是一个很好的例子。这个名词（兼作动词或动名词）非常普遍，却是儒家社会特有的术（俗）语。① 因此，"以出家与在家之分野，作为佛道代用词的指标，实与儒家人伦文化息息相关。……'在家'的最高准则是以儒家伦常思想为依归，……个人要想单独行动，遁入空门，就必须先要脱离鸟笼式的家，走出纲常的轨道，斩断与家人的一切关系，出家与在家必然冲突对立。出家有如出轨，是另走新路，为僧为道的必要条件，所以有此别称，这是儒家社会特有的现象"②。

是故，宝钗虽对尤三姐之死与柳湘莲之出家并不在意，同时却提醒母亲对那些随薛蟠奔走的伙计已忽略数月之久，认为酬谢招待他们才是远比为尤、柳二人伤感猜疑更为切近的要务。所谓"死者已矣，生者何堪"，权衡之间，即对一切相关之生者无不尽心以

---

① 王乃骥：《漫说出家——从家化社会特有的名词谈到金红结局》，《金瓶梅与红楼梦》（台北：里仁书局，2001年5月），页193—194。
② 王乃骥：《漫说出家——从家化社会特有的名词谈到金红结局》，页197。

待，务求人人安然适意，实践于具体生活中，宝钗乃上自尊贵之贾母、元妃与亲近之母亲、姊妹，下至鄙贱的贾环、赵姨娘和低微的帮佣伙计，都处处体贴入微、面面俱到。如对湘云还席的一席话云："既开社，便要作东。虽然是顽意儿，也要瞻前顾后，又要自己便宜，又要不得罪了人，然后方大家有趣。"（第三十七回）当贾母叫作灯谜时，宝钗也建议道："不如作些浅近的物儿，大家雅俗共赏才好。"（第五十回）再则如行酒令时，平儿用箸拈出"射覆"之戏，宝钗便笑道："这里头倒有一半是不会的，不如毁了，另拈一个雅俗共赏的。"（第六十二回）也就是这样讲求事事周详、处处全备的个性，因此，当黛玉收受她所致赠之燕窝，而以"东西事小，难得你多情如此"之说辞道谢时，宝钗的回答才会是："只愁我人人跟前失于应候罢了。"（第四十五回）

但另一方面，薛宝钗虽如此之切重实存社会的人伦价值，却也并未完全囿限于具体世界。正如她能抉发《寄生草》中归结于"赤条条来去无牵挂"的幻灭意趣，而成为贾宝玉"出世哲学"的思想启蒙者，表现出一种在卫道与悟道之间出入自如，于实与虚这两个不同的世界中自在舒卷的通脱性格，因此，即使是面对现实世界的残缺不全，也能够因性格的持平、情绪的平稳、思虑的周详、处事的沉着、理性的镇定与价值观的中立，而没有热烈起伏的身心变化。[①]一如脂砚斋所指出的：

---

① 欧丽娟：《"冷香丸"新解——兼论〈红楼梦〉中之女性成长与二元补衬之思考模式》，《台大中文学报》第 16 期（2002 年 6 月），页 173—228。

> 历看炎凉，知看甘苦，虽离别亦能自安，故名曰冷香丸；又以为香可冷得，天下一切无不可冷者。①

就在"虽离别亦能自安"的冷静智慧之下，宝钗也才所以有"并不在意""也只好由他罢了"这类随运任化的反应。这也正与《临江仙·咏柳絮》中，透过"万缕千丝终不改，任他随聚随分"两句而展现的豁达稳定出于同一机轴，详见下一节的讨论。

有学者认为，相较而言，"贾宝玉认为凡是女人都是天地灵气钟毓，因而用自己的心灵去关心他们，温暖他们，为他们的命运或喜或悲，这种对于人的同情，具有更高的浪漫的气息；而薛宝钗却是从人的实际处境上去了解人、关怀人，这种善良的同情，则是'世俗'的，朴质的。"② 其实，薛宝钗"善良的同情"虽然世俗，却并不质朴；且与其说"世俗"，不如称之为"世俗人文主义者"更为切当。

如恩格尔哈特所界说的，所谓"世俗"，其意义之一乃是现世化，也就是说人们要回归日常生活这个现实，即存在于活生生的社会结构之中，共同分享这个尘世结构（the worldly structures），关心那些属于人生范畴的世俗之事。③

至于人文主义，"它表示良好的行为、优雅的风范、经典的知

---

① 王府本第七回批语，页161。
② 千云：《关于薛宝钗的典型分析问题》，《红楼梦研究论文集》，页134。
③ [美]恩格尔哈特（H. Tristram Engelhardt, Jr）著，李学钧、喻琳译，石大璞审校：《生命伦理学与世俗人文主义》（西安：陕西人民出版社，1998年5月），页40。

识以及一种特定的哲学。"① 则合之成为"世俗人文主义"者，正可以通向传统儒家的生命伦理价值体系，完全符合宝钗的闺秀形象，足为本节所述之总结。

第三节　有关薛宝钗之诗句的阐述

除了上述具有言语行动之情节描述外，《红楼梦》中若干有关薛宝钗之诗词引语也同步受到曲解的待遇，本节即就此一范畴择其最要者试加探讨。

一、"任是无情也动人"释义

上述所讨论的几个核心情节，往往被直接导向"无情论"；而书中第六十三回"寿怡红群芳开夜宴"中，众姝一一掣花名签时，宝钗所抽得的"任是无情也动人"一句，便被举作无庸置疑的铁证以为定谳。然而，"无情"一词虽出现于作者为宝钗设定的签诗中，但是否能将"无情"孤立看待，并视为与"冷香丸"之"冷"字相对应的同义词，以之为宝钗性格冷酷寡情的证明，却似乎未曾得到足够的考察。

---

① ［美］恩格尔哈特著，李学钧、喻琳译，石大璞审校：《生命伦理学与世俗人文主义》，序言，页1。

就此，即使采取较持平温厚之态度者如何其芳，亦谓："'无情'，因为她是一个封建道德的信奉者和实行者；'也动人'，却不过是她的美貌。"同时认为此诗句既用在薛宝钗身上，不妨重视"无情"二字，虽然无情和非热心人并不等于奸险。① 蔡义江则主张，此一花签上的诗句是"切合宝钗灵魂冷漠而又能处处得人好感的性格特点"②；至于张爱玲，更直接断言道："签诗是'任是无情也动人'，情榜上宝钗的评语内一定有'无情'二字。"③ 此外，朱淡文也认为："薛宝钗的情榜考语也可以基本确定为'无情'，……作为点睛之句的'任是无情也动人'实际上是薛宝钗性格的判词，则作为其性格本质特征概括的情榜考语，应即此句中的'无情'二字。"④ 而以最近的相关论文来看，此说依然未见改变⑤，几乎已成学界共识的认知。

但多方推敲之后，这种说法尚有进一步周延考察的空间，从论据、推理与定义都可以重加检证，以评估此一论点的合理性。

首先，如果纯以小说情节的描述以观之，此一花签词本身实不应带有任何负面的意涵，才合乎曹雪芹特有的创作手法，并切中一般的人情世理。就曹雪芹书写此回的创作手法而言，乃是用"歇前

---

① 何其芳：《论〈红楼梦〉》，《何其芳集》，页132—133。
② 蔡义江：《红楼梦诗词曲赋评注（修订本）》（北京：团结出版社，1995年10月），页298。
③ 张爱玲：《三详红楼梦》，《红楼梦魇》，页202。
④ 朱淡文：《研红小札》第五十条，《红楼梦研究》（台北：贯雅出版社，1991年12月），页178—179。
⑤ 如马建华：《从商人文化看薛宝钗》，页109—110。

隐后"①的策略,明撷正取传统诗词中的吉祥佳语,以配合当时寿庆的欢乐气氛;却将人物之悲惨命运暗藏于未引之诗句中,以达到"谶"的作用。因此群芳诸艳所抽中的每一支签词,包括探春的"日边红杏倚云栽"、李纨的"竹篱茅舍自甘心"、湘云的"只恐夜深花睡去"、香菱的"连理枝头花正开"、袭人的"桃红又是一年春"等等,莫不是浮露在阳光之下的冰山顶层,充满希望、明朗、满足甚至幸福洋溢的正面意涵;即使林黛玉的"莫怨东风当自嗟"一句以"怨""嗟"字堂堂揭示门面,但身为签主的黛玉却是报以"也自笑了"的反应,显然心意颇为悦服肯定。至于麝月的"开到荼蘼花事了"一句虽因稍带不祥之意,令宝玉看后"愁眉忙把签藏了",其字面却也依然带有含蓄蕴藉的美感,且未曾涉及任何意义的人格批判,仅仅是自然界生命规律的客观反映。既然"美好""含蓄"而"不涉及人格批判"乃是所有花签诗的共同基调,宝钗的签词理当不可独独例外,若直接认取其中的"无情"二字即断定为宝钗性格的判词,其尖刻率露无论如何都与"美好含蓄"的原则背道而驰,曹雪芹如何能有如此之败笔?

再就一般的人情世理而言,书中描写宝钗于群芳之中首先掣得的一签,不但签上于签诗下注云:"在席共贺一杯,此为群芳之冠。"而且接下来的情节是:"众人看了,都笑说:'巧的很,你也原配牡丹花。'说着,大家共贺了一杯。"至于宝玉一见之下更是到了神魂颠倒的忘情地步,以致"只管拿着那签,口内颠来倒去念'任是无

---

① 蔡义江:《红楼梦诗词曲赋评注(修订本)》,页297—298。

情也动人',听了这曲子,眼看着芳官不语。湘云忙一把夺了,掷与宝钗"。如果说此句有丝毫的贬损之意,则那"群芳之冠"的注解、在场众人的笑认共贺以及宝玉的颠倒忘情,都会变成十分矛盾的反应。换句话说,若依照直接以字面上之"无情"为判词的论证法,则我们将得出曹雪芹认为"无情"者亦足以为诸钗冠冕,而众人皆以"无情"为值得庆贺,且宝玉竟会为"无情"神魂颠倒的推理结果!更何况,连性情上未免失之板腐的贾政都能对诗词语句有足够的敏感与认识能力,因此对诸钗所做"不祥"的灯谜诗感到烦闷悲戚、伤悲感慨,以致回房后翻来覆去竟难成寐(第二十二回),则相较之下,远更为玲珑剔透的贾宝玉等人,竟然都不能察觉签诗中明揭坦露的"无情"之意,而相与共贺、赏爱忘情,这当然是不合逻辑的说法。由此已经足以显示,"任是无情也动人"这一诗句绝没有现代所以为的"无情"之意。

更重要的是,诗句本身之意旨究竟如何,理当还原于全诗整体之语序意脉始得以确切定位;而从语法的结构分析、律诗的对仗法则等范畴来看,出自晚唐罗隐《牡丹花》诗的此一诗句其实并没有"无情"的意涵。全诗云:

似共东风别有因,绛罗高卷不胜春。若教解语应倾国,任是无情也动人。芍药与君为近侍,芙蓉何处避芳尘?可怜韩令功成后,辜负秾华过此身。[1]

---

[1] 康熙敕编:《全唐诗》(北京:中华书局,1990年2月),卷655,页7532。

从律诗对仗的规则来看,"任是无情也动人"与上句之"若教解语应倾国"乃是彼此对偶的完整一联。依照语法学或修辞学的分类,这两句都不是一般的叙述句(narrative sentence)、描写句(descriptive sentence)或判断句(determinative sentence),也就是它们在构句形式上并不是叙述行为或事件,而其语意内涵并不是对某一现象、状况或事物属性的描写,更没有断定所指事物属于某种性质或种类,因为两句之结构都属于句中包含两个句子形式的"复合句"(composite sentence),各以"若教"和"任是"等语词形成前分句,然后再以"应""也"等联词所领起的后分句加以构组而成。更精确地说,两句都属于"假设复句",而在假设复句中前分句所指涉之意涵,都是非事实性的存在。

以"若教解语应倾国"来说,"若教解语"乃是提出假设的一个分句,而"应倾国"则是另一个分句,说明在前述假设情况下所产生的结果;此种句式常用的关联语有"如果(假如、假使、倘若、如若、要是)……那么(就)……",与这里"若教……应……"的句法完全吻合。[①] 至于"任是无情也动人"一句中,"任是"一词是"纵使是""即使是"的意思。而"任是……也……"的句型,则明白属于假设复句中的"让步句",其中的前分句有退一步着想的意味,亦即先承认某种假设的情况,后分句却从不同或相反的方面做出结论,而此种句式常用的关联语有"即使(就算、就是、纵

[①] 参刘兰英、孙全洲主编,张志公校定:《语法与修辞》(台北:新学识文教出版中心,1990年1月),页225。

使、哪怕)……也(仍然、还是)……";①换句话说,前分句(即"任是无情")表示让步,即姑且承认某种既成事实或某种假设情况,后分句("也动人")表示转折或反问,指出后事并不因前事而不成立。②

更进一步来说,这种让步句属于"转折类复句"中的一类,意指"分句间有先让后转关系的复句"③;而依内容的虚实之分,配合标志语的不同用法,又可以区分为数个类别,其中与本章所论有关的两类,此处整理表列如下:

让步句子类	代表格式	作用
容认性让步句	虽然 p 但 q	实让
虚拟式让步句	即使 p 也 q	虚让④

就这两种型态而言,语法学家指出:"'即使 p,(但)也 q'和'虽然 p,(但)也 q',p q 之间都有逆转关系,但前者是虚拟性逆转,后者是据实性逆转。"⑤其中,"虚让是对虚拟情况的让步,或是带虚拟口气的让步,……是故意从相反的方向借 p 事来托出 q 事,强调 q 事不受 p 事的影响。不同的是:实让的 p 一定指事实;虚让

---

① 参刘兰英、孙全洲主编,张志公校定:《语法与修辞》,页 225—226。
② 此一句型的解说,参董治国编著:《古代汉语句型大全》(天津:天津古籍出版社,1988 年 12 月),页 509。
③ 邢福义:《汉语复句研究》(北京:商务印书馆,2001 年 1 月),页 46。
④ 出自邢福义:《汉语复句研究》,页 467。
⑤ 邢福义:《汉语复句研究》,页 500。

的 p 一般是假设，不是假设的也带上一定的虚拟口气。"① 而"虽然 p，但 q"的这样的句式，则是"典型的据实句式，它先承认甲之为事实，接下去说乙事不因甲事而不成立。"②

很显然，目前学界一般都是将"任是无情也动人"解作"虽然无情也动人"，而流于"容认实让式"的据实性解释，以坐实"无情"之说。但事实上，从对偶的排比法则，以及语词的使用惯例，"任是"一词都是表示虚拟的标志，是"故意从相反的方向"对"虚拟情况"所做的让步表示。换言之，罗隐以"若教解语应倾国，任是无情也动人"来形容国色天香的牡丹花，乃是透过假设性的想象虚拟出无法实现（所谓"解语"）或并不存在（所谓"无情"）的状况，以极力推赞牡丹花无可比拟的风华绝代（所谓"倾国""动人"），则并无将"无情"断为事实的意味。其次，比照相对仗的"若教解语应倾国"，作为同一联的上下句，在诗律的对偶法则中具有平行一贯的关系，因此"任是"恰恰与"若教"严格相对，透过"若教"所假设之"解语"乃不可能的事实，更证成下句"任是无情"的非真性。作者用以极力赞美牡丹之美乃是到了"即使无情"都会引人心动，"如果解语"更应该倾国倾城的地步，实际则是"虽不解语，已然倾国；纵使无情，犹能动人"，如此则牡丹之未能解语、也并非无情，即明白可知矣。另一方面应该深究的是，即使单就"无情"一词而言，我们也还可以思考的是：能否以素朴的直观望文生义，

---

① 邢福义：《汉语复句研究》，页 468。
② 邢福义：《汉语复句研究》，页 506。

而赋予"冷酷寡情"的解释?从《红楼梦》相关的文本、批语和人生哲学加以综合考察,"无情"是否超出了日常用法,被赋予更深刻、更广延的思想内蕴?首先,与《红楼梦》关系密切的脂评中,也出现过和"任是无情也动人"语境近似的词句。针对第一回中绛珠神瑛建立木石情盟之描写,脂砚斋眉批曰:

> 古人之"一花一石如有意,不语不笑能留人",此之谓耶?①

所引之诗句出自刘长卿《戏赠干越尼子歌》:"一花一竹如有意,不语不笑能留人。"②恰恰可以与"任是无情也动人"互为平行模拟。意谓即使花竹没有展现出"语笑"这些源自灵性的情意表示,都依然具有令人驻足留连欣赏玩味的吸引力,因此"能留人"。作为对"尼子"的戏赠之诗,刘长卿乃是夸言此一六根清净之女尼依然保有颠倒众生的魅力,从对象、情态、效果各方面加以比较,两诗句确然呈现出高度近似性,透过花竹／尼子／牡丹、不语不笑／断情舍欲／无情、留人／动人的平行模拟,可以看出"无情"可以作为一种不语不笑之平静矜持,与断情舍欲之夷然超脱的形貌表现。若

---

① 甲戌本第一回眉批,页18。
② 储仲君笺注:《刘长卿诗编年笺注》(北京:中华书局,1999年11月),页221—222。其渊源关系见胡文彬:《〈红楼梦〉脂批中"一花一石如有意"的出处》,《学习与思考》1981年6期。而脂批中将"一花一竹"误作"一花一石",应该是迁就"木石前盟"而刻意改写的。

果如此,其背后所蕴含的性格范畴,即可以与下一点互证。其次,当元妃回府省亲时,宝钗对奉命作诗却想不起典故的宝玉加以提点,并嘲讽他:"亏你今夜不过如此,将来金殿对策,你大约连'赵钱孙李'都忘了呢!"此处脂评云:"有得宝卿奚落。但就谓宝卿无情,只是较阿颦施之特正耳。"① 其中所谓"无情",从语气来揣摩,似乎意谓着宝钗对宝玉的奚落表面上看起来无情,但那是一种出于社会期待的义正辞严,不像黛玉总是顺任宝玉性情而从不说这些有关仕途经济的"混账话"(第三十二回);既然宝钗的奚落是因为不受私情所囿,故谓"较阿颦施之特正耳"。

由于"情"是一种主观感受的发用,容易受到主体的局限而不免偏私的性质,因此欲超乎情的偏私局限者,即必须否定"情"的主观执一性,此便是一种对"无情"的诠释。如宋理学家程颢曾指出:

> 夫天地之常,以其心普万物而无心;圣人之常,以其情顺万物而无情。故君子之学,莫若廓然而大公,物来而顺应。②

其中所谓的"无情",正来自于一种不限定、不执着而顺应大公、普施万物的廓然表现,以之衡诸宝钗处世时,那"待人接物,不疏不亲,不远不近,可厌之人亦未见冷淡之态,形诸声色;可喜之

---

① 庚辰本第十八回批语,页342。
② (宋)程颢:《答横渠张子厚先生书》,《河南程氏文集》,卷2,《二程集》(台北:汉京文化公司,1983年9月),页460。

人亦未见醴密之情，形诸声色"①的表现，岂非丝丝入扣？此与第五十六回目中，作者以代表圣人孔子的"时"字②推美宝钗为"时宝钗"，更是首尾一致。一旦泯除主观执着，超脱亲疏远近的情感差序格局，便能不偏不倚地权衡裁量，而事事归诸天钧与公道，并达到随运任化的自在境地。在此人生态度之下，非独人际之间亲疏远近的情感差序可以一视同仁，连个人遭遇之炎凉甘苦、天地万物之聚散生灭都可以夷然自安不受影响，从而达到庄子所说的境界："吾所谓无情者，言人之不以好恶内伤其身。"（《庄子·德充符》）此所以脂砚斋阐释冷香丸之命名意义道：

> 历看炎凉，知看甘苦，虽离别亦能自安，故名曰冷香丸。③

同时，这也呼应了第七十回薛宝钗所填《临江仙·咏柳絮》中，透过"万缕千丝终不改，任他随聚随分"两句而展现的豁达稳定。如此种种，皆合乎程颢所谓"廓然而大公，物来而顺应"的无情说。

就此，比诸"冷酷寡情"的解释，所谓："她的'无情'如

---

① 庚辰本第二十一回脂砚斋批语，页410。
② 《孟子·万章下》云："伯夷，圣之清者也；伊尹，圣之任者也；柳下惠，圣之和者也；孔子，圣之时者也。孔子之谓集大成。"正是盛赞孔子能够"与时推移""因时制宜"，当清则清，当任则任，当和则和，臻至《中庸》所谓"随时而能中"的高明自然，因此为集大成的境界。其中的"时"字于《韩诗外传》的引述中作"中"，乃是"二义互相足"的互文，见（汉）韩婴著，屈守元笺疏：《韩诗外传笺疏》（成都：巴蜀书社，1996年3月），页337。
③ 王府本第七回批语，页161。

第三章 薛宝钗论——对《红楼梦》人物论述中几个核心问题的省思

果解释成'将感情隐藏起来'可能更恰当一点。"① 已较为切近；而若阐释为超脱于钟情之外的"太上忘情"，也许更切合传统人性论的哲理内涵。据此而言，花签诗中的"也动人"则是对此种人格情态的欣赏。

另外，《红楼梦》文本中亦出现一段涉及"无情"之用语的情节，而与上述所言稍别。其事略谓：宝钗在抄检大观园之后为了避嫌而迁出蘅芜苑，不多时只剩"寂静无人，房内搬的空落落的"之清空景象。事前一无所悉的宝玉乍见之下大吃一惊，面对过去"各处房中丫鬟不约而来者络绎不绝"、如今却半日无人来往的萧索景况，已生凄凉伤感；又"俯身看那埭下之水，仍是溶溶脉脉的流将过去"，心下因想："天地间竟有这样无情之事！"悲感一番，忽又想到去了司棋、入画、芳官等五个，死了晴雯，今又去了宝钗等一处，迎春虽尚未去，且接连有媒人来求亲，大约园中之人不久都要散的了，遂尔强自解怀，以与黛玉袭人同死同归为慰。虽想要随黛玉一起去候送宝钗，无奈不忍悲感，还是不去的是，最后乃垂头丧气的回来（第七十八回）。

细究宝玉所谓"天地间竟有这样无情之事"的感发，其实并不是针对宝钗个人而来，亦与宝钗避嫌远祸的作为无关；从其上下文来看，乃是触及"世事无常"之事物本质所生。一如第二十八回听《葬花吟》之心碎恸倒、第五十八回对"绿叶成荫子满枝"之流泪

---

① 盛孝玲：《〈红楼梦〉里的雪》，《红楼梦研究集刊》第7辑（上海：上海古籍出版社，1981年10月），页218。

伤怀，都是因为在某一景物的生灭变迁中反复推求展延，进而体认出宇宙之间万境归空的虚幻本质所导致，此处亦然。试看推衍出此一感发之前的相关情事，乃是"寂静无人，房内搬的空落落的"以及"半日无人来往"之凄凉景象，宝玉在心生伤感之余，复辅以"俯身看那埭下之水，仍是溶溶脉脉的流将过去"的夷然不变，就在这"无常"与"恒常"的对比之下，才产生"天地间竟有这样无情之事"的哀叹。其中所承续的是传统诗歌历久弥新的一种"怀古情态"，亦即以个体生命之短暂对照大自然存在之永恒长新，而产生的人生悲感，"无情"也往往是必然遭到时间终结的诗人对恒定宇宙所发出的哀怨谴责。

早在唐代，深受无常之苦的诗人即常常发出对天地自然"无情"之控诉，诸如：

- 敛眉语芳草，何许太无情。正见离人别，春心相向生。（万楚《题情人药栏》，《全唐诗》卷145）
- 莫自使眼枯，收汝泪纵横。眼枯即见骨，天地终无情。（杜甫《新安吏》，《杜诗镜铨》卷5）
- 洛阳举目今谁在，颍水无情应自流。（刘长卿《时平后送范伦归安州》，《全唐诗》卷151）
- 祸端一发埋恨长，百草无情春自绿。（韦应物《金谷园歌》，《全唐诗》卷194）
- 有恨头还白，无情菊自黄。（白居易《九日醉吟》，《全唐诗》卷440）

第三章　薛宝钗论——对《红楼梦》人物论述中几个核心问题的省思

- 繁华事散逐香尘，流水无情草自春。（杜牧《金谷园》，《全唐诗》卷525）
- 今来鹦鹉洲边过，惟有无情碧水流。（胡曾《江夏》，《全唐诗》卷647）
- 江雨霏霏江草齐，六朝如梦鸟空啼。无情最是台城柳，依旧烟笼十里堤。（韦庄《台城》，《全唐诗》卷697）

包括流水、春草、芳花、啼鸟、江雨、烟柳，以及包笼前述景物在内的"天地"，莫不因其生生不息、循环再现的恒常面貌，有如独立于人事沧桑之外的旁观无觉一般，而遭到伤痛诗人的不满与怨怪。反映于浸润中国抒情传统甚深的《红楼梦》中，林黛玉一方面在耳听戏子演唱曲文时，脑中浮现"水流花谢两无情"[①]之诗句而怅触万端（第二十三回），一方面更以诗人的角色，于《葬花吟》中指控道："三月香巢已垒成，梁间燕子太无情！明年花发虽可啄，却不道人去梁空巢也倾。"（第二十七回）可见，所谓的"无情"乃是一种源远流长之怀古情怀的类型表达，是在"自然永恒"与"人事迁变""生命无常"的尖锐对比之下，一种"宇宙共感"的感伤书写。

"无情"既是不满的指控，却也更是惊惧与无奈的抗拒式宣言。其中，刘长卿《时平后送范伦归安州》的"洛阳举目今谁在，颍水无情应自流"以及杜牧的"繁华事散逐香尘，流水无情草自春"，更是宝玉所见之景与所生之情的同一模版，不但用以代表永恒自然

[①] 句出晚唐崔涂：《春夕》（一本作《春夕旅怀》），《全唐诗》，卷679，页7783。

的景物都是悠悠长河，颇有"前水复后水，古今相续流；新人非旧人，年年桥上游"[1]之况味；而"繁华事散逐香尘"以及"洛阳举目今谁在"也都恰恰点出宝钗搬出大观园的真正意义——失乐园的序奏于焉响起，女儿净土的挽歌已然繁弦急鼓！这不仅是因为在"天地间竟有这样无情之事"的感想之后，随即所逗引出的乃是"悲感一番""不忍悲感"的伤怀，更重要的是由之所导致的进一步意识，乃是"忽又想到去了司棋、入画、芳官等五个，死了晴雯，今又去了宝钗等一处，迎春虽尚未去，且接连有媒人来求亲"，种种先前已然与此后不免的离散事例于此辐凑汇聚，瞬间激荡出非个别的、属于整体性的本质意义，照亮了"无常"的存在核心，从而宝钗之搬离乃有如引信般，点燃了"大约园中之人不久都要散的了"的危机感与幻灭意识。就是在这倾覆幻灭的虚无情态中，宝玉从过去"和姊妹们过一日是一日，死了就完了，什么后事不后事"（第七十一回）的顽强抗拒，迅速退守到"不如还是找黛玉去相伴一日，回来还是和袭人厮混，只这两三个人，只怕还是同死同归"之最终阵线，可以说是万般无奈中唯一勉强自赎的心灵稻草。

随着整段情节发展的进程，宝玉情思反应的转折脉络可以简化如下，以显豁其意念之真实指涉：

因宝钗迁出后蘅芜苑后的萧索景况产生凄凉伤感（特定对象

---

[1] 李白：《古风五十九首》之十六"天津三月时"，詹锳主编：《李白全集校注汇释集评》（天津：百花文艺出版社，1996年12月），卷2，页87。

第三章 薛宝钗论——对《红楼梦》人物论述中几个核心问题的省思

之迁变）
→又俯身看到堤下之水依然溶溶脉脉的流去（恒常不变之坐标）
→因想"天地间竟有这样无情之事"而悲感一番（对比所生之感怀）
→再扩及司棋、入画、芳官、晴雯、迎春诸人之离散死别，归结出园中之人不久都要散了的终极幻灭（整体人世之沧桑）
→最后以与黛玉袭人同死同归为短暂安慰（把握当下）

可见"天地间竟有这样无情之事"乃产生于戚伤悲感浓厚的情境中，在此之前是对宝钗迁离这殊一现象所引发的凄凉伤怀，在此之后则是对众姝离散这整体现象所体悟的沧桑悲感，而由流水悠悠的恒常不变所触发。因此确切地说，杜甫所谓"天地终无情"才是此一感发的意旨所在。

总结来说，"任是无情也动人"这句花签诗本身并没有"无情"的指涉，语法修辞学足以提供证明；而脂评中的"无情"，则显示出宝钗那"历看炎凉，知看甘苦，虽离别亦能自安"，可谓"廓然而大公，物来而顺应"的超然无私的性格特色；至于书中与宝钗有关的"无情"情节，则是因宝钗迁离大观园所引发的无常之悲，转由向天地而发的感性控诉。这些都与传统"无情说"所主张的冷酷寡情不同。

二、《临江仙·咏柳絮》与"红麝串""金项圈"释义

第七十回薛宝钗所填《临江仙·咏柳絮》云:

> 白玉堂前春解舞,东风卷得均匀。蜂团蝶阵乱纷纷。几曾随逝水,岂必委芳尘?万缕千丝终不改,任他随聚随分。韶华休笑本无根,好风频借力,送我上青云。

对于篇末之"好风频借力,送我上青云"二句,学者一般认为与宋代侯蒙(1054—1121)的《临江仙·咏风筝》有关,所谓:"当风轻借力,一举入高空。……几人平地上,看我碧霄中。"并据以推论薛宝钗攀慕荣华富贵、献媚当权人士、冀求飞黄腾达之世俗性格。[①] 此种说法已几乎成为主流之定调,且此种见解又常常与薛宝钗"胎里带来的一股热毒"(第七回)相联系,并将此一性格具体化于对金玉良姻之热切追求,这就成为薛宝钗论述中演绎出种种阴谋嫁祸说的基点。

---

① 见邓小军:《薛宝钗〈柳絮词〉出处》,《红楼梦学刊》1981年第1辑,页138;林方直:《借来诗境入传奇》,收入周策纵编:《首届国际红楼梦研讨会论文集》(香港:中文大学出版社,1983年),页259—260。侯蒙故事出自《夷坚志》:"侯元功蒙,密州人,自少游场屋,年三十有一,始得乡贡。人以其年长貌寝,不之敬,有轻薄子画其形于纸鸢上,引线放之。蒙见而大笑,作《临江仙》词题其上曰:'未遇行藏谁肯信,如今方表名踪,无端良匠画形容。当风轻借力,一举入高空。才得吹嘘身渐稳,只疑远赴蟾宫,雨余时候夕阳红。几人平地上,看我碧霄中。'蒙一举即登第,年五十余,遂为执政。"见(宋)胡仔:《苕溪渔隐丛话》(台北:长安出版社,1978年12月),《前集》,卷59,页410。

对此一论据与论点之间的合理性而言，不乏极少数学者提出怀疑，如同样在承认此阕词与侯蒙《临江仙·咏风筝》的渊源关系之下，毕华珠的推论即迥然不同。她认为历来红学家把"好风频借力，送我上青云"说成是成就"金玉良姻"的象征，乃是牵强附会之论，因为"金玉姻缘"在大观园中常常提起，薛宝钗也早已心中有数（见第八回、第二十八回、第三十四回）；何况金玉姻缘乃是四大家族内部联姻，中表成亲，门当户对，根本谈不上高攀；再说凭薛宝钗的门第财势、人品才貌，即使金娃不配玉郎也不失为其他王孙公子的夫人，所以金玉姻缘在薛宝钗心目中不可能是"送我上青云"的凭借。因而此阕词与《和螃蟹咏》一样，都属于绝妙的讽刺词，也都是曹雪芹借题发挥，寄托其伤时骂世之感慨。①

此一说法回归于小说所蕴涵的社会基础，把握到人情世理上的客观性，提供了比富贵说更可靠的说服力。只是此说虽然足以推翻富贵说，但以伤时骂世的讽刺寄托为论，却恐怕不易成立，毕竟与寓意明白可验之《和螃蟹咏》相比，这阕《柳絮词》以"我"为与柳絮相互定义的第一人称，全篇又充满对生命展望的明朗氛围，都与伤时骂世的讽刺意味相距甚远。因此，从词句之取资渊源、写作之意匠用心都有再加厘清的空间。

就"好风频借力，送我上青云"这两句的出处来说，其实还可以追溯到比宋代侯蒙《临江仙·咏风筝》更早的诗歌源头，而

---

① 毕华珠：《〈红楼梦〉中薛宝钗〈柳絮词〉的借鉴》，《红楼梦学刊》1989年第2辑，页220—222。

与中唐李贺的《春怀引》关系密切，其诗云：

> 芳蹊密影成花洞，柳结浓烟花带重。……阿侯系锦觅周郎，凭仗东风好相送。①

所谓"凭仗东风好相送"，乃以东风为攀升传远的媒介，以"好相送"解释风中飘飞的行动意涵，一反零落无依的悲感而充满温馨、期待的正面情致，将向下飘零沉坠的沦落颓靡转而为向上昂扬提升的攀高追寻，正是薛宝钗在众人一片丧败之音中，力求翻转而写出"好风频借力，送我上青云"的脱胎之处；更应该指出的是，柳絮所送之"青云"并不必然是富贵的同义词，"青云梯"一语常常也被用作高蹈出世乃至羽化登仙的象征，如谢灵运曾借以发抒"惜无同怀客，共登青云梯"之叹与"托身青云上，栖岩挹飞泉"之乐②，杜甫也有"牧竖樵童亦无赖，莫令斩断青云梯"③之诗句，都是指一种超脱浊世纷扰而引领至飘然世外之逍遥畅快的境界，显示"青云"乃是挣脱尘俗牵缠之飞升意志的至高点，恰恰对立于"随逝水""委芳尘"之匍伏纠葛。

---

① 康熙敕编：《全唐诗》，卷394，亦见《李长吉歌诗王琦汇解·外集》，（清）王琦等汇解集注：《三家评注李长吉歌诗》（上海：上海古籍出版社，1998年12月），页179。

② 两联分别出自《登石门最高顶》《还旧园作见颜范二中书诗》，见逯钦立辑校：《先秦汉魏晋南北朝诗》（台北：木铎出版社，1983年9月），《宋诗》卷2、卷3，页1166、页1174。

③ 杜甫：《寄从孙崇简》，（清）杨伦注：《杜诗镜铨》（台北：华正出版社，1990年9月），卷17，页847。

第三章 薛宝钗论——对《红楼梦》人物论述中几个核心问题的省思

而从整体来看,《春怀引》的秾丽缠绵与宝钗《临江仙·咏柳絮》的潇洒豁达虽有调性之别,却都同样具备了诗情画意,迥然有别于侯蒙《临江仙·咏风筝》的平板刻露、尖直外显而有失含蓄;同时,由宝钗自述其构思《临江仙·咏柳絮》的写作宗旨,乃因为众人所作皆过于丧败,故"偏要把他说好了,才不落套",也明确点出"翻案"的考虑,而呼应了整部《红楼梦》追求清真新巧、别开生面而避免陈腔熟调之美学策略,这都可以看出这首词必须置诸《红楼梦》整体的诗学框架之中,才能确立其真正的创作意义。[①]

至于就宝钗个人而言,由贾宝玉推断《桃花行》一诗必非出于薛宝琴,理由乃"这声调口气,迥乎不像蘅芜之体。……姐姐断不许妹妹有此伤悼语句,妹妹虽有此才,是断不肯作的"(第七十回),可见这是薛宝钗的一贯性格表现,以致在众人依序品评探春之《南柯子》、黛玉之《唐多令》以及宝琴之《西江月》诸作,并特别赞美宝琴"到底是他的声调壮",认为其中"几处落红庭院"与"谁家香雪帘栊"两句最妙之后,宝钗才下了"终不免皆过于丧败"的感言,因此她的翻案是就整体的审美倾向而发,故谦称"我诌了一首来,未必合你们的意思",绝非出于不服输的瑜亮情结,特意针对黛玉个人所致[②];其中所具备的毋宁是一种积极领略存在幸福

[①] 详参欧丽娟:《诗论红楼梦》,页 307—310。

[②] 余国藩认为在两人对立的情况下,"宝钗不服输的瑜亮情结又生,分明就铭刻在她咏柳絮的《临江仙》上。这首词字字都针对黛玉同题的作品下笔,大有分庭抗礼之势。"[美] 余国藩(Anthony C. Yu)著,李奭学译:《重读石头记:〈红楼梦〉里的情欲与虚构》(台北:麦田出版公司,2004 年 3 月),页 331。

的乐观心性，以及对生命聚散离合之无奈悲戚选择超脱以待的人生哲学，因而展现出一种超越与突破的可贵的自由意志。这股"死中求活"的积极意志，在众人一片衰飒之音的合唱交响中，有如一道力图在大观园悲凉之雾中突围而出的阳光，让惯于悲凉哀凄的众人也都受到鼓舞，因此博得众人拍案叫绝，给予"果然翻得好力气，自然是这首为尊"的最高推崇。

此外，与之相关而应该附带讨论的是，与"好风频借力，送我上青云"一样，被视为薛宝钗冀图攀附金玉良姻、僭居宝二奶奶之心的根据者，尚有第二十八回"薛宝钗羞笼红麝串"一段情节。但细究文本所述，元妃所赐之端午节礼中，宝玉与宝钗共有的乃是上等宫扇两柄、红麝香珠二串、凤尾罗二端、芙蓉簟一领；长辈者多出的品项姑且不论，其余较次者，"林姑娘同二姑娘、三姑娘、四姑娘只单有扇子同数珠儿，别人都没了"。其中，黛玉被贬为姊妹等级，而宝钗被提升为宝玉一级的差序旨意固然十分明确，但考察两个等级的异同，二宝所多出者乃是"凤尾罗二端、芙蓉簟一领"，其余与众姊妹相同者则是"宫扇两柄、红麝香珠二串"，此即袭人所说"只单有扇子同数珠儿"的意思。可见宝钗左腕上所笼戴的红麝串子并不是用以区隔宝、黛之别的重要品项，反而正是等同彼此的共同条件所在。如此一来，将宝钗之笼戴红麝串视为希慕金玉良姻的表示，便是缺乏证据力的说法。

既然迥非承蒙钦点之沾沾心理的外显，而宝钗本性又是如此之不慕容饰，所谓"从来不爱这些花儿粉儿"（第七回），日常生活中也"从头至脚可有这些富丽闲妆"（第五十七回），则其所以特意笼戴红麝串的原因，便应该只是对贵妃赐礼的一种礼貌性表示。正如对元妃无甚新奇的灯谜诗，宝钗会刻意做出"口中少不得称赞，只说难猜，故意寻思，其实一见就猜着了"（第二十二回）的反应，这对尊重君臣之伦、谨守人际仪节的性格而言，都是顺理成章的自然表现。至于宝钗颈挂金项圈的道理亦有异曲同工之处。金项圈是癞头和尚"给了两句吉利话儿，所以錾上了，叫天天戴着；不然，沉甸甸的有什么趣儿"（第八回），既感无趣，却又依嘱佩挂身上，乃因癞头和尚所给的冷香丸，是唯一能对其群医束手的无名喘嗽之症生效的"海上方"，既已确实展示了神通妙验之超凡能力，其所给予的"两句吉利话儿"也因之获得某种权威性，让薛宝钗在感到"沉甸甸的有什么趣儿"之余，愿意对其"叫天天戴着"的嘱咐奉行如仪。

则红麝串、金项圈的佩戴，都从文本中获得了比追求金玉良姻更合理的解释，亦足以提供《临江仙》一词非关攀附的左证。

第四节　对"面具"恐惧的阅读心理

推究薛宝钗之相关论述之所以集中地向负面倾斜的现象，其关键因素正如夏志清所清楚指出的，乃是"由于一种本能的对于感觉而非对于理智的偏爱"，所谓"本能"与"感觉"都是受潜意识管辖的不自觉因素，建立在一种主观冲动的读者层次，而未上升至客观理解的研究层次。至于导致读者如此放任本能与感觉的偏爱，背后所潜藏之心理蕴涵，其一即夏志清所言，乃"由于读者一般都是同情失败者,传统的中国文学批评一概将黛玉、晴雯的高尚与宝钗、袭人的所谓虚伪、圆滑、精于世故作为对照,尤其对黛玉充满赞美和同情。……(宝钗、袭人)她们真正的罪行还是因为夺走了黛玉的婚姻幸福以及生命。这种带有偏见的批评反映了中国人在对待《红楼梦》问题上长期形成的习惯做法。他们把《红楼梦》看作是一部爱情小说,并且是一部本应有一个大团圆结局的爱情小说。"① 这可谓切中肯綮之论。

但除此之外,人们之所以容易产生左钗右黛之偏向的原因,似乎还包括一种对"面具"恐惧、对小说人物寻求认同的特殊阅读心理需要。

马克思(1818—1883)曾说:"人的本质并不是单个人所固有的抽象物,在其现实性上,它是一切社会关系的总和。"② 与脱离现实而个人主义浓厚的林黛玉相比,薛宝钗的存在样态与活动方式明显属于现实上"社会关系"的复杂再现。首先可以注意到,就如量身打造的蘅芜苑一样,曹雪芹不着痕迹地透过其建筑设计,微妙地隐示薛宝钗的性格养成与存在面相。第十七回中,小说的观照焦点随着游园诸人的脚步转向了蘅芜苑,并透过大家的眼光描述道:

> 一所清凉瓦舍,一色水磨砖墙,清瓦花堵。那大主山所分之脉,皆穿墙而过。贾政道:"此处这所房子,无味的很。"因

---

① [美]夏志清著,胡益民等译:《中国古典小说史论》,页279—280。
② [德]马克思(Karl H. Marx)、[德]恩格斯(Friedrich von Engels)著:《马克思恩格斯选集》(北京:人民出版社,1972年),第1卷,页18。

第三章 薛宝钗论——对《红楼梦》人物论述中几个核心问题的省思

而步入门时,忽迎面突出插天的大玲珑山石来,四面群绕各式石块,竟将里面所有房屋悉皆遮住。

事实上,被全部遮住的不仅是房舍主体,还更是屋主的内心世界,以反映出居所主人被礼教所围囿的处境,以及后天所培养的深沉隐蔽、皮里阳秋的性格。[①] 从而我们发现《红楼梦》中,作者自始至终即甚少着墨于宝钗的心理活动,读者对这个人物的认识,几乎只限于其外在举止而间接揣想得来。对读者而言,这位"藏愚守拙"的温婉女子一切表现皆动静合宜,在仪礼的规范中完美无瑕,却很难窥见人性中所本有的阴暗欠缺,与人心中翻腾起伏的喜怒哀乐,这些往往只能从她外在的言语行动中间接曲折地费劲揣摩,却又总是不得其门而入,就如其人所居的蘅芜苑一样。于是单纯者苦其绵密繁复,天真者恨其思深虑周,那种"非我族类,其心必异"的潜意识便起而引发负面的质疑与丑诋。宝钗之所以常常被误解为城府深沉、富于心机,一部分的原因,恐怕也该归因于作者这样特殊的写作方式。

不过,薛宝钗之所以常被批评为虚假造作的原因,重点其实并不在其本心初衷的不纯真,而是指其言行作为所呈现的社会性。这是因为宝钗凡事不以自我为中心,因此不强调个人感受的重要性,也不以自我为终极考虑,因此不追求个人的价值实践。她总是将自

---

① 参欧丽娟:《"冷香丸"新解——兼论〈红楼梦〉中之女性成长与二元补衬之思考模式》,《台大中文学报》第 16 期(2002 年 6 月),页 207—208。

我放在人与人之间所构成的人际网络的相对位置上来取得定位，相对于黛玉之以隶属个人范畴的"才情"与"爱情"为待人接物的出发点，宝钗毋宁是以群体生活中所着重的"伦理关系"与"世俗价值"为致力的目标。

所谓"伦理"也者，乃人与人在相对位置上交相互动所产生的关系，注重的是因应于各种角色扮演与身分功能而来的种种义务，而其表现必须放置于人际网络的"客观位置"以寻求合宜得体的范式，因此可以说是间接地建立在社会舆论的基础上。既然如此，一个处处配合伦理要求的人也就容易接受世俗价值的观念，因为"世俗"也者，即大多数人所遵行的生活总和，它是所有被括入社会群体中的个体之间的最大公约数或最大交集面；以致接受世俗价值观的人同时也就容易取得社会群体的认可，而取得社会群体认可的人也不免进入到世俗的价值体系，彼此便形成了一种双向同构的循环性质。

这样一种富含浓厚之社会性的言行举止，为了要顺应外在之期许以避免与环境格格不入，必然是以抹除内在个性与自我感受为前提的。如同前述所言，在社会群体与伦理关系中，自我的呈现并不是从主观的"我"出发，而是将自我剥离出来，放在人与人之间所构成的人际网络的相对位置上，再透过他者的眼光来返照自己，由此而产生种种角色扮演与身分功能的认知。在这样一个由"他者"为参照点所建构的世界中，人的价值被强调的乃是"应然"而非"实然"，被赞许的是"义务"而非"权利"，被衡量的是"外在表现"而非"心灵感受"，被要求的则是"实践他者的期望"而非"满足自

第三章 薛宝钗论——对《红楼梦》人物论述中几个核心问题的省思

我的需要",其结果便是个人的主观情绪被予以稀释或抹除。故余国藩亦指出:"自幼年起,宝钗就养成不受个人好恶左右的处世精神,也不会让自己的梦想与期盼有害他人。"①因此,与其说宝钗为"假",不如说其为"伪";而所谓的"伪",也应取先秦时的"人为"之意,如《荀子·性恶篇》所定义:"凡性者,天之就也,不可学,不可事。……可学而能,可事而成之在人者,谓之伪。是性伪之分也。……故圣人化性而起伪,伪起而生礼义,礼义生而制法度。"②宝钗的人格样态正是化性起伪、性伪合的产物。

相较之下,作为对照组的林黛玉,则有如玻璃打造的透明人一般,里外通透无碍地一览无遗,她内在的情绪变化、心思翻转和情感挣扎等等,一切都摊开在读者眼前而历历在目,使读者得以一步步探路取径,在登堂入室一窥其心府的悲苦凄愁、脆弱不安和孤傲自尊之余,便容易因了解而同情,又因同情而支持、乃至于认同,于是不知不觉地形成了观照立场和价值观的偏向。如果说,黛玉之

---

① [美]余国藩著,李奭学译:《重读石头记:〈红楼梦〉里的情欲与虚构》,页330。
② 李涤生集释:《荀子集释》(台北:台湾学生书局,1986年10月),页541—545。又其《正名篇》亦谓:"心虑而能为之动,谓之伪;虑积焉,能习焉,而后成,谓之伪。"其意义如朱志荣所解释:"性指人的自然本质及其功能,伪则指在此基础上发展起来的后天的精神形态和能力。而在其中起着启发、诱导('起')作用的,正是文化形态。至于起伪之'起',荀子在《儒效》中除了强调文化之'教'(《为学》中则强调主体能动的'学')外,还强调了注错(举止行为)、习俗和积靡(积累)在化性起伪中的作用。"参朱志荣:《中国艺术哲学》(长春:东北师范大学出版社,1998年5月),第3章,页143—144。

人物形象的塑造是用"探照解剖式"的,着力于层层挖掘透底,使人物里外敞亮明晰一览无遗,让读者可以得到完全的了解,因此是叙述观点与人物观点合一之后的产物;则宝钗乃是"投影扫描式"的,或云"外聚焦"(external focalization)的叙事角度,其摹写仅止于外表的浮现,只见其言语行动而隐藏心理转折,致使读者不免陷入于认知模糊的状态,可以说是叙事观点与人物观点剥离为二的结果。这种人物塑造方法之不同,也直接导致了读者在喜好上的偏向:大部分的读者偏爱与现实世界格格不入的林黛玉,却质疑、甚至反感于现实中较接近于一般人的薛宝钗,因而形成了"右黛左钗"的普遍现象。

探究其原因,乃如小说家弗斯特所指出的,"我们需要一种较不接近美学而较接近心理学的答案"。以不可能现身于真实社会的林黛玉之类的人物为例,弗斯特以设问自答的方式说明道:

> 她为何不能在这里?什么东西使她与我们格格不入?……她不能在这里,因为她属于一个内心生活清晰可见的世界,一个不属于也不可能属于我们的世界,一个叙述者与创造者合而为一的世界。……人类的交往,如果我们就它本身来观察,而不把它当作社会的附属品,看起来总似附着一抹鬼影。我们不能互相了解,最多只能作粗浅或泛泛之交;即使我们愿意,也无法对别人推心置腹;我们所谓的亲密关系也不过是过眼烟云;完全的相互了解只是幻想。但是,我们可以完全的了解小说人物。除了阅读的一般乐趣外,我们在小说里也为人生中相

互了解的蒙昧不明找到了补偿。就此一意义而言，小说比历史更真实，因为它已超越了可见的事实。①

很显然，由于"阅读"本身所具有的补偿功能，使读者总是倾向于在书中寻找认同（identity），于是从心理学的角度来看，那在"叙述者与创造者合一的世界"中所呈现的心灵透明清晰的人物，补偿了现实人生中追求互相了解、抹除人际隔阂的挫败，也因此在美学上吊诡地获得了较大的接受度。于是，林黛玉之所以可爱可亲，除了她孤零的身世所引发的对弱者的同情之外，她那不可能属于我们现实世界的完全里外如一的坦露率直，也使得在人生中深为人际关系所苦的读者得到了心理的补偿。因为来自人和人之间"相互了解的蒙昧不明"所造成的苦恼和伤害，在面对小说中的林黛玉时便毫不存在了，对于她，我们没有因"不了解"所引发的种种障碍问题，因而我们可以彻底解除心防，与她合而为一地同喜同悲，即使不能认同，也总不失同情；至于那"罕言寡语，人谓藏愚；安分随时，自云守拙"（第八回）的薛宝钗，却因为在小说的叙事过程中，作者忠实再现了现实人际关系里"守"与"藏"的本貌，以及由它所带来的混沌不明和距离感，使人无法透视了解、逼近深入，因而不自觉地引发读者的防卫心理，而无法真正与她同情共感，终究导致情感认同的背离。

由此可见，无论是偏爱或是质疑，造成这两种不同情绪的根

---

① ［英］弗斯特著，李文彬译：《小说面面观》，页85—86。

源,其实并不只是来自她们所代表的价值观的差异,如一般红学家所主张的"真／假""自然／人为""神性／俗性"或"原始／社会"的对立;更重要的原因,恐怕是来自于两人在作者叙事上呈现方式的迥别,亦即经由"探照解剖式"的层层挖掘透底而内外清晰呈显的林黛玉,使读者在阅读心理上感到信任而心安,因此无论认同与否,都能够予以接纳乃至同情;而薛宝钗则仅止于"投影扫描式"的外表的浮现,令人不易捉摸底蕴,因而在读者的阅读心理上所引起的,也就是不信任而有所保留,随之而来的便是不自觉的防卫与猜忌。再加上薛宝钗相对而言是个现实世界的成功者,于是保持"同情弱者"之心态的读者就更容易弃她而去了。这或许是小说艺术上有关人物塑造策略方面更值得注意的地方。

第五节 结 语

亨利·詹姆斯指出:"人性是无边无际的,而真实也有着无数的形式;我们所能断言的至多是:有些虚构的花朵有着真实的气味,有些则无。"[①] 薛宝钗、林黛玉这两位存在于小说中的虚构人物,正是曹雪芹深刻掌握无边无际的人性内涵,所塑造的具有真实气味的两种代表形式,因此都是艺术上的成功典范。而这样的区别是否反映了作者本身对两个人物不同的价值取舍呢?

---

① [英] 亨利·詹姆斯著,朱雯等译:《小说的艺术:亨利·詹姆斯文论选》,页 13。

第三章 薛宝钗论——对《红楼梦》人物论述中几个核心问题的省思

如果照多数学者所主张的,视钗、黛褒贬为作者贯注书中的价值观,这将会遭遇到两个问题。其一是就《红楼梦》而言,作者始终未曾逾越创作范畴加以评论,根本无法追究其个人取舍何在;何况即使曹雪芹曾就此留下意见,事实上也不具较大的诠释权威①,因此作者本身的价值观并不重要。其次,也是更关键的是,在这种心理主义批评的角度下,将作者好恶的自我表现作为小说评论的重点,势必将《红楼梦》划归为浪漫主义的"独白型"小说,而忽略了曹雪芹超越传统的伟大之处。

依巴赫金(Bakhtin, 1895—1975)的看法,在一般独白型的浪漫主义小说家作品中,"人的意识和思想只不过是作者的激情和作者的结论;主人公则不过是作者激情的实现者,或是作者结论的对象。正是浪漫主义作家,才在他所描绘的现实中,直接表现出自己的艺术同情和褒贬;这时他们便把凡是无法融进自己好恶的声音的一切,全都对象化、实物化了"。但与此不同的是,"陀思妥耶夫斯基的独特之处,不在于他用独白方式宣告个性的价值(在他之前就有人这样做了),而在于他把个性看做是别人的个性、他人的个性,并能客观地艺术地发现它、表现它,不把它变成抒情性的,不

---

① 弗莱(Northrop Frye, 1912—1991)便认为:"批评是一种思想和知识的结构,自有其存在的理由,就其所讨论的艺术而言有某种程度的独立性。诗人当然可以有他自己的某种批评能力,因而可以谈论他自己的作品。但是但丁为自己的《天堂》的第一章写评论的时候,他只不过是许多但丁批评家中的一员。但丁的评论自然有其特别的价值,但却没有特别的权威性。人们普遍接受的一个说法是,对于确定一首诗的价值,批评家是比诗的创造者更好的法官。"[加]弗莱著,陈慧等译:《批评的剖析》(天津:百花文艺出版社,1998年11月),页4—5。

把自己的作者声音同它融合到一起,同时又不把它降低为具体的心理现实。"① 由此才创造出一个突破独白型单一旋律的复调世界,对小说书写方式进行了前所未有的重大革新。钗、黛二人正是曹雪芹将种种个性客观地发现、并加以艺术地表现的成果。

从对小说文本的深入／全面之研究来看,一如前言所指出,钗、黛都不是简单的二分法之下单一价值观的化身,她们"相对"而不"对立",在生命流变、世界运转的迁化不居中,甚至可以是互补共生的有机统一体(organic unity)。透过浦安迪(Andrew H. Plaks)借由第一回"假作真时真亦假,无为有处有还无"所阐释的二元补衬概念②,我们也可以说,曹雪芹所塑造钗／黛的不同人格型态,并不是以衬托某一位个人偏好的对象为首要目的,而是要展现"人生经验中互相补充、并非辩证对抗的两个方面"的生命体认;在相对的、多元的世界里,唯有"互相补充"才能开拓人生的视野而造就生命的完满。偏执于"绝对的善恶"的结果便是誓不两立的对抗,从而失去了那种令人得以全面关照生命的"滑疑之耀",以及包容不同人格而"两行通一"的宽弘襟怀。正如《庄子·齐物论》所言:

> 凡物无成与毁,复通为一。唯达者知通为一,……是以圣人和之以是非而休乎天钧,是之谓两行。……是故滑疑之耀,

---

① [俄]巴赫金著,白春仁、顾亚铃译:《陀思妥耶夫斯基诗学问题》,收入《巴赫金全集》(石家庄:河北教育出版社,1998年6月),第5卷,页13。
② [美]浦安迪:《中国叙事学》(北京:北京大学出版社,1996年3月),第5章,页160。

圣人之所图也。为是不用而寓诸庸，此之谓以明。[1]

这就是一种承认"此亦一是非，彼亦一是非"而不"以是其所非而非其所是"[2]，能以"滑疑之耀"均衡照明的"两行"智慧。因此，在价值认定上任何固守一端、执一以求的偏执，绝无法让人体认那最丰富也最微妙的真理，倒不如抛弃在小说中寻找褒贬等价值判断的主观意图，而视薛、林二人不同的形象乃是出于作者的艺术尝试，所反映的乃是其对人生的深刻了解，从而致力于就客观的层面分析作者在创作上所拓展的艺术视野，这或许更是学者们研究的首要目标。

---

[1] （清）郭庆藩集释：《庄子集释》（台北：汉京文化公司，1983年9月），页70—75。

[2] （清）郭庆藩集释：《庄子集释》，页63。

第四章
"冷香丸"新解——兼论《红楼梦》中之女性成长与二元补衬之思考模式

第一节 前言：问题的提出

于《红楼梦》中，薛宝钗是与贾宝玉、林黛玉鼎足而三的主要人物之一，一如脂砚斋所说的宝、黛、钗三人"鼎立"[1]"三人一体"[2]，其人其事于此书之重要性自是不言可喻。而历来在红学界中，对薛宝钗之为人判断又往往与"冷香丸"的诠释密不可分，因此，为了让薛宝钗此一人物的讨论得到更清明、更坚实的基础，重新对冷香丸进行全面而深入的解析，应有其至高的必要性。

遍观历来红学界中大多数的说法，乃是将丸药之名称直接移用在服食者身上，视之为薛宝钗的性格表征；同时于如此"人格药名一体为论"的时候，还将其中的"香"字刊落，而偏取"冷"字以概括其义，以致形成"服用冷香丸的薛宝钗即为一冷美人"的推

---

[1] 甲戌本第五回眉批，页114。
[2] 庚辰本第二十八回眉批，页541。

论①；至于"香"字则被视为外型美艳端庄的象征语，而与其性格无涉。很显然，此种论述所依据的判断准则，乃是清代解盦居士所谓的："此书既为颦颦而作，则凡与颦颦为敌者，自宜予以斧钺之贬矣。宝钗自云从胎里带来热毒，其人可知矣。"②基于这类好恶分明、忠奸判然的价值取舍，使得目前眼界所及，论者似乎绝少以"香美人"称呼宝钗，其偏执的现象是十分明显的。

然而，如此之推论，却不免引发以下的几个问题：其一，就丸药在命名上的用词，以及其所散发的药味乃是"一阵阵凉森森甜丝丝的幽香"（第八回）而言，"香"都是与"冷"并列而平分秋色的关键词眼，两者乃属于同一表述之范畴，彼此并无法分割拆解。而其中的"香"字不但在训诂上明显带有完全正面的价值

---

① 如太愚（王昆仑）于《红楼梦人物论·薛宝钗论》中说道："作者使宝钗姓薛（雪），常服用'冷香丸'，也就是因为不满这姑娘性格之'冷'。"收入王国维等：《红楼梦艺术论》（台北：里仁书局，1994年12月），页177。另蒋和森《薛宝钗论》也认为："这个少女经常服食一种奇异的药品——冷香丸。看来，……作家更寄寓了一层深意。的确，我们从薛宝钗的心理性格中，常常感到一种排除一切感情跃动的冷，……一种带有禁欲主义色彩的素净和冷淡。"《红楼梦论稿》（北京：人民文学出版社，1981年9月），页109。又，朱淡文《薛宝钗形象探源》亦云："名之为'冷香丸'，亦正显示了薛宝钗性格中'冷'（或称'无情'）的特征。"收入《红楼梦学刊》1997年第3辑，页2。再如李劼亦有"冷香丸效应所致的冷美人"之说，其《薛宝钗的生存策略》一文皆就此发挥，见李劼：《历史文化的全息图像——论红楼梦》（上海：东方出版中心，1996年10月），页152。类似之说法洋洋洒洒，举此可概其余。

② （清）解盦居士：《石头臆说》，一粟编：《红楼梦卷》（台北：新文丰出版公司，1989年10月），卷3，页191。

意涵，于《红楼梦》中更蕴含了"女性象征"这重要的特殊意义；亦即在曹雪芹的创作匠心中，香与茶、酒乃是三位一体的复合意象，同时建构了《红楼梦》中特有的女性象征。早在贾宝玉神游太虚幻境之际，即借"群芳髓""千红一窟""万艳同杯"之名物而初步展示其义，后来更透过《四时即事诗》的意象内容以及大观园中的生活细节加以强化[①]；因此不但众金钗之中有一名为"香菱"者，"蕙香""兰气"也被视为"好名好姓"（第二十一回），而作为第一女主角的林黛玉亦曾被宝玉戏称为"香玉"（第十九回），其中所透显的对女性之美的褒赞乃是毫无疑义。因此对其字视若无睹、对其义避而不谈的论证，恐怕是以偏概全而不够客观的；而将此一原本即涵括所有少女为对象，因此具有普遍意义的"香"字，却仅仅视为薛宝钗个人之美艳外型的解释，似乎也过于狭隘。

其二，更何况，即使是避"香"字而不谈，单单只就"冷"字来说，其概念便包含一百八十度极端的差异。以人类的性格情态而言，既有"冷酷、冷漠"之类负面的意涵，又有"冷静"此一正面的指涉，欲明其究竟，势必不能片面独断地望文生义，加以辨别厘清乃是首要之务。至于一般用来判断薛宝钗冷漠无情的依据，其相关情节其实也都有重新辨析的需要，一如夏志清所指出："除了少

---

① 参欧丽娟：《〈红楼梦〉中的〈四时即事诗〉：乐园的开幕颂歌》，《中国古典文学研究》第2期（1999年12月），后收入《诗论红楼梦》（台北：里仁书局，2001年1月），第8章，页421—422。

数有眼力的人之外,无论是传统的评论家或是当代的评论家都将宝钗与黛玉放在一起进行不利于前者的比较。……但是如果人们仔细检查一下所有被引用来证明宝钗虚伪狡猾的章节,便会发现其中任何一段都有意地被加以错误的解释。"而之所以如此的原因,"部分是由于一种本能的对于感觉而非对于理智的偏爱"①,则宝钗是否冷漠无情尚且难定。就此,笔者另有专文进行全面的剖析②,为免混杂起见,本章乃集中于冷香丸的相关问题进行阐述,故对这些情节将不复赘论。

其三,冷香丸乃是外服之药物,直接牵涉对应的是病人之身心疾患而非其人品德行,从丸药的名称与配制的药材,并不能直接推衍出服用者本身的性格属性,这乃是一般常理。再比较书中另一女主角林黛玉的服药情形,更可提供参照之佐证:她平日也惯常服用"人参养荣丸"(第三回、第二十八回)以为保健,而林黛玉之人品显然与药名中的"人参"或"养荣"都谈不上有任何象征意义的关连;尤其当大家讨论黛玉之病症时,宝玉建议替林妹妹调配的一料"药名儿也古怪,一时也说不清",但"包管一料不完就好了"的奇药中,除了包括那些三百六十两不足的头胎紫河车、人形带叶参、龟大何首乌、千年松根茯苓散等等之外,起主要作用的君药竟是那古坟里富贵人家装殓入葬的珍珠宝石(第

---

① [美]夏志清(C. T. Hsia)著,胡益民等译:《中国古典小说史论》(南昌:江西人民出版社,2001年9月),页299。
② 参欧丽娟:《薛宝钗论——对〈红楼梦〉人物论述中几个核心问题的省思》,《成大中文学报》第13期(2005年12月),页143—194。

二十八回），林林总总以观之，这些显然都未曾关系于黛玉的性格，而提供有意义的说明。因此"冷"是否可以直接移用为宝钗的人格情态，实有待谨慎的分析，以免形成范畴误置的诠释暴力，如此才能建立稳固的论证前提。

其四，药理（或医理）与病理之间固然息息相关，然而，相关的方式却是形形色色；确切地说，药物的调制与服食者的疾病之间，在医理上存在着"滋补""克制""疏导"或"化解"诸般不同的治疗策略，并不能一概而论。就书中所见，如林黛玉的病是来自"内症，先天生的弱，所以禁不住一点风寒"（第二十八回），日常所服之人参养荣丸显然就是以"滋补"之理而调制的[1]，与薛宝钗服用冷香丸之状况迥然有别。因此丸药与病患之间的关系虽然密切，但这密切的关系却必须谨慎考虑，以还其原貌而各得其所。

因此，一如别林斯基所指出的："在论断中必须避免各种极端。每一个极端是真实的，但仅仅是从事物中抽出的一个方面而已，只有包括事物各个方面的思想才是完整的真理。这种思想能够掌握住自己，不让自己专门沉溺于某一个方面，但是能从它们具体的统一中看到它们全体。"[2] 正是在这样的认知基础上，针对上述的几个考量，我们认为必须重新检证冷香丸之设计原理与象征意义，将"冷"

---

[1] 于第二十八回宝玉说药方一段，脂砚斋批云："颦儿之剂若许材料皆系滋补热性之药，兼有许多奇物，而尚未拟名，何不竟以暖香名之。"亦证明此一道理。庚辰本眉批，页541。

[2] 俄文版《别林斯基选集》3卷本，第1卷，页403。转引自蒋和森：《红楼梦论稿》，页135。

与"香"兼顾为具体的统一以看到全体,从而对薛宝钗的人物论提供坚实而深入的分析基础。

第二节　环绕宝钗之宿疾的相关议题

冷香丸既是专就宝钗的疾病所调制,其制作之原理固当与宝钗之疾病密切相关;也就是医理与病理是一体的两面,从病理的研究有助于推出医理的关键所在。寻绎《红楼梦》一书,我们认为环绕宝钗之宿疾的相关问题,可以区分为致病之原因与原理、外显之病征与意义、药材之特性与功能等三方面来探讨;至于宝钗发病服药的时间,以及书中其他与冷香丸平行同构的类似设计,则有待冷香丸的象征意义厘清之后,再做进一步的说明。

一、致病之原因与原理

从第七回宝钗回答周瑞家的话中,清楚可知宝钗致病的因由乃是"从胎里带来的一股热毒":

> 亏了一个秃头和尚,说专治无名之症,因请他看了,他说我这是从胎里带来的一股热毒,幸而先天壮,还不相干。

病源十分明确,但作为病源的"热毒"究竟所指为何,历来的解说仍是莫衷一是。最特别的是，蕴藏在这些解释背后的基本态度，大都不出清代解盦居士所言："薛氏之热毒本应分讲，热是热中之热，毒是狠毒之毒，其痛诋薛氏处，亦不遗余力哉！"① 而具体说来，约略可以朱淡文的定义概括为"热切地顽强地追求现实功利之欲望"。② 如马建华在把"热毒"与"青云志"视为一物的前提下，于回顾这个议题的历史时，总括说道："何谓热毒，至今学术界没有令人满意的解释。'好风频借力，送我上青云'（第七十回），或以为'欲登上宝二奶奶的宝座'，或以为后来再嫁贾雨村而终实现其'青云志'。"接着又称此种说法为一文化与文本脱节的误解，并举16世纪至18世纪的儒商文化为证，进一步认为："薛宝钗的'热毒'与'青云志'是走'待选'之路、寻找靠山以庇荫其家的商人功利主义和儒家'不自弃'的积极入世的人生态度相结合的产物。她的'热毒'并非生理的，而是商人的'文化胎'里孕育出来的；她的青云志并非仅仅是诗力，而是儒家的积极进取精神和商业发达的文化力的体现。"③ 很显然，马建华虽然改从儒家思想与商人文化的角度诠释热毒，其实还是没有脱离红学研究中有关此一议题的大方向，依然将热毒视为热中功利之现实欲望的同义语，差别只在为此一热中功利之现实欲望注入当代儒商文化精

---

① （清）解盦居士：《石头臆说》，一粟编：《红楼梦卷》，卷3，页192。
② 朱淡文云："薛宝钗'胎里带来一股热毒'，这正象征了她与生俱来的'欲'：热切地顽强地追求现实功利之欲望。"《薛宝钗形象探源》，《红楼梦学刊》1997年第3辑，页2。
③ 马建华：《从商人文化看薛宝钗》，《红楼梦学刊》2000年第4辑，页98—101。

神的外缘性解释，因此更富有时代性与文化性而已。

这种外缘性质的诠释，不但导引出与传统说法本质无异的结论，同时也未曾处理到热毒与冷香丸的关系，因此我们认为应该重新回归到文本的相关脉络中，进行以经解经式的解析，庶几可以开辟新的研究视野。

首先我们注意到，与《红楼梦》之创作关系密切的脂砚斋曾对此提出过暗示，于"他说我这是从胎里带来的一股热毒"句下有其夹批云：

> 凡心偶炽，是以孽火齐攻。①

其中所使用的"凡心偶炽"一语，正是全书第一回中促使石头幻形入世的关键语词，是贾宝玉从顽石到美玉的过程中"静极思动，无中生有"的转变契机，所谓：

> 一僧一道远远而来，……说到红尘中荣华富贵。此石听了，不觉打动凡心，也想要到人间去享一享这荣华富贵，……便口吐人言，向那僧道说道："……适闻二位谈那人世间荣耀繁华，心切慕之。……如蒙发一点慈心，携带弟子得入红尘，在那富贵场中、温柔乡里受享几年，自当永佩洪恩，万劫不忘也。"……这神瑛侍者凡心偶炽，乘此昌明太平朝世，意欲下

---

① 甲戌本第七回夹批，页160。

凡造历幻缘,已在警幻仙子案前挂了号。

从此石头便由圣入凡、由静而动,脱离了青埂峰下的单调无味,进入到红尘世俗的多采多姿之中,既领略那富贵温柔、荣耀繁华之乐事,也体悟"美中不足,好事多磨""乐极悲生,人非物换""到头一梦,万境归空"之悲戚,终于形成《红楼梦》这部"历尽离合悲欢炎凉世态的一段故事"。由此可知,所谓"凡心孽火"指的便是那跃动的人性情欲,是促使石头下凡的根本动力,也是敷演一场饱含人世沧桑的红楼大梦的关键因素。脂砚斋将"凡心偶炽,孽火齐攻"等同于热毒,正说明了在他的理解中,薛宝钗的热毒与贾宝玉的入世动机其实根本是同出一源的基本人性。至于解盦居士虽然颇为贬诋宝钗,但却也有一段话碰触到二宝先天上的同质性:"宝玉胎里带来通灵,宝钗带来热毒,天生对偶,又何须金锁为哉?"[①] 通灵、热毒为一,如同金锁之现世联系,此真妙手偶得之洞见。

进一步来看,除了批书人的从旁介入之外,身为原创者的曹雪芹更直接在《红楼梦》的其他情节中再度用到"热毒"一词,而基于作者之书写用语往往具有其内在意义的一贯性而言,这就提供了最为可靠的诠释基准。于紧接着"不肖种种大承笞挞"之后的一段情节中,宝钗于第一时间送来丸药,交代袭人道:"晚上把这药用酒研开,替他敷上,把那淤血的热毒散开,可以就好了。"而袭人应命对王夫人报告宝玉挨打之后的状况时,亦说道:

---

① (清)解盦居士:《石头臆说》,一粟编:《红楼梦卷》,卷3,页192。

老太太给的一碗汤，喝了两口，只嚷干渴，要吃酸梅汤。我想着酸梅是个收敛的东西，才刚捱了打，又不许叫喊，自然急的那热毒热血未免不存在心里，倘或吃下这个去激在心里，再弄出大病来，可怎么样呢。（第三十四回）

两处所谓的"热毒"或与"淤血""热血"联缀成说，而从整个情节与上下文来分析，可知"热毒"形成的原因，乃必须具备以下所述的两大先决条件；至于热毒不散的后果，则是对生命造成严重的摧毁：

第一，首要的前提是"捱了打"——也就是外力强大的侵逼迫害，故有"淤血的热毒"之说；

第二，接下来的必要条件是"又不许叫喊"——也就是压抑痛苦使之不得宣泄，因此才会将其痛其苦蓄积在内，造成"那热毒热血未免不存在心里"的结果。

第三，透过以上这两个步骤，最终即形成了所谓的"热毒"。热毒必须以疏散的方式化解，即可恢复健康；而若是将此热毒继续压抑并积存在体内，那便会导致健康之毁损而难以挽救。所谓"酸梅是个收敛的东西，倘或吃下这个去激在心里"，那么就更势必会导致"再弄出大病来"的惨烈后果。

如此一来，综合上述脂砚斋与曹雪芹这两个内缘性的用法，对于解释宝钗之热毒便提供了坚实的内证。透过模拟法则，我们可以断言：所谓"胎里带来的"之说法，意谓这是与生俱来之本能或天性；而"热毒"指的是一种人性本能被刻意压抑，以致热情欲望无法自然宣泄或合理疏导所形成的痛苦。"热"也者,意味着对人生的热情,包括希望、追求与期待,以及喜怒哀乐贪嗔痴爱之种种好恶情绪,用脂砚斋的术语来说便是"凡心孽火";而"毒"也者,真正的意思则是《广雅》所说的痛也、苦也、惨也[①],也通向佛家所谓的使众生身心感到逼迫热恼的贪、嗔、痴"三毒"。则形成"热毒"的原因,乃是此一与生俱来的人性本能或欲望热情受到外力禁制,无法循着正当管道适度宣泄以得到纾解,日久遂郁积固结而成为压抑的痛苦所致。因此,与生俱来的热毒不但是薛宝钗致病的主因,也是促使石头幻形入世以求纾解的原动力,推而扩之,更是先天"五内便郁结着一段缠绵不尽之意"(第一回)的林黛玉,之所以托胎下凡以偿恩还泪的契机,从而是人人皆具的人性本能与生活大欲。只不过虽是同出一源,在后天不同的环境里,却会产生不同的人格形态:热毒的连根拔除,模塑的便是槁木死灰的青年寡妇李纨;热毒的一味压制,造就的即是合礼中节的大家闺秀薛宝钗;热毒的充分舒发,形成的就是痴顽不肖的情痴情种贾宝玉;而热毒在纾解与压制之间摆荡的结果,呈现的则是敏感小性的诗魂泪人林黛玉。由此,书中诸人在外显的病征上也出现了意义迥别的差异。

[①] 其《释诂》《释言》两篇中各解云:痛也、苦也、惨也,都可以是"毒"的同义语而互文说解。(清)王念孙:《广雅疏证》(南京:江苏古籍出版社,2000年9月),分见卷2上,页48;卷4上,页119;卷5下,页163。

二、外显之病征与意义

既然宝钗与生俱来的热毒是"凭你什么名医仙药,从不见一点儿效",有待天外飞来的秃头和尚所给的"一个海上方,又给了一包药末子作引子",然后才得见效验(第七回);而治疗此一胎里热毒的药方又是如此大费周章,端赖幸运之神加意眷顾始能在短期中配制成功(引文见下),因此不免令人预期宝钗因热毒成病的外显征候,应该是十分严重的病况,或是形销骨毁,或是气息奄奄,总之都得性命交关,否则如何能与如此奇特之疾病与如此神妙之药方相应?然而我们观察的结果,却是出乎意料之外的期望落空,从第七回周瑞家的与宝钗随后的一段对话中,可以得知:

> 周瑞家的听了点头儿,因又说:"这病发了时到底觉怎么着?"宝钗道:"也不觉甚怎么着,只不过喘嗽些,吃一丸下去也就好些了。"

直到看完此段,我们才大失所望地恍然大悟:此病发作时,不但病人本身"也不觉甚怎么着",其外现之征状更是"只不过喘嗽些"而已,实在称不上什么了不得的大病;也堪堪如此,否则期待那药料"等十年未必都这样巧",再幸运也至少要一二年才得以齐全配制的冷香丸来医治,病人岂非早已一命呜呼!进一步来看,"喘嗽些"乃是一种身体疾恙的轻微征候,也是每一个人在日常生活中都必然发生的身体经验①,举凡伤风感冒、过敏劳动,甚至紧张生气、悲伤情急,都会引起类似的征候,连宝钗一时兴起的扑蝶为戏,便足以使她"香汗淋漓,娇喘细细"(第二十七回),因此是极为普遍、共通而轻微的生理反应,实在无须多怪。比较书中最为缠绵疾病,且多喘嗽之症的林黛玉来看,更可以彰显此一病征的象征意义:

黛玉不但具有"从会吃饮食时便吃药,到今日未断"的不足之症(第三回),其病是来自"内症,先天生的弱,所以禁不住一点风寒"(第二十八回),而且随着年龄的成长,"每岁至春分秋分之后,必犯嗽疾"(第四十五回),其历程更呈现出"今年比往年反觉又重了些"的每况愈下,乃至到了"说话之间,已咳嗽了两三次"(第四十五回)和"一面说话,一面咳嗽起来"(第七十九回)的地步;此外,黛玉每每还会因为情感的激动,而引发了气凑热喘的生理征候,或是在"痴情女情重愈斟情"的情节中"脸红头涨,一行啼哭,一行气凑,一行是泪,一行是汗"(第二十九回),或是在"情中情因情感妹妹"的叙述里"五内沸然炙起,……觉得浑身火热,面上作烧"(第三十四回),或是在"风雨夕闷制风雨词"的插曲中因为"渔翁渔婆"的夫妻联想而"羞的脸飞红,便伏在桌上嗽个不住"(第四十五回),又或是在"慧紫鹃情辞试忙

---

① 宋淇则认为其病应该是哮喘(asthma)中较轻微的花粉热(hay fever),都属于过敏症(allergy)的项目,参宋淇:《红楼梦识要——宋淇红学论集》(北京:中国书店,2000年12月),页206—209。

玉"的段落内"将腹中之药一概呛出,抖肠搜肺、炽胃扇肝的痛声大咳了几阵,一时面红发乱,目肿筋浮,喘的抬不起头来"(第五十七回)。从这种种迹象看来,其喘嗽之状乃是严重得多、也自然不过的病征,是因应节气变化与情绪波动所产生的生理反应;最重要的是,其病根显然是情感的萌动与发用,无论是先天上因为"五内郁结着一股缠绵不尽之意",故而下凡还泪所造成的不足之症(第一回),还是在入世为人之后,因生活中种种心绪搅扰而引发的委屈忧急与害羞激动,都是出于情感的激荡翻腾所造成。因此曹雪芹在前述几个回目中往往标明了"情"字以为辐辏,让聚焦于"情"的情节安排更为清晰可辨。

尤其是这样极其类似肺结核的病症,在苏珊·桑塔格(1933—2004)从文学、文化的角度探讨之后,其本身所蕴含的情感隐喻更得到充分的阐发,所谓:

> (肺结核)被理解或曾经被理解为激情的疾病。肺结核发热是内部燃烧的表征,结核病人是某个被热情"消耗掉"的人,这种热情导致身体熔化。利用从肺结核那里得到的隐喻来描写爱情——一种"有病的"爱情的形象,一种激情"消耗掉"的形象——远在浪漫主义运动之前就已经有了。从浪漫主义诗人开始,这个形象被颠倒,肺结核被想像成为爱情之病的变体。……就像《魔山》一个人物所作的解释:"疾病的症状无非是被掩饰起来的爱情力量的宣示;所有的疾病都只是变形的爱情。"……就像肺结核被当成一种激情之病来看待一样,

> 它同样被当成一种压抑的疾病,……以前也曾被解释成为沮丧的恶果。①

由其中的描述,可知肺结核可以被视为一种"内部燃烧"的激情之病,同时也是"一种压抑的疾病";狭义来说,则是出于那"被掩饰起来的爱情力量",以隐喻人们在强烈的生活欲望与爱情需求中,因种种个人或外在的因素而被压抑掩饰所形成的"沮丧的恶果"。这些阐释都十分符合黛玉那几近于肺结核而大喘剧咳的病象与原理,正可以作为宝钗"喘嗽些"之痼疾的参考架构。

既然黛玉之宿疾是"请了多少名医修方配药,皆不见效"(第三回),恰恰与宝钗的"凭你什么名医仙药,从不见一点儿效"一样,都无法透过世俗上专从生理着眼的医疗层次所治愈,因此两人都是由一僧一道中的癞头和尚出面提供疗方,始获得仙方疗治的机会。而两人致病之因都是来自一股与生俱来的热情,此所以脂批亦云:"宝钗之热,黛玉之怯,悉从胎中带来。"②可知黛玉与宝钗在先天上并无本质性的差异,都具备淘气率真的天然之性,不同之处仅仅在于黛玉是"身体面庞怯弱不胜"(第三回)且心量敏感纤细,

---

① [美]桑塔格(Susan Sontag)著,刁筱华译:《疾病的隐喻》(Illness As Metaphor & Aids and Its Metaphors)(台北:大田出版社,2000年11月),页30—31。惟本文采取的是黄灿然的译文,收入《见证与愉悦》(天津:百花文艺出版社,1999年9月),页160—161。

② 见甲戌本第四回中,有关门子对贾雨村描述香菱"眉心中原有米粒大小的一点胭脂,从胎里带来的"的夹批,页101。

时时"因总是不放心的原故"（第三十二回）而挹郁不怡；宝钗则是"先天壮"（第七回）且性情豁达大度，往往对他人之怨妒"浑然不觉"（第五回）而温柔浑厚。个别之体质强弱有别，性格亦博细各异，再加上后天教养的影响不一，于是病症与疗法便随之不同。故而脂砚斋于"幸而我先天壮"下批云："浑厚故也，假使颦凤辈，不知又何如治之。"[1] 这就是将体格与性格相结合所形成的论调。则热毒与喘嗽之为一种身心症（psychosomatism），与性格情感的状态息息相关，应该是合理的说法。

是故就此而言，此一外显为"喘嗽些"的胎里带来的热毒，本质上并非什么深不可测的心机权谋或积极迫切的功利欲望，也不是狭隘坐实的儒商精神或因缘外铄的文化影响；事实上正好相反，那"胎里带来的热毒"指的是自然而正常的普遍人性，是一种人类与生俱来、自然天成的生活大欲，一如荀子对于"性"的内涵所提出的解释：

> 生之所以然者谓之性；性之和所生，精合感应，不事而自然谓之性。性之好、恶、喜、怒、哀、乐谓之情。[2]

其共通的内涵除了喜怒哀乐好恶等基本的性情表现之外，更包括一些被爱的需要、情感的满足、才能的发挥、理想的实践等正面的心

---

[1] 甲戌本第七回夹批，页160。
[2] 《荀子·正名篇》，李涤生集释：《荀子集释》（台北：台湾学生书局，1986年10月），页506。

灵追求，乃至于任性纵情、争赢求胜的自我肯定，甚至还涵摄了种种无伤大雅却不足为外人道也的人性弱点。只是黛玉会因为生理体质的虚弱娇怯，对情感的需要与执着过深，兼且纯真任性毫不克制的后天教育环境，再加上身世孤茕的深度不安全感，往往在百般试探、患得患失的矛盾情绪中使病情加剧（是故作者赋予她一个"下凡还泪"的神话宿命），在外显症状上表现得"大喘剧咳"；相较之下，宝钗的体质较为强壮康宁，家庭较为健全富裕，对情感没有过度乃至病态的渴求，再加上后天文化教养的影响，所以一般的性格表现较为稳定持平，连带地也只表现出"微喘轻嗽"的轻微症状。但身为一个血肉之躯活生生的存在，这并不表示她已经彻底超凡入圣、弃绝俗情，实际上那人性中的七情六欲依然潜在地活跃着，因而当抑制的力道稍稍松弛的时候，偶尔还会外显为"喘嗽些"的征候。由此我们也才得以完全了解，那处处举止合宜的薛宝钗竟会因为一时忘情而扑蝶为戏，以至于被行踪不定的蝴蝶引得"香汗淋漓，娇喘细细"（第二十七回）的真正原因。

也正因为两人之疾病是同出一源却程度有别，所以黛玉的根治方法是出家，否则其病一生也不能好[①]；宝钗则只要在偶尔发病时服用冷香丸，便可以平安无事。尤其值得注意的是，给予黛玉出家

---

① 见第三回。然因林家父母不舍，和尚退而求其次再度提出的疗方，所谓"从此以后总不许见哭声，除父母之外，凡有外姓亲友之人，一概不见，方可平安了此一世"，其实此一条件本质上也与出家无异。这就足以印证前述脂砚斋所谓"假使颦凤辈，不知又何如治之"的说法，对于情深病重而不知何如治之的黛玉，自然只有出尘离俗一途了。

之建议与提供宝钗冷香丸之药方的，都是《红楼梦》中担任"智慧老人"(the wise old man)之一僧一道中的癞头和尚。身为专门度脱女性角色的人物[①]，癞头和尚对其意欲渡化的钗、黛二人，却提供了两种不同的"治性"之方——给黛玉的是出世以"去性"，给宝钗的却是入世而"化性"。出世以后的林黛玉将步上断情绝俗的去性之路[②]，其结果便是如甄士隐、柳湘莲般出家了却尘缘的彻底超脱，从而不再有疾病与眼泪[③]；至于宝钗入世化性的结果，就会出现以贤德著称的人格典型，终其一生根植于人群社会之中安身立命。

对于这样一种入世化性，在社会群体中安身立命的意义与过程，荀子曾提出鞭辟入里的解释：

> 不事而自然谓之性。性之好、恶、喜、怒、哀、乐谓之情。情然而心为之择，谓之虑。心虑而能为之动，谓之伪；虑

[①] 恰恰有别于专门度化男性角色（如甄士隐、贾瑞、柳湘莲）的跛足道士。此一依对象之性别而产生不同分工的区隔现象，参梅新林：《红楼梦哲学精神》，页35。

[②] 就此言之，则（晋）葛洪《抱朴子·论仙篇》所云："爱憎之情卒难遣，而绝俗之志未易果也。"正指出未能遵奉僧言仙道的林黛玉，其所以不能出家的原因。王明：《抱朴子内篇校释》（北京：中华书局，1985年3月），页19。

[③] 如果环境配合的话，出世之后或许还有另一种发展的可能，而发展到不同的极端，那就是如妙玉一般走上"全性"之路，其结果便是在与世隔绝的空门之中逐渐将情性发展到了"放诞诡僻"（第六十三回）的地步，以致与人群社会格格不入。不过这是另一个问题了，可参欧丽娟：《〈红楼梦〉中的"红杏"与"红梅"：李纨论》，《台大文史哲学报》第55期（2001年11月），页339—374。

第四章 "冷香丸"新解——兼论《红楼梦》中之女性成长与二元补衬之思考模式

积焉，能习焉，而后成，谓之伪。[①]

又其《儒效篇》亦曰："性也者，吾所不能为也，然而可化也。……注错习俗，所以化性也。"[②]在那人人皆有、不事而自然的好恶喜怒哀乐之情上，再加以"心择虑积能习"以及"注错习俗"这些后天的人为教养，便可以"化性起伪"而成为圣人，如《性恶篇》所谓："圣人化性而起伪。……圣人之所以同于众，其不异于众者，性也；所以异而过众者，伪也。"[③]这正印证了宝钗成长中的社会化过程，是建立在"同于众"而与黛玉诸人无异的天性上，随着后天环境所施予的人为化育（"伪"即人为之意），才塑造出时时以道德自持的贤圣风貌，这就是她"异而过众"的原因。先天之性一也，后天之发展却殊途二致，钗、黛二人的分与合，于此可以初步得见。

据此，我们推出的结论是："喘嗽"在《红楼梦》中应该是一种情感疾病（即所谓"热毒"）的表征，在外发而为喘嗽之状，在内则是来自那包含了贪嗔痴爱、喜怒哀乐的复杂人性；这与生俱来、根植于人性之本然的种种需求，除了极少数是透过出家的方式，以"断念舍欲"的宗教修练加以根除（这就是何以癞头和尚要化黛玉出家以根治其病的原因），一般而言，大多是在人群社会里得到舒放伸展、均衡调节的适当管道，甚至在抒发伸展、均衡调节的过程中，能够获取自我实践的强大驱动力，进一步地自我实践而

[①] 李涤生集释：《荀子集释》，页506。
[②] 李涤生集释：《荀子集释》，页154。
[③] 李涤生集释：《荀子集释》，页545。

完成人生的最高价值。无奈在一偏至不全的文化框架里，此一与生俱来的天然之性却遭受到一味的否定和全面的压制，在无法自然宣泄或合理疏导的情况下，此一缺乏出路的"原始生命之热情"只有郁积成为意识底层的"内毒"，固结成为生命中潜抑的苦痛，并潜在而微妙地加以变形与转移，逐渐由精神需要的形而上的范畴，转化为身体机能的形而下的"喘嗽"征候；亦即当其内在之热情、欲望被郁积压抑到饱和满溢的临界点时，一小部分按捺不住的热情、欲望便突围而出，透过身体的"喘嗽些"而宣泄出来。

三、药材之特性与功能

前述这种转化以求突围的过程，其实蕴藏着一种生命本能试图自我救赎的间接的努力。可惜的是，对此一生命中自然而正常的热情与欲望，以及由之转化而成的普遍而轻微的喘嗽症状，有如发出求救讯号般寻求宣泄时，封建社会却是如临大敌，因此当此一内在之热情欲望初初展露，而身体才刚刚出现"喘嗽些"的反应时，外界立刻便要以费心耗时、大费周章的冷香丸加以防堵或克制。试观制作冷香丸的药材和做法，是如此充满了符号意义与象征功能：

> 春天开的白牡丹花蕊十二两，夏天开的白荷花蕊十二两，秋天的白芙蓉蕊十二两，冬天的白梅花蕊十二两。将这四样花蕊，于次年春分这日晒干，和在药末子一处，一起研好。又要雨水这日的雨水十二钱，……白露这日的露水十二钱，霜降这

日的霜十二钱，小雪这日的雪十二钱。把这四样水调匀，和了药，再加十二钱蜂蜜，十二钱白糖，丸了龙眼大的丸子，……用十二分黄柏煎汤送下。（第七回）

从这段话中，可知药材之取得并不困难，但却因为时间的高度限定性导致了实际操作的极大难度，而需要连续不断的种种巧合才能配制成功，一如宝钗初始便指出的："若用了这方儿，真真把人琐碎死。东西药料一概都有限，只难得'可巧'二字。"周瑞家的听了也忍不住惊叹道："等十年未必都这样巧的呢！"而进一步分析这些药材、药量及其相关功能或特性，我们可以从中发现到几个重要的讯息：

其一，用白牡丹花蕊、白荷花蕊、白芙蓉蕊、白梅花蕊作为药材，其设计匠心明显有三个范畴可论：首先，它是以"花"为主要药材；其次，这四种花分别对应了春夏秋冬，呈现的是一年四季的时间意义；然后，从花蕊之颜色以及种类都设下严格规定。综观这三个特点，可知一方面是使这四种花都呈现缟素洁白的面貌而显得大同小异，应有其特殊之用意；另一方面则是其所限定的牡丹、荷花、芙蓉与梅花，在《红楼梦》中分别都有其代表人物，在四季多不胜数的繁花中独沽其味而以之为专属药料，则显然除了宝钗之外，其他金钗与冷香丸之间应该也存在着非比寻常的关系。而对以上几个问题的解答，综言之即是包括薛宝钗在内的所有女性，都将被一股如四季循环般周年不息的社会力量化约漂白，解消个人之独特色彩而成为千人一面的礼教淑女，至于其细部之论证，我们将移诸下文第五部分加以进行。

其二，除了清一色的白色花蕊都是将缤纷颜彩加以漂白，而以缟素之姿呈现清洁不染的样貌之外，其他配合入药的雨、露、霜、雪这四样成分，也都是水分凝聚、结晶的萃取物，在传统观念中也都秉具清洁不染、可以去毒的特质，因此与四样白色花蕊都隐隐带有一种道德暗示。① 原本在《本草纲目》中，雨、露、霜、雪都属于《水部·天水类》，其气味无论甘咸，都是平和无毒的；曹雪芹于《红楼梦》中又刻意将之分别与"雨水、白露、霜降、小雪"等相关节气配合，于是雨、露、霜、雪既是"天水"又结合了"节气水"，除了更清楚地对应于春、夏、秋、冬四季，进一步与四种花品紧密配合之外，其当令之极而精准确切的时间特点，也提供了物候最高的精纯度，使其药效得以充分发挥到最大极致。就以与"薛"谐音，因而在书中往往用来隐射薛宝钗的"雪"② 来说，《本草纲目》载李时珍曰："雪，洗也，洗除瘴疠虫蝗也。……腊雪密封阴处，

---

① 这种道德暗示，最明显的表现是在李纨身上，她在掣花签时，抽到的是题着"霜晓寒姿"四字的老梅（第六十三回），一身双绾"白梅"与"寒霜"这两个品项，即此便足以逗漏其中消息。

② 如第四回护官符中的"丰年好大雪"，第五回人物判词中的"金簪雪里埋"与《红楼梦曲》曲文中的"山中高士晶莹雪"，以及第六十五回兴儿所说的"宝钗，竟是雪堆出来的，……怕气暖了吹化了"，等等皆是。而这样的用法，除了取其谐音以暗示人物之外，主要是对宝钗白皙莹润、吹弹得破之外表的夸大比喻，以呈现"宝钗生的肌肤丰泽"且有着"雪白一段酥臂"（第二十八回）之形貌，同时更透过"山中高士晶莹雪"来推赞宝钗的清高气节，两者同时辐辏于"雪"字而兼该双绾。一般视"薛＝雪＝冷"的推论，如（清）解盦居士谓："薛同雪，其性凉也。"似有商榷之处，见一粟编：《红楼梦卷》，卷3，页196。

数十年亦不坏。用水浸五谷种,则耐旱不生虫。……〔气味〕甘冷,无毒,〔主治〕解一切毒,治天行时气温疫,小儿热痫狂啼,大人丹石发动,酒后暴热黄疸,仍小温服之,洗目、退赤。煎茶煮粥,解热止渴。"[1] 很显然,解毒、解热正是雪的主治功能,与霜之功效恰恰一致。[2] 则作为水之结晶品,而以解毒、解热为药效的这些节气产物,与热毒之间所建立的医疗关系,显然并非是从内部着手的滋养补益,而是从外面侵压的克制化除,与黛玉服用人参养荣丸以为滋补的药理迥不相侔。

其三,尤其发人深省的是,如此大费周章制成的丸药,虽然在发病时极其效验,然而严格说来,其效能却显然是浮面而短暂的。依宝钗对周瑞家的所言,她服下丸药后病症只是"好些",亦即获得部分的缓解而非完全恢复正常,往往会"因我那种病又发了,所以这两天没出屋子"(第七回),显然服了丸药之后还是必须居家静养几天,而且隔个两三日还得再服一丸[3],则其原本"喘嗽些"之

---

[1] (明)李时珍:《新编增订本草纲目》(台北:隆泉书局,1990年3月),卷5,页232。

[2] 《本草纲目》载其主治"解酒热、伤寒鼻塞、酒后诸热、面赤者",而笃宇亦认为:此丸药含有一定的医理,其药材性质整体可以归于"甘寒芳香、清热解毒、润肺化痰"的范围内,与此处所论吻合,见笃宇:《"冷香丸"和薛宝钗的病》,《红楼梦学刊》1980年第2辑,页218—220。

[3] 第八回"比通灵金莺微露意"中,宝玉与宝钗并坐同观金项圈,因闻得一阵阵凉森森甜丝丝的幽香,遂加询问,始知乃宝钗早起吃了丸药的香气。而此时距前一回的发病,已然经过一个"次日"再加"后日"的时序描写,可见初服之时并未痊愈,仅仅时隔两三日便须再度服药,甚至是数日之间天天服药未断。

微恙应该并未完全减除；其次，每次病愈以后往往还是会间歇发作，才会有"发了病时，拿出来吃一丸"的需要。换句话说，冷香丸对宝钗由热毒所引发的喘嗽疾病只能治标，不能治本，它只是将外在病征暂时压抑，却无法将此热毒连根拔起。如此一来，实在不能不令人产生疑惑：如此丸药之制作究竟所为何来？效能上的"无法根治"已经剥除它作为海上仙方的神奇外衣，而不过"喘嗽些"的轻微病症更使得这剂药方沦为可有可无。此种透过丸药制作过程之大张旗鼓，相较于所调治对象之微不足道以及药力效能之短暂浮面，两者之间巨幅落差所形成的饱和张力，不得不令人顿生太过小题大作的迷思。

其四，所有的药材，包括调制的配料和送服的饮料，无一例外地都以"十二"为单位量词，不但药材全部都以"十二"为秤量之数，连最后送药入喉的水饮也是以十二分之黄柏煎汤送服，其中寓意，显然是象征性多过于实用性，文学的创作需要大过于医学的理论法则。虽然脂砚斋认为："凡用'十二'字样，皆照应十二钗。"[①]不过此一寓意应另当别论，可详知于本章第五部分；而就古代文学哲学的用法来看，正提供了冷香丸使用此一量词的诠释基准：古人称"十二"乃"天之大数"[②]，探究其原始发生的起源，应该是与神话思维模式具有同一性的问题；而且"十二"最早都呈现为一个

---

① 甲戌本第七回夹批，页160。
② 《左传·哀公七年》载："周之王也，制礼上物，不过十二，以为天之大数也。"杨伯峻注：《春秋左传注》（高雄：复文出版社，1991年9月），页1641。

第四章 "冷香丸"新解——兼论《红楼梦》中之女性成长与二元补衬之思考模式

来自天象观测的天文学数字,无论是"十二月神话"所反映的对月亮运行周期的认识,是"太岁纪年"所谓每十二年运行一周天的假设,是"十二辰"所展现的对夜间星象的判读,是"十二时"所划分的太阳于一日历程中的方位变化,还是巴比伦英雄史诗中由十二块泥版所蕴含的太阳循环模式,都可以看出"十二"这一数字乃是一个计时的尺度,建立在日月星辰之时空运行的天文现象上,而与神话思维具有内在的联系。既然在中国古代文化中,"十二"这一数字乃得之于天,是一个独具魅力的神秘数字,它便被赋予神秘的蕴含,成为许多文化现象、文化模式的规范和依据,其渗透力之广,影响之深远,几乎涉及社会生活的各个方面。[①]

克就《红楼梦》而言,的确也反映出"十二"此一数字对中国文化的渗透力,并且其意涵乃是单一指涉较为狭义的"十二个月",是十二个月周年不辍、循环往复的象征。书中最初、也最明显的例子,出现在第一回女娲炼制补天之石的过程里,其中之相关数字莫不与一年之节气与日数有关,如"三万六千五百块"对应的是百年三万六千五百日,也就是人寿之极致[②];而"高经十二丈"对应的是一年十二个月,"方经二十四丈"对应的是一年二十四节气,三

---

① 本段参叶舒宪、田大宪:《中国古代神秘数字》(北京:社会科学文献出版社,1998年3月),页254—276。

② 俞平伯则认为此数是合"周天三百六十五度四分度之一",却未说明"三万六千五百零一"乃其百倍之数的理由;因此本章认为应解作"百年"较为精确。俞平伯:《读〈红楼梦〉随笔》,参见《俞平伯论红楼梦》(上海:上海古籍出版社,1988年3月),页631。

个数字无一例外地藉由标志时间的不同刻度，反复以象征的方式呈现石头日复一日、月复一月、年复一年，直到生命长度之最大极限的锻炼过程。这种数字象征法是《红楼梦》惯用的创作策略之一，再现于制作冷香丸的度量单位上，除了可以呈现其周年不减的药效之外，其他寓意恐怕还是与这循环往复、周流不辍的天文特质有关，必须进一步深入探讨。

以上所述丸药之选材、药性与功能，以及由其所衍申的四个问题，皆已初步触及冷香丸之象征寓意，下文将一一求解并进一步阐发。

第三节　冷香丸的象征寓意与最初服用的年龄

有关"热毒"产生的原理、外显的病症以及冷香丸制作的特点，已经由前述论析得见，足以证明传统说法的可商之处，而清代解盦居士所谓："冷香丸而以一年二十四气之花蕊雨露为之者，谓薛氏谋宝玉婚事，一年四季无所不用其心，终成露水而已。"[1] 这更显然是穿凿太过之说。欲探究冷香丸的真正象征寓意，以及宝钗最初服用丸药的时间，乃至其他与冷香丸平行同构的景物设计等相关问题，还必须联系其他情节始能证知。而书中第四十二回所记载宝钗对黛玉的剖白中，便提供了解答这些问题的初步线索。

---

[1]　一粟编：《红楼梦卷》，卷3，页191。

第四章 "冷香丸"新解——兼论《红楼梦》中之女性成长与二元补衬之思考模式

一、冷香丸的象征寓意

于第四十二回"蘅芜君兰言解疑癖"中，宝钗对天真自然、任性纵情，以致在公开场合中忘情引用《西厢记》《牡丹亭》之词语的林黛玉款款教导道：

> 你当我是谁，我也是个淘气的。从小七八岁上也够个人缠的。我们家也算是个读书人家，祖父手里也爱藏书。先时人口多，姊妹弟兄都在一处，都怕看正经书。弟兄们也有爱诗的，也有爱词的，诸如这些《西厢》《琵琶》以及《元人百种》，无所不有。他们是偷背着我们看，我们却也偷背着他们看。后来大人知道了，打的打，骂的骂，烧的烧，才丢开了。所以咱们女孩儿家不认得字的倒好。

从这段话中，我们赫然发现薛宝钗的确正如脂砚斋所说，并不是"一味知书识礼女夫子行止"[①]的"拘拘然一迂女夫子"[②]，因此不但成人之后会忍不住于春光明媚的花园中扑蝶为戏，而且在更早的幼年阶段，还曾经是一个"够个人缠"的"淘气"女孩，其顽皮活泼与一般孩童乃至林黛玉其实是不相上下。清末传教士泰勒·何德兰（Isaac Taylor Headland, 1859—1942）曾以异国外来

---

① 甲戌本第二十七回夹批，页518。
② 甲戌本第二十七回回末总评，页531。

者的目光，对眼中所见的中国儿童描述道：

> 那些和其他国家的孩子出生时起点是一样的中国孩子，……逐步形成一些中国孩子所特有的特点。他们会变得"淘气"，这意思是说他们有点调皮，或者说他们喜欢惹麻烦，有些难以对付。①

此一说法较诸宝钗的夫子自道，简直是如出一辙。则身为这样的中国儿童之一，幼年的薛宝钗除了应该会玩着当时女童们赶集、转磨、卖花、钻花瓶、找金子、猜谜之类的团体游戏②，也必然包括她长成少女之后偶尔忘情的扑蝶玩耍（第二十七回）；此外，她还会"怕看正经书"，因此偷背着弟兄们看那些不正经的"杂书"，从而构成其童年淘气的具体情景。当她与其他玩伴偷看杂书时，那遮遮掩掩、蹑手蹑脚的举止行迹，以及那出轨逾矩所领略到的化外滋味，比较宝玉十二三岁初入大观园之际，将《会真记》偷偷携入园中，在黛玉询问之下"慌的藏之不迭"的张惶闪躲，以及对黛玉预

---

① ［美］泰勒·何德兰（Isaac Taylor Headland）著，魏长保、黄一九、宣方译：《中国的男孩和女孩》（*The Chinese Boy and Girl*），收入《孩提时代：两个传教士眼中的中国儿童生活》（北京：群言出版社，2000年3月），页30。

② 有关中国儿童的游戏名目，参《孩提时代：两个传教士眼中的中国儿童生活》，页69—85；以及［英］坎贝尔·布朗士（K. Blanche）著：《童话中国》（*The Chinese Children*），收入《孩提时代：两个传教士眼中的中国儿童生活》，页195—199。

告"看了连饭也不想吃"的夫子自道,而后果然黛玉也是"越看越爱看,……自觉词藻警人,余香满口"的沉醉入迷(第二十三回),两者之间恐怕是相去不远。

除此之外,欲勾勒宝钗的童年情景,还可以再进一步举书中之内证,以其他曾被称为"淘气"的人物作为文本互涉(intercourse of text)的参照:如第九回"起嫌疑顽童闹学堂"的相关人物中,贾菌是极"淘气不怕人的",而宝玉三个名唤锄药、扫红、墨雨的小厮也是"岂有不淘气的",以致将敌对双方的口角之争激化为一场棍舞鞭飞的全面武斗,其战况几乎不可收拾;贾兰在大观园中持弓演习骑射,追杀得两只小鹿箭也似的飞跑,结果就被宝玉责备为淘气(第二十六回);袭人与大家一处玩闹,故意不理会宝玉的叫门,没想到却挨了一记窝心脚,事后即自承是"淘气"的结果(第三十回);而晴雯任性暴躁的脾气,往往使她言行举止不免逾分越礼,被王夫人视为"比别人分外淘气"(第七十八回)。史湘云爱穿别人的衣裳,甚至偷穿贾母的大斗篷扑雪人,一跤跌在沟跟前弄得满身泥水,宝钗等人便取笑为淘气的表现(第三十一回);而她伙着宝玉一起算计鹿肉,在大观园中生烤来吃的行径(第四十九回),正是宝钗所说"两个人好憨的,这可见还没改了淘气"的印证(第三十一回)。王熙凤自称和贾珍"论哥哥妹妹,从小儿一处淘气了这么大",其淘气应该还包括那"比小厮还放的好"的玩鞭炮(第五十四回),故而她与鸳鸯趁机捉弄刘姥姥以取笑逗乐的做法,就被李纨笑劝道:"你们一点好事也不做,又不是个小孩儿,还这么淘气"(第四十回)。另外,梨香院中学戏的十二个女孩子也都是"本皆淘气异常"（第六十回），如被分配到潇湘馆的蕊官，在紫鹃的口中是"他这里淘气的也可厌"（第五十九回），而被派赴至怡红院的芳官，则是曾在闲极无聊时摆弄钟锤，半日就玩坏了，以致麝月认为这样的淘气也该打几下（第五十八回），后来果然发生几个戏子合力与赵姨娘对垒，吵嚷演出全武行的荒谬闹剧（第六十回）。至于贾宝玉，才七八岁时即被称为"淘气异常"（第二回），而在随后的成长过程中依然如此，不但贾政数落他上学读书只是"学了些精致的淘气"（第九回），王夫人也认为他数年来多所淘气（第七十八回），甄家婆子更说他和甄宝玉两人"模样是一样，淘气也一样"，则贾宝玉自然不缺甄宝玉那"自幼淘气异常，天天逃学"的本事（第五十六回），此外还会"和那些丫鬟们无所不至，恣意耍笑作戏，……这百日内，只不曾拆毁了怡红院，和这些丫头们无法无天，凡世上所无之事，都玩耍出来"（第七十九回），可见前述之偷看禁书，仅仅是其百中之一而已。诸人诸事之种种形迹，在在是何德兰所说"有点调皮，喜欢惹麻烦，有些难以对付"的表现，其中都蕴含了逾越规范、干犯矩度而稍带破坏力的性质，而为所谓的"淘气"下了具体的脚注，有助于我们构想宝钗的童年蓝图。

另外，第五十七回还记录了一段有关宝钗之成长与转变的类似陈述，其中宝钗对即将成为自己之堂弟媳的邢岫烟说道：

> 这些妆饰原出于大官富贵之家的小姐，你看我从头到脚可有这些富丽闲妆？然七八年之先，我也是这样来的。如今一时

比不得一时了,所以我都自己该省的就省了,……总要一色从实守分为主。

从这段话中,我们才恍然察知:原来一出场就以个性上"从来不爱这些花儿粉儿"(第七回)、衣着上"一色半新不旧,看去不觉奢华"(第八回)而定型的薛宝钗,其实又是出于后天教养重新塑造的成果。那于七八年之前珠环翠绕的富丽装扮,恰恰与她"够个人缠"的"淘气"同轨并行,乃是同一阶段同出一源的外显表现,都属于率性遂欲的天然境界;而经过了人为教育的后七八年,则以"一色从实守分"的简朴装扮与"女子无才便是德"的价值观念里外相应、一体映衬,全然进入了人文化成的社会化阶段。

由这两段宝钗自述之说辞,我们可以清楚看到她在成长过程中,由天然本性到道德礼法的剧烈变化;而导致其剧变的关键因素,正是来自于后天教育的影响。那些代表了正统权威的"大人",在察觉其偷看禁书之后便立刻施以"打的打,骂的骂,烧的烧"的严厉处置,从而使宝钗等人"丢开了"这样天真淘气的童趣嗜好,也同时禁绝了天性的自由发展。这样的过程,一方面是呈现了近世社会大众对儿童之存在的觉醒与重视中,宠爱(coddle)与训诲管束(discipline)的双重力量[1],反映出明清幼学逐步强化的发展状

---

[1] 二语出自 Phillip Ariés 所提出的"二种童年概念"(The Two Concepts of Childhood),转引自熊秉真:《入理入情:明清幼学发展与儿童关怀之两面性》,熊秉真、吕妙芬编:《礼教与情欲:前近代中国文化中的后现代性》(台北:"中研院"近代史研究所,1999年6月),页322。

况：在当时民间识字率的成长、教育与出版的普及、理学的渗透，以及士农工商各阶层在科考、商业、市镇文化等多重环境的酝酿之下，社会上先是推动了普及与提早幼教的形式，后又逐步填充以适合稚龄孩童的教材、教法、教养理念，而其意义则是宋明理学程朱之道在近世的开展，将更多的民众纳入其教化网络之中，同时也将儿童或童年"收束"进一个新的感化与管理系统，因而一步步把恣情放荡的儿童与童年，拦进一个"入理"以及"入礼"不断交错进行的社会涵化过程。① 另一方面，执教者往往会对受教之孩童施以鞭笞觥挞之苦刑，以至于清儒梁启超不禁对传统之幼学感叹道："中国之人，有二大厄，男女罹毒，俱在鬌年，女者缠足，毁其肢体；男者扑头，伤其脑气。"② 于是，在童年成长过程中半途转向的薛宝钗，在受到智识上"入理入礼"的思想洗礼，甚至可能还有形躯上"扑头伤脑"的身体伤痛之后，其人格发展便走入了一个截然不同的新阶段，成为一位合乎礼教规范的大家闺秀。

这样一位合乎礼教规范的大家闺秀，其表现于外的言行举止，正反映出宋明理学"存天理，去人欲"③的道德主张。如朱熹认为："感于物者心也，其动者情也，情根乎性而宰乎心。心为之宰，则其动也无不中节矣，何人欲之有？惟心不宰而情自动，是以流于人欲而每不得其正也。然则天理人欲之判，中节不中节之分，特在乎

---

① 熊秉真：《入理入情：明清幼学发展与儿童关怀之两面性》，页316—323。
② 梁启超：《论幼学》，《饮冰室文集》（台北：中华书局，1960年5月），页48。
③ 朱熹曰："圣贤千言万语，只是教人明天理，灭人欲。"见（宋）黎靖德编：《朱子语类》（台北：文津出版社，1986年12月），卷12，页207。

心之宰不宰。"① 意谓当人为物所感而动情时,心便必须出面主宰以求言行举止合乎节度、切中天理,否则便会不得其正而流于人欲;而这样"宰乎心"的功夫既是判别天理人欲的关键,则必须透过省察修养以落实于日常生活之中,因此朱熹又说:

> 人只有天理人欲,日间行走坐卧,无不有此二者,但须自当省察。譬如"坐如尸,立如斋",此是天理当如此;若坐欲纵肆,立欲跛倚,此是人欲了。②

同样地,王阳明也从内在明洁、外在检束这两方面指出:"《九经》莫重于修身,修身惟在于主敬。……中心明洁,而不以人欲自蔽,则内极其精一矣。冠冕佩玉,而穆然容止之端严,垂绅正笏,而俨然威仪之整肃,则外极其检束矣。又必克己私以复礼,而所行皆中夫节,不但存之于静也。"③ 这些观点显然十分类似,都强调内心克制自我、外在端严正肃的表现。

衡诸以上这些相关说法,则当童年的薛宝钗偷背着大家看杂书,以及成为少女后偶然扑蝶为戏时,那遮遮掩掩的姿态、偷偷摸摸的行迹与蹑手蹑脚的举止,岂非正是理学家形容为"坐欲纵肆,

---

① (宋)朱熹:《问张敬夫》,郭齐、尹波点校:《朱熹集》(成都:四川教育出版社,1996年10月),卷32,页1375。
② (宋)黎靖德编:《朱子语类》,卷42,页1079。
③ (明)王守仁:《山东乡试录》,《王阳明全集》(上海:上海古籍出版社,1992年12月),卷22,页842。

立欲跛倚",而使容止威仪不够端严整肃的人欲表现？那些由《西厢》《琵琶》以及《元人百种》等书所带来的出轨的快感、逾矩的喜悦与化外的滋味，岂非正合于反对者笔下所谓"吟咏性情，点染风流，唯恐男子不销魂，女子不失节，是蛊惑人心之最大者"①的描写，而如理学家所称的"以人欲自蔽"，以致"心不宰而情自动，是以流于人欲而每不得其正"的失节行径？将自然情感与生命本能视为重大疾病，岂非正是传统礼教视情感欲望为毒蛇猛兽的思想表征？

　　从自我发展的角度来看，在导致个人主义的许多心理力量中，本就有着对性的需要与兴趣，有着对占有物和私有财产的要求，有着对荣誉和社会声望的欲念，并且还有着为了权力或为了自由而进行的奋斗；然而，随着更为复杂的社会型态的进化，有许多因素需要和导致社会协力合作，有些情况表明集体标准的重要性，并使集体控制自觉化，它们包括青少年的教育、调节冲突的利益、约束集体中难以驾驭的成员、解除危机和危险的偶发原因。因此，道德进展的发生，是权威和集体利益与个人的独立性和私利之间冲突的结果。②于是乎，在这样的道德教育中成长的薛宝钗，终于在社会集体利益的需要之下泯除了个人主义的心理力量，以致眼中所看到的

---

① （清）黄正元：《欲海慈航禁绝淫类》，转引自李兰、杜敏：《曹雪芹诗歌的美学思想》，《红楼梦学刊》总26辑（北京：文化艺术出版社，1985年12月），页221。
② ［美］简·卢文格（Jane Loevinger）著，韦子木译：《自我的发展》（*Ego Development: Conceptions and Theories*）（杭州：浙江教育出版社，1999年1月），页270。

总是"群体"而非"个体",是"义务"而非"权利",是"他者"而非"自我",从而表现得时时冷静合宜,处处周全得体,一言一行都合乎社会的期许。

由此以观之,"冷香丸"恐怕不是用以调治宝钗之冷漠无情的仙丹妙药,也并不仅仅是一种由宝钗个人的自我修养所产生的"冷静的处世哲学"而已[1];相反地,它其实是整个社会控制中的道德力量,其作用就是帮助女性成为一个道德充分发展的社会人,因此在宝钗稍稍因为热毒而引发"喘嗽些"的征候时,就立刻"遏人欲于将萌"[2],使之成为合乎传统规范,却同时丧失天然本性与自我情感之闺秀淑女。一如学者所说:"曹雪芹正好揭示了新理学'静时念念去欲存理,动时念念去欲存理'的理欲在日常生活中紧张对立的心态,即使在最欢乐最自由的时刻,也没有忘记保持人的理性。"[3]而黄柏煎汤乃是无比苦涩,以之吞服送药,自然是难以下咽。如此一来,岂非象征地暗示冷香丸乃是全年之间令人无所遁逃

---

[1] 语出吕启祥:《冷香寒彻骨,雪里埋金簪——谈谈薛宝钗的自我修养》,《红楼梦会心录》(台北:贯雅出版社,1992年4月),页223。此文于论述中虽不曾如此明确定义,其行文脉络却曾隐隐约约做了这样的联系,所谓:"'冷美人'之冷,如果深一层来观照,就会看到这是冷静、理智的表现,是她自我克制、自我规范的结果。有意思的是,小说描写那特为宝钗配制的'冷香丸'其效用正是制伏先天带来的一股'热毒'。以冷制热,实在是一个绝妙的提示。"

[2] 语出《中庸章句》第1章:"遏人欲于将萌,而不使其滋长于隐微之中,以至离道之远也。"(宋)朱熹:《四书章句集注》(台北:大安出版社,1994年11月),页23。后来王阳明亦曰:"遏人欲于方萌,而所由不睽于礼,尤必察之于动也,是则所谓尽持敬之功也。"《王阳明全集》,页842。

[3] 马建华:《从商人文化看薛宝钗》,《红楼梦学刊》2000年第4辑,页110。

的苦果？唯有透过冷香丸的服用，才能由外至内、时时刻刻地将生命的本能欲望压制下来。

对人性发展而言，这无疑是极为不自然的反常做法，也才是制作"冷香丸"的究竟义。从药料中那失去颜彩的白色花蕊，那清热解毒的天水结晶，那四季接续的循环时间，到"十二"这代表周年不息的单位数字，再加上赖以送服的黄柏苦汤，在在都证明了冷香丸其实是封建传统赖以维系的道德礼教的代名词，是外界如重重密网般无孔不入之礼教力量的形象化表现。

二、薛宝钗发病服药的年龄

既然冷香丸乃是一种对个人天生自然之热情欲望横加压制的外来力量，也就是社会控制（social control）中道德礼教的象征物，则我们便可以追踪出薛宝钗开始有"喘嗽些"之征候的发病年龄，从而判断出她开始服用冷香丸的大略时间。

事实上，在前述第四十二回所记载宝钗对黛玉的自我剖白中，已然提供了解答此一问题的线索，所谓："我也是个淘气的。从小七八岁上也够个人缠的。我们……都怕看正经书。弟兄们也有爱诗的，也有爱词的，……他们是偷背着我们看，我们却也偷背着他们看。后来大人知道了，打的打，骂的骂，烧的烧，才丢开了。"再加上第五十七回宝钗对邢岫烟所说的："这些妆饰原出于大官富贵之家的小姐，你看我从头到脚可有这些富丽闲妆？然七八年之先，我也是这样来的。"比观两段极为一致的说辞，可以推断其发病的时间,应该是稍稍晚于那自然天性横遭斲丧的七八岁之龄,待那活泼之热情受压抑制一段时间之后,才转化为身心症(psychosomatism)而外显出喘嗽的病状。

而从宝钗所自述,当和尚提供了药方之后,冷香丸的制作材料是"一二年间可巧都得了,好容易配成一料,如今从南带到北,现在就埋在梨花树底下",由此可以推知宝钗开始服用冷香丸的时间,应该是在"七八岁"遭受礼教塑造之后的一两年,也就是薛宝钗大约九岁的时候,而且此时宝钗犹未来到贾府。① 盖丸药既是"从南带到北"的,自然是居处犹在金陵时所制,然后随身携来北方;另一方面,薛宝钗在进京入府之前,便表现出"自父亲死后,见哥哥不能依贴母怀,他便不以书字为事,只留心针黹家计等事,好为母亲分忧解劳"的体贴孝顺,同时更因为如此良好的闺秀教养,而被家人送京待选,"以备选为公主郡主入学陪侍,充为才人赞善之职"(第四回),这也可以证明宝钗的妇德教育是在来到贾府之前的数年间就已经彻底完成。

因此,自《红楼梦》一开卷,读者触目所见的,已然是服用冷香丸约五年之久的薛宝钗,其"安分随时,藏愚守拙"(第八回)、"稳重和平"(第二十二回)、"总要一色从实守分为主"(第五十七回)的言语行止,早已是她根深蒂固的人格基调。除了回

---

① 据学者之考证:宝钗明显是在她十四岁那年进京的,十四岁入京待选与当时清代的选八旗秀女制度相符,因此在作者旧稿中宝钗入京的时间较晚,今本宝钗九岁入京应系剪接旧稿所致。朱淡文:《红楼梦研究》(台北:贯雅出版社,1991年12月),页271—272。

忆童年时口述的粗略梗概给予我们短暂而模糊的印象之外，我们只能在她一时忘情而扑蝶为戏，被蝴蝶引得"蹑手蹑脚"又"香汗淋漓，娇喘细细"（第二十七回）的时候，才得以短暂一瞥其童年淘气的具体情景；而这么一来，距离下一次服用冷香丸的时间，恐怕也是为期不远。

第四节　蘅芜苑与冷香丸的平行同构

　　冷香丸的象征意义已如前述，然而，它的存在与寓意并不是孤立独存的。在曹雪芹的匠心安排之下，其人所居的蘅芜苑也不着痕迹地透过其间之建筑设计，微妙地隐示薛宝钗的性格养成与存在基调，而与冷香丸平行同构、互为表里。

　　首先，在第十七回中，小说的观照对象随着游园诸人的脚步转向了蘅芜苑，并透过大家的眼光描述道：

> 　　一所清凉瓦舍，一色水磨砖墙，清瓦花堵。那大主山所分之脉，皆穿墙而过。贾政道："此处这所房子，无味的很。"因而步入门时，忽迎面突出插天的大玲珑山石来，四面群绕各式石块，竟将里面所有房屋悉皆遮住，而且一株花木也无，只见许多异草，……或实若丹砂，或花如金桂，味芬气馥，非花香之可比。

应该注意的是,偌大之蘅芜苑①中竟连一株花木也无,使那些用以建构蘅芜苑内外主体的"清瓦""水磨砖""石块",以及第四十回才补述的"云步石梯"等材质全都一览无遗地直接暴露出来,无法收到花木参差遮护、掩映成趣的美感,因而连贾政都觉得"此处这所房子,无味的很"。而这些寡占全部视野的清瓦、水磨砖和石块,无论是用以铺顶、砌墙、叠山或筑梯②,在毫无隐蔽的情况下就成为整座建筑的主要外观,触目所见无一不带有平坚冷硬的触感与单调制式的匠气,整个设计型态不但与"有自然之理,得自然之气"(第十七回)的潇湘馆中,那"凤尾森森,龙吟细细"(第二十六回)、"两边翠竹夹路,土地下苍苔布满"(第四十回)的林泉韵致迥不相侔,和被批评为"失于人力穿凿"(第十七回)的稻

---

① 《红楼梦》第五十六回曾借探春之口,声称:"蘅芜苑和怡红院这两处大地方",可见其局面实为大观园中之首选,是唯一可和怡红院分庭抗礼之处,故余英时称之为"金玉齐大"。见余英时:《红楼梦的两个世界》(台北:联经出版公司,1996年2月),页56。

② 诸物之中,以瓦为顶自不待言,就砖石来说,明代计成所著的《园冶》一书,于说明园林建筑的材料与建制时,除了有《掇山》一篇提到列石成峰的理趣之外,还详细述及"砖墙"的构造与类别:"凡园之围墙,……如内,花端、水次、夹径、环山之垣,或宜石宜砖,宜漏宜磨,各有所制。"随后所列述的白粉墙、磨砖墙、漏砖墙与乱石墙四种建制中,即含"磨砖墙"一类,其做法是"如隐门照墙、厅堂面墙,皆可用磨或方砖吊角,或方砖裁成八角嵌小方,或小砖一块间半块,破花砌如锦样。封顶用磨挂方飞檐砖几层。"参刘乾先译注:《园林说》(长春:吉林文史出版社,1998年7月),页183、页186。或谓将砖磨细后砌成墙身,不必粉刷,露出表面及勾缝,砖色均匀,泛光如水,即成所谓的"水磨砖墙",参关华山:《〈红楼梦〉中的建筑研究》(台中:境与象出版社,1984年5月),页86。

香村里，那黄泥矮墙、茅屋青篱的田园风光也大有距离。

而更值得注意的是，这些唯独在蘅芜苑才被刻意强调或突显的建筑材质，其制作方式又都是将原本温柔松软而富含生机的土泥加以筛取、加工，依特定造型加以捏制、模塑，然后再经过大火高温烧炼的步骤所形成，其最终目的便是使之成为规格化并充满一致性的有用器物。则由泥土化为砖瓦的烧制过程中，必备的条件有三：

一、先依特定范式加以形塑；
二、次则用烈火烧炼以产生化学质变；
三、终使成品具有合乎社会需要的实用功能。

如此一来，那柔软温暖而充满种种生机与可能性的泥土，就在烈火之中化为单一用途而冰冷坚硬的砖瓦，从自然到文明，从无用到有用，其实也就是一个社会化的过程。由如此之取材与安排所具备的三个特点，正呼应了我们前述所言：薛宝钗的人格形成过程中，乃是经过强大外力之介入侵逼而遭受强扭转折的一个步骤，所谓"打的打，骂的骂，烧的烧"，恰恰可以对应于高温烧制砖瓦使之产生质变的过程，因此才会丢开了那与生俱来"怕看正经书"的"淘气"，而转变为中规中矩、动静合宜的大家闺秀。那么，砖瓦石的整个形成过程，岂非正是薛宝钗由天真淘气之小姑娘，蜕变为"待人接物，不疏不亲，不远不近，可厌之人亦未见冷淡之态，形诸声色；可喜之人亦未见醴密之情，形诸声色"[①]之礼教淑女的另类写照？那由泥土形塑

---

① 庚辰本第二十一回脂砚斋批语，页410。

为砖瓦的烧制过程,岂非正是传统女性之妇德教育的具体化?

其次还值得分析的,是在蘅芜苑的庭园设计中,有所谓"迎面突出插天的大玲珑山石来,四面群绕各式石块,竟将里面所有房屋悉皆遮住"的规划。这一方面固然是"含蓄蕴藉"之园林美学的反映,如大观园入口处也是安排了"迎面一带翠嶂挡在前面",否则"一进来园中所有之景悉入目中,则有何趣"①;同时对稻香村的设计也是先看到"倏尔青山斜阻"之后,"转过山怀中"才隐隐露出黄泥矮墙的建筑主体(有关这三处景致之描写与引文,皆见书中第十七回);再加上到栊翠庵的取径之路,同样是必须先"走至山坡下,顺着山脚刚转过去",然后才得以将其门前庵中的胭脂红梅尽收眼底(第四十九回),呼应了元妃省亲游赏时所见的"山环佛寺"(第十七回),这些都是传统园林建筑美学观的一种实践。不过,其中稻香村的青山斜阻与栊翠庵的隐蔽山怀,其意义实并不仅仅如此,除了上述含蓄蕴藉的美学追求之外,稻香村的青山斜阻还带有礼教思想中将寡妇予以隔绝、困陷、围堵的用意;栊翠庵的隐蔽山怀则更具备了宗教禁锢的弦外之音②,准此以观之,同样作为阻挡、隔绝的功能,蘅芜苑入门处的石头围墙更透过与"青山"不同的硬石材质,仿佛化抽象为具体地告诉我们:在过了那"淘气"的童年阶段之后,宝钗的内心已然被石块般冰冷坚硬的重重礼教所封闭,取而代之的是皮

---

① 学者即认为,曹雪芹应该读过明代计成所著《园冶》这部中国唯一的园林专书,《红楼梦》中的"翠嶂"可能取意于《园说》中"障锦山屏,列千寻之耸翠"的这一段文字,参关华山:《"红楼梦"中的建筑研究》,页225—226。

② 此点详参欧丽娟:《〈红楼梦〉中的"红杏"与"红梅":李纨论》,《台大文史哲学报》第55期(2001年11月),页339—374。

里阳秋的深沉世故,以致外人必须曲折转进,才能一窥堂奥。

　　第三,蘅芜苑中刻意种植了无数香花异草,一开始就处处弥漫着"味芬气馥,非花香之可比"的芳香气息;而后宝钗居处其间,久而不改其景致,当贾母与刘姥姥游大观园时,众人"一同进了蘅芜苑,只觉异香扑鼻,那些奇草仙藤愈冷愈苍翠,都结了实,似珊瑚豆子一般,累垂可爱"(第四十回)。很显然,苑中景物较诸先前未有人居时甚至更有过之,"奇香"构成了蘅芜苑最无所不在的嗅觉版图,经年充盈弥漫,足怡鼻观;一旦秋冬掩至,"香"与"冷"互相连结,更是"冷香"一词的具形演出。是故康来新也就此认为:"蘅芜苑的象喻作用一如冷香丸,仍然是重复着'冷''香'的特质。"①

　　而其中更值得注意的是,庭中遍植之植物,包括藤萝薜荔、杜若蘅芜、茝兰清葛、紫芸青芷等等种类,都是出自《楚辞》《文选》的香草之属(第十七回),显然是刻意袭用屈原所创造的"香草美人"之文学象征传统;其中所谓"香草"者,乃君子贤人之喻也②,带有人格之高洁与德性之芬芳的寓意,则居处中遍植香草的薛宝钗,无疑也是以贤德取胜的君子一流人物。更值得深入辨析之处,是如此在寒冷中绽放芳香的花草并非"华而不实"的浮面妆点而已,它们还进一步展现强韧的生命意志与崇高的品格节操,所谓"只觉

---

① 康来新:《雪里的金簪——从命名谈"薛宝钗"》,《石头渡海》(台北:汉光文化公司,1987年3月),页226。
② 如王逸注《离骚》云:"蕙、茝,皆香草,以谕贤者。"又曰:"'众芳',谕群贤。"参(宋)洪兴祖:《楚辞补注·离骚经章句第一》(台北:长安出版社,1984年9月),页7。

异香扑鼻,那些奇草仙藤愈冷愈苍翠,都结了实,似珊瑚豆子一般,累垂可爱",意味着那独芳于萧飒中之异香远超过深山幽谷的春兰,那愈加苍翠的绿意也足以与松柏同青;而诸草同时结出的累垂果实,比诸春华秋实的"桃李红梨"① 以及犯寒傲霜的"橙黄橘绿"② 更是不遑多让。换言之,从刻意选择的具有特殊象征意义的植物种类,再加上"愈冷愈苍翠,都结了实,似珊瑚豆子一般,累垂可爱"这大半虚构的描述③,显然曹雪芹为蘅芜苑所设计的景致,

---

① 《韩诗外传》载简主云:"春树桃李,夏得阴其下,秋得食其实。"见(汉)韩婴著,屈守元笺疏:《韩诗外传笺疏》(成都:巴蜀书社,1996年3月),卷7,页645。又苏轼《梨》诗云:"霜降红梨熟,柔柯已不胜。"见(清)王文诰辑注,孔凡礼点校:《苏轼诗集》(北京:中华书局,1987年10月),卷3,页138。

② 苏轼《赠刘景文》诗云:"荷尽已无擎雨盖,菊残犹有傲霜枝。一年好景君须记,最是橙黄橘绿时。"见(清)王文诰辑注,孔凡礼点校:《苏轼诗集》,卷32,页1713。

③ 累累果实纷垂于秋冬肃杀之时节的景象,在"一株花木也无"(第十七回)的蘅芜苑中,显然绝非桃李之属;而《红楼梦》中所提及的各类香草,却并不全都是在秋天结实,其果实的形态也并非都是累垂如珊瑚豆子一般。举例以言之,(清)蒋骥《山带阁注楚辞》(台北:长安出版社,1984年9月)卷1引李东壁云:"兰草生下湿处,紫茎素枝,赤节绿叶,八九月开花,红白色,中有细子。"页34。此外,据(宋)吴仁杰《离骚草木疏》卷1所载:"白芷……春生枝叶婆娑,紫色,阔三指许,花白微黄,入伏后结子,立秋后苗枯。"又曰:"杜若一名杜衡,……贴地生紫花,结实如豆大,橐内有碎子,苗叶俱青。"另引《嘉佑图经》则谓:蘼芜"其苗四五月间生其叶,倍芎或莳于园庭,则芬馨满径,七八月开白花"。还有卷4对"葛"介绍道:"春生苗,引藤蔓长一二丈,紫色,叶颇似楸叶而青,七月着花,似豌豆花,不结实。"收入《景印文渊阁四库全书》第1062册(台北:台湾商务印书馆,1993年),分见页463、页465、页466、页491。另外,(明)王象晋原著,康熙敕编:《广群芳谱》(台北:台湾商务印书馆,1968年12月)(转下页)

乃是综合了松柏橙橘、梅兰竹菊之各种优点的总体结晶,并且,参照第三十八回湘云《对菊》一诗所说的"清冷香中抱膝吟",同样以"冷香"形容陶渊明所爱的菊花,则"冷香"一词可以说是对道德气节最全面、最高度的象征性展现,恰恰呼应了第五回《红楼梦曲》中"山中高士晶莹雪"的曲文。

因此整个蘅芜苑的体性表现是内外极为一致的,就外部景观而言,乃是异香扑鼻,那些奇草仙藤愈冷愈苍翠,都结了似珊瑚豆子一般的果实,累垂可爱;而蘅芜苑的内部场景则是"雪洞一般,一色玩器全无,案上只有一个土定瓶中供着数枝菊花,并两部书,茶奁茶杯而已。床上只吊着青纱帐幔,衾褥也十分朴素"(第四十回)。庭中芳草在秋寒里依然青翠葳蕤、果实累累,呈现出"古之所谓香草,必其花叶皆香,而燥湿不变"①的存在特质;屋内布置则于富贵中力求洗尽铅华、素朴简净,而其身上之衣着装扮亦是"一色半新不旧,看去不觉奢华"(第八回)以及"从头到脚可有这

(接上页)卷 81 则谓:"薜荔,状如乌韭,而生于石上,亦缘木生叶,厚实而圆,多蔓。其实上锐而下平,外青而中瓤,经霜则瓤红而甘,鸟雀所啄。……四时不凋,厚叶坚强,大于络石。不花而实,实大如杯,微似莲蓬而稍长,……六七月实内空而红,八月后则满腹细子,大如稗子。"页 1963。而清初陈淏子《花镜》卷 5 亦载:藤萝是"其花黄赤如金,结实细而繁,冬则萎落"。可见诸香草或者是"不结实",如清葛;或者是"人伏后结子,立秋后苗枯",如白芷;或者是"结实细而繁",如藤萝;或者是"其实上锐而下平""实大如杯,微似莲蓬而稍长",如薜荔,都与曹雪芹所谓"似珊瑚豆子一般"的描述有所出入。

① 语出《朱子辨正》,引自(明)王象晋原著,康熙敕编:《广群芳谱》,卷 44,页 1053。

些富丽闲妆""总要一色从实守分为主"(第五十七回),正可以内外呼应、相互映衬,反映出屋主"受得富贵,耐得贫贱"(第一〇八回)的人品性情,一种"凌霜雪而后凋"以致"富贵不能淫,贫贱不能移"的高节清操,恰恰与冷香丸药材中"白牡丹花蕊、白荷花蕊、白芙蓉蕊、白梅花蕊"的清一色白可以互相对应。若进一步较诸第三十七回宝钗所写《咏白海棠》一诗中,那"胭脂洗出秋阶影,冰雪招来露砌痕""淡极始知花更艳"与"欲偿白帝凭清洁"的诗句,更可见其间一以贯之的精神契合。①

至此,蘅芜苑与冷香丸平行同构的现象与意蕴已大致全幅朗现。就"成长"的角度来看,正具现了宝钗的人格发展中,由自然之质往德性之文超升的过程与结果。

第五节 女性成长的"通过仪式"

《庄子·渔父篇》说:"礼者,世俗之所为也;真者,所以受于天也,自然不可易也。"②而荀子也定义道:"凡性者,天之就也,不可学,不可事。……可学而能,可事而成之在人者,谓之伪。是性伪之分也。……故圣人化性而起伪,伪起而生礼义,礼义生而制法度。"③儒道两家都从真/礼、性/伪的区分,对比出人从先天"生

---

① 脂砚斋对此诗的评语也是:"看他清洁自厉,终不肯作一轻浮语。"页580。
② (清)郭庆藩集释:《庄子集释》(台北:汉京文化公司,1983年9月),页1032。
③ 《荀子·性恶篇》,李涤生集释:《荀子集释》,页541—545。

之所以然"而"受于天"之自然状态,到后天遭受"世俗之所为"而"成之在人"之人文状态的不同阶段;而荀子"化性起伪"的说法,更说明由天生自然到社会化的过程,乃是在本始材朴的人性上施加后天人为的文化塑造的功夫①,则第四十二回"兰言解疑癖"中,宝钗所自承的"后来大人知道了,打的打,骂的骂,烧的烧,才丢开了"的那段话,岂非正是一种后天文化教育力量的强大展现,从而印证了"干越夷貉之子,生而同声,长而异俗,教使之然也"②的说法。

由此以观前文所述薛宝钗走向封建传统、世俗礼教的过程,我们当然可以从"失落纯真"(fall from innocence)的角度来看待,尤其在宗教、神话与文学中,与"乐园之创建"形成二元论述的"乐园之失落",都包含了"失落纯真"的仪式③,则薛宝钗脱离童年而成熟化的转变时机,不但要比林黛玉发生得更早、也更彻底④,同时那经过大人"打的打,骂的骂,烧的烧"这样强烈的外力摧折,而导致自由天然之童年乐园和不假雕琢之纯真自性的失落,更

---

① 所谓:"性指人的自然本质及其功能,伪则指在此基础上发展起来的后天的精神形态和能力。而在其中起着启发、诱导('起')作用的,正是文化形态。至于起伪之'起',荀子在《儒效》中除了强调文化之'教'(《为学》中则强调主体能动的'学')外,还强调了注错(举止行为)、习俗和积靡(积累)在化性起伪中的作用。"见朱志荣:《中国艺术哲学》(长春:东北师范大学出版社,1998年5月),第3章,页143—144。

② 《荀子·劝学篇》,李涤生集释:《荀子集释》,页2。

③ [美]皮尔森(Carol S. Pearson)著,张兰馨译:《影响你生命的12原型》(台北:生命潜能文化公司,1998年8月),页66。

④ 有关林黛玉价值观的转变情形,详参欧丽娟:《林黛玉立体论——"变/正""我/群"的性格转化》,《汉学研究》第20卷第1期(2002年6月),页221—252。

清楚显示出一种成长的"通过仪式"(the rites of passage),乃是传统女性必经的人生关卡。根据范·吉纳普(A. van Gennep, 1873—1957)的界定,"通过仪式"包含了三个阶段:

一、分离:个人从原先的生活脉络中分离出来;
二、过渡(转变):个人发生最戏剧性的身分地位变化;
三、再统合(并入):个人以新身分加入新的地位团体成为其成员。①

据此以对应薛宝钗的成长过程,可谓十分相合:在那尚且具有极高之可塑性的七八岁之龄(实岁为六七岁,恰恰与今日幼童进入小学接受正式教育的年龄相当,毋宁为一饶具意味的巧合),她经历了一场堪称剧烈的"通过仪式",被迫从原先"受之于天"的自然生活脉络中脱离出来,无法再过着随心所欲偷看杂书的天真童年;然后,她以遵奉"世俗所为"之"礼"的新姿态加入团体成为其成员,开展另一个价值观迥异、处世模式也大幅调整的人生阶段。中间所经过的"最戏剧性的变化",就是七八岁时那被大人"打的打,骂的骂,烧的烧"的童年遭遇,此一事件所造成的"身分地位的变化"虽然并不是形式上可见的,却是实质上存在的,可以视为将其人生切割为二的分水岭。

另外值得注意的是,在宝钗自述其成长过程的那段话中,将其

---

① 庄英章等编:《文化人类学》(台北:空中大学,1992年3月),下册,页80—81。

前后不同之性格发展接榫起来的,乃是"所以咱们女孩儿家不认得字的倒好"一句;而在"所以"这一个代表了因果逻辑关系的连接词之前,乃是后天外力介入的描述,之后便紧接着对妇德价值观的顺服,与说明李纨性格成因的"因此"可谓前后呼应,一致地传达出曹雪芹对于传统性别教育之影响力与戕害性的明确认知。第四回言及李纨的人格养成教育时描述道:

> 这李氏亦系金陵名宦之女,父名李守中,曾为国子监祭酒,族中男女无有不诵诗读书者。至李守中承继以来,便说"女子无才便有德",故生了李氏时,便不十分令其读书,只不过将些《女四书》《列女传》《贤媛集》等三四种书,使他认得几个字,记得前朝这几个贤女便罢了,却以纺绩井臼为要,因取名为李纨,字宫裁。因此这李纨虽青春丧偶,居家处膏粱锦绣之中,竟如槁木死灰一般,一概无见无闻,惟知侍亲养子,外则陪侍小姑等针黹诵读而已。

由这段叙述中担任连接词的"因此"一语,可知曹雪芹的确是清楚认识到"性别教育"对于人格发展与价值观养成的关键影响。稍稍不同的是,李纨乃是从一出生就毫无选择地接受女教,因此形成自幼即从根部彻底培育的女性典型,以致自始至终都带有一以贯之、顺应服从的平和,成为清代解盦居士所称的"守礼之完人"①,一种相对彻底的"槁木死灰"(第四回);而薛宝钗的淑

---

① 一粟编:《红楼梦卷》,卷3,页192。

女风范则是中途受到戕贼而转向得来,是故尚且得以拥有"淘气"的童真阶段,直到父亲过世,于七八岁时受到剧烈的外力强扭之后,从此才转向传统妇德的价值观,结束了天然率性的童年时期。就因为薛宝钗的天然之性曾经有过七八年的充分发展,并不是李纨式的根深蒂固的槁木死灰,因此只是转向潜抑而已,未尝根除,故而在偶尔突围勃发之际,还必须依靠一剂冷香丸才能继续发挥压制的力量。这就是何以同样都服膺传统妇德的李纨并没有喘嗽之病症而不需要冷香丸,但对有时发病而"喘嗽些"的薛宝钗却不可或缺的原因。

同时,这两段有关薛宝钗与李纨的叙述也充分显示,传统的女性在取得社会认可的同时,无异于签下一纸满载"片面最惠国待遇"的不平等条约,甚至等于是葬送自我的卖身契;而在签约仪式的进行过程中,则几乎完全抹除女性个人的自主意识,全由父权宰制社会中的男性持掌主导权,以"妇德"为掩护地执女性之手而代笔签约。除了李纨、薛宝钗共同遵奉的"女子无才便是德"(第四回、第六十四回)的观念之外,薛宝钗所说的"女子总以贞静为主,女工还是第二件"(第六十四回),更是传统女性价值观的清晰回响,从概念到术语都深深镂刻着血脉一系的特定印记,顽强地穿透了千年以上的漫长历史。如汉代班昭《女诫》所谓的"幽闲贞静,守节整齐"[①],唐朝河间女子所谓的"妇人之道,

---

① 收入(明)王相编:《女四书》,卷1,见朱坤演义:《绘图女四书白话注解》(上海:会文堂书局,1918年),页8a。

以贞顺静专为礼"①，明成祖后徐氏所谓的"贞静幽闲，端庄诚一"②等等，都显然可见"贞静"二字乃是编织礼教网络时贯串女教妇德的主纲，从身体层次的"守贞"到心灵范畴的"主静"，都是对女性自主权的剥夺与才智能力的抹灭，终而使女性彻底丧失自我实践的生命动能。尤其值得注意的是，徐氏曾经说：

美玉无瑕，可为至宝；贞女纯德，可配京室。③

其中之观念说法和遣词造语，很可能直接启迪了曹雪芹的创作灵感，以致在《红楼梦》的叙事建构中，刻意将那主张女子"总以贞静为主"（第六十四回）的薛宝钗，与那"美玉无瑕"（第五回）而为"至贵者宝"（第二十二回）的贾宝玉相比配，造就传统世俗价值观中最为完美的金玉良姻，为徐氏之说法以小说艺术的形式提供具体的实践。

此外，与薛宝钗后期成长阶段（也就是经过化性起伪的社会化时期）相叠合的，固然是李纨；至于林黛玉作为李纨的另一个极端，对应的则是宝钗的前期成长阶段（也就是充满天然之性的童蒙时期）。比较薛宝钗与林黛玉的成长历程，我们发现其间有着十

---

① 柳宗元：《河间传》，《柳宗元集》（北京：中华书局，2000年1月），页1342。
② （明）王相编：《女四书》，卷2，《内训》，见朱坤演义：《绘图女四书白话注解》，页4a。
③ （明）王相编：《女四书》，卷2，《内训》，见朱坤演义：《绘图女四书白话注解》，页6a。

第四章 "冷香丸"新解——兼论《红楼梦》中之女性成长与二元补衬之思考模式

分近似的地方:薛宝钗的童年因为有开明父亲的庇荫,所谓:"父亲在日,酷爱此女,令其读书识字,较之乃兄竟高过十倍"(第四回),同样地,林黛玉早先也是因为父母"无子,故爱如珍宝,且又见他聪明清秀,便也欲使他读书识得几个字,不过假充养子之意"(第二回),显然两人之童年差相仿佛,都在父亲开明而骄宠的教养方式之下,享有那与生俱来充分发展的天然之性,以及由读书识字所启发的形上智能,因此也都具备了热毒喘嗽这种无药可医之情感疾患。不同之处在于黛玉比宝钗幸运(或不幸),一方面是先天上郁结了以情愁灌溉而成的缠绵不尽之意,因此其情感需求本就更为强烈,另一方面则是后天上父母不数年即接连早逝,尚在童稚之龄便孤身寄居于外祖母家深受娇养,因此随后的整个少女时期乃得以保全自然本性,迟至及笄之年的十五岁才逐渐回归封建传统,使林黛玉由天然之性向社会传统回归的成长过程显得较为迟缓漫长,而其性格变化也因此表现得不够截然分明[①],可以说是《红楼梦》中女性回归封建传统的殿军。

据此而论,冷香丸所代表的礼教压迫就绝非薛宝钗所独有。一如脂砚斋所认为:在冷香丸的制作中,

> 凡用"十二"字样,皆照应十二钗。[②]

---

① 详参欧丽娟:《林黛玉立体论——"变/正""我/群"的性格转化》,《汉学研究》第 20 卷第 1 期(2002 年 6 月),页 221—252。

② 甲戌本第七回夹批,页 160。

而对服用冷香丸时要用黄柏煎汤送下一段,脂砚斋又批云:

> 末用黄柏更妙。可知甘苦二字,不独十二钗,世皆同有者。①

其中显然透露出另一层用意:冷香丸所象征的礼教力量不仅仅作用于薛宝钗身上,还将扩及十二金钗乃至世上所有的女性,因而是"世皆同有"的遭遇;而将冷香丸之甘和着黄柏汤之苦一起咽下,便成为"不独十二钗"的女性们在成长过程中的共同处境。前述之李纨固然份属同类,连最为特立独行的林黛玉最后都不免向传统价值观趋近,其他女性便不问可知。就此,我们终于可以推知冷香丸何以要用白牡丹花蕊、白荷花蕊、白芙蓉蕊、白梅花蕊作为药材,目的恐怕不是用以象征薛宝钗个人"随时俯仰"与"冷酷无情"的性格②,相反地,其真正的用意应该在于:

牡丹、荷花、芙蓉、梅花在书中乃分别是宝钗、香菱③、黛玉(与晴雯)、李纨的代表花(见第六十三回的花签图谶),本可作为总领书中众钗的代表人物,却一皆以"白"为面貌,则似乎暗示了

---

① 甲戌本第七回批语,页161。
② 朱淡文《薛宝钗形象探源》一文中认为:"随春夏秋冬四时而开的名花,在此作为冷香丸的主药,正是薛宝钗'随时俯仰'性格的象征。冷香丸中四时名花皆为白色,……其间显又突出一个'冷'字,……亦正显示了宝钗性格中'冷'(或称'无情')的象征。"《红楼梦学刊》1997年第3辑,页2。
③ 香菱原名"甄英莲"(见第一回),第五回的人物判词中又有"根并荷花一茎香"之诗句,再配上"莲枯藕败"之图谶,可知荷花即其代表花。

那归结于苍白缟素的礼教人生,乃是众钗无所逃于天地之间的终极宿命。李纨葬身于孀寡生活的槁木死灰固然是最具有代表性的例证,即如元春终在深诡似海的皇室内院中惨遭灭顶,迎春会因买卖式的婚姻而被夫家凌虐致死,探春必须随着一帆远嫁而将一腔才志尽付东流,而黛玉更是无从自立自主以致泪尽而亡,在在可见才性品貌各自有别的女性,却都无一例外地伴着泪水唱出锥心泣血的哀歌,从而冷香丸之命名便可以得到另一种理解:

既然"香"在《红楼梦》中乃是象征女性的代名词,此处又与"冷"字结合为一体,则意味着女性之"香"并不能免于礼教之"冷"的浸染与冰冻;一如"群芳髓(碎)""千红一窟(哭)""万艳同杯(悲)"这些暗示女性悲剧的命名方式一般[1],"冷香"也是"女性悲剧"的同义语。就此而言,脂砚斋所写的一条批语,恰恰提供了足为左证的重要线索,他针对宝钗所说的"异香异气的,不知是那里弄了来的"这几句评道:

> 卿不知从"那里弄来",余则深知是从放春山采来,以灌愁海水和成,烦广寒玉兔捣碎,在太虚幻境空灵殿上炮制配合者也。[2]

---

[1] 三者分别是太虚幻境中用以招待宝玉的香、茶、酒之名,也都具有女性悲剧的象征意义,其中髓与碎、窟与哭、杯与悲的谐音隐射关系,参甲戌本第五回脂砚斋夹批,页127—128。

[2] 甲戌本第七回批语,页160。

事实上，太虚幻境之所在地正是位于"离恨天之上，灌愁海之中，乃放春山遣香洞"；而宝玉神游太虚幻境时，警幻仙子用以招待他的名曰"千红一窟"的清茶，亦同样是"出在放春山遣香洞"（第五回），则脂砚斋径称放春山为冷香丸的起源或来历，并指出灌愁海水乃是炮制丸药时所需的药料之一，这更证明了"冷香丸"与太虚幻境的相关名物之间乃同出一源，彼此其实存在着同体并生的内在联系，而具有本质互通的孪生关系，脂批所谓"群芳髓可对冷香丸"①尤为其证；换句话说，"冷香"一如"群芳髓（碎）""千红一窟（哭）"和"万艳同杯（悲）"，四者都是"女性悲剧"的同义互文，象征着所有女性终将葬身于礼教世界的共同命运。

第六节 "冷"与"香"的重叠与分化

只是，冷香丸固然是协助将薛宝钗囹圄于道德围墙中的礼教力量，但其名称中"冷"与"香"各自在意义上的定位，以及两者之间的关系，却又不仅仅是"道德礼教"一词所能简单概括。其中，与曹雪芹关系最为深切的脂砚斋，曾提出以下的看法：

历看炎凉，知看甘苦，虽离别亦能自安，故名曰冷香丸。②

---

① 甲戌本第五回批语，页127。
② 王府本第七回脂砚斋批语，页161。

寻绎此一叙述之内在逻辑,可见脂砚斋认为"冷"乃是一种来自"历看炎凉,知看甘苦"的人世体认,因而培养出"虽离别亦能自安"的冷静智慧与超脱胸怀;那深沉浑厚的人格重量使她可以在世事的沧桑动荡之中,维持一种不以物喜、不以己悲的精神平衡,一种即使在"黯然消魂者,唯别而已"①如此怆楚蚀骨的离别处境中依然"自安"的心灵稳定。由此,我们也才真正认识到何以在《红楼梦》中,首先点燃贾宝玉性格中出世离尘之取向,而促使其幻灭意识豁然觉醒的人,并非与他相知相爱最深最切的林黛玉,反倒是平日脾胃大相径庭的薛宝钗,其中原故,就在于宝钗兼具了入世周全处众的卫道者的社会能力,以及在热闹中领略虚无空寂的悟道者的特殊禀赋,使她既能随俗从众,点选弄棍使气的热闹戏曲而怡然为喧嚣所包围,又能安然独自品尝其中所绽现的弃世脱俗的光辉,人不知而不愠②,真正达到"既婉娈于幽静兮,又婆娑乎人间"③的境界。此种出入于实与虚这两个不同的世界,而自在舒卷、不流于偏执陷溺的明通性格,便是"香"的认知依据,因此脂砚斋又赞美宝钗道:

---

① (南朝齐梁)江淹:《别赋》,《历代赋汇》(北京:北京图书馆出版社,1999年11月),册10,页406。

② 在第二十二回"听曲文宝玉悟禅机"的一段叙述中,先是宝钗为了迎合贾母之喜好而点了一出排场热闹的《鲁智深醉闹五台山》,与"怕热闹"的宝玉展开一段生命归趋与审美意趣两相分歧的对话;然而紧接着宝钗又为宝玉讲解其中充满弃世离俗之幻灭意识的《寄生草》,引发了宝玉莫大的欣喜与冲击,随后便启动他生平第一次悟禅机、写偈语的情节。详参欧丽娟:《诗论红楼梦》,页311—314。

③ (战国)宋玉:《神女赋》,(梁)萧统编:《文选》(台北:华正书局,1986年影印清乾隆胡克家校刊南宋淳熙八年尤袤刊本,嘉庆十四年完成),卷19,页268。

"知命知身,识理识性,博学不杂,庶可称为佳人。"① 可与下文之论述互参。

另外,二知道人的见解也堪称独到而可贵,他不但兼顾了"冷"与"香"这两个字面,同时还给予两全的解释,所谓:

> 宝钗外静而内明,平素服冷香丸,觉其人亦冷而香耳。②

这段话启人深思的地方有二:其一,"冷"与"香"分别具有可以区辨的不同属性,在一般的情况下,彼此之间的分歧度远胜于一致性,一旦将二者并列成说,统合为"冷而香"的一体表述,那便必须进一步推敲:联缀两字的"而"字,究竟是如"却"字一般,表示矛盾并置的转折语,诸如"残而不废""贫穷却快乐"?还是如"且"字一样,作为同质共存的加强语,好比"既老且残""美丽而善良"?所幸,二知道人的文脉中还提供了"外静而内明"一语,一方面可以证明"而"字乃是"且"的同义语,它分别连结的静与明、冷与香都是同质共存的同类字;另一方面又可以与"冷而香"上下互证,前后对应出"静/冷""明/香"如此的结果,而且"静/冷"乃是外显的情态,"明/香"则是内蕴的气质。这就足以证明所谓的"冷"并不是冷酷、冷漠这类无情的负面指涉,而是指"冷静"此一教养完美的正面意涵,包含了性格的持

---

① 甲戌本第八回夹批,页191。
② (清) 二知道人:《红楼梦说梦》,冯其庸纂校订定,陈其欣助纂:《八家评批红楼梦》,页28。

衡、情绪的平稳、思虑的周详、处事的沉着、理性的镇定与价值观的中立，没有热烈起伏的身心变化，也不会有鲜明极端的个性表现，如此始得以焕发出临危不乱、沉稳静定之类属于内在德性的"清明芳香"。

至于这段话的第二个特点，就是二知道人用以形容薛宝钗的"外静而内明"一语，其实是来自宋代理学的嫡传，如前述王阳明即标示"修身惟在于主静，……中心明洁"云云，而周敦颐也指出学圣之要在于"无欲也。无欲则静虚动直，静虚则明，明则通；动直则公，公则溥。明通公溥，庶矣乎！"[①]可见这条通往圣人之路的铺展方式，是以"无欲"为前提，以"静虚则明"为境界。则薛宝钗的人品行径，与理学修身的主张确实是分不开的。

可惜，道德与礼教之间往往只有一线之隔，一旦其间之分寸稍有滑移，便会逾越了本质的分际而落入不同的范畴。如脂砚斋也曾指出：

> 历看炎凉，知看甘苦，虽离别亦能自安，故名曰冷香丸；又以为香可冷得，天下一切无不可冷者。[②]

很显然，脂砚斋所说的"香可冷得，天下一切无不可冷者"，正是体认到任何事物或道理都带有辩证、变化的性质，过与不及，都会

---

① （宋）周敦颐：《通书》，第20章，《周张全书》（京都：中文出版社，1981年10月），页37。
② 王府本第七回批语，页161。

造成差之毫厘、谬以千里的结果。

　　试举其他与塑造宝钗形象有关的例子以言之：在群体事业上，屈原之惓惓忠爱与精神洁癖，使他终究怀沙自沉，成就了令太史公都为之无限向往的高洁情操与人格典范，司马迁不但赞叹道："其志洁，故其称物芳；其行廉，故死而不容自疏。浊淖污泥之中，蝉蜕于浊秽，以浮游尘埃之外。"[①] 同时在评价其人时，更忍不住隐然比诸孔子，以相同的赞语给予至高的崇敬之情，不但都提及自己因"阅读"两人著作而引发超越时空的缅怀遥想，也都同样亲往凭吊其人生命中最重要的神圣空间，接受其精神的无形洗礼，而最终也都激发出"想见其为人"的无限向往之情，可见在太史公的历史评价中，屈原与孔子乃是不相上下且有互通之处的。[②] 而在个人爱情上，女子对已然长逝之夫婿挚念不忘，于这般无可取代的眷恋中终身不嫁，所表现的乃是诗人歌颂为"我欲与君相知，长命无绝衰。

---

① 见司马迁：《史记》（台北：鼎文书局，1993年2月），《屈原贾生列传》，页2483。

② 《史记·屈原贾生列传》的篇末赞语云："余读《离骚》《天问》《招魂》《哀郢》，悲其志。适长沙，观屈原所自沉渊，未尝不垂涕，想见其为人。"而同书《孔子世家》之篇末赞语也差相仿佛："余读孔氏书，想见其为人。适鲁，观仲尼庙堂车服礼器，诸生以时习礼其家，余只回留之不能去云。"见司马迁：《史记》，两段分见页2503、页1947。比较两段赞语，唯一的不同是：他在阅读屈原之作品与在屈原沉渊之处凭吊时，还多了"悲其志"的动情与"未尝不垂涕"的反应，可知司马迁对孔子其实较止于理性的赞颂，对屈原却还更有一种情感的契合。

山无陵,江水为竭,冬雷震震,夏雨雪,天地合,乃敢与君绝"①的深情执着,足以传唱千古。但若以之为普世皆然的范式,形成所谓的"科条",而要求人人在兼善不成、比翼折翅的时候,都必须以一死明志、以孤寡示情,那就是强人所难的冷酷无情了。

这是因为任何僵化的观念或制式的要求都会失去那因人而异、因事制宜的弹性,抹煞人情世理的复杂歧异而强以为一,其结果便是削足适履的扭曲与不问青红皂白的戕害。对此,沈钦韩(1775—1831)即指出:"原夫圣人之制礼,因人本有之情而道之。莫可效其爱敬,莫可磬其哀慕,则有事亲敬长之礼、吉凶丧祭之仪,所以厌饫人心,而使之鼓舞浃洽者也。后贤之议礼,则逆揣其非意之事,设以不敢不得之科多方以误之。"②由此可见,只要是出于"因人本有之情而道之"的爱敬哀慕,而情礼合一,所散发的便是德行的芳香;若是情不足而礼有余,徒然设定"不敢不得之科"以为规范,则造成的便是"多方以误之"的人性戕害,其间关键,厥在于是否"因人本有之情而道之"而已。

所谓"因人本有之情而道之",便是说人类的本有之情固然是不可或缺的基础,却还必须施以人为礼仪的引导,使之获得进一步的升华与纾解,这才是本有之情与社会伦理的胥合之处。荀子就曾明白指出,性、伪之间的关系并不是矛盾互斥的二元对立,而是

---

① 汉代鼓吹曲辞《上邪》诗,逯钦立辑校:《先秦汉魏晋南北朝诗》(台北:木铎出版社,1983年9月),页160。
② (清)沈钦韩:《妻为夫之兄弟服议》,《幼学堂文稿》(台北:新文丰出版公司,1989年),卷1,页3—4。

缺一不可的相辅相成，两者的评价更不是非此即彼的判然二分，所谓：

> 性者，本始材朴也；伪者，文理隆盛也。无性则伪之无所加，无伪则性不能自美。性伪合，然后成圣人之名，一天下之功于是就也。①

可见独尊后天人为的"文理隆盛"固然会造成戕害人性的弊病，然而顺任不假雕饰的天然之性却也容易流于粗率野直，各自都不是唯一绝对的价值。唯有两者相辅互补，才能成就圆融成熟的人格境界。

回到冷香丸的命名来看，克就其中的"香"字而言，比观曹雪芹在书中的种种设计，在在都映衬了"唯吾德馨"②——亦即道德智慧之芬芳的正面肯定，无论是"停机德"（第五回）的判词，是蘅芜苑中所遍植的带有道德象征的香花异草，是其居处雪洞一般的洗尽铅华，还是"时宝钗小惠全大体"的回目设计，若非传承了《楚辞》的血脉，即是撷取了《论语》的神髓。那些香花异草固然是屈原的化身，随时含吐一种芬芳充盈的志节，即连"时宝钗"的"时"字，亦是孔孟之道的灵魂，乃孟子用以赞美孔子与时推移、因时制宜的圆融智慧，既不流于伯夷叔齐清洁自守却失之偏执决绝的刚直

---

① 《荀子·礼论篇》，李涤生集释：《荀子集释》，页439。
② 语出刘禹锡：《陋室铭》，卞孝萱校订：《刘禹锡集》（北京：中华书局，1990年3月），页628。而其义实本于《尚书·周书·君陈》之"至治馨香，感于神明。黍稷非馨，明德惟馨"。

冷硬，也避免柳下惠和光同尘却稍嫌界线模糊的同流混沦①，而可以当清则清、可任则任、应和则和，事事恰如其分。由此可见，曹雪芹是认可太史公将屈原与孔子视为不相上下且有互通之处的历史评价，才刻意将屈原贞一不移而清洁自守之志节，与孔子极高明而道中庸之智慧兼融并铸于宝钗一身，让她在道德的坚持中还带有智慧的通达，遂尔得以在卫道与悟道之间出入自如，于实与虚这两个不同的世界中自在舒卷，而展现了清人罗凤藻所致赠的赞美：

一种温柔偏蕴藉，十分浑厚恰聪明。②

以此为基准，便足以解释那表面上同样遵奉妇德的李纨，却未尝得到"香"之评价，原因即在于她是死守礼教却欠缺聪明智慧；而身为宝钗之重像的袭人③，不但其命名是来自于隐含了"香"字的诗

---

① 《孟子·万章下》云："伯夷，圣之清者也；伊尹，圣之任者也；柳下惠，圣之和者也；孔子，圣之时者也。孔子之谓集大成。"正是盛赞孔子"随时而能中"的高明自然。其中的"时"字于《韩诗外传》的引述中作"中"字，乃是"二义互相足"的互文，见（汉）韩婴著，屈守元笺疏：《韩诗外传笺疏》（成都：巴蜀书社，1996年3月），页337。

② 一粟编：《红楼梦卷》，卷5，页497。

③ 脂砚斋首发其说曰："余谓晴有林风，袭乃钗副，真真不错。"甲戌本第八回夹批，页198。而此义红学家多已认可并发明之，如（清）涂瀛：《红楼梦问答》曰："袭人，宝钗之影子也。写袭人，所以写宝钗也。"收入一粟编：《红楼梦卷》，卷3，页143。又（清）张新之《红楼梦读法》亦云："是书叙钗、黛为比肩，袭人、晴雯乃二人影子也。凡写宝玉同黛玉事迹，接写者必是宝钗；写宝玉同宝钗事迹，接写者必是黛玉。否则用袭人代钗，用晴雯代黛。间有接以他人者，而仍必不脱本处。乃一丝不走，牢不可破，通体大章法也。"参一粟编：《红楼梦卷》，卷3，页155。

句①,她在怡红院中也是"头一个出了名的至善至贤之人""原是久已出了名的贤人"(第七十七回),以至于作者给予"贤袭人"的断语(第二十一回回目),如此则明显是从"香"与"德"的范畴,进行对宝钗之衬托与加强。由此,我们也才真正体认到,脂砚斋何以在书中描写冷香丸散发出"一阵阵凉森森甜丝丝的幽香"这句之下,评道:"这方是花香袭人正意。"②话中将袭人之名字与冷香丸之气息联系并论,正是因为看出宝钗与袭人之间的重像关系,以及"香"与"德"二者相关的道理。

只是,世间之理乃是复杂辩证的微妙组合,过与不及都会造成真理的滑移,"世俗化"更是一切精致思想沉沦堕落的致命伤。"道德"本是个体性的、内在自发的人格提升,但若将之普世化成为社会规范的外在要求,则会丧失个体自发时所特有的伟大崇高与灵动活泼,以致僵化沦为压制人性的礼教科条。如此被贾母赞为"受得富贵、耐得贫贱"(第一〇八回)的薛宝钗,虽然以高洁圆熟的德性扬芬吐秀,而隐隐侧身于屈原、孔子之流,但毕竟还是受到了礼教的毒害,将那遏制生命情感欲念的传统价值观彻底内化,导致对"女子无才便是德"之类戕害女性自我实践的封建观念深信不疑。为了配合寡妇的身分以合乎社会普遍的价值观,

---

① 书中第三回与第二十八回都曾提到,袭人之名乃宝玉据古诗"花气袭人知昼暖"而取,"花气"即"花香",因平仄的需要而改用同义词。原句出于陆游《村居书喜》一诗,"昼"字本作"骤"字。钱仲联校注:《剑南诗稿校注》(上海:上海古籍出版社,1985年9月),卷50,页3002。

② 王府本第八回夹批,页187。

李纨所居之稻香村被布置成"里面纸窗木榻,富贵气象一洗皆尽"(第十七回),宝玉尚且以"人力穿凿扭捏"的理由视之为外在礼教的戕害,而奋勇对严父慷慨力陈其非自然之道;待字闺中的宝钗却于青春秾华之际即选择槁木死灰的生活方式,自动将居处空间布置得仿佛雪洞一般,那就连贾母都觉得持之太过,声称:"使不得。虽然他省事,倘或来一个亲戚,看着不像;二则年轻的姑娘们,房里这样素净,也忌讳。"(第四十回)这就显出道德太过的冷肃失性。此外,她也对"男不自专娶,女不自专嫁,必由父母,须媒妁何?远耻防淫佚也"① 的婚构形态奉守不渝,终究让自己走进没有爱情的婚姻悲剧中,并接受"辜负秾华过此身"的不幸人生。② 这般由"香"而"冷"的滑移,正是由"内在道德"僵化为"社会礼教"的意象化表现。

经由上述之分证,我们可以综合出以下的结论:所谓"冷"者,其实是带有不同层次的意义范畴。就人格修养而言,指的是冷静这一类属于正面的意义,包含性格的持衡、情绪的平稳、思虑的周详、处事的沉着、理性的镇定与价值观的中立,因此没有热烈起伏的身心变化,也不会有鲜明极端的个性表现,如此始得以焕发出临

---

① 《白虎通·嫁娶篇》,《百子全书》(台北:古今文化出版社,1963 年 9 月),页 8207。
② 此乃晚唐罗隐《牡丹花》诗之末句,康熙敕编:《全唐诗》(北京:中华书局,1990 年 2 月),卷 655,页 7532。曹雪芹刻意用之以暗示宝钗的悲剧命运,而与宝钗掣得之花签诗"任是无情也动人"同一来源,参蔡义江:《红楼梦诗词曲赋评注(修订本)》(北京:团结出版社,1995 年 10 月),页 298—299。

危不乱、沉稳静定之类属于内在德性的清明芳香，以至于其言行往往显现出体贴周全、谦和简朴、恬淡超脱等适切宜人的特质，足以通往"香"字所蕴含的正面意涵；则所谓"香"者，一方面是用以象喻女性及其存在特质的美称，同时也可以是在尚未僵化成礼教科条之前，对那德性风标的圣洁所致赠的赞美。然而，当道德之自发僵化为礼教之外塑时，"冷"就转而指向封建传统外加于人性的冰冷残酷的礼教科条，而呈现出冷酷、冷漠、冰冷、不近人情这类寓涵无情的负面价值，一如戴震"以理杀人"[①]的控诉；因为它吞噬了人们与生俱来的自然本性与热烈情感，也使"香"字所透显的女性之美为之冷却而僵化。对一个活生生的人而言，于面面俱到、分寸得体的应对进退之中，往往也就是个性的磨损与本心的压抑，在顺迎他者的同时，也容易丧失自己，从而不免沦为时代的牺牲者。就此而言，书中第五回人物判词中的"金簪雪里埋"一句，便是曹雪芹以"怀金悼玉"[②]的哀惋之情对宝钗所致赠的挽词，为宝钗一生终究"被活埋在时代的里面"[③]的不幸命运，提供了形象化的最佳诠释。

[①] （清）戴震：《孟子字义疏证》卷上云："人死于法，犹有怜之者；死于理，其谁怜之！"见《中国历代哲学文选·清代近代编》（台北：木铎出版社，1980年3月），页167。

[②] 第五回贾宝玉神游太虚幻境时，聆听仙界新制《红楼梦》十二支曲前之《引子》的歌词，词中有谓："因此上，演出这怀金悼玉的《红楼梦》。"其中的"怀"与"悼"二字，明显表示出曹雪芹对书中所有女性乃是抱持悲悯哀惋的感叹之意。

[③] 语出太愚（王昆仑）：《红楼梦人物论·薛宝钗论》，收入王国维等：《红楼梦艺术论》，页186。

第七节　结语：二元补衬的思考模式

"冷"与"香"这种既分化又重叠的二元补衬关系，曹雪芹还在书中以种种方式加以表露：

或曰"假作真时真亦假，无为有处有还无"（第一回），显示真假有无乃彼此一体两面的转注互通；或将甄士隐之住处安排在十里（势利）街中的仁清（人情）巷（第一回）[①]，暗喻势利算计与人情义助之间只有一线之隔的微妙难辨；或将钗、黛合一而谓之"兼美"（第五回），呈现不同形象之间交织关涉的融会贯通；或将男主角命名为"宝玉"，透过"玉"来双绾"宝"与"石"的矛盾统一。[②] 诸如此类，在在可以见出曹雪芹绝不偏执一端的复调手法，具备了前述别林斯基所赞赏的"不让自己专门沉溺于某一个方面，但是能从它们具体的统一中看到它们全体"的全方位智慧。因此浦安迪在谈到《红楼梦》中的寓意（allegory）时，曾提出一个极为重要的体认：

> 曹雪芹将"真假"概念插入情节——通过刻画甄、贾二氏及"真假"宝玉，通过整个写实的姿态——而扩大读者的视野，使其看到真与假是人生经验中互相补充、并非辩证对抗的两个

[①] "十里"与"势利""仁清"与"人情"的谐音关系，见甲戌本脂砚斋夹批，页14。

[②] 此义详参欧丽娟：《〈红楼梦〉论析——"宝"与"玉"之重叠与分化》，《编译馆馆刊》第28卷第1期（1999年6月），页211—229。

方面。"太虚幻境"的坊联"假作真时真亦假，无为有处有还无"，毋宁说是含蕴着这一意思的；而《好了歌注解》中"你方唱罢我登场"一句，更可以说暗示着二元取代的关系。这样解释，似乎才符合赖以精心结撰全书的补衬手法。①

换句话说，曹雪芹所呈示的"真／假"这两种概念，并不是势不两立、绝对互斥的不同价值，而是要展现"人生经验中互相补充、并非辩证对抗的两个方面"的生命体认；因为在相对的、多元的世界里，唯有"互相补充"才能开拓人生的全幅视野而造就生命的充盈完满。因此，"钗／黛"固然不是分立对抗而甚至有所重叠的两个人物形象，连"冷／香"也是既分且合的两个语词，与"真／假""有／无""人情／势利"的情况一样，它们各自是一种价值内涵的不同实践，是生命体验的不同层次，是性情发展的不同面向，而不是彼此敌对的二元抗衡，也不是相反矛盾的两个极端，因此必须在正反相合、综观全局的视野下，才能掌握其消长变化之间所蕴含的一体性。

由此才更有助于理解，何以孤标傲世的黛玉能够从前期的目无下尘逐步转化为后期的周旋容众，而浑然天成不露痕迹②；何以叛逆不道的宝玉既视读书功名之流为"禄蠹"（第十九回）与"国贼

---

① ［美］浦安迪（Andrew H. Plaks）：《中国叙事学》（北京：北京大学出版社，1996年3月），第5章，页160。
② 参欧丽娟：《林黛玉立体论——"变／正""我／群"的性格转化》。

禄鬼"(第三十六回),却时时以孔子为千古至圣而敬奉其训诲[①];何以世故粗鄙的刘姥姥以出尽洋相的方式来逢迎富家以谋取庇荫,却终究无损其深具母神救世意义的义勇风范(第三十九回至四十二回);何以槁木死灰的李纨虽以"竹篱茅舍自甘心"的老梅为代表花,其稻香村却突兀地盛开着"几百株杏花,如喷火蒸霞一般"(第十七回),且数度表现出对钱帛的特殊敏感[②];又何以稳重和平的宝钗处处冷静入理、言行中节,却无碍于她忘情扑蝶的童心未泯,以及在俗世热闹中对虚无幻灭之情味的高度领悟与真切喜爱。[③] 如此种种,都是透过二元补衬的思考模式,充分展现了曹雪芹那洞视生命全局,因而极为丰富深刻的人生智慧,此一精神贯注于冷香丸的命名与制作上,也正蕴含着同一旨趣。

---

① 如他崇仰孔子为"亘古第一人",因此不敢忤慢孔子说下的父亲叔伯兄弟(第二十回);又不敢自比于孔子所赞美的松柏,于是退而只以杨树自居(第五十一回);还认为烧纸钱乃非孔子遗训的后人异端,遂要藕官以后断断不可再烧(第五十八回);以致在焚书以示抗议政教礼法时,仍然特别留下了《四书》(第三十六回)。以上种种行径,都足以证明宝玉并非为反对而反对的偏执之辈。

② 其义详参欧丽娟:《〈红楼梦〉中的"红杏"与"红梅":李纨论》。

③ 详参欧丽娟:《诗论红楼梦》,页311—314。

第五章
《红楼梦》中的"石榴花"——贾元春新论

第一节　前言：花／女性／水之象喻系统

　　花与女性之比配关涉，是中国抒情传统中一种显要的表现手法，自从《诗经·国风·桃夭篇》以睹物起兴的方式，透过"桃之夭夭，灼灼其华。之子于归，宜其室家"的叙写而将新嫁娘比拟于春天盛丽之桃花，已然初步奠定其间形神皆似之联系关系；直到唐代，更可谓洋洋大观地蔚为诗歌创作的普遍风气，因此宋人才会指出道："前辈作花诗，多用美女比其状。"① 而由诗歌旁及小说，诸如《镜花缘》《聊斋志异》等作品亦都可见花与美人互喻为说之现象，可见女性（尤其是美人）与花朵相提并论的孪生现象已牢不可破。浸假至《红楼梦》一书，其中所刻画的诸多女性，也在这样悠久的抒情传统下被纳入"人花一体"的表述系统中。

---

① （宋）释惠洪：《冷斋诗话》，日本五山版，收入张伯伟编校：《稀见本宋人诗话四种》（南京：江苏古籍出版社，2002年4月），页38。

然而，花与女性的关系乃随着文学家观物拟人的心态与角度而出现迥然的差异，如学者所指出：一般男性作家往往将花与女性框定为审美对象的固定套式，花与女性的比拟乃源于男性的视觉快感；而此一观花心态直至女性词人李清照始有所改变，"虽然男性基于自身情色欲望的幻想在文学中首创了花与女性的结缘，但李清照却是第一位在文学传统中真正实现具体化花与女性的关系，并且摆脱男子闺音的逻辑，创造女性现身说法的花文本的女性作家"[①]。由此，所谓"人花一体"才获得了真正属于女性自身的寓托关系，而不再只是"用美女比其状"的外貌牵附而已。

尤其《红楼梦》作为一部"诗化"甚深的小说[②]，对这样人花一体之"花文本"又作了更进一步的发展与扩延。一方面它与其他小说不同，让"女儿—花—水"进一步连结成一组同义相关的复合意象结构群，在彼此交涉互渗的情况下，其中的每一个组成单元都取得更多的表意内容，因此于大观园这女儿王国中各处脉脉流动

---

① 张淑香：《典范、挪移、越界——李清照词的"双音言谈"》，编辑委员会编：《廖蔚卿教授八十寿庆论文集》（台北：里仁书局，2003年2月），页58—59。
② 萧驰即认为《红楼梦》与诗词密切融合的修辞特色是因为出于文人之手，并将这样的修辞特征纳入中国抒情传统中加以解释："引喻化（指引用诗词以说明或表现的作法）恰恰又是中国抒情传统之另一显豁特征。……由诗词中脱化出小说情境乃引喻化表现之一——这是与唐宋传奇、宋元话本中插入诗赋曲词颇不同的新现象，显然与我谈到的文人生活的'诗化'以及小说内容的文人化直接相关。"参萧驰：《从"才子佳人"到〈石头记〉》，《中国抒情传统》（台北：允晨文化公司，1999年1月），页307。

的，便是名为"沁芳溪"的流水①，可见水、花、女儿已结合为三位一体的生命复合结构，共同享有园里圣洁、园外俗浊的不同命运。则"花"与"水"皆为女儿的代名词，取花之美丽与水之洁净，将书中蕴含的少女崇拜意识进行象喻的表达。

此外，《红楼梦》对人花一体之"花文本"所作的发展与扩延，另一方面则表现在女儿与花一体映衬的紧密关系上，让诸位金钗皆就其性格特点、遭际命运、最终结局，而类同于一种花属取得各自的代表。就此，《红楼梦》中数度以"花神""花魂"二词作为暗示②，而基于人物众多、彼此有别的既定背景，如此依照"人花一体"之观念进行象征比附的设计时，每一位金钗所对应的花内涵也势必

---

① 其所谓"沁芳"也者，乃绾结"水"与"花"而综合为言，取意于清澄之水气沁润着香美之花朵，而芬芳之花香也熏染了洁净之流水，两者融合为一而相依相存，正是女儿之美的最高呈现；其中，"水"作为女儿之化身或代名词，最明显的例子见诸第二回记载宝玉所谓："女儿是水作的骨肉，男人是泥作的骨肉。我见了女儿，我便清爽；见了男子，便觉浊臭逼人。"至于黛玉之所以选择葬花，而不像宝玉将落花撂入水中随波流去，理由正是因为"撂在水里不好。你看这里的水干净，只一流出去，有人家的地方脏的臭的混倒，仍旧把花遭塌了"（第二十三回）。

② "花神"者，如第二十七回写四月二十六日"饯祭花神"的闺中风俗、第四十二回凤姐所说"园子里头可不是花神"、第五十八回宝玉诌称"梦见杏花神和我要一挂白纸钱"、第七十八回写晴雯升天司任芙蓉花神，而且借宝玉之口又说"不但花有一个神，一样花有一位神之外还有总花神"等等皆是；其中所谓"总花神"之说，甚至与黛玉自称的"绛洞花主"与脂砚斋所谓的"诸艳之贯"具有相同寓意；而"花魂"者，如第二十六回《林黛玉赞》的"花魂默默无情绪"、第二十七回《葬花词》中的"知是花魂与鸟魂"与"花魂鸟魂总难留"、第七十六回《中秋夜大观园即景联句》中的"冷月葬花魂"者即是。

有所区隔,各自与各种花朵之生态属性、生长状况、物类特质息息相关,以彰显其独特而不容相混的人格性情。这就已经远远超出传统诗词中以花开模拟红颜盛美、以花落绾合女儿命薄的泛泛手法,而在个别化原则的需求之下,使"人花一体"具备更丰富的人文意涵,形成更深刻多元的象喻体系。

其中,身为贾家嫡派女性之一的元春,入宫封妃之后更跃升为贾府昌隆运势的支柱,为荣国府带来"鲜花着锦,烈火烹油"的空前繁盛。然而作为"众芳"之一,元春本不能豁免于"群芳髓(碎)""千红一窟(哭)""万艳同杯(悲)"的集体命运,由脂砚斋所点明的髓与碎、窟与哭、杯与悲的谐音隐射关系①,指出了"群芳""千红""万艳"的共同悲剧下场;一旦落实于个别人物身上,则又呈现迥然有别的命运形态,元春即是以她个人独特的方式实践了宫妃女性的悲剧类型。这种专属于元春的特殊方式,也如同《红楼梦》中的其他女性般,叠映于大自然界中的一种花属来开展。

固然"人花一体"之对应关系,主要于第六十三回"寿怡红群芳开夜宴"中"掣花签"一段情节表现得最为直接明确,而书中若干重要人物(如王熙凤)也未必都被纳入此一象征体系中来取得定位。然而,作者的创作手法本不限于一端,结构文本、塑造人物的模式亦是多元并现,一如亨利·詹姆斯所言:"一部小说是一个有生命的东西,像任何一个别的有机体一样,它是一个整体,并且连

---

① 参甲戌本第五回脂砚斋夹批,页127—128。

续不断，而且我认为，它越富于生命的话，你就越会发现，在它的每一个部分里都包含着每一个别的部分里的某些东西。"而且，"要说某些情节在本质上要比别的情节重要得多，这话听上去几乎显得幼稚"①。因此，只要能够挖掘出具有意味之潜在线索，以通盘的考虑、足够的证据与合理的分析为基础，对没有机会直接以花关涉表述的贾元春，应可重新审定其代表花与象征意义，从而扩大《红楼梦》中人花一体对应的阵容，并增进人物论的内涵。

至于作者对元春究竟属意何花？其花如之何？而其中又关涉何种象征寄托？这些都将在下文各节中分别加以论证。

第二节　石榴花：元春之代表花

野鹤《读红楼札记》指出："《红楼梦》无形中一重要人物，手造许多风流艳话。或问为谁？曰元妃。"②此一无形中之重要人物，打从书中一揭开序幕便已隐身幕后，除了回府省亲一段之外，莫不以若存若无的方式间接活动着，其性格、思想、才情、价值观等等个性内涵，都因此而显得朦胧不可确认，成为《红楼梦》中最少被探照的人物之一。我们可以注意到，"元迎探惜（原应叹息）"

---

① 两段引文见[英]亨利·詹姆斯（Henry James）著，朱雯等译：《小说的艺术：亨利·詹姆斯文论选》（上海：上海译文出版社，2001年5月），页17、页18。
② 一粟编：《红楼梦卷》（台北：新文丰出版公司，1989年10月），卷3，页286。

的四春之中，独独只有探春一人身兼红杏与玫瑰这两种代表花①，至于迎春、惜春二人，则各自因为不同的理由而无花可言。② 关于元春，一般讨论此一问题者，似乎也都因为元春早早入宫而离开大观园这女儿活动的日常舞台，以致欠缺"掣花签"之类的伏谶情节而无花对应，因此阙略不谈；或者则是依照故事中不断预告的"那红尘中有却有些乐事，但不能永远依恃""瞬息间则又乐极生悲"（第一回），以及"树倒猢狲散""瞬息的繁华，一时的欢乐"（第十三回）之类的谶语，便想当然耳地将元春的起落遭际与短暂一现的昙花相模拟，所谓："贵妃娘娘贾元春像昙花一现，荣华富贵的荣宁二府也像昙花一现。"③ 从而引述古典诗词中有关昙花的典故与诗句以兹印证，并就此径下定论。

然而，我们寻绎书中的相关情节与诗词文句，研究的结果却认为元春的代表花其实是石榴花。首先，全书不但在第五回全面预告众钗命运的人物判词中，于元春的部分写着：

> 二十年来辨是非，榴花开处照宫闱。三春争及初春景，虎兕相逢大梦归。

---

① 其中的红杏也者，乃就"日边红杏倚云栽"之花签词暗寓其将来嫁作王妃之命运（第六十三回）；而玫瑰也者，乃就"玫瑰花又红又香，无人不爱的，只是刺戳手"而象喻其有为有守之性格（第六十五回）。

② 详参欧丽娟：《"无花空折枝"——〈红楼梦〉中的迎春、惜春探论》，《台大中文学报》第 34 期（2011 年 6 月），页 349—394。

③ 陈诏（文）、戴敦邦（图）：《红楼梦群芳图谱》（台北：万卷楼图书公司，2000 年 4 月），页 27。

在语不虚设的判词中明明白白出现石榴花的意象，而且花光辉煌照耀着宫闱皇庭，恰恰呼应元春的入宫为妃，大放异彩，这本身即是有力的证据。而石榴花曾被誉为"天下之奇树，九州岛之名果"[1]，其珍异名贵固不待言，其色相之美更是浓艳可观，以致潘尼有"朱芳赫奕，红萼参差，……遥而望之，焕若隋珠耀重川；详而察之，灼若列宿出云间"之形容。此外，明王象晋《广群芳谱》更云：

> 石榴，一名丹若（注引《本草》云：若木乃扶桑之名，榴花丹颊似之，故亦有丹若之称），本出涂林安石国。汉张骞使西域，得其种以归，故名安石榴。今处处有之，树不甚高大，枝柯附干，自地便生作丛，孙枝甚多。……五月开花，有大红、粉红、黄、白四色，有海榴、黄榴、四季榴、火石榴（其花如火）、饼子榴、番花榴。燕中……单瓣者比别处不同，中心花瓣，如起楼台，谓之重台石榴花，头颇大，而色更深红。[2]

在这段草木志的描写中，"其花如火"的火石榴与"色更深红"的重台石榴，都足以充分印证判词中"榴花开处照宫闱"的具体感受。更何况，"重台石榴花"繁开盛放的特殊意象，于第三十一回的一

---

[1] （晋）潘尼：《石榴赋》，《潘太常集》，（明）张溥编：《汉魏六朝百三家集》（台北：新兴书局，1963年2月），册2，页1461。

[2] （明）王象晋著，康熙敕编：《广群芳谱》（台北：台湾商务印书馆，1968年12月），卷28，页672。

段情节中,还借由史湘云游观大观园时与丫鬟翠缕的对话而重现一次,作者叙述道:

> 翠缕道:"这荷花怎么不开?"史湘云道:"时候没到。"翠缕道:"这也和咱们家池子里的一样,也是楼子花?"湘云道:"他们这个还不如咱们的。"翠缕道:"他们那边有棵石榴,接连四五枝,真是楼子上起楼子,这也难为他长。"史湘云道:"花草也是同人一样,气脉充足,长的就好。"

分析上述这段交谈话语的思维脉络,其中包含了两个重点,必须详加辨证以发其潜德幽光,并充足其义:

首先,从花开的形态来看,所谓的"楼子花"本是实有其事的植物界现象,以史家开出的荷花楼子花为例,不但早已见诸唐代,诗人称之为"重台莲花",并为之歌咏道:"敧红矮婧力难任,每叶头边半米金。可得教他水妃见,两重元是一重心。"① 而此种重台开花的现象又不独莲花为然,重台石榴花也存在于大自然界中,其气派声势更是不遑多让,如前文引述王象晋《广群芳谱》中所言,在各色各样的石榴种类中,燕中"单瓣者比别处不同,中心花瓣,如起楼台,谓之重台石榴花,头颇大,而色更深红",显然开出楼子花的石榴即是重台石榴花,特色是"中心花瓣,如起楼台",头大

---

① (唐)皮日休:《木兰后池三咏·重台莲花》,康熙敕编:《全唐诗》(北京:中华书局,1990年2月),卷615,页7095。

色红，更为引人注目。而大观园里的石榴竟然可以连续不断地花中生花，到了"接连四五枝，真是楼子上起楼子"的地步，称之为旷古奇观已不为过。

而湘云将楼子花的出现与气脉充足结合为论，无形中便隐含了自然界与人事界交感连动的天人合一的思考模式。就此而言，虽然在全书一开始，贾家实际上已是处于外强中干之"末世"[1]，但由于"百足之虫，死而不僵"之故，贾、史、王、薛四大家族依然是"本省最有权有势、极富极贵的大乡绅"，以炙手可热的"大族名宦之家"被列入护官符中，同时"这四家皆联络有亲，一损皆损，一荣皆荣，扶持遮饰，俱有照应"（第四回），既然花草与人都会因气脉的充足与否而有荣枯盛衰之别，则以如此畅旺之气势，固当草木同感，而产生楼子花之奇景。池子里开出了荷花楼子花的史家，其势高气旺一如第四回所言："阿房宫，三百里，住不下金陵一个史"；而贾家显然更是四大家族中的佼佼之盛，本就以"白玉为堂金作马"之口碑独占鳌头，再加上出了一个皇妃而锦上添花，所谓"烈火烹油，鲜花着锦"，致使其石榴花比诸史家的荷花更上一层，表现出"接连四五枝，真是楼子上起楼子"这不可一世之态势，正合乎史湘云天人交感的理论。

如此一来，贾家与史家同为财大气粗的大族名宦之家，反映在楼子花的开放形态上，实际上还进一步产生了"富"与"贵"的差

---

[1] "末世"一词见诸第五回人物判词，包括探春的"生于末世运偏消"以及王熙凤的"凡鸟偏从末世来"，而第一回贾雨村的"生于末世"亦可以作为左证。

异,并因此而略有高下之分,就下表以观之,当更为显豁:

史家—荷花—楼子花—富(烈火,华锦)
贾家—石榴花—楼子上起楼子—富上加贵(烈火烹油,鲜花着锦)

让贾家之声势达到"烈火烹油,鲜花着锦"之地步的,便是元春封妃所带来的富上加贵的结果,而这也正是同时名列护官符中的史、王、薛三大家族之所以瞠乎其后的原因。值得注意的是,较诸史家池中用以展现气脉充足的荷花,作为展现贾府更胜一筹之威势的花属,其之所以必以石榴为说,而此"接连四五枝,真是楼子上起楼子"的重台石榴花,又出现在专为元春省亲而造的大观园中,在在都透显出石榴与元春之间密切的同体关系,因此得以互为转喻。

其次,以时间、地点这两个要素来看,早在第五回"东边宁府中花园内梅花盛开"一段,脂砚斋即评曰:

元春消息动矣。[1]

此乃是无边春色之第一枝,着落于距离较远的宁国府会芳园,绽露于一年初始的早春梅花,表面上与元春封妃似乎风马牛并不相及,其实已可谓伏脉千里之外。正如刘姥姥之于荣国府的牵连,乃是

---

[1] 见甲戌本第五回夹批,页116。

始于"忽从千里之外,芥豆之微,小小一个人家,因与荣府略有些瓜葛,这日正往荣府中来,因此便就此一家说来,倒还是头绪"(第六回),由此而若断若续地逐渐牵引出一部庞大复杂的贾府兴衰史,则宁府就在荣府一墙之隔的肘边腋旁,梅花又是春日群芳中领衔开放的先声,恰恰呼应"元春"之名,显见其间关系更是远胜于"千里之外,芥豆之微"的刘姥姥。因此,若说宁府会芳园里初春之早梅暗示了"元春消息动矣",则随着时间之进展与空间之逼近,荣府大观园中仲夏盛开之重台石榴便已到了"元春封妃成真"的落实阶段。

因此在情节构设上,早在第二十七回便借由探春将宝玉叫到一棵石榴树下的情节,初步呈现"大观园—石榴花"的连带关系,随后遂更出现荣国府大观园里的这棵石榴花竟然可以开出"接连四五枝,真是楼子上起楼子"的奇观异景,则贾府之气脉充足、炙手可热显然不言可喻。尤其此时正当元春封妃省亲后不久,开出石榴楼子花的地方又正是为了元春省亲而建造的大观园,则盛开于大观园中之石榴花亦成为与元春封妃有关的潜在背景。由于元春的封妃晋爵,本即是将贾府带往空前高峰的契机,正如秦可卿之幽魂在事前托梦于凤姐时所形容的:"一件非常喜事,真是烈火烹油、鲜花着锦之盛。"(第十三回)如此一来,曹雪芹在众芳缤纷的花园中,选择以石榴作为"气脉充足"的代表树种,应该就不是巧合。综观前述与元春命运有关的第五回与第三十一回,元春之封妃从最初依稀隐微的可能性,透过空间上处于边缘外围的宁府会芳园、时间上尚在一年初始的早春元月、花种上借助相隔较远的梅花来间接呈现,随着时机成熟而逐渐明朗化成为既定事实，相关名物遂尔多方辐凑汇集于真正的核心，以空间上位居中心地带的荣府大观园、时间上达到季候巅峰的仲夏五月、花种上选择多层重台的石榴花来直接表达，而进入贾府百年来最为登峰造极的显赫阶段，可谓十分顺理成章的渐进式安排，在在都可以看出曹雪芹艺匠经营之用心。将此与"榴花开处照宫闱"之人物判词连模拟观，元春的代表花是石榴花，已可谓毫无疑义。

由此，我们可以进一步延伸观察的视角，抉发石榴花／大观园所关涉的其他潜在意涵。以元春与贾府的互动结构或交流模式而言，地点上乃仅限于大观园与皇宫，而时间上除了省亲当日之外，只剩下某些特定时日节庆是双方取得合法交集的唯一支撑点。由于宫廷乃是"不得见人的去处"（第十八回），因此入宫为妃的元春除了返家省亲之外，与贾府的联系只能等待少数宫中会面的机会，如《清宫史·宫规》所记载："凡秀女入宫，有名号者，父母年老，奉特旨许会亲。一年或数月，许本生父母入宫，家下妇女不许随入，其余亲戚不许入宫。"[1] 无论相会之地在于何处，这些可以直接见面的情况都是少之又少，且禁锢重重而无法随兴尽情，以致元春才会伤心悲叹"骨肉各方，终无意趣"（第十八回），从而元春与原生家庭贾府之间的汇通管道，最主要乃是建立在间接的联系上。其形态是在特定的几个少数时日节庆中，透过太监等中介者的居间传递，

---

[1] 引自李新灿：《女性主义观照下的他者世界》（北京：中国社会科学出版社，2001年12月），页281。

将姊妹之诗文呈送宫中，元春则赏赠以节礼品物，一去一返，形成若断若存的双向交流。

而细察书中相关情节，自元春省亲回宫之后，发生过数次这样的互动情形，其先后顺次依序最早是众姊妹为大观园命名，将各处拟定的名字送往宫中给元妃过目，以全君臣之国礼，元妃又传出来让贾政裁决，以遵父子之家礼，终致全数拟名照章通过（见第七十六回林黛玉的追溯之说），时当大观园初初落成、元春刚刚省亲回宫之际；另一次则是出现在第二十二回，双方于元宵节交换灯谜互猜谜底，时当元春省亲之后、大观园开放之前。因此，真正与大观园之存在场景直接关涉，而且充分彰显元春之无上皇权的，便仅仅只有端午赐礼的那一次。第二十八回记载元春于端午节赏赐节礼，其中独有宝钗的与宝玉完全一样，而黛玉所得的品项则降了一等，仅仅与诸姊妹同级，"金玉良姻"的现实基础至此乃明显浮现，直接证明元春对贾府与大观园具备直接决策的影响力，贵为皇妃的王室身分（当时称"主位"）使她拥有超出贾母、贾政、王夫人之上的权威。

尤其值得注意的是，一年之中的庆典节日不知凡几，曹雪芹乃将此一攸关全书走向的赐礼情节独独安排在端午节之背景来进行铺展，应更有其深层的考虑。首先，由于农历仲夏五月乃是石榴花当令的时节，榴花盛开于炎夏盛暑之际，本即是端午寓目得见的季节产物，因此从宋元时代开始，诗词中有关端午的节令之作便往往可见榴花之踪影，诸如：

- 榴花照眼能牵恨，强切菖蒲泛酒卮。（[宋]朱淑真《端午》）①
- 榴花依旧照眼。（[宋]吴文英《隔浦莲近·泊长桥过重午》）②
- 叶底榴花蹙纬缯。（[宋]陆游《重午》）③
- 榴花角黍斗时新。（[宋]戴复古《扬州端午呈赵帅》）④
- 榴花照鬓云髻热，蝉翼轻绡香叠雪。（[元]张宪《端午词》）⑤

从而五月得有"榴月"之别名，而如此以花命月，更是只有少数几种花才有的罕异现象，足见此一现象之特殊。何况于明代有关插花的"主客"理论中，榴花总是列为瓶花花主之一，称为"花盟主"，辅以栀子花、蜀葵、孩儿菊、石竹、紫薇等以为衬托，后者便被称为花客卿或花使令，更有被喻为妾、为婢者，可见古人对石榴的尊

---

① 傅璇琮等主编：《全宋诗》第28册（北京：北京大学出版社，1998年4月），卷1586，页17961。
② 吴文英之相关篇什，其他尚有《满江红·甲辰岁盘门外寓居过重午》的"榴花不见簪秋雪"，而《踏莎行》亦以"榴心空叠舞裙红"拟喻美人舞姿，至于《澡兰香·淮安重午》则以"为当时曾写榴裙，伤心红绡褪萼"而相关，参黄坤尧：《吴文英的节令词》，邝健行、吴淑钿编选：《香港中国古典文学研究论文选粹·诗词曲篇》（南京：江苏古籍出版社，2002年4月），页488—490。另有一黄文未及者，乃《杏花天·重午》一阕，其中全无榴花之相关意象，因此统计吴文英总共五首端午词中，榴花意象即出现四次，可见比例之高。
③ 康熙御定：《佩文斋咏物诗选》（台北：广文书局，1970年2月），册2《午日类》，页978。
④ 康熙御定：《佩文斋咏物诗选·午日类》，册2，页978。
⑤ 康熙御定：《佩文斋咏物诗选·午日类》，册2，页971。

崇之意。① 如此一来，对照白居易所谓"恐合栽金阙，思将献玉皇。好差青鸟使，封作百花王"（《山石榴花十二韵》）之诗句，更可以彰显此花之尊贵，足以与元春之贵妃地位互相烘托辉映，此点可以详参下一节的论证。

若更进一步论之，恰恰处于此一"榴月"中的端午节，又有"女儿节"之别称，明代《帝京景物略》记载："五月一日至五日，家家妍饰小闺女，簪以榴花，曰女儿节。"② 此种将端午称为女儿节的习俗至清犹然，如《帝京岁时纪胜》便进一步说道："饰小女尽态极妍，已嫁之女亦各归宁，呼是日为女儿节。"③ 这就证明当时除了极力打扮小女娃之外，已出嫁之女也可回家归宁④，因此道光十五年之进士王蕴章，于《幽州风土吟·女儿节》即云："女儿节，女儿归，要青去，送青回。球场纷纷插杨柳，去看击鞠牵裾走。红杏单衫花满头，彩扇香囊不离手。谁家采艾装絮衣，女儿娇痴知不知？"所形容的就是端午归宁的女儿们，向马球场奔去的欢乐情景。⑤ 而根据进一步的研究可知，女儿节虽其来有自，一度却不甚显著，

---

① 参何小颜：《花与中国文化》（北京：人民出版社，1999年1月），页186。

② （明）刘侗、于奕正：《帝京景物略》（北京：北京古籍出版社，2001年2月），卷2《城东内外》，"春场"，页68。

③ （清）潘荣陛：《帝京岁时纪胜》（北京：北京古籍出版社，2001年2月），页21。

④ 此说亦可参郭兴文、韩养民：《中国古代节日风俗》（台北：博远出版社，1992年4月），页201—203。

⑤ 转引自罗时进：《中国妇女生活风俗》（西安：陕西人民出版社，1994年6月），页270。

于明清之际始又流行北地；归纳起来，民间所谓的女儿节大致不出端午、六月六、七夕、中秋、重阳等节日，其意涵虽可区分为以嫁女归宁为主的"女儿（daughter）之节日"、以小女娃盛妆严饰为主的"女孩（girl）之节日"这两种类型，但较大的程度上其实是以嫁女归宁为主要诉求。①

因此，一旦端午节与女儿节相结合时，石榴花也就应运而出，成为当令应景的惯见之物，既可以与菖蒲酒、角黍粽相关为言，成为女儿盛妆点缀的饰品，如前述《帝京景物略》的"五月一日至五日，家家妍饰小闺女，簪以榴花"之说，又如余有丁《帝京午日歌》所言：

> 都人重五女儿节，酒蒲角黍榴花辰。金锁当胸符当髻，衫裙簪朵盈盈新。②

则榴花便分享了少女扮装新丽的喜悦；此外，榴花也可以成为嫁女思亲的起兴之物，如河南歌谣云："石榴花，溜墙托。……井台高，望见娘家柳树梢。闺女想娘谁知道？娘想闺女哥来叫。"③ 如此一

---

① 参彭美玲：《传统习俗中的嫁女归宁》，《台大中文学报》第14期（2001年5月），页205—207。
② （清）李光地等撰：《月令辑要》（上海：上海古籍出版社，1993年），《景印文渊阁四库全书》本，卷10，页9。
③ 民国28年（1939）河南省《禹县志》，丁世良、赵放主编：《中国地方志民俗资料汇编·中南卷》（北京：北京图书馆出版社，1997年7月），页202。

来，榴花便寓托了嫁女思亲的苦涩情怀。除此之外，头戴榴花本具有镇压厌胜的巫术意味，后世始以之为装饰、为趣味①，则无论是神圣不可侵犯的宗教性质或赏心悦目的审美性质，都与盛开着石榴花之大观园的存在特征相符应。因为在大观园本身所具备之多重象征意涵中，即包含宗教化的神圣仙境，以及处子的纯洁喜悦②，可谓女儿在遭受"女子有行，远兄弟父母"③之永恒贬谪前的逍遥乐土。则终年幽居在深宫那"不得见人之去处"，而感慨"今虽富贵已极，骨肉各方，然终无意趣"的元春（第十八回），大观园更是她唯一可以重获亲情，而以女儿身分聚天伦之乐的地方，是早早离家步入黄金牢笼之后念念不忘的心灵原乡。甚至可以说，对元春而言，大观园的意义不仅是一种"感性家园"，还更是一种"精神家园"，亦即出于对沉沦的抗拒，对自由的诉求，而欲引领自我回归本体时，所找到的一个绝对的存在之域，其中实蕴含着一份对存在的诗意化沉思④，从而元春才会特别下谕让众钗入园居住，以取得某种程度的替代性的心理补偿。

　　换言之，无论是展现元妃个人身为嫁女怀家思亲的心理需要，或是作为大观园中众女儿身为少女的集体庆典，端午都是意义重大

---

① 陶思炎：《中国镇物》（台北：东大图书公司，1998年），页98—99。
② 柯庆明：《论红楼梦的喜剧意识》，《境界的再生》（台北：幼狮出版社，1977年5月），页386—388。
③ 《诗经·国风·卫风·竹竿篇》，另亦见诸同书《邶风·泉水》《墉风·蝃蝀》等处。
④ 两种家园之说，参畅广元编：《文学文化学》（沈阳：辽宁人民出版社，2000年6月），页229。

的节日，足以将元春与诸钗之关联双绾为一，而于"女儿节"的意涵中同时得到满足。① 如此与悠久深厚的民俗传统相配合之后，于《红楼梦》中便连结形成"石榴花—端午节—女儿节—嫁女思亲归宁—大观园—元春"之意义脉络，藉由大观园之中介作用，使元春与石榴花之间的关系更为扩延而丰富，在《红楼梦》的文本结构中，也更加无法取代。

第三节 "石榴花"之象征意义

以上就文本之分析，初步证明元春之代表花为石榴花之后，接下来必须进一步阐释的问题便是：一如秾艳丰美的牡丹之于宝钗的富丽雍容，淡雅出尘的芙蓉之于黛玉的风露清愁，红香多刺的玫瑰之于探春的有为有守，和弃世离俗的老梅之于李纨的槁木死灰，石榴花的某些生物特性也会被传统文人比附于种种人事现象，不但在诗词中凝塑了特定的象征意涵，于《红楼梦》一书的象征系统里，也提供了诠解元春之相关意义时的丰富基础。

多数学者认为，判词中写元春的"榴花开处照宫闱"系暗取典于《北齐书·魏收传》，其中记载北齐高廷宗皇帝与李妃到李宅摆

---

① 有关女儿之节日，于《红楼梦》中明确铺陈的，主要是第二十七回所载四月二十六日"芒种"的饯花会。然而此一饯花会与花朝之庆、送花乃至葬花等有关少女的风俗，实为局限于大观园内部之独立情节而与元春无涉，因此本章不予处理，以专注于与元春有关的端午节来讨论，以免枝蔓淆杂。

宴，妃母献石榴一对，取榴开百子之意以祝贺，并推论道："凡此，都是把元春的荣辱与贾府的盛衰结合在一起写的。这首'诗谶'当然也是如此。"①此说视元春个人之荣辱与贾府全体之盛衰乃结合为一的生命共同体，其认识之真确固不待言；然而，元春判词中的谶语是否典出《北齐书·魏收传》，而"榴开百子"是否为其取意所在，却都值得商榷。至于另有学者检索出曹寅《楝亭诗别集》卷二中的《榴花》与《残榴》两诗，认为其中所描写的红火与遭妒、燠与凉、荣与枯的双重特点，触发了曹雪芹的灵感，兼涉其被选入宫中而湮灭无闻甚至早逝的二姑与大姊，遂取其中"未了红裙妒，空将绿鬓疏"作为宫禁生活与皇廷斗争的隐喻，则元妃卷入宫闱斗争并且失宠失势的结局，可能即本此而来。②

　　本章寻绎书中相关部分，认为榴花作为元春之代表花，实与石榴之果实无涉。盖花果虽同出一源，彼此不免有相关之处，但细论起来却究竟是分属二物，往往不容相混，《北齐书·魏收传》中所写的乃是作为"果实"之石榴，因此以"一对"为单位，其用意也只取"百子"之祝旨；而元春之判词中则明言"榴花"，其花光照耀之处并非娘家故宅而是皇室宫闱，至于多子之义更是付诸阙如，

---

① 张锦池：《红楼十二论》（天津：百花文艺出版社，1995年8月），页287。
② 丁淦：《元妃之死——"红楼探佚"之一》，《红楼梦学刊》1989年第2辑，页196—197。

因此《北齐书·魏收传》实非其取典之所在。① 其次，对孺慕甚深的曹雪芹来说，家学渊源虽然多方提供了创作素材，但追踪蹑迹，曹寅《榴花》与《残榴》两诗作中的歌咏重点都不出渊远流长的诗歌范围，并非其个人所独创，显然家学渊源并非绝对的唯一出处；再加上探佚之学往往有拘狭坐实之虞，造成家学与家世的独尊之势并产生过度干扰，而忽略小说文本的内容分析，因此有关榴花的象征意义与诠释方向实应回归咏物传统与小说文本，以获取更客观而坚实的内缘论证。

据此之故，我们认为，榴花的象征意义以及在《红楼梦》中的作用状况，应在于花朵本身所具备的几种生物特性，以及由此引申出来的人文内涵上。首先，石榴花的特点是鲜明红艳、亮丽炫目的，历代诗人对此曾多加称颂歌赞，如唐朝韩愈的《题张十一旅舍三咏·榴花》一诗即为其中之最著者，所谓：

> 五月榴花照眼明，枝间时见子初成。可怜此地无车马，颠倒苍苔落绛英。②

其中首句之"五月榴花照眼明"正可作为这类作品之代表，而与元春判词中的"榴花开处照宫闱"一句相呼应。此外，历代诗人尚有

---

① 后见张季皋：《怎样理解"榴花开处照宫闱"》一文亦持此说，大意与此处类同，其中对学界解读《北齐书·魏收传》之讹误辨证尤详，收入《红楼梦学刊》1985年第1辑，页238—239。

② 钱仲联：《韩昌黎诗系年集释》（上海：上海古籍出版社，1998年3月），页382。

众多歌咏榴花之诗句，纷纷以"燃灯""似火""如霞""绛囊""红露""赤霜""猩血""琥珀""胭脂""灯焰""丹砂""旭日""曙光"等词比喻之，诸如：

- 涂林（按：即石榴）未应发，春暮转相催。然灯疑夜火，连珠胜早梅。（[南朝]梁元帝《咏石榴》）①
- 千房万叶一时新，嫩紫殷红鲜曲尘。……日射血珠将滴地，风翻火焰欲烧人。（[中唐]白居易《山石榴寄元九》）②
- 晔晔复煌煌，花中无比方。……绛焰灯千炷，红裙妓一行。（[中唐]白居易《山石榴花十二韵》）③
- 委作金炉焰，飘成玉砌霞。……琥珀烘梳碎，燕支懒颊涂。风翻一树火，电转五云车。绛帐迎宵日，……朝光借绮霞。（[中唐]元稹《感石榴二十韵》）④
- 夜久月明人去尽，火光霞焰递相燃。（[中唐]刘言史《山寺看海榴花》）⑤
- 深色臙脂碎剪红，巧能攒合是天公。（[晚唐]施肩吾《山石榴花》）⑥

---

① 逯钦立辑校：《先秦汉魏晋南北朝诗》（台北：木铎出版社，1983年9月），页2047。
② 见《白居易集》（台北：汉京文化公司，1984年3月），卷12，页233。
③ 见《白居易集》，卷25，页576。
④ 见杨军：《元稹集编年笺注·诗歌卷》（西安：三秦出版社，2002年6月），页593—594。
⑤ 康熙敕编：《全唐诗》，卷468，页5328。
⑥ 康熙敕编：《全唐诗》，卷494，页5595。

- 似火山榴映小山，繁中能薄艳中闲。一朵佳人玉钗上，只疑烧却翠云鬟。（[晚唐]杜牧《山石榴》）①
- 一夜春光绽绛囊，碧油枝上昼煌煌。风匀祇似调红露，日暖唯忧化赤霜。火齐满枝烧夜月，金津含蕊滴朝阳。（[晚唐]皮日休《病中庭际海石榴花盛发感而有寄》）②
- 紫府真人饷露囊，猗兰灯烛未荧煌。丹华乞曙先侵日，金焰欺寒却照霜。（[晚唐]陆龟蒙《奉和袭美病中庭际海石榴花盛发见寄次韵》）③
- 猩血谁教染绛囊，绿云堆里润生香。游蜂错认枝头火，忙驾熏风过短墙。（[元]张弘范《榴花》）④
- 天付炎威与祝融，海波如沸沃珍丛。飞将宝鼎千重焰，炼就丹砂万点红。（[明]朱之蕃《榴火》）⑤

除此之外，元稹《杂忆五首》之四的"山榴似火叶相兼"与《石榴花》的"红霞浅带碧霄云"⑥，还有温庭筠《海榴》的"海榴开似火"⑦等等，也都是夸言其红艳抢眼的鲜丽笔致。那些绛囊、红露、

---

① 见杜牧：《樊川文集》（台北：汉京文化公司，1983年11月），页55。
② 康熙敕编：《全唐诗》，卷613，页7071。
③ 康熙敕编：《全唐诗》，卷624，页7176。
④ 康熙御定：《佩文斋咏物诗选》，页5430。
⑤ 康熙御定：《佩文斋咏物诗选》，页5427。
⑥ 二句分见杨军：《元稹集编年笺注·诗歌卷》，页367、页998。
⑦ （清）曾益：《温飞卿诗集笺注》（上海：上海古籍出版社，1998年3月），卷7，页160。

赤霜、金焰、猩血、胭脂红、千炷灯、枝头火、火光霞焰、火齐满枝、日射血珠、风翻树火的喻词，以及嫩紫殷红、红绽锦窠、琥珀燕支、晔晔煌煌之类的形容语，都具备一种灿烂逼人、红艳抢眼的通性，甚至足以产生"欲烧人""烧夜月""烧却翠云鬟"的错觉。是故上引诗例中，朱之蕃便索性以"榴火"称之，将二物模拟之明喻方式所产生的喻依与喻体的隔膜与间距加以解消，而直接让"榴"与"火"并合为一同义复合体，则榴花本身即等于烈火矣。

至于榴花的浓艳是与硕大分不开的，因此晚唐诗人说道："石榴红重堕阶闻"①，由此进一步可以推知，石榴的楼子花更是如何的花团锦簇、繁艳富丽。而由这些诗句甚至可以推测元春的代表花不但是石榴花，或许就是其中的"海石榴"这一品种，从上述诸诗人所歌咏的多是山石榴以及海石榴，再加上唐人李嘉祐的《题韦润州后亭海榴》、权德舆的《韦使君宅海榴咏》诸篇所歌咏者，可知大观园中所植之品种，恐怕以海石榴最为近之。

而无论是前述王象晋《广群芳谱》所载"色更深红"的重台石榴，还是众诗人所歌咏的海石榴、山石榴，都足以充分显示其"照眼明"的具体感受，至于此一特点之象征功能，主要是用以彰显元春封妃的绝顶荣华，正可以与"榴花开处照宫闱"之炙手可热相对应；而所谓"烈火烹油、鲜花着锦"的逼人炫目，也恰恰可以藉之具象表出元春封妃后不可逼视的尊贵地位。无怪乎中唐白居易即将之视为无与伦比的国色天香，所谓"此时逢国色，何处觅天香"，

---

① （唐）皮日休：《病后春思》，清·康熙敕编：《全唐诗》，卷613，页7074。

并于歌咏其"晔晔复煌煌,花中无比方。……绛焰灯千炷,红裙妓一行"的辉煌艳丽之后,接着便赞颂道:

> 恐合栽金阙,思将献玉皇。好差青鸟使,封作百花王。①

诗中的"栽金阙""献玉皇"等用语,都将石榴花提升到了皇室帝王之尊贵地位,而"封作百花王"更明显点出其超凡绝俗的神圣之姿,正与元春入宫封妃之情节发展若合符契。则书中所谓"三春争及初春景"(第五回元春判词)的无上荣耀,便透过"榴花更胜一春红"②的自然现象与文化认知,而获得具体表征。

其次,一反百花争妍于春天的常景,石榴花具备的是盛开在夏季五月的生物习性。这原本只是石榴在历经千万年的演化之后应时而来的自然现象,但在中国古典文学传统中却被赋予一种迟来晚到而错失佳期的叹惋,如晚唐子兰《千叶石榴花》诗中即云:

> 一朵花开千叶红,开时又不藉春风。③

而这一点,比起红艳灿烂此一其他红色花朵(如牡丹、芍药、

---

① 白居易:《山石榴花十二韵》,《白居易集》,卷25,页576。
② 句见(宋)刘辰翁《乌夜啼·初夏》:"犹疑熏透帘栊,是东风。不分榴花更胜、一春红。"唐圭璋编:《全宋词》(台北:洪氏出版社,1981年4月),页3198。词中"不分"为不意或不料之意。
③ 康熙敕编:《全唐诗》,卷824,页9289。

蔷薇、桃花、杜鹃等色之红者）也都不缺乏的形貌特征①，更是石榴花专属的独有特性，也因此是文士比附于人事时最关键的重要象征所在。就此而言，最早的典故乃见诸《旧唐书·文苑传》所记载监察御史孔绍安的故事：

> 高祖（案：指李渊）为隋讨贼于河东，诏绍安监高祖之军，深见接遇。及高祖受禅，绍安自洛阳间行来奔，高祖见之甚悦，拜内史舍人。……时夏侯端亦尝为御史，监高祖军，先绍安归朝，授秘书监。绍安因侍宴，应诏咏《石榴诗》曰："只为时来晚，开花不及春。"时人称之。②

故事是说，当李渊尚未开国建唐而屈就于隋朝之时，受命前来监军的御史先后有孔绍安、夏侯端二人。其中，孔绍安就此因缘际会而与李渊最为相得，但在李渊起兵称帝后，叛隋前来归附的行动却稍迟一步，因此品秩官职反倒较抢先来归的夏侯端为低。论情分，甚至论才能，孔绍安理应近水得月、拔得头筹，无奈在瞬息万变的政

---

① 如元稹《山枇杷二首》之一即云："深红山木艳彤云。"孟郊《酬郑毗踯躅咏》亦称："迸火烧闲地，红星堕青天。"韩偓《净兴寺杜鹃花一枝繁艳无比》也曰："一园红艳醉坡陀，自地连梢簇蒨罗。蜀魂未归长滴血，只应偏滴此处多。"其形容即十分近似而难以区辨。三诗分见杨军：《元稹集编年笺注·诗歌卷》，页159；华枕之、喻学才：《孟郊诗集校注》（北京：人民文学出版社，1995年12月），卷9，页410；康熙敕编：《全唐诗》，卷680，页7794。
② （后晋）刘昫等：《旧唐书》（台北：洪氏出版社，1977年6月），卷190《文苑传》，页4983。

治场中，唯有洞烛机先的人才能捷足先登、先驰得点，因此心有不平的孔绍安便借着石榴花来寓托自己的咄咄不甘之意。原来在"地利""人和"兼具的情况之下，独缺"天时"就足以将一切机缘抹煞，则地利之培养酝酿与人和之费心努力，都会因为错过时机而徒然付诸流水。

就此，李商隐也曾抒发同样的悲慨而凄楚更有过之，于《回中牡丹为雨所败二首》之二的首句，即毫不留情地劈头揭发这残酷的事实："浪笑榴花不及春，先期零落更愁人。"① 其"榴花不及春"之句正恰恰与孔绍安所谓的"祇为时来晚，开花不及春"如出一辙。对诗人而言，石榴花绽放盛开于夏日时节乃是无法弥补的致命缺陷，虽然也得到过"万绿丛中红一点"的赞美②，但事实上最美的春天已拱手让人，既然得不到百花的衬托，便只有以时不我予的一树独秀苦苦追赶那永远错失的佳期。所谓：

  岁芳摇落尽，独自向炎风。③

---

① 刘学锴、余恕诚：《李商隐诗歌集解》（台北：洪叶文化事业公司，1992年10月），页271。

② 《王直方诗话》记载："荆公作内相〔时〕，翰苑中有石榴一丛，枝叶茂盛惟发一花。公诗云：'秾叶万枝红一点，动人春色不须多。'"参郭绍虞：《宋诗话辑佚》（北京：中华书局，1987年5月），页3。其中"秾叶万枝红一点"一句，至明清引述时已作"万绿丛中红一点"，较为今人所熟知，见王象晋原著，康熙敕编：《广群芳谱》（台北：台湾商务印书馆，1968年12月），卷28，页673。

③ 语出（宋）晏殊：《西垣榴花》，傅璇琮等主编：《全宋诗》第3册（北京：北京大学出版社，1991年7月），卷173，页1963。

则那一树"照眼明"的秾华艳姿所呈现的便不是挥洒自如、睥睨群芳的昂扬奔放,而是一味声嘶力竭,却有如强弩之末般无能为力的徒劳无功。其花开之炫丽灿烂,在夏日"众花皆卸,花神退位"(第二十七回)而四顾无花的浓绿景致中不免显出胜之不武的凄凉寂寞;而其孤芳自赏的身姿,也不免染上"夕阳无限好,只是近黄昏"的迟暮之感。其四顾无花的凄凉寂寞,恰恰体现了元春孤身独居皇室内院"那不得见人的去处"的孤独处境,这朵一枝独秀的石榴花虽然灿烂辉煌,却是无比的孤独寂寞,因此元妃才会有"今虽富贵已极,骨肉各方,然终无意趣"的感叹;而其失时迟暮的特性,更成为元春封妃的重要意涵之一,隐喻了末世封妃对贾府所造成的负面作用。

衡诸《红楼梦》,固然元春封妃乃是贾府"烈火烹油,鲜花着锦"的第一大事,也将贾府声势引领到如日中天的空前高潮。然而,正如其代表花——石榴一般,在百花已然透支了所有的春意与生机之后,迟开晚花的石榴那如血般的红艳,似乎并不是青春之际勃发畅旺的无限生机,而是一种临死之前奋力一搏的回光返照,源自于病体中酝酿的骚动躁乱所逼现的非常红晕,将仅存的所有能量倾泄一空,化为昙花一现式的满天烟火。因为三代以来长期挥霍的缘故,荣、宁二府的百年基业早已落入"外面的架子虽未甚倒,内囊却也尽上来了"(第二回)的窘境,有如"虽未成灰,然已成了朽糟烂木,也无性力"的百年人参(第七十七回),呈现出"百足之虫,死而不僵"(两见于第二回冷子兴之说、第七十四回探春之语)的败絮其内。是以元春之封妃,实际上所发挥的并非锦上添花而鱼水帮衬的加乘效果，可以透过殷实之财力广结人脉、拉抬家业；相反地，一如重台花朵难免"敲红娲婿力难任"之过度负担，石榴花接连四五枝楼子上起楼子的沉坠难持，更象征了皇族贵戚之身分对已经左支右绌、寅吃卯粮的贾府而言，所带来的只是徒有其表的虚张声势，却在实质经济上加速了入不敷出的沉疴膏肓，使其寅吃卯粮、挖肉补疮的窘况雪上加霜，而终致颓败崩解。这就是元春封妃不得其时所导致的后果。

所谓徒有其表的虚张声势，主要是指元妃根本无法为贾府带来实质的经济支持，反倒加速扩大了贾府之财务赤字。就这一点，贾蓉曾经对那些雾里看花而想当然尔的平民百姓说明过：

> 娘娘难道把皇上的库给了我们不成！他心里纵有这心，他也不能作主。岂有不赏之理，按时到节不过是些彩缎古董顽意儿。纵赏银子，不过一百两金子，才值了一千两银子，够一年的什么？这二年那一年不多赔出几千银子来！头一年省亲连盖花园子，你算算那一注共花了多少，就知道了。再两年再一回省亲，只怕就精穷了。（第五十三回）

而覆按书中相关情节，可见情况确是如此，如第二十八回记载元春打发夏太监出来，送了一百二十两银子，用于打平安醮和唱戏献供，此外便是数十样应时的赐礼，额外分润贾府的经济支持实在所剩无几，显见此言不虚。除此之外，贾府原本就存在着家庭内部必须日常支应"三四百丁"（第六回）、"家里上千的人"（第五十二回）、

"人口太重"(第七十二回)、"日用排场费用,又不能将就省俭"(第二回)的庞大用度,一旦元春封妃之后,又直接带来更多的巨额花费,省亲活动中造园筑景、人事物资之挥霍耗损固不必提,其他官场之间日常应酬往来、婚丧喜庆都是不可或缺之礼数,长期下来日积月累之支出更是一大负担。如先是在第五十三回由贾珍隐隐约约地提到:

> (荣府里)这几年添了许多花钱的事,一定不可免是要花的,却又不添些银子产业,这一二年倒赔了许多。

剖析这几句笼统含糊的说词,所谓"这几年添了许多花钱的事""这一二年倒赔了许多",所涉及的时间理当是元春封妃后的"这几年""这一两年",正可以对应于上引贾蓉所谓"这二年那一年不多赔出几千银子来"之说;而这段时间中所添加的"许多花钱的事"又之所以"一定不可免是要花的",从其花费之庞大规模与不得不然之强制性质,可以推知原因必然与宫廷有关。果然到了第七十二回,书中就清楚以具体事例显豁点明所谓"添了许多花钱的事",一方面是官场之间应酬往来、婚丧喜庆之开销,如贾琏所谓:

> 明儿又要送南安府里的礼,又要预备娘娘的重阳节礼,还有几家红白大礼,至少还得三二千两银子用,一时难去支借。

可见仅仅不过数日之内，就额外添加"三二千两银子"的巨额用度，若以第六十四回贾敬过世时甄家送来打祭银的五百两为参照额度，可以推知其中单单是几家红白大礼这一项即高达一二千两，因此才会紧迫到一时难去支借的地步。另一方面，那所添的"许多花钱的事"还包括宫中太监三不五时的打抽丰、揩油水，其名为借，其实总是有去无回，而贾府碍于元春的地位、门面，以及必须打点关系、疏通人脉等等顾虑，在投鼠忌器的情况下，又只能任其予取予求而难以回绝，甚至表面上王熙凤还必须故示慷慨，对登门借款的太监一再声称"有的是银子，只管先兑了去""若有，只管拿去"这样的大方话。其结果就是如无底洞般"一年他们也搬够了"，以致掌管财务的王熙凤不免"日间操心，常应候宫里的事"，其被强取豪夺之忧虑甚至深深固结于潜意识中，到了夜梦纠缠的地步。

然则恶梦会醒，现实的艰难却终究日甚一日，夏太监在已经借去一千二百两而尚未归还的情况下，又派人来借二百两；而周太监昨儿来时，更是张口就是一千两，贾琏只不过略应慢了些，他就不自在，是以贾琏只得感叹道："这一起外祟何日是了！"甚至还由此推论，进一步预言道："将来得罪人之处不少。这会子再发个三二百万的财就好了！"（第七十二回）而这就不幸一语成谶，为贾府未来的厄运埋下伏笔。贾府在金钱供给上应候不周的"得罪人"之处，穷根究底，都将归报在元春身上，一旦宫中事变，欠缺奥援的元春势必会更艰辛、更坎坷，终究面临"虎兕相逢大梦归"（第五回人物判词）的不幸结局。① 而贾府作为与元春扶持照应的命运共同体②，必然也就同时面临崩解惨败的下场。

由此，又可以推出元春／石榴人花一体的另一重象征意义。依照生灭循环的自然常轨，盛夏之后随即秋风掩至，红艳逼人的全开

---

① 此句甲戌本等多作"虎兔相逢大梦归"，各家诠解不一，包括已被推翻的"卯年寅月薨逝"之说，而高阳则认为意指"过了虎年、兔年，大限即到"，见高阳：《曹雪芹以"元妃"影射平郡王福彭考》，周策纵编：《首届国际红楼梦研讨会论文集》（香港：中文大学出版社，1983年），页143。但从版本的考证而言，应作"虎兕"为是，参林冠夫：《辨"虎兔相逢"》，《红楼梦研究集刊》第10辑（上海：上海古籍出版社，1983年8月），页405—412。"虎兕相逢"乃暗喻两派政治势力之恶斗，甚至涉及宫廷政变，则元春的"大梦归"乃死于非命，而关涉于贾府之抄家。

② 第十八回记载元春回府省亲所点的四出戏，便呈现元春之个人命运（亦即第二出之《乞巧》、第四出之《离魂》）与贾府之集体命运（亦即第一出之《豪宴》、第三出之《仙缘》）互相穿插交织的现象。虽然依照脂砚斋的说法，此四出乃分别伏贾家之败、元妃之死、甄宝玉送玉、黛玉之死等四大关键，然而，学者从其他角度所提出之诠释应更有参考价值，徐扶明即指出：《豪宴》与《仙缘》交错地成为一组，以昆曲老生为重，乃用以预言贾府必将由盛而衰；《乞巧》与《离魂》也交错地成为一组，以昆曲五旦为重，乃用以预示元春必将由得宠而夭折，两组剧目之间互有联系，使元春之宠夭与贾府之盛衰息息相关。参徐扶明：《红楼梦与戏曲比较研究》（上海：上海古籍出版社，1984年12月），页82。但曹雪芹在书中前八十回所设计的谶语式手法中，凡透过戏目剧目来表现之隐射内涵，都是与贾府集体命运有关的现象，如第十一回宁府家宴中凤姐点戏时"双官诰""还魂""弹词"的序列，第二十九回贾母于清虚观神前拈戏时"白蛇记""满床笏""南柯梦"的序列，皆属对贾府整体发展与未来运势之暗示，因此元春点戏的意义，似乎也应就此理解始得其要，并取得创作策略之一致性。详参欧丽娟：《论〈红楼梦〉中的隐谶系谱与主要表述策略》，《淡江中文学报》第23期（2010年12月），页55—98。

盛放之后便是满目惨伤的凋零萎落，重台石榴花所呈现的正是此种物极必反的逻辑，用以强化其从鼎盛到败灭的高度反差，正恰恰呼应元春所作灯谜诗之谶意：

能使妖魔胆尽摧，身如束帛气如雷。一声震得人方恐，回首相看已化灰。（第二十二回）

而早在第十三回，秦可卿之魂灵将遗愿托梦于王熙凤时，就已接连引述"乐极悲生""盛筵必散""月满则亏""水满则溢""登高必跌重"之俗说谚语，透过同义词反复强化的皴染方式而明白表露此一认知。作为曹雪芹之代言人，秦可卿先是将元春之封妃描述为"一件非常喜事，真是烈火烹油、鲜花着锦之盛"，其炙手可热之威势恰恰与"榴花开处照宫闱"之判词，以及"接连四五枝，真是楼子上起楼子"之榴火花光相互映衬，正显示出贾府"赫赫扬扬，已将百载"之登峰造极；然而在此鼎盛豪奢之后，秦可卿立刻就急转直下地告诫"要知道，也不过是瞬息的繁华，一时的欢乐"，则瞬息一时的繁华欢乐之后，便只有更加不忍卒睹的残败荒凉。

举例言之，就在大观园中盛开着重台石榴花之际，潇湘馆也是一片"凤尾森森，龙吟细细"的华润生机；然而待到花落人亡、家败族灭之时，便沦为"落叶萧萧，寒烟漠漠"[①]的满目惨伤，足

[①] 有关潇湘馆前后景致之变化，前者见诸第二十六回之本文，后者见甲戌本同回之脂砚斋批语，页507。

以勾勒大观园以及大观园所依附之贾府的整体走向。当夏日之炎赫光灿一旦消褪,那楼子上起楼子的硕大头重的石榴花,其坠落之速度与撞击地面之力道自然强过于其他众芳,而出现"石榴红重堕阶闻"之惨痛情景;至于其光彩炫目之红艳色泽,在凋萎的过程中也势必加倍地怵目惊心。第五回《红楼梦曲·虚花悟》中曾预告道:"天上夭桃盛,云中杏蕊多。到头来,谁把秋捱过?……春荣秋谢花折磨。"就此,都是以类似"开到荼蘼花事了"①与"此花开尽更无花"②等诗句所蕴蓄之理,暗示在元春／石榴花的全盛时期之后,紧接着便是"食尽鸟投林,落了片白茫茫大地真干净"(第五回《红楼梦曲·收尾》)的一片空无。因此石榴花虽然撷取了盛夏勃发的烜赫炫目,但其怒放挥洒之势不仅带来入不敷出的透支耗竭,其辉煌灿烂更有如回光返照般直接引出坏空与消亡,当其重重堕地之后,不但元春个人必须承受"虎兕相逢大梦归"的惨剧,也同时为春生夏长的群花众芳敲响了荒寒凄怆的秋冬挽歌。

至此,试将与元春有关的判词、灯谜诗与石榴花之象征意涵相对照,表列以观之:

---

① 出自(宋)王淇:《春暮游小园》,傅璇琮等主编:《全宋诗》第67册(北京:北京大学出版社,1998年12月),卷3521,页42054。
② (唐)元稹:《菊花》诗,杨军:《元稹集编年笺注·诗歌卷》,页60。

判　词	灯谜诗	榴花意涵
"二十年来辨是非"	"能使妖魔胆尽摧"	"恐合栽金阙"
"榴花开处照宫闱"	"身如束帛气如雷"	"封作百花王"
"三春争及初春景"	"一声震得人方恐"	"榴花更胜一春红"
"虎兕相逢大梦归"	"回首相看已化灰"	"石榴红重堕阶闱"

可见三者之间存在着相应一贯的平行结构，于"由盛而衰"的意脉上颇有类通之处，而榴花与元春命运遭际之对应关系，也是若合符契。

第四节　元春的母神地位

这样一位足以入宫为妃，比配于"花之盟主"的女性，在《红楼梦》这部弘扬阴性特质、充满女神崇拜意识的女性书写中，还顺势具备了母神般的内蕴价值，而与石榴花盛开的大观园紧密关联。

首先，从为人之始以观之，元春之出生即带有浓厚的圣诞意味，如第六十二回探春说道："大年初一也不白过，大姐姐占了去。怨不得他福大，生日比别人就占先。又是太祖太爷的生日。"由此"故名元春"（第二回）。以世俗价值观而言，晋封贵妃之荣幸当然是福大之至的盛事，判词中所谓"三春争及初春景"，其领先群伦之地位就隐含在诞生于大年初一的时序中。而从宫廷采选秀女之严

格程度,也可以推知元春容貌才德之不凡,并非如涂瀛所认为的平庸碌碌,所谓:

> 元春品貌才情,在公等碌碌之间,宜其多厚福也,然犹不永所寿,似庸才亦遭折者。说者谓其歉于寿,全于福矣,使天假之年,历见母家不祥之事,伤心孰甚焉!天不欲伤其心,庸之也。越于史氏多矣。①

事实上恰恰相反,宫廷采选秀女之严格制度,使得妃嫔们都是经过无情淘汰之后的精华上乘,无论在身心各方面都是合乎最高标准的一时之选,清纪昀《明懿安皇后外传》便记载其规模道:从最初之五千人历经数道程序,以致范围缩小到"入选者仅三百人,皆得为宫人之长矣。在宫一月,熟察其性情言论,而汇评其人之刚柔、愚智、贤否,于是入选者仅五十人,皆得为妃嫔矣。"② 以此准则衡诸《红楼梦》所根植的社会环境状况,应可在讨论上提供一个合理的参照系。则元春既然"因贤孝才德,选入宫中作女史"(第二回),随后又进一步"晋封为凤藻宫尚书,加封贤德妃"(第十六回),其本身必然具备几个入宫封妃的基本条件,就外在而言,"厥体颀秀而丰整,面如观音,色若朝霞映雪,又如芙蓉出水;鬓如春云,眼如秋波,口如朱樱,鼻如悬胆,皓齿细洁,上下三十有八。丰颐广

---

① (清)涂瀛:《红楼梦论赞·贾元春赞》,一粟编:《红楼梦卷》,卷3,页133。
② (清)纪昀:《明懿安皇后外传》,收入王德毅主编:《丛书集成三编》史地类第86册(台北:新文丰出版公司,1997年),页3,总页510。

颡，倩辅宜人；领白而长，肩圆而正，背厚而平。行步如轻云之出远岫，吐音如流水之滴幽泉。不痔不疡，无黑子创陷诸病"①之类的美貌自不待言；就内在而言，其沉静贤良之妇德，以及雍容华贵之气度也更加不可或缺。

若就才德而言，一般皆认为元春之才性平庸，不足为论，但事实上元春所具备的乃是创作之外的另一种"别才"，固有其洞明开通之处，此点详见下一节之论析；至于德行方面更毋庸赘言，其成熟大度、稳重和平早已是内蕴之品格。试观其荣获帝王宠幸，晋升为皇妃而恩遇正隆之际，却并未得意忘形地不可一世，恣意纵情于享乐之中，反而依然以人伦亲情为贵，以朴实俭约为重，由其含泪对贾政所说："田舍之家，虽齑盐布帛，终能聚天伦之乐；今虽富贵已极，骨肉各方，然终无意趣！"（第十八回）可知在元春人生价值的天秤上，富贵荣华乃是轻如鸿毛，性灵意趣则是重于泰山，而展现出"贫贱不能移，富贵不能淫"的醇厚人格；至于长期生活在宫中"那不得见人的去处"却能夷然自处，更可以见得一种坚忍不拔的韧性。再以第十八回所追记之往事为例：

> 当日这贾妃未入宫时，自幼亦系贾母教养。后来添了宝玉，贾妃乃长姊，宝玉为弱弟，贾妃之心上念母年将迈，始得

---

① 此乃纪昀《明懿安皇后外传》对最后被明熹宗选定为皇后之张嫣的描绘，见（清）纪昀：《明懿安皇后外传》，收入王德毅主编：《丛书集成三编》史地类第86册，页3—4，总页510—511。有关明清采选秀女之制度，详参朱子彦：《后宫制度研究》（上海：华东师范大学出版社，1998年1月），页116—126。

此弟，是以怜爱宝玉，与诸弟待之不同。且同随祖母，刻未暂离。那宝玉未入学堂之先，三四岁时，已得贾妃手引口传，教授了几本书、数千字在腹内了。其名分虽系姊弟，其情状有如母子。

以此说衡诸明清社会家庭之实际状况，其间颇有相合之处。如学者的研究所指出："士人家庭中实际上负责亲自指导幼儿学业的亲长，一般以父亲的角色最为重要，其次是祖父和母亲，再其次才是父系其他长辈，及家中其他的男性长辈，甚或是有能力又有闲暇的年长家人。整体而言，父亲自课幼龄之子，被视为最是理所当然，只要父亲在家，或能携子弟于身侧，多择亲自指引督促幼儿学习。"[1] 然而情况也不是没有例外，"男性长辈之外，家中的女性亲长亦可替代母职，担负起教导幼儿之责。受过教育的祖母，甚至年长的姊姊，都是常见参与幼蒙的女性亲属，而且不少儿童是由多位亲长交替共同指导完成各个阶段的启蒙教育"[2]。就在长姊如母的教导护持之下，宝玉获得了早年初步的智识启蒙，并承受了莫大的宠惜怜爱，取得日后进住大观园的性别特权。

同时也正是这位亦姊亦母的女神，以皇妃至高之尊贵身分引领了"大观园又何等严肃清幽之地"[3]的擘建契机，藉省亲之故顺理成章成为大观园之催生者，而另一方面，她又主动将皇苑禁地改造

---

[1] 熊秉真：《童年忆往》（台北：麦田出版公司，2000年8月），页101。
[2] 熊秉真：《童年忆往》，页107。
[3] 庚辰本第七十三回脂砚斋批语，页690。

为女儿乐园,直接成为女儿们无上的护卫者。一如书中所称:"如今且说贾元春,因在宫中自编大观园题咏之后,忽想起那大观园中景致,自己幸过之后,贾政必定敬谨封锁,不敢使人进去骚扰,岂不寥落。况家中现有几个能诗会赋的姊妹,何不命他们进去居住,也不使佳人落魄,花柳无颜。却又想到宝玉自幼在姊妹丛中长大,不比别的兄弟,若不命他进去,只怕他冷清了,一时不大畅快,未免贾母王夫人愁虑,须得也命他进园居住方妙。想毕,遂命太监夏守忠到荣国府来下一道谕,命宝钗等只管在园中居住,不可禁约封锢,命宝玉仍随进去读书。"(第二十三回)在她解除神圣之封印,将大观园向洁白清净之女儿们开放的同时,却又以其皇室之尊划分了入园之资格与条件,而杜绝贾环、赵姨娘之类卑琐人物的悠悠之口,并摒除闲杂人等的干扰,这就使得大观园作为女儿乐土的存在条件获得了坚实的保障。

由此可见,元春显然是《红楼梦》这部彰扬女神崇拜心理的作品中,一位不可或缺的女神之一,她可以属于"少女崇拜"意识中的"母亲型"女性[1],也无碍于划归为具有温暖、保护、创造等功能的"母神崇拜"中的命运之神,因此即有学者认为元春与凤姐、探春三人构成女娲在尘世中作为补天者的副本形象,而以长姊、贵妃、教母这三种身分引领和保佑着宝玉。[2] 既然大观园乃是太虚幻

---

[1] 梅新林:《红楼梦哲学精神》(上海:学林出版社,1997年4月),页205—206。
[2] 李劼:《历史文化的全息图像——论红楼梦》(上海:东方出版中心,1996年10月),页164—175。

境的人间投影①，则元春作为大观园之擘建者与护卫者，便类同于太虚幻境之领导者与主宰者警幻仙子，而在现实人间执掌了支配与控管的定命功能。一如脂砚斋所言：

> 大观园原系十二钗栖止之所，然工程浩大，故借元春之名而起，再用元春之命以安诸艳，不见一丝扭捏。②

所谓"元春之名""元春之命"，在在都指出元春所禀赋的至高无上的皇权正是大观园之所以能够被创建而存在的契机，而她既有"安诸艳"之权，自也具备取舍选择的决策之力，以落实其主宰支配之定命功能。有关钗、黛取舍之决策固然是此一定命功能最重要的显示方式，除此之外，元春的母神地位还可以从她在大观园之"命名"上所展现的权力施为得到确认。

"命名"者，具有宣示所有权、展现个人特质与自我意志，乃至表征事物秩序之作用，一如学者的研究所指出："对于那些姓名体系具有重要社会功能的族群来说，命名是一种动员，是一种维系，也是一种教育：在命名过程中，族群成员以自己的社会活动和心理活动，表现社会的结构和传统的权威；强调群体和个人的义务，联络感情，交流讯息。同时，命名活动也是对社会行为方式、分类知识、文化观念等方面的再现和调适，是新旧势力矛盾、对抗

---

① 大观园与太虚幻境的关系，详见余英时：《红楼梦的两个世界》（台北：联经出版公司，1996 年 2 月），页 45。

② 庚辰本第二十三回眉批，页 451。

的过程。"① 对于人的命名是如此，衡诸建筑物的命名也同样适用，因此"命名"乃属于话语形构的一种。由于话语是"建构"事实而非"反映"事实的，在其运作过程中，必然存在一个发言者或有权力运用语言文字的人，以一种可以辨认又完整的方式，将其意念或讯息施放出来；同时相对地，也就有一个受话者或是被书写的对象。这种包含说与听（写与被写）双方的语言文字运作过程，势必牵涉到彼此在社会、文化中的阶级地位、角色扮演，也就隐含了权力的施加与承受关系，因此会形成某种具有"定义"或"控制"效用的"话语形构"。② 以此衡诸大观园各处的命名情况，其理亦通。

我们首先注意到的是园中实质的居住者（即宝、黛诸人）透过命名的行动，而无形中宣示了他们作为大观园之主体的意义。③ 然而通常被论者所忽略的一点，便是宝、黛诸人的命名仅仅只是初步的试拟而已，并非终极的定案，其实大观园之命名的最后决定权，经过"父子关系"此一伦理秩序里为父者的贾政之中介，终究还是必须归诸元春之手，以服膺"君臣关系"中政治秩序的终极权威；换言之，大观园的存在认知乃决定于世俗界中的伦理优势者，这才是其中所蕴含的深层主从结构。试观全书中有关贾宝玉与众钗为大观园命名之过程的两段描述：

---

① 纳日碧力戈：《姓名论》（北京：社会科学文献出版社，1999 年 3 月），页 95。
② 所谓"话语""话语形构"及权力之施受关系等分析法式，参考王德威：《浅论福柯》《"考掘学"与"宗谱学"》二文，收入 [法] 福柯：《知识的考掘》（*L'archéologie du savoir*）（台北：麦田出版公司，1998 年 4 月）中译本导论。
③ 此点余英时已先点出，见其《红楼梦的两个世界》，页 46—47。

1. 贾宝玉：于大观园初落成时应贾政之命，与众宾客一起入园品题拟称。由于元春长姊若母，十分疼爱宝玉，因此贾政采纳宝玉的题名，第十八回云："其名分虽系姊弟，其情状有如母子，自入宫之后，……眷念切爱之心，刻未能忘。……（宝玉）所拟之匾联虽非妙句，在幼童为之，亦或可取。即另使名公大笔为之，故不费难，然想来倒不如这本家风味有趣。更使贾妃见之，知系其爱弟所为，亦或不负其素日切望之意。故此竟用了宝玉所题之联额。那日虽未曾题完，后来亦曾补拟。"由此可见，显然宝玉的拟题之所以被暂时采用的原因，主要还是父亲贾政为了投皇妃之所好，真正诉求的对象乃是元春。

2. 林黛玉及众钗们：此点乃第七十六回补述的后续情节，黛玉对湘云说道："那年试宝玉，因他拟了几处，也有存的，也有删改的，也有尚未拟的。这是后来我们大家把这没有名色的也都拟出来了，注了出处，写了这房屋的坐落，一并带进去给大姐姐瞧了。他又带出来，命给舅舅瞧过。谁知舅舅倒喜欢起来，又说：'早知这样，那日该就叫他姊妹一并拟了，岂不有趣。'所以凡我拟的，一字不改都用了。"由此可见，黛玉及众钗们也参与了大观园理想世界的营造过程，并且作为大观园的居住者及主要活动者，同样获取为此一乐园共同命名的机会，如黛玉所拟的凸碧山庄、凹晶馆等便得到贾政之欣赏许可，而在元春的授权之下照单全收。

综观上述所言，无论执行命名活动者是宝玉、黛玉或众钗，元春作为大观园现实上真正的拥有者，代表着现实世界的主导力量，乃是命名上的最终决定权所在，因此究其实质来说，元春其实才是大观园真正的命名者。再如第十八回记述元春回府省亲时，于游赏园区之后"择其几处最喜者赐名"的情况，主要包括：

> "大观园"——园之名
> "有凤来仪"——赐名曰"潇湘馆"
> "红香绿玉"改作"怡红快绿"——即名曰"怡红院"
> "蘅芷清芬"——赐名曰"蘅芜苑"
> "杏帘在望"——赐名曰"浣葛山庄"（后因黛玉诗句又改为"稻香村"）

其余尚有大观楼、缀锦阁、含芳阁、蓼风轩、藕香榭、紫菱洲、荇叶渚、梨花春雨、桐剪秋风、荻芦夜雪等楼阁匾额之名数十个，不消胜记。虽然最后元春"又命旧有匾联俱不必摘去"，表现其护惜宝玉的一片情衷，但即此已足见其掌握命名之至高权柄。而透过命名的创造，元春获得了肖似神的主体性①，也拥有了话语的权力，以致整个大观园都被纳入到一个由元春所建立的"话语形构"与"象征秩序"②之中，产生一种具备组织关联性（intertextuality）的特殊文化与认知体系。

---

① 一如在《圣经·创世记》中，上帝即透过命名而开创世界的光明与秩序，参叶舒宪：《圣经比喻》（桂林：广西师范大学出版社，2003年7月），页48—49。

② 依拉康（Jacques Lacan）的理论，"象征秩序"实际上就是父权制的性别和社会文化秩序，以菲勒斯（phallus）为中心，受父亲的法律（The Law of the Father）的支配。参张岩冰：《女权主义文论》（济南：山东教育出版社，1998年12月），页115。

而其中最值得注意的现象,乃是元春将"红香绿玉"改作"怡红快绿",又即名曰"怡红院"的这一项施为。原本宝玉题曰"红香绿玉",乃是着意于院中同时植有海棠、芭蕉,认为必得如此命名"方两全其妙"(第十七回),因此在元春省亲之际,宝玉应命赋诗时,篇什中也不断两相对照映衬而有分庭抗礼之势,其《怡红快绿》一首的颈、颔两联,即就此反复加以强调,谓:

> 绿蜡春犹卷,红妆夜未眠。凭栏垂绛袖,倚石护青烟。

在此四句之下,脂砚斋各自批以"是蕉""是海棠""是海棠之情""是芭蕉之神"之评语①,可见其双全兼备之苦心;而且诗句中分别穿插绿、红、绛、青之色泽,在在可见得力于律诗之对仗法则,宝玉不畏冗赘地一再强调红绿相间、蕉棠两植的二元补衬思维。② 而其隐含之价值观又直接呼应第五回神游太虚幻境时,所遇一位"其鲜艳妩媚,有似乎宝钗,风流袅娜,则又如黛玉"的女子,其"兼美"之名恰恰与此处"两全其妙"之说相对应,这都意味着宝钗、黛玉这两种不同人格特质的兼备两全,才是最均衡完美的生命境界,也

---

① 己卯本第十八回批语,页345。
② 宋淇则认为:怡红院的主要色调虽然红绿相映,其实重心仍在红色的女儿棠,海棠是主,芭蕉是宾,参宋淇:《论怡红院总一园之首》,《红楼梦识要——宋淇红学论集》(北京:中国书店,2000年12月),页86—87。本章论点与其不同之处,在于主张"海棠是主,芭蕉是宾"的偏倚现象并非怡红院之设计初衷,也非贾宝玉之个人倾向,而是元春介入之后,加以轻重取舍的结果。

才是宝玉所追求的理想型态。就此而言,脂砚斋所谓:

> 黛玉宝钗二人,一如姣花,一如纤柳,各极其妙者。①

更可以与此并观而取得相应的理解,亦即对照怡红院中海棠、芭蕉的同时共植,而以"红香绿玉"为名"方两全其妙",同样地,将"一如姣花,一如纤柳,各极其妙"的黛玉宝钗二人双行并置,也会得到"两全其妙"的结果。如果再比照元春所认为的"宝、林二人亦发比别姊妹不同,真是姣花软玉一般",将诸般说法加以综合排比之后,便呈现出"海棠/姣花/红香/宝钗"以及"芭蕉/纤柳(软玉)/绿玉/黛玉"的平行对映结构,以及叠合并存所形成的"兼美""两全其妙"之系统关系。然而,这样两全其妙的兼美理想却遭到了偏执之片面否定,终究只能是存在于仙界神人的形上圆满,却无从落实于尘俗世间。元春将"红香绿玉"改名为"怡红快绿",使得代表宝、黛共有之神性取向的"玉"字已初步遭到刊落;接着又进一步化约简称为怡红院,则连用以展现芭蕉玉质之遗痕的"绿"字都渺不可寻,导致海棠红香一枝独大的偏倚局面。后来宝玉受命应景作诗时,于有关怡红院的草稿中再度用"绿玉"一词,恰巧宝钗转眼瞥见,便趁众人不理论,急忙回身悄推他道:

> 他(案:指元妃)因不喜"红香绿玉"四字,改了"怡红

---

① 靖藏本第五回批语,页114。

快绿"；你这会子偏用"绿玉"二字，岂不是有意和他争驰了？况且蕉叶之说也颇多，再想一个字改了罢。……你只把"绿玉"的"玉"字改作"蜡"字就是了。（第十八回）

从字句之间的寻索玩味中，我们已可以觉察到，先后为宝玉改掉"玉"字的，乃元春与宝钗两人，元春为主，宝钗为从；而宝玉之所以二度使用"绿玉"一词，并非偶然的胡涂所重踏的覆辙，而是一种自觉或不自觉表露出来的情感取向，因为所谓的"绿玉"者，实即"黛玉"也。"黛"本是一种深绿色的染料，其色近黑，妇女可以之代为画眉之用，书中第三回宝玉杜撰的《古今人物通考》中亦有"西方有石名黛，可代画眉之墨"之语，则"绿玉"与"黛玉"便具有颜色相近与成分相通的性质，而指向于"玉石"所禀赋之神性层次。如此一来，宝玉在有关怡红院的命名和题咏上一再偏好于"绿玉"一词的现象，其中似乎隐喻着对"黛玉"的执着偏爱，和对俗世价值的反抗。①

只是，此一反抗之隐微不显与终究失败，让海棠之姣花红香于"怡红院"之名称中独领风骚，遂尔完成"蘅芜苑和怡红院这两处大地方"（第五十六回）的对等优势与现实连结，而余英时所谓的"金玉齐大"②，也可以从怡红院的命名过程获得进一步的印证，如此

---

① 此段所论，参欧丽娟：《〈红楼梦〉论析——"宝"与"玉"之重叠与分化》，《国立编译馆馆刊》第28卷第1期（1999年6月），页215—220。此文续有大幅增补，为本处所据，见本书第一章。

② 语见余英时：《红楼梦的两个世界》，页56。

一来，元春执掌赋名权柄之母神地位便更加获得彰显。而此段情节所展现出的选择大权，又直接关系到元春对钗、黛取舍之鉴别力与价值观，必须进一步加以深入论证。

第五节　元春的钗、黛取舍观

钗、黛取舍的结果，必然涉及元春之价值观与鉴识力等问题；而价值观与鉴识力都出于个人之才性气质，彼此又往往具有连带关系，其价值观之偏向、鉴识力之高低、才性气质之清浊，都会直接影响其判断与决策的结果。如前所述，元春其实是才德兼备的，一如青山山农所言："元春才德兼备，足为仕女班头。"① 王希廉也认为："福、寿、才、德四字，人生最难完全。……元春才德固好，而寿既不永，福亦不久。"② 则元春之所以隶属薄命司的原因，只在于欠缺福寿而已，却无损于"才德兼备，足为仕女班头"的领袖地位。

从一般的标准来看，元春的确不具备黛玉之辈在创作上的"诗才"。于第十八回中，回府省亲之元春曾向诸姊妹坦承笑道："我素乏捷才，且不善于吟咏，妹辈素所深知。今夜聊以塞责，不负斯景而已。"因而自谦仅有"微才"。而的确，于第二十二回中记载，元

---

① （清）青山山农：《红楼梦广义》，一粟编：《红楼梦卷》，卷3，页211。
② （清）王希廉：《红楼梦总评》，一粟编：《红楼梦卷》，卷3，页149—150。

妃制作了一个灯谜送出宫外,令贾府中大家都猜,"宝钗等听了,近前一看,是一首七言绝句,并无甚新奇,口中少不得称赞,只说难猜,故意寻思,其实一见就猜着了。"而元春对姊妹们所作的灯谜则是"也有猜着的,也有猜不着的",由此种种端倪,可见元春的确不擅于诗词创作,故脂砚斋评其大观园诗即曰:

> 诗却平平。盖彼不长于此也,故只如此。①

但是,元春所不擅长的只是作诗而已,以致无法以灵感泉涌之文思即席创作佳篇,也缺乏敏捷的想象力和感性的推衍力,但若就此遽以论断元春资质平庸、乏善可陈,便恐怕不甚得当。先不论才性能力本就不限于创作一项,即使仅就诗歌创作的范畴而言,于传统诗论中,也曾区分出"创作"与"批评"之不同层次,而提出一种"吟咏创作"与"鉴赏分析"彼此有别、乃至于彼此互斥不得兼备的观点。如南朝刘勰、钟嵘这两位分别以《文心雕龙》《诗品》辉耀千古之诗评家,却都缺乏一诗传世的偏颇现象,正是此中之典型代表;而李白、杜甫这两位旷古大诗人都缺乏严谨之诗论体系,也是出于同一道理。至于曹雪芹所塑造的有德无才的李纨,在海棠诗社的成立过程中,获得了"虽不善作却善看,又最公道,你就评阅优劣,我们都服"的众望所归(第三十七回),这显然就是传统诗论

---

① 庚辰本第十八回批语,页340。

所认同，而且合乎历史事实的安排。[1]

据此而论，元春显然与李纨份属同类，都属于"虽不善作，却善看，又最公道"的文学批评家，虽无创作的才华却无碍于品评鉴析的高度眼识。那"虽不善作却善看，又最公道"的评鉴能力，使她也能从诸诗中慧眼拔擢林黛玉之作品，先是赞美"终是薛林二妹之作与众不同，非愚姊妹可同列者"，继而又能在不知情的情况下作出正确的判断，指出黛玉作枪手替宝玉所代拟的《杏帘在望》一诗"为前三首之冠"，完全合乎宝玉所认为"此首比自己所作的三首高过十倍"的评价，甚至因此特别将御制之浣葛山庄改名为"稻香村"（第十八回），可见她对黛玉诗才的把握乃是同样精准，展现出合乎情实的真知灼见。据此，青山山农的一段话就十分值得注意，他指出：

> 元春才德兼备，足为仕女班头。惟是仙源之诗，知赏黛玉；香麝之串，独贻宝钗。后此之以薛易林，皆元春先启其端也。世无宝玉，其谁为颦儿真知己哉？[2]

很显然，青山山农虽然还是不免囿于右黛左钗之传统成见，而认为

---

[1] 以清代为例，吴乔《围炉诗话》卷4有"读诗与作诗用心各别"之说，陈仅《竹林答问》更谓："非特善评者不能诗，即善吟诗者多不能评诗。……因知人各有能、不能也。"有关其阐述，详参欧丽娟：《诗论红楼梦》（台北：里仁书局，2001年1月），页56—58。

[2] （清）青山山农：《红楼梦广义》，一粟编：《红楼梦卷》，卷3，页211。

元春是"以薛易林"的始作俑者,并判断元春并非黛玉之知己;但已难能可贵地注意到元春"仙源之诗,知赏黛玉"的一面,准确把握到元春"虽不善作,却善看,又最公道"的鉴赏才能。

事实上,元春"善看又最公道"的能力表现于识人之明上更显突出。所谓"二十年来辨是非"①,由这句出现在第五回有关元春的图谶中的判词,可知在波诡云谲、人心险恶的皇宫生涯里,终日面对的皆是恩怨纠缠、敌友难分而是非淆杂的复杂关系,既有朝不保夕之兢兢业业,亦复有唯恐一失足成千古恨之步步为营,自不免日日在尔虞我诈的人性杀戮战场上勾心斗角、相刃相靡,"辨是非"乃成为在宫廷中立足时不可或缺的基本求生能力。即使是贾府这样的一般贵宦之家,其间利害得失之尖锐险恶,都已经如探春所说:"咱们倒是一家子亲骨肉呢,一个个不像乌眼鸡,恨不得你吃了我,我吃了你!"(第七十五回)而元春居处在情况更有过之,"人情翻覆似波澜,白首相知犹按剑"②之政治环境中长达二十年,深

---

① 关于"二十年来辨是非"一句的解释,本章乃就一般宫廷人事环境之共通现象为说,另有学者以考证探佚的角度提出特定指涉,如有谓元春乃影射福彭,福彭于雍正六年曹府抄家后至乾隆十三年去世的二十年间,因顾念亲情而处处照应外家,则"是非"即指抄家之事,见高阳:《曹雪芹以"元妃"影射平郡王福彭考》,周策纵编:《首届国际红楼梦研讨会论文集》,页142。亦有谓"是非"乃影射乾隆与傅恒之妻有染,为孝贤皇后富察氏所知,而郁郁不乐终于死去之事,二十之数恰符合乾隆《悼皇后》一诗粉饰成言的"廿载同心成逝水",参胡文彬:《冷眼看红楼》(北京:中国书店,2001年7月),页63。

② 语出(唐)王维:《酌酒与裴迪》,陈铁民:《王维集校注》(北京:中华书局,1997年8月),卷5,页435。

陷于阴暗人性的杀戮战场之中与接为构、日以心斗，由此培养出一眼洞穿人心的非凡眼力，乃是势有必然的结果。

那么，她是否会对黛玉孤高不驯的性格感到不悦甚至厌弃，以至于在遴选宝二奶奶的取舍中将黛玉淘汰出局呢？以她犀利精准的识人之明，于当场察言观色的过程中，应该会对黛玉"安心今夜大展奇才，将众人压倒"之高傲心态，与"不想贾妃只命一匾一咏，倒不好违谕多作，只胡乱作一首五言律应景罢了"之敷衍态度，以及"未得展其抱负，自是不快"之愤懑情貌都了如指掌，黛玉之争强好胜与任性骄妒都堪称历历在目。既然连脂砚斋都毫不讳言"此是黛玉缺处"①，元春自当心知肚明，但要判断她是否因此对之不以为然而产生成见或反感，则必须参照书中其他的相关情节才能获得更坚实的论断基础。就此而言，龄官的例子提供了一个极佳的参考坐标，足以与此进行同质性的比较，而提供有力之解答。

首先是第十八回所记载元妃省亲之过程中，于伶人搬演诸戏之后的一段情节，作者描述道：

> 一太监执一金盘糕点之属进来，问："谁是龄官？"贾蔷便知是赐龄官之物，喜的忙接了，命龄官叩头。太监又道："贵妃有谕，说'龄官极好，再作两出戏，不拘那两出就是了'。"贾蔷忙答应了，因命龄官作《游园》《惊梦》二出。龄官自为

---

① 甲戌本第五回夹批，页115。

此二出原非本角之戏,执意不作,定要作《相约》《相骂》二出。
贾蔷扭他不过,只得依他作了。贾妃甚喜,命"不可难为了这
女孩子,好生教习",额外赏了两匹宫缎、两个荷包并金银锞
子、食物之类。

由这段描述可知,元春具有对艺术品鉴的非凡眼光与对秀异人才的
高度洞视力,足以在短暂有限的演出时间与为数众多的十二个女戏
子中,辨识出龄官超凡绝伦的优异才华,因此特别加以赏赐,赋予
她一种几近于御笔钦点般的无上荣耀[1],此其一。其次,元春不但
以"再作两出戏,不拘那两出"之御旨,赋予龄官自由发挥的宽阔
空间,甚至当龄官随后应命演出,却坚持己见地不肯顺从权威而欲
执着所长之际,元春显然完全知悉其事之始末,且对如此叛逆抗命
之表现非但不以为忤,相反地,她所产生的竟是"贾妃甚喜"的反
应,因此不但特别谕令不可为难了她,同时更加以额外的赏赐。这
就显示出元春对特立独行之优秀女性的巨大包容力,与真心爱才、
惜才的智慧雅量。

是以此事并非孤立发生,随后在元春回宫之后又依码重演了一
次。据第三十六回的记载,龄官对央她唱戏的宝玉正色拒绝道:"嗓
子哑了。前儿娘娘传进我们去,我还没有唱呢。"将此二事加以并

---

[1] 朱淡文的论证则认为:元春所点四出戏中,身为小旦的龄官曾三次上场表演,尤
其《豪宴》一出中的东郭先生更是由小旦反串担任的男主角,独唱六支《北仙吕·
点绛唇》套曲,故令元春称赏不已的当是龄官在《豪宴》中的演出。参朱淡文:
《红楼梦研究》(台北:贯雅出版社,1991年12月),页150。

观,可见龄官当着权贵之面勇于抗旨违命,不迎合也不谄媚之性格十分一致,足为其人格构成的一个主要表征。但是,这固然显出龄官率真任情、不同流俗的一面,却也同时表现出矫奇傲岸、唯我独尊的骄纵习性,如脂砚斋即批云:

> 按近之俗语云:"能(宁)养千军,不养一戏。"盖甚言优伶之不可养之意也。大抵一班之中,此一人技业稍优出众,此一人则拿腔作势,辖众恃能,种种可恶,使主人逐之不舍,责之不可。虽不欲不怜,而实不能不怜;虽欲不爱,而实不能不爱。余历梨园子弟广矣,各各皆然。……今阅《石头记》,至"原非本角之戏,执意不作"二语,便见其恃能压众,乔酸姣妒,淋漓满纸矣。复至"情悟梨香院"一回,更将和盘托出,与余三十年前目睹身亲之人,现形于纸上。①

其中指出,"技业稍优出众"是此辈中人超群不俗的才华条件,而"拿腔作势,辖众恃能""恃能压众,乔酸姣妒"则是他们恃才傲物的任性表现,虽使人不能不爱、不能不怜,却不能掩盖他们的"种种可恶"之处。林黛玉的性格其实与此颇为相类,诸如她素来"孤高自许,目无下尘"(第五回)、"本性懒与人共"(第二十二回),以致或是在省亲仪式的大典中"安心今夜大展奇才,将众人压倒""未得展其抱负,自是不快"(第十八回),或是在诗社竞技的场合里故

---

① 己卯本第十八回批语,页349。

作姿态，当大家"都悄然各自思索起来"的时候，"独黛玉或抚梧桐，或看秋色，或又和丫头们嘲笑"，对宝玉善意的敦促和提醒不是回答以"你别管我"，便是索性置之不理，等到大家的诗作都写出看毕，她才"提笔一挥而就，掷与众人"（第三十七回）。这样骄矜睥睨、露才扬己的表现，已然堪称"拿腔作势，辖众恃能""恃能压众，乔酸姣妒"之举，而与龄官差相仿佛。是故在《红楼梦》中，龄官就透过"眉蹙春山，眼颦秋水，面薄腰纤，袅袅婷婷，大有林黛玉之态"（第三十回）之形貌身姿，以及"模样儿这般单薄，心里那里还搁的住熬煎"（第三十回）之柔弱秉性，与多心歪派、折磨贾蔷之苦恋型态（第三十六回），而份属林黛玉的类像（simulacra）之一，从容貌、才情、性格、痴情、孤弱、多病等方面呈现出高度叠合的现象。因此清人涂瀛即云："龄官忧思焦劳，抑郁愤懑，直于林黛玉脱其影形，所少者眼泪一副耳。"①

　　既然元春能够欣赏龄官的高傲倔强，并且护惜有加，使之不受压抑束缚地充分展现自己的个性与才华，那么同理可推，对素来"孤高自许，目无下尘""本性懒与人共"之黛玉，也该当如此。换言之，元春不仅仅只是"仙源之诗，知赏黛玉"而已，对其过度自我中心主义而孤高自许之性格②，还更有一份知己般的了解与肯定。若欲追究原因，或许其中存在着一种替代性的补偿心理，让自

----

① （清）涂瀛：《红楼梦论·龄官赞》，一粟编：《红楼梦卷》，卷3，页138。
② 夏志清即以"自我中心主义"描述黛玉之性格特征，并认为"黛玉对于庸俗的嫌恶只是使她的自我中心主义更为严重"。[美]夏志清（C. T. Hsia）著，胡益民等译：《中国古典小说史论》（南昌：江西人民出版社，2001年9月），页299。

己幽禁于宫中饱受压抑的自由性灵，得以借由转嫁之心理机制而间接在龄官与黛玉身上获得满足；同时也因为处身于丧失自我的皇宫内院中，而更加了解并珍惜个性之可贵，因此才尽可能地加以包容和鼓励。

然而，在钗、黛取舍之课题上，"以薛易林"却又是明显存在的事实。整部《红楼梦》中，可以寻绎出元春对钗、黛取舍之倾向者，约有隐显不等之三处：首先是上文所述的，于第十八回将宝玉所偏爱的"红香绿玉"改作"怡红快绿"，又删除"绿玉"并偏取"红"字，即名曰"怡红院"的这一项施为，使本欲"两全其妙"之命名中的神性取向隐没不彰，而独尊世俗取向；其次是第二十三回决定将大观园开放予众女儿迁入时，所下之谕令乃以"宝钗"为总提，所谓"命宝钗等只管在园中居住"，隐然可见宝钗领袖群伦之优势地位。至于最明显、也最重要的一次，则是表现在赐礼的落差上，亦即在第十八回元春初次省亲时，尚且将宝钗、黛玉、宝玉与诸姊妹列为同等，给予完全相同的品项；到了第二十八回端午节赐礼时，却将宝钗、宝玉并列为一等，黛玉则降为次一级等同于姊妹，从而确定了二宝联姻的金玉良缘，甚至由此引发了"痴情女情重愈斟情"的砸玉风波（第二十九回）。

只是，就此"以薛易林"的种种现象，其实并不能推衍出元春敌视或贬抑黛玉的论点，因为我们已经从元春对黛玉之重像龄官多方欣赏、包容、鼓励的现象，而得到相反的论证。则唯一合理的解释，就在于元春所具备的乃是一种情理兼备而公私分明的性格，在无关大局的情况下，她可以顺任私心自性的情之所钟，由衷对鲜明寡合之个性倍加欣赏爱护,因为深知这种人格情态在现实世界中的稀有与可贵;但一旦涉及公众群体之利害关系时,便会发挥自我节制的理性力量,抽离个人的主观偏好而选择客观所需,从整体性的长远持久与平衡稳定为着眼。欣赏包容与淘汰舍弃之间并不矛盾、也毫不冲突,理由就在于其欣赏包容是出于"自然的理想主义"的角度,以"分殊化原则"对受之于天的秉性气质加以了解与认同,属于个人之主观范畴;而其淘汰舍弃则是出于"理性的现实主义"的角度,以"普遍化原则"寻求社会运作机制的维持与促进,属于群体之客观层次,两者并不相混。因此比较其前后两次的赐礼所呈现出来的落差,可见发生变化的关键并非元春个人的主观好恶,而是在个人主观好恶之外攸关大局的客观考虑。

至于所谓"客观考虑",无非就是以家族利益、团体和谐、人际调节、族群延续等群体需要的角度所作的判别,而以和谐为纲领。因为对中国人而言,"和谐"乃是最重要的社会追求[①],而"中国所讲求的社会秩序,其重心在于'和谐'(harmony),而不在于'整合'(integration)。"[②] 这可以说是中国人对世界本性的独特认证,表现在思维方式的特征上,乃呈现出一种强调和谐与统一(uni-

---

① 可参考黄囇莉:《人际和谐与冲突:本土化的理论与研究》(台北:桂冠图书公司,1999年8月)。

② 邹川雄:《拿捏分寸与阳奉阴违——一个中国传统社会行事逻辑的初步探索》(台北:台大社会研究所博士论文,1995年),页133。

ty）的"和谐化的辩证观"。① 也正因为如此，以"稳重和平"为人格表征的薛宝钗势必会脱颖而出，成为贾母、元春、下人们的众望所归，故脂砚斋评曰："四字评倒黛玉。"② 而早在第五回，书中即藉由众人之口对钗、黛取舍下了定论，所谓："来了一个薛宝钗，人多谓黛玉所不及。"这就足以代表当时普遍之客观评价。就此，脂砚斋亦批云：

> 此句定评，想世人目中各有所取也。按黛玉宝钗二人，一如姣花，一如纤柳，各极其妙者，皆世人性分甘苦不同之故耳。③

将此数说比诸元春之种种表现而合观之，可知元春既能欣赏"宝、林二人亦发比别姊妹不同，真是姣花软玉一般"之迥异风格，与脂砚斋所谓"黛玉宝钗二人，一如姣花，一如纤柳"之说法若合符契；却又因为"世人目中各有所取"的客观需要，而就"人多谓黛玉所不及"之"定评"作为取舍之依据，此乃着重点不同之故。尤

---

① 成中英认为，"和谐化的辩证观"乃是儒、道两家传统思考方式的代表，中国哲学的本体论、宇宙论、时间思想及自然哲学都奠基于"和谐"此一根本价值观念；而所谓"和谐化的辩证法"即和谐化的方法论，其内涵在阐明如何化解生命不同层次所遭遇的矛盾与困难，实现生命整体与本体的和谐。参成中英：《知识与价值——和谐、真理与正义的探索》（台北：联经出版公司，1986年10月），序言及页8—17。

② 庚辰本第二十二回批语，页430。

③ 靖藏本第五回批语，页114。

其当元春初见黛玉时，所见即其种种"恃能压众，乔酸姣妒"的性格表现，一直到第二十八回借端午节赐礼而明确展示其"以薛易林"之取舍为止，这段时间都还属于林黛玉性格发展中较不成熟的前期阶段，元春并没有机会看到林黛玉性格上成熟化的转变，以致后期经历了成长通过仪式（the rites of passage）之后的林黛玉，虽然逐渐回归封建传统而向宝钗大大趋近[①]，可惜定局已成，再也难以翻案，黛玉自己之病势亦积重难返。这种错失天时的错榫现象，或许又是一桩"开花不及春"的无奈憾事。

持平而论，整个世界的运作乃是多元共生的复合模式，牵连甚广而涵盖万端，各种生命价值乃如复调（polyphony）般以同等之重要性并世共存，宝、黛爱情关系并非思考现象的唯一角度，更不是解决问题的唯一判准；单单以宝、黛爱情之圆满发展为关切焦点，甚至据以强分人物优劣，无乃是狭隘化的偏执而流于专断与排他。野鹤《读红楼札记》中就曾指出：

> 读《红楼梦》，第一不可有意辨钗、黛二人优劣。或曰："黛玉憨媚有姿，雅谑不过结习，若宝钗则处处作伪，虽曰浑厚，便非至情，于以知黛高而钗下。"或曰："黛小有才，未闻君子之大道，一味捻酸泼醋，更是蓬门小家行径，若宝钗则步履端详，审情入世，言色言才，均不在黛玉之下，于以知钗高而黛

[①] 有关林黛玉价值观的转变情形，详参欧丽娟：《林黛玉立体论——"变／正""我／群"的性格转化》，《汉学研究》第20卷第1期（2002年6月），页221—252。

下。"野鹤曰：都是笑话。作是说者，便非能真读《红楼梦》。①

则明智如元春者，对二人的态度也只能说是"钗、黛取舍"，而非"钗、黛优劣"。既然"宝二奶奶"乃是家族社群结构中的产物，本身即是一种世俗身分与社会标签，所发挥的也是现实世界的处事功能，故舍个人取向之黛玉而取群体取向之宝钗，实有其合情切实的必然之理。王国维曾分析道："第一种之悲剧，由极恶之人，极其所有之能力以交构之者。第二种，由于盲目之运命者。第三种之悲剧，由于剧中之人物之位置及关系，而不得不然者，非必有蛇蝎之性质，与意外之变故也。"② 则元春对钗、黛取舍之结果所造成的宝、黛爱情悲剧，正是属于其中"不得不然"的第三种。

第六节　结　语

总结本章之论证，可知"石榴花 — 端午节 — 女儿节 — 嫁女思亲归宁 — 大观园 — 元春"之统贯关系，乃是基于一种特定之内在逻辑，透过各个元素之间的叠映互涉或相关衍绎，所形成的细腻而丰富的整体建构。而其核心便是以"重台石榴花"作为元春之代

---

① 一粟编：《红楼梦卷》，卷3，页286。
② 王国维：《红楼梦评论》，收入王国维等：《红楼梦艺术论》（台北：里仁书局，1994年12月），页14—15。

表花属，盛放于大观园中，喻示其与皇妃身分有关的权力地位、亲情归向、经济负担、盛极而衰等种种命运；此外更扩延出母神之存在意义与定命功能，于大观园的命名仪式与钗、黛取舍中加以充分展现。

至于此一母神所禀赋的"才德兼备"，分别为一种来自"二十年来辨是非"的识人之明与品鉴之才，以及一种表现为追求和谐的世俗之道，却无碍于真情流露、包容异端的淳厚大度之德。在理想层次上，她以母神之姿一手将大观园改造为女儿乐园，直接成为女儿们无上的护卫者，尤其对黛玉、龄官这类的异端逸才表现出自然主义的浓厚倾向，由此遂份属于"水作的骨肉"之价值范畴。而在现实层次上，她与贾府交缠牵连的共同命运关系，对大观园之命名施为与支配权力，尤其是在钗、黛取舍上的决策性暗示，又呈现出坚实的理性取向。此种依违于自我与群体之间，却情理兼备、灵动有据的性格，也再度印证了浦安迪在谈到《红楼梦》中的寓意（allegory）时，所提出的"二元补衬"观念，所谓：

> 曹雪芹将"真假"概念插入情节——通过刻画甄、贾二氏及"真假"宝玉，通过整个写实的姿态——而扩大读者的视野，使其看到真与假是人生经验中互相补充、并非辩证对抗的两个方面。"太虚幻境"的坊联"假作真时真亦假，无为有处有还无"，毋宁说是含蕴着这一意思的；而《好了歌注解》中"你方唱罢我登场"一句，更可以说暗示着二元取代的关系。这样

解释，似乎才符合赖以精心结撰全书的补衬手法。①

同样地，"二十年来辨是非"的元春当更深深了解"假作真时真亦假，无为有处有还无"的道理，钗、黛二人其实是人生价值中互相补充衬托、并非辩证对抗的两种人格形态，虽不免就现实所需而有所取舍，但对取舍的双方却都充满深刻的了解与同情，而无碍为两人之知己。唯其如此，曹雪芹赖以精心结撰全书的手法乃越见厚实与深沉。

此外必须说明的是，统理《红楼梦》中有关石榴花的表述内涵，可知其中所展现的乃是元春的皇妃身份，以及随之而来的对家族事务种种正负面的影响力；至于作为一位有血有肉的女性，元春幽居深宫之中的哀怨痛苦则不在此表述之列。事实上，除了第十八回省亲一幕中透过临场聚焦特写的笔墨，元春不时出现哽咽泪下的惨伤情景，传达了身处深宫"那不得见人的去处"而"骨肉各方，终无意趣"的悲凄之外，整部《红楼梦》即丝毫不再涉及宫怨的情节。探究其原因，可得而说者有三：一则是因为元春在书中始终都处于"不在场"状态，因此欠缺适当场景以逼近其心灵处境详加探照；其次更重要的是，元春之"怨"实与一般所谓之"宫怨"判然有别，以她恩遇正隆的宠妃身分，除了辞乡远隔而思亲念家的感伤之外，根本缺乏一般产生宫怨的冷废失宠处境，本质上与王昭君、

---

① [美]浦安迪（Andrew H. Plaks）：《中国叙事学》（北京：北京大学出版社，1996年3月），第5章，页160。

班婕妤之辈迥不相侔,自然也就没有发抒怨旷之情的理由。① 一般论者往往忽略元春之伤楚乃出于离家别亲、与世隔绝——所谓"不得见人""骨肉各方,终无意趣"之故,而径与源自冷废失宠所产生之宫怨混为一谈,此点实有慎重厘清之必要。

至于书中极少涉及宫怨的另一个现实因素,应即如全书凡例所声明者:

> 此书不敢干涉朝廷。凡有不得不用朝政者,只略用一笔带出,盖实不敢以写儿女之笔墨唐突朝廷之上也。又不得谓其不备。②

而紧接着在正式进入第一回之前,脂砚斋又不惮其烦地再度提醒读者:

---

① 抒发源自于冷废失宠所产生之怨情,包括君恩无常、寂寞难言之感慨,才是宫怨的主要定义与标准内涵,如王昌龄的《西宫春怨》与《长信秋词五首》、李益《宫怨》、白居易《后宫词》、王建《宫词百首》、张祜《宫词二首》、韩氏《题红叶》等皆属此类。元春当宠承欢之际却不能免除的思家之情,其实较近乎一般女性出嫁后的共通现象,一方面"出嫁"本即《诗经·卫风·竹竿篇》所谓"女子有行,远兄弟父母"的割离仪式,娘亲原就是嫁女心中的悬念;同时,一般妇女于出嫁一两年之后,亦往往因育子与家务缠身而无暇归宁,致与娘家长期迥隔,此点参彭美玲:《传统习俗中的嫁女归宁》,《台大中文学报》第 14 期。则元春与一般嫁女不同者,仅是元春所处乃宫禁森严之地,其思家之情更为浓烈而已。因此严格说来,实不宜笼统以宫怨称之,讨论时须慎加区辨。

② 甲戌本凡例,页 5。

作者本意原为记述当日闺友闺情,并非怨世骂时之书矣。虽一时有涉于世态,然亦不得不叙者,但非其本旨耳,阅者切记之。①

由其中一再声称的"此书不敢干涉朝廷""并非怨世骂时之书",在在可见其戒慎恐惧之姿态,而说明了"宫怨"的内涵不宜多加渲染的缘故,恐怕也与避免沦为讪谤君王而肇祸招罪有关。因此,即使元春省亲一段中与家人久别重逢的真情流露,乃是切合人性的至情至理而就情节之必要所设,但从元春省亲时涕泣连连的过程中,也处处带有"忍悲强笑"的压抑自制,可知这也是"一时有涉于世态"而"只略用一笔带出"的结果。读者固然可以从中引申阐发帝王制度残害人性的封建之恶,然而就本章所探讨的人花一体的象喻关系而言,检证全书中相关材料之涵盖面与证据力,可知宫怨实"非其本旨耳",不但与石榴花之表述内涵无涉,甚且也与元春本身之处境无关,是故"不得谓其不备"。由此,也足以说明作者在择取元春的代表花时,并没有选用传统诗词中与宫怨关涉之花属②的原因所在。

---

① 甲戌本第一回回前总批,页4。
② 以唐代宫怨诗为例,其相关名物中,有以"秋扇见捐"为言者,有以"红叶题诗"为言者,亦有极少数以花为言者,如李商隐《槿花》诗云:"风露凄凄秋景繁,可怜荣落在朝昏。未央宫里三千女,但保红颜莫保恩。"以上种种,大多取其荣落无常、君恩如水之意,都不符"榴花开处照宫闱"那炙手可热的荣盛气象,也与《红楼梦》中用以塑造元春的几个重点不甚切合。

第六章
《红楼梦》中的"灯"——
袭人"告密说"析论

第一节　前言：问题之产生与反省

衡诸《红楼梦》之阅读现象与诠释心态，尤其是在以钗、黛优劣为主的人物评论上，长久以来一直存在着明显的偏颇现象，夏志清曾指出此一现象背后所潜藏之心理寓涵，乃是：

> 由于读者一般都是同情失败者，传统的中国文学批评一概将黛玉、晴雯的高尚与宝钗、袭人的所谓虚伪、圆滑、精于世故作为对照，尤其对黛玉充满赞美和同情。……（宝钗、袭人）她们真正的罪行还是因为夺走了黛玉的婚姻幸福以及生命。这种带有偏见的批评反映了中国人在对待《红楼梦》问题上长期形成的习惯做法。他们把《红楼梦》看作是一部爱情小说，并且是一部本应有一个大团圆结局的爱情小说。①

---

① ［美］夏志清（C. T. Hsia）著，胡益民等译：《中国古典小说史论》（南昌：江西人民出版社，2001年9月），页279—280。

而这样的认知心态影响所及,就《红楼梦》研究的状况而言,夏志清便尖锐地指出:"除了少数有眼力的人之外①,无论是传统的评论家或是当代的评论家都将宝钗与黛玉放在一起进行不利于前者的比较。……这种稀奇古怪的主观反应如前面所指出的那样,部分是由于一种本能的对于感觉而非对于理智的偏爱。……如果人们仔细检查一下所有被引用来证明宝钗虚伪狡猾的章节,便会发现其中任何一段都有意地被加以错误的解释。"②而在黛玉／宝钗与晴雯／袭人互为对照组的情况下,二者之情况完全相同,其说法依然适用。

事实上正是出于"对于感觉而非对于理智的偏爱",反映在《红楼梦》的人物研究上,我们常常可以看到以偏概全、双重标准的推论方式,并以个人好恶作为材料取舍与诠释方向的依据。就本章所欲处理的袭人而言,举其荦荦大者以为例:袭人之"贤"(见第二十一回回目)往往被视为作者"明褒实贬"的曲笔,然而事实上"红楼之制题,皆能因事立宜,如锡美谥"③,其客观性并不能如此曲

---

① 此处作者举陈涌《关于薛宝钗的典型分析问题》为例。经查,"陈涌"实为"千云"之误译,乃中英文来回转译时所产生的音差。其文见《红楼梦研究论文集》(北京:人民文学出版社,1957年)。

② [美]夏志清著,胡益民等译:《中国古典小说史论》,页299。

③ (清)姚燮《读红楼梦纲领》云:"红楼之制题,如曰俊袭人,俏平儿,痴女儿(小红也),情哥哥(宝玉也),冷郎君(湘莲也),勇晴雯,敏探春,贤宝钗,慧紫鹃,慈姨妈,呆香菱,醉湘云,幽淑女(黛玉也),浪荡子(贾琏也),情小妹(尤三姐),苦尤娘(尤二姐),酸凤姐,痴丫头(傻大姐),懦小姐(迎春),苦绛珠(黛),病神瑛之类,皆能因事立宜,如锡美谥。"一粟编:《红楼梦卷》(台北:新文丰出版公司,1989年10月),卷3,页171。

解为说。更明显的例子是第五回中,曹雪芹为袭人之图谶所做的说明乃是"一簇鲜花,一床破席",而评点家便诠释为:"席而破,与敝帷盖同。然席虽微,一人眠之不破,多人眠之则破。……只此一字,袭人之罪状未宣,袭人之典刑已正。"① 流风所及,今代学者亦扩充阐释道:"在作者的构思中,袭人的性格有美丑两个方面,……'一簇鲜花,一床破席',就象征着其性格有如鲜花般俊俏芳香,又如破席般污秽卑陋。"② 然而,以如此负面的用语和诠释,施加于曹雪芹视为"非庸常之辈"的"紧要者"(第五回)的群钗之一,恐怕是过于偏断;更何况,只就推论方式的严格度来加以检验,也足见此一说法欠缺内在的一致性,一旦将如此望文生义的诠释逻辑衡诸其余图谶,则会造成十分荒谬的结果。如画着"又非人物,也无山水,不过是水墨滃染的满纸乌云浊雾而已"的一幅,岂非应该推衍出"晴雯乃是恶浊低俗、一无是处之人"的论点?而画着"有一池沼,其中水涸泥干,莲枯藕败"的一幅,恐怕也免不了得到"香菱乃是残花败柳之人"的解释。依此思考逻辑推而扩之,则画着"两株枯木"的图画,亦不免将画主林黛玉推入极其不堪之境地。很显然,这与曹雪芹视女儿为"无价之宝珠"的价值观是悖逆不能相容的,也与晴雯、香菱、黛玉的实际形象大相径庭;同理,袭人之判词实不应孤立以观,以特例的方式作此断章取义的偏倚诠释。

事实上,袭人图谶文字中的"破席"一词,与其他人物的"乌

---

① (清)洪秋蕃:《红楼梦抉隐》,参冯其庸纂校订定,陈其欣助纂:《八家评批红楼梦》(北京:文化艺术出版社,1991年9月),页139。

② 朱淡文:《红楼梦研究》(台北:贯雅出版社,1991年12月),页153。

云浊雾""水涸泥干""莲枯藕败""两株枯木"一样,都是结合形容词与名词的复合用语,其中名词的部分如"花、席、云、雾、莲、藕、木"等,都是在制作图谶时,透过谐音法、别名法、拆字法、相关法来暗示所指涉的对象①,以"花席"二字之谐音点出花袭人,以"云雾"之别名点出晴雯,以"莲"之别名点出香菱,以"两木"拆字拼合点出林黛玉;而用以修饰这些名词的动词和形容词,如"破、乌、浊、涸、干、枯、败"等语,则是一种命运表述而非人格表述,乃用来展现这些女性皆隶属于"薄命司"的悲惨际遇,一如"千红一窟(哭)""万艳同杯(悲)""群芳髓(碎)"中的"哭、悲、碎"的用法一般②,完全不是作为画主的性格提示或道德评价。一旦欲加之罪而断章取义,如同将"冷香丸"之"冷"字断言为宝钗性格之"冷酷",便会形成范畴误置的诠释暴力。③

其次,深知曹雪芹创作匠心的脂砚斋,于书中所有的女性人物中,除了小红曾经获得他"奸邪婢"④的恶评之外,对众家女子

---

① 此乃传统谶谣制作时的惯用手法,参谢贵安:《中国谶谣文化研究》(海口:海南出版社,1998年2月),页98—164。

② 作为女性集体悲剧之代名词,"窟"与"哭""杯"与"悲""髓"与"碎"的谐音关系,参看甲戌本第五回脂砚斋之夹批,页127—128。

③ 此点参欧丽娟:《"冷香丸"新解:兼论〈红楼梦〉中之女性成长与二元补衬之思考模式》,《台大中文学报》第16期(2002年6月),页173—228。

④ 庚辰本第二十七回眉批云:"奸邪婢岂是怡红应答者,故削逐之。"页526。而即使如此,事实上"奸邪婢"之说也是断章取义之下不公平的评论,因此同时畸笏叟对此又有一条按语:"此系未见'抄没''狱神庙'诸事,故有是批。"显然综观全局之后,小红也是令人刮目相看的正面人物。

的批语乃是毫无贬词,不但完全没有"左钗右黛"的偏倚现象,对袭人也多赞惜叹美之笔墨,或谓:"亲密浃洽勤慎委婉之袭人,是分所应当。"①或称:"唐突我袭卿,吾不忍也。"②并将宝玉一反常态地不大出房、不与姊妹丫头等厮闹的表现,归因为"袭卿第一功劳""袭卿第二功劳"③;此外或者谓:"袭人善解忿(纷)。"④或者曰:"袭卿爱人以德,竟至如此,字字逼来,不觉令人敬听。"⑤或者言:"袭人给裙子,意极醇良。"⑥当昏聩背晦的李嬷嬷倚老卖老地排揎袭人时,脂砚斋也对其"谁不是袭人拿下马来的"之说发出不平,或高呼:"冤枉冤哉!"⑦或大叹:"在袭卿身上去(却)叫下撞天屈来!"⑧甚至在评价袭人与晴雯的高下时,脂砚斋竟然违反一般读者偏好,而认为:"足见晴卿不及袭卿远矣。余谓晴有林风,袭乃钗副,真真不错。"⑨这原因当然不是如俞平伯所认为,是因为评书人成见太深,太不善于读书,忽略了曹雪芹对她的"言外微音,虽处处提她底端凝贤淑,但都含着尖刻的冷讽",所以

---

① 己卯本第十九回批语,页359。
② 庚辰本第二十一回夹批,页413。
③ 庚辰本第二十一回夹批,页415。
④ 王府本第三十二回夹批,页554。
⑤ 王府本第三十四回夹批,页564。
⑥ 有正本第六十二回回前总批,页665。
⑦ 庚辰本第二十回夹批,页392。
⑧ 庚辰本第二十回夹批,页391。
⑨ 甲戌本第八回夹批,页198。

才会一味颂扬①；事实应该正好相反，既然除了极少数的意见②之外，学者皆肯定脂砚斋算是"少数有眼力"的评论家，其评语反映出明智稳妥之看法与公正客观之态度③，则成见太深的恐怕反倒是一般主观强烈的读者，因此不免欲加之罪，于文字中处处穿凿出所谓的"言外微音"，然后将深知底蕴而未曾将袭人入罪的评书人判定为"太不善于读书"。

由上述二例即足以反映出《红楼梦》人物研究长久以来所遭逢的问题何在。无论是"爱之欲其生"还是"恨之欲其死"，往往是出于个人好恶投射之下的主观产物，可以在情绪发泄上逞一时之快，却偏离了人情世理的真相。本章即采取夏志清所主张的"仔细检查一下所有被引用来证明宝钗虚伪狡猾的章节"的研析方式，梳理袭人论述中作为重要构成部分的告密意涵，试图寻找那包括事物各个方面的思想，并从它们具体的统一中看到全体，以期从根本处廓清此一积沉已久的问题，并对《红楼梦》的人物论提供另一种诠释理路。

---

① 俞平伯：《红楼梦辨》下卷，《俞平伯论红楼梦》（上海：上海古籍出版社，1988年3月），页291—292。

② 如新近之考证认为，脂砚斋只不过是晚出于乾隆之后的《红楼梦》评者，其解读与赏鉴流于荒谬无据，并不具权威性与参考价值。参欧阳健：《还原脂砚斋》（哈尔滨：黑龙江教育出版社，2003年10月）。

③ 如王靖宇：《"脂砚斋评"和〈红楼梦〉》，《红楼梦研究集刊》第6辑（上海：上海古籍出版社，1981年11月），页334、页340。

第二节 "告密说"之解析与辩证

自清代以来，读者的评点已大幅反映出视袭人为告密者的见解，如青山山农云："袭人，贾府之秦桧也。……袭人通于宝玉，而以无罪谮黛玉，死晴雯；其奸同，其恶同也。然桧之奸恶，举朝皆能知之，至袭人则贾母不之知，贾政不之知，王夫人不之知，贾府上下不之知，不有晴雯，谁能发其奸而数其恶哉？"[1]又涂瀛亦云："苏老泉辨王安石奸，全在不近人情。嗟乎，奸而不近人情，此不难辨也，所难辨者近人情耳。袭人者，奸之近人情者也。以近人情者制人，人忘其制；以近人情者谗人，人忘其谗。约计平生，死黛玉，死晴雯，逐芳官、蕙香，间秋纹、麝月，其虐肆矣，而王夫人且视之为顾命，宝钗倚之为元臣。"[2]而时至今日，在右晴左袭的心态下，依然成为流行学界的普遍共识与一致定论，如张爱玲认为："袭人先告密然后'步入金屋'，告密成为王夫人赏识她的主因，加强了结构。"[3]而朱淡文也采取涂瀛之说，大胆推论未来的晴雯之死、乃至黛玉之死都是她告密的结果，其《研红小札》中说：袭人因为渴望日后争荣夸耀，以致"从心地纯良的无价宝珠般的珍贵女儿变成卑劣的告密者，晴雯和黛玉之死，芳官的出家，四儿的被逐，她

---

[1] （清）青山山农：《红楼梦广义》，一粟编：《红楼梦卷》，卷3，页214。
[2] （清）涂瀛：《红楼梦论赞·袭人赞》，一粟编：《红楼梦卷》，页138—139。
[3] 张爱玲：《五详红楼梦——旧时真本》，《红楼梦魇》（台北：皇冠文化公司，1998年7月），页359。

是有一定责任的。贾宝玉《芙蓉女儿诔》'虽诔晴雯而实诔黛玉'（庚辰本第七十九回脂评），其中有'箝诐奴之口，讨岂从宽？剖悍妇之心，忿犹未释'诸句，'诐奴''悍妇'中就有袭人在。"[①] 至于李劼也依此逻辑，进一步认定道："最温顺的有时是最阴毒的，想想她跪在王夫人跟前的那番告密吧，几乎将木石前盟连同整个大观园女儿世界一网打尽。"[②] 又且宅为《红楼梦》所绘之彩图中，亦有题为"袭人告密"的一幅[③]，俨然"告密者"已经成为袭人的固定标签，镌镂在她的刻板印象上牢不可破，甚至成为统摄其人的主要意涵。

而统理上述说法可知，袭人总共两度被视为告密者，一次是第三十四回向王夫人建言之事，一次是第七十七回抄检大观园后撵逐诸婢的行动；且这两次事件又往往被混同起来，以因果论之。然则，事情果其然乎？果不其然乎？似乎应详加辨析始得分晓。本章先以两节处理第三十四回建言一事，再进一步探讨第七十七回所涉及的相关问题。

一、建言内容的层次分析

欲论断告密说是否可以成立，首先应该解析"告密"之定义。依《新唐书》载："武后已称制，惧天下不服，欲制以威，乃修后周

---

① 朱淡文：《红楼梦研究》，页155。
② 李劼：《大观园内的女儿世界》，《历史文化的全息图像——论红楼梦》（上海：东方出版中心，1996年10月），页213。
③ 见冯其庸等：《红楼梦校注》（台北：里仁书局，1995年10月）书前所附，页35。

告密之法，诏官司受训，有言密事者，驰驿奏之。"①告密者，意谓侦人过失、秘密告发也。分析其构成条件，至少必须包含四个要项：

一、隐密状况：此乃告密之"密"所指涉的环境条件。
二、特定对象：此乃告密之"告"所指涉的具体标的。
三、部分事实：亦即特定事件是告密赖以成立的基础。
（如果密告之事全属无中生有，则为罗织诬陷，一般不称为告密）
四、损人利己：此乃告密行为之所以发动的主要动机。

因此，所谓"告密"乃是一种暗箭伤人的手段，以出卖他人隐私为筹码，并诉求一威权者代行己志的损人利己的行为。就此而言，第三十三回贾环在嫡庶情结中向贾政进谗陷害，致使宝玉在"流荡优伶，淫辱母婢"的罪名之下惨遭笞挞的做法，即符合这些条件。然而衡诸袭人与王夫人的对谈，情况却大相径庭。

早在袭人进言王夫人之初，即清楚指出："论理，我们二爷也须得老爷教训两顿。若老爷再不管，将来不知做出什么事来呢。"所谓的"论理"，清楚显示袭人所着眼的，乃是一般道理的原则性说明，是衡量客观情况之后的整体考虑。其次更重要的是，袭人接下来对王夫人的说词中所关涉到的相关人事，都不符合告密的构成

---

① 欧阳修等：《新唐书》（台北：鼎文书局，1992年1月），卷56《刑法志》，页1414。

条件。先将袭人所言迻录如下:

> 袭人道:"我也没什么别的说。我只想着讨太太一个示下,怎么变个法儿,以后竟还教二爷搬出园外来住就好了。"王夫人听了,吃一大惊,忙拉了袭人的手问道:"宝玉难道和谁作怪了不成?"袭人连忙回道:"太太别多心,并没有这话。这不过是我的小见识。如今二爷也大了,里头姑娘们也大了,况且林姑娘宝姑娘又是两姨姑表姊妹,虽说是姊妹们,到底是男女之分,日夜一处起坐不方便,由不得叫人悬心,便是外人看着也不像。一家子的事,俗语说的'没事常思有事',世上多少无头脑的事,多半因为无心中做出,有心人看见,当作有心事,反说坏了。只是预先不防着,断然不好。二爷素日性格,太太是知道的。他又偏好在我们队里闹,倘或不防,前后错了一点半点,不论真假,人多口杂,那起小人的嘴有什么避讳,心顺了,说的比菩萨还好,心不顺,就贬的连畜牲不如。二爷将来倘或有人说好,不过大家直过没事;若要叫人说出一个不好字来,我们不用说,粉身碎骨,罪有万重,都是平常小事,但后来二爷一生的声名品行岂不完了,二则太太也难见老爷。俗语又说'君子防不然',不如这会子防避的为是。太太事情多,一时固然想不到。我们想不到则可,既想到了,若不回明太太,罪越重了。近来我为这事日夜悬心,又不好说与人,惟有灯知道罢了。"(第三十四回)

其中，袭人所言未曾涉及任何特定事件，仅就一般男女之防为论，此其一；其次，在阐述道理举例说明时，她所涉及的对象十分明确地将所有丫鬟辈排除在外，指出："如今二爷也大了，里头姑娘们也大了，况且林姑娘宝姑娘又是两姨姑表姊妹，虽说是姊妹们，到底是男女之分，日夜一处起坐不方便，由不得叫人悬心，便是外人看着也不像。"此理早在第二十一回宝玉不分昼夜到潇湘馆与黛玉、湘云厮混之时，袭人便已经对宝钗说过："姊妹们和气，也有个分寸礼节，也没个黑家白日闹的！"显见她前后理念十分一致，且所提到的对象首先是自家"姑娘"之类的手足堂姊妹，然后才是"林姑娘宝姑娘"这两位外姓的表姊妹，通属于主子辈的小姐们，根本未曾涉及晴雯等同辈之丫鬟者流，因此算不得挟上欺下，此其二。

其三，在提到男女之防时，袭人乃是先自家而后亲戚，将迎、探、惜与钗、黛等所有主子姑娘都包括在内，并未专指特定人物。事实上，以与宝玉的血缘关系来看，除了探春是他同父异母、份属至亲的妹妹之外，其余迎春、惜春乃是同姓的堂姊妹，宝钗、黛玉则是异姓的姨姑表姊妹。衡诸明清时代律文之变动状况与文化事实，有关中表兄弟姊妹不得为婚之禁例虽已形同具文[①]，但在礼法

[①] 赵凤喈：《中国妇女在法律上之地位》（台北：稻乡出版社，1993 年 5 月），页 45。又 [美] 伊沛霞（Patricia Buckley Ebrey）亦谓："中国外婚制原则禁止同姓堂兄妹结婚，但还不禁止与姑姑、舅舅和姨母这类亲戚的子女结婚。'亲上加亲'和'累世婚姻'并不是什么新名词。"参胡志宏译：《内闱——宋代的婚姻和妇女生活》（*The Inner Quarters: Marriage and the Lives of Chinese Women in the Sung Period*）（南京：江苏人民出版社，2004 年 5 月），页 57。

社会中对"先奸后娶"——亦即情感发生先于婚姻关系的做法却极为忌讳。① 而礼法尽可以昭昭严禁，情感却是自然天赋无从遏止，尤其在亲谊通好而近水楼台的环境条件下，男女之间的特殊感情更是易于培养，何况连严重乱伦的"爬灰"之事都已是宁国府中具体发生的公开秘密（第七回），堪称殷鉴不远。因此在人多口杂的府宅中防嫌以避免步上后尘，本是刻不容缓。

第四，除了对象问题之外，袭人接着从一般人情世事的复杂度着眼，指出"世上多少无头脑的事，多半因为无心中做出，有心人看见，当作有心事，反说坏了"的一般人性弱点，以及从贾宝玉"素日性格偏好在我们队里闹""偏生那些人又肯亲近他"的个人特质，本就极易刺激人们想入非非的想象力，而产生不堪入耳、蜚短流长的闲言闲语；再加上人智有限，不免有些许言行上的疏忽差池之处，那更是授人以柄而落人口实。如此乃是自古以来，传统上对人群社会中"人言可畏"的应有顾虑。

事实上，包括大观园在内的整个贾府一直是暗潮汹涌，连那"机关算尽太聪明"（第五回）、"心机又极深细"（第二回）、"少说些有一万个心眼子"（第六回）且位高权重的王熙凤，都必须在复杂纠葛的环境中处心积虑、步步为营，深感有如在四面埋伏的处境中孤军奋战，因此对自己与平儿"两个才四个眼睛，两个心，一时不防，倒弄坏了"（第五十五回）的能力极限也有所警惕，则怡红

---

① 第六十九回中，贾琏侍妾秋桐指控尤二姐的罪名之一，就是"先奸后娶没汉子要的娼妇"。而这也正是黛玉在宝玉赠帕时"再想令人私相传递与我，又可惧"（第三十四回）的原因所在。

院同时具备承宠当红、遭嫉惹妒,却又女儿群绕、毫不设防的不利条件,的确只要"倘或不防,前后错了一点半点",便会造成无法收拾的话柄乃至丑闻。袭人建言中所引述的"君子防不然"一语,乃出自汉代的乐府民歌《君子行》:"君子防未然,不处嫌疑间。瓜田不纳履,李下不正冠。"[①]尔后遂形成"瓜田李下"这大家耳熟能详的成语;而果然,曹雪芹在《红楼梦》中就安排了一场名副其实的"李下嫌疑"的正宗情节,活生生地为袭人之顾虑作了现实的见证。于第六十一回中,厨娘柳家的对守门的小厮说道:

> 昨儿我从李子树下一走,偏有一个蜜蜂儿往脸上一过,我一招手儿,偏你那好舅母就看见了。他离的远看不真,只当我摘李子呢,就尸声浪嗓喊起来,……叫我也没好话说,抢白了他一顿。

在瓜田李下,连纳履正冠都宜避免,一如挥手拂蜂的无心之举尚且引来一场偷盗的嫌疑风波,何况事涉淫秽暧昧。这段通常被视为枝微末事而遭受忽略的情节,却是草蛇灰线中切中肯綮的一个关键,所谓"离的远看不真"正说明误会之所以产生的道理,而"叫我也没好话说"则点出受冤者的无辜与无奈,因此才会不甘示弱地奋力

---

① 全诗于此四句之后接着说:"叔嫂不亲授,长幼不比肩。劳谦得其柄,和光甚独难。周公下白屋,吐哺不及餐。一沐三握发,后世称圣贤。"一说为曹植诗,见逯钦立辑校:《先秦汉魏晋南北朝诗》(台北:木铎出版社,1983年9月),页263。

反击。则这段柳家的情节叙述看似琐碎而无关紧要，实际上恐怕并不仅仅是用以呈现大观园中人际关系复杂纠葛的泛泛笔墨，它更重要的意义是曹雪芹刻意设计的一个插曲，基于高度的内在一致性而前后联络呼应，足以证明袭人"瓜田李下"的疑虑以及"君子防不然"的思考，完全是建立在有源有本、可验可征的现实基础上。她的思考和建言不但合乎客观的事理而反映出娴熟人情的处世智慧，更具有在坚强的现实经验中所产生的实际需要，是来自于对大观园中人多口杂、纠葛纷扰之复杂人性的真切了解，因此其用心的确是防患未然的顾全大局，是一片无私无我的坦荡无伪。

进一步看袭人对宝玉之行径所顾虑的，也确然是出于人人共见的客观认知。事实上，《红楼梦》中已明明白白指出大家族中人多口杂、夹缠诬构的复杂情状，即使是牵连最少的潇湘馆，都如同薛姨妈对黛玉所说的："你这里人多口杂，说好话的人少，说歹话的人多。"（第五十七回）其他各处也自然无法例外地都属是非之地，于第九回就先提到："宁府人多口杂，那些不得志的奴仆们，专能造言诽谤主人。"到了第六十八回，又再度就一般现象指出："小人不遂心诽谤主子亦是常理。"至于第七十一回则落实到荣宁二府之间的利害纠葛以及尊卑上下的矛盾关系为说，所谓："凡贾政这边有些体面的人，那边各各皆虎视眈眈。……这一干小人在侧，他们心内嫉妒挟怨之事不敢施展，便背地里造言生事，调拨主人。先不过是告那边的奴才，后来渐次告到凤姐，……后来又告到王夫人。"乃至到了第七十四回，更进一步记载道：贾琏夫妇隐密向鸳鸯商借贾母之物以典当支应家用一事，竟意外被性格"禀性愚憨""婪取财货"(第四十六回)的邢夫人得知,王熙凤便担心道:"知道这事还是小事,怕的是小人趁便又造非言,生出别的事来。……那起小人眼馋肚饱,连没缝儿的鸡蛋还要下蛆呢,如今有了这个因由,恐怕又造出些没天理的话来也定不得。"

在这样的背景之下,宝玉那毫不防嫌的狎昵之举,更是授人以柄的绝佳口实,堪为敌人大作文章的要害所在。传统礼教典籍规定得很清楚:"男女不杂坐,不同椸枷,不同巾栉,不亲授。"[①]而前述《君子行》一诗所认为的君子应该避开的嫌疑处境中,除了"瓜田不纳履,李下不正冠"之外,还有"叔嫂不亲授,长幼不比肩",可见男女之间不但必须形躯有隔,连日常用品也都为了避免性联想而不得混用。以此衡诸宝玉"素日偏好在我们队里闹"而时时在女儿堆中厮混的作为,早已严重逾越礼教之大防,从外边看来的确是处处嫌疑,不但调脂弄粉、吃人嘴上的胭脂是宝玉的日常习惯,故而常常"不觉又顺手拈了胭脂,意欲要往口边送"(第二十一回),连金钏儿对他的嘲笑也是:"我这嘴上是才擦的香浸胭脂,你这会子可吃不吃了?"(第二十三回)尤其离谱的是第二十四回所载:宝玉"回头见鸳鸯,……便把脸凑在他脖项上,闻那香油气,不住用手摩挲,其白腻不在袭人之下,便猴上身去涎皮笑道:'好姐姐,把你嘴上的胭脂赏我吃了罢。'一面说着,一面扭股糖似的黏在身上。"则他会"猴向凤姐身上"搓揉(第十四回),也就不足为奇。

---

① 《礼记》(台北:艺文印书馆,十三经注疏本,1989年1月),卷28《内则篇》,页538。

其不避形迹一至于此,相对来说,对彩霞一面说话一面拉手的举动(第二十五回),还算是比较不伤大雅。

此外,宝玉若非与黛玉同床共卧、对面闲谈(第十九回),与芳官醉卧一室、一夜同榻(第六十三回),便是强让湘云为他梳理发辫,乃至伸手为装睡的袭人解衣开扣(第二十一回),又或自己主动为丫鬟麝月篦头,致使同为侍婢的晴雯都因此而吃味冷笑道:"交杯盏还没吃,倒上头了!"(第二十回)而第三十回所记载的,"碧痕打发你洗澡,足有两三个时辰,也不知道作什么"的故事,就更难免引起非非之想。种种不避形迹的亲密行止,用宝玉自己的话来总括概述,便是"姊妹们一处,耳鬓厮磨"(第七十九回),如此才让"因宝玉性情乖僻,每每规谏宝玉,心中着实忧郁"(第三回)的袭人,处心积虑地规劝他:"不可毁僧谤道、调弄脂粉,还有更重要的一件,再不许吃人嘴上擦的胭脂了,与那爱红的毛病儿。"(第十九回)而规劝完全无效之后,有一次终于就忍不住说:"你再这么着,这个地方可就难住了。"(第二十四回)甚至怡红院的小丫头佳蕙也体认到:"可也怨不得,这地方难站。"(第二十六回)是故,许叶芬虽然颇不以袭人为然,然而从人情事理之客观角度而言,也不得不承认:"宝玉以少男而居众女之中,粥粥群雌,易相为悦,设非有人朝夕其侧,善窥意向,巧事针砭,其放纵将不可闻。"① 而这正是李纨指着宝玉所说的:"这一个小爷屋里要不是袭人,你们度量到什么田地!……他不是这丫头,就得这么周到了!"

---

① (清)许叶芬:《红楼梦辨》,一粟编:《红楼梦卷》,卷3,页230。

(第三十九回)

持平而论，袭人的忧虑并非小题大作的迂腐道学，而是熟谙人情世理的生活智慧。比较那"每每风闻得有人背地里议论什么多少不堪的闲话"（第七十四回）的宁国府中，以及与姨娘乱伦调情，又"抱着丫头们亲嘴"的贾蓉（第六十三回），叔侄二人之外观形迹恐怕是大体相当。而当时丫头们恨骂贾蓉之语，所谓：

> 知道的说是顽，不知道的人，再遇见那脏心烂肺的爱多管闲事嚼舌头的人，吵嚷的那府里谁不知道，谁不背地里嚼舌说咱们这边乱账。（第六十三回）

其内容又与袭人的疑虑顾忌相差无几。何况连紫鹃都听说了有关宝玉的不堪之言，因此对宝玉说道："从此咱们只可说话，别动手动脚的。一年大二年小的，叫人看着不尊重。打紧的那起混账行子们背地里说你，你总不留心，还只管和小时一般行为，如何使得。"（第五十七回）究核其实，固然贾宝玉与女儿们亲密交接的出发点是作养脂粉，因此待之以深情无邪的温柔体贴；而贾蓉的目的则是以淫乐悦己，因此本质上是对女性的调弄践踏，其间的确是判若霄壤，是故论者皆以为："贾蓉绝好皮囊，而性情嗜好每每与宝玉相反。宝玉怜香，贾蓉转能蹂香；宝玉惜玉，贾蓉专能碎玉。花柳之蟊贼也！"[①] 然而，究竟是思无邪的情感圣徒，还是皮肤滥淫的淫魔

---

① （清）涂瀛：《红楼梦论赞·贾蓉赞》，一粟编：《红楼梦卷》，卷3，页137。

色鬼，就本质而言虽是谬以千里，从外在情状来看却是差之毫厘，仅仅存在着模糊难辨的一线之隔。不但那赖以区隔的一线于外观上容易混淆不清，而且那区隔的标准也只有反求诸己的心证才得判然，因此难以客观检证，也容易滑移失据。以至于脂砚斋都往往将贾宝玉与贾蓉相提并论，指出两者之间的天渊之别其实仅有毫厘之差，且最终皆易于归诸邪滥，如曰：

> 此书写世人之富贵子弟易流邪鄙，其作长上者有不能稽查之处。如宝玉之夜宴，始见之文雅韵致。细思之，何事生端不基于此？更能写贾蓉之恶赖无耻，亦世家之必有者。读者当以"三人行必有我师"之说为念，方能领会作者之用意也，戒之！①

此外又说道：

> 宝玉品高性雅，其终日花围翠绕，用力维持其间，淫荡之至，而能使旁人不觉，彼人不压。贾蓉不分长幼微贱，纵意驰骋于中，恶习可恨。二人之形景天渊而终归于邪，其滥一也，所谓五十步之间耳。②

---

① 王府本第六十三回回前总批，页667。
② 王府本第六十三回回末总评，页669。

前一条指出贾宝玉之夜宴其实正是贾蓉"恶赖无耻"之肇端,以推出"富贵子弟易流邪鄙"的普遍之理;而后一条所谓的"其滥一也,所谓五十步之间",正是由两人外观形貌之近似所产生的感受;至于"二人之形景天渊而终归于邪"的说法,则是对混迹世间难以避免同流合污的忧虑。另外,对于"外相既美,内性又聪明,……斗鸡走狗,赏花玩柳"(第九回)的贾蔷,他与戏子龄官之间的爱恋关系,脂砚斋也认为:"'梨香院'是明写大家蓄戏,不免奸淫之陋,可不慎哉,慎哉。"① 由此可知,情、淫之分际确有暧昧难判之处。

至于作者、读者深知存在于贾蓉与贾宝玉之间的根本性差别,乃是源自于艺术的距离之外所获得的全知角度,一旦还原到那现实庸浅的人间世中,绝大多数的人都是捕风捉影、断章取义的凡夫俗子,能够自我节制、实事求是而力求客观公允者,究竟寥寥可数。虽说谣言止于智者,然而自古以来智者能有几何?所谓"天下智者少而愚者多"②,举目滔滔,那出于凡夫俗子"离的远看不真"而自由心证的幻设之词,自然而然就容易以讹传讹,偏离事实愈来愈远;再加上居心不良、嫉妒眼红者的恶意歪曲、兴风作浪③,是是非非就会滚成包藏祸心的雪球横行社会,其冲撞力与破坏力甚至足

---

① 己卯本第三十六回回前总批,页 570。
② (清)戴震:《孟子字义疏证》,卷上,《中国历代哲学文选》(台北:木铎出版社,1980 年 3 月),页 163。
③ 如第六十二回林之孝家的带来一位愁眉苦脸的媳妇,指着对探春说:"这是四姑娘屋里的小丫头彩儿的娘,现是园里伺候的人。嘴很不好,才是我听见了问着他,他说的话也不敢回姑娘,竟要撵出去才是。"至于贾环对宝玉的谗害,更是其中之尤者。

以大到使人身败名裂。①

　　既然此举越礼、授人以柄，祸端实启于己身；此心朗朗、清白可鉴，知者却独我而已，如此一来，如何能将证明清白的责任都归诸身为局外人的他者？又如何不引起蜚短流长的种种灾难！早在二三千年前，《诗经》的作者就汲汲然感叹道："人之多言，亦可畏也。"② 混迹于滚滚红尘之中，就此极其堪忧之事的客观可能性而发展出"君子防不然"的道理，这正是避免不虞之嫌的君子心胸。既然本性难移，宝玉"素日偏好在我们队里闹"的习性几乎无法改变，则将他搬出大观园确实是唯一的釜底抽薪之法。此与宝钗"一半是堂皇正大，一半是去己疑心"（第三十四回）的做法，显然有异曲同工之妙。

　　由以上诸点分梳之结果，可知袭人之举一非状告他人，二无涉及任何隐密私事，"告密者"之贬斥乃是缺乏足够根据而不能成立。犹有甚者，脂砚斋对袭人这段历来被误解为告密谗害的言论，所抱持的看法乃是无比之赞扬肯定，除了当回开宗明义地先行点出"袭

---

① 此点比观书中其他情节，尤三姐不过是投奔至宁府的远房亲戚，却因为宁府中"除了那两个石头狮子干净，只怕连猫儿狗儿都不干净"（第六十六回）、"每每风闻得有人背地里议论什么多少不堪的闲话"（第七十四回）而受到连累波及，竟在追求婚姻爱情之路上蒙受疑虑而含恨以终，断送了青春生命与大好幸福，即此足为其证。

② 见《诗经·郑风·将仲子》，因此诗中之女子再三谆谆告诫追求者，希望对方"无逾我里，无折我树杞""无逾我墙，无折我树桑""无逾我园，无折我树檀"，并据以拒绝仲子之求爱，其中严守分际的态度十分明确。朱熹：《诗经集注》（台北：国文天地图书公司，2000年9月），页39。

卿高见动夫人"①之外,于相关处更谓:

> 远虑近忧,言言字字,真是可人。②

其中特别挑明袭人"远虑近忧"之坦荡心怀,甚至还殷殷交代读者,应该引以为鉴而切莫重蹈覆辙:

> 袭卿爱人以德,竟至如此,字字逼来,不觉令人敬听。看官自省,切不可阔略,戒之。③

所谓"爱人以德",指的是她欲根本洗脱众人之远忧而免除园中人之灾祸的苦心,是从集体的群众福祉为着眼的大公思虑,因此才给予"可人"之誉。这也印证了宋淇所认为:袭人之说话谈吐,其出发点是为人,不是为己,所以说话很得体,层次分明,理路清楚,尤其重要的是有真感情,因此能令人感动。④既然一般都同意脂砚斋算是具有明智稳妥之看法与公正客观之态度的少数有眼力的评论家,则吾人似即应该将此一段广被视为"告密进谗"之情节加

---

① 王府本第三十四回回前总批,页561。
② 王府本第三十四回夹批,页564。
③ 王府本第三十四回夹批,页564。
④ 宋淇:《怡红院的四大丫鬟》,《红楼梦识要——宋淇红学论集》(北京:中国书店,2000年12月),页127。宋淇举的例子是第十九回袭人劝宝玉一大段,实可概诸其余。

以重新审定,视为就事论事的原则性的人情世理,足以衡诸四海而皆准。至于后来因故抄检大观园之事,袭人再度蒙受告密者之污名,这一点留待第四节再另行讨论。

二、发展脉络的线性逻辑

亨利·詹姆斯曾经指出:"一部小说是一个有生命的东西,像任何一个别的有机体一样,它是一个整体,并且连续不断,而且我认为,它越富于生命的话,你就越会发现,在它的每一个部分里都包含着每一个别的部分里的某些东西。"① 依据此理,袭人的进言本非峭然孤出的单一情节,而是整个连续不断的叙事轴中的一个有机部分。如果以袭人为中心视角,从情节发展之过程循线追溯,挑明袭人向王夫人建言之潜在脉络,我们可以发现其中之逻辑关系十分紧密一贯,无论是情节衍生之因果发展,或是因事而生的心理进程都是环环相扣。

抉脉探源,这样一件本质上与情色意涵有关的建言的确并非凭空而来,追踪蹑迹,乃先有第三十二回"诉肺腑心迷活宝玉"这段情节所种下的近因,彼时宝玉向黛玉大胆倾吐:"好妹妹,我为你也弄了一身的病在这里,只等你的病好了,只怕我的病才得好呢。睡里梦里也忘不了你!"致使错听了如此之隐密心事的袭人,"吓得

---

① [英]亨利·詹姆斯(Henry James):《小说的艺术》,收入朱雯等译:《小说的艺术:亨利·詹姆斯文论选》(上海:上海译文出版社,2001年5月),页17。

魄消魂散,只叫'神天菩萨,坑死我了!'"其震骇之强烈,原因虽不乏余国藩所指出的,"表兄妹之间绽放的爱情"具有"不寻常"的本质①,然而最重要的是,两性之间由情而淫乃是必然而然的发展,所谓"情既相逢必主淫"(第五回秦可卿判词),因此袭人才会接着自思:"将来难免不才之事,令人可惊可畏。"不幸的是,随后立即在第三十三回发生调情之事,引发金钏儿跳井、捉拿琪官、宝玉捱打之灾难。其对象固然有男女之别,其身分固然有尊卑之分,综合言之,作为犯淫所致的"不才之事"——亦即"性丑闻"之核心意义,却是一以贯之,于本质上统属于可以一概而论的同类范畴。这才是袭人之所以会向王夫人建言的关键所在。

换言之,所谓"不才之事"者,并非泛指一般的男女性事,而是专指一种会导致身败名裂的非礼教的情色关系,因为攸关一生名节,所以才会"令人可惊可畏";这也正是王夫人感激袭人"成全我娘儿两个声名体面"的原因。至于奴仆之辈则因为不具备独立人格,只是附属于富贵之家的财产,再加上男尊女卑的不平等观念,以致男主女奴之间的性关系,在当时的社会伦理观念之中是极其普遍而称不上"不才之事"。事实上,贾府(以及其他大户人家)的规矩是"凡爷们大了,未娶亲之先都先放两个人伏侍的"(第六十五回),而宝玉之初试云雨,即是因为"袭人素知贾母已将自己与了宝玉的,今便如此,亦不为越礼"(第六回)所致;至于主

---

① Anthony C. Yu, "The Quest of Brother Amor: Buddhist Intimations in *The Story of Stone*," *Harvard Journal of Asiatic Studies* 49/1(June 1989): 70. 转引自孙康宜:《陈子龙柳如是诗词情缘》(台北:允晨文化公司,1992年2月),页78。

婢之间的情色关系也是约束不大，否则宝玉也不会因为听说迎春出嫁，另外还陪四个丫头过去时，便跌足惋叹道："从今后这世上又少了五个清洁人了。"（第七十九回）此际贾府对孙绍祖的为人依然陌生，宝玉却为了那四个陪嫁丫头也必然贞节不保而怅然若失，显然是依据当时一般常理所产生的判断；后来证实不但果然如此，孙绍祖甚至还对"家中所有的媳妇丫头将及淫遍"（第八十回），身为正室的迎春只能略劝，却无以制止。由此可间接证明男主女奴之间的确缺乏客观的礼教法度以为规范的事实，故而脂砚斋对宝玉生平中第一次的性启蒙，就直接指出："宝玉袭人亦大家常事耳，写得是已全领警幻意淫之训。"①

然而，一旦这种主奴关系掺入其他利害因素，也会演变成引爆灾难的性丑闻，如金钏儿跳井、捉拿琪官即是因为涉及人命与王府权贵，才急剧恶化而掀起轩然大波。则大家族中本已处处埋下"不才之事"的火线，随时存在引爆的契机，却由于宝玉"是个不听妻妾劝的"（第七十八回），"凭人怎么劝，都是耳旁风"（第二十一回），"每欲劝时，料不能听"（第十九回），以致袭人在宝玉捱打重伤之后，不禁伤心感慨道："你但凡听我一句话，也不得到这步地位"（第三十四回），是以只能转而诉诸家长权威，发生第三十回向王夫人进言之事，并以宝玉搬出园外为釜底抽薪之法。而依时间顺序与因果关系梳理相关事件所构成的整个过程，可以袭人为核心，将上述情节列表以观之，其间关系将更为显豁可验：

---

① 甲戌本第六回回目后批，页138。

第三十二回"肇因"——由于"诉肺腑心迷活宝玉"而引发对"不才之事"的忧心，奠立"心下暗度如何处治方能免此丑祸"之思虑基础

第三十三回"验证"——随后立即爆发金钏跳井、引逗琪官这类"不才之事"，在"流荡优伶""淫辱母婢"的罪名之下导致宝玉捱打之重大灾难，是为"不才之丑祸"的应验，乃产生"近来我为这事日夜悬心"的更大焦虑

第三十四回"建言"——终于向王夫人建言，提出让宝玉"搬出园子外来住"的根本解决之道，以杜绝更大的危机祸患

从叙述流动的角度来说，第三十二回到第三十四回的一连串事件属于一个整体，其发展过程前后有源有本、理路井然，并且因果逻辑之发展环环相扣，其中所涉及之相关要素，都与"不才之事"有关，全然在客观的人情世理之中。而袭人对王夫人所言："近来我为这事日夜悬心，又不好说与人，惟有灯知道罢了。"（第三十四回）所谓"近来"这时间副词，确切地说，即指从第三十二回开始，历经第三十三回、第三十四回这紧相接续的数日之间；而她为之"日夜悬心，又不好说与人"的"这事"，指的便是宝玉一连串有关性丑闻的"不才之事"，包括第三十二回对黛玉倾吐之私密隐衷，第三十三回与金钏儿、琪官蒋玉菡有关之"流荡优伶""淫辱母婢"等罪名。换言之，惊觉将来难免会发生令人可惊可畏的"不才之事"，而苦思极力避免，其实完全是正大堂皇的动机；而细观袭人进言中所举的种种理由以及皆就大处立论的陈述过程，乃是"础润而雨，履霜坚冰至"之类防微杜渐的

箴言，其以人情世理之大局着眼，以釜底抽薪之根本方式思考，乃至整个立论的核心归结为"教二爷搬出园外来住"的解决之道，在在都称得上是客观公允、掌握要点，其中并无夹讼谮害之意。

据此，说袭人是针对特定对象（如黛玉、晴雯、芳官、四儿）而告密进谗，恐怕是捕风捉影的莫须有之说。如张爱玲一方面指出袭人是否谮害晴雯，其实并不能确定，但又进一步认定她中伤黛玉确是明写，理由是其话中虽然钗、黛并提，但王夫人当然知道宝钗与宝玉并不接近，而其目的则是不想在黛玉手下当姨太太，因为这日子不是好过的。① 此说颇反映一种流行的看法，然则衡诸上述所分析的文本意涵，恐怕也是推论太过。

三、潜在文本的对映互涉

至于"袭人建言"与"抄检大观园"两段情节是否有所关涉，除了文本分析之外，还应该考虑存在于整体叙事过程中的时间因素与人物性格因素；纳入这两个因素之后，我们可以发现"袭人建言"与"抄检大观园"之间并不是具有因果逻辑关系的单一线性发展，而是各自独立、彼此错榫的两个断片，在时间因素与性格因素的介入之后融铸了潜在之深度与厚度，足以截断两者之间可能存在的联机，而使袭人建言之作用力在正负两方面都减低至零。因此，将"袭人建言"与"抄检大观园"两段情节视为一线性发展的前后阶段，并跳越期间其他复杂交织的生成因素，而素朴地简化出一种因果关

---

① 张爱玲：《五详红楼梦——旧时真本》，《红楼梦魇》，页353。

系，恐怕不免有"不正确归因"之虞。

　　首先，即使退一步消极地承认两者之间存在着影响的相关性，然而言者谆谆其理，提供正确之原则，而听者偏蔽一隅，施以过度之滥用，显然错在听者，而非言者。何况，从"时间"与"性格"的两大因素来考虑，我们更有积极而充分的理由推定袭人建言与抄检大观园后王夫人撵逐晴雯、芳官、四儿之事乃毫无关涉之处。首先就时间而言，两段情节之间已事隔多年，彼此相关之可能性极为渺茫。依据周汝昌制定之年谱《红楼纪历》[①]，以整部小说发展的时间进程为基准，可知袭人提出谏言的第三十四回为第十三年，而抄检大观园的第七十四回已至第十五年，两件事至少已间隔两年；若再考虑《红楼梦》之叙事时间常常有跳跃式剪贴拼接的跨年现象，则两事之间距恐怕更久。岁月悠悠，事过境迁，其流波所及已然微渺难辨；同时，若将关键人物王夫人之性格特点纳入考察，更可以证明此点。

　　依照王夫人糊涂善忘、漫不经心之个性，处事往往记错或忘记之行事作风，"我也忘了"几乎已经变成王夫人的口头禅[②]。事无

[①] 周汝昌：《红楼梦新证》（北京：华艺出版社，1998 年 8 月），页 150—162。

[②] 从第三回记错存放缎子的地方、第二十八回忘了天王补心丹之药名、第三十四回忘了迁出宝玉之安排、第七十四回忘了要问讨厌的丫头是谁、第八十回忘了接迎春回家的这五段情节中，我们注意到王夫人对大小事情总是毫无例外地"记错"或"忘了"；而所忘之事，小自缎子放置的地方、大夫所说丸药的名字，还有将苦命的侄女迎春接回宽慰，以及其身边丫头的姓名形貌，大至心肝儿子起居规划的顾虑，故表现出"事情上不留心"（第三十九回）的风格特色，在在可见其性格之昏聩平庸，缺乏深谋远虑之聪明细致。

大小，皆一概疏忽，这也是她必须将理家职权交予王熙凤担任的主要原因，由此可以推定袭人之建言同样也会沉沦于记忆的幽暗处，而归诸遗忘的深渊并烟消云散。最有力的证据见诸第七十四回的描述：王夫人追忆上次陪贾母进园逛去时，即目睹晴雯谩骂小丫头的狂样子而心生不满，但其结果竟是"后来要问是谁，偏又忘了"；直到听闻王善保家的谗害晴雯，才猛然记起并对号入座，召来一见果然"形容面貌恰是上月的那人"，盛怒之下顿生撵逐的决心，其首尾之间不过短短一个月而已，远远不及袭人建言到抄检大观园的两年时间。换句话说，事件本身必须具备眼前当下的实时性以及触犯情色禁忌的严重性①，才能引发她的关切与处理：事件的实时性让她记得关切，而事件的情色性质则导致她的过度处置（据此而言，金钏儿跳井与抄检大观园两个事件之间在本质上存在着近似一贯的孪生关系）。则事隔两年之后，昏聩平庸、胡涂善忘的王夫人恐怕早已将袭人之建言抛诸脑后，一如她所自言的："我何曾又不想到这里，只是这几次有事就忘了。"（第三十四回）准此而言，袭人之建言不但迥非抄检大观园之"近因"或导火线，连间接起作用的"远因"都谈不上。甚至必须注意到，王夫人直到抄检大观园前夕才认识晴雯，足证袭人从未对王夫人说及此婢，这次的建言亦然。

从另一个角度来看，大观园中众丫鬟之间固然有时斗口呕气，

---

① 第三十回即明言，王夫人平生最恨者即男女非礼犯淫的"无耻之事"，因此亲如女儿的金钏儿才会遭致被逐自尽的下场。

却也常常见到彼此调笑嬉闹、互相扶持照应的温馨情景。就以怡红院中"嘴尖性大""性情爽利，口角锋芒"（第七十七回）、"满屋里就只是他磨牙"（第二十回）的晴雯为例，比较上而言，她的确是因为心性高傲而地位较为孤立的一个人物，经常因为"掐尖要强"（第七十四回）而使性与其他人拌嘴，但这却并不构成她和众人之间相处状态的全部真相。诸如：

一、以她常常"夹枪带棒"（第三十一回）出言讥讽的袭人而言，作者尚且描写着："刚出了院门，只见袭人晴雯二人携手回来"，宝玉问他们做什么，袭人回答道："摆下饭了，等你吃饭呢。"（第六十二回）如此携手同行的场景，又何尝有一丁点儿较劲为敌的意味？姊妹淘、手帕交之类的闺中情谊（sisterhood），反而比较合乎其中亲好无猜的情境。

二、再如麝月，作为"公然又是一个袭人"（第二十回）、"与袭人亲厚"（第二十一回）、受袭人"陶冶教育"（第七十七回）的丫头，她曾在晴雯的央求下服侍了漱口、喝茶之事，待到门外走走时，随后出屋想吓唬她的晴雯却反过来被麝月责怪衣裳单薄，爱责之语中深藏着关怀照应之情（第五十一回）；当晴雯生病后，麝月即劝慰她不要性急，好好静心养病，接着在晴雯自作主张撵逐偷金镯的坠儿，而与坠儿之母发生口角时，麝月更是出面替晴雯壮势镇住对方，解除晴雯被抓住话柄之危机，完全是站在同一阵线的同志或盟友（第五十二回）。

三、又如秋纹，也曾在晴雯生病时于床边照顾，结果是被晴雯撵了去吃饭，彼此之顾惜扶持明白可见（第五十二回）；后来在晴雯死后,她还感叹着"物在人亡"(第七十八回),生前体贴、死后感念之意不容抹煞。

四、而笔墨不多的碧痕,曾因为与宝玉一起洗澡洗了两三个时辰,不但未曾引发任何醋妒风波,反而是诸婢"笑了几天"(第三十回),晴雯回溯此事时亦毫无猜忌之意,显然只纯以趣闻笑谭视之,不疑有他。

五、还有聪明伶俐的芳官,先是袭人将吹汤的机会转让予她,以"学着些伏侍";然后在宝玉要芳官尝一口试试时,不但袭人加以鼓励,晴雯更是亲尝一口以为表率,终于让芳官突破心理禁忌而成为众姝一员(第五十八回),彼此之间呈现出互相鼓励协助的本质。后来当怡红院为宝玉庆生,尽情玩乐之余众人纷纷醉倒,"袭人见芳官醉的很,……就将芳官扶在宝玉之侧,由他睡了"。等醒来后,在袭人"也不害羞"的嘲笑之下,芳官瞧了一瞧,才知道昨夜和宝玉同榻,而宝玉也说:"我竟也不知道了。若知道,给你脸上抹些黑墨。"(第六十三回)在此少女友群的陶陶之乐中,甚至还闪现出童心的稚趣。

由上述诸例可见,宋淇所认为"怡红院中并无主奴的扞格和因妒忌争宠引起的争斗,多少采取和平共存的方式,各尽所能,各得其乐"①,乃是切合实情的说法。如此看来,若果袭人真是学者所认为:内心深处有着不可遏制的向上爬的欲望,素日想着后来争荣夸耀,因而从美好走向丑恶,从心地纯良的无价宝珠般的

---

① 宋淇:《怡红院的四大丫鬟》,《红楼梦识要——宋淇红学论集》,页106。

珍贵女儿变成卑劣的告密者，以取得王夫人的信任，并压倒她的竞争对手①，则她如何会对芳官百般教导，并对她受到宝玉爱宠的情况一无芥蒂？如何会毫不避忌地让芳官与宝玉醉后同榻，无形中促成了两人亲近的场面？②又如何会将夜间服侍宝玉这近水楼台的大好机会，拱手让给对她最具竞争力的晴雯（见第七十七回）？最重要的是，袭人若有铲除晴雯之意，先前在第三十一回就已经发生过一次更好的机会，彼时晴雯任性顶撞宝玉，又对袭人说话夹枪带棒、拈酸讥刺，以致引发宝玉前所未有的震怒而立刻就要打发她出去。袭人若是有心谗害晴雯，此事就应该好好把握而因势利导、善加运用，所谓"登高而招，臂非加长也，而见者远；顺风而呼，声非加疾也，而闻者彰"③，只要顺着宝玉的怒气默不吭声，甚至顺水推舟、搧风点火，赶出晴雯岂非更是顺理成章而且不费吹灰之力？又何须轻易错过，等待王夫人日后召见，始托诸那充满不确定因素的渺茫机会？凡此皆非真正心机深沉、有所图谋者所应为。更何况，当时的袭人不但捐弃前嫌，对宝玉撵逐晴雯的行动极力阻拦，拦阻不住之后还跪地央求，导致碧痕、秋纹、麝月都一齐进来跪下，集众婢集体之力才化解了攸关晴雯命运的一场风波，即此已足证袭人有心谗害晴雯（乃至其他诸婢

---

① 朱淡文：《红楼梦研究》，页153—156。
② 因此野鹤《读红楼札记》说："怡红夜宴，其结果为'大家黑甜一觉，不知所之'十字，字字深刻，入木三分。"一粟编：《红楼梦卷》，卷3，页292。
③ 《荀子·劝学篇》，李涤生集释：《荀子集释》（台北：台湾学生书局，1986年10月），页4。

之说法并不能成立。

因此之故，怡红院内的缤纷热闹往往是由众位丫鬟合力制造出来的，最典型的例子是第七十回描写的："这日清晨方醒，只听外间房内咭咭呱呱笑声不断"，袭人因此对宝玉笑说："你快出去解救，晴雯和麝月两个人按住温都里那（按：即芳官）胳肢呢。"结果前去解救的宝玉也加入了混战之中，打成一片其乐融融的欢愉，在旁作壁上观的袭人则是"看他四人裹在一处倒好笑"，同时也不忘叮咛大家："仔细冻着了。"这样的情景，让此际前来躬逢其盛的李纨丫鬟碧月十分羡慕，笑道："倒是这里热闹，大清早起就咭咭呱呱的顽到一处。"

由此可知，诸婢之间或竞争较劲、口角锋芒，或调笑嬉闹、扶持照应，这才完整呈现真实的人性内涵与全部的生活面貌；一如第一回记述甄士隐所居之地，乃是在于"十里（势利）街"中转入的"仁清（人情）巷"①，由人情、势利彼此纠葛辩证的"二元补衬"关系②，才是构成人生种种的全貌。因此，大观园中人际之间关系复杂、充满利害纠葛固然是一部分的事实，但若一味强

---

① "十里"与"势利"，"仁清"与"人情"的谐音关系，见甲戌本第一回脂砚斋夹批，页14。
② "二元补衬"意指万物在两极之间不断地交替循环的关系，一如"假作真时真亦假，无为有处有还无"与"你方唱罢我登场"之说，而真／假、有／无、生／死、冷／热等乃是人生经验中互相补充、并非辩证对抗的两个方面。参[美]浦安迪：《中国叙事学》（北京：北京大学出版社，1996年3月），页95、页160。

调这一点而忽略其他的面向，就难免以偏概全，从而作出片面的判断。

第三节 "灯姑娘"与"灯知道"之平行同构

回到袭人向王夫人建言一事，在其陈述的尾声中有几句话特别引起我们的注意，所谓："近来我为这事日夜悬心，又不好说与人，惟有灯知道罢了。"其中所蕴含深切的委屈痛苦之情，正对应于第三十一回所记述的，当黛玉调侃袭人道："你说你是丫头，我只拿你当嫂子待。"宝玉立刻说："你何苦来替他招骂名儿。饶这么着，还有人说闲话，还搁的住你来说他。"而积郁满怀的袭人遂禁不住吐露道：

> 林姑娘，你不知道我的心事，除非一口气不来，死了倒也罢了。

可见正是基于"不好说与人"的顾忌，致使众人"不知道我的心事"，唯有一死方能解脱。而那辗转难眠之深夜中独自负荷的难以言宣之委屈忧闷，却从"死了倒也罢了"转变为"惟有灯知道罢了"，其中实大有玄机：为何那一份深藏密敛、无从申诉之忧心苦闷，除了透过"死了倒也罢了"才能卸除豁免之外，竟会用"惟有灯知道罢了"的说辞来表达，犹如唐代时一生凄痛难言、寂寞失志的李商隐曾经苦涩地自白道:"悠扬归梦唯灯见"[①]一般?若欲探究此中原由,势必与光照之功能及其引申而出之象征意义有关。

先以光而言,美国哲学家威尔赖特(Philip E. Wheelwright, 1901—1970)曾指出:

> 在所有的原型性象征中,也许没有一个会比作为某些心理和精神质量象征的"光"更为普及,更易为人所了解的了。甚至在我们的有关精神现象的日常流行语汇中,仍然有许多由早先关于光的隐喻所产生的词和词组:阐明、启发、澄清、说明、明白的等等。这些词语大体都已不再作为积极的隐喻而发挥功能了,它们都失去张力感(tensive)的特性,成了纯粹的日常语汇。[②]

这是因为在灯光燃亮之前,人们只能存在于黑暗浑沌的世界中与愚昧无知为伍,只能凭着原始本能盲目摸索,因而充满捕风捉影的误解与无中生有的疑虑;一旦明光朗现,事实的轮廓便被清晰揭示出来,于重重疑云驱散之后,由衷之赤诚真心与掩蔽之难言冤屈也随即水落石出。因此威尔赖特又进一步指出,光在人类精神世界里有三种基本象征意义:第一,光产生了可见性,它使在黑暗中消逝隐

---

① 李商隐:《七月二十九日崇让宅宴作》,参刘学锴、余恕诚:《李商隐诗歌集解》(台北:洪叶文化事业公司,1992年10月),页1069。

② P. E. 威尔赖特:《原型性的象征》,收入叶舒宪编:《神话——原型批评》(西安:陕西师范大学出版社,1987年7月),页221。

匿的东西显现出清晰的形状，经过一种自然的容易的隐喻转化，物理世界光的可见性活动转喻成心理世界的转喻性活动，于是光便自然变成了心理状态的一种符号，也就是说变成了心灵在最清晰状态中的一种标记。第二，现代社会已经把光和热区分开来，但在遥远的古代它仍是不假思索地联系在一起的，因此光在智慧澄明的状态背景下，也会产生火的隐喻性内涵，火的燃烧品格使光成为心灵的燃烧剂，具有热情和力量的象征意义。第三，光具有普照的性质，火具有特殊的蔓延力量，这一点又与心灵特征联系起来，即心灵如同光和热一样具有引导普及的作用。①

而上述"光"这种包含阐明、澄清、说明等意义在内的鉴证作用，在《红楼梦》书里书外也曾经藉由日、月来表达过。早在《诗经·大车》中便有言曰：

谓予不信，有如皦日！②

证诸《红楼梦》中，也恰恰可以呼应两段与蒙冤表白有关的情节：第二十八回宝玉提出一料古怪的药方而被众人质疑，幸遇凤姐挺身指出"宝兄弟不是撒谎"的证言时，凤姐每说一句，那宝玉便念一句佛，说："太阳在屋子里呢！"以及第四十六回鸳鸯的誓言："若说我不是真心，暂且拿话来支吾，日后再图别的，天地鬼神，日头

---

① P. E. 威尔赖特：《原型性的象征》，收入叶舒宪编：《神话——原型批评》，页222。

② （宋）朱熹：《诗经集注》（台北：国文天地图书公司，2000年9月），页37。

月亮照着嗓子,从嗓子里头长疔烂了出来,烂化成酱在这里!"显然,世间光明之盛者,莫若太阳;移诸夜间,则如霜似水之月亮即为继起之光源,而有"何处春江无月明"①的景象。

唯日月皆属大自然之物,其消长循环是在自在自为的轨道上运行,除了太阳、月亮之外,"光"的创造者就只有灯烛。"灯"完全是人为的产物,于黯昧漆黑之夜晚中,一盏茕茕孤灯无疑即是昏黢如盲的处境里赖以启蒙祛惑的唯一至宝。作为夜间照明的设备,灯烛在中国社会中发展了一段漫长的历史②,最晚至中古时代,文人作品中即对灯烛的华彩倍加赞叹,所谓:

- 明无不见,照察纤微。以夜继昼,烈者所依。([汉]刘歆《灯赋》)③
- 晃晃华灯,含滋炳灵。素膏流液,玄炷亭亭。([晋]傅玄《灯铭》)④
- 煌煌丹烛,焰焰飞光。……照彼玄夜,炳若朝阳。焚刑监世,

---

① (唐)张若虚:《春江花月夜》,康熙敕编:《全唐诗》(北京:中华书局,1990年2月),卷117,页1183。
② 其形制从周代燃薪为烛,战国始有油灯,到晋初出现蜡烛;其燃料则始为动物性膏油,六朝以后改为价格较低的植物油;其名称则因薪火大明,固亦可称火,而汉魏以后,始以灯烛为照夜之专名,凡在屋内者,无曰火矣。详参尚秉和:《历代社会风俗事物考》(北京:中国书店,2001年1月),页164—171。
③ 费振刚等辑校:《全汉赋》(北京:北京大学出版社,1993年4月),页239。
④ (清)严可均辑:《全上古三代秦汉三国六朝文》(石家庄:河北教育出版社,1997年10月),《全晋文》,卷46,页480。

无隐不彰。（［晋］傅玄《烛铭》）①
• 名擅夜光，功参庭燎，妍丑无隐，毫芒必照。（［唐］王棨《缀珠为烛赋》）②

然而，就如同太阳、月亮并不只是自然界的天文物象而已，灯的作用除了夜间照明的实用功能之外，于人文社会与艺术世界中，更与人类的心灵发生牵系而产生了特定的象征意义。作为一个积淀久远的原型意象，灯与诗人之情思感应乃至生命之存在感受都有所互动，因此，傅道彬归纳出灯烛意象在艺术世界里的象征意义有四点：首先，灯烛是一种发光体，因此它在象征世界里是燃烧与照亮；第二，灯烛在艺术世界里还象征着希望和获救，象征着吉庆热烈的生命气氛；第三，灯烛代表着燃烧自己照亮世界的人生品格，同时在夜的背景下，灯烛体现的是一种具有挑战意义的抗争精神；第四，灯烛是智慧与艺术的象征。③

以此衡诸《红楼梦》中之灯烛意象，常见的乃是一般物用方面之用法，包括一般夜间所燃的灯，以及下雨出门时所点的明瓦灯或玻璃绣球灯（第四十五回）。除却此一泛泛层面，而深入探究灯的情感意涵，可以区分出的用法主要有二：

---

① （清）严可均辑：《全上古三代秦汉三国六朝文》，《全晋文》，卷46，页480。
② （清）董诰等奉编，（清）陆心源补辑拾遗：《全唐文及拾遗》（台北：大化书局，1987年），卷770，页3600。
③ 傅道彬：《烛光灯影里的中国诗》，《中国文学的文化批评》（哈尔滨：黑龙江人民出版社，2000年1月），页364—366。

其一，当夜间孤身独对一灯时，显现的是一种冷清孤独的存在情境。如袭人佯嗔箴劝宝玉时，宝玉晚饭之后赌气孤自度夜，却不免感到"今日却冷清清的一人对灯，好没兴趣"（第二十一回）；而多愁善感的黛玉，更常常在深夜灯下独自酝酿那一份含泪自怜的风露清愁，如在宝钗不能依约来伴的秋雨夜晚，"便在灯下随便拿了一本书，却是《乐府杂稿》，有《秋闺怨》《别离怨》等词。黛玉不觉心有所感，亦不禁发于章句，遂成《代别离》一首，拟《春江花月夜》之格，乃名其词曰《秋窗风雨夕》。"诗中诸般缠绵哀戚之句，往往有灯烛之影迹，如："秋花惨淡秋草黄，耿耿秋灯秋夜长。已觉秋窗秋不尽，那堪风雨助凄凉""抱得秋情不忍眠，自向秋屏移泪烛。泪烛摇摇爇短檠，牵愁照恨动离情""罗衾不奈秋风力，残漏声催秋雨急。连宵脉脉复飕飕，灯前似伴离人泣"（第四十五回）。如此一来，灯不仅是孤独的幻形，还是泪水的化身，风雨中的摇摇烛光恰恰与无眠的哀哀离人相对而泣。

其二，然而最重要的是，既然灯的主要作用是在黑暗中发光，所谓"照察纤微""无隐不彰""妍丑无隐，毫芒必照"，则关于光的隐喻所产生的词和词组，如阐明、启发、澄清、说明、明白、烛照等，便成为《红楼梦》中"灯"的指涉意义之一。这种极其特殊的象征意涵，可以说是曹雪芹从传统哲学以及佛教传法所形成的比喻象征系统中撷取得来的创造性用法。就中国传统哲学而言，《潜夫论·赞学篇》云：

> 道之于心也，犹火之于人目也。中窔深室，幽黑无见，

及设盛烛，则百物彰矣。此则火之耀也，非目之光也，而目假之，则为己明矣。[1]

至于较晚的佛教典籍中，以灯为喻的传示手法更是处处可见，诸如：

- 或现种种色身音声教化众生，或现诸语言法，种种威信，种种菩萨行，一切智明为世界灯。（《华严经》卷十五《入法界品》）
- 善知识！定慧犹如何等？犹如灯光。有灯即光，无灯即暗；灯是光之体，光是灯之用，名虽有二，体本同一。此定慧法，亦复如是。（《六祖坛经·定慧品第四》）
- 处染不垢，修治不净，故云自性清净，性体遍照，无幽不烛，故曰圆明。（华严宗师法藏《妄尽还源观》卷一）

祛除了其中的哲学意涵之后，无论是阐述道的彰明意义，还是视智慧为驱妄除昧、练造圆明心性的指引，灯烛都因发光而成为最佳喻指。尤其"中穿深室，幽黑无见，及设盛烛，则百物彰"这段话正可以说明灯烛在《红楼梦》中的特殊用法，意即一种在俗眼难及的蒙昧难明之中，透过"心／灯"互映、彼此定义的联系，提供对真

---

[1] （汉）王符著，（清）汪继培笺：《潜夫论笺校正》（北京：中华书局，1997年10月），卷1，页11。

理与真性的澄清作用。

早在第十九回,李嬷嬷曾借用一个与灯有关的歇后语,批评道:"那宝玉是个丈八的灯台——照见人家,照不见自家的。"此中意涵,灯显然已是带有反省观照的引申意,而照明体所具备的物理之光便被转化为心理之光的隐喻。至于《红楼梦》中以"灯"作为心迹光明磊落之明证者,最早出现于第三十四回的袭人建言中,可惜被绝大多数的读者所忽略;而最有力的一段情节,乃出自第七十七回"俏丫鬟抱屈夭风流"一段,其中记载晴雯被撵逐出大观园后卧病在床,宝玉私往探视慰问,并发生剪赠指甲、互换袄衣的情事。然后曹雪芹便安排晴雯之表嫂——灯姑娘,一个"恣情纵欲,满宅内便延揽英雄,收纳材俊,上上下下竟有一半是他考试过的"花痴型浪荡女子出面作为见证,所谓:

> 我们姑娘下来,我也料定你们素日偷鸡盗狗的。我进来一会在窗下细听,屋里只你二人,若有偷鸡盗狗的事,岂有不谈及于此,谁知你两个竟还是各不相扰。可知天下委屈事也不少。如今我反后悔错怪了你们。

事实上,这位灯姑娘原名"多姑娘",为一味好酒滥醉终日的多浑虫之妻,这层关系作者已明白点示于第七十七回。但何以在第二十一回还称"多姑娘"以配合"多浑虫"之名号,至此却率尔不顾地改名为"灯姑娘",探察其中原因,张爱玲曾以不确定的语气推测道:"'灯姑娘'这名字的由来,大概是《金瓶梅》所谓'灯人儿',美貌的人物,像灯笼上画的。"但紧接着这样的推测之后,她又承认如此之命名"比较费解"①,显然并未觉察其中深旨。事实上,早在清代解盦居士便已经睿智地指出:

> 作者于晴雯生死之顷,怡红凄恻之时,忽写吴贵媳妇(案:即庚辰本中的灯姑娘)调情一段,固属对影写照,意有所在,要知此亦特笔也。窗外潜听,正所以表晴雯之贞洁也。不然,"虚名"二字,谁其信之?②

同样地,余英时虽然也未曾指明灯姑娘的命名寓意与改名的匠心,但对灯姑娘的存在功能则所言甚是:"其实灯姑娘的话岂止洗刷了宝玉和晴雯的罪名,而且也根本澄清了园内生活的真相。宝玉和最亲密而又甚涉嫌最深的晴雯之间,尚且是各不相扰,则其他更不难推想了。"③于是,改名后的"灯姑娘"一方面洗刷晴雯的冤屈与嫌疑,另一方面则更可以还给怡红院中诸婢的清白。这是因为宝玉那"素日偏好在我们队里闹"的习性确实做出不少启人疑窦的形迹,其中最具代表性的,是第三十回所记载:碧痕打发他洗澡,足有两三个时辰,洗完后地下的水淹着床腿,连席子上都汪着水,大约读者也不免感到其中闪烁着暧昧不清的幢幢魅影。连碧痕这位小丫头

---

① 张爱玲:《三详红楼梦——是创作不是自传》,《红楼梦魇》,页168。
② (清)解盦居士:《石头臆说》,一粟编:《红楼梦卷》,卷3,页196。
③ 余英时:《红楼梦的两个世界》,《红楼梦的两个世界》(台北:联经出版公司,1996年2月),页58。

都不免形迹可疑，则晴雯是怡红院中与宝玉最为亲狎之人，其嫌疑更是无从洗脱，如第七十七回叙述道：

> 这一二年间袭人因王夫人看重了他了，越发自要尊重，凡背人之处，或夜晚之间，总不与宝玉狎昵，较先幼时反倒疏远了，……故迩来夜间总不与宝玉同房。宝玉夜间常醒，又极胆小，每醒必唤人。因晴雯睡卧警醒，且举动轻便，故夜间一应茶水起坐呼唤之任皆悉委他一人，所以宝玉外床只是他睡。

夜夜同房共处，情色的嫌疑固当最大，以致被灯姑娘之类的众多局外人"料定你们素日偷鸡盗狗"；这样的疑窦，直到灯姑娘的出现才真正打破谜团，既然连嫌疑最大的晴雯都是如此清白坦荡，则碧痕之事也只是不涉淫滥的无邪嬉戏而已。就此，林方直所言最是切当有力，他从根本处掌握了此人物绾合为一的命名寓意与存在功能，指出：多姑娘之所以改名为灯姑娘，乃是作为耳聪目明能做公道证词的活人灯，形成"人的灯化"的现象，其中就具有暴露意义的"多姑娘"之名而言，是发挥"试剂"的作用；而就具有照察意义的"灯姑娘"之名而言，则是起"烛照"的作用。[①] 于是"灯姑娘"之塑造意义乃豁然开显。

论者曾谓："红颜绝世，易启青蝇；公子多情，竟能白璧，是

[①] 林方直：《多姑娘与灯姑娘》，《红楼梦研究集刊》第5辑（上海：上海古籍出版社，1980年11月），页221—230。

又女子不字、十年乃字者也。非自爱而能若是乎?"① 晴雯如此之纯洁自爱,唯独在临死之前透过一人隔窗潜听始得昭雪,其祛惑解迷、拨云除霾的微妙之处,正通向灯的鉴照作用。如唐代诗人所言:

- 一灯如悟道,为照客心迷。(孟浩然《夜泊庐江闻故人在东林寺以诗寄之》)②
- 继世风流在,传心向一灯。(皎然《雪夜送海上人常州觐叔父上人殷仲文后》)③

灯姑娘的"灯"发出了遍照三千的光明,照亮了不为人知的深隐角落,澄清了包覆在黑暗中的种种谜团,也扫除了绘声绘影的疑云,将宝玉以及其所珍爱的女儿们的纯真无邪清楚朗现,其功德大矣!只是,处身于世界秩序中自以为代表文明道德的人却偏偏被虚浮表象所蒙蔽,最终竟须由灯姑娘这朵招蜂引蝶的浮花浪蕊来还两人之清白,为被人一口咬定为狐狸精的晴雯抱屈,并因此感慨"可知人的嘴一概听不得的""可知天下委屈事也不少",实在是讽刺入骨;而被疑为"淫魔色鬼"(第二回)的贾宝玉居然赢得了这位花痴女子的尊敬与义助,主动向他保证"以后只管来,我也不罗唣你",也令人感叹入骨!

---

① (清)涂瀛:《红楼梦论赞·晴雯赞》,一粟编:《红楼梦卷》,卷3,页129。
② 徐鹏:《孟浩然集校注》(北京:人民文学出版社,1998年2月),卷3,页197。
③ 康熙敕编:《全唐诗》,卷819,页9229。

既然亨利·詹姆斯指出:"要说某些情节在本质上要比别的情节重要得多,这话听上去几乎显得幼稚。"[①] 衡诸《红楼梦》中之相关情节,"灯姑娘"之昭雪功能,正恰恰是袭人"惟有灯知道罢了"的平行现象,彼此具有同质互证的关系;换言之,"灯姑娘"与"灯知道"乃是《红楼梦》中平行同构的孪生情节,分别作为晴雯与袭人之清白高贵的鉴证。灯不会说话,但会发光,照耀出一片坦荡之心曲,则袭人之无私用心"惟有灯知道",便正如晴雯之清白无辜"唯有灯姑娘知道",透过相同的灯意象平行穿插于两段不同的重大情节中,可谓获得异曲同工之效。而这正是浦安迪对奇书文体的"纹理"(texture,指文章段落中的细结构)研究中,所提出的"形象迭用"(figural recurrence)手法,它让错综复杂的叙事因素取得前后一贯照应,并通过互相映照的方式烘托出种种隐含的义蕴,最后点明深刻的层面。[②] 同时借由告密说的擘清,也足证贾母"素喜袭人心地纯良,克尽职任,遂与了宝玉"(第三回)的识人之明,确实饱含了客观公允的高度智慧。

第四节 告密逐婢之真凶试探

前述林方直精切地指出由"多姑娘"改称"灯姑娘"之深层意

---

① [英]亨利·詹姆斯:《小说的艺术》,收入朱雯等译:《小说的艺术:亨利·詹姆斯文论选》,页18。

② [美]浦安迪:《中国叙事学》,页88。

义,但却未尝注意到"灯姑娘"与"灯知道"两者之间所蕴含的平行同构的内在一致性,遂依然视袭人为告密者,视灯姑娘为被其诬陷之晴雯的昭雪者,因而依然陷入将"告密"与抄检大观园混为一谈的纠葛中。此外,俞大纲亦认为抄检大观园时,"王夫人的'查人'是由于得有情报;其目的在继晴雯之后,驱逐芳官。而供给情报的,显然是袭人"①。而这种推论所根据的理由,不外乎如下所言:"其向王夫人秘密进言的举动,也暗示了袭人将来此类的习惯行为,这就为以后晴雯的被逐作了铺垫。"②其中想当然尔的逻辑明显是缺乏客观的检证基础以及充分的条件支持的,但这类的看法存在已久,几乎已成为学界不证自明的常识。唯经过本章前二节的梳理分析,可证袭人之建言与日后抄检大观园之事完全无关;至于袭人是否在抄检大观园之后的查人行动中告密以排除异己,更应进一步加以讨论。

首先值得注意的是,从事发之初的现象以观之,于王夫人抄检大观园时,袭人自己并没有被排除在嫌犯的名单之外,第七十七回便清楚记载:

> 王夫人自那日着恼之后,王善保家的去趁势告倒了晴雯,本处有人和园中不睦的,也就随机趁便下了些话,王夫人皆记在心中。……今日特来亲自阅人,一则为晴雯犹可,二则因竟

---

① 俞大纲:《曹雪芹笔底的优人和优事》,收入王国维等:《红楼梦艺术论》(台北:里仁书局,1994年12月),页425。
② 詹丹:《红楼情榜》(济南:山东画报出版社,2004年6月),页157。

有人指宝玉为由，说他大了，已解人事，都由屋里的丫头们不长进教习坏了。因这事更比晴雯一人较甚，乃从袭人起以至于极小作粗活的小丫头们，个个亲自看了一遍。

换言之，晴雯个人不过其次，"不才之事"才是王夫人认定的首要弊端，而在这个心态之下，袭人同样被涵括在"屋里的丫头们"之中，被王夫人当作嫌疑犯检阅一番。这种不分亲疏、毫无例外的统一性，显示王夫人滴水不漏的严密态度，可以说是将袭人排除在告密者之外的一个重要证明。

至于查人撵逐行动过后，宝玉的确产生过"怎么人人的不是太太都知道，单不挑出你和麝月秋纹来"的疑惑。这疑惑乃是一种在重大冲击之下，出于惊惧伤痛而迁怒归罪的直觉反应，是一时情绪动荡之下寻找替罪羊的偏激心理，而非客观理性分析的认知。事实上，对于袭人等豁免于罪的原因，宝玉自己已经立刻提供了合理的解答，所谓："你是头一个出了名的至善至贤之人，他两个又是你陶冶教育的，焉得还有孟浪该罚之处！"（第七十七回）如此"素日殷勤小心"（第二十六回佳蕙评语），时时严守"君子防未然"之理而谨言慎行之人，其不落人话柄自是必然的结果，袭人的全身远祸并不能作为断定告密的充分证据。因此，一旦情绪平复回归理性之后，宝玉对袭人依然亲和如常、毫无芥蒂，并认定她和黛玉一样，是最后与他"同死同归"的两三个人之一（第七十八回）。就此，其意义应如张爱玲所指出的：俞平伯认为贾宝玉于《芙蓉女儿诔》中所写的"箝诐奴之口，讨岂从宽？剖悍妇之心，忿犹未释"这四句是骂袭人的,但"'箝谀奴之口'是指王善保家的与其他'与园中不睦的'女仆。宝玉认为女孩子最尊贵,也是代表作者的意见。……宝玉再恨袭人也不会叫她奴才。'剖悍妇之心,忿犹未释',如果是骂她,分明直指她害死晴雯,不止有点疑心。而他当天还在那儿想:'还是找黛玉去相伴一日,回来家还是和袭人厮混,只有这两三个人,只怕还是同死同归的。'未免太没有气性,作者不会把他的主角写得这样令人不齿。'悍妇'大概还是王善保家的。"①此说言之成理、合乎常情,足以服人。

则讨论至此,可以断定书中并无袭人告密之确证,而从大观园里外讯息网络之全貌与特质,以及怡红院独占鳌头之特权地位所造成的对立处境来看,事实上足以导致王夫人查人逐婢的可能人选,却所在多有,只是其名单与证据较少受到讨论。因此下文试加爬网抉剔,建构出完整的参照体系,以作为补证。

一、"流动与互动"——贾府中讯息网络的建构

以抄检大观园之后续事件作为核心来观察,究竟是谁外通神鬼,泄漏私语密说以为情报,宝玉乃早有疑心,第七十七回描述道:王夫人撵逐怡红院中诸丫鬟之时,其"所责之事皆系平日之语,一字不爽",因此宝玉先是心中盘诘:"谁这样犯舌?况这里事也无人知道,如何就都说着了。"随后又向袭人表示困惑:"咱们

---

① 张爱玲:《初详红楼梦——论全抄本》,《红楼梦魇》,页76。

私自顽话怎么也知道了？又没外人走风的，这可奇怪。"袭人则回答道：

> 你有甚忌讳的，一时高兴了，你就不管有人无人了。我也曾使过眼色，也曾递过暗号，倒被那别人已知道了，你反不觉。

所谓"那别人"显系确有所指的特定对象，已直接否定了宝玉"又没外人走风"的认知；至于暗中潜听的不确定的隔墙之耳，实际上更是屈指难数。书中对此早已提供了惨痛的前车之鉴，即门禁森严、下人们训练有素的王熙凤住处竟都发生过"无故走风"的情事，第七十四回记载：贾琏夫妇私下向鸳鸯商借典当贾母之物以应付财务难关，不知何故，邢夫人居然得知此事并趁机敲诈二百两银子，而在王熙凤的盘查考问之下，

> 众小丫头慌了，都跪下赌咒发誓，说："自来也不敢多说一句话。有人凡问什么，都答应不知道。这事如何敢多说。"……这里凤姐和平儿猜疑，终是谁人走的风声，竟拟不出人来。

而值得注意的是，早在第七十二回贾琏真正开口向鸳鸯商借之前，书中就已经先露出形迹，第五十三回记载贾蓉笑向贾珍道："果真那府里穷了，前儿我听见凤姑娘和鸳鸯悄悄商议，要偷出老太太

的东西去当银子呢！"此一机密信息不知从何得来？荣府机关重地的财务隐私竟然直通宁府核心，且先知先觉有如神助，其走风之迅速与隐密，在在都让人惊骇震慑，难怪精明缜密的凤姐也不免在此暗吃闷亏。相较之下，毫不设防的怡红院便有如摊在阳光下的大众广场，可以一览无遗地尽收眼底，因此连林黛玉都早已看出此一现象，于贾宝玉脸上沾了纽扣大小的一块胭脂膏时，便叨念他道："你又干这些事了。干也罢了，必定还要带出幌子来。便是舅舅看不见，别人看见了，又当奇事新鲜话儿去学舌讨好儿，吹到舅舅耳朵里，又该大家不干净惹气。"（第十九回）这就更加证明宝玉"又没外人走风"和"况这里事也无人知道，如何就都说着了"的惊疑诧怪，只反映出他缺乏警觉与提防的天真个性，并不能作为判断事实的客观证词。

扩而言之，"从上至下也有三四百丁"的整个贾府几乎是半开放的公共空间，如第七回记载，周瑞家的替众家姊妹送宫花，于往凤姐处时，乃"穿夹道从李纨后窗下过，隔着玻璃窗户，见李纨在炕上歪着睡觉呢"；第二十回则是赵姨娘啐骂贾环，"可巧凤姐在窗外过，都听在耳内"，便隔窗斥责赵姨娘之教导不当；又第二十六回叙及贾芸被召至怡红院，才进院子，就听到"里面隔着纱窗子笑说道：'快进来罢。我怎么就忘了你两三个月！'贾芸听得是宝玉的声音，连忙进入房内"。待打发了贾芸后，宝玉出屋子散心，一径来到潇湘馆，"宝玉便将脸贴在纱窗上，往里看时，耳内忽听得细细的长叹了一声，……只见黛玉在床上伸懒腰"；第三十六回亦写湘云与黛玉约同来怡红院向袭人道喜，"二人来至院中，见静悄悄的,……林黛玉却来至窗外,隔着纱窗往里一看,只见宝玉穿着银红纱衫子,随便睡在床上";又第四十四回凤姐回房时发现贾琏偷腥,乃"蹑手蹑脚的走至窗前,往里听"时,闻知贾琏与鲍二家的一番对话,随即引发一场大闹;第五十二回更有宝玉从后门出去,至窗外潜听平儿与麝月商议坠儿偷镯子之事;还有第七十三回描写探春等人约来安慰迎春乳母带头聚赌犯禁之事,恰遇"懦小姐不问累金凤"一段纷扰,"走至院中,听得两三个人较口。探春从纱窗内一看,只见迎春倚在床上看书,若有不闻之状";至于第七十五回记述尤氏回到宁府,趁机悄悄来至窗下,更将贾珍等人淫乐不堪之情状听得十分真切,由上述林林总总的诸般情事可知,显然屋里屋外阻而互通,在不设防的情况下甚至可以一眼看透,更不必说隔墙有耳。以白日较无隐蔽的居家活动而论,一旁侍候的婆子们往往当场介入主子小姐们之间的对话,如第五十一回述及麝月不识戥子时,是站在外头台矶上的婆子告知银子的精确重量,而第五十七回大家谈到当票时,也是地下的婆子们发表意见;至于夜间的悄言密语,事实上也无从掩人耳目,如第二十一回描写宝玉与袭人呕气,小丫头蕙香趁隙而入,宝玉问明其排行之后,说道:"明儿就叫'四儿',不必什么'蕙香''兰气'的。那一个配比这些花,没的玷辱了好名好姓。"而这番对话清楚传至隔壁房中,"袭人和麝月在外间听了抿嘴而笑"。更有甚者,当宝玉、晴雯、麝月于半夜三更还在交谈说笑、甚至冒冷顽闹,以致晴雯喷嚏连连时,

只听外间房中十锦格上的自鸣钟当当两声,外间值宿的老

嬷嬷嗽了两声，因说道："姑娘们睡罢，明儿再说罢。"宝玉方悄悄的笑道："咱们别说话了，又惹他们说话。"说着，方大家睡了。（第五十一回）

可见其屋舍里外如一，门户隔而不绝，身边又有女婢婆子整天随侍在侧，日间跑腿办事、晚间坐更守夜，兼且人来人往地穿门踏户，所谓"各处房中丫鬟不约而来者络绎不绝"（第七十八回），则贾府闺阁中又何尝有秘密可言？

这就难怪第七十七回王夫人亲自到怡红院查人时，问道："谁是和宝玉一日的生日？"本人不敢答应，乃是老嬷嬷指出道："这一个蕙香，又叫作四儿的，是同宝玉一日生日的。"接下来王夫人问："谁是耶律雄奴？"又是老嬷嬷们将芳官指出，而导致二人被逐的下场。然则，老嬷嬷何以知之甚详，如此了如指掌？宝玉多年前兴之所至，对丫头蕙香偶然所改的名字（见诸第二十一回），嬷嬷们不但都听得一字不差，且多年之后还记得一字不漏，则平日四儿和宝玉所谓"同日生日就是夫妻"之私语，以及芳官要宝玉将柳五儿引进怡红院之建议，还有连伙聚党将其干娘都欺倒之事，当然也无法逃过她们的耳目，成为王夫人所掌握的情报口实。由上述诸例以观之，内帏与外室、屋舍与廊院的里外之间，其声息相通竟一至于此，有如口耳相传一般清晰透明，则闺房儿女之窃窃私语会一字不差地直达天听，亦不足为奇。

唯上述诸例只具示出两点之间近距离的讯息通路，另外，书中还安排了四段微小琐碎却关系至大的情节，足以对讯息长距传播、

网状辐射的具体途径提供有效的参考价值:

其一,第七十二回记载赵姨娘为了保住与贾环亲好的丫头彩霞,因此晚间与贾政商议纳妾之事,趁便提及宝玉已纳了二年,欲加谗害,却被外间窗屉塌了屈戍的一阵声响给打断;而紧接着就是第七十三回描写贾政等人就此安歇,结束两人之对谈,然后赵姨娘房内的丫鬟小鹊便随即直往怡红院向宝玉通报,道:"我来告诉你一个信儿。方才我们奶奶这般如此在老爷前说了,你仔细明儿老爷问你话。"说着回身就去了。此例展演出园外(贾政处)向园里(怡红院)的讯息单向流通,但实际上反之亦然——有人特地到怡红院来通风报信,自然也会有人专程将怡红院中的秘密泄漏出去,下面的例子正足以提供证明。

其二,贾府中奴仆之辈"他们私情各相往来,也是常事"(第六十一回),再加上各处人等多具亲戚关系①,牵一发而动全身,彼此互动得更为密切而利害交关。如此一来,也就毋怪乎第六十一回中,守门的小厮会对大观园中专管厨房的柳嫂子说道:"别哄我了,早已知道了。单是你们有内牵,难道我们就没有内牵不成?我虽在

---

① 如第五十九回记载,大观园中充役的何婆和夏婆姊妹,是怡红院中春燕的母亲和姨妈;而从第六十回可知,夏婆子的外孙女乃是探春处当役的蝉姐儿,血缘关系遍及三代。又第六十一回记述园里南角子上夜的秦显家的,是迎春房中司棋的婶娘,司棋的父母虽是大老爷贾赦那边的人,她叔叔秦显却是贾政这边的;而园中分管李子树的嬷嬷则是守门小厮的舅母。此外第七十四回又载"司棋是王善保的外孙女儿",则一家三代之姻亲宗族分别蟠踞荣府二房,彼此连络支应,使人际关系之利害纠葛更形复杂。

这里听哈，里头却也有两个姊妹成个体统的，什么事瞒了我们！"如此一来，囿限一地的园内场域竟被突围直通园外，由内而外的信息管道便进一步清楚浮现出来，以致闺闱密情一变而为公开信息，与上面事例恰恰形成园里、园外的双向流通。

其三，第六十回记叙赵姨娘被夏婆子调唆泄恨，与芳官一干人演出全武行的闹剧，事后探春盘查肇事之人，艾官便悄悄回探春道："都是夏妈和我们素日不对，每每的造言生事。"而恰好"夏婆子的外孙女蝉姐儿便是探春处当役的，时常与房中丫鬟们买东西呼唤人，众女孩儿都和他好"，探春身旁的二等丫头翠墨便把艾官告密之事转告给蝉姐儿，好让他们当心防范。将其间讯息传通之网络加以表列，乃是：

赵姨娘←夏婆子（大观园）←蝉姐儿（秋爽斋）←翠墨（秋爽斋）
▼　　　　　　　　　　　　　　　　　　　　　　　　　∫
▲　　　　　　　　　　　　　　　　　　　　　　　　　∫ ①
艾官（含芳官，怡红院）──────────→探春（秋爽斋）

如此一来，多方向的直线传播便勾连为一首尾衔接的讯息循环，直接展现大观园中敌对群之间复杂的角力场域。

其四，第七十一回记述尤氏发现门房婆子溜班卸责，使整个大观园门户洞开，却因为丫头与老嬷嬷之间的口角而引发纷争。在一

---

① ∫表示同一房的关系。

路传话过语的连锁过程中，其系结连络的一环乃是原本毫不相干的赵姨娘。书中道："赵姨娘原是好察听这些事的，且素日又与管事的女人们扳厚，互相连络，好作首尾。方才之事，已竟闻得八九，听林之孝家的如此说，便怎般如此告诉了林之孝家的一遍。"原本空跑一趟大观园的林之孝家的，又将讯息间接传到了邢夫人处，而不知不觉地扩大了暴风圈，终至导致凤姐的受辱下泪。其间讯息传递之连带关系如下：

尤氏→小丫头→袭人等→另一丫头→周瑞家的→凤姐
▲
→林之孝家的／赵姨娘→费婆子媳妇→费婆子→邢夫人

如此一来，更昭示出荣、宁二府之间相关人等口耳相传、穿针引线的连动关系，由园中／园外的突围更进一步扩大为荣府／宁府的互涉，遂使整个贾家都被卷入讯息圈中，无法脱身于是非恩怨之外。

更有甚者，贾府的讯息还可以随着仆人的足迹而扩及府外的相关人等，如第三十二回叙述袭人央请史湘云替宝玉作一双鞋，话语之间牵扯到林黛玉前番与宝玉赌气铰穗之事，而那被铰破的扇套子恰恰正出自史湘云之手，以致史湘云心生不满，冷笑道："前儿我听见把我做的扇套子拿着和人家比，赌气又绞了。我早就听见了，你还瞒我。这会子又叫我做，我成了你们的奴才了。"史湘云远在史家，与贾府相隔两地，虽无千里之遥，却也是"要来也由不得他"，往来一趟必须花费"从一早接去，到午后方至"的半天时间（第三十七回),讯息的流通显然都是跑腿办事的下人们顺口担任的。例如袭人打发宋嬷嬷给史湘云送东西,任务完成的同时也传递了大观园起诗社的新闻,宋嬷嬷回来之后,报告见到史湘云的情况是:"问二爷作什么呢,我说和姑娘们起什么诗社作诗呢。史姑娘说,他们作诗也不告诉他去,急的了不的。"(第三十七回)由此推论,宝、黛铰穗口角之风波应该也是宋嬷嬷者流所透露。

由上述之种种事例可知,书中再三声称的"人多口杂"(第九回之宁府、第三十四回之大观园、第五十七回之潇湘馆)、"人多手杂"(第三十七回之王夫人屋里)、"事多人杂"(第六十五回之贾琏处)、"口舌又杂"(第七十二回之贾琏居处)或"人多眼杂"(第七十七回之怡红院),乃直揭大家族中彼此关涉交缠的牵连本质;而牵连赖以成立的信息流通往往是以瞬间的速度在秘密中进行,且具有无远弗届的全面性,有如森林枝叶间各个空隙里所埋伏的蜘蛛网般,对空气分子的震动无比敏锐,不但时时刻刻探查并拦截从网缝中通过的讯息,而且随着牵一发而动全身的丝线向四处扩散。至于身为权力中央或荣宠核心(如怡红院)所发生的任何琐事,就有如投入池塘中的小石子般激荡出无数涟漪,向各方迅速蔓延,甚至造成潜流与伏涡。那些暗藏在角落里的不明小人物都是最灵敏不过的耳目,暗中经营了四通八达的复杂网络,透过亲友关系的横向轴与主仆关系的纵向轴,相乘相加地建构了庞大复杂的信息网络,以及种种剪不断、理还乱的利害纠葛。

二、"势利与对立"——密告者的相关人选

在这种流动与互动的多向缠绕关系中,涉及恩怨好恶乃是无可避免,而贾府中的人事环境也势必会随之进一步分化成若干利害冲突的阵容,此点由上一段中的第三、第四个事例即可鉴知。就在"那起小人眼馋肚饱,连没缝儿的鸡蛋还要下蛆呢,如今有了这个因由,恐怕又造出些没天理的话来也定不得"(第七十四回王熙凤语)的人事环境下,那些与怡红院诸婢为敌,而在王夫人查人撵逐行动中密告情资的可能人选,还必须进一步抽丝剥茧,始能循线追索。

首先我们可以注意到,第七十七回记载王夫人之所以撵逐诸婢,主要原因是:"原来王夫人自那日着恼之后,王善保家的去趁势告倒了晴雯,本处有和园中不睦的,也就随机趁便下了些话,王夫人皆记在心中。"其中所谓的"本处",作为与"园中"对立的所在,明显是指大观园之外包括王夫人屋里、乃至邢夫人居处的地方。以王夫人身边为例,书中即透过心直口快的史湘云对宝琴的提点中指出:

> 你除了在老太太跟前,就在园里来,这两处只管顽笑吃喝。到了太太屋里,若太太在屋里,只管和太太说笑,多坐一回无妨;若太太不在屋里,你别进去,那屋里人多心坏,都是要害咱们的。(第四十九回)

由宝钗听后笑称"说你没心,却又有心;虽然有心,到底嘴太直了"

的反应，可知史湘云所言不虚，连宝钗都间接加以认可，只是对她的口没遮拦表示啼笑皆非而已，则大观园与园外的对立状态已昭然若揭。

而缩小范围到大观园内部，在这个"连姑娘带姐儿们四五十人"的地方（第六十一回），又可以更进一步区分许多错综复杂的敌对关系组。单单以怡红院来说，小丫头佳蕙便曾经心生不平，对小红说道："我们算年纪小，上不去，我也不抱怨；像你怎么也不算在里头？我心里就不服。袭人那怕他得十分儿，也不恼他，原该的。说良心话，谁还敢比他呢？……可气晴雯、绮霰他们这几个，都算在上等里去，仗着老子娘的脸面，众人倒捧着他去。你说可气不可气？"（第二十六回）而职司不同的各单位之间，就更难免扞格龃语、党同伐异之事，如管厨房的柳家的和其女儿柳五儿一出状况，就有"和她母女不和的那些人，巴不得一时撵出他们去，惟恐次日有变，大家先起了个清早，都悄悄的来买转平儿，一面送些东西，一面又奉承他办事剪断，一面又讲述他母亲素日许多不好。"（第六十一回）这幕场景，岂非正是王善保家的在王夫人面前告倒晴雯的翻版？

而事实上，由性格、阶级、利益所造成的恩怨纠葛，并不只是仆辈之间的专利，以下谤上、谗害主人也都时有所闻，如书中多处记载：

- 那些不得志的奴仆们，专能造言诽谤主人。（第九回）
- 那些底下的婆子丫头们，……因见了老太太多疼了宝玉和凤

丫头两个,他们尚虎视眈眈,背地里言三语四的,何况于我?(第四十五回黛玉语)
- 小人不遂心诽谤主子亦是常理。(第六十八回)
- 这一干小人在侧,他们心内嫉妒挟怨之事不敢施展,便背地里造言生事,调拨主人。(第七十一回)

再加上探春掌掴王善保家的之后,所怒责的"调唆主人,专管生事"(第七十四回),显见贾府中下人挟上报复、借刀杀人的做法,乃是众所皆知。既然连主子都不免于离间分化的谗言拨弄,则与正宗小姐情同姊妹,而分享了统治者无上尊贵特权的各房大丫头,所谓"副小姐"(见第七十七回)或"二层主子"(见第六十一回),这种身兼主人优势与奴婢身分的矛盾统一体,就更容易引发外围分子的嫉妒与不满。一如宝玉对于芳官、四儿被逐之缘由所洞察的:

芳官尚小,过于伶俐些,未免倚强压倒了人,惹人厌。四儿是我误了他,还是那年我和你拌嘴的那日起,叫上来作些细活,未免夺占了地位,故有今日。(第七十七回)

这就精确指出仆辈之间所存在着的"倚强压人"的意气之争,以及"夺占地位"的阶级之争,乃是导致人事关系复杂的两大因素。一旦这些副小姐在"夺占地位"之余还不愿收敛个性,就不免进一步造成"倚强压人"的意气之争,成为妒恨眼光聚焦的主要靶心。

单单以"夺占地位"而言,即足以构成遭忌的充分条件,连麝月都曾对婆子说："这个地方岂有你叫喊讲礼的？你见谁和我们讲过礼？别说嫂子你，就是赖奶奶林大娘，也得担待我们三分。"（第五十二回）正道出其逼近主位的威势，以致第五十九回描写大观园中较低阶外围的何婆子迁怒于自己在怡红院当役的女儿春燕，借故掌掴她之后，还指桑骂槐地斥责道："小娼妇，你能上去了几年？你也跟那起轻狂浪小妇学，怎么就管不得你们了？……既是你们这起蹄子到的去的地方我到不去，你就该死在那里伺候，又跑出来浪汉！"可见母女间的伦理亲情又纠缠了阶级尊卑以及利害荣辱之别，使在阶级制度中饱受压抑的尊严，转而借由血缘关系中母贵亲尊的权威变相地发泄出来。连仅居二三等丫头的亲生女儿都不能豁免，那些毫无血缘关系的副小姐就更首当其冲，同回又述及："那（何）婆子深妒袭人晴雯一干人，已知凡房中大些的丫鬟都比他们有些体统权势，凡见了这干人，心中又畏又让，未免又气又恨。"不幸的是，在权力使人傲慢的人性之常下，位尊权大的二层主子往往又不知不觉地增加了"倚强压人"的意气之忿，晴雯那掐尖要强、火爆易怒的脾气尚且连主子都要顶撞，其处处得罪固不待言；至于司棋在要一碗炖蛋不成，复被埋怨"我倒别伺候头层主子，只预备你们二层主子"之后，竟怒气冲冲地率领小丫头们直捣柳家的厨房大肆破坏一事（第六十一回），更是"倚强压人"的意气展现，当然造成对方的怨恨。而女伶者流亦不遑多让，如第五十八回便记载：

文官等一干人或心性高傲，或倚势凌下，或拣衣挑食，或口角锋芒，大概不安分守理者多。因此众婆子无不含怨，只是

> 口中不敢与他们分证。如今散了学，大家称了愿，也有丢开手的，也有心地狭窄犹怀旧怨的，因将众人皆分在各房名下，不敢来厮侵。

其中尤以怡红院中备受宝玉宠溺的芳官为代表，即使在自由惯了的怡红院中，其任性不羁都还被麝月称为"淘气""也该打几下"，就她与干娘的洗头纷争而言，不但晴雯直指"都是芳官不省事，不知狂的什么也不是，会两出戏，倒像杀了贼王，擒了反叛来的"，连袭人都持平点出"老的也太不公些，小的也太可恶些"（第五十八回），故宝玉也说她"未免倚强压倒了人，惹人厌"（第七十七回）；而藕官在潇湘馆中，亦被紫鹃称为"这里淘气的也可厌"（第五十九回），则外围之人自更容易产生反感。书中所谓"深恨他们素日大样"（第七十七回），即足以统括其事其情。

因此一旦有机可趁，这股积怨便会牢牢加以把握而滥施报复，第七十四回即清楚指出："这王善保家正因素日进园去那些丫鬟们不大趋奉他，他心里大不自在，要寻他们的故事又寻不着，恰好生出这事（按：即绣春囊）来，以为得了把柄。"因此对王夫人进谗道："太太也不大往园里去，这些女孩子们一个个倒像受了封诰似的，他们就成了千金小姐了。闹下天来，谁敢哼一声儿。不然，就调唆姑娘的丫头们，说欺负了姑娘们了，谁还耽得起。"则副小姐之辈若当真遭殃受害，实为其遂心满意之乐事，其中事小者如：

> 又有那一干怀怨的老婆子见（赵姨娘）打了芳官，也都称

愿。(第六十回)

而她们一旦失势,更不免沦为墙倒众人推的落水狗,其中事大者见诸第七十七回所描述,当晴雯确定被王夫人撵出贾府时,几个老婆子额手称庆地四处传告讯息,并加上幸灾乐祸的趁愿之语:

> 阿弥陀佛!今日天睁了眼,把这一个祸害妖精退送了,大家清净些。

至于司棋的待遇尤有过之,当她请求奉命带领出园的周瑞家的与两个婆子稍待片刻,以便向诸姊妹辞行时,所得到的响应更为冷酷直接:"周瑞家的等人皆各有事务,作这些事便是不得已了,况且又深恨他们素日大样,如今那里有工夫听他的话",因此发躁对迟迟不走的司棋说:"你如今不是副小姐了,若不听话,我就打得你。别想着往日姑娘护着,任你们作耗。"随即几个婆子不由分说,硬拖着她出去了。由上述诸例亦可证知,被王夫人所逐的四人中,除了四儿单纯是因为"夺占地位"的非战之罪外,晴雯、芳官与司棋其实都还兼具"倚强压人"的意气因素。

既然袭人早已注意到:"时常我劝你,别为我们得罪人,你只顾一时为我们那样,他们都记在心里,遇着坎儿,说的好说不好听,大家什么意思"(第二十回),以及:"我也曾使过眼色,也曾递过暗号,倒被那别人已知道了,你反不觉"(第七十七回),则在如此"势利与对立"的人事环境中,结合讯息网络错综扩延的特点,综理前文述及之众多事例，一一推敲与告密有关的人选，不外乎以下诸人等：

1. 邢夫人派：王善保家的和费婆子等

荣府大房贾赦地位低于二房贾政，后者遂具备"夺占地位"的条件而成为眼红的对象，"凡贾政这边有些体面的人，那边各各皆虎视眈眈。这费婆子常倚老卖老，仗着邢夫人，常吃些酒，嘴里胡骂乱怨的出气"，再加上王善保家的一干小人，"他们心内嫉妒挟怨之事不敢施展，便背地里造言生事，调拨主人。先不过是告那边的奴才，后来渐次告到凤姐。……后来又告到王夫人，说：'老太太不喜欢太太，都是二太太和琏二奶奶调唆的。'"（第七十一回）因此对于迎春的软弱不争气，邢夫人既怨怪贾琏王熙凤的不加提携，挖苦道："总是你那好哥哥好嫂子，一对儿赫赫扬扬，琏二爷凤奶奶，两口子遮天盖日，百事周到，竟通共这一个妹子，全不在意。"又对探春的理家当权心怀忌妒，以致旁边伺候的媳妇们趁机道："我们的姑娘老实仁德，那里像他们三姑娘伶牙俐齿，会要姊妹们的强。他们明知姐姐这样，他竟不顾恤一点儿。"（第七十三回）这种伤人于无形的挑拨离间，脂砚斋即严厉批道："杀杀杀，此辈端生离异，余因实受其蛊。"①

连探春都不能豁免，则出于嫡庶之争的理由，最炙手可热的怡红院以及相关人等，当然更是众矢之的。而果然，晴雯的灾难便是

---

① 庚辰本第七十三回批语，页692。

来自王善保家的直接点名谗害,更有甚者,王夫人之所以抄检大观园,也是来自王善保家的所建议,固然这种激烈手段的功能是"给他们个猛不防",以收时效,但其本质实如探春所洞察的,是"自己家里好好的抄家",其后果则是"先从家里自杀自灭起来,才能一败涂地"!由此可见,邢夫人派的阵营具有多么强大的杀伤力。

2. 赵姨娘

同样由于嫡庶之争,赵姨娘原本就嫉恨宝玉诸人。出于"阴微鄙贱"之心性(第二十七回),先前即曾将捕风捉影的事情添油加醋,并透过同一阵线的贾环向贾政告密进谗,所谓:

> 我母亲告诉我说,宝玉哥哥前日在太太屋里,拉着太太的丫头金钏儿强奸不遂,打了一顿。那金钏儿便赌气投井死了。(第三十三回)

以致惊疑莫名、悲愤交加的贾政痛下鞭挞,使宝玉几乎命丧棍下。然而,贾环的情报来自赵姨娘,赵姨娘却又如何能够得知王夫人房中所发生的事?一则是赵姨娘本就以包打听性格,往往如小人般到处听篱察壁,所谓:

> 赵姨娘原是好察听这些事的,且素日又与管事的女人们扳厚,互相连络,好作首尾。方才之事,已竟闻得八九。(第七十一回)

本来就喜欢收集别人的各种隐私,消息灵通;二则是她与王夫人身边的大丫鬟彩霞又有十分亲近的关系,原因是彩霞心中"与贾环有旧,……赵姨娘素日深与彩霞契合,巴不得与了贾环,方有个膀臂"(第七十二回),因此甚至发生"偷东西原是赵姨奶奶央告我再三,我拿了些与环哥是情真。连太太在家我们还拿过,各人去送人,也是常事"(第六十一回)。由此说来,赵姨娘关于金钏儿之死的各种情报来源,当然是来自管理宽松的王夫人上房,其中彩霞(或名彩云)固然是头号嫌疑犯,但其他出入于上房的管事的女人们也未尝没有可能。

因此,赵姨娘才能连"除太太房里的人,别人一点也不知道"的金钏儿跳井之因由,都得以察听几分(第三十三回),进而荣府中的几次重大事件(如第三十三回的宝玉挨打、第七十一回的凤姐受辱)都可以见到赵姨娘穿针引线的影迹。又因为芳官以茉莉粉权充蔷薇硝来搪塞贾环之事而结怨,乃至卷入夏婆子与藕官的纷争之中闹出全武行(第六十回),双方对立已是壁垒分明。则袭人所谓"我也曾使过眼色,也曾递过暗号,倒被那别人已知道了,你反不觉"中的"那别人",恐怕就是赵姨娘,这就难怪在赵姨娘顺路看望黛玉时,黛玉也要使眼色教宝玉避开了(第五十二回)。

3. 夏婆子与何婆子姊妹(大观园中)

于第五十八回中,芳官被其干娘何婆子欺侮,不但袭人要麝月出面震吓几句,因而让何婆子受了一顿排场,宝玉也"恨的用拄杖敲着门槛说道:'这些老婆子都是些铁心石头肠子,也是件大奇的事。不能照看，反倒折挫，天长地久，如何是好！'晴雯道：'什么如何是好，都撑了出去，不要这些中看不中吃的！'那婆子羞愧难当，一言不发。"后来何婆子想要卖乖讨好，见芳官为宝玉吹汤，便跑进来一手抢接汤碗，结果不但是晴雯连忙喊骂，小丫头们也出言讥讽，羞的那婆子又恨又气，只得忍耐下去。因此第五十九回便指出："那婆子（指怡红院丫头春燕的母亲何妈）深妒袭人晴雯一干人，已知凡房中大些的丫鬟都比他们有些体统权势，凡见了这干人，心中又畏又让，未免又气又恨。"甚至借故迁怒自己的女儿春燕，掴掌耳光兼指桑骂槐，整个怡红院上下已成为她们妒恨的对象；再加上第五十九回、第六十回罗缕细述藕官与其干娘夏婆子、芳官与其干娘何婆子之间的仇恨，所谓"在外头这二三年积了些什么仇恨，如今还不解开"，双方之怨深恨重，已到了互相结党倾轧的地步，可见夏婆子与何婆子这对亲姊妹亦是涉嫌重大者。

4. 各房婆子

由第六十回记述夏婆子挟怨报复，调唆赵姨娘到怡红院大闹，"跟着赵姨娘来的一干的人听见如此，心中各各称愿，……又有那一干怀怨的老婆子见打了芳官，也都称愿"。可知怨妒衔恨的婆子们为数众多，不仅夏、何二人而已。其中多属无名之辈，尚可查考者，还有坠儿之母。

第五十二回记载：坠儿偷取平儿金镯之事发，宝玉一五一十转告了病中的晴雯，次二日晴雯不但借机对坠儿动用私刑，"一把将他的手抓住，向枕边取了一丈青，向他的手上乱戳，口内骂道……，坠儿疼的乱哭乱喊"，随后更自做主张，直接将坠儿撵逐出去。坠儿母亲前来质问，与晴雯发生口角，晴雯道："你这话只等宝玉来问他，与我们无干。"那媳妇冷笑道："我有胆子问他去！他那一件事不是听姑娘们的调停？他纵依了，姑娘们不依，也未必中用。比如方才说话，虽是背地里，姑娘就直叫他的名字。在姑娘们就使得，在我们就成了野人了。"晴雯听说，一发急红了脸，说道："我叫了他的名字了，你在老太太跟前告我去，说我撒野，也撵出我去。"此时麝月立即出面以尊卑之理将其逐出，那媳妇无言可对，亦不敢久立，赌气带了坠儿就走；又嗐声叹气，口不敢言，抱恨而去。晴雯情急之下所说的"你在老太太跟前告我去，说我撒野，也撵出我去"，竟果真一语成谶，追本溯源，一缕远因岂非隐约可见？

5. 各房小丫头

大观园中的阶级分配，于各房中依序如下：

（1）主子小姐：即宝玉、迎春、探春、惜春等。

（2）大丫头：即第七十七回周瑞家的所谓"副小姐"、第六十一回柳家的所谓"二层主子"，除了来自贾母处领一两月钱的袭人之外，还包括晴雯、麝月、司棋、入画、紫鹃等人，一个月领一吊（即一千钱）之月钱，见第三十六回。

（3）小丫头：即一般名不见经传，专司跑腿杂役者，如佳蕙、坠儿、小红等，一个月领五百钱。

(4) 最下层的则是专事洒扫坐更等杂务之婆子，如夏婆子、何婆子、坠儿之母，以及无名的老嬷嬷们，属于贾宝玉所归类的"鱼眼睛"。

上述人等的地位高下也直接反映在活动空间的区划上，如第五十二回麝月撵逐坠儿之母，依据的就是空间逾越的原则："成年家只在三门外头混，怪不得不知我们里头的规矩。这里不是嫂子久站的，再一会，不用我们说话，就有人来问你了。"说着，还叫小丫头子拿布来擦地。另外，第五十八回记述小丫头们讥讽跑进屋里夺碗吹汤的何婆子道："我们到的地方儿，有你到的一半，还有你一半到不去的呢。何况又跑到我们到不去的地方还不算，又去伸手动嘴的了。"可见小丫头地位高于最低阶的婆子辈。

但也由于近水楼台，小丫头们乃是直接承受副小姐之威势的下位者，除了常常挨骂挨打之外，甚至会被驱逐辞退。① 因此她们一方面会对本房中的大丫头有所不满，如第二十六回即记载怡红院的小丫头佳蕙，对晴雯、绮霞等都算在上等里去而受到众人奉承，小红却被排除在外的情况忿忿不平；另一方面也会对其他当宠之处鸡犬升天的丫头有所嫉恨，如第六十回描写芳官到厨房替宝玉点食

---

① 第五十八回麝月就说：分派到各房的小丫头"有了主子，自有主子打得骂得，再者大些的姑娘姐姐们打得骂得，谁许老子娘又半中间管闲事了？"因此有第七十三回晴雯责骂那些难禁熬夜而困眼朦胧的小丫头，威胁要"拿针戳给你们两下子"的情节；而王夫人入园时，所见即是晴雯骂小丫头的画面（第七十四回）；至于坠儿在偷镯事发之后，更遭到晴雯的刺戳之刑以及撵逐之罚（第五十二回），坠儿之母亦无可奈何，可为其证。

物，与在探春处当役的夏婆子外孙女蝉姐儿发生口舌之争，"小蝉气的怔怔的，瞅着冷笑道：'雷公老爷也有眼睛，怎不打这作孽的！他还气我呢。我可拿什么比你们，又有人进贡，又有人作干奴才，溜你们好上好儿，帮衬着说句话儿。'"可见各房的冷暖之别已导致荣枯之恨，一旦婆子与小丫头之间又有亲戚关系，两种下位阶级结合起来，则怡红院的敌人阵营就益发壮大。

6．王夫人处：管家奶奶

由第四十九回史湘云所说，王夫人"那屋里人多心坏，都是要害咱们的"之言，可见王夫人周边包括管事奶奶在内，也隐藏了嫌疑犯的踪迹；若加入她们的性格因素，那就几乎确定无疑。如王熙凤曾对贾琏说道："你是知道的，咱们家所有的这些管家奶奶们，那一个是好缠的？错一点儿他们就笑话打趣，偏一点儿他们就指桑说槐的报怨。'坐山观虎斗'，'借剑杀人'，'引风吹火'，'站干岸儿'，'推倒油瓶不扶'，都是全挂子的武艺。"（第十六回）又经平儿之口，也指出这些管家奶奶的厉害："你们素日那眼里没人，心术厉害，我这几年难道还不知道？二奶奶若是略差一点儿的，早被你们这些奶奶治倒了。饶这么着，得一点空儿，还要难他一难，好几次没落了你们的口声。众人都道他厉害，你们都怕他，惟我知道他心里也就不算不怕你们呢。"（第五十五回）至于第七十一回中，鸳鸯也感慨说道："如今咱们家里更好，新出来的这些底下奴字号的奶奶们，一个个心满意足，都不知道要怎么样才好，少有不得意，不是背地里咬舌根，就是挑三窝四的。"则更加深她们的可能性。

7. 各房奶娘

贾母曾亲口表示道："你们不知。大约这些奶子们，一个个仗着奶过哥儿姐儿，原比别人有些体面，他们就生事，比别人更可恶，专管调唆主子护短偏向。我都是经过的。"（第七十三回）其中有名有姓的代表人物，即是宝玉之奶母李嬷嬷。她曾于进怡红院请安时，见宝玉不在家，丫头们只顾顽闹，十分看不过，更自恃功劳而强喝酥酪（第十九回）；常常老病发了，就来排揎宝玉的人，甚至讥骂袭人道："忘了本的小娼妇！……一心只想妆狐媚子哄宝玉，哄的宝玉不理我，听你们的话。你不过是几两臭银子买来的毛丫头，这屋里你就作耗，如何使得！好不好拉出去配一个小子，看你还妖精似的哄宝玉不哄！"（第二十回）此外，第七十三回"懦小姐不问累金凤"一节中亦载迎春乳母犯下偷赌之罪，其子媳王住儿媳妇乃与司棋、绣桔展开一场唇枪舌剑的攻守之战，显然奶娘辈也是与这些副小姐对立的一方，有足够的谗害动机。

既然真正的告密者乃是"和园中不睦"的"本处"之人，由宝玉《芙蓉女儿诔》中所痛批的"诐奴""悍妇"，已清楚指向贾府中的下层阶级，包括张爱玲已指出的王善保家的与其他女仆，则综合上述所言七类人选，包括身分、动机、实际过节等等，都符合这些条件。她们未必就是当下之衔耳传密者，然而在讯息流动四通八达的人际网络中，基于利益冲突的对立关系，恐怕更是"告密"赖以完成的相关环节；换言之，她们是告密者的同一阵线，是信息情报的幕后提供者，没有她们所建立的第一手情报网与二手传播网,告密者也无用武之地。而这才统摄了这次告密逐婢的完整面貌。

就在"流动与互动"之讯息网络极其复杂,且"势利与对立"之人员阵容又牵连甚广的情况下,真正的告密者本非一人一地而带有集体性质,则袭人涉入的可能性反倒微乎其微,足以被排除于嫌疑犯的名单之外,并将其沉冤已久之污名彻底昭雪。

第五节 结 语

"千载已如梦,一灯今尚传。"[①]作者已渺,笔下人物却依然在其手创之红楼梦境中历历如活,难定功过。然则梦果迷离扑朔乎?果惝恍难测乎?即使袭人的形象经过续书者的刻意入罪而饱受批评[②],殊不知作者早已苦心点燃了幽然一灯,于暗昧处茕茕发光,默默召唤着读者一探究竟。所谓:"喻筏知何极,传灯竟不穷。"[③]

---

① (唐)刘长卿:《夜宴洛阳程九主簿宅送杨三山人往天台寻智者禅师隐居》,储仲君:《刘长卿诗编年笺注》(北京:中华书局,1999年11月),页20。

② 如张爱玲于《红楼梦未完》《红楼梦插曲之一——高鹗、袭人与畹君》二文中考证认为,袭人始终受到高鹗的异常注目,成为程甲本中唯一被攻击的目标,不但前八十回多所改写,后四十回更被刻画得不堪,乃违反原书意旨最突出的例子;而隐藏其中的心理意涵,似乎是高鹗自身经验的反射。参张爱玲:《红楼梦魇》,分见页24、页58。

③ (唐)武三思:《秋日于天中寺寻复礼上人》,康熙敕编:《全唐诗》,卷80,页867。

这充满原型象征意义与隐喻内涵的灯意象，在《红楼梦》文本中伏藏潜露、对应一贯，至今等待着众里寻它的照眼之人，使之化暗为明地浮出红学诠释的历史地表，昭亮川壑错综、情理纠绕的人性状貌。

"灯"意象与象征的使用，正阐明"善恶二分，忠奸判然"之类脸谱式的人物评判是不近情理的做法，一如脂砚斋所指出："人各有当也，此方是至理至情。最恨近之野史中，恶则无往不恶，美则无一不美，何不近情理之如是耶！"① 衡诸书中关键人物的薛宝钗和袭人，似乎也应就此体认：

> 若一味浑厚大量涵养，则有何令人怜爱护惜哉！然后知宝钗、袭人等行为，并非一味蠢拙古板，以女夫子自居。当绣幙灯前，绿窗月下，亦颇有或调或妒，轻俏艳丽等说。不过一时取乐买笑耳，非切切一味妒才嫉贤也，是以高诸人百倍。不然，宝玉何甘心受屈于二女夫子哉！②

而借由灯象征的意涵抉发以及告密说的全幅厘清，或许可以提供《红楼梦》人物论的另一个视角与研析范畴，并建立较坚实的检证基础。

---

① 庚辰本第四十三回批语，页614。而同时脂砚斋又说："尤氏亦能干事矣，惜乎不能劝夫治字（家），惜哉痛哉！"同书，页613。

② 庚辰本第二十回批语，页396—397。

第七章
《红楼梦》中的"狂欢诗学"——刘姥姥论

第一节 前 言

对《红楼梦》的读者与研究者,野鹤曾提出以下之忠告:"读《红楼梦》,言人不可专注十二金钗,言地不可专注大观园,否则便是坐井观天。"① 的确,一部精心结撰的巨作中理当无一闲笔、无一闲人,创作者出于整体性的有机考虑,在多声部、多层次、多重视角的交织汇集之下,《红楼梦》呈现了精密、复杂而庞大的艺术空间与人性内涵,历久弥新地涌现出源源不断的生命力。其中,刘姥姥可谓《红楼梦》里最为著名而广受欢迎的人物之一,以村野鄙人的配角之姿,却俨然有比肩、甚至凌驾于十二金钗之势,正因为如此低俗的边缘处境,造成与贾府与大观园之间的奇特冲撞,在高反差的情况下反而激射出饶具深度的意义火花。综观历来的人物论多从其大智若愚的丑角层次,或绾结其终救巧姐的母神功能加以发挥,

---

① (清)野鹤:《读红楼札记》,一粟编:《红楼梦卷》(台北:新文丰出版公司,1989年10月),卷3,页286。

也确然揭示出刘姥姥的重要塑造内涵。

在小说中,刘姥姥明显是兼具了弗莱(1912—1991)所谓"低层模拟(lowmimetic)型"与"讥弄(ironic)型"的角色,前者乃作为一般人而适用于我们生活经验的或然率法则,属于大多数喜剧及写实主义小说的人物;后者则是在能力或智慧方面皆远逊于我们,使我们有居高临下之感,对其作为有如观看一幕表演困顿、挫折及愚蠢的戏码;而讥弄乃源起于低层模拟。① 但另一方面,刘姥姥这样一个既写实又反讽、既粗鄙又慧黠的年老女性,事实上已远远超出基于少女崇拜心理而被宝玉贬抑斥弃为"粗笨可怜"的"鱼眼睛"范畴②,反而以"孤雌纯坤"的姿态上升到全书的母神崇拜系统;而当刘姥姥进大观园之际,除了开显戏笑谐谑的喜剧情境以驱散/拓深那处处弥漫的悲凉之雾,同时更是整部《红楼梦》中狂欢诗学的最高体现。目前学界中以俄国文论家巴赫金之学说分析

---

① 1957年,加拿大学者弗莱在《批评的剖析》一书中指出,于虚构作品中,不依道德而依角色的行动力量来区分,故事叙述形式的人物模式(Mode)可分为:神话(myth)型、浪漫故事(romance)型、高层模拟(high mimetic)型、低层模拟(low mimetic)型与讥弄(ironic,或称反讽)型等五类,参[加]弗莱(Northrop Frye)著,陈慧等译:《批评的剖析》(*Anatomy of Criticism: Four Essays*)(天津:百花文艺出版社,1998年11月),页3—5。

② 第五十九回春燕转述宝玉的"女性价值毁灭三部曲",谓:"女孩儿未出嫁,是颗无价之宝珠;出了嫁,不知怎么就变出许多的不好的毛病来,虽是颗珠子,却没有光彩宝色,是颗死珠了;再老了,更变的不是珠子,竟是鱼眼睛了。"书中众多唯利是图的婆子们,即属鱼眼睛之流。

《红楼梦》者至少有三篇短文①，各篇皆以全书为讨论范围，因此所呈示的乃是整部《红楼梦》的大体创作精神，而尚未针对特定人物进行个案分析；本章则聚焦于刘姥姥的存在设计，特别就巴赫金学说中的狂欢诗学来诠释之，以展现此一理论对人物意涵的精切契入之处，而刘姥姥进大观园的深层意义亦将更加豁显。

第二节 "钟漏型"的母神递接模式

刘姥姥于全书叙事结构中的初现，可以说是突如其来而小题大作的。由于卷首之前五回乃是整阕女性悲怆交响曲的序奏，是小说正式展开前铺垫背景的楔子，接下来的第六回事实上才是人物故事的真正登场；然而，荣膺揭幕仪式的首选之人，刘姥姥竟不过是"恰好忽从千里之外，芥豆之微，小小一个人家，因与荣府略有些瓜葛，这日正往荣府中来，因此便就此一家说来，倒还是头绪"，以致不免发生如张新之般的疑惑："但书方第六回，要紧人物未见者正多，且于宝玉初试云雨之次，恰该放口谈情，而乃重顿特提，必在此人，又源源本本，叙亲叙族，历及数代，因而疑转甚。"②若

---

① 如张毅蓉：《"狂欢化"与〈红楼梦〉的非等级意识》，《龙岩师专学报（社会科学版）》第17卷第1期（1999年3月），页5—8；夏忠宪：《〈红楼梦〉与狂欢化、民间诙谐文化》，《红楼梦学刊》1999年第3辑；鲍越：《众声喧哗的世界——〈红楼梦〉小说对话性初探》，《浙江学刊》1999年第5期。

② （清）张新之：《红楼梦读法》，一粟编：《红楼梦卷》，卷3，页157。

非置于整体书写的脉络中,其意恐难测度,故脂砚斋批云:"略有些瓜葛,是数十回后之正脉也。真千里伏线。"①

作为"正脉"之肇端,第六回记述刘姥姥之女婿王狗儿以务农为业,白日间兼作些生计,女儿刘氏又操井臼等事,孙子女两个无人看管,狗儿遂将岳母刘姥姥接来一处过活。这刘姥姥乃是积年的老寡妇,膝下又无儿女,只靠两亩薄田度日;今者女婿接来养活,岂不愿意,遂一心一计,帮趁着女儿女婿过活起来。事实上,在清朝的社会风俗中,依女为生并非违逆男权中心体制的罕见现象,学者的研究指出:在有女无子的老年父母家庭里,立嗣养老是主流,同时,依靠女儿养老也不断见诸史籍,可见也是清代家庭中的一种养老方式。② 而作为一位"孤雌纯坤"③的寡母角色,刘姥姥首先即是对女婿一家展现了"健妇持门户,亦胜一丈夫"④的担当,透过绝处逢生的智略与包羞忍耻的毅力,以求救者的姿态勇扣富儿门,终于完成向荣国府告贷脱困的任务。其次,即使在这初初露脸的时刻,刘姥姥也已展示其"虽是个村野人,却生来的有些见识,况且年纪老了,世情上经历过的"(第三十九回)的老练世故,

---

① 赵全鹏:《清代老人的家庭赡养》,收入《明清人口婚姻家族史论——陈捷先教授、冯尔康教授古稀纪念论文集》(天津:天津古籍出版社,2002年9月),页314—315。

② (清)张新之:《红楼梦读法》谓:"刘老老,一纯坤也。"一粟编:《红楼梦卷》,卷3,页158。

③ (汉)乐府古辞:《陇西行》,逯钦立辑校:《先秦汉魏晋南北朝诗》(台北:木铎出版社,1983年9月),卷9《汉诗》,页268。

④ 甲戌本第六回批语,页145。

当书中写刘姥姥至荣国府攀亲,而先往王夫人的陪房周瑞家之处接头一段时,周瑞家的问道:"今日还是路过,还是特来的?"刘姥姥便说:"原是特来瞧瞧嫂子你,二则也请请姑太太的安。若可以领我见一见更好,若不能,便借重嫂子转致意罢了。"对此,脂砚斋有一批语云:

> 刘婆亦善于权变应酬矣。①

所谓"权变应酬",正点出全书中一切刘姥姥老于世故之言行举止的核心;随后当周瑞家对刘姥姥说道:"我们这里又不比五年前了。如今太太竟不大管事,都是琏二奶奶管家了。你道这琏二奶奶是谁?就是太太的内侄女,当日大舅老爷的女儿,小名凤哥的。"刘姥姥听了,罕问道:"原来是他!怪道呢,我当日就说他不错呢。这等说来,我今儿还得见他了。"又说:"这凤姑娘今年大还不过二十岁罢了,就这等有本事,当这样的家,可是难得的。"显然刘姥姥深具识人之明,早早在凤姐崭露头角、大展长才之前,就辨认出她过人之禀赋,因此到了二进荣国府时,更是逢迎自如、逗乐解颐,引领众人齐登欢笑的巅峰,其表现诚如清涂瀛所言:"刘老老深观世务,历练人情,一切揣摩求合,思之至深。出其余技作游戏法,如登傀儡场,忽而星娥月姐,忽而牛鬼蛇神,忽而痴人说梦,忽而老吏断狱,喜笑怒骂,无不动中窾要,会如人意。因发诸金帛

---

① (清)涂瀛:《红楼梦论赞·刘老老赞》,一粟编:《红楼梦卷》,卷3,页136。

以归,视凤姐辈真儿戏也。而卒能脱巧姐于难,是又非无真肝胆、真血气、真性情者。殆黠而侠者,其诸弹铗之杰者与!"①

学界已经透过心理实验证明,一般而言,液态智力(指人们对图形、物体、空间关系的感知、记忆等形象思维能力有关的智力)会随着年龄的增高而逐渐下降,而晶态智力(指人们对语言、文字、观念、逻辑推理等抽象思维能力有关的智力)较少退化,或相反地还会随着增龄而有所提高。只是随着性格的不同与对老年期的适应程度的差别,老年人的性格类型及其特征又可以进一步分为成熟型、安乐型、自卫型、愤怒型、颓废型等五种类别;其中成熟型老人的性格特征,在对现实生活的态度、意志、情绪、理智等等方面均表现得积极,处于健康状态;经得起欢乐和忧愁的考验,具备自觉性、果断性、坚持性、自制性等意志质量;洞察社会,有独立见解,善于分析问题,富有创造力。②衡诸此一定义,年龄已逾古稀的刘姥姥③明显是属于"成熟型"的老妇人,就在这两次曹雪

---

① 张钟汝、范明林:《老年社会心理》(台北:水牛出版社,1997年3月),页53。
② 张钟汝、范明林:《老年社会心理》,页100—101。有关安乐型的老人,乃是安于现实,在性格的情绪特征上经常处于安乐、满足的状态中,心境平和、稳定;在性格的理智特征上,他们懒于思考。而自卫型的老人在性格的情绪特征上,经常处于紧张、戒备状态;在性格的理智特征上,表现为谨慎,凡事力求稳妥、保险,追求完美。愤怒型的老人则多抱有对立情绪,在性格的理智特征上,则以自我为中心,兴趣比较狭窄。至于颓废型的老人在性格的情绪特征上表现为孤独、自卑、退缩;在性格的理智特征上,他们过于小心谨慎、敏感、无端生愁。见同书,页99—104。
③ 依书中第三十九回的叙述,知她二进荣国府之际,年纪已达七十五,较贾母还大上数岁。

芹手定的情节设计与人物表现中，已奠立其堪任"救世"之担当，而于贾府外部建立一个坚强支点，在贾府倾颓崩解之际力助巧姐于既倒。

就赎救巧姐的功能而言，第六回写刘姥姥随着周瑞家的引路初进荣国府时，入院进了堂屋之后，随即"来至东边这间屋内，乃是贾琏的女儿大姐儿睡觉之所"，而这就是刘姥姥正式安身会见凤姐的第一个所在，脂砚斋批云："不知不觉先到大姐寝室，岂非有缘？"① 以致二进荣国府时，板儿在探春房中手抱佛手玩耍，而后来的巧姐儿看见了，便也要佛手，众人忙把一个又香又圆的柚子给板儿，换取佛手与巧姐儿，这种以"小物关情"的姻缘联系模式② 和佛手本身"慈悲引渡"的象征意义③，都刻意暗藏线索；更遑论王熙凤以"你贫苦人起个名字，只怕压的住他"为理由，要求刘姥姥为其女命名时，刘姥姥透过"以毒攻毒"的思维，为生于七夕的大姐儿取名为"巧"字，并预告道："姑奶奶定要依我这名字，他必长命百岁，日后大了，各人成家立业，或一时有不遂心的事，必然是遇难成祥，

---

① 王府本第六回夹批，页148。
② 这是《红楼梦》中用以预告人物婚姻关系的常见设计，如金玉之于贾宝玉与薛宝钗，茜香罗之于蒋玉菡与袭人，金麒麟之于史湘云与卫若兰，手帕之于小红与贾芸，皆其著名例子。
③ 脂砚斋曾挑明其中关联道："小儿常情，遂成千里伏线。……抽（柚）子即今香团之属也，应与缘通。佛手者，正指迷津者也。以小儿之戏，暗透前后通部脉络，隐隐约约，毫无一丝露泄，岂独为刘姥姥之俚语博笑，而有此一大回文字哉！"见庚辰本第四十一回批语，页602—603。

逢凶化吉，却从这'巧'字上来。"① 如此种种，都暗暗透出卷终之际赎救巧姐的预告。而非仅此也，第四十一回中记述刘姥姥泻过肚子之后，因为迷路而四处乱闯，却天机巧合地撞入怡红院宝玉房中床上醉卧酣睡，学者即认为此一情节乃是一种"母体复归"思想的表现，"可以视为贾宝玉对于这一归朴返真的积古的老人家的潜在母体与本源的认同"。②

因此梅新林认为刘姥姥乃是《红楼梦》神话架构中表现"母神崇拜"的一个关键角色，她接替贾母这位"命运之神"而跃升为"救世之神"，在凤姐临危托孤时担任了拯救十二金钗中巧姐这最后一线命脉的重要功能。梅新林更将百二十回中刘姥姥五进荣国府的角色变化一一表列分述，前后对照出她由最初的求救者身分，逐渐经由道谢者（审视者）而一步步提升，最终完成"救世者"的意义。③而我们可以进一步指出，刘姥姥在小说中的地位，不仅仅是与贾母接续完成"母神崇拜"的循环架构，她与贾母之间的互动关系也不只是单线的进展与承接，而是具备更细致、更幽微的交错形态。藉由弗斯特对小说构成艺术的分析，小说情节的人物关系与叙事模式存在着种种抽象之"图式"，基本上可以分为"长链型"(the shape of grand chain) 与"钟漏型"(the shape of an hour-glass) 这两种图式。"长链型"乃是将人物与故事编织成一条前后相承的链子，将书中

---

① 此处脂砚斋评曰："狱庙相逢之日，始知'遇难成祥''逢凶化吉'实伏线于千里。"见靖藏本第四十二回眉批，页607。
② 梅新林：《红楼梦哲学精神》（上海：学林出版社，1997年4月），页188。
③ 梅新林：《红楼梦哲学精神》，页184—189。

许多散乱的小事件串联在一起；而"钟漏型"者，则是两个人物互相接近、交会、再分开，并相互换位。① 前者正是依时间先后顺序铺排的《红楼梦》大体的叙事图式，从这个大框架上支撑了全书庞大而杂多的繁复内容；后者则是在曹雪芹的匠心妙手之下，于长链铺陈的过程中进一步的细部设计，在环节与环节衔接之际，将人物联机穿梭交错所织就的精密图样。

由于对图式的掌握与抉发，"乃诉诸我们的美感，它要我们将一本小说做为一个整体去看"②，则衡诸《红楼梦》的叙事全局，可知贾母与刘姥姥原本处于一贵一贱的对立位置，一个是雄踞在金字塔尖享尽尊荣的一家之长，一个则是匍匐于金字塔底层衣食不继的村野老妪。她们两人原本是判若霄壤的并行线，透过那微妙难测的"天上缘分"（第三十九回）的牵引，才在刘姥姥第二度进荣国府时彼此交会，进而在诗情画意的大观园中，以俗鄙粗野的姿态冲撞出具有爆炸性效果的笑浪谐涛，将荣国府的繁华激荡到欢乐的顶峰。而从这两大母神的"交会"之后，"换位"的准备便逐渐浮显，以致后来贾家获罪被抄，身为一家"命运之神"的贾母病逝，举目荒败零落的情况中，前来吊唁的刘姥姥便取代了贾母的位置与功能，以无比智勇忠毅的表现扭转了巧姐坠落深渊的不幸命运。值此之际，已死的贾母摆荡到了刘姥姥原本艰困无依的处境，只能在阴间坐视徒悲、爱莫能助；而原本一筹莫展的刘姥姥却移居到贾母原

---

① ［英］弗斯特著，李文彬译：《小说面面观》（台北：志文出版社，1995年12月），页193—196。

② ［英］弗斯特著，李文彬译：《小说面面观》，页195。

本呼风唤雨的地位，见义勇为、当机立断地伸出援手，成为提供保护、温暖的大地之母，而终于彻底完成了换位，也清晰完整地展现出"钟漏型"的互动结构。以下绘图为示：

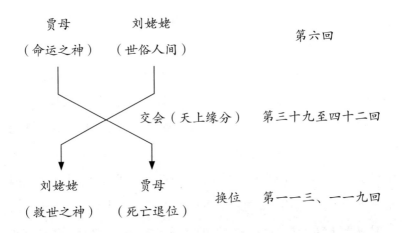

图示中之交会点，正是第三十九回所谓的"天上缘分"，并由此绵延数回，创造出《红楼梦》里罕见的高峰经验（peak experience）。[①] 尤其一伙人逛完大观园后，凤姐对刘姥姥说道："老太太从来没像昨儿高兴。往常也进园子逛去，不过到一二处坐坐就回来了。昨儿因为你在这里，要叫你逛逛，一个园子倒走了多半个。"正说明两大母神欣会时交相激荡所产生的加乘效果。

[①] 相对于疾病、罪恶、死亡这类雅斯贝尔斯（K. Jaspers）所谓的界限经验（boundary experience），存在心理学家马斯洛（A. H. Maslow）则提出"高峰经验"，用以概括成功、胜利、得意等自我完成的经验范畴。参沈清松：《生命情调与美感》，《解除世界魔咒》（台北：时报文化出版公司，1984年8月），页157。

值得进一步说明的是，我们检视刘姥姥五进荣国府的情况，可以发现前两次的间距甚长，往往在读者已然将之淡忘的时候，才又忽然迸现出场，形成藕断丝连之伏脉。如第一次入府是在第六回，第二次则是在第三十九回以道谢者的身分出现，然后便在曹雪芹前八十回的手稿中完全消失，因此王希廉才会有"其人在若有若无之间"①的说法；一直到第一一三回时刘姥姥才又赫然现身，距其逛游大观园已忽忽七十多回矣；最后乃在短短六回之后的第一一九回集中出现两次，并划下最后的句点。由此可见，刘姥姥入荣国府的频率乃是由缓而急、由疏而密，其出现的频率与次数是越到后来就越频繁、越密集，彼此间隔的时间也越来越短，似乎映照着贾家命运到得后来已仿佛一个生命垂危的重症病患，在临终之际呼吸急促、喘息加剧，全身不由自主地痉挛抽搐，在愈趋繁密的节奏中生命力急速抽离，传达了荣国府生命力快速消失的征兆。而另一方面，或许也可以这么解释，亦即唯独在母神交接替代的重要时刻，两位母神才有需要频繁交会，以完成交接仪式并传承母神之功能任务，故当前期贾母健在，稳居贾府最高权力中心的时候，刘姥姥的"母神"身分便未及表露而隐沦不彰，同时为免混淆与僭越，尚且只以卑微粗鄙之乡下老妪的形象趋近而来；等到原母神退位、群龙无首之际，这才以母神之气魄与力量挺身而出，在贾母留下的遗缺上一肩挑起"保护、温暖、繁衍、创造、丰饶"的功能。

---

① （清）王希廉：《红楼梦总评》，一粟编：《红楼梦卷》，卷3，页148。

第三节　小丑／傻瓜／三姑六婆

特别的是，刘姥姥这位潜蕴着"母神崇拜"意义的人物，采取了迥别于尊贵、文雅、崇高、威权之上位形象的粗俗造型，而以装丑卖傻、出尽洋相的下层野趣谄媚讨好、来去自如。张新之认为：

> 闲人初读《石头记》，见写一刘老老，以为插科打诨，如戏中之丑脚，使全书不寂寞设也。①

这位丑角的造型一直是滑稽野俗的，早在第六回初次进入荣国府时，其不登大雅的村野姿态，一如书中所描述："才入堂屋，只闻一阵香扑了脸来，竟不辨是何气味，身子如在云端里一般。满屋中之物都耀眼争光的，使人头悬目眩，刘姥姥此时惟点头咂嘴念佛而已。"吃过饭后，更是"酱舌咂嘴"，后来听见凤姐要给他二十两，"喜的又浑身发痒起来"，连道谢都是"说的粗鄙"。而第三十九回至第四十二回二进荣国府逛游大观园之际，更是自发性地刻意扮装表现种种突兀怪诞之形象，如其中描写碧月捧过一个大荷叶式的翡翠盘子来，里面盛着各色的折枝菊花，在凤姐的存心捉弄之下，刘姥姥被拉过来，一盘子花横三竖四的插了一头，让贾母和众人笑得了不得。这段情节一方面应是脱化自晚唐杜牧之《九日齐山登高》诗中所云："尘世难逢开口笑，菊花须插满头归。"以取得尘世中难得的

---

① （清）张新之：《红楼梦读法》，一粟编：《红楼梦卷》，卷3，页157。

脱轨之乐[①]；此外，刘姥姥杂花插满头的滑稽形象，其设计灵感或许又有来自传统戏曲中的杂扮概念。

"杂扮"一词始见于北宋，《都城记胜·瓦舍众伎》记载："杂扮，或名杂旺（班），又名钮元子，又名技（拨）和；乃杂剧之散段。在京师时，村人罕得入城，遂撰此端，多是借装为山东河北村人以资笑。"作为宋金杂剧的一个组成部分，杂扮乃是以装扮各类人物以资耍笑的活泼形象演出，达到"务在滑稽"的功能，并由此而产生了古老的喜剧角色——丑。[②] 故而在传统戏剧上，"由丑扮演的人物，无论是好是歹，必须带点滑稽性，或出语幽默、或扮相怪诞、或动作郎当、或行事诡奇，各有其招笑之处或与众不同之点"[③]。丑角的历史发展与扮演内涵理应不会被深谙戏曲艺术的曹雪芹所忽略，足以为刘姥姥的塑造提供摹写蓝本；移观刘姥姥在大观园中的言行举止，其间亦颇为吻合，盖刘姥姥本身即为"罕得入城"的村鄙之人，置身于繁华城内之簪缨世家而窘态毕出，从而达到"资笑"的功能，差别只在于刘姥姥并非假扮得来，而是真人真事的实况演出。

---

① 此外，晚唐诗人崔道融《春题二首》之一亦有"路逢白面郎，醉插花满头"（《全唐诗》卷714）之句，与杜牧诗在创作时代与艺术形象上都颇为相近；然细细较之，杜牧诗之情味意境不但远胜，与《红楼梦》此段情节描写且更神似，故当以杜牧诗为化用对象。详见欧丽娟：《诗论红楼梦》（台北：里仁书局，2001年1月），页377—378。

② 参朱伟明：《中国古典喜剧史论》（北京：中国社会科学出版社，2001年12月），页75—76。

③ 刘嗣：《国剧角色和人物》（台北：黎明文化事业公司，1972年），页358—359。

可是即使如此，整个逗趣的过程中也充满一种"扮演"的人工意味——亦即一种以自身本有之特质为基础，又进一步自觉地加以善用而刻意强调此一特质的"自身扮演"，使得当事人的言行举止不再只是自然本性的流露，而是透过他者的眼光反观自己之后，从他者的需要来突显或张扬本有之特点。于是乎刘姥姥为了应景所需与投其所好，不但刻意保有这份原属"本色"的村野之趣，甚至还懂得在恰当时机将此一"本色"加以夸大，以制造更大的对比张力并产生更强的冲撞效果，让"资笑"的功能发挥得淋漓尽致。由此也隐然可见，丑角实蕴含了深厚辩证的幽微人性与文化意义，更有待进一步的省思抉发。

一、小丑／傻瓜／广场人物

毋庸置疑地，刘姥姥是一个喜剧型的幽默人物，在发挥"务在滑稽"以达到"资笑"的功能时，也展现出特定的姿态以完成任务。其"特定的姿态"表现在语言运用方面，早在司马迁即指出所谓"滑稽"必须同时兼具四个条件：话语流利、巧于智计、人莫之害、以道之用[①]，而刘姥姥随机应变、趁势逗乐之种种作为，以及

---

① 详而言之：(一) 滑，力也，即流利、通利、滑利。滑稽之人皆说话流利。(二) 稽，计也，即计谋、计策、计算。滑稽之人皆巧于智计。(三) 滑稽之人懂得修辞应变，甚或正言若反，纵使不能达到目的，至少不会害到己身。(四) 以道之用，之者，为也。滑稽之人虽善于以上三项，但必须合于大道。参见阮芝生：《滑稽与六艺 ——〈史记·滑稽列传〉析论》，《台大历史学报》第20期 (1986年11月)，页345—347。

似愚实智、以退为进之多方表现,也在在呈现其触类婉转之明智慧辩与通达周全之心胸气度。这也是因为"在文学内涵上,不论是讽刺文,或幽默文学,都涉及一项不可或缺的要素:机智(wit)。……幽默的机智是无害、无恶意的(harmless wit),它纯然是一种思维游戏,透过幽默人物的不同表现方式去达成思想上的沟通"[1]。而这种幽默的机智之所以是无恶意的、是"人莫之害"的,即是因为他透过利言巧计所解嘲的对象完全不针对他人,甚至不惜反过来转向自己,以客观的自嘲眼光来看待自己,故能谑而不虐。若以弗莱在《批评的剖析》一书中对嘲讽喜剧的人物所区分的两类而言,刘姥姥乃是属于eiron——一种自贬的、自我解嘲式的类型,虽然藉自我解嘲来表现幽默,却是有知识的人,完全不同于另一种alazon的类型——纯然是一个丑角或骗子,讲话喜欢吹牛,毫无保留,或者一味说梦话,有时候还会强不知以为知[2],因此才能赢得多方欢迎。

至于喜剧型幽默人物所具备的另一特定姿态,则是表现于外在形象方面的容貌丑拙、举止怪诞上。朱光潜在讨论"诗与谐隐"的关系时,曾指出:"从心理学观点看,谐趣(The sense of humour)

---

[1] 蔡源煌:《浪漫主义到后现代主义》(台北:雅典出版社,1998年3月),页116。

[2] 而早在1931年康思坦丝·鲁尔克(Constance Rourke)女士研究"美国式的幽默"时就已提出这种二分法,只是名称不同而已,她指出美国文学中的幽默人物有两种类型:其一是山林野人型,这种人她称之为肯塔基乡巴佬型(Kentuckian backwoodsman),其特征与弗莱所谓alazon雷同;其二是精明而收敛的北佬型人物(Yankee),这两种典型可以汇融于诗人(the minstrel)的声音当中。参蔡源煌:《浪漫主义到后现代主义》,页117。

是一种最原始的普遍的美感活动。……'谐'最富于社会性。……社会的最好的团结力量是谐笑,所以擅长谐笑的人在任何社会中都受欢迎。在极严肃的悲剧中有小丑,在极严肃的宫廷中有俳优。尽善尽美的人物不能为谐的对象,穷凶极恶也不能为谐的对象。引起谐趣的大半介乎二者之间,多少有些缺陷而这种缺陷又不致引起深恶痛疾。最普遍的是容貌的丑拙。"① 这是因为容貌的丑拙纯属视觉的负面刺激,不会引发观者道德上的威胁感,而在安全感的保障之下,遂能够居高临下地观看丑拙者表演困顿、挫折及愚蠢的戏码,尽情抒发讥弄讪笑之情,因此"丑拙鄙陋不仅打动一时乐趣,也是沉闷世界中一种释放束缚担负的力量。现实世界好比一池死水,可笑的事情好比偶然皱皱起的微波,谐笑就是对于这种微波的欣赏。"② 而无论是各色菊花插满头的荒诞,是苔滑失脚跌一跤的丑态,还是沉筷满碗夹鸽蛋的笨拙,刘姥姥全心配合卖力演出的这一幕幕荒谬剧除了打动一时乐趣的表层谐笑之外,更因为其中"大量运用滑稽、怪诞的手法,使我们在欣赏荒谬剧时,透过一个滑稽的视角,将心中的焦虑、恐惧、怜悯或厌恶等心理释放出来;我们一方面嘲笑、批评剧中人士的可笑、反常、扭曲,或沉浸其所揭示的恐惧情绪中,另一方面也就藉此而减低了伤害,安抚我们心中的压抑。"③

---

① 朱光潜:《诗论》(台北:汉京文化事业公司,1982年12月),页26—27。
② 朱光潜:《诗论》,页29。
③ 阿诺德·P.欣奇利夫著,李永辉译:《论荒诞派》(北京:昆仑出版社,1992年2月),页12—20。又 [英] 菲利浦·汤姆森 (Philip Thomson) 著,孙乃修译:《论怪诞》(北京:昆仑出版社,1992年2月),页25、页80—83。

而这正清楚指出丑拙鄙陋之所以能够发挥"释放束缚担负的力量",其更深一层的心理因素所在。

唯这种丑角虽以丑拙鄙陋、滑稽傻气的耍宝形象出现,举止行径往往专事出丑卖傻、突梯荒诞之职,以取得在雅俗之间形成高反差的逗趣效果,但就实质而论,刘姥姥之傻其实是精,妙语解颐,讨好贾母,因此与莎士比亚戏剧中的国王近侍弄臣无异。① 进一步言之,莎士比亚戏剧中的"傻瓜",所具备的乃是一种"既非主子又非一般仆人的,既是主人的同伴儿又不过是个仆从的特殊身份,造就了他既是生活的旁观者又是人性的洞察者的双重身份"②。尤其是"来自下层社会却置身于上流社会最高层的特殊处境,又使傻瓜自然而然地成为联系上下两层社会的中间钮带,这使他既然熟悉下层社会的五光十色,又可深知上流社会的尔虞我诈;……由此,他得以洞悉许多事情的真相和本质,成为剧中少有的人情练达、大智大慧者"③。从第四十回鸳鸯与凤姐在促狭捉弄刘姥姥后,纷纷向她道歉赔不是,刘姥姥却说:"姑娘说那里话,咱们哄着老太太开个心儿,可有什么恼的!你先嘱咐我,我就明白了,不过大家取个笑儿。我要心里恼,也就不说了。"可知刘姥姥始终是一个清醒而卓越的演员,虽然身为来自乡野荒郊的小家村妇,却又能纵横于富贵场中临机应变、游刃有余;既身在戏局之中,却又是洞察深刻的旁观者,能够灵蛇善舞地掌握人心之所向,并站在制高点上操纵

---

① 王蒙:《红楼启示录》(北京:三联书店,1997年10月),页161。
② 易红霞:《诱人的傻瓜》(北京:中国社会科学出版社,2001年9月),页69。
③ 易红霞:《诱人的傻瓜》,页69—70。

谐笑的波澜，进而掀起勃发的高潮，小丑与傻瓜不过是她借以挥洒世态、展现机锋的一种假面身分而已。

而这也隐然通向了巴赫金的狂欢诗学内涵。巴赫金即指出：

> 一般说来，小丑和小丑团体能够在其周围形成一个特殊的世界。这个世界有它自己的游戏规则，享有治外法权，它不受正统的生活规范和规则支配。小丑对自身的处境有清醒的意识，他将自己从这个稳定有序且等级森严的世界里自我放逐，站到边缘上，成为这个世界的局外人，不与其间任何一种相应的人生处境发生实质性的关联，是这个世界的不合时宜者。当然，他也会时时闯进那个正统的世界，留下亦庄亦谐的踪迹，他会打乱这个世界正常的生活秩序和节奏，揭出这个世界假正经和伪善的一面，将它倒置，使他里朝外。……小丑在揭露生活的虚伪时，不是板着面孔、郑重其事的，而是嘻笑着。这种笑是双重指向的，既笑别人也笑自己，他还迎合着别人对他的笑。因此，小丑的笑带有公共的民众广场的性质。[①]

正因为扮演丑角的刘姥姥不与其间任何一种相应的人生处境发生实质性的关联，因此可以先天地脱越出封闭的大观园中本质上所展现的优雅诗情与青春苦恼，在治外法权的保护之下透过边缘对中心的

---

① 王建刚：《狂欢诗学——巴赫金文学思想研究》（上海：学林出版社，2001年12月），页96—97。

冲撞，而"打乱这个世界正常的生活秩序和节奏"，不但使贾母一反常态地将大观园走了有大半个，连"本性懒与人共"（第二十三回）、"天性喜散不喜聚"（第三十一回）的林黛玉也因"贾母高兴，多游玩了两次"（第四十五回），更让其所到之处相对地质变为较多人共同参与的公众空间，平日严守空间规划而不得逾越的禁区遭到破除①，获得超出日常的更多开放性。周遭围绕着众多开怀的人群，上自金字塔尖的贾母、王夫人等，下至名不见经传的婆子丫鬟，都暂时离开照章行事的生活常轨，而共同参与了以刘姥姥为中心的欢乐庆典，一起畅快领受笑谑的宽解，所谓："节庆人群可以通过置身狂欢广场来感受一种摆脱严肃生活重压后的轻松感和自由感，能够开心大笑。这种轻松感与自由感借一系列广场人物的即兴表演而得到强化。他们是小丑、骗子和傻瓜等，这类人物是狂欢广场上的'开心国王'，他们所到之处无不掀起一片欢乐的海洋。……

---

① 以大观园为例，花园本身即带有禁区意味，闲杂人等不得轻易进入；而园中各房舍的空间规划亦严守阶级区分，依序是：大丫头（与主子同处内室）、小丫头（候命于门厅边际），以及最下层的婆子老嬷嬷们（待令于门外廊下），她们的地位高下也直接反映在活动空间的区划上，因此第五十二回麝月撵逐坠儿之母，依据的就是空间逾越的原则："成年家只在三门外头混，怪不得不知我们里头的规矩。这里不是嫂子久站的，再一会，不用我们说话，就有人来问你了。"说着，还叫小丫头子拿布来擦地。另外，第五十八回记述小丫头们讥讽跑进屋里夺碗吹汤的何婆子道："我们到的地方儿，有你到的一半，还有你一半到不去的呢。何况又跑到我们到不去的地方还不算，又去伸手动嘴的了。"可见小丫头地位高于最低阶的婆子辈。而刘姥姥却堂而皇之地登堂入室，在潇湘馆、秋爽斋、蘅芜苑甚至怡红院之深闺内帏走动谈笑，身旁又有包含了各色人等的大批人马伴随在侧，可谓短暂地突破禁防而创造出一种广场性质。

小丑等人物是广场生活的快乐泉源。"①

如此一来，深处贾府这"正统的世界"内部，而素以隐秘闭锁的方式维系其庄严、神圣、优雅之存在特质的大观园，就在刘姥姥那"既笑别人也笑自己，他还迎合着别人对他的笑"的非凡谐趣中，悄然质变为一个略具公共性质的民众广场，平日森严的阶级相对泯灭了，礼教的压力也暂时化除了，青春的苦恼更是消失得无影无踪，化身为上下倒置、由里朝外的狂欢世界。

二、三姑六婆／庙会人物

以小丑、傻瓜的扮演以及广场人物的性质而言，刘姥姥是极为成功的；但从另一个社会文化的角度来说，刘姥姥以"千里之外，芥豆之微，小小一个人家，因与荣府略有些瓜葛，这日正往荣府中来"（第六回）的角色，突破种种阻隔进入贾府闺帏内部，深处大观园中心而与上下交欢为乐的现象，还具备一种颠覆内帏"防闲"之闺训的深层意义。其一反仕宦阶层断绝三姑六婆之严规，突破内外区隔之禁忌，导致一种庙会节庆般的特异时空，为开创群众集体参与的嘉年华舞台提供了重要背景。

明代士人训诫闺庭"防闲"之理时，其内涵为我们以下的讨论提供了一个框架完整的参考坐标。在严防内外的原则下，他们曾将三姑六婆与登山入庙相提并论，声言：

---

① 王建刚：《狂欢诗学——巴赫金文学思想研究》，页 96。

《内则》曰：礼始于谨夫妇，辨内外。男不言内，女不言外；非丧非祭，不相授器。盖所以正妇德、肃闺范也。余尝读之，而知先王之教人防闲者，未尝不严矣。……与其悔之于后，莫若防之于先。勿因报赛而登山入庙；勿信邪说而往来六婆；勿蓄俊仆而纵其出入；勿藏淫书而诱其情欲；勿令认瓜葛之亲而轻为燕会；勿令攀邻人之壁而无故接谈，如是则防闲之道明。①

首先，士大夫所欲禁止的"认瓜葛之亲而轻为燕会"，在刘姥姥身

---

① （明）黄标：《庭书频说·防闲内外》，收于（清）张伯行辑：《课子随笔钞》（台北：广文书局，1975年4月），卷3，页151—152。另《庭书频说》卷3之《禁止六婆》更申言之曰："礼别嫌疑，莫重闺阃，而或者能禁男子之往来，不能禁妇人之出入。不知妇人中有所谓六婆者，其人虽微，其害甚大，所当严为拒绝者也。夫六婆者，大抵皆无依之妇，或为饥寒所苦，不得已各执其业以为生者，妇人至此，廉耻已尽绝矣。日走百家之门，巧为逢迎之计，而主人慢不觉察，恒以为妇人也，而忽之。彼既知主人不禁，遂得各行其术于家人妇女之前，或诱以斋，或诱以巫，或诱以布施结缘，或诱以典当服饰，或诱以卦卜问寿夭，或诱以弹曲消寂寞，家人一为所惑，而金钱粟帛，将有日见其消耗者矣。然此犹其害之小者。妇女生于闺门，不识诗书之义，而又以数辈妖魔，鼓簧其闲，挑斗是非，因而上下失欢，彼此不睦，大非家门之庆也。虽然，此亦其害之小者。夫六婆所欲得者，钱财耳，得其钱财，则门内之隐，皆可宣扬于外；得其钱财，则户外之情，又何难巧传于内乎！甚至内外相通，逾墙钻穴，在所不免。由此观之，任用六婆，是犹开门而招淫也。然六婆不足责，所可怪者，身为家主，不为防微杜渐之谋，而为开门招淫之计，亦甚愚矣。迨至事久情彰，喧腾人口，门楣为之扫地，始恨六婆之害，如此其甚也。彼六婆之肉，其堪食乎？是莫若峻往来之防，明出入之禁，庶几家庭无事，闺范常端矣。齐家君子，用志斯言。"页166—167。

上已属突破禁忌,只女婿王狗儿之祖代"因贪王家的势利,便连了宗认作侄儿",再加上狗儿本身"名利心最重,听如此一说,心下便有些活动起来"(第六回),遂促成刘姥姥攀亲带故、谋财营利的千里之行;又在二进荣国府致赠谢礼时,"竟投了这两个人的缘了",于准备告辞回乡之际,先是被王熙凤留住一晚,继而恰巧被贾母听见,问刘姥姥是谁,由于"我正想个积古的老人家说话儿,请了来我见一见",遂形成一"想不到天上缘分"(第三十九回),而酿成浪潮迭起的欢乐宴会。这种"想个积古的老人家说话儿"的解闷需要,正是在性别空间的规禁之下所产生的心理空缺,尊爵贵显如贾府者,平日也只有请来女说书人才能稍稍减轻常态生活中行礼如仪的呆板单调,因此,一如第四十回鸳鸯所指出的:"天天咱们说外头老爷们吃酒吃饭都有一个篾片相公,拿他取笑儿。咱们今儿也得了一个女篾片了。"刘姥姥正是非专职的另类女说书人,是男性空间中之清客篾片在女性空间中的替代品。

值得注意的是,被视为"女清客"的刘姥姥对贾府中的太太小姐们来说,一方面固然是逗趣取乐的小丑人物,另一方面却如同"三姑六婆"一般,让禁足于深闺内中的女性增广见闻并满足对外界的好奇心。虽然《红楼梦》续书者在描述王熙凤与探春讨论如何处置盗贼时,曾借外来人之口大声嚷道:"我说那三姑六婆是再要不得的,我们甄府里从来是一概不许上门的。"(第一一二回)但与甄府不同的是,贾府中实际可见三姑六婆之人等不时穿门踏户而来,如名列其中的尼姑、道婆,就曾数度在荣国府的深闺内院中出入,甚至掀起灾难之狂飙,第二十五回"魇魔法姊弟逢五鬼"即是最鲜明的典型例子。在这一回中，马道婆与贾母坐谈之后，"又往各院各房问安，闲逛了一回"，几无门禁可言，不但诳取丰厚之香油钱，还接受赵姨娘之贿赂而黑心作法，几乎祟死王熙凤与贾宝玉；至于尼姑部分，除了水月庵的智能儿乃是"自幼在荣府走动，无人不识"（第十五回）之外，宝玉也曾提及"这水仙庵的姑子长往咱们家去"（第四十三回），而当尤氏进大观园时，亦遇到"袭人、宝琴、湘云三人同着地藏庵的两个姑子正说故事顽笑"，此日庆生的贾母除了让两个姑子拣佛豆之外，并"歪着听两个姑子又说些佛家的因果善事"（第七十一回），在在可见往来之频繁，以至于第七十七回"美优伶斩情归水月"一段，描写王夫人挽留水月庵之智通与地藏庵之圆心这两位来送供尖的尼姑于贾府中住两日，恰巧遇到芳官等三人执意出家，二尼"听得此信，巴不得又拐两个女孩子去作活使唤"，于是假公济私，借由冠冕堂皇之说词哄得王夫人听其自由随同出家。在这种门户之防较为宽松的情况下，贾母对刘姥姥"认瓜葛之亲而轻为燕会"的做法也就不足为奇了。

所谓"三姑六婆大致上属于年纪稍长的妇人，他们走遍千家万户，阅历甚深，是故多呈现巧言利口、精明老成的形象"[①]，衡诸刘姥姥的形象特点以观之，除了职业完全无涉，动机也非一味贪取财货以遂私利之外，其他表现都可谓若合符契。如第三十九回即称：

---

① 参衣若兰：《三姑六婆——明代妇女与社会的探索》（台北：稻乡出版社，2002年2月），页19。

> 那刘姥姥虽是个村野人,却生来的有些见识,况且年纪老了,世情上经历过的,见头一个贾母高兴,第二见这些哥儿姐儿们都爱听,便没了说的也编出些话来讲。……刘姥姥便顺口胡诌了出来。

这样一位"积古的老人家""积年的老寡妇",果然在居住贾府的两三日中,充分发挥其权变应酬、机智圆滑的特长,言谈内容往往顺水推舟、投人所好,甚至不惜无中生有、胡诌杜撰,"这一夕话实合了贾母王夫人的心事,连王夫人也都听住了""刘姥姥吃了茶,便把些乡村中所见所闻的事情说与贾母,贾母益发得了趣味。……彼时宝玉姊妹们也都在这里坐着,他们何曾听见过这些话,自觉比那瞽目先生说的书还好听"(第三十九回),由此便迎合了府中上上下下的心。其巧言利口、精明老成可谓不同凡响,比诸真正的三姑六婆实在未遑多让。

另一方面,在防闲之理所标举的种种禁忌中,与"勿信邪说而往来六婆"并列的"勿因报赛而登山入庙",实际上也在刘姥姥之入园活动时破戒,因为刘姥姥宴游大观园的内在意义,实为贵家妇女借宗教活动而外出游逛取乐的一种延伸或变形。由于传统大户妇女幽闭于深闺大院之中,唯有以祈福还愿为名而参加庙会之类的宗教活动,才能越界步出门庭,满足对外界的好奇心并调剂单调枯燥的生活,所谓"这烧香,一为积福,一为看景逍遥"①,正指出庙会活动对当时

---

① 转引自赵世瑜:《狂欢与日常——明清以来的庙会与民间社会》(北京:生活·读书·新知三联书店,2002年4月),页272。

上层阶级女性生活的特殊意义。而在明清上层社会所形成的这种独特的女性亚文化，于《红楼梦》中也盛大地出现过，第二十九回"享福人福深还祷福"一段描述王熙凤出于"这些日子也闷的很"之故，欲借前往清虚观打醮之机以看戏娱乐，而引发了贾母之兴致，当一宣布"有要逛的，只管初一跟了老太太逛去"之后，"别人都还可已，只是那些丫头们天天不得出门槛子，听了这话，谁不要去。便是各人的主子懒怠去，他也百般撺掇了去，因此李宫裁等都说去。贾母越发心中喜欢。……到了初一这一日，荣国府门前车辆纷纷，人马簇簇，……乌压压的占了一街的车，贾母等已经坐轿去了多远，这门前尚未坐完，……咭咭呱呱，说笑不绝。"而虽名为打醮，其实是闲逛，贾母即谓"我不过没事来逛逛""又不是什么正经斋事，我们不过闲逛逛，就想不到这礼上"，由此可见借宗教活动之名出门透气散心，借机看景逍遥，乃是幽闺女子求之不得的一大盛事。

只是外出打醮祈福之举毕竟深受时节之限制而事不常有，深闺生活之枯寂只能静待另一次的外出活动才能暂时破除，实乃可遇不可求；而始料未及地，刘姥姥的意外闯入反倒触动了相同的机制，于是贾府中的女性在家庭内部世界里创造出一个"非常状态"的节庆空间，原本亲熟无奇的自家大观园，却制造了贾母"从来没像昨儿高兴。往常也进园子逛去，不过到一二处坐坐就回来了。昨儿因为你在这里，要叫你逛逛，一个园子倒走了多半个"的宏大效果。就此而言，刘姥姥宴游大观园对贾府中女性心理所产生的作用，便如同贾府女性出外参加宗教活动以纾解情绪的散心功能。

由于中国的民间庙会或宗教活动具有一种超出日常的狂欢精神，体现在传统的节日或其他节庆中，常常表现为纵欲的、粗放的、显示人的自然本性的行为方式，因此具有原始性、全民性、反规范性，以及调节整合的良性功能，"如果说'原始性'是就庙会狂欢的发生学意义来看，'全民性'是就庙会狂欢的参与主体而言的话，……'反规范性'则涉及庙会狂欢活动的文化特征，三者角度不同而彼此有内在的联系"。[①] 事实上，这种存在于民间庙会中超出日常仪轨的原始性、全民性、反规范性的狂欢精神，也正说明刘姥姥宴游大观园之深层意义；而除此之外，巴赫金的狂欢诗学还对刘姥姥之宴游大观园提供了诠释上十分适切的理论依据，可以在下文中进行更深入细腻的阐发，并开启一个崭新的认识角度。

第四节　嘉年华 / 戏拟 / 生活话语

所谓狂欢诗学，乃是源于对嘉年华（carnival，或译为狂欢节）庆典活动内涵的综合体认，而嘉年华作为民间文化与大众文化的产物，展现的是公众广场的集体狂欢气氛。从严格意义而言，传统中国或许并没有完全等同于西方社会中的"嘉年华"节庆，但从历史形式上来说，巴赫汀所提出的怀旧式的狂欢本就与欧洲式的狂欢不

---

① 详参赵世瑜：《狂欢与日常——明清以来的庙会与民间社会》，页 116—139。

尽相同[①]，而毋宁是将嘉年华现象作为生活本身的形式之一[②]来看待，以阐发存在于文学或文化中的一种本质。所谓：

> 狂欢所欢庆的是从普遍真理和既定秩序里解放出来的暂时自由，它表现为一切等级秩序、特权、规范和禁忌的暂停。狂欢是真正的时间盛宴，是生成、变化和新生的盛宴。它是一切对不朽和终结的反叛。[③]

因此，就广义的"嘉年华精神"来说，乃是每个文化脉络在进行自我调节的过程里，也都会产生的社会现象；而《红楼梦》作为一部中国文化百科全书，作者便透过刘姥姥的人物塑造与情节设计，开启一个具有嘉年华精神的观照视野。

作为生活本身的形式之一，巴赫金将此种"狂欢式的世界感受"作为规定要素，举出了四种"狂欢的范畴"，以关键词汇来表示的话，包括：

---

① 参[英]马尔科姆・琼斯（Malcolm V. Jones）著，赵亚莉等译：《巴赫金之后的陀思妥耶夫斯基》(*Dostoevsky after Bakhtin*)（长春：吉林人民出版社，2004年1月），页119。

② [俄]巴赫金（Mikhail Mikhailovich Bakhtin）著，白春仁、顾亚铃译：《陀思妥耶夫斯基诗学问题》，《巴赫金全集》（石家庄：河北教育出版社，1998年6月），第5卷，页172。

③ [俄]巴赫金：《拉伯雷和他的世界》(*Rabelais and His World*)，页10。此处之中译出自陈红薇之手，参[英]马尔科姆・琼斯著，赵亚莉等译：《巴赫金之后的陀思妥耶夫斯基》，页118。

1. 脱离体制
2. 脱离常规、插科打诨
3. 对立的婚姻、俯就①
4. 粗鄙化

先就脱离体制与常规的这一范畴而言，其意谓脱离建立在日常生活的秩序基础上的"不平等"状态。因为日常生活中的法令、禁约和限制规定了体制和秩序，不可逾越的"等级制"努力设置距离与阻隔，把人们分割在不平等的状态中，强制他们在畏惧、恭敬、仰慕、礼貌中生存。但在狂欢时，法律、禁令和限制便失效了，等级制度以及与此牢固结合的畏惧、恭敬、仰慕、礼貌也都被驱逐，基于等级制度的不平等也被取消，阻隔人们的一切距离也都不再存在了。②

衡诸刘姥姥踏入大观园后，首先依第四十回所述之"史太君两宴大观园"，可知其筵席设计依照宝玉的建议是不按桌席、不定样数，各人择其所爱而随心所欲，已初步展现出一种较平等自由、无分贵贱的开放气息，而具备一种突破富贵簪缨之族繁文缛节的"反

---

① 亦即"不对称联姻"（mesalliances），意指"一切被狂欢体以外等级世界观所禁锢、所分割、所抛去的东西，复又产生接触，互相结合起来。狂欢式使神圣同粗俗，崇高同卑下，伟大同渺小，聪明同愚蠢等等接近起来，团结起来，定下婚约，结成一体。"而这就是一种"俯就"的表现。参[俄]巴赫金著，白春仁、顾亚铃译：《陀思妥耶夫斯基诗学问题》，《巴赫金全集》，第5卷，页162。

② 此段释义櫽括自[日]北冈诚司著，魏炫译：《巴赫金》(石家庄：河北教育出版社，2002年1月)，页284。

规范性";后来行酒令时,鸳鸯以丫头的身分担任令官之职,不但与主子辈同席而坐,更具备"不论尊卑,惟我是主。违了我的话,是要受罚的"之无上权威,亦是脱离体制常规此一精神的反映。至于反规范、脱离体制之后所形成的"全民性",则可以从大家表现出来的热烈欢快的气氛,以及集体情绪的昂扬高张可见。除了时时可见"众人笑的拍手打脚"之类的描写外,作者尚以浓墨重彩对当时狂欢之最高潮描绘道:

> 刘姥姥便站起身来,高声说道:"老刘,老刘,食量大似牛,吃一个老母猪不抬头。"自己却鼓着腮不语。众人先是发怔,后来一听,上上下下都哈哈的大笑起来。史湘云撑不住,一口饭都喷了出来;林黛玉笑岔了气,伏着桌子嗳哟;宝玉早滚到贾母怀里,贾母笑的搂着宝玉叫"心肝";王夫人笑的用手指着凤姐儿,只说不出话来;薛姨妈也撑不住,口里茶喷了探春一裙子;探春手里的饭碗都合在迎春身上;惜春离了坐位,拉着他奶母叫揉一揉肠子。地下的无一个不弯腰屈背,也有躲出去蹲着笑去的,也有忍着笑上来替他姊妹换衣裳的。

这一幕可以说是整部《红楼梦》中最为解放脱序的开怀场面,一反贾府宴饮时"一声咳嗽不闻,寂然饭毕"(第三回)、"半日鸦雀不闻"(第六回凤姐摆饭)、"里面鸦雀无声,并不闻碗箸之声"(第五十五回探春用饭)的凝肃常态,平日端庄矜持的贵妇闺秀在奔腾的狂笑浪潮中一一失款走样,变身为颠倒粗豪、东斜西歪的凡夫俗女,尤其口里茶的旁喷与手中碗的侧合，甚至如骨牌效应般拼组出薛姨妈、探春、迎春三人的集体链接造型，取消距离、亲密相接的全民性卓然可见。而刘姥姥的意外闯入，的确使原本封闭、典雅、幽深、精致、沉穆的大观园发生了微妙却明显的质变，将青春的诗国净土与个体的隐居秘地导入一种开放、活跃、戏谑甚至粗俗的"狂欢节精神"，既有"对话式"的复调特征，亦复有雅俗共济的节庆气息，原本隐密的、排他的、个人化的心灵空间①，在刘姥姥的足迹之下，一一转而化为公众参与的广场，开创出物质化、非体制的嘉年华现象，突显出多声喧哗、圣俗交糅的集体狂欢气氛。借助巴赫金的小说理论与诗学概念，我们可以清楚看到随着刘姥姥足迹之所到，实时时驱动了群体性的雅俗杂糅、跨涉阶层的文质交混，在在都使大观园经历了空前绝后的狂欢仪式。

首先，在这段情节中作为狂欢之引爆点的"粗鄙化"修辞现象，即是一种狂欢诗学的体现。试看刘姥姥在盛宴启动之际，乃以仿佛进行庄严仪式般的郑重态势站起身来，因此"众人先是发怔"，表现出不解其意的静观其变；没想到刘姥姥接着高声唱颂的内容却是远出意料的奇异突梯，所谓："老刘，老刘，食量大似牛，吃一个老母猪不抬头。"众人一听，上上下下都哈哈大笑起来。原本应该出现在寻常巷陌中的市井俚语一旦硬生生嵌入这个精雕细琢的艺

---

① 第四十回贾母领着一行人逛大观园时，于秋爽斋坐了一会儿后，贾母就对薛姨妈笑道："咱们走罢。他们姊妹们都不大喜欢人来坐着，怕脏了屋子。咱们别没眼色，正经坐一会子船喝酒去。"正精准点出大观园所偏重的隐密性与个人性，同时也呈现贾母作为一位护卫少女之母神意义。

术世界，其性质迥异所导致的错榫碰撞即瞬间迸射出奇光炫彩，而点燃云奔涛涌的狂欢爆笑。然而，爆笑只是这种本质冲突的表层现象，在其底层还存在着一种来自对话方式超乎常态的变革意义，亦即透过公众广场上粗俗、卑贱化的生活语言造成"民间／大众文化"对"官方／精英文化"的强烈冲击，而引发狂欢诗学的另一个重要内涵。这种具有狂欢诗学意义的修辞现象，在书中主要是由"行酒令"一段来集中呈现，而当时场景也正是透过"语言"所掀起的第二次狂欢高潮。

　　第四十回描述众人吃酒行令的过程，乃是结合骨牌牌面图像与诗歌韵语的特殊游戏。① 在鸳鸯的主持下，各家须依骨牌副儿一一配上酒令，其内容"无论诗词歌赋，成语俗话，比上一句，都要叶韵"，刻意铺排其中的雅言系统、游戏规则、禁制罚约等操作繁缛的精密性，以致王夫人是由鸳鸯代说一个而脱离困境，身为晚辈的迎春则因"错了韵，而且又不像"落第受罚，成为这套高难度游戏的见证者与牺牲者。在此原则之下，园中诸人上自贾母薛姨妈、下至众家姊妹多以唐人诗句或文言雅词作令，由"六桥梅花香彻骨""一轮红日出云霄""十月梅花岭上香""双悬日月照乾坤""闲花落地听无声""水荇牵风翠带长""双瞻玉（御）座引朝仪""仙杖香挑芍药花""日边红杏倚云栽"诸句汇集出文雅精致，却不免

---

① 此戏源自于宋徽宗末期，而流行于明清时代，其具体玩法十分精妙复杂，详参王乃骥：《红楼梦的獭祭填写——浅谈第四十回的牙牌酒令》《红楼梦的獭祭填写——续谈第四十回的酒令》《宣和牌谱与明清小说的酒令牌戏》诸文，收入王乃骥：《金瓶梅与红楼梦》（台北：里仁书局，2001 年 5 月）。

拘谨矫作的艺术氛围，更建构出一种严密呆板而照章行事的仪节规范；刘姥姥则是以"庄家人"之"现成的本色"依样画葫芦，脱口说出"大火烧了毛毛虫""一个萝卜一头蒜""花儿落了结个大倭瓜"等粗俚白话而惹得大家哄堂大笑。这个除了押韵符合规定[①]、字意与牌面也相对应之外，其他皆离轨走板的语言模仿活动，松脱了贵族文士阶层中酒令形式雅致却僵化的固定性[②]，即呼应了巴赫金"对话式小说理论"里的"戏拟"（parody）现象。

巴赫金认为，对权威话语的戏拟和融入俚俗民间话语，作为"对话式"小说的主要特征，其本质乃是兼容高雅精英文化与通俗

---

① 与鸳鸯"中间'三四'绿配红"配合的"大火烧了毛毛虫"，"红"与"虫"同属上平声"一东"韵；与鸳鸯"右边'幺四'真好看"配合的"一个萝卜一头蒜"，"看"与"蒜"同属去声"十五翰"韵；与鸳鸯"凑成便是一枝花"配合的"花儿落了结个大倭瓜"，"花"与"瓜"同属下平声"六麻"韵，都完全合格。就刘姥姥的不学无文而言，应纯属巧合。

② 就此而言，第二十八回记述冯紫英设东摆宴时，对宝玉所创制"如今要说悲、愁、喜、乐四字，却要说出女儿来，还要注明这四字原故，……酒底要席上生风一样东西，或古诗、旧对、《四书》《五经》成语"之酒宴新令，薛蟠在"押韵就好"的条件下进行颠覆的作为，而有"嫁了个男人是乌龟""绣房撺出个大马猴""一根𣏂𣏂往里戳""一个蚊子哼哼哼""两个苍蝇嗡嗡嗡"之类的鄙俗言词，也与刘姥姥此处的表现有异曲同工之妙。

值得注意的是，在艺术话语的威临之下，生活话语都先表现出怯场的自卑与退缩，如薛蟠未等宝玉说完，就先站起来拦道："我不来，别算我，这竟是捉弄我呢。"而刘姥姥亦是在令官鸳鸯未开口之前，便先下了席，摆手道："别这样捉弄人家，我家去了。"随后在大家的鼓励与胁迫之下才勉为其难地加入活动，可见雅俗之间的阶级等差，由此始能经由戏拟行为而产生巨大的喜剧张力。这些正恰恰证明了薛蟠确实也属《红楼梦》中的喜剧人物，因此与刘姥姥都表现出类似的狂欢诗学内涵，可另参下文。

大众文化的开放性文本。[1]而"戏拟",顾名思义是一种语言对语言的仿真,其形式有:(一)对他者语言风格的戏拟,(二)把他者话语看成具社会典型性的语言来戏拟,(三)对其他话语类型、风格的戏拟,(四)以上三种戏拟综合、混杂的戏拟等四种,其中包含了不甚恭维、不太严肃的成分,有开玩笑、戏谑、逗哏、调侃的性质,足以暴露出严肃话语、独白话语的片面性、封闭性,以及高雅题材与风格的苍白软弱和矫揉造作。因此戏拟乃是诊治独白话语高傲不逊、自以为是的一剂良药,是深入、渗透到小说话语的深层组织的话语策略。[2]衡诸《红楼梦》中行酒令的这段描述,清楚可见大观园中盛行的乃是关注悲剧、史诗等崇高体裁的传统理性诗学,在渊远流长的抒情传统之中沁润发酵,成为一门深奥的知识与精致的艺术,在人为的语言规范与细腻的组织结构中,形成了繁复的表达方式甚至形塑了某些特定的情感内容;而刘姥姥却以不受拘束的土语俗话闯进诗意盎然的文雅殿堂,模仿其类型风格的语言形式,以致理性诗学所清理剔除的民间谐谑语言,因势随之导入而创造出亦庄亦谐的突梯效果,既松动了理性诗学那套经过上千年演练的规范体系,突破其一劳永逸的可操作性与普遍性,也挑战其不免狭隘偏执的神圣性与宗主地位,创造出另类的一种狂欢诗学。[3]就在筵席中行酒令的过程中,我们看到原本封闭于上层精英阶级的官方雅

---

[1] 刘康:《对话的喧声:巴赫金文化理论述评》(台北:麦田出版公司,1995年5月),页226。
[2] 刘康:《对话的喧声:巴赫金文化理论述评》,页230—235。
[3] 参考王建刚:《狂欢诗学——巴赫金文学思想研究》,页238。

言开始与下层村野群众的民间俗语并行、颉颃、激荡,甚至冲撞、改造,不再是文人雅士专属的"单一语言"——即一种被视为唯一完整的、同质纯一的封闭性语言,而呈现出在受到方言、行话干扰之下,以一种内部存在着差异与多重性的异质话语,构成开放的"杂语现象"。[①]

除了行酒令时刻意模仿上层社会艺术语言的戏拟之外,综观刘姥姥在前八十回中两次出现于荣府时的一般性言语表现,事实上还更撞击出一种"生活话语"对"艺术话语"的激荡与解构。依巴赫金所论,所谓"生活话语"与"艺术话语"的差别产生于不同的社会语境,前者对直接的社会语境依赖性较强,基本上完全依赖直接的实际语境,以生活本身中实际发生的事件、人与人关系为主要导向,同时包括伦理、认知和实用因素等在内的社会因素也起了决定的作用;而"艺术话语"则并不完全受"此时此地"的局限,它把生活话语中的音调加以放大、艺术化、戏剧化,使其导向不仅指向实际的生活事件,而更指向价值交流、判断的过程自身。[②] 通常的情况是,这两种话语形式在不同的世界里各自表述,其中的艺术话语往往更构筑难以逾越的鸿沟来保障自身的完整性与优越性,成为精英分子在专属的小圈子中使用的专利,并以之作为巩固阶级身分的特殊媒介。

但一旦进入狂欢节的非常时空之中,人与人的对话内涵也将

[①] 参夏忠宪:《巴赫金狂欢化诗学理论》,《北京师范大学学报(社会科学版)》1994年第5期。

[②] 刘康:《对话的喧声:巴赫金文化理论述评》,页134、页138—139。

掀起一场语言革命。巴赫金即分析了狂欢节的语言，将之概括为：（一）公众广场上的大众语言；（二）赞美与诅咒同时并举的双声语或复调；（三）宏扬"肉体的低下部位"的亲昵、粗俗、"肮脏"和"卑贱化"的语言。"归根结蒂，狂欢节的语言是欢乐笑谑、充满幽默感的大众语言，是大众文化的化身，与精英文化与官方文化的严肃、庄重、崇高、典雅、保守、僵化、封闭的特征针锋相对，泾渭分明。拉伯雷创造了一个狂欢节的众生喧哗世界，以对肉体感官欲望的夸张、大胆、赤裸裸的讴歌，造成了对封闭、僵化的封建等级与神权文化的强大冲击。"① 如果说，"官方／精英文化"与"大众文化"这两种文化的分界线，在西方中古时代是沿着拉丁语与方言的界线而展开的，且其中的方言作为物质劳动和辛苦的生活语言，带来了新的思想形式（暧昧性）和新的价值观，最充分地表达了新的社会力量②，则在中国近世时代的《红楼梦》中，"官方／精英文化"与"大众文化"的分野乃是沿着"诗歌语言"与"村野俗话"的界线而展开的③，且透过刘姥姥所衍绎的乡村粗鄙俚俗之口语，不但为充满春伤秋悲的大观园逆向制造了欢乐高潮，更掌握了"命名"之至高权柄，为十二金钗中惨遭横祸的巧姐儿预设了消灾解厄

---

① 刘康：《对话的喧声：巴赫金文化理论述评》，页292。
② [俄] 巴赫金：*Rabelais and His World*, p. 466. 引自刘康：《对话的喧声：巴赫汀文化理论述评》，页293—294。
③ 所谓"官方文化"，本指官僚阶级所代表的上层文化与主流价值；由于中国社会结构中知识分子往往就隶属于官僚阶层，因此他们对诗歌文艺等精致艺术的爱好与修养，以及家规庭范、交往活动与娱乐型态（如行酒令），既表现出精英文化的特性，亦无碍于官方文化的内涵之一。

的契机，诚然展现出一种来自民间的坚韧生命力。

因而这样的生活话语所体现出的世界感受，乃如巴赫金所说的，是一种"交替与变更的精神、死亡与新生的精神。狂欢节是破坏一切和更新一切的时代才有的节日"。[①] 就此而言，不但诗词这种权威话语遭到口头话语的破坏而显出突兀糅杂，连刘姥姥游逛大观园之后，陪伴取乐的一干人等也都饱受冲击，事后纷纷付出健康作为代价，如"老太太也被风吹病了，睡着说不好过；我们大姐儿也着了凉，在那里发热呢"（第四十二回），而自来就夙疾缠绵的林黛玉，更是因"贾母高兴，多游玩了两次，未免过劳了神，近日又复嗽起来，觉得比往常又重"（第四十五回），种种因过劳导致的疲病不适，也蕴藏了一种破坏力的性质。但与破坏交替更叠的，却是更新与新生的力量，从而接下来刘姥姥为巧姐儿的命名就展演出救赎的希望，所谓"这个正好，就叫他是巧哥儿。这叫作'以毒攻毒，以火攻火'的法子。姑奶奶定要依我这个名字，他必长命百岁，日后大了，各人成家立业，或一时有不遂心的事，必然是遇难成祥，逢凶化吉，却从这个'巧'字上来。"这位"时常肯病""太娇嫩，自然禁不得一些儿委屈"的小女孩不但当场"安稳睡了"，从此更一路无殃无祟地平安长大，甚至最后还因"巧得遇恩人"（第五回）而挣脱母舅拐卖、沦落烟花巷的人生困境，便应该可以视为一种新生的精神。

---

① [俄] 巴赫金著，白春仁、顾亚铃译：《陀思妥耶夫斯基诗学问题》（北京：生活·读书·新知三联书店，1988年），页178。

由这个角度来看，即使是"抽柴火"这样刘姥姥随口编造的故事，以及即刻所发生马棚走水的连带事实，在这样非常的时空里，也都蕴含着狂欢化的诗学意义，因为"火同死亡的威胁结合在一起"，而"它为这些在其他时间不能使用的狂欢化态度和用语创造出了特殊的性质和特殊的魅力。问题正在于辱骂和赞扬、死亡状态跟善和生命状态之双重化结合，在于烛火节即焚烧与复活这种氛围"。① 据第三十九回所述，就在雪下抽柴的故事初初展开之际，即碰巧发生马棚火灾的意外，东南上火光晃亮，一阵慌乱为贾母等带来不小的惊吓，

"死亡"阴影瞬间笼罩了玉堂金马，烧毁一切的可能性引发了人们心理中隐藏的恐惧——即使如贾府这般的富贵簪缨之家，即使如贾母这等的显赫权威之士，在祝融面前都不过只是脆弱渺小的蝼蚁，因此贾母特地命人去火神跟前烧香乞灵寻求佑助；待到火熄光灭，贾宝玉急于向刘姥姥探知后事，却遭到贾母的拦阻，声称："都是才说抽柴草惹出火来了，你还问呢。别说这个了，再说别的罢。"所谓"都是才说抽柴草惹出火来"的迷信，无形中触及了"语言"的神圣妙义，使火被赋予的特殊性质与特殊力量，由"语言"的抽象符号导向现象的发生落实，已近乎"谶语"所具备的独特机能——一种化虚为实的神秘性与预言性；更重要的是，因为火灾而被迫中

---

① 参 [俄] 巴赫金著，李兆林等译：《巴赫金全集》，第 6 卷《弗朗索瓦·拉伯雷的创作与中世纪和文艺复兴时期的民间文化》（石家庄：河北教育出版社，1998 年 6 月），页 286。

断的有关死亡、孤独、流浪的故事①乃从此改弦更张，取而代之的则是与"生命"和"复活"有关的情节——虔诚感天、神赐独孙、莹白聪慧，贾宝玉的身世形貌当场被见风转舵的刘姥姥巧妙地取样挪借，并投射了更多的正面果报意涵，指向"善和生命状态"的范畴，因此合了贾母王夫人的心事，连王夫人也都听住了。在这两个故事编撰的切换过程中，"火"对叙事轴的走向发挥了关键性的转折作用，从雪夜抽柴的女儿亡灵一变而为承胄继嗣的秀异独孙，由孤独／死亡／绝嗣无后／灵异传奇蜕换出欢聚／诞生／血脉绵延／人间世情，一前一后地连结了"死亡状态跟善和生命状态"，而构成一种双重化的结合。应该进一步说明的是，将精魂雪夜抽柴的故事解释为死亡、孤独、流浪的表述，其实还是不免于浪漫主义的诠释角度而来——在对"鬼"的形象的处理上，浪漫主义怪诞风格通常表现出恐怖、凄凉、悲剧的性质，但民间怪诞风格则截然不同，鬼乃是各种非官方观点、神圣观念反面的欢快的、双重性的体现

---

① 由事后刘姥姥继续编造补述的完整内容，知雪下抽柴的小姐名唤茗玉，乃双亲爱如珍宝的独生女。十七岁病死后，父母盖庙塑像以表思念不尽之情；年深岁久竟修练成精，时常变身为人四处闲逛。这是曹雪芹以创作者的视角为林黛玉所安排的重像之一，如同第五十三回绣璎珞的慧娘一般，预告了林黛玉青春夭亡的命运；与接下来刘姥姥借取贾宝玉的身世形貌而另行编造老奶奶虔诚感天、神赐莹白聪慧之独孙的性质完全不同。盖祖母爱孙之种种情状以及虔诚感天之颂圣美谈都在一般情理之常，如第五十六回所谓的"祖母溺爱孙者也古今所有常事耳，不是什么罕事"，容易就地取材、当场揣摩，而反映出一种真正称得上是来自生活的直观与洞见；但林黛玉的未来却绝对无法当下探知，毕竟刘姥姥并不会看相算命。作者之视角与书中人之视角分属不同范畴，理应不可混淆。

者，是物质——肉体下部等的代表，因此可以是很好的兄弟朋友，有时更不过只是"滑稽怪物"而已。① 这也才解释了何以在迎合贵族、制造欢乐而充满颂圣性质的节庆场景之中，刘姥姥竟会突兀地碰触心理禁忌，编撰少女死后亡灵活动的故事的原因——对民间怪诞风格而言，鬼并不具备异己的成分，日常性的频繁接触反而可以带来强健繁盛，板儿等乡野小孩"会走了，那个坟圈子里不跑去"（第四十二回），而依然活蹦乱跳地平安健康；反倒在贵家娇养之下"身上干净，眼睛又净"的巧姐，却一入大观园即撞祟而致疾。则刘姥姥编造此一故事的心态，恐怕只是把它当作一则会使贾府中人感到新鲜有趣的乡野传奇而已。

由上述所论可见，在狂欢诗学中，来自民间的"生活话语"可以激活官方文语雅言所丧失的原始生命力，是强化精致却容易僵化之精英世界的良方。但必须注意的是，"生活话语"在对既有的经典作品进行模仿讽刺（parody）的拟攀过程中，也势必连带进行了颠覆与破坏，雅俗之间的冲突与不协调一方面制造了庄谐混糅的强烈效果，另一方面却也容易引起官方话语的反感而流于短暂。这是因为民间话语虽然具备了一种特殊的美学风格——放肆背后的博爱、粗俗背后的善良、尖刻背后的宽厚、嘲笑背后的同情以及委婉、巧妙、富有智慧的表达，但所谓民间话语对官方话语的改造与战胜，只能是游戏式的改造与想象中的战胜，一旦非现实的时空场

---

① 参［俄］巴赫金著，李兆林等译：《巴赫金全集》，第6卷《弗朗索瓦·拉伯雷的创作与中世纪和文艺复兴时期的民间文化》，页48。

景不存在了，两者之间便又会重回二元对峙的分立状态。①毕竟人性之常多是乍看新鲜，习见便生熟厌，这或许也解释了作者安排刘姥姥的数进荣国府，之所以都是昙花一现式的过客状态的原因。

第五节 食物/秽物："物质—肉体下部形象"与"斥弃心理"

就在这昙花一现式的过客状态中，刘姥姥最具有冲撞性与颠覆性的行为，还不是口出村俚鄙词的戏拟表演或乱花满头这些滑稽有趣多过于野俗不堪的扮装，反而应属大吃大喝、拉肚子通泻这般人类生理上的自然普遍之事，并突兀地开启了《红楼梦》中粪溺与浊臭的秽物意象与溷秽视境。

巴赫金认为小丑是另一种非封建主、非官方真理的体现者，而非官方真理恰恰是非常感性具体的，它存在于民间的日常起居中，存在于寻常百姓的蔽体果腹需求中。②因此，在狂欢式的范畴中，"筵席"总是不可或缺的一部分③，"筵席总是为庆祝胜利而举行。这是它的本质属性。宴会式的庆典是包罗万象的：这是生对死的胜

---

① 参赵勇：《民间话语的开掘与放大——论巴赫金的狂欢化理论》，《外国文学研究》，2002 年第 4 期，页 7。
② 王建刚：《狂欢诗学——巴赫金文学思想研究》，页 96—97。
③ 参［俄］巴赫金著，李兆林等译：《巴赫金全集》，第 6 卷《弗朗索瓦·拉伯雷的创作与中世纪和文艺复兴时期的民间文化》，页 321—350。

利。……胜利了的肉体把征服了的自然界的食物吸收到自己身上，从而获得新生。因此筵席作为胜利和新生的庆典，在民间创作中经常起着完成的职能。"① 另一方面，筵席作为对智慧的话语、诙谐的真理的镶边，也有着特别重要的意义。② 证诸《红楼梦》前八十回中，刘姥姥出现的第六回、第三十九回至第四十二回这两次，每一次都与筵席（或饮食）脱离不了关系，第三十九回至第四十二回中的几度盛宴固然最具代表性，即连第六回首次进荣国府借钱时，书中也提及王熙凤用餐之后，刘姥姥被招待了一顿吃得"齰舌咂嘴"的客饭，并终于获取二十两赏银欢喜赋归；同时，在这两次或小或大的宴饮聚会中，刘姥姥都以其粗俗却机智的话语谋得奇功，具备了胜利和新生的庆典意义。然而，就在美酒玉食的盛大丰美之下，同时更存在着被刻意视而不见的生命真相。由于食物必定导致排泄物，在"食物"通过身体的入口与出口的过程中，生命确立其存在与活动的必要基础，而物质经由消化的步骤也由美食变成秽物，食物／秽物是同一物质在不同阶段的两种型态，也是构成存在不可或缺的一体两面。

因此，书中也刻意在刘姥姥的形象内涵中聚焦并放大生理性的排污一面。试看一行人游至大观园入口处刻着"省亲别墅"的崇伟牌坊底下时，大酒大肉之后突感腹内乱响的刘姥姥便急欲顺任原始

---

① [俄]巴赫金著，李兆林等译：《巴赫金全集》，第6卷《弗朗索瓦·拉伯雷的创作与中世纪和文艺复兴时期的民间文化》，页327。

② [俄]巴赫金著，李兆林等译：《巴赫金全集》，第6卷《弗朗索瓦·拉著雷的创作与中世纪和文艺复兴时期的民间文化》，页328。

本能的驱动而就地排泄,"忙的拉着一个小丫头,要了两张纸就解衣",此际"将神圣脱冕"的狂欢剧目几乎就要上演;甚至于通泻半日出厕之后,迷路乱闯以致醉卧怡红院时,也满屋都是她所散发的"鼾齁如雷""酒屁臭气"(第四十一回),以至于与刘姥姥之村野形象相连结的,便是这些浊污不堪的种种秽物意象,而呈现出一种"溷秽恶臭的视境"(scatological-fetid vision)。① 这样一种来自人体消化系统排污自清的作用,所产生的有形废物与无形恶臭,仿佛是对这女儿的圣地净土最直接而强烈的亵渎与污染②,较诸以杯饮茶,而被妙玉所嫌弃的来自口唾舌液的"肮脏",实在更是远远过之。因此回到怡红院撞见刘姥姥酣卧床上的袭人,大大吃惊之余慌忙将她没死活的推醒,并立刻将鼎内贮了三四把百合香以熏除其

---

① 引自陈长房:《〈美者尚未诞生〉:爱尔玛的丑陋视境》,《中外文学》第18卷第2期(1989年7月),页43。
② 值得注意的是,遭众人连忙喝斥"这里使不得"而"忙命一个婆子带了东北上去了"的刘姥姥,其所恣意通泻的"东北"之地不但依然处于大观园内部,更精确地说,是在园中象征青春之泉、女儿之美的沁芳溪的总源头沁芳闸附近。如第十六回所描述,大观园的基址乃是拆除东侧宁府会芳园墙垣楼阁,直接入荣府东大院中所形成的,其中位处东侧之宁府的"会芳园本是从北拐角墙下引来一股活水,今亦无烦再引",而此处就是第十七回所说:"至一大桥前,见水如晶帘一般奔入,原来这桥便是通外河之闸,引泉而入者。……此乃沁芳泉之正源,就名'沁芳闸'。"以整个大观园来度量其方位,正是"东北"之地,故有学者亦指出宝、黛"读西厢的地点,是在沁芳闸的上游,在大观园的东北隅。地点偏僻,很适合偷读小说的心情。"见葛真:《大观园平面图的研究》,俞平伯等著:《名家眼中的大观园》(北京:文化艺术出版社,2005年5月),页153。而宜于偷读禁书的偏僻之地,设立出恭之厕亦其宜也。则溷秽归处与清溪源头并存一地,相随而顺流俱下者,遂及于大观园之全幅所在,又何独怡红院一处?

味,这不但呼应了林黛玉会因"老婆子们把屋子熏臭了要拿香熏熏"(第六十四回)的作法,与妙玉之弃杯擦地亦颇见异曲同工之妙。

然而发人深省的是,脂砚斋却一再地对这种矫情自高之洁癖批评道:

> 此回栊翠品茶,怡红遭劫。盖妙玉虽以清净无为自守,而怪洁之癖未免有过,老妪只污得一杯,见而勿用,岂似玉兄日享洪福,竟至无以复加而不自知。故老妪眠其床,卧其席,酒屁熏其屋,却被袭人遮过,则仍用其床其席其屋。亦作者特为转眼不知身后事写来作戒,纨袴公子可不慎哉。①

同样地,对妙玉厌弃刘姥姥喝过之茶杯一事,脂砚斋也揭露玄机,谓:"妙玉偏辟(僻)处,此所谓'过洁世同嫌'也。他日瓜洲渡口,各示劝惩,红颜固不能不屈从枯骨,岂不哀哉!"②话语中所潜隐暗藏之讽意,正是所谓"欲洁何曾洁,云空未必空"(第五回妙玉判词)的情节化呈现。归根究底,这样直接而原始的肉体性,并不是所谓粗俗低等之下层民众独具的生理特色,而是凡为人者、凡具生命机能之任何生物都必然共有的生理现实,虽然在文/质、雅/俗、灵/肉、贵/贱、净/浊的二元对立观念之下,相对于精神

---

① 庚辰本第四十一回回前总批,页601。
② 靖藏本第四十一回眉批。此条批语后半错乱太甚,此处断句乃依周汝昌《红楼梦新证》,参陈庆浩:《新编石头记脂砚斋评语辑校(增订本)》(台北:联经出版公司,1986年10月),页603。

意境的崇高优美，生理现实的存在往往被贬抑为肮脏粗鄙而不登大雅的可耻范畴；但吊诡的是，唯其确切存在，才能建立一个足以支撑生命持续存活的正常、健全而稳固的基础，而精神或心灵的范畴也才取得凭附体现的依据。因此人们固然可以对之遮掩避忌而讳莫如深，藏匿在公共领域的交往、甚至是精神自觉的意识之外，却完全不能阻止或抹煞它的存在。

一如学者所指出的，由刘姥姥与薛蟠身上表现出来的喜剧精神，主要是经由"昆虫""动物"的形象而透显[①]，这也意味着他们是最接近身体的、生理的一面；而这两人又与大观园中人有着或亲或疏的亲戚关系，如刘姥姥最初是以女婿祖先过去与王家认过亲，为攀缘王熙凤而至贾府，薛蟠更是薛宝钗正宗的同胞亲哥哥，由此一来，则两人身上潜在的原始动物性也势必与众人有关。换句话说，无论女儿是如何以水为骨肉而无比圣洁崇高，蕴含于肉躯凡胎中的种种生理需要与老朽丑化的必然过程，也都是女儿们无所逃于天地之间的宿命。大观园与外在世界藕断丝连，姑不论园中人日常的晨昏定省与用饭聚餐必须与园外往来不绝，即连遍流园内各处的沁芳溪，虽然与女儿的清新、圣洁与美丽彼此衬托辉映，而俨然有

[①] 试看刘姥姥言语中的"瘦死的骆驼比马大"（第六回）、"老刘，老刘，食量大如牛，吃一个老母猪不抬头""大火烧了毛毛虫"（第四十回），以及林黛玉对之讥喻的"如今才一牛耳"与"母蝗虫"，还有薛蟠即席所做的行酒诗中，一再以"嫁了个男人是乌龟""绣房撺出个大马猴"为说，而所唱的新曲居然是以"一个蚊子哼哼哼，两个苍蝇嗡嗡嗡"为内容的哼哼韵（第二十八回），明显有动物化的倾向。详见柯庆明：《论红楼梦的喜剧意识》，《境界的再生》（台北：幼狮出版社，1977年5月），页388—394。

青春之泉的姿态，但其源头却是由会芳园"北拐角墙下引来一股活水"（第十六回），并终究也是要流落园外，成为现实世界延伸、入侵、渗透、污染的一环①；换言之，其中绰约如仙子的妙龄少女，也依然根植于物质性的存在土壤之中，所谓："不论大观园可以在主角的心目中，如何成为一个超自然的神圣仙境的象征，但仍是座落于人间的现实，其中居住的也不是神灵，而仍是活生生与任何凡人一样的人。其心灵境界或许分享永恒无限的优美素质，它依然为有限而日趋老丑的躯体所桎梏。在喜剧人物的面对之中，悲剧人物照见了他们的一些无可逃避的'丑陋'与'限制'。"②而童元方也说："曹雪芹导演刘姥姥作这样的演出（案：指大吃大喝之后的泻肚子），是在美丽的描写之外，提醒人类动物性的生理现象，虽然粗俗，却是真实的；同时让刘姥姥把所有奢侈精美的食物通泄出来，是对虚伪浮华生活态度蓄意的讽刺。……不论就事实来说，就心智来说，读者嘲笑刘姥姥，也嘲笑自己；因为贾府的爷们、太太们、姑娘们嘲笑刘姥姥而嘲笑他们。就像刘姥姥在怡红院对镜诧异一样，读者也在镜中瞧见自己。"③

因此，即使大观园乃是作为女儿的净土而诞生，是那些对立于

---

① 第二十三回记载：宝玉兜起落花抖入水中，随波远去，"那花瓣浮在水面，飘飘荡荡，竟流出沁芳闸去了"，随后黛玉的葬花更明挑其理："撂在水里不好。你看这里的水干净，只一流出去，有人家的地方脏的臭的混倒，仍旧把花遭塌了"，清楚建构了里外对立、净浊判分的两个世界观。
② 柯庆明：《论红楼梦的喜剧意识》，《境界的再生》，页388。
③ 童元方：《论红楼梦中的丑角》，朱一冰主编：《红楼梦研究集》（台北：幼狮文化公司，1977年9月），页80。

"泥做的浊臭男人"而以水为骨肉的"仙姝"们的栖息地,《红楼梦》中也极力削减其中的物质性、肉体性层面,不但领军的林黛玉以"平素十顿饭只好吃五顿"(第三十五回)的厌食倾向,维系其袅袅如柳、弱不禁风的纤细身段,并突显其纯以意态气韵取胜①的精神风貌,即连其他女儿们也都是普遍地浅尝即止,呈现出"不过拣各人爱吃的一两点就罢了"(第四十一回)、"素日又不大吃杂东西"(第六十二回)的少食情况;然而无论如何,纵使吃得再少,食物的咀嚼依然是口齿间不可避免的油汁混拌,而提供生存养料之余的渣滓排泄,也毕竟是肠胃蠕动后无法控制的溷秽清理,大观园绝无可能祛除与吃食相结合而来的排泄污染。以至于我们可以发现,《红楼梦》一书在此事之前与此事之后,都曾经不着痕迹地触及到类似的生理排污现象:

一、在此之前,乃是第二十七回描述小红听令办事,欲回原处向王熙凤复命时,却发现王熙凤已经不见人影。在一路寻找的过程中,"见司棋从山洞里出来,站着系裙子"。此时离大观园后期司棋与表哥偷情的绣春囊事件相距尚远,山洞里的卸裙之举所为何来,不言可喻。

二、在此之后,则是身为"绛洞花主"的贾宝玉(第三十六回)也是直接就地小解。于第五十四回记载元宵夜宴喝酒唱戏之际,他中途离席回怡红院去,因怕打扰屋内闲谈说体己话的袭人和鸳鸯二

---

① 如张爱玲所言:作者"写黛玉,就连面貌也几乎纯是神情,唯一具体的是'薄面含嗔'的'薄面'二字。通身没有一点细节,只是一种姿态,一个声音。"见《红楼梦未完》,《红楼梦魇》,页22。

人,于是悄悄的出来,"宝玉便走过山石之后去站着撩衣,麝月秋纹皆站住背过脸去,口内笑说:'蹲下再解小衣,仔细风吹了肚子。'后面两个小丫头知是小解,忙先出去茶房预备去了。"

三、更后来的第七十一回,又记述鸳鸯办事后独自一人从大观园出来,刚至园门前,"偏生又要小解,因下了甬路,寻微草处,行至一湖山石后大桂树阴下来。刚转过石后,只听一阵衣衫响,吓了一惊不小。定睛一看,只见是两个人在那里,……趁月色见准一个穿红裙子梳鬅头高大丰壮身材的,是迎春房里的司棋。鸳鸯只当他和别的女孩子也在此方便,见自己来了,故意藏躲恐吓着耍。"显然园中就地小解已是各房婢女的惯常习性,既有鸳鸯之自身实例为证,亦复有同理相推的间接表示。

四、在前述各情节的参照支持下,第五十一回言及麝月要宝玉与晴雯"两个别睡,说着话儿,我出去走走回来",在此"出去站一站,把皮不冻破了"之冬夜三更,独自特地开了后门出去而不加明言的行径,目的恐怕并非为了欣赏大好月色,而应是解决内急的迫切需要。同样地,第六十三回宝玉对众人说:"我出去走走,四儿舀水去,小燕一个跟我来罢。"走至外边,因见无人,便问五儿进来怡红院的事,说毕复走进来,故意洗手。这显然是藉如厕以避开众人的障眼法。

统合这四段表面上无关紧要而琐碎含蓄的描写,可谓隐而不显地呼应姥姥解衣通泻的情节,实际上正间接暗透生命存在过程中赤身露体以及污秽脏物之必要。宽衣解带的"入厕出恭"就如同"入浴洗澡"以涤清脏污一样,是园中人隐密却无可避免的日常活动①，因为它们是维持生命运作、提供生命活动不可或缺的条件与产物，却在文化的百般矫饰与刻意忽略之下，横遭贬抑而成为人人避谈的忌讳；唯独在狂欢化的世界中，它们再度从禁忌的土壤中浮现出来，明白展示其自由活力的生命实质，于是刘姥姥闯入大观园所激发的种种秽物意象，也符合巴赫金"狂欢话语"的理论意义。巴赫金认为：在文学的"狂欢话语"中，不仅只是小丑插科打诨、戏拟作笑的场域而已，在狂欢节庆中，除了粗鄙、污秽的话语，赤身裸体也一扫罪恶的阴影，成为自由活力的正面形象。②同时，

> 脏物和污秽总是伴随着笑骂和粗话，而且是狂欢节广场话语的重要形象。巴赫金认为这与农业文化一脉相承。粪尿总是意味着肥沃的土地，与之紧密相连的，是再生、丰产与生机勃勃的生命形象。高康大的尿孕育了法国和意大利全部的矿泉。脏物和污秽的粪尿形象是暧昧和双重的，"它们制造下贱，制造毁灭，同时又孕育新生，再创生命。它们既是祝福，又是羞辱。死亡，死的悸动与生的颤抖，生命的诞生紧密相连。同时，这些形象又总是同笑话连在一起。"排泄与污秽，毁灭

---

① 如第三十回述及袭人"晚间洗澡时脱了衣服"；第三十六回提及众人吃毕西瓜的午后，林黛玉回至园中便"立刻要洗澡"；而宝玉的洗浴更为常见，第二十四回记载其晚上"回至园内，换了衣服，正要洗澡"，第三十一回则提及袭人麝月都洗过了澡，晴雯也要洗澡去，宝玉遂提议"拿了水咱们两个洗"，却牵扯出碧痕打发宝玉洗澡"足有两三个时辰"的奇事。

② 见 *Rabelais and His World*, p.19。中文解释参见刘康：《对话的喧声：巴赫金文化理论述评》，页 287。

与羞辱，这些与粪尿几乎"同构"的文化联想往往忽视了其自然生态环境中的重要链节，即与肥沃、丰产、再生、创造不可分割的关系。狂欢节上的笑骂则将这种自然的生态链重新恢复。……因此，巴赫金把"肉体的低下部位"和"肉体的物质性原则"提得很高，提到了狂欢节的文化审美的核心位置。[①]

由此也可以说，来自乡村、务农为业，且以田地里丰收的瓜果菜蔬前来道谢的刘姥姥，恰恰体现了狂欢诗学中将上下倒错的"卑贱化"精神，亦即"将一切高贵的、精神的、理想的、抽象的东西降低，它是一个向物质性水平的转移，其目标是土地和肉体，及两者不可分割的统一"[②]。简言之，就其意识形态寓言性来说，"卑贱化"是一个颠倒身体上下位置的过程，在文明中受到贱视驱避的粪尿被提升为肥沃土地、强旺生命的丰产来源，因此反而成为正面突显的对象。这是由于"狂欢节赞美的是生命力，是生命的创造和消亡，诅咒的是一切妨碍生命力的僵化、保守力量。狂欢节中出现了'上下倒错'和'卑贱化'的倾向。所谓上下倒错，指的是人体的上下部分的错位，即主宰精神、意志、灵魂的'上部'（头颅、脸孔等）和主宰生殖、排泄的'下部'（生殖器、肛门等）的错位。……'卑贱化'倾向同样如此，指的是对身体关怀从头脑和心脏（精神和情

---

① 刘康：《对话的喧声：巴赫金文化理论述评》，页284—285。
② *Rabelais and His World*, p.19. 参刘康：《对话的喧声：巴赫金文化理论述评》，页269、页290。

感的主宰）降低到'肉体的低下部位'。"①而既然在民俗研究的象征符号中，粪溺排泄物一向被用来戳穿那些心高气傲、晓晓招摇的假面具②，则"物质——肉体下部形象"被提升为生命图像的中心，所展现的便是一种感性对理性、具体对抽象、存在对思想、物质对精神的抗拒。

刘姥姥深入荣国府最为隐密幽闭的园林内部，参与并主导当时欢乐庆典的核心，实为一种"边缘中心化"的奇特位移；而其种种言语行径，展现出一种冲击甚至解构了大观园中理想化、崇高化的精神性倾向，也可以说是一种"反升华"的作用力。刘姥姥是生命力顽强的，因此在她身上，维持生命的吃食与排泄等生理活动也显得越发旺盛；刘姥姥是务实的，因此她再如何的机智活跃，也充满了"花儿落了结个大倭瓜"的物质倾向，于是我们从大观园中的刘姥姥身上看到"吞食"这种最古老原始的存在状态，看到生理欲望的过分饱满，以及身体的无限性。在她貌似委屈配合实则引领主导的力量之下，大观园成了一个"倒了个儿的世界"（the world turned upside down），其中充盈着大众文化中对肉体感官欲望的正面肯定和赞美，所有活动都是与人的身体的扩张联系在一起，以释放生命的能量，而猛吃海喝（heavy consumption）作为狂欢节中的重要内涵③，更是鲜明展现。但也正是在一点上，追求形而上精神升华的

---

① 刘康：《对话的喧声：巴赫金文化理论述评》，页268—269。
② 陈长房：《〈美者尚未诞生〉：爱尔玛的丑陋视境》，页45—46。
③ 参考赵勇：《民间话语的开掘与放大———论巴赫金的狂欢化理论》，《外国文学研究》，2002年第4期，页4。

园中人对食物／秽物的斥弃心理，便集中在刘姥姥身上透显出来。

事实上，无论园中人是否自觉地意识到刘姥姥所引发的颠覆与倒错，一般而言，潜意识的自我"为了建立一个合于自己想象的，干净合宜的身体疆域，主体会将身体所排出的废物都斥弃在疆界的另一端；换句话说，排除废物虽是身体机能正常运作、主体存活的关键，但主体会将这些废物，甚可说是，秽物，视为与'我'无关，亦即身体疆界的一边是'我'，另一边，外边，是废／秽物。"[1]在法国精神分析学者克莉丝蒂娃（Julia Kristeva, 1941— ）的"斥弃论"（abjection）阐述之下，"斥弃"意味着种种因身体无能超越食物、秽物或性别差异，所引起的强烈拒斥、嫌恶的反应，因为超我皆有其卑贱物，"使人卑贱的并不是清洁或健康的缺乏，而是那些搅混身份、干扰体系、破坏秩序的东西。是那些不遵守边界、位置和规则的东西"[2]；而"食物厌憎"是斥弃表现最基本最古老的形式，就"食物厌憎"这一部分而言，即使对范围远较大观园为广的整个贾府上层阶级，"饮食"也早已从果腹填肚的纯生理需要升华为一种排场展示兼艺术品味的层次，茄鲞、莲叶羹之制作繁复与滋味芳美即足为其证；在多样、量丰而质精的原则下往往残余过

---

[1] Julia Kristeva, *Power of Horror: An Essay on Abjection.* Trans. Leon S. Roudiez. New York: Columbia UP, 1982. 引自黄宗慧：《入土谁安？：论〈尤利西斯〉〈阴间〉一章中的尸体、葬仪与哀悼》，《台大文史哲学报》第 56 期（2002 年 5 月），页 7。

[2] [法] 克莉丝蒂娃（Julia kristeva）著，张新木译：《恐怖的权力：论卑贱》（*Pouvoirs de L'horreur: Essai sur L'abjection*）（北京：生活·读书·新知三联书店，2001 年 3 月），页 6，其详细论述另参页 97—146。

剩，成为打赏晚辈或下人的额外恩赐。连最具世俗性与物质倾向的王熙凤，平日用餐时都是"桌上碗盘森列，仍是满满的鱼肉在内，不过略动了几样"（第六回），因而在看了王熙凤、李纨、鸳鸯三人的用餐情形后，刘姥姥所抒发的感想是："我看你们这些人都只吃这一点儿就完了，亏你们也不饿。怪只道风儿都吹的倒。"（第四十回）则大观园中诸少女更当不食烟火。

此所以"不过拣各人爱吃的一两点就罢了"的青春女儿，对"他和板儿每样吃了些，就去了半盘子"的刘姥姥既笑且嘲；主张"一杯为品，二杯即是解渴的蠢物，三杯便是饮牛饮骡"的妙玉更是厌弃有加，只为刘姥姥借饮之茶杯沾染唇间唾液，即嫌脏不要而宁愿丢弃，则在其标准下，一路海喝纵饮的刘姥姥之为"饮牛饮骡"自是无庸置疑。而"驴"在狂欢诗学中，本即是物质—肉体下部最古老、最富生命力的象征之一①，与之近亲的"骡"既属同一血脉而生，毋怪乎连带成为斥弃之贬喻。至于那"平素十顿饭只好吃五顿"的林黛玉，事后最是露骨深表嫌恶之情，先直接从严格的血缘意义否定彼此的亲戚关系，而拒斥道："他是那一门子的姥姥"，甚至进一步明确地将刘姥姥从"人"降级为"昆虫"，而贬抑道："直叫他是个'母蝗虫'就是了"，以致由动物与人的不同类属彻底断绝双方的同类关系。

探究黛玉与妙玉诸人以动物贬低刘姥姥的心态，乃如克莉丝

---

① 参[俄]巴赫金著，李兆林等译：《巴赫金全集》，第6卷《弗朗索瓦·拉伯雷的创作与中世纪和文艺复兴时期的民间文化》，页91。

蒂娃所指出:"在划定自我疆界时,人当然是把其他非人的动物划归到疆界另一边去的,而当人类发现他们不可避免地会在某些时候偏离到归为动物那边的领域去之时,他们会产生斥弃的现象,以摒除动物的世界或人亦是动物这说法所带来的威胁,例如像性和凶杀这类的事情常被与'兽性'作联结,也是一种斥弃作用使然(1982:13),借此确立'人类其实和动物大不同'这样的信念。"①而林黛玉与妙玉屡次讥嘲刘姥姥的"饮牛饮骡"与"母蝗虫"等取资于动物的譬喻,正是在划定自我疆界、建立洁净身体的心理作用下,对食物／秽物之不堪斥弃的体证。

另一方面,由于曹雪芹对刘姥姥与薛蟠这类喜剧人物的描写,主要偏重于形而下的动物、人体、饮食等生物官能现象,以将生存所奠基的形躯层次铺陈展演出来,而刘姥姥种种"瞠舌咂嘴""浑身发痒""失脚跌跤""花插满头""猛吃海喝""腹内乱响""扎手舞脚""酒屁臭气"的造型,也触及了"怪诞"艺术的表现范畴与审美心理。"怪诞"形象也会一方面使人诧怪发笑,但另一方面又同时潜在地引起厌憎反应。

"怪诞"作为西方的一种艺术手法,至少在罗马文化的基督教阶段初期就已经存在了,在15世纪末所发现的这种罗马装饰图案中,人们把人、动物、植物各种成分精巧地交织、组合在一起,随后乃逐渐发展成一种综合性的绘画风格。对巴赫金而言,这种怪诞

---

① 引自黄宗慧:《入土谁安?:论〈尤利西斯〉〈阴间〉一章中的尸体、葬仪与哀悼》,页8。

风格大胆打破了生命的界限与习见的静止感,因为这些形体互相转化、仿佛彼此产生,展现出异类存在之间流动生发的变换过程,以至于"运动不再是现成的、稳定的世界上植物和动物的现成的形式的运动,而变成了存在本身的内在运动,这种运动表现了在存在的永远非现成性中一种形式向另一种形式的转化",体现一种快活的、随心所欲的异常自由。① 但另一方面,菲利浦·汤姆森(Philip Thomson 1941—)则指出,表现在日常生活与其他视觉形象上,"怪诞"所蕴含的实际内容,不仅只是浮夸式的科诨或荒唐可笑的胡侃,在许多实例中,与荒唐可笑共存的还有一种怪异、厌恶或恐怖的心理,所谓:"某些怪诞使我们发笑同时又含有相反的情感反应——如厌恶、恐惧,等等——这混合反应都是由肉体上的那种痛苦、反常、肮脏等情景激起的",因而"怪诞至少是与人体上的反常有着一种非常紧密的关系"。②

从刘姥姥身上,即隐隐浮现了人与动物、昆虫的综合体,而通向一种人体的反常造型,不但书中所涉及的形容词本身即足以引发动物形体的想象,甚至还直接与刘姥姥有关的种种动物譬喻相对应,形成极具一致性的范畴连结。诸如"猛吃"之于母蝗虫(即林黛玉所谓的"携蝗大嚼")、"海喝"之于饮牛饮骡、"瘪舌咂嘴"之于老母猪、"浑身发痒"之于毛毛虫、"扎手舞脚"之于仰倒的昆虫,以及刘姥姥吃酒之后闻乐起舞,被贾宝玉与林黛玉所讥嘲的样态:

---

① 参[俄]巴赫金著,李兆林等译:《巴赫金全集》,第6卷《弗朗索瓦·拉伯雷的创作与中世纪和文艺复兴时期的民间文化》,页38。

② [英]菲利浦·汤姆森著,孙乃修译:《论怪诞》,页12。

"当日圣乐一奏,百兽率舞,如今才一牛耳。"(第四十一回)各种动物成分一再地组构、交织,彼此反覆皴染、互相叠映,而在刘姥姥的人形上汇融出一种反常的"怪诞"形象。其中所存在着的一种不和谐(Disharmony)原则,既反映了滑稽中的粗陋类型,也表现出"一种本质上矛盾的东西,是对立面的一种激烈的冲突,因此,至少就它的某些表现形式而言,也可以把它看作对人类生存本身那种困境所作的恰如其分的表述。"① 就此来说,以林黛玉为首的园中人之所以对刘姥姥兼有憎厌嫌恶的情绪表露,归根究底,除了对食物／秽物之不堪斥弃,对怪诞之粗陋不和谐的反感之外,潜意识中还蕴含一种人类生存本身对立冲突之困境的痛苦与恐惧:

孟子早已指出"人之所以异于禽兽者几希"②,人类存在中的动物性根本就是生命的本质;而原来升华／沉沦、精神／物质、灵魂／躯体、崇高／卑贱、优美／拙丑乃是矛盾辩证的统一,是互相定义的补衬关系,贬低物质存在势必会相应造成生命的反作用力,导致灵魂与躯体的拉扯甚至不可避免的更深的沉沦。同时吊诡的是,在狂欢诗学中成为世界新图景之相对中心的肉体—物质基础,以及具备暧昧性和双重性的脏物和污秽的粪尿形象,它们虽然制造下贱,制造毁灭,同时却又孕育新生,再创生命;它们既是羞辱,又是祝福,从而蕴蓄了原始文化或神话思维中有关丰产的"污泥生

---

① [英]菲利浦·汤姆森著,孙乃修译:《论怪诞》,页 14。
② 《孟子·离娄篇》,《孟子注疏》(台北:艺文印书馆,十三经注疏本,1982年8月),卷8,页145。

殖"(Sumpfzeugung)的意义。① 更有甚者,从精神分析的角度来看,污秽是从社会理性和逻辑秩序所构成的"象征系统"中逃逸出来的东西,尤其粪便与经血一样都属于母性和(或)女性,而母性便是它们的真正载体②,则刘姥姥醉卧怡红院之被视为"母体复归"思想的表现,还可以更进一步地说,其中的母性意义与其所连结的粪溺污物及酒屁臭气是分不开的。如此一来,否定向土地深入的生命渴望,同时也必斫丧飞升的力量;压缩形体的存在空间,则灵魂又将何处安栖?这样的疑惑既无从解答,也势必形成自我否决的困境,一旦驱逐体液、秽物、粪溺这些生命的实质,结果是连主体本身也会遭到生命的驱逐。这就产生出路难求的徒劳挣扎与恐惧无望。

也正是因为此故,"虽然在克莉丝蒂娃的理论中,从斥弃原初母亲以成立自我的阶段开始,斥弃作用就是划定自我疆域必然涉及的过程,但克莉丝蒂娃并非主张主体因此应当靠着不断斥弃来维持自己关于干净合宜的身体之想象,她最终的主张反而是要主体明了斥弃之'不可能'确立一个疆界稳固的主体,而我们每个人的自我之内,其实都有个驱逐不尽的陌生人。"③ 借此脱离单以斥弃作用建

---

① 所谓:"这和许多民族的神话所描述的丰产女神是一样的,它或是与巴霍芬所说的'污泥生殖'有关,或是和柏拉图所说的:'在多产和生殖中,并不是妇女为土地树立了榜样,而是土地为妇女树立了榜样'的丰产巫术有关。"参朱狄:《原始文化研究》(上海:上海三联书店,1988年),页287。
② [法]克莉丝蒂娃著,张新木译:《恐怖的权力:论卑贱》,页103。
③ 相关概念的讨论主要见于 *Power of Horror: An Essay on Abjection*,亦可见于 *Strangers to Our-selves* (New York: Columbia UP, 1911) 一书。参黄宗慧:《入土谁安?:论〈尤利西斯〉〈阴间〉一章中的尸体、葬仪与哀悼》,页8,作者原注。

构自我时所不可能避免的困境,然而这又是园中人似乎尚未悟入的道理。试比较第四十九回的一段情节:芦雪庵诗社活动开始前,史湘云与贾宝玉要来生鹿肉自己烧着吃,仿佛野炊般一地火炉铁叉,群聚围凑的众人皆卷袖攘臂赤手取食,宝琴不免辞让道:"怪脏的。"而黛玉更是讥嘲大嚼烧肉的一群人,道:"那里找这一群花子去!罢了,罢了,今日芦雪庵遭劫,生生被云丫头作践了。我为芦雪庵一大哭!"所谓的"芦雪庵遭劫"恰恰与"怡红院劫遇母蝗虫"共一"劫"字,其出于正统、精英、精神的洁净立场如出一辙,以致领头又顽又吃的史湘云遂冷笑反击道:"你知道什么!'是真名士自风流',你们都是假清高,最可厌的。我们这会子腥膻大吃大嚼,回来却是锦心绣口。"细察其中之参与者,除宝玉之外,包括湘云、平儿、凤姐、宝琴等四人皆是作客大观园的外来者,园中女儿则仅见探春一人;而探春之为人,恰恰正是大观园中最为平衡健全、最不偏废现实世界的一位少女①,不久后的治理大观园,更展现出她性格中务实的、与世界接轨的一面,因此介入腥膻不忌的吃

---

① 如第四十回记述刘姥姥一行人到秋爽斋时,贾母即笑向薛姨妈道:"咱们走罢。他们姊妹们都不大喜欢人来坐着,怕脏了屋子。咱们别没眼色,正经坐一会子船喝酒去。"说着大家起身便走。而探春则笑着挽留说:"这是那里的话,求着老太太姨太太来坐坐还不能呢。"由此贾母即明言指出探春与其他人的差异:"我的这三丫头却好,只有两个玉儿可恶。回来吃醉了,咱们偏往他们屋里闹去。"而接下来果然就发生刘姥姥醉卧怡红院之情事,岂非一语成谶?其中之反讽意味更为浓厚。贾母所谓"我的这三丫头却好",即清楚揭示探春性格中和光同尘的宽宏健全,此所以她所爱者乃是"朴而不俗、直而不拙"的品味(第二十七回)。

嚼行列，便具备顺理成章的性格基础。相对之下，黛玉的嘲讽依然是基于对"搅混身份、干扰体系、破坏秩序"之食物厌憎的宣示，此一斥弃心理的宣示被史湘云反唇相讥为"假清高"，便有如另一场狂欢诗学具体而微的体现。

因此可以说，刘姥姥的出现即是园中人自我之内的那个"驱逐不尽的陌生人"的巨大显形，是园中生活被压抑、被忽视、被升华，但又真实确切、根深柢固的那一面的堂堂揭露。而在与刘姥姥互动的过程中，一方面彰示了园中人身为"水做的骨肉"，为追求干净合宜之身体想象所引发的斥弃心理，一方面更显豁"干净合宜"之身体毕竟只是想象中的虚影，而逼使园中人面对斥弃作用终究徒劳无功的深沉恐惧；这种恐惧即变形为贱视刘姥姥的精神胜利。虽然精神胜利只是一种软弱无力的顽抗，但刘姥姥的短暂盘桓很快就解除了生存实质进逼眼前的紧张与威胁，大家依然可以在刘姥姥离去之后回复常态，刻意对物质—肉体下部成分漠视不见，继续生活在艺术话语所编织的美丽脆弱里。

只是，妙玉那"欲洁何曾洁，云空未必空"的矛盾纠葛，以及"终陷淖泥中"的坠落命运，又何尝不是园中诸人的共同写照？林黛玉所朗朗声言"质本洁来还洁去，强于污淖陷渠沟"（第二十七回《葬花吟》）的执念，实际上也只有提前死亡方能够成就。则由刘姥姥所牵引出的生命／死亡、驱逐／反驱逐的拉锯辩证，无疑正是提醒园中人的一记警钟，虽然钟声终究翳入天听，只足以拯救年纪最为幼小的巧姐。

第六节 结　语

孙逊曾指出曹雪芹以三个视点审度人生，而各自有其对应的角色，分别是：

> 空——终极关怀——一僧一道——忘情者，梦醒者——对世界清醒认识的灭情观，立足于宗教哲学的形而上角度
>
> 情——中间关怀——宝、黛——钟情者，梦迷者——陷溺于情感执着的唯情观，彻底投入对生命理想的痴迷追求
>
> 色——基础关怀——刘姥姥——不及情者，从不作梦者——实用的物质的功利观，来自现实生活的形而下直观①

这三个视点并现于刘姥姥宴游大观园之际，彼此交会并发生剧烈的磨合甚至冲突，妙玉之"空"、宝黛等之"情"——与刘姥姥之"色"遭遇，激荡出有颉颃、有对立，却也有映照互渗的复杂关系，而这就通往狂欢诗学的精髓，所谓："狂欢是在'神圣与粗俗''崇高与卑下''伟大与渺小''明智与愚蠢'等等社会传统的价值体系中，把处于正负两极位置的分类及价值的对立项'接近起

---

① 孙逊：《红楼梦探究》（台北：大安出版社，1991年11月），页31—55。

来，团结起来，定下婚约，结成一体'。……狂欢式场景中，人自身中就包含结合着生成的两极、对照法的两项内容。例如诞生与死亡、年轻与衰老、崇上与卑下、脸部与臀部、称赞与漫骂、肯定与否定、悲剧性与喜剧性等。依照扑克牌的图案原理，上面一项被映像到下面一项。换句话说，即'对立的两项互相碰面，互相注视，互相映入（眼中），互相认识理解'。"①证诸上文的论述，可见狂欢诗学对民间力量、大众文化、物质原则、肉体世界的提升与肯定，而在刘姥姥进入荣国府／大观园的种种描述中，特别是聚焦于刘姥姥与巧姐儿的关系上，也确然揭示出狂欢精神中积极正面的创造力量，"色"的范畴隐隐然有凌驾于"情"甚至"空"之势，在这场遭遇战中取得醒目的成果——喜剧与救赎。

而鲁迅曾对悲剧和喜剧下过定义："悲剧将人生的有价值的东西毁灭给人看，喜剧将那无价值的撕破给人看。讥讽又不过是喜剧的变简的一支流。"②从表层上看，刘姥姥的存在是喜剧的、讥讽的，在揭发上流社会之虚矫部分（如史湘云所说的"假清高"）颇有"将那无价值的撕破给人看"的意味，因此处处展示其"物质—肉体下部形象"的现实存在面向，并彰显其作为生命之基础乃足以自救渡人的顽强韧性。只是人生中有价值的东西与无价值的东西之间并没有绝对的判分标准，如果站在《红楼梦》中贯穿全局的幻灭

---

① 引自［日］北冈诚司著，魏炫译：《巴赫金》，页286—287。
② 鲁迅：《再论雷峰塔的倒掉》，《鲁迅全集》（北京：人民文学出版社，1991年5月），第1卷，页192—193。

哲学的角度而言，现实的、物质的世界对精神的、审美的世界的侵吞，也正构成了全书悲剧的核心，迎春出嫁后惨遭磨折，以致短短一年即薄命消殒的情况自不待言；司棋在大观园中私会偷情而遗落绣春囊的事件，亦不失其敲响失乐园之挽歌的意义。反过来说，"可惜这么个人竟俗了"（第四十八回）的香菱，不也是在大观园的庇护之下才能暂时洗脱现实世界的庸扰腥浊，而透过诗歌这种艺术话语激发内在久遭抑制的性灵，呼吸到生命的清新空气？乃至"家里累的很，……做活做到三更天"而受尽"从小儿没爹娘的苦"（第三十二回）的史湘云，不也殷殷盼望到大观园小住的日子，特别叮咛宝玉要记得时常提醒贾母派人来接，而一旦离开便缱绻难舍、眼泪汪汪（第三十六回）？林黛玉所谓"你看这里的水干净，只一流出去，有人家的地方脏的臭的混倒，仍旧把花遭塌了"（第二十三回），正直指《红楼梦》作为一阕哀惋女性不幸之悲怆交响曲的关键所在，即是园外／物质—肉体下部世界对园内／精神—头脑上部世界的淹没。则巧姐儿在刘姥姥的救赎之下，成为荒村野店中亲自纺绩维生而辛苦持家的民妇（见第五回人物图谶），比起流落烟花巷而言固当视之为一种拯救，但对照大观园之于香菱乃至所有女儿们的价值而言，其"新生"的意义恐怕也是相对而非绝对。

　　因此或许应该说，狂欢诗学的宗旨并非一味赞扬民间文化而导致另一个极端的偏执，而是彰显出生命图景中被刻意忽视的另一面视野，提醒我们面对人生与人类文化时的另一种价值观，以汲取存在本身的原始力量来裂解精英文化与艺术话语之严肃封闭，避免其在陈规套式中不断因循蹈袭、自我重复而导致空洞僵化、虚有其表的危机;并在彼此调节、互相权衡的动态过程中,激发出具有更多可能的开放性与再生力。而刘姥姥作为一位担负救赎任务的母神,即是以有别于贾母作为高高在上的命运之神的性质与型态,由"污泥生殖"的特殊范畴展演出丰产女神的另一种救世力量,双方从不同方向联手完成《红楼梦》中人间世界的母神崇拜系统,而贾母对刘姥姥超乎寻常的欢迎喜爱,以及对刘姥姥种种粗俗行径的纵容鼓励,既显示其了解并欣赏各种人情世态的智慧与胸襟,也无形地表现出对这种来自民间粗鄙却顽强之生命力的肯定。事实上,即使在大观园行酒令时所出现的杂语现象主要是由刘姥姥出自农家本色的民间土话所构成,但此外贾母也曾以一句"这鬼抱住钟馗腿"的俗白话语而有所预力,益发证明了她了解这种不同,又肯定这种不同,遂尔更汇集出足以涵括生命整体的健全力量。作者设计刘姥姥此一人物与相关情节的种种安排,其意义亦于焉可见。

多元共存并生、复调混声合唱,理解道德的浑沌、存在的复杂而拒绝将单一价值绝对化,这样的态度也恰恰可以响应曹雪芹"假作真时真亦假""你方唱罢我登场"的二元补衬思维模式[①],而比较

[①] 浦安迪在谈到《红楼梦》中的寓意(allegory)时,指出"二元补衬"的概念,谓:"曹雪芹将'真假'概念插入情节——通过刻画甄、贾二氏及'真假'宝玉,通过整个写实的姿态——而扩大读者的视野,使其看到真与假是人生经验中互相补充、并非辩证对抗的两个方面。'太虚幻境'的坊联'假作真时真亦假,无为有处有还无',毋宁说是含蕴着这一意思的;而《好了歌注解》中'你方唱罢我登场'一句,更可以说暗示着二元取代的关系。这样解释,似乎才符合赖以精心结撰全书的补衬手法。"参[美]浦安迪:《中国叙事学》(北京:北京大学出版社,1996年3月),页95、页160。(转下页)

完满地体认到空、情、色这三个层次并非对立互斥的孤立范畴，而是彼此依赖、互相转化的有机结构，所谓"因空见色，由色生情，传情入色，自色悟空"（第一回）、"'阴''阳'两个字还只是一字，阳尽了就成阴，阴尽了就成阳"（第三十一回），皆是源出此理之不同演绎。由此，始足以全幅焕发存在的深刻与丰满，并成就一种无限包容的伟大。

（接上页）同理，与真／假、有／无、生／死、冷／热的对照一样，情／色、精神／物质、精英文化／大众文化、艺术话语／生活话语、理性诗学／狂欢诗学等关系，亦应作如是观。

第八章
《红楼梦》中的"红杏"与"红梅"——李纨论

第一节 立体分析的意义

对小说中人物的立体化研究,指的是在合乎情理的情况下,以人物构组于情节中的言行举止为依据,透过前后不同的差异与对比,而显现一种来自成长的人格发展或心灵变化;有时也可以是透过同时并存于一身的矛盾不一,来呈示人物性格中丰富乃至纠葛的多元构成关系。不过,有些学者虽然也用"内在矛盾"或"性格冲突"来解释《红楼梦》中的人物[①],然而观察分析的结果,却依然停留在传统"脸谱式"二分法的框架里,人物依然不能免于已然的善恶是非的评价论断,因此所谓的"内在矛盾"或"性格冲突",其真正的意义往往只是"表里不一"的同义语,甚至以之作为将人物定罪的口实。这种挖掘人物言行之表里不一的做法,与真正的立体化研究并不能完全等同,有时甚至是绝然迥异的;而这样将"表里不

---

① 如吕启祥:《人物的内在矛盾和作品的审美价值》,《红楼梦会心录》(台北:贯雅出版社,1992年4月),页117—135。

一"赋加价值论断所分析出来的人物形象,稍一不慎,与小说理论中展现立体化的圆形人物也是迥不相侔的,最关键的差别在于:前者主要是停留于"知其然"的现象层次,而后者却将重点放在"知其所以然"的理论分析。

著名的小说家弗斯特(Edward Morgan Forster, 1879—1970)在分析小说艺术时,曾依照小说人物在小说情节发展过程中之表现,而将之分类为"扁平人物"(flat character)、"圆形人物"(round character)两种形态,前者意指:"在最纯粹的形式中,他们依循着一个单纯的理念或性质而被创造出来。"① 因此他们总是只代表一种观念或功能,在整个故事中只表现出公式化的言行,仿佛在他们身上牢牢挂着"理智""傲慢""情感""偏见"等固定的标帜,给我们的主要印象可以用一句话完全描绘,从而也易于辨认、易为读者所记忆②;而后者便有所不同,所有属于"三度空间"的圆形人物都可以随时延伸,不为书本的篇幅内容以及单一的观念标帜所限,可以活跃于小说的每一页,而不受限制的延伸或隐藏,这就是为什么这些人物显得自然逼真的原因。

弗斯特并且提出如何区分两种人物类型的方法,认为:"要检验一个圆形人物,只要看看他是否能以令人信服的方式给人以新奇之感。如果他无法给人新奇感,他就是扁平人物;如果他无法令人信服,他只是扁平人物伪装的圆形人物。圆形人物的生命深不可

---

① [英]弗斯特著,李文彬译:《小说面面观》(台北:志文出版社,1995年12月),页92。

② [英]弗斯特著,李文彬译:《小说面面观》,页102—103。

测——他活在书本的字里行间。"① 很显然,"以令人信服的方式给人以新奇之感"乃是人物立体分析的准则,这意味着圆形人物的立体化表现,一方面必须合乎人性的存在逻辑,其性格表现才能达到"令人信服"的要求;同时它还必须给人"新奇之感",也就是打开读者观照的视野,让人认识到人性的不同面貌与崭新意义。因此,圆形人物的立体表现绝不是表里不一的矛盾或虚假,而人物的立体分析更不是施加道德评价的场域。

事实上,身为《红楼梦》之最早读者、甚至是创作之参与者的脂砚斋,早已经透过尤氏这个次要人物指出:

> 尤氏亦可谓有才矣。论有德比阿凤高十倍,惜乎不能谏夫治家,所谓人各有当也。此方是至理至情。最恨近之野史中,恶则无往不恶,美则无一不美,何不近情理之如是耶!②

另外,对薛宝钗和袭人这两位重要人物的性格特质,脂砚斋也以同样的态度指出:

> 若一味浑厚大量涵养,则有何令人怜爱护惜哉!然后知宝钗、袭人等行为,并非一味蠢拙古版,以女夫子自居。当绣幙灯前,绿窗月下,亦颇有或调或妒,轻俏艳丽等说。不过一时

---

① [英]弗斯特著,李文彬译:《小说面面观》,页104。
② 庚辰本第四十三回批语,页614。

取乐买笑耳,非切切一味妒才嫉贤也,是以高诸人百倍。①

可见,脂砚斋认为《红楼梦》中人物的可贵与高妙,乃系诸"人各有当"的"至理至情",以及超越了野史中"恶则无往不恶,美则无一不美"的程序化俗套,而能破除所谓"一味浑厚大量涵养""一味蠢拙古版"或"一味妒才嫉贤"的刻板手法,将诸语中由"一味"一词所寓涵的扁平性质加以消解,从而恢复人性之构成与发展中具有众多可能的丰富蕴涵,这才是伟大的小说近乎情理而"高诸人百倍"的真正原因。

上述两家的说法中,弗斯特揭橥的是一般性理论,也就是从众多作品中探测到衡诸四海而皆通的分析标准;脂砚斋的评语则属于特定的阅读心得,是针对《红楼梦》一书之创作手法所做的剖示。两者出于一中一西、一古一今却异口同声,显然我们不宜再对《红楼梦》的人物分析采取扁平式、脸谱式的诠释视角;何况以之检证于曹雪芹的手笔后,我们已经可以肯定地指出,至少林黛玉与李纨都是真正的立体人物,只是林黛玉的立体化是透过前后不同的差异与对比,而显现一种来自成长的人格发展或心灵变化②;李纨的立体化则偏向于经由同时并存一身的表里不一,来呈示人物性格中丰富乃至纠葛的多元构成关系,此点可以证诸下文。但这里应该要了解的是,在小说情节的发展过程中,无论是扁平人物或立体人物

---

① 庚辰本第二十回批语,页 396—397。
② 详参欧丽娟:《林黛玉立体论——"变/正""我/群"的性格转化》,《汉学研究》第 20 卷第 1 期(2002 年 6 月),页 221—252。

都需要一个特定而清晰的形象，否则就会导致面貌轮廓的模糊支离与叙事结构的破碎混乱，从而使整部作品最基本的叙事功能面临瓦解。正如荷兰学者米克·巴尔（Mieke Bal）从叙事学的角度，对人物建构的方式所指出的：

> 当人物首次出现时，我们对其所知不多。包含在第一次描述中的特征并未完全被读者"攫住"。在叙述过程中，相关的特性以不同的方式经常重复，因而表现得越来越清晰。这样，重复就是人物形象建构的重要原则。……这一特征也反复不断地出现于叙事本文的其他部分。除重复外，资料的积累也在形象的构造过程中起著作用。特征的累积（accumulation）产生零散的事实的聚合，它们相互补充，然后形成一个整体：人物形象。……此外，与其他人的关系也确定着人物的形象。……这些关系可以分为相似（similarities）与对照（contrasts）。最后，人物是会变化的。人物所经受的变化或转变，有时会改变人物的整体结构。……（总而言之）重复、累积、与其他人物的关系，以及转变，是共同作用以构造人物形象的四条不同原则。①

其中经由"重复"与"累积"的方式，以及"与其他人物关系"的一致性（即所谓"相似"）部分所建构的，正是人物的特征与整体

---

① ［荷］米克·巴尔（Mieke Bal）著，谭君强译，万千校：《叙述学：叙事理论导论》（北京：中国社会科学出版社，1995年11月），页96。

形象。如果小说家笔下仅止于这个层次的话，所得到的成果便是如标签般固定的扁平人物；唯有另外再加上"与其他人物关系"的多样化（即所谓"对照"）以及"转变"的差异性，才能塑造出辩证发展式的立体人物。有鉴于此，我们一方面透过书中人物特征之重复、累积，以呈现李纨一般的刻板形象；另一方面则借助"与其他人物关系"的多样化以及"转变"的差异性，来挖掘李纨立体形象的纵深之处，由此乃完整探测出曹雪芹塑造李纨这位人物的全貌。

至于为何要将立体分析应用到李纨这位一般红学家在研究《红楼梦》时最容易忽视的次要人物[1]身上，一则是我们掌握了充分的资料与足够的诠释，足以将之立体呈现；再来则是因为在《红楼梦》这部以彰显女性价值为宗旨，因而超越、乃至颠覆父权传统的世情小说中，出于对"半世亲睹亲闻的这几个女子"的赞叹与怀念，以致产生"闺阁中本自历历有人，万不可一并使其泯灭"的创作焦虑，从而在"使闺阁昭传"（第一回）的存证目的之下，环绕着"金陵十二钗"的一场红楼大梦便于焉诞生。而其中，李纨以配角之姿出现，又是传统妇德价值观的具现者与维系者，如果从她身上都可以挖掘出复杂辩证的人格情态，则众位金钗人性构成的深不可测也就不言可喻。因此由李纨的立体化探析，正可以导向对《红楼梦》人物的不同视野。

---

[1] 如谓："谈《红楼梦》，我们尽可撇开李纨、巧姐等。"俞平伯：《〈红楼梦〉中关于"十二钗"的描写》，《俞平伯论红楼梦》（上海：上海古籍出版社，1988年3月），页991。

第二节 老梅：竹篱茅舍自甘心的旁观与陷落

　　如前一节所见，为了完成人物的基本特征与大体轮廓，并带来在小说情节发展中的可预测性，因此作者必须以重复、累积，以及与其他人物关系的一致性，来作为人物的基本建构原则。如此一来，某些特定的材料便是不可或缺的，所谓："在一定的材料基础上，人物多少是可以预测的。这些材料确定着他或她。首先，在读者熟悉的范围内，这些材料涉及到与非文本状况相关的信息。我们将把个人信息所涉及到的那部分现实作为一个参照系，这个参照系对于每个读者，或者读者与作者从不是完全一样的。这里的参照系指的是可以一定的稳定性而被看作具有社会公有特点的那部分信息。"[①]就此以观曹雪芹在《红楼梦》中使用了哪些特定的材料基础，又如何以一定的稳定性和具有社会公有特点的个人信息，去设定读者据以了解或预测李纨这位人物的参照系，以下我们可以逐步一一涉及。

　　先就命名策略而言，不但小说理论家已然从创作的一般层面指出："当人物被赋予名字时，这就不仅确定其性别（作为一条规则），而且还有其社会地位、籍贯，以及其他更多的东西。名字也可以是有目的的（motivated），可以与人物的某些特征发生联系。"[②]显然分析命名艺术乃是掌握创作者匠心寓意的一条门径。而曹雪芹更是

---

① ［荷］米克·巴尔著，谭君强译，万千校：《叙述学：叙事理论导论》，页93。
② ［荷］米克·巴尔著，谭君强译，万千校：《叙述学：叙事理论导论》，页95。

将命名艺术充分发展到足以构成《红楼梦》创作特色的一门学问，如清人洪秋蕃所指出：

> 《红楼》妙处，又莫如命名之切。他书姓名皆随笔杂凑，间有一二有意义者，非失之浅率，即不能周详，岂若《红楼》一姓一名皆具精意，惟囫囵读之，则不觉耳。[①]

又如稍早于洪秋蕃的周春亦曰：

> 看《红楼梦》有不可缺者二，就二者之中，通官话京腔尚易，谙文献典故尤难。倘十二钗册、十三灯谜、中秋即景联句，及一切从姓氏上着想处，全不理会，非但辜负作者之苦心，且何以异于市井之看小说者乎？[②]

既然《红楼梦》中"一姓一名皆具精意"，曹雪芹之苦心亦须"从姓氏上着想"，则以谐音、双关的谶语式手法命名的李纨[③]，分析其命名之意义所在，正是不可或缺的一环。

[①] （清）洪秋蕃：《红楼梦抉隐》，一粟编：《红楼梦卷》（台北：新文丰出版公司，1989年10月），卷3，页238。

[②] （清）周春：《阅红楼梦随笔》，一粟编：《红楼梦卷》，卷3，页67。

[③] 第五回有关李纨的人物判词中有句云："桃李春风结子完。"乃是以"李完"谐音"李纨"，以"结子完"双关李纨生子之后不久，即面对夫死守寡而幸福完结的不幸命运。有关《红楼梦》中诗谶的种种表现手法，可参欧丽娟：《诗论红楼梦》（台北：里仁书局，2001年1月），第1章第2节，页41。

第八章 《红楼梦》中的"红杏"与"红梅"——李纨论

早在第四回李纨首度出场时,脂砚斋即在"父名李守中"一语上批道:"妙,盖云人能以理自守,安得为情所陷哉。"[1] 在此"以理自守"的家庭背景中成长的李纨,所受到的便是以"女子无才便是德"为准则的教育,所谓:"不十分令其读书,只不过将些《女四书》《列女传》《贤媛集》等三四种书,使他认得几个字,记得前朝这几个贤女便罢了,却只以纺绩井臼为要,因取名为李纨,字宫裁。"(第四回)而"李纨"之名所以与这样的教育理念相关的理由,是因为"李纨"之名乃出自李白诗中的"闺人理纨素"一句。[2] 很显然,透过父女一脉相承的血缘关系,以及同归于传统礼教原则的命名原理,在她身上所联系的特征,即是出自"以理自守"之家——一种恪遵传统礼教的出身背景,以及身处"闺中"——一种幽闭隔绝的存在处境,还有埋首于"理纨素"——一种秉持"只以纺绩井臼为要"之妇德的生活型态。

于是乎,无论李纨身处何种境况,总可以表现出极其贞静凝定的操守,所谓:"此时处此境,最能越理生事,彼竟不然,实罕见者。"[3] 这就是曹雪芹在塑造李纨这位人物的过程里,据以累积、重复其个人特征时所秉持的基本原则或根本手法,从而表现在《红楼

---

[1] 甲戌本第四回夹批,页92。
[2] (唐)李白:《拟古诗十二首》之一,詹锳编:《李白全集校注汇释集评》(天津:百花文艺出版社,1996年12月),卷22,页3400。此一渊源关系见金启琮:《〈红楼梦〉人名研究》,《红楼梦学刊》1980年第1辑(天津:百花文艺出版社,1980年2月),页156。
[3] 第四回脂砚斋批语,页92。

梦》的叙事情节中,则往往可以见到以下诸般不脱"心如止水""遗世旁观"之情状的描写:

首先,李纨的整体形象是"槁木死灰"的一滩死水①,既维持"一概无见无闻,惟知侍亲养子,外则陪侍小姑等针黹诵读而已"(第四回)的生活,于抽花名签时又认同"霜晓寒姿"的老梅,并为签上所题"竹篱茅舍自甘心"的诗句而感到"真有趣",接着说了一段几为"一概无见无闻"之翻版的话语:"你们掷去罢。我只自吃一杯,不问你们的废与兴。"(第六十三回)恰恰反映出"静中只捻梅花嗅,不问人间是与非"②的姿态;如果再加上曹雪芹"冰山一角式"的引诗手法③所暗藏的用意,则原出自宋王琪的《梅》诗的"竹篱茅舍自甘心"一句固然已能明示其幽居若素之情态,但还必须配合原诗首句的"不受尘埃半点侵",才更能表现出她那心如止水、波澜不兴的彻底沉寂;最后,曹雪芹又藉助荣府家仆兴儿的说辞,再度认证道:"我们家这位寡妇奶奶,他的浑名叫作'大菩萨',第一个善德人。我们家的规矩又大,寡妇奶奶们不管事,只宜清净守节。妙在姑娘又多,只把姑娘们交给他,看书写字,学

---

① 对于"一滩死水"这样的形容,曹雪芹其实曾以曲折但传神的象征笔法暗示过,亦即第十七回众人游赏大观园而于各处一品题时,贾宝玉在稻香村所质疑的:"背山山无脉,临水水无源",接着更以"似非大观"之评断加以突显。
② (清)高士奇:《归田集》,卷1,收入《四库未收书辑刊》第9辑(北京:北京出版社,2000年),第16册,页699。
③ 详参欧丽娟:《诗论红楼梦》,第7章第5节,页385—392。又蔡义江称之为"隐前歇后"的手法,见《红楼梦诗词曲赋评注(修订本)》(北京:团结出版社,1995年10月),页297—298。

针线，学道理，这是他的责任。除此问事不知，说事不管。"（第六十五回）于是我们看到叙事学（Narratology）中透过特征的"重复"以建构人物形象的手法，在全书的叙述过程中，李纨的相关特性以异口同声的方式被经常重复，因而表现得越来越清晰；同时借由特征的累积（accumulation）使零散的事实产生聚合，它们相互补充，然后形成一个整体，以致逐步加强我们对李纨的印象：在深藏是非烦难的膏粱锦绣中，装聋作哑的李纨对周遭事物之兴废沧桑一概无闻无见，以"我只自吃一杯"的态势，自顾自地游离于世局之外。

这种近于扁平的类型特征，几乎已成为二百多年来读者对李纨的普遍认识。如当代学者还如此形容着：李纨似乎从无任何感觉，不抱怨、不悲怆、不自弃，只求安宁，完全按着"程朱理学"所要求一个孀妇的那套程序运作着，滞拙、迟钝、脸上挂着敷衍的笑；除了宝玉挨打，王夫人哭喊着珠儿时她唯一的一次哭之外，我们一般看不到她感情的火花，听不到她发自心底的话语，她身上的一切都是那么机械、古板。① 然而，这种"类型"化的视野除了带来人物的可预测性，而方便我们记忆、掌握、判断、增加阅读速度之外，对人性真实而深刻的了解其实并无太大帮助。米克·巴尔即指出：

> 类型（genre）在人物的可预测上也起到作用。……类型所常发生的变化受到展示、满足与期待落空之间相互作用的影

---

① 胡元翎：《漫说李纨》，《红楼梦学刊》1997年第4辑，页89。

响。确定性越强,由涉及到结果问题所产生的张力向人物是实现自身的确定性、还是突破这种确定性这一问题所产生的张力的转变也就越大。人物的可预测性与人物的参照系密切相关。但是,这一可预言性的效果也有赖于读者对于文学和他所阅读的书籍的态度。他是强烈地倾向于加以"填补",还是任凭故事所左右?他是迅速地浏览,还是常常中断阅读以停下来思考一番?关于人物可预测性的信息只对其潜在的确定性提供线索;真正的可预测性并未被证实。①

很显然,那些几乎成为类型的扁平人物所赖以突破确定性并呈现张力的线索,一方面固然是由创作者所掌握,有如隐匿于文字之中的潜德幽光;然而另一方面,读者的阅读方式更是抉搜出作者笔下埋藏之讯息,而发潜阐幽的关键。对李纨的立体分析,正是有赖于"常常中断阅读以停下来思考一番",并强烈地倾向于加以"填补"的态度始能有得。因此上述的李纨只是台面上平铺直叙的一幅平面人物画,是在特定的材料基础上所形成的一个稳定的参照系,端赖于我们对文学和所阅读书籍的态度的改变,才能破解这种不断陷入僵化的确定性,而最终将曹雪芹在《红楼梦》中所塑造的女性——还原为圆形人物,从而证实其真正的人格内涵。下面,我们就随着曹雪芹的笔墨,而逐步中断阅读、进行思考,并在断裂的空白处加以填补。

---

① [荷]米克·巴尔著,谭君强译,万千校:《叙述学:叙事理论导论》,页96。

第三节　稻香村之红杏：余烬中跃动的不安灵魂

对李纨之刻板形象的突破，不久前已有大陆学者季学原进行过初步的探讨，称得上是首度采取"立体"的角度，评析李纨性格及其构成与变化的论述。① 为便于比较和补充起见，此处先将此文中相关之重点撮要摘述如下：

一、李纨对诗社的成立表现出热衷、支持与带动；（季文页8，下同）②

二、在第一次诗社活动时，李纨能给予全方位的考虑、谨慎的安排，因此评宝钗为第一。（页9）

三、通过评诗，小说家深沉地展现了李纨的思想性格之丰厚内蕴。当宝钗对宝琴的两首怀古诗公然要求推倒重作时，李纨又再一次表现出社长之才能，在她权衡平异的长篇议论中，李纨并没有简单化，她不但有论据，有论证，而且滴水不漏，不留把柄；最终的结论也是平实有力的："这竟无妨，只管留着。"宝钗无可反驳，只得作罢。这场文艺思想的冲突，经李纨的处理，既分清了是非，又没有导致矛盾的表面化，可以说结局是理想的。可见这位年轻寡妇相当充分地体现了长嫂兼社长的那种非权力权威的风范。（页10）

---

① 季学原：《诗与梅：李纨的精神向度》，《红楼梦学刊》1998年第2辑，页1—17。
② 有关大观园中诗社之邀集、盟主之诞生与功能的情形与意义，可进一步详参欧丽娟：《诗论红楼梦》，第2章第1节，页54—67。

四、认为所谓"李纨论诗,依孔门诗教,主张温柔敦厚"之论有误,而声言从诗评中,可以发现李纨是一个知识相当广博、内蕴相当丰富的少妇,是一个相当有社会活动潜在能量的女子。通过诗评,李纨的性格丰富起来了。(页 11)

五、更令人赞叹的是,曹雪芹还发掘了李纨性格中另一种奇光异彩:高层次的审美活动,激活了李纨不可抑制的创造活力、人生价值追求和青春生命力的荡漾。这集中在第四十九至第五十回中。曹雪芹大笔淋漓地描绘了雪中赏梅、诗兴勃发的场景,以此作为李纨和少女诗人们的中心意象。(页 12)

六、由己及人,对妙玉她是理解的、同情的(虽然她对她有独特的个人看法);对宝玉也是理解的,她采取了调侃和戏谑的微妙态度对待了他。当她命人跟宝玉去栊翠庵时,黛玉忙拦道:"不必,有人反不得了。"李纨立刻会意,点头说:"是。"在这中间,她如此会意地分享了少男少女们的爱的欢乐。在这里,李纨内心活动的美妙和幽远,恐怕并不亚于妙玉和黛玉。(页 13)

以上学者所抉发的这些面向,除了第六点还大可商榷(详见下文)之外,的确都更丰富了李纨的人物形象,无论是对诗社这种"众人之事"的积极参与,对诗歌价值评论的客观公允,在在都突显了李纨生命跃动的迹象。不过,若进一步观察这些面向,可以发现它们都还是出以正面的叙写,如"知识丰富""考虑周全""善体人意""论证平实严谨"与"高层次审美活动",而全部偏向于"德"的范畴,对于她无意识中来自善恶辩证、情欲纠葛所导致的内在冲突,却尚未触及一二。换句话说,这样的人物研究还是止于平面的延伸，而非立体的纵深，虽然为人物形象的拼图上增加了更多的线条与色彩，也扩大了图像的版面，却呈现不出立体塑像所特有的阴影，和明暗之间拉锯变化的性格层次。

很显然，常常以"类型"出现的李纨，在特定的材料基础上所形成的一个稳定的参照系已经稍稍松动了，不再只是台面上平铺直叙的一幅平面人物画；但是，真正用以传神写照的点睛之笔，却必须在作者调弄笔端、狡狯隐匿的他处才能照见。遍观《红楼梦》高低掩映的情节丘壑，我们发现到一些绽露李纨心中波澜之玄机的蛛丝马迹，尤其当我们意识到这样一株"竹篱茅舍自甘心"的老梅，却在那"竹篱茅舍"的旁边，同时绽放着无比红艳灿烂的杏花之际。

"青春丧偶"的女性本大大不必然就会对人生灰心丧志，但身处似海侯门之中的李纨，却是"居家处膏粱锦绣之中，竟如槁木死灰一般，一概无见无闻"（第四回），完全不近人情，若非强大的、外来的人为力量加以箝制，何以致此，又孰能致此？试看在进入稻香村之前，首先入眼的便是一道"青山斜阻"，必须"转过山怀中"才能见到"隐隐露出一带黄泥筑就矮墙"的村居全貌，这样的设计已然表现出一种与外界隔绝而造成围困的意味（此点详观下一节的论述）；此外，李纨在传统礼教的压抑之下，既已成为绮罗世界万艳丛中的一点死灰、繁华场里的一片空白，在精致华贵的大观园中，独独突兀地建造一处"失于人力穿凿"而又"背山山无脉，临水水无源"的稻香村安排她居住，目的就在彰显违反自然的礼教牢笼。

然而，就在这青春之泉脉脉流动的桃花源里，独独有如一滩死水的稻香村中，作者却又巧妙而隐微地设计了"死灰中的一丛红艳""空白里的一片繁华"：第十七回记载，那后来拨予李纨居住的稻香村，其中只有黄泥矮墙、茅屋青篱和土井菜畦的乡野景致，乃是"富贵气象一洗皆尽"、令人"勾引起归农之意"，从而素朴平淡已极的地方；但就在那由稻茎掩护的黄泥矮墙边，却居然开了"喷火蒸霞一般的数百株杏花"，形成视觉上极其强烈的对比、乃至于对立的效果。"喷火蒸霞"原来是对桃花的形容，韩愈曾描绘道："种桃处处惟开花，川原近远蒸红霞。"[1] 宋代的诗评家还盛赞此一形容的杰出无人能及："状花卉之盛，古今无人道此语。"[2] 其红艳四射的缤纷奔放之姿，已然极度绚丽耀眼，何况此处所移用形容的对象，又是文士常常于诗词中用来点染春色的杏花，如宋代词人宋祁《玉楼春・春景》中描绘的"红杏枝头春意闹"[3]，以及叶绍翁《游园不值》诗所说的"春色满园关不住，一枝红杏出墙来"[4] 等等名句，在在可见红杏以其娇红之颜色与繁茂之花枝，给予人一种充满生命力的春意盎然的撩动[5]；从而两相结合所成的"喷火蒸霞一般的数

---

[1] 韩愈：《桃源图》诗，屈守元、常思春主编：《韩愈全集校注》（成都：四川大学出版社，1996年7月），页629。

[2] （宋）许顗：《彦周诗话》，收入何文焕编：《历代诗话》（台北：汉京文化公司，1983年1月），页387。

[3] 唐圭璋编：《全宋词》第1册（北京：中华书局，1981年4月），页116。

[4] 傅璇琮等主编：《全宋诗》第56册（北京：北京大学出版社，1998年12月），卷2949，页35135。

[5] 叶嘉莹亦有此说，见《论词学中之困惑与〈花间〉词之女性叙写及其影响（下）》，《中外文学》第20卷第9期（1992年2月），页8。

百株杏花"之景致,便相乘相加地展现出扑面袭来、令人难以逼视的炫目效果。以之与周遭素黄枯淡之主调并观对照,岂非正暗示我们:这一处槁木死灰的残余灰烬里,在表面看不见的幽黯底层中,其实犹然冒着炫目耀眼的红光余热!在重重严密的礼教禁制之下,生命的本能并没有完全灭绝,对春天的追寻依然存在;生命的活火山不死,只是变成长久沉眠的休火山,极其偶然地喷发一下,宣告自己未死的春心,与那一息犹存而尚未全然枯竭的生机。

因此,红杏是李纨在表面上平静如槁灰的稻香村中,所泄漏的不安的内在灵魂。

试看如此一位"一概无见无闻""不问废兴""问事不知,说事不管"的寡居女子,照理是心如止水的,然而事实上,她却又不能免除人性中根深蒂固的爱憎之情。这样的爱憎之情,首先见诸第五十回,此回叙述众人于芦雪庵联诗之后,身为诗社盟主的李纨处分又落第的贾宝玉时,说道:"我才看见栊翠庵的红梅有趣,我要折一枝来插瓶。可厌妙玉为人,我不理他。如今罚你去取一枝来。"她钟爱雪中红梅如胭脂一般的嫣妍妖艳,又厌憎孤洁冷僻的"槛外人"妙玉,爱憎之情交杂混糅,在死水般的心井中激荡出少见的波涛,已显露出平静无波的外表之下,其实还蕴藏着将会掀腾翻涌的伏脉潜流;尤其当贾府上下对妙玉都依然采取礼遇与包容的态度时(此点由第四十一回贾母等至栊翠庵一段即可见一斑),她却独独以罕见的坦率无讳直抒不满之意,显然其反感之强烈实在非比寻常。然后,我们又可以看到这道暗潮汹涌之潜流汩汩所经的其他幽暗水域:

第一片返照其心中幽暗面的水域，见于第四十五回的记载：大观园起了诗社之后，李纨带领众家姊妹往凤姐处来商请相关事宜，表面上是请凤姐做个铁面无私的"监社御史"，好让诗社之运作上轨道，但具有"穿心透肺的识力"①的王熙凤，立刻就准确无比地猜中她们真正的意图："你们别哄我，我猜着了，那里是请我作监社御史！分明是叫我作个进钱的铜商。你们弄什么社，必是要轮流作东道的。你们的月钱不够花了，想出这个法子来拗了我去，好和我要钱。可是这个主意？"一席话说得众人都笑起来，因而李纨笑道："真真你是个水晶心肝玻璃人。"一句话就无异自承"求财"的目的，结果立刻便成了凤姐奚落的对象：

> 亏你是个大嫂子呢！……这会子他们起诗社，能用几个钱，你就不管了？……你一个月十两银子的月钱，比我们多两倍银子。老太太、太太还说你寡妇失业的，可怜，不够用，又有个小子，足的又添了十两，和老太太、太太平等。又给你园子地，各人取租子。年终分年例，你又是上上分儿。你娘儿们，主子奴才共总没十个人，吃的穿的仍旧是官中的。一年通共算起来，也有四五百银子。这会子你就拿出一二百两银子来陪他们顽顽，能几年的限？他们各人出了阁，难道你还要赔不成？这会子你怕花钱，调唆他们来闹我，我乐得去吃一个河涸

---

① 吕启祥：《"凤辣子"辣味解——关于凤姐性格的文化反思》，《红楼梦会心录》，页205。

海干,我还通不知道呢!"

从以上这段精打细算、秤斤论两的话中,我们可以发现几个重点:

其一,以诗社社长之身分带领众钗直捣财政大臣之总部的李纨,于此竟暴露了她隐藏在"竹篱茅舍"之下雄厚的经济基础,表面上身处于"纸窗木榻,富贵气象一洗皆尽"(第十七回)的稻香村,过着简淡素净的寡居生活,但她其实才是真正坐拥万贯家财的沉默财主。

相对于王熙凤的五两月钱,以及大观园中一般公子小姐一个月二两的分例①,李纨的二十两月银实在已经称得上是一笔巨款;如果再对照刘姥姥所提供当时一般人家经济规模的参照系,所谓:"一共倒有二十多两银子,阿弥陀佛!这一顿的钱够我们庄家人过一年了。"(第三十九回)显然财务上只入不出的李纨,其一年四五百两的净收入即足以充当庄家人二十年的生活用度,更可谓一笔庞大的数字。

其二,她所吝惜的诗社东道花费,倘若真如凤姐所估算的"一二百两银子",占其一年总收入的三分之一,就一般常情而言,的确是任何人都不容易大方拿出来的,因此这并不足以构成对李纨的控诉。但衡诸曹雪芹在书中两次明确指出诗社花费的具体数额来看,诸钗开诗社之用度其实所费无多,少则只需五六两

---

① 第五十六回探春道:"我们一月有二两月银。"又第四十九回记载王熙凤怜惜邢岫烟家贫命苦,于是比照迎春每月的分例送她一分,接着在第五十七回便透过邢岫烟之口,明说此一月钱是二两银子,各处说辞极为一致。

银子，平均一人支出约 0.5 两①，即足够十多人开社活动之所需，而且还办得热热闹闹，皆大欢喜；至多也不过是薛宝钗替初入诗社的史湘云代办螃蟹宴还席时，所花费的二十多两银子②，就足使诗社成员之外，连贾母、王夫人在内的贾府上上下下数十人都共襄盛举，并个个珍馐醴酒饱足而归。而不论是五六两或二十多两，对一年总收入四五百两的李纨来说，仅仅是其整体收入的零头而已，真是何足道哉，又何吝惜之有？何况事实上，其中耗费高达二十多两的螃蟹宴，乃是特殊机缘之下绝无仅有的一次例外，并非诗社活动的常态，一般说来，李纨所估算的"我包总五六两银子也尽够了"（第四十九回），这才是园中姊妹平时集会吟诗时的真正用度。而且虽然在诗社初初成立之际，李纨曾指定"每月初二、十六这两日开社"（第三十六回），但实际上却往往因故迁延或取消③，本质上就带有不定期的游戏性质，则其共总花费

---

① 如第四十九回记载：为了薛宝琴诸钗之到来，众人凑社接风，顺便赏雪联诗，于是做东的李纨对众人道："你们每人一两银子就够了，送到我这里来。……（指名宝钗、黛玉、探春、宝玉）你们四分子送了来，我包总五六两银子也尽够了。"而当时参与活动却无须出钱的，尚有客居在此的薛宝琴、邢岫烟、李纹、李绮，以及身兼婢女与侍妾身分的香菱，则参与诗社活动者，为数至少十人，故得每人平均 0.5 两之数。

② 第三十九回藉刘姥姥口述道："这样螃蟹，……再搭上酒菜，一共倒有二十多两银子。阿弥陀佛！这一顿的钱够我们庄家人过一年了。"

③ 如第四十二回李纨道："社还没起，就有脱滑的。"以致才到第五十三回，即已经碍于种种不顺心之事故，"因此诗社之日，皆未有人作兴，便空了几社"；到得第七十回，湘云更是抱怨道："咱们的诗社散了一年，也没有人作兴。"因此建议林黛玉重建桃花社，随后却又因为贾政要回家，黛玉怕宝玉分心而吃亏，（转下页）

能有几多？

而具备伦理与经济之双重优势的李纨，竟然以一个月平均收入四十两的宽裕处境，以及长嫂领袖的身分地位，向其他那些仅有二两月银，往往要几个月的时间才能攒下十来吊钱的姊妹们[①]一一点名，分别收取一两来支应诗社花费（第四十九回），同时自己也只出一两，完全与小姑们同级，这就实在未免小器之嫌；甚且为此戋戋之数，而大张旗鼓地率领群钗直捣经济总部以争取财源，其撙节俭省之程度即此便不言可喻。则凤姐所估算的"一二百两银子"，或许便是以过度夸大之方式来衬显李纨只进不出的滴水不漏，反讽意味十分浓厚。

有趣的是，李纨身怀如此不足为人所道的心病，却乍然遇到王熙凤这位"水晶心肝玻璃人"，当场赤裸裸地暴露其财务之隐私，并直指其吝惜之隐衷，所谓："亏你是个大嫂子呢！……这会子他们起诗社，能用几个钱，你就不管了？……这会子你怕花钱，调唆他们来闹我，我乐得去吃一个河涸海干，我还通不知道呢！"面对

（接上页）"因此自己只装作不耐烦，把诗社便不起"。如此一来，终于导致"社也散了，诗也不作了"的结果（第七十六回）。显然自始至终，诗社的举办并不具备严谨的强制性，以至大部分时候是荒废虚旷，流于虎头蛇尾，带有闺中游戏可有可无的性质。

[①] 见第二十七回探春对宝玉所说的："这几个月，我又攒下有十来吊钱了。你还拿了去，明儿出门逛去的时候，或是好字画，好轻巧顽意儿，替我带些来。"而以探春的理性精明，尚且如此，其他姊妹们的存余更应该不出这个数目，毋怪暂居贾府的邢岫烟虽也领同一份月钱，甚至会入不敷出地"一月二两银子还不够使"，到了必须典当度日的地步（第五十七回）。

如此一针见血、洞彻肺腑的揭露，情何以堪的李纨为自己辩护的方式实在算不得高明，称得上是气急败坏而口不择言。所谓：

> 你们听听，我说了一句，他就疯了，说了两车的无赖泥腿市俗专会打细算盘分斤拨两的话出来。这东西亏他托生在诗书大宦名门之家作小姐，出了嫁又是这样，他还是这么着；若是生在贫寒小户人家，作个小子，还不知怎么下作贫嘴恶舌的呢！天下人都被你算计了去！昨儿还打平儿呢，亏你伸的出手来！那黄汤难道灌丧了狗肚子里去了？气的我只要给平儿打抱不平儿。……你今日又招我来了。给平儿拾鞋也不要，你们两个只该换一个过子才是！

一般红学家对这段情节所蕴含的意义，历来都是正面肯定的赞誉有加，如清代评点家的认知是："以谑代骂，令人胸中一快，不特为平儿吐气也，真抵得骆临川讨武后一檄。此日李纨独豪爽，凤姐独和软，皆为仅见。"① 如此显然是将焦点放在"为平儿吐气"上，因而将李纨的疾言厉色、出言不逊与惩奸锄强、济弱扶倾的侠义行为相连结，乃至视同如唐代徐敬业起兵声讨武后时，骆宾王为之撰述的那一篇大义凛然的《讨武曌檄》，遂尔感到"胸中一快"而许之为"豪爽"。另外，当今学者也以称赏的语气说道：在李纨向凤姐

---

① 冯其庸纂校订定，陈其欣助纂：《八家评批红楼梦》（北京：文化艺术出版社，1991年9月），第四十五回眉批，页1079。

要资助之过程中,"立刻形成一种英雄与英雄交手、强女人与强女人对话的阵势。……这简直是神来之笔——原来纨凤都是'脂粉队里的英雄'!人们既欣赏凤姐的绝顶聪明、狡黠,又欣赏李纨的柔中带刚,刚时直如狮子搏兔,雄风飙起,势不可当。李纨性格中显现出了奇光异彩。"①如此种种说法,都是以当时势均力敌的态势,来肯定李纨足以和凤姐分庭抗礼的能力与勇气。

然而,这样的肯定仅仅只能解释双方一来一往的表面形式而已,如果注意到李纨在论事说理的过程中,所展现的强烈错综的情绪纠葛与严重错榫的思考理路,事实上她还是远逊于思路清晰、切中要点的王熙凤的。因为那"狮子搏兔,雄风飙起"般的强悍之气并不是来自英雄无畏的至大至刚,而是来自情急反扑的蛮横无理;不是出于锄强伐恶的大义凛然,而是出于恼羞成怒的意气用事,如脂砚斋所言:"心直口拙之人急了,恨不得将万句话来并成一句,说死那人。"②可谓切中其实。因此,若不夹缠平儿受屈之事,将其中代弱者声讨的成分加以去除;也不被表面上性情一辣一软、一强一和的人物,却竟然可以面对面针锋相接的反常情况所蒙蔽,而不带成见地纯就事理以论之,则细观其中的描述,我们可以看到李纨的表现其实已不仅止于"谑"之诙谐嘲弄,而近乎"虐"之凌厉苛刻,其反应之激烈更非"豪爽"一词所寓含的率直不羁所能形容。尤其所谓"无赖泥腿世俗""下作贫嘴恶舌""黄汤难道灌丧了狗肚

---

① 季学原:《诗与梅:李纨的精神向度》,页 11。
② 庚辰本第四十五回批语,页 622。

子里去"之类的骂语纷呈迭出，比诸凤姐的市井粗话恐怕已是有过之而无不及，绝不类出于诗书簪缨之家、闺阁芳闱之女的声口。

固然王熙凤是"专会打细算盘分斤拨两"的世俗之人，否则也不会施放高利贷或坐收贿款，而得到"机关算尽太聪明"（第五回判词）的评价；但她对李纨一年进帐丰厚的计算却丝毫不差，正所谓"帐也清楚，理也公道"（第三十六回）；对李纨以长嫂之尊而应该担当诗社东道的看法，于情于理亦无不合，就传统社会而言更属名正言顺，在此又为何必须承受"无赖泥腿世俗"的骂语？固然王熙凤揭露李纨吝财惜费的私心时，毫不委婉的方式的确过于直接，然而其说辞却毫无诬陷冤枉之处，则李纨"下作贫嘴恶舌""黄汤灌丧了狗肚子里去"之斥责岂非更为过火？因此毋宁说：其话泼辣，其势窘迫，其态则情急万分，至于所反击的内容更是强词夺理，非但没有任何说服力，只是以模糊焦点、声东击西的攻心之术，拉出与此事毫不相干的平儿挨打之事来瓦解凤姐逼人的犀利，有如恼羞成怒的负嵎顽抗乃至狗急跳墙，其激烈之程度本已近乎"虐"与"骂"的攻击性质；而所举以反击的平儿挨打之事，又恰恰是一生抓尖要强的凤姐负咎亏欠最深的痛处，如此才挫断了凤姐气焰，挣得对自己的有利情势，致使凤姐在被迫转换战场之后，因情势发生变化而自觉心虚理亏，只得改以"和软"的态度，担承原本与诗社无关的罪愆，并进而应允：

  竟不是为诗为画来找我，这脸子竟是为平儿来报仇的！……明儿一早就到任，下马拜了印，先放下五十两银子给

> 你们慢慢作会社东道。过后几天,……"监察"也罢,不"监察"也罢,有了钱了,你们还撑出我来!

试问平儿挨打之事与此何干?风马牛不相及之逻辑谬误,真真莫此为甚。因此玲珑剔透的王熙凤才会接着说:"竟不是为诗为画来找我,这脸子竟是为平儿来报仇的。"一语便清楚点出李纨反击时混淆视听、假公济私的性质,果然是具有穿心透肺之识力的"水晶心肝玻璃人"!

至于李纨之反应如此强烈的深层意义,一则是口骂"黄汤难道灌丧了狗肚子里去"之类的市井粗话,以嗔怒厉责、奋力反击的雷霆之势,首度突破了她死水无波、不问世事的妇德形象,与她后来在第五十回毫不掩饰地对孤洁冷僻的"槛外人"妙玉表示厌憎之感,都是枯井静水上随风翻涌的浪涛波澜,显示出身为人者内在实存实有的血肉之气;二则是在她与凤姐这般高手当面较劲的严酷过程中,虽然不乏恼羞成怒、气急败坏的狼狈,却也展现出那攻心为上、欺敌之弱的战略智慧,借由声东击西、假公济私之类的防御策略,把论辩上的逻辑谬误转化为情感上的有效利器,将被动挨打的颓势扭转为主动攻击的胜场,从而在交手的最后阶段让对方俯首称臣,圆满达成为诗社争取财源的任务。

然而,李纨这样过度反应的意义,更重要的乃是显现出一种来自无意识投射心理的作用。正如现代心理分析家所指出:

> 如果人们在他人身上看到自己没意识到的倾向,那就是

"投射"。……投射是一种无意识的心理机制,每当我们的某个与意识无关的人格特征被激活之际,投射心理便趁势登场。在无意识投射的作用之下,我们往往从他人身上看到这个未被承认的个人特征,并作出反应。我们在他人身上看到的某些东西。事实上也存在于我们身上,然而我们却没有察觉自己身上也有。①

就是因为无意识投射的作用,使我们往往从他人身上看到不被自己承认的个人特征,"不论何时,只要我们对他人的反应包含了过度的情绪或反应过度,我们就可以确信,我们体内的某种无意识的东西受到了刺激,正在被激活"②。准此以观之,则李纨被王熙凤一语点出"怕花钱"的心态后,反应是如此过度情绪化而展现非理性的防御态势,以致在反击的措施中遍布着逻辑的谬误,既有

---

① [美]康妮·茨威格(C. Zweig)、[美]杰里迈亚·埃布尔拉姆斯(J. Abrams)合编,文衡、廖瑞雯译:《人性阴暗面》(*Meeting the Shadow: The Hidden Power of the Dark Side of Human Nature*)(北京:中央编译出版社,1998年1月),页39、44。

② [美]康妮·茨威格、[美]杰里迈亚·埃布尔拉姆斯合编,文衡、廖瑞雯译:《人性阴暗面》,页45。对分析心理学家荣格(Carl Gustav Jung)的理论之一"心理投射",冯·弗兰茨(Marie-Louise von Franz)曾如此说明道:投射"是一种在他人身上所看到的行为的独特性和行为方式的倾向性,我们自己同样表现出这些独特性和行为方式,但我们却没有意识到……(它)是把我们自身的某些潜意识的东西不自觉地转移到一个外部物体上去。"而当投射发生时,我们常常在投射者身上发现强烈的情绪、言语或行为反应。参见杨韶刚:《精神的追求——神秘的荣格》(哈尔滨:黑龙江人民出版社,2002年1月),页71—74。

移花接木的混淆视听，也有声东击西的假公济私，而使用的语言更是在几近口不择言的情况下，或有粗野鄙俗、市井下流之虞，这正可以显示出在无意识投射的作用中，李纨所具有的那一直未被承认或意识到，但其实却与王熙凤同类的"无赖泥腿世俗专会打细算盘分斤拨两"的个人特征，而间接证明李纨对于钱财偏嗜吝惜的特殊心理。

何况除此之外，曹雪芹那狡狯隐匿的笔端，还调弄了一段表面隐微不显、其实涵意深远的情节，展现出潜隐于李纨心中的第二片幽暗水域，与此并观互证之下，其义将更加显豁。在第五十六回"敏探春兴利除宿弊"这一段情节中，描写探春规划分擘大观园各处之林庭水塘，而就其特产加以经营兴利时，曾与李纨发生一段意在言外的对话：

> 探春又笑道："可惜，蘅芜苑和怡红院这两处大地方竟没有出利息之物。"李纨忙笑道："蘅芜苑更利害。如今香料铺并大市大庙卖的各处香料香草儿，都不是这些东西？算起来比别的利息更大。怡红院别说别的，单只说春夏天一季玫瑰花，共下多少花？还有一带篱笆上蔷薇、月季、宝相、金银藤，单这没要紧的草花干了，卖到茶叶铺药铺去，也值几个钱。"探春笑道："原来如此。"

细观整段对话的内容，我们可以逐步分析出两个重点：

首先，探春乃是薛姨妈所谓"真真是侯门千金，而且又小，那里知道这个"的大家闺秀,一如史湘云、林黛玉、贾宝玉等人对当票的茫然不识[1],贾宝玉与婢女麝月对戥子(一种秤量金银药材等贵重物品的器具)的一知半解[2],探春也是在参观赖大家的花园之后,"才知道一个破荷叶,一根枯草根子,都是值钱的"(第五十六回);而且不仅此也,她在后知后觉之余却又只知其一、不知其二,于整顿大观园以兴利除弊时,还是只懂得依样画葫芦地分擘林竹笋果、稻稗菜蔬等等一般农作物,此外对香花香草等非生存必需之物的货利价值则是一无所知,可谓完完全全符合侯门似海之生活型态所培养出来的闺秀表现。以上种种现象,正合于厨娘柳家儿的对司棋所说的:"你们深宅大院,水来伸手,饭来张口,只知鸡蛋是平常对象,那里知道外头买卖的行市呢!"(第六十一回)探春更自言:"咱们是主子,自然不理论那些钱财小事,只知想起什么要什么,也是有的事。"(第七十三回)则两相对照之下,十分耐人寻味的是:李纨既已"如槁木死灰一般,一概无见无闻,惟知侍亲养

---

[1] 第五十七回记载邢岫烟当衣度日,当票恰巧为湘云拾得,"湘云走来,手内拿着一张当票,口内笑道:'这是个帐篦子?'黛玉瞧了,也不认得。……湘云道:'什么是当票子?'众人都笑道:'真真是个呆子,连个当票子也不知道。'薛姨妈叹道:'怨不得他,真真是侯门千金,而且又小,那里知道这个?那里去有这个?便是家下人有这个,他如何得见?'……众婆子笑道:'林姑娘方才也不认得,别说姑娘们。此刻宝玉他倒是外头常走出去的,只怕也还没见过呢。'"

[2] 第五十一回记载:胡庸医诊视受寒的晴雯之后,依例应得一两的轿马钱,取钱的麝月"拿了一块银子,提起戥子来问宝玉:'那是一两的星儿?'宝玉笑道:'你问我?有趣,你倒成了才来的了。'麝月也笑了,又要去问人。宝玉道:'拣那大的给他一块就是了。又不作买卖,算这些做什么!'"可见两人都是秤斤论两的门外汉。

子,外则陪侍小姑等针黹诵读"(第四回),成为一位不问世间废兴的寡妇,同时更恪遵妇德规范,因丧夫而不肯盛妆打扮,以致连一般日常使用的胭脂香粉都付诸阙如①;兼且又是生活在膏粱锦绣、不虞匮乏的豪门之中,一概"问事不知,说事不管"(第六十五回),婢仆成群而事事有人代劳,根本毋须亲炙柴米油盐等生计琐事,那么,她为何关心这些个人生活中非必需品的商业价值,又如何得知大观园外茶叶铺、药铺、香料铺并大市大庙各处的买卖行情?连翻滚于现实尘俗中的众婆子,都认定那"倒是外头常走出去"的贾宝玉"只怕也还没见过"当票子(第五十七回),那么,那条通往现实外界的秘密路径,又是如何透过滴水穿石的方式一步步渗透到李纨的心里,使她对一草一花的市场价值了如指掌?

尤其是那些高价花卉,清初康熙之际东来中国,官至工部侍郎的比利时耶稣会传教士南怀仁(Ferdinand Verbiest, 1623—1688),曾与利类思(Luigi Buglio)、安文思(Gabriel de Magalhaens)奉诏节录意大利传教士艾儒略所著《西方答问》,编成《西方要纪》一卷以供国人了解西洋国土风俗,其中写道:"凡为香,以其花草作之,如蔷薇、木樨、茉莉、梅、莲之属;凡为味,以其花草作之,如薄荷茶、茴香、紫苏之属。诸香与味,同其水,皆胜其物。"②此

---

① 此点见第七十五回记载:尤氏到稻香村去,李纨命侍女素云为她张罗洗脸之事,素云一面取来李纨的妆奁,一面将自己的胭粉拿来,笑道:"我们奶奶就少这个。奶奶不嫌脏,这是我的,能着用些。"可见丧夫的李纨也丧失妆扮的权利与兴趣,以致家居坐卧时完全没有胭脂香粉的踪迹。

② 转引自何小颜:《花与中国文化》(北京:人民出版社,1999年1月),页166。

外还进一步谓:"花以香为美,其名玫瑰者最贵,取炼为露,可当香,亦可当药。"① 这些文字叙述,为香花香草(尤其是玫瑰)在西方世界的实用功能与市场流通的现象作了简要的说明;而将此移观于中国方面,类似的情形也同样存在。

就玫瑰花来说,至晚于北宋已有自大食国传来的香露"蔷薇水"②,时至乾隆以后,承德街市竟发展到有十余家制作鲜花玫瑰饼的铺子,而以铭远斋最为驰名③;至于"花露"本即是中国地方的土产,时至近代,清人顾禄亦有苏州和尚蒸制花露加以贩售的记载:"花露,以沙甑蒸者为贵。吴市多以锡甑。虎丘仰苏楼、静月轩,多释氏制卖,驰名四远。开瓶香洌,为当世所艳称。"④ 而其所卖的四十多种花露中,便包括玫瑰花露、早桂花露、茉莉花露、野蔷薇露、鲜佛手露、木香花露、白莲须露、夏枯草露、佩兰叶露、

---

① 《西方要纪·土产》,《四库全书存目丛书·史部》(台南:庄严文化公司,影印清康熙刻昭代丛书本,1997年6月),册256,页3。其中的"可当药"之说,又见于同书《医学》篇:"有制药一家,专炼药草之露,如蔷薇露之类。特取其精华而弃其渣滓,则用药寡而得效速,不害脾胃。"同前注,页5。

② 史载:"旧说蔷薇水,乃外国采蔷薇花上露水,殆不然。实用白金为甑,采蔷薇花蒸气成水,则屡采屡蒸,积而为香,此所以不败。但异域蔷薇花气,馨烈非常,故大食国蔷薇水虽贮琉璃缸中,蜡密封其外,然香犹透彻,闻数十步,洒着人衣袂,经十数日不歇也。至五羊效外国造香,则不能得蔷薇,第取素馨茉莉花为之,亦足袭人鼻观,但视大食国真蔷薇水,犹奴耳。"(北宋)蔡绦:《铁围山丛谈》(北京:中华书局,1997年12月),卷5,页97—98。

③ 转引自何小颜:《花与中国文化》,页166。

④ (清)顾禄:《桐桥倚棹录》(上海:上海古籍出版社,1980年5月),卷10,页146。

芙蓉花露、马兰根露、玉兰花露、绿叶梅花露、金银花露、白荷花露、杭菊花露、苏薄荷露、稀莶草露、黄海棠花露、栀子花露、鲜金柑露等等与香花香草有关的项目，正可以与《红楼梦》中所出现的相关情节相印证：如在第三十四回有糖腌的"玫瑰卤子""木樨清露"与"玫瑰清露"等香露，在第四十四回则有用"紫茉莉花种"研碎了兑上香料制成的玉簪花棒，和以"花露"蒸叠成的如玫瑰膏子一般的胭脂等化妆品，而这些以香花制成的名物，在小说叙述中无一不是上等名贵的珍品。凡此种种相关记载，都足以证明李纨所谓"香料铺并大市大庙卖的各处香料香草儿，都不是这些东西？算起来比别的利息更大。怡红院别说别的，单只说春夏天一季玫瑰花，共下多少花？还有一带篱笆上蔷薇、月季、宝相、金银藤，单这没要紧的草花干了，卖到茶叶铺药铺去，也值几个钱"，这样的说辞完完全全是外在现实世界的写照。

问题是，一如出身商人之家而遍历世故的薛姨妈，对湘云之不识当票所感叹的："真真是侯门千金，而且又小，那里知道这个？那里去有这个？便是家下人有这个，他如何得见？"（第五十七回）若将这段话中的"这个"对象由当票换作香花香草，人物对象由湘云转为李纨，陈述语气由感叹改成怀疑，则薛姨妈的说辞完完全全可以适用于此处：生活于槁木死灰之寡妇心态，以及侯门似海之深闺生活中的李纨，为何关心、又如何得知大观园外那货利征逐的现实世界中，茶叶铺、药铺、香料铺并大市大庙各处的买卖行情？

固然传统社会中，母亲会在女儿出嫁前夕教授各种相关知识，以顺利进入主妇的实务运作状况,但在短时间之内实际只能给予大体上的一般概念,不可能具体到柴米油盐酱醋茶、详细到每一种货物品项都一一贴上价格卷标;尤其是对这等世家大族的闺秀千金而言,为女儿于归所施予的母教,主要是言行举止的妇道礼规,例如敦煌出土的《崔氏夫人训女文》中,对临嫁女儿的婚前训勉就只是提到:"教汝前头行妇礼,但依吾语莫相违""若能一一依吾语,何得翁婆不爱怜"①,实在是不必、也无暇进行账簿式的市场知识传授。因此,李纨之所以对这些东西的市场行情了如指掌,毋宁说是来自个人对财物金钱的敏感,才能在生活中时时留心、样样注意,对各种财货累积出丰富而准确的知识,于日常对话中自然而然地流露出来。

换句话说,如果这些出自李纨的算计之词,并非曹雪芹一时失察所造成的人称误植,则其中奥妙似乎是在隐隐暗示着:因礼教之塑造而形成的"竹篱茅舍自甘心"之下,其内心却不免"一枝红杏出墙来"的闺阁越界,才能在深居简出的贾府中探得外界的东风消息,而对世俗的货利之事知之甚详。

而联结前述所见之守财如防,以及下文之嫌恶妙玉等诸般特殊情事,我们完全可以认定:这绝不是曹雪芹一时失察所造成的人称误植,反而是曹雪芹用以展现其立体化人物塑造的一处天机。换句话说,李纨的心如止水,乃是层层礼教箝制之下的"应有"表现,

---

① 敦煌遗书 P.2633 和 S.4129 等卷子,引自程蔷、董乃斌:《唐帝国的精神文明》(北京:中国社会科学出版社,1996 年),页 246—247。

但其波澜不兴的心井水面之下,却依然存在着"实有"的人性样态,而活跃着由情绪、情感与欲望所汇集激荡而成的潜流,贪、嗔、痴、爱、疑种种情怀只是被长久压抑,成为人性构成中的阴暗面,却未曾真正消弭死去。其压抑力量之巨大、压抑时间之长久,仿佛已使不近人情的礼教观念彻底内化,让李纨所代表的寡妇成为波澜不兴的槁木死灰;实则火苗不熄,犹然窜出红艳炽热的星焰,一如泥黄的稻香村中竟然开出了喷火蒸霞的红杏花,让平常习惯于李纨平板苍白之形象者为之惊异错愕。

就此言之,若能以身为一个"人"的角度来看,与其说李纨是表里不一,不如说是圆形而立体,因为正是在这错榫歧出的种种现象中,我们看到了一个人内在潜抑的挣扎与呼求,因此可以哀矜而勿喜:那如守财奴一般的行径,那对物品之货利价值的敏感与留心,与其说是出于小家贪吝的阴微本性,不如说是在男尊女卑的传统父权社会中,因丧夫无托而造成极度的不安全感之余,一种不自觉的自我防卫心理。因为女性进入封建婚姻的本质意义,就如同是以父之名、从父之手,而不由自主地签下那载满了片面最惠国待遇的不平等条约,一方面是从原生家庭所滋养的情感网络与支持系统中被连根拔起,所谓"女子有行,远兄弟父母"[①],即阐述了传统婚姻对女性而言,所具备的乃是一种带有仪式性质的割离与断

---

① 《诗经·国风·卫风·竹竿》,此诗之作旨一如朱熹之注解:"卫女嫁于诸侯,思归宁而不可得,故作此诗,言思以竹竿钓于淇水,而远不可到也。"朱熹:《诗集传》(台北:台湾商务印书馆,四部丛刊续编本,1966年10月),卷3,页23。

绝；而另一方面，女性透过婚礼的引导所投入的由婚姻重构的伦理世界，其人际的互动原则却是建立在陌生的猜忌与薄弱的感情基础上，尤其在父权传统所祭出的"七出之条"①的尚方宝剑之下，女性所具有的乃是一种可转让、可废弃，并完全以实用功能为衡量标准的工具价值，从而只有义务，没有权利；只有彻底的付出，而缺乏丝毫的获得，最终便形成一种极度倾斜不均的伦理结构。如同恩格斯（1820—1895）所认为："在历史上出现的最初的阶级对立，是同个体婚制下的夫妻间的对抗的发展同时发生的；而最初的阶级压迫，是同男性对女性的奴役同时发生的。"②因此在人性原始而强韧的自保本能与补偿心理之下，囿于传统婚姻中的女性才会处处不自觉地借由银两的重量来让自己立稳根基，在对女性几乎完全没有保障的处境中，尽量减去无依无靠的恐惧。

很显然，置身于世道人心的废兴之外而"竹篱茅舍自甘心"，虽则是深受妇德教化的李纨在意识层面上的所愿所望，但是"不受尘埃半点侵"却很可能只是眼高手低的蹈空之想。明代程敏政

---

① 其曰："妇有七去：不顺父母，去；无子，去；淫，去；妒，去；有恶疾，去；多言，去；窃盗，去。"见《大戴礼记·本命》（台北：台湾商务印书馆，四部丛刊正编，1979年11月），页69。另《仪礼·丧服》贾公彦疏亦云："七出者，无子，一也；淫佚，二也；不事舅姑，三也；口舌，四也；盗窃，五也；妒忌，六也；恶疾，七也。"顺序虽有小别，其内容却完全无异，《仪礼注疏》（台北：艺文印书馆，十三经注疏本，1993年9月），卷30，页355。
② [德]恩格斯（Friedrich Engels）:《家庭、私有制和国家的起源》（台北：谷风出版社，1989年1月），页69。

曾说："有杏不须梅。"① 假借此语，恰恰可以点出李纨的特殊生命情境——在意识的地表层次上，李纨是"竹篱茅舍自甘心"的一株老梅，安于槁木死灰的礼教枯井；而在无意识的幽暗层次上，却是"喷火蒸霞一般"的数百株杏花，泄漏了爱憎贪嗔之情欲依然潜跃躁动的不安的灵魂。而这一种红杏与白梅的交互辩证，还更牵引出老梅与红梅的对立与敌视，不着痕迹地呈现出表面无声无息，内在却对立拉锯的复杂关系，为李纨的立体人格作出最幽微而细腻的展现。

第四节　栊翠庵之红梅：自觉的自我追求与个性实践

前述那种在李纨身上所构成的白梅／红杏（礼教／自然）的矛盾统一关系，于《红楼梦》中还进一步转化为老梅／红梅（李纨／妙玉）的同质对立关系，亦即藉由妙玉的人格特质与存在形态，而更加呈显李纨之立体风貌。

首先我们可以发现，于大观园中各处园林的建筑设计上，李纨

---

① 史载："程篁墩（敏政）以神童至京，李学士贤许妻以女，因留饭。李指席间果，出一封曰：'因荷（何）而得藕（偶）？'程应声曰：'有杏（幸）不须梅（媒）。'李大奇之。"（清）褚人获：《坚瓠集·七集》（崇德书院版《重刻坚瓠集》，台大图书馆藏线装书第二函第一册），卷4，页6。然而此一孤句真正的意义，其实只是透过谐音来表现人际情事，其中并未涉及任何的价值取舍，此处乃藉以引申为说耳。

所居之稻香村与妙玉寄寓之栊翠庵其实是同质同构而彼此平行的双胞胎,上述稻香村前被一道青山斜阻的景观,以及于泥黄中兀现一片杏花灿红的抢眼设计,在大观园中另一处的栊翠庵也都有似曾相识的再现。《红楼梦》第四十九回描写道:

> (宝玉)出了院门,四顾一望,并无二色,远远的是青松翠竹,自己却如装在玻璃盒内一般。于是走至山坡之下,顺着山脚刚转过去,已闻得一股寒香拂鼻。回头一看,恰是妙玉门前栊翠庵中有十数枝红梅如胭脂一般,映着雪色,分外显得精神,好不有趣!宝玉便立住,细细的赏玩一回方走。

隆冬之际,绮丽繁华的大观园极为难得地笼罩在一片洁白的茫茫雪色之中,而带发修行的"槛外人"妙玉所居之栊翠庵,理应是真正出尘离俗、清静寂灭的弃世之所。但奇特的是,其中绽露的居然不是青松翠竹之类的苍劲挺拔,而竟是红艳灿烂的一片芳华秾姿,其突兀之感,正与花柳繁华、富贵温柔的大观园中,却怪异地架空出一个舍欲断念、超凡忘情的宗教地一样,两者恰恰成为反向的对比与互补。栊翠庵前皑皑白雪中那"如胭脂一般"的十数枝红梅,一如稻香村槁木死灰里"喷火蒸霞一般"的数百株红杏,都以鲜明的红艳对比出枯索的灰白,以奔放的生机衬托出封锢的死寂,在寡妇的竹篱茅舍与道姑的清修禁地上怒放生姿,岂非都像是层层矩度罗织而成的礼教世界中,被深深沉埋的本性欲图突破重重禁制的无言呐喊?是被人力浇息的休火山在长久的压抑之余,偶然复苏的无声宣言？"梅"的出世风范却绾结了"红"的入世特征，构成矛盾统一的综合体，在那里面，不安的灵魂蠢蠢欲动，却透过艳丽的花色曲曲折折地透露出来。因此清代姜祺曾赋一绝云：

> 芳洁情怀入定中，浓春色相未全空。本来人较梅花淡，一着东风便染红。

下面并明言注曰："芳洁中别饶春色，雪里红梅，正是中意。"① 这又呼应了周澍所说的："一般溷迹在红尘，何事偏称槛外人？泥湿未沾风里絮，梅开已逗意中春。"② 而无论是"春色中意"还是"意中春"，都是善解弦外之意的知音之言。

其次，在这段描述中，借由贾宝玉的行踪，我们发现必须"走至山坡下，顺着山脚转过去"，始得以见闻到栊翠庵前红梅盛放的胭脂秋姿与拂鼻寒香，正呼应元春省亲而游逛园中各处时，"忽见山环佛寺，忙另盥手进去焚香拜佛"（第十八回）的景观描写。而这样一山横隔的造景，更是与稻香村前的"青山斜阻"契若针芥。

此处我们必须指出，这样刻意安排的设计，在大观园的各处造景中共有四处类似的场景，前三处都出现在第十七回大观园落成之时，众人游赏品题的情节中：最早是于总入口一开门处，"只见迎面一带翠嶂挡在前面"，其意义乃如众清客所说："非此一山，一进

---

① （清）姜祺：《红楼梦诗·缀锦十二梦·妙玉》，一粟编：《红楼梦卷》，卷5，页481。
② （清）周澍：《红楼新咏·笑妙玉》，一粟编：《红楼梦卷》，卷5，页493。

来园中所有之景悉入目中，则有何趣？……非胸中大有邱壑，焉想及此！"这显然正是追求含蓄蕴藉之传统园林美学的注脚。[1]接着，于进入稻香村之前亦是倏尔先见一道"青山斜阻"，必须"转过山怀中"才能看到"隐隐露出一带黄泥筑就矮墙"的村居全貌，这就在含蓄蕴藉的美学旨趣之外，还更兼具了一种围困阻绝的意义，象征传统礼教对寡居女子的封锁与局限；然后，当我们随着众人游园的脚步来到了蘅芜苑之际，再度发现此一阻目掩体之景："步入门时，忽迎面突出插天的大玲珑山石来，四面群绕各式石块，竟把里面所有房屋悉皆遮住"，如此则是象喻地表现出薛宝钗皮里阳秋的深沉性格，令人不容易一眼穿透她重重封闭的内在心灵[2]；最后，我们在第四十九回中才又看到栊翠庵隐蔽于山怀之中的幽独影姿，那十数枝红梅如胭脂一般的秋华芳香完全被青峦所封闭，必须绕过青山的阻隔才能一窥究竟。

而进一步比较这四处类似的园林设计，我们可以说，李纨所居稻香村前的青山斜阻与妙玉栊翠庵外的山屏横亘，两者之间最具有本质性通联的近亲关系，无形中说明了两人各自因为出家与守寡这两

---

[1] 研究者曾认为：曹雪芹很可能熟读过明代计成所著《园冶》这部中国唯一的园林专书，大观园中的"翠嶂"即可以取意于《园说》一节中"障锦山屏，列千寻之耸翠"之语。参关华山：《〈红楼梦〉中的建筑研究》(台中：境与象出版社，1984年5月)，页225—226。

[2] 蘅芜苑的这个设计，其实还具备更重要的意义：透过石质之建材与封闭之造景，幽微而具体地呈现礼教对女性成长的特殊影响，详参欧丽娟：《"冷香丸"新解——兼论《红楼梦》中之女性成长与二元补衬之思考模式》，《台大中文学报》第16期(2002年6月)，页173—228。本书第4章。

种不同的理由,却都一并被迫与世隔绝的幽居处境;更微妙的是,妙玉居处前绽放的红梅又恰恰与李纨掣花名签时抽中的"老梅"(第六十三回)同种,而且李纨对栊翠庵的红梅花也是抱以觉得"有趣"的态度(第五十回),这就恐怕不是偶然的暗合而已。另外最特别的是,李纨和妙玉这两位在处境上原本应该是同病相怜、惺惺相惜的年轻女性,竟发生一段彼此不合的公案,李纨一方面钟爱雪中红梅如胭脂一般的嫣妍妩艳,同时却又厌憎孤洁冷僻的"槛外人"妙玉,这就暗含了一种矛盾复杂的幽微心理。书中记载众人于芦雪庵即景联句之后,因宝玉又落了第,于是身为诗社盟主的李纨出了一道罚则:

"今日必罚你。我才看见栊翠庵的红梅有趣,我要折一枝来插瓶。可厌妙玉为人,我不理他。如今罚你取一枝来。"众人都道这罚的又雅又有趣。(第五十回)

这段描述中殊堪注意的是,平常号称"一概无见无闻"(第四回)、"尚德不尚才"(第五十四回)、"不问你们的废与兴"(第六十三回)、"问事不知,说事不管"(第六十五回)的李纨,素日待人浑厚慈柔如"大菩萨"(第六十五回),以致"未免逞纵了下人"(第五十五回),在这里却一反常态,前所未有地以如此尖锐的措词对妙玉表达如此强烈的反感,与其他诸人始终如一的礼遇与包容形成鲜明的对比,可以说是十分耐人寻味的。

就她钟爱雪中红梅如胭脂一般嫣妍姹艳的这一面而言,或许我们可以这样看待:白雪中的红梅,本即是与稻香村中盛开红杏的一种同质同构的平行现象，李纨会对红梅觉得有趣，显然为一种审美心理上移情作用的表现，既有透过花朵的欣赏而婉转表现的对青春之美的依稀眷恋，同时也寓含一种春心不死的微妙表示。如学者也曾认为："李纨毕竟还是个活脱脱的凡人，并不能像圣人一般把灵魂交给虚无。被压抑后的冲动，事实上并没有消失，只不过由意识的境界压抑到潜意识的境界而已，而蕴藏在潜意识内的冲动，在意识层的管制之下只是暂时地潜伏着，每遇机会来临仍有逸出的可能。稻香村中如喷火蒸霞般的几百株盛开的杏花不正是李纨不可抑制的生命力的象征吗？既雅又有趣地罚宝玉'访妙玉乞红梅'，为的是满足自己对怒放的梅花的渴求，那么这怒放的梅花不也透露出李纨胸中涌动的春意吗？"① 甚至还有学者进一步大胆地将此"春意"与性意识等同②，这虽有诠释过度之虞，但也足以加强说明那纠结了与生俱来之贪嗔痴爱种种七情六欲的"春意"，既不能被稻香村的泥黄枯槁所压制，也无法被栊翠庵的雪白清寂所封锁，于是

---

① 胡元翎：《漫说李纨》，页94。
② 所谓："它充分地反映了李纨那雪中红梅一般的内心世界。它再一次无可辩驳地证明：李纨的内心，绝非'古井无波'，而是强烈地涌动着一股少妇的心潮，其'精神和情感'绝未'僵死'。她不但有性意识，而且主动大胆地表现了性意识。她采取的是东方式的可以意会不可语达的诗一般空灵的方式。这是李纨式的'意淫'。怎么能说她'与情毫不相干''不动风月'之情呢？在她的内心深处，爱情之火正旺，只不过她是以她特有的方式宣泄它，使自己从中得到爱情饥渴的某种补偿而已。"季学原：《诗与梅：李纨的精神向度》，页13。然季氏的"意淫""性意识""爱情饥渴"之说不但过于拘狭露骨坐实，也稍嫌穿凿附会，事关品行德操，似不宜如此断言为是。

化身为喷火蒸霞的红杏与胭脂香吐的红梅,异曲同工地传达了两位女性的无言隐衷,造就了一体互映的孪生现象。

然而,就在如此处境上原本应该是同病相怜、惺惺相惜的两位年轻女性之间,却发生了李纨在赏梅的同时,却厌憎孤洁冷僻之妙玉的特殊情结。对于这个吊诡的情况,或许我们可以做出这样的解释:李纨对妙玉毫不掩饰的厌憎之情,应该便是一种嫉妒心理的反应。因为当红梅花在枯瘠淡化成为"霜晓寒姿"的老梅之前,还可以有机会不甘寂寞地以青春奔放之姿倾其内在潜抑的生命热情,开出如胭脂一般的灿烂风华;而"竹篱茅舍自甘心"的老梅却厮守着槁木死灰的苍白,只能曲折间接地透过杏花的喷火蒸霞,才得以婉转泄漏生命底层几乎全然化除殆尽的深度不甘,并表现为对胭脂红梅的敏锐觉察。李纨与妙玉这两位因为宗教与礼教这两种不同的理由而同遭禁锢的女性,年龄虽相差无几[①],但一个尚且受到宗教净土的庇护而得以保持鲜明独特的个性,并公开地不甘寂寞;一个

[①] 《红楼梦》中年岁记载之矛盾错榫乃是众人公认的现象,因此根本无法有一客观年谱可资依据。若据朱一玄的《〈红楼梦〉部分人物年龄对照表》,以书中第四十五回及相关人物来看,则其时妙玉芳龄十九,贾兰行年十一,两人年龄差距达八岁,见《红楼梦人物谱》(天津:百花文艺出版社,1997年8月),页91。同样地,以周汝昌之《红楼纪历》为基准,贾兰从第四回的五岁到第七十八回的十三岁,乃是整部《红楼梦》叙事的第七年到第十五年,其间历经八年的光阴;而第十八回时入园的妙玉为十八岁,此时乃《红楼梦》叙事的第十二年,贾兰应为十岁,其差数亦为八岁,见《红楼梦新证》(北京:华艺出版社,1998年8月),页143—164。然而若采取其他的计算方式,以书中载有明确岁数的相关情节为坐标,另行推算的结果却往往与此产生方圆扞格(此处不详细举证),因此我们只能大体推断身为贾兰之母的李纨顶多长妙玉不到十岁,份属同辈。

却早早进入封建婚姻的围城中泯除自我，因过于沉浸礼教而早熟萎落，于是虽然各自属于"梅花"的不同阶段，彼此却微妙地发生一段彼此不合的公案。

若进一步探究其故，则李纨心中除了淡淡的嫉妒之情外，其实还包含了对妙玉"为人孤僻，不合时宜，万人不入他目""僧不僧，俗不俗，女不女，男不男"（第六十三回）之放诞诡僻所引发的不满。最重要的是，对此种性格的不满并非出于一般排斥反常异类的泛泛心理，而是因为妙玉"僧不僧，俗不俗，女不女，男不男"的性格和作为，造成了传统礼教所不容的性别越界与身份越界的双重叛逆，由此展现出一种横跨两个世界的逾分或僭越。犹如舍勒（Max Scheler, 1874—1928）在《道德建构中的怨恨》中所指出："怨恨的根源都与一种特殊的、把自身与别人进行价值攀比的方式有关。"[①] 而在传统等级社会，这种价值攀比往往是在等级内进行的，"在这样的时期，上帝或天命'位置'使每个觉得自己的位置是'安置好的'，他必须在给自己安定的位置上履行自己的特别义务，这类观念处处支配着所有的生活关系。他的自我价值感和他的要求都只是在这一位置的价值的内部打转。"[②] 一旦在攀比过程中发现对方逾越其应然的位置，便引发了道德建构上的怨恨。也就是妙玉虽然身处宗教出世之圣地，却依然心系俗世之生活情趣；虽然纵身入道了断尘缘，却又未舍一股朦朦胧胧的儿女情愫，结果就有如"带

---

① 引自刘小枫主编：《舍勒选集》（上海：上海三联书店，1999年），上册，页409。

② 刘小枫主编：《舍勒选集》上册，页412。

发修行"这样的形象一般，在性别上一身双绾男性与女性之异质组合，在宗教上同时横跨出世与入世之悖反统一，以致造成道姑／名流这样矛盾综合的独特处境，而彻底模糊了"槛外"与"槛内"的分际。

换句话说，这两位因为不同的理由（妙玉是因为宗教清规的局限，李纨则是因为礼教禁制的要求）而同归于清净寂灭、死灰空白之境地的人物，妙玉却一反李纨的安分守节而锐意突显自我，除了以"壁立万仞，有天子不臣、诸侯不友之概"[①]来睥睨众生，以孤高清洁的优越感来傲视群伦，此外还更在佛寺围墙与藏青袈裟的圈囿之中，随心所欲地过着烹茶、吟诗、弹琴、下棋的隐逸生活，种种风雅无一或缺，处在众女儿之中反而更加取得了引人注目的突兀形象。甚至不仅此也，她又以己杯斟茶借饮（第四十一回），以粉笺庆生贺寿（第六十三回），一再地独向宝玉微妙传情，尤其显出尘心未断、情根尚存的牵连纠葛。因此其个人判词里所谓的"云空未必空"（第五回），可以说是在繁华绮艳的大观园中，对那空门栊翠庵如孤岛一般的"死灰与空白"所做的背叛[②]，并处处率意任性地透过多方行动加以实践，从而恰恰与李纨已然"竹篱茅舍自甘心"的槁木死灰异质相斥。因此平常随和容众、如菩萨般温婉的李纨，才会一反常态地严厉斥之为"为人可厌"，而对她相应不理。

[①] （清）涂瀛：《红楼梦论赞·妙玉赞》，一粟编：《红楼梦卷》，卷3，页130。
[②] 薛瑞生也认为："妙玉的爱是对佛门与封建礼教的叛逆，是'不合时宜'的，却是人性的复归，是少女之性与少女之情的复归。"见《恼人最是戒珠圆——妙玉论》，《红楼梦学刊》1997年第1辑，页62。

李纨钟爱雪中红梅如胭脂一般的嫣妍姹艳，又厌憎孤高率性的"槛外人"妙玉，爱憎之情交杂混糅，在死水般的心井中激荡出少见的波涛。此一微妙反应，实在包含着一种"同类相嫉"之心理，亦即对处境相同的人才会产生的特殊敏感与严厉计较，而这也才足以解释为何在整部《红楼梦》中，真正对"过洁世同嫌"（第五回人物判词）的妙玉表现出"嫌恶"之感，甚至不惜形诸言行之中的，竟然只有这位原本最温和、最没有个性的李纨而已。

第五节　对"红杏"与"红梅"的价值评断

对于李纨一身所双绾的白梅／红杏的矛盾统一，以及李纨与妙玉两者之间所开展的老梅／红梅的同质对立，曹雪芹显然是有所评价、有所偏取的。

书中那往往代表了曹雪芹的贾宝玉，在大观园落成时的游园品题过程中，竟会一反其平日畏父如畏虎的态度，居然于题咏之际甘冒大不韪，借由"答父问"而牛心执意地滔滔争辩稻香村的设计根本违反自然之道，所谓"峭然孤出""临水水无源"与"非其地而强为地"之语，即是为了说明强以父权社会中所塑造之妇德压制女性自然生命的错误和残忍，而企图扭转传统社会积非成是地认定"身为寡妇就必须放弃人生热情"的不当观念。只是，相对于大观园的青春洋溢和生机盎然，稻香村与栊翠庵虽然都是"失于人力穿凿""违反自然之理"的具体象征，贾宝玉对它们的态度却大为不同:对稻香村的一切存在是抱持顽强抗辩、极力否定的负面态度,明白表示其"似非大观"的质疑;而对栊翠庵的红梅却认为"好不有趣"并"细细的赏玩一回方走",带有欣赏的雅兴和认同的意味。

此一差异并非来自客观之物理特性有何分别,而是出于主观之价值取向有异。因为两处之存在本质、构成原因乃至形态风貌都十分近似,差别只在于对宝玉而言,李纨身处膏粱锦绣却有如槁木死灰的生命形态,乃是封建传统由外部强加的无情残害,稻香村就有如戕贼人性的无形牢笼,是葬送女性生命芳华的地狱,只会使人性逐渐枯萎凋零;而妙玉虽然也同样牺牲了青春,将花样年华奉献在清寂的修行里,却可以在栊翠庵中得到世俗红尘所未曾提供的人生救赎,不但自幼以来的身体宿疾得以痊愈(见第十七回),同时精神心灵也获得净化与庇护,保全其或嫌太过而世所难容的好洁癖性。由邢岫烟所言:

> 他因不合时宜,权势不容,竟投到这里来。……他这脾气竟不能改,竟是生成这等放诞诡僻了。从来没见拜帖上下别号的,这可是俗语说的"僧不僧,俗不俗,女不女,男不男",成个什么道理。(第六十三回)

此一说法无形中所传达的意涵,正显示出:深处大观园中的栊翠庵有如一片化外之地,隔绝了一切的人际互动与性格角力,让妙玉以独尊之姿任性挥洒自我,因此不但不是妙玉的葬身之处,反而是她得以充分自我完成、取得主体实践的个人王国。早期出于十八岁之龄、以及官宦之家所培养出来的"骄傲些"的性格,可以一直保留下来而没有改变,其"为人孤僻,不合时宜,万人不入他目"而"权势不容"的"这脾气竟不能改",更甚者还进一步往极端化、纯粹化发展,变本加厉地"竟是生成这等放诞诡僻",成了"僧不僧,俗不俗,女不女,男不男"的不成体统。而其舍身出家的意义,也并不是一般论者所以为的"被动走向佛门是精神禁锢"①,而毋宁说,在因病出家的最初理由随着疾愈而消失之后,她依然继续留居空门以安身立命,这点反倒可以被视为一种为了自由发展个性所做的绝佳选择。

尤其在大观园之围墙阻绝了现实世界对女性的侵迫之余,还能藉由栊翠庵进一步透过宗教圣地之屏障,将即使是大观园也无法完全免除的人际纠葛都彻底隔绝在外,因而在大观园之围墙与宗教圣地之屏障的重重守护之下,她可以率性而活、唯我独尊,毫无阻力地发展出独树一帜的特殊个性,以致棱角更形锋利突出,成为林黛玉之性格极端化的结果。② 既然在万姓同尊的元春回府省亲游园时,作者都刻意安排"不点明栊翠庵,为妙玉避俗"的情节设计③,以维护其孤高自持的形象免于缺陷;甚至连贾府中身为最高权威的贾

---

① 薛瑞生:《恼人最是戒珠圆——妙玉论》,页 52。
② 就孤傲、洁癖这两项性格特征而言,虽同属黛玉、妙玉两人所共有,但实际比较起来,妙玉都是有过之而无不及的,因为连一向孤高自许的林黛玉都曾被她冷笑讥斥道:"你这么个人,竟是大俗人,连水也尝不出来!"(第四十一回)即此绝无仅有的一件事例,便可以窥见一斑。
③ (清)陈其泰:《桐花凤阁评〈红楼梦〉》,转引自薛瑞生:《恼人最是戒珠圆——妙玉论》,页 52。

母,到此也都不免以作客之姿以礼相待,在"你这里有菩萨,冲了罪过"的理由之下,暂时坐坐吃一杯茶就走,而妙玉竟然还在中途开溜出去,另到耳房与黛玉、宝钗、宝玉等喝体己茶,待贾母要回去时"亦不甚留,送出山门,回身便将门闭了"(第四十一回),以致让原本只是出于"官宦小姐,自然骄傲些"(第十八回)的孤傲贵气,终竟可以发展到世所难容的地步,成了所谓的"放诞诡僻"。从妙玉只偏好《庄子》,常常赞美文章是庄子的好,因而自称"畸人"——畸零之人,以与"世人"——世中扰攘之人相对立,同时又自视为蹈于铁槛之外者,而十分以"槛外人"之别号自矜自喜,甚至不惜违背礼俗,将此一别号自署于拜帖之上的做法(第六十三回)①,可见其中自觉的成分十分明确,带有一种在尘俗之外尽情伸展自我的深刻意识。

---

① 苏联学者伊·谢·科恩(1928—2011)在《自我论》中曾说:"名字作为一定的社会记号发生功能,可以指明持有者的出身、家世、社会地位和许多其它品格。人名的个体功能和社会功能虽然看似对立,但只是反映着自我认定性这个概念的双重性,在自我认定性中社会特性与个体特性是紧密交织的。"佟景韩等译:《自我论:个人与个人自我意识》(北京:生活·读书·新知三联书店,1987年4月),页64。就中国特有的"别号"而言,其使用却必须受到社会规范的制约,所谓:"号宜使用于特定的场合,较多情况是作为非正式的个人署名,或者在特定的集团圈内代替字来使用。比如中国古代汉族文人在非正式的文艺圈内就以号代字。……足见别号的使用往往限于游戏性或娱乐性的环境。……到庄严的社交场合中,特别是正式文书的签署上都绝不会使用别号,否则会被目为失礼。"宇晓:《择取生命的符码——西南民族个人命名制》(昆明:云南教育出版社,1996年6月),页143。何况拜帖乃是代表本人的正式文件,因此必须署以正式姓名表示谨敬,绝不可使用别号,则妙玉之自矜自喜显然可见。

由此我们可以说，李纨和妙玉虽然在不同的意义和途径之下都成为世俗的局外人，但李纨之于稻香村乃是不由自主的茫昧之陷落，而妙玉之于栊翠庵却是自我追求的自觉之跳脱；李纨是自我的压抑与个性的葬送，只有埋首顺服的随俗盲从，而妙玉却是自我的伸张与个性的实践，洋溢着不合时宜的越界勇气。这就是贾宝玉的人生价值观：尊重自我选择和个人实践，并肯定超俗的价值取向，由此始得以成就人生的第一义、最上乘，因此宝玉才会不惜矫枉过正地对于过度锐意突显自我、以致流于放诞诡僻的妙玉倍加赞颂，而最后自己也选择以出家为其终极的人生归宿。因为在那充满礼教压迫的传统社会里，大胆脱俗的精神意志远胜于被时代活埋的心灵死亡，而"出家"也恰恰是主体唯一一条可以自决的道路。

　　正是因为如此，对贾宝玉而言，代表了自我的伸张与个性的实践，并走向跳脱世俗红尘之路的妙玉，其栊翠庵前于皑皑白雪衬托下"如胭脂一般"的红梅，便显得分外精神而鲜明有趣，值得再三赏玩；而缺乏自我选择和个人实践，又不具备超俗的价值取向，以致沦为无形牢笼中之礼教囚徒的李纨，在缤纷中坚持自己的苍白之余，其"富贵气象一洗皆尽"的稻香村中"喷火蒸霞一般"的红杏则艳得可哀、美得可怜。将自然视为疾病（如冷香丸之于微有喘嗽毛病的薛宝钗）[①]，又将疾病视为自然（如稻香村之于青春丧偶的李纨），这正是《红楼梦》对传统礼教的最大控诉。

---

① 此点详参欧丽娟：《"冷香丸"新解——兼论〈红楼梦〉中之女性成长与二元补衬之思考模式》，本书第4章。

第六节 结 语

　　当曹雪芹为闺阁历历作传时，采取的是写实与浪漫兼融、人性与世道并涉的错综笔法，因此将幽微矛盾的人性与复杂无奈的世道展示得极其丰富而立体。

　　以李纨而言，她的特殊人格情境乃是潜藏于再正统不过的女性生涯之中的；或者应该反过来说，她那纠结着人性阴暗面的言谈行迹才合乎一般人性的常态，而那遵奉正统的女性处境才是对健全人格的扭曲。但无论如何，从上文的论述中，我们清楚看到礼教／自我的挣扎透过白梅／红杏的矛盾统一而展现，同时还形成老梅／红梅的对立与冲突，进一步呈显意识与潜意识之间的拉锯关系——在意识的地表层次上，李纨是"竹篱茅舍自甘心"的一株老梅，安于槁木死灰的礼教枯井，同时以正统妇德的维护者自居，因而一方面总是表现得沉默谦退、无欲无求，一方面也成为《红楼梦》中唯一公然以言行显露对妙玉不满之情的人物。但在无意识的幽暗层次上，她却是"喷火蒸霞一般"的数百株杏花，一方面同类相求地趋近于"如胭脂一般的红梅"的吸引，显露出对自己已然被深深埋藏的青春的眷恋，另一方面则不免有对同类者大胆越界而得以风华灿烂的青春的嫉妒；再加上一场流于市井粗鄙的口角纷争，以及两度对钱财特殊的敏感与吝惜，终究还是泄漏了她那爱憎贪嗔之情欲依然潜跃躁动的不安的灵魂。除了对红梅之美与诗社活动的喜爱以外，贪、嗔、痴三毒亦无一不具："贪"者，乃是对金钱支出的吝惜与对货利价值的敏感；"嗔"者，表现在对凤姐的恶赖骂语和对妙玉的嫌恶反应；而"痴"者，则见于才智庸弱、能力不足的表现，在"女子无才便是德"的妇训规范下掩盖她不管事、逞纵下人的无能真相。

曹雪芹以春秋笔法，寓大义于微言之中，几乎不着痕迹地将李纨的人格情态作出幽微而细腻的多元展现。他在《红楼梦》的几处角落中画龙点睛地为李纨的平面图绘出阴影，使她形成活凸欲出的立体塑像，致使十二金钗"历历有人"的说辞（见第一回前言）因此获得了另一种诠释——那不只是从传记意义上来看的亲睹亲闻、有源有本而已；更重要的是在文学的意义上，一如弗斯特所言，属于"三度空间"的圆形人物不被单一的观念标帜所限，能不断"以令人信服的方式给人以新奇之感"，而不受限制地延伸或隐藏，活跃于小说的每一页，因此这些人物总是显得十分自然逼真，仿佛实有其人一般。既合乎人性的存在逻辑，同时还打开了读者观照的视野，这就是圆形人物立体发展的最高境界，则李纨之所以厕身十二金钗之中，其理似乎亦可执此以求，而曹雪芹塑造人物形象的功力更可由此得见。

论文出处暨说明

《红楼梦》论析——"宝"与"玉"之重叠与分化

出处:《编译馆馆刊》第28卷第1期,1999年6月,页211—229。

说明:此篇收入本书时,以超过原文泰半之内容大幅增补,再增添"金钏儿""玉钏儿""绿玉"等若干人物情节的讨论分析,以及"替身手法"的文学处理方式、"水"的原型意义等,俾使相关论点得到更充分的发展与印证。

林黛玉立体论——"变/正""我/群"的性格转化

出处:《汉学研究》第20卷第1期,2002年6月,页221—252。

说明:除正文有所增补之外,原先因篇幅所限而割舍的《续书者对人物发展轨迹之延续》一节,于收入本书时复原成为第四节,全文增为五节。

《红楼梦》中的"石榴花"——贾元春新论

出处:《台大文史哲学报》第60期,2004年5月,页113—156。

附注：本文为2002年度（2002年八月至2003年七月）"国科会"专题研究计划A类NSC 91-2411-H-002-058之部分研究成果。

《红楼梦》中的"灯"——袭人"告密说"析论

出处：《台大文史哲学报》第62期，2005年5月，页229—276。

《红楼梦》中的"狂欢诗学"——刘姥姥论

出处：《台大文史哲学报》第63期，2005年11月，页71—104。

说明：原先因篇幅所限而割舍的《"钟漏型"的母神递接模式》一节，于收入本书时复原成为第二节，全文增为六节。

附注：本文为2002年度（2002年8月至2003年7月）"国科会"专题研究计划A类NSC 91-2411-H-002-058之部分研究成果。

薛宝钗论——对《红楼梦》人物论述中几个核心问题的省思

出处：《成大中文学报》第13期，2005年12月，页143—194。

"冷香丸"新解——兼论《红楼梦》中之女性成长与二元补衬之思考模式

出处：《台大中文学报》第16期，2002年6月，页173—228。

《红楼梦》中的"红杏"与"红梅"——李纨论

出处：《台大文史哲学报》第55期，2001年11月，页339—374。

征引书目

一、传统文献

屈万里：《诗经释义》，台北：中国文化学院出版部，1980年9月。

（春秋）孔子等著，（宋）朱熹集注：《四书章句集注》，台北：大安出版社，1994年11月。

（周）左丘明著，杨伯峻注：《春秋左传注》，高雄：复文出版社，1991年9月。

（战国）孟子著：《孟子注疏》，台北：艺文印书馆，《十三经注疏》本，1982年8月。

（战国）庄子著，（清）郭庆藩集释：《庄子集释》，台北：汉京文化公司，1983年9月。

（战国）荀子著，李涤生集释：《荀子集释》，台北：台湾学生书局，1986年10月。

《大戴礼记》，台北：台湾商务印书馆，四部丛刊正编，1979年11月。

《仪礼注疏》，台北：艺文印书馆，十三经注疏本，1993年9月。

《礼记》，台北：艺文印书馆，十三经注疏本，1989年1月。

（战国）屈原著，（宋）洪兴祖补注：《楚辞补注》，台北：长安出版社，1984年9月。

（战国）屈原著，（清）蒋骥注：《山带阁注楚辞》，台北：长安出版社，1984年9月。

（秦）吕不韦著，陈奇猷校释：《吕氏春秋校释》，台北：华正书局，1985 年 8 月。

（西汉）淮南王刘安著，高诱注：《淮南子》，台北：艺文印书馆，影钞宋本《淮南鸿烈解》，1974 年 4 月。

（汉）刘安著，何宁撰：《淮南子集释》，北京：中华书局，1998 年 10 月。

（汉）韩婴著，屈守元笺疏：《韩诗外传笺疏》，成都：巴蜀书社，1996 年 3 月。

（汉）司马迁：《史记》，台北：鼎文书局，1993 年 2 月。

（汉）许慎著，（清）段玉裁注：《说文解字注》，上海：上海古籍出版社，1981 年。

（汉）班固：《白虎通》，收入《百子全书》，台北：古今文化出版社，1963 年 9 月。

（汉）王符著，（清）汪继培笺：《潜夫论笺校正》，北京：中华书局，1997 年 10 月。

（晋）葛洪著，王明校释：《抱朴子内篇校释》，北京：中华书局，1985 年 3 月。

（晋）潘尼：《潘太常集》，（明）张溥编：《汉魏六朝百三家集》，台北：新兴书局，1963 年 2 月。

（东晋）陶渊明著，龚斌校笺：《陶渊明集校笺》，上海：上海古籍出版社，1999 年 12 月。

（南朝齐梁）江淹：《别赋》，收入《历代赋汇》，册 10，北京：北京图书馆出版社，1999 年 11 月。

（南朝梁）萧统编：《文选》，台北：华正书局，1986 年影印清乾隆胡克家校刊南宋淳熙八年尤袤刊本，嘉庆十四年完成。

（南朝梁）顾野王：《玉篇》，台北：台湾中华书局，1982 年。

（唐）孟浩然著，徐鹏校注：《孟浩然集校注》，北京：人民文学出版社，

1998年2月。

（唐）王维著，陈铁民校注：《王维集校注》，北京：中华书局，1997年8月。

（唐）李白著，詹锳主编：《李白全集校注汇释集评》，天津：百花文艺出版社，1996年12月。

（唐）杜甫著，（清）杨伦注：《杜诗镜铨》，台北：华正出版社，1990年9月。

（唐）杜甫著，（清）仇兆鳌详注：《杜诗详注》，台北：里仁书局，1980年。

（唐）韩愈著，钱仲联集释：《韩昌黎诗系年集释》，上海：上海古籍出版社，1998年3月。

（唐）韩愈著，屈守元、常思春主编：《韩愈全集校注》，成都：四川大学出版社，1996年7月。

（唐）刘长卿著，储仲君笺注：《刘长卿诗编年笺注》，北京：中华书局，1999年11月。

（唐）白居易著：《白居易集》，台北：汉京文化公司，1984年3月。

（唐）刘禹锡著，卞孝萱校订：《刘禹锡集》，北京：中华书局，1990年3月。

（唐）李贺著，（清）王琦等汇解集注：《三家评注李长吉歌诗》，上海：上海古籍出版社，1998年12月。

（唐）孟郊著，华枕之、喻学才校注：《孟郊诗集校注》，北京：人民文学出版社，1995年12月。

（唐）柳宗元：《柳宗元集》，北京：中华书局，2000年1月。

（唐）元稹著，杨军笺注：《元稹集编年笺注》，西安：三秦出版社，2002年6月。

（唐）李商隐著，刘学锴、余恕诚集解：《李商隐诗歌集解》，台北：洪叶文化事业公司，1992年10月。

（唐）杜牧：《樊川文集》，台北：汉京文化公司，1983年11月。

（唐）温庭筠著，（清）曾益笺注：《温飞卿诗集笺注》，上海：上海古籍出版社，1998年3月。

（后晋）刘昫等：《旧唐书》，台北：洪氏出版社，1977年6月。

（宋）欧阳修等：《新唐书》，台北：鼎文书局，1992年1月。

（宋）周敦颐：《通书》，《周张全书》，京都：中文出版社，1981年10月。

（宋）程颢、程颐：《二程集》，台北：汉京文化公司，1983年9月。

（宋）司马光：《温公家范》，天津：天津古籍出版社，1995年12月。

（宋）苏轼著，（清）王文诰辑注，孔凡礼点校：《苏轼诗集》，北京：中华书局，1987年10月。

（宋）蔡绦：《铁围山丛谈》，北京：中华书局，1997年12月。

（宋）陆游著，钱仲联校注：《剑南诗稿校注》，上海：上海古籍出版社，1985年9月。

（宋）许顗：《彦周诗话》，何文焕编：《历代诗话》，台北：汉京文化公司，1983年1月。

（宋）释惠洪：《冷斋诗话》，日本五山版，收入张伯伟编校：《稀见本宋人诗话四种》，南京：江苏古籍出版社，2002年4月。

（宋）胡仔：《苕溪渔隐丛话》，台北：长安出版社，1978年12月。

（宋）吴仁杰：《离骚草木疏》，收入《景印文渊阁四库全书》第1062册，台北：台湾商务印书馆，1993年。

（宋）黎靖德编：《朱子语类》，台北：文津出版社，1986年12月。

（宋）朱熹著，郭齐、尹波点校：《朱熹集》，成都：四川教育出版社，1996年10月。

（宋）朱熹：《诗经集注》，台北：国文天地图书公司，2000年9月。

（宋）朱熹：《诗集传》，台北：台湾商务印书馆，四部丛刊续编本，1966年10月。

（明）黄标：《庭书频说》，收于（清）张伯行辑：《课子随笔钞》，台北：广文书局，1975年4月。

（明）李时珍：《新编增订本草纲目》，台北：隆泉书局，1990年3月。

（明）王象晋原著，（清）康熙敕编：《广群芳谱》，台北：台湾商务印书馆，1968年12月。

（明）蒋一葵：《长安客话》，北京：北京古籍出版社，1994年5月。

（明）刘侗、于奕正：《帝京景物略》，北京：北京古籍出版社，2001年2月。

（明）计成：《园冶》，刘干先译注：《园林说》，长春：吉林文史出版社，1998年7月。

（明）王守仁：《王阳明全集》，上海：上海古籍出版社，1992年12月。

（明末）王相编：《女四书》，朱坤演义：《绘图女四书白话注解》，上海：会文堂书局，1918年。

（清）褚人获：《坚瓠集》（崇德书院版《重刻坚瓠集》，台大图书馆藏线装书第二函第一册）。

（清）潘荣陛：《帝京岁时纪胜》，北京：北京古籍出版社，2001年2月。

（清）康熙御定：《佩文斋咏物诗选》，台北：广文书局，1970年2月。

（清）康熙敕编：《全唐诗》，北京：中华书局，1990年2月。

（清）董诰等奉勅编，（清）陆心源补辑拾遗：《全唐文及拾遗》，台北：大化书局，1987年。

（清）李光地等撰：《月令辑要》，上海：上海古籍出版社，《景印文渊阁四库全书》，1993年。

（清）纪昀：《明懿安皇后外传》，收入王德毅主编：《丛书集成三编》史地类第86册，台北：新文丰出版公司，1997年。

（清）戴震：《孟子字义疏证》，《中国历代哲学文选·清代近代编》，台北：木铎出版社，1980年3月。

（清）曹雪芹著，冯其庸等校注：《红楼梦校注》，台北：里仁书局，1995年10月。

（清）脂砚斋等评，陈庆浩辑校：《新编石头记脂砚斋评语辑校（增订本）》，台北：联经出版公司，1986年10月。

（清）顾禄：《桐桥倚棹录》，上海：上海古籍出版社，1980年5月。

（清）王念孙：《广雅疏证》，南京：江苏古籍出版社，2000年9月。

（清）沈钦韩：《幼学堂文稿》，台北：新文丰出版公司，1989年。

（清）梁启超：《饮冰室文集》，台北：中华书局，1960年5月。

（清）高士奇：《归田集》，收入《四库未收书辑刊》第9辑，北京：北京出版社，2000年。

（清）严可均辑：《全上古三代秦汉三国六朝文》，石家庄：河北教育出版社，1997年10月。

逯钦立辑校：《先秦汉魏晋南北朝诗》，台北：木铎出版社，1983年9月。

费振刚等辑校：《全汉赋》，北京：北京大学出版社，1993年4月。

唐圭璋编：《全宋词》，北京：中华书局，1981年4月。

郭绍虞辑：《宋诗话辑佚》，北京：中华书局，1987年5月。

一粟编：《红楼梦卷》，台北：新文丰出版公司，1989年10月。

冯其庸纂校订定，陈其欣助纂：《八家评批红楼梦》，北京：文化艺术出版社，1991年9月。

朱一玄主编：《红楼梦资料汇编》，天津：南开大学出版社，2001年10月。

傅璇琮等主编：《全宋诗》第3册，北京：北京大学出版社，1991年7月。

傅璇琮等主编：《全宋诗》第28册，北京：北京大学出版社，1998年4月。

傅璇琮等主编：《全宋诗》第56册，北京：北京大学出版社，1998年12月。

傅璇琮等主编：《全宋诗》第67册，北京：北京大学出版社，1998年12月。

二、近人论著

丁世良、赵放主编：《中国地方志民俗资料汇编·中南卷》，北京：北京图书馆出版社，1997年7月。

丁淦：《元妃之死——"红楼探佚"之一》，《红楼梦学刊》1989年第2辑，北京：文化艺术出版社。

千云：《关于薛宝钗的典型分析问题》，《红楼梦研究论文集》，北京：人民文学出版社，1957年。

太愚（王昆仑）：《红楼梦人物论》，收入王国维等：《红楼梦艺术论》，台北：里仁书局，1994年12月。

王小章、郭本禹：《潜意识的诠释》，北京：中国社会出版社，1998年1月。

王乃骥：《金瓶梅与红楼梦》，台北：里仁书局，2001年5月。

王泉根：《中国人名文化》，北京：团结出版社，2000年1月。

王建刚：《狂欢诗学——巴赫金文学思想研究》，上海：学林出版社，2001年12月。

王国维等：《红楼梦艺术论》，台北：里仁书局，1994年12月。

王靖宇：《"脂砚斋评"和〈红楼梦〉》，《红楼梦研究集刊》第6辑，上海：上海古籍出版社，1981年11月。

王蒙：《红楼启示录》，北京：读书·生活·新知三联书店，1997年10月。

王新华：《避讳研究》，济南：齐鲁书社，2008年8月。

王德威：《浅论傅柯》《"考掘学"与"宗谱学"》，收入〔法〕米歇·傅柯（Michel Foucault）：《知识的考掘》（*L'archéologie du savoir*）导论，台北：麦田出版公司，1998年4月。

王晓传（即王利器）：《元明清三代禁毁小说戏曲史料》，北京：作家出版社，1958年7月。

〔日〕北冈诚司著，魏炫译：《巴赫金》，石家庄：河北教育出版社，2002年1月。

宇晓：《择取生命的符码——西南民族个人命名制》，昆明：云南教育出版社，1996年6月。

衣若兰：《三姑六婆——明代妇女与社会的探索》，台北：稻乡出版社，2002

年 2 月。

邢福义：《汉语复句研究》，北京：商务印书馆，2001 年 1 月。

成中英：《知识与价值——和谐、真理与正义的探索》，台北：联经出版公司，1986 年 10 月。

朱一玄：《红楼梦人物谱》，天津：百花文艺出版社，1997 年 8 月。

朱光潜：《诗论》，台北：汉京文化事业公司，1982 年 12 月。

朱子彦：《后宫制度研究》，上海：华东师范大学出版社，1998 年 1 月。

朱志荣：《中国艺术哲学》，长春：东北师范大学出版社，1998 年 5 月。

朱狄：《原始文化研究》，上海：三联书店，1988 年。

朱淡文：《红楼梦研究》，台北：贯雅出版社，1991 年 12 月。

朱淡文：《薛宝钗形象探源》，《红楼梦学刊》1997 年第 3 辑。

朱伟明：《中国古典喜剧史论》，北京：中国社会科学出版社，2001 年 12 月。

阮芝生：《滑稽与六艺——〈史记·滑稽列传〉析论》，《台大历史学报》第 20 期，1986 年 11 月。

宋淇：《红楼梦识要——宋淇红学论集》，北京：中国书店，2000 年 12 月。

沈清松：《生命情调与美感》，《解除世界魔咒》，台北：时报文化出版公司，1984 年 8 月。

李劼：《历史文化的全息图像——论红楼梦》，上海：东方出版中心，1996 年 10 月。

李新灿：《女性主义观照下的他者世界》，北京：中国社会科学出版社，2001 年 12 月。

李兰、杜敏：《曹雪芹诗歌的美学思想》，《红楼梦学刊》总 26 辑，北京：文化艺术出版社，1985 年 12 月。

吕启祥：《形象的丰满与批评的贫困——关于薛宝钗这一典型及其评论》，《红楼梦研究集刊》第 8 辑，上海：上海古籍出版社，1982 年 5 月。

吕启祥：《冷香寒彻骨，雪里埋金簪——谈谈薛宝钗的自我修养》，《红楼梦会心录》，台北：贯雅出版社，1992年4月。

吕启祥：《红楼梦会心录》，台北：贯雅出版社，1992年4月。何小颜：《花与中国文化》，北京：人民出版社，1999年1月。

何其芳：《论〈红楼梦〉》，《何其芳集》，北京：中国社会科学出版社，2004年1月。

余英时：《红楼梦的两个世界》，台北：联经出版公司，1996年2月。

尚秉和：《历代社会风俗事物考》，北京：中国书店，2001年1月。

林方直：《多姑娘与灯姑娘》，《红楼梦研究集刊》第5辑，上海：上海古籍出版社，1980年11月。

林方直：《借来诗境入传奇》，周策纵编：《首届国际红楼梦研讨会论文集》，香港：中文大学出版社，1983年。

林冠夫：《辨"虎兔相逢"》，《红楼梦研究集刊》第10辑，上海：上海古籍出版社，1983年8月。

林语堂：《高本四十回之文学技俩与经营匠心》，收入王国维等：《红楼梦艺术论》，台北：里仁书局，1994年12月。

易红霞：《诱人的傻瓜》，北京：中国社会科学出版社，2001年9月。

季学原：《诗与梅：李纨的精神向度》，《红楼梦学刊》1998年第2辑。

金启孮：《〈红楼梦〉人名研究》，《红楼梦学刊》1980年第1辑，天津：百花文艺出版社，1980年2月。

周汝昌：《红楼梦新证》，北京：华艺出版社，1998年8月。

周绍良：《红楼梦研究论集》，太原：山西人民出版社，1983年6月。

周蕙：《林黛玉别论》，《文学遗产》1988年第3期，页86—94。

周蕾：《男性自恋与国家民族文化——陈凯歌〈孩子王〉中的主体性》，郑树森编：《文化批评与华语电影》，台北：麦田出版公司，1995年。

胡文彬：《〈红楼梦〉脂批中"一花一石如有意"的出处》，《学习与思考》1981年第6期。

胡元翎：《漫说李纨》，《红楼梦学刊》1997年第4辑。

胡文彬：《冷眼看红楼》，北京：中国书店，2001年7月。

柯庆明：《论红楼梦的喜剧意识》，《境界的再生》，台北：幼狮出版社，1977年5月。

俞大纲：《曹雪芹笔底的优人和优事》，收入王国维等：《红楼梦艺术论》，台北：里仁书局，1994年12月。

俞平伯：《俞平伯论红楼梦》，上海：上海古籍出版社，1988年3月。

俞铭衡（即俞平伯）：《后四十回底批评》，收入王国维等：《红楼梦艺术论》，台北：里仁书局，1994年12月。

姚品文：《是"为文人写照"还是"为闺阁昭传"》，《红楼梦学刊》总第26辑，北京：文化艺术出版社，1985年12月。

高阳：《曹雪芹以"元妃"影射平郡王福彭考》，周策纵编：《首届国际红楼梦研讨会论文集》，香港：中文大学出版社，1983年。

郭兴文、韩养民：《中国古代节日风俗》，台北：博远出版社，1992年4月。

马建华：《一个封建传统的回归者——林黛玉性格之我见》，《红楼梦学刊》1999年第1辑。

马建华：《从商人文化看薛宝钗》，《红楼梦学刊》，2000年第4辑。

夏忠宪：《巴赫金狂欢化诗学理论》，《北京师范大学学报（社会科学版）》1994年第5期。

夏忠宪：《〈红楼梦〉与狂欢化、民间诙谐文化》，《红楼梦学刊》1999年第3辑。

毕华珠：《〈红楼梦〉中薛宝钗〈柳絮词〉的借鉴》，《红楼梦学刊》1989年第2辑，北京：文化艺术出版社。

徐扶明：《红楼梦与戏曲比较研究》，上海：上海古籍出版社，1984年12月。

徐訏：《红楼梦的艺术价值与小说里的对白》，收入王国维等：《红楼梦艺术论》，台北：里仁书局，1994年12月。

孙康宜：《陈子龙柳如是诗词情缘》，台北：允晨文化公司，1992年2月。

陈长房：《〈美者尚未诞生〉：爱尔玛的丑陋视境》，《中外文学》第18期第2卷，1989年7月。

陈寅恪：《元白诗笺证稿》，上海：上海古籍出版社，1982年2月。

陈诏（文）、戴敦邦（图）：《红楼梦群芳图谱》，台北：万卷楼图书公司，2000年4月。

陶思炎：《中国镇物》，台北：东大图书公司，1998年。

孙逊：《红楼梦探究》，台北：大安出版社，1991年11月。

纳日碧力戈：《姓名论》，北京：社会科学文献出版社，1999年3月。

康来新：《雪里的金簪——从命名谈"薛宝钗"》，《石头渡海》，台北：汉光文化公司，1987年3月。

庄英章等编：《文化人类学》，台北：空中大学，1992年3月。

梅新林：《红楼梦哲学精神》，上海：学林出版社，1997年4月。

盛孝玲：《〈红楼梦〉里的雪》，《红楼梦研究集刊》第7辑，上海：上海古籍出版社，1981年10月。

张岩冰：《女权主义文论》，济南：山东教育出版社，1998年12月。

张季皋：《怎样理解"榴花开处照宫闱"》，《红楼梦学刊》1985年第1辑。

张淑香：《顽石与美玉——"红楼梦"神话结构论之一》，《抒情传统的省思与探索》，台北：大安出版社，1992年3月。

张淑香：《典范、挪移、越界——李清照词的"双音言谈"》，编辑委员会编：《廖蔚卿教授八十寿庆论文集》，台北：里仁书局，2003年2月。

张爱玲：《红楼梦魇》，台北：皇冠文化公司，1998年7月。

张毅蓉：《"狂欢化"与〈红楼梦〉的非等级意识》，《龙岩师专学报（社会科学版）》第17卷第1期（1999年3月），页5—8。

张锦池：《红楼十二论》，天津：百花文艺出版社，1995年8月。

张钟汝、范明林：《老年社会心理》，台北：水牛出版社，1997年3月。

童元方：《论红楼梦中的丑角》，朱一冰主编：《红楼梦研究集》，台北：幼狮文化公司，1977年9月。

彭美玲：《传统习俗中的嫁女归宁》，《台大中文学报》第14期，2001年5月。

黄宗慧：《入土谁安？：论〈尤利西斯〉〈阴间〉一章中的尸体、葬仪与哀悼》，《台大文史哲学报》第56期，2002年5月。

黄坤尧：《吴文英的节令词》，邝健行、吴淑钿编选：《香港中国古典文学研究论文选粹·诗词曲篇》，南京：江苏古籍出版社，2002年4月。

黄曬莉：《人际和谐与冲突：本土化的理论与研究》，台北：桂冠图书公司，1999年8月。

程正民：《巴赫金的文化诗学》，北京：师范大学出版社，2001年10月。

程蔷、董乃彬：《唐帝国的精神文明》，北京：中国社会科学出版社，1996年。

傅道彬：《烛光灯影里的中国诗》，《中国文学的文化批评》，哈尔滨：黑龙江人民出版社，2000年1月。

邹川雄：《拿捏分寸与阳奉阴违——一个中国传统社会行事逻辑的初步探索》，台北：台大社会研究所博士论文，1995年。

叶舒宪、田大宪：《中国古代神祕数字》，北京：社会科学文献出版社，1998年3月。

叶舒宪：《圣经比喻》，桂林：广西师范大学出版社，2003年7月。

叶嘉莹：《论词学中之困惑与〈花间〉词之女性叙写及其影响（下）》，《中外文学》第20卷第9期，1992年2月。

葛真：《大观园平面图的研究》，俞平伯等著：《名家眼中的大观园》，北京：文化艺术出版社，2005年5月。

董治国编著：《古代汉语句型大全》，天津：天津古籍出版社，1988年12月。

杨韶刚：《精神的追求——神秘的荣格》，哈尔滨：黑龙江人民出版社，2002年1月。

杨儒宾：《离体远游与永恒的回归——屈原作品反应出的思想型态》，《编译馆馆刊》第22卷第1期，1993年6月。

杨儒宾：《水与先秦诸子思想》，台大中文系主编：《语文、情性、义理：中国文学的多层面探讨国际学术会议论文集》，台北：台大中文系，1996年4月。

虞云国等编：《中国文化史年表》，上海：上海辞书出版社，1991年。

筠宇：《"冷香丸"和薛宝钗的病》，《红楼梦学刊》1980年第2辑，页218—220。

詹丹：《红楼情榜》，济南：山东画报出版社，2004年6月。

赵全鹏：《清代老人的家庭赡养》，收入《明清人口婚姻家族史论——陈捷先教授、冯尔康教授古稀纪念论文集》，天津：天津古籍出版社，2002年9月。

赵世瑜：《狂欢与日常——明清以来的庙会与民间社会》，北京：生活·读书·新知三联书店，2002年4月。

赵勇：《民间话语的开掘与放大——论巴赫金的狂欢化理论》，《外国文学研究》2002年第4期。

赵凤喈：《中国妇女在法律上之地位》，台北：稻乡出版社，1993年5月。

畅广元编：《文学文化学》，沈阳：辽宁人民出版社，2000年6月。

邓小军：《薛宝钗〈柳絮词〉出处》，《红楼梦学刊》1981年第1辑。

熊秉真：《试窥明清幼儿的人事环境与情感世界》，杨国枢主编：《本土心理学研究》第2辑，台北：桂冠图书公司，1993年。

熊秉真：《入理入情：明清幼学发展与儿童关怀之两面性》，熊秉真、吕妙芬编：《礼教与情欲：前近代中国文化中的后现代性》，台北："中研院"近代史研究所，1999年6月。

熊秉真：《童年忆往》，台北：麦田出版公司，2000年8月。

蔡源煌：《浪漫主义到后现代主义》，台北：雅典出版社，1998年3月。

蔡义江：《曹雪芹笔下的林黛玉之死》，收入周策纵等：《曹雪芹与红楼梦》，台北：里仁书局，1985 年 1 月。

蔡义江：《红楼梦诗词曲赋评注（修订本）》，北京：团结出版社，1995 年 10 月。

蒋和森：《红楼梦论稿》，北京：人民文学出版社，1981 年 9 月。

欧阳健：《还原脂砚斋》，哈尔滨：黑龙江教育出版社，2003 年 10 月。

欧丽娟：《诗论红楼梦》，台北：里仁书局，2001 年 1 月。

欧丽娟：《论〈红楼梦〉中的隐谶系谱与主要表述策略》，《淡江中文学报》第 23 期，2010 年 12 月，页 55—98。

欧丽娟：《"无花空折枝"——〈红楼梦〉中的迎春、惜春探论》，《台大中文学报》第 34 期，2011 年 6 月，页 349—394。

欧丽娟：《林黛玉前期性格论——"真"与"率"的辨析与"个人主义"的反思》，《台大文史哲学报》第 76 期，2012 年 5 月，页 229—264。

欧丽娟：《〈红楼梦〉中的情/欲论述——以"才子佳人模式"之反思为中心》，《台大文史哲学报》第 78 期，2013 年 5 月，页 1—43。

欧丽娟：《〈红楼梦〉中的"金玉良姻"重探》，《师大学报：语言与文学类》第 61 卷第 2 期，2016 年 9 月，页 29—57。

鲁迅：《再论雷峰塔的倒掉》，《鲁迅全集》第 1 卷，北京：人民文学出版社，1991 年 5 月。

鲍越：《众声喧哗的世界——《红楼梦》小说对话性初探》，《浙江学刊》1999 年第 5 期。

刘小枫主编：《舍勒选集》，上海：上海三联书店，1999 年。

刘纪蕙：《女性的复制：男性作家笔下二元化的象征符号》，《中外文学》第 18 卷第 1 期，1989 年 6 月。

刘康：《对话的喧声：巴赫汀文化理论述评》，台北：麦田出版公司，1995 年 5 月。

刘嗣：《国剧角色和人物》，台北：黎明文化事业公司，1972 年。

刘兰英、孙全洲主编，张志公校定：《语法与修辞》，台北：新学识文教出版中心，1990 年 1 月。
谢贵安：《中国谶谣文化研究》，海口：海南出版社，1998 年 2 月。
薛瑞生：《恼人最是戒珠圆——妙玉论》，《红楼梦学刊》1997 年第 1 辑。
萧驰：《从"才子佳人"到〈石头记〉》，《中国抒情传统》，台北：允晨文化公司，1999 年 1 月。
关华山：《"红楼梦"中的建筑研究》，台中：境与象出版社，1984 年 5 月。
罗时进：《中国妇女生活风俗》，西安：陕西人民出版社，1994 年 6 月。

三、外文译著

〔奥〕阿德勒（Alfred Adler）著，叶颂姿译：《自卑与生活》，台北：志文出版社，1989 年 10 月。
〔奥〕阿德勒（Alfred Adler）著，黄光国译：《自卑与超越》，台北：志文出版社，1990 年 10 月。
〔俄〕巴赫金（Mikhail Mikhailovich Bakhtin）著，白春仁、顾亚铃译：《陀思妥耶夫斯基诗学问题》（*Problems of Dostoevsky's Poetics*），《巴赫金全集》，第 5 卷，石家庄：河北教育出版社，1998 年 6 月。
〔俄〕巴赫金（Mikhail Mikhailovich Bakhtin）著，白春仁、顾亚铃译：《陀思妥耶夫斯基诗学问题》，北京：生活·读书·新知三联书店，1988 年。
〔俄〕巴赫金（Mikhail Mikhailovich Bakhtin）著，李兆林等译：《弗朗索瓦·拉柏雷的创作与中世纪和文艺复兴时期的民间文化》，《巴赫金全集》，第 6 卷，石家庄：河北教育出版社，1998 年 6 月。
〔荷〕米克·巴尔（Mieke Bal）著，谭君强译，万千校：《叙述学：叙事理论导论》（*Narratology: Introduction to the Theory of Narrative*），北京：中

国社会科学出版社,1995 年 11 月。

〔英〕坎贝尔·布朗士(K. Blanche)著:《童话中国》(*The Chinese Children*),收入《孩提时代:两个传教士眼中的中国儿童生活》,北京:群言出版社,2000 年 3 月。

〔美〕罗勃·布莱(Robert Bly)著,谭智华译:《铁约翰:一本关于男性启蒙的书》(*Iron John: A Book About Men*),台北:张老师文化公司,1999 年 12 月。

〔美〕伊沛霞(Patricia Buckley Ebrey)著,胡志宏译:《内闱——宋代的婚姻和妇女生活》(*The Inner Quarters: Marriage and the Lives of Chinese Women in the Sung Period*),南京:江苏人民出版社,2004 年 5 月。

〔美〕恩格尔哈特(H. Tristram Engelhardt, Jr)著,李学钧、喻琳译,石大璞审校:《生命伦理学与世俗人文主义》,西安:陕西人民出版社,1998 年 5 月。

〔德〕恩格斯(Friedrich Engels):《家庭、私有制和国家的起源》,台北:谷风出版社,1989 年 1 月。

〔英〕佛斯特(Edward Morgan Forster)著,李文彬译:《小说面面观》(*Aspects of the Novel*),台北:志文出版社,1995 年 12 月。

〔加〕弗莱(Northrop Frye)著,陈慧等译:《批评的剖析》(*Anatomy of Criticism: Four Essays*),天津:百花文艺出版社,1998 年 11 月。

〔美〕泰勒·何德兰(Isaac Taylor Headland)著,魏长保、黄一九、宣方译:《中国的男孩和女孩》(*The Chinese Boy and Girl*),收入《孩提时代:两个传教士眼中的中国儿童生活》,北京:群言出版社,2000 年 3 月。

〔美〕夏志清(C. T. Hsia)著,胡益民等译:《中国古典小说史论》(*The Classic Chinese Novel: A Critical Introduction*),南昌:江西人民出版社,2001 年 9 月。

Henry James, "*The Art of Fiction,*" A. Walton Litz (ed.), Modern American

Fiction: Essays in Criticism (New York, Oxford University Press, 1963).

〔英〕亨利·詹姆斯（Henry James）著，朱雯等译：《小说的艺术：亨利·詹姆斯文论选》，上海：上海译文出版社，2001 年 5 月。

〔英〕马尔科姆·琼斯（Malcolm V. Jones）著，赵亚莉等译：《巴赫金之后的陀思妥耶夫斯基》（*Dostoevsky after Bakhtin*），长春：吉林人民出版社，2004 年 1 月。

〔苏联〕伊·谢·科恩（Igor S. Kon）著，佟景韩、范国恩、许宏治译：《自我论：个人与个人自我意识》，北京：生活·读书·新知三联书店，1987 年 4 月。

〔法〕克莉丝蒂娃（Julia Kristeva）著，张新木译：《恐怖的权力：论卑贱》（*Pouvoirsde L'horreur: Essaisur L'abjection*），北京：生活·读书·新知三联书店，2001 年 3 月。

〔美〕简·卢文格（Jane Loevinger）著，韦子木译：《自我的发展》（*Ego Development: Conceptions and Theories*），杭州：浙江教育出版社，1999 年 1 月。

〔德〕马克思（Karl H. Marx）、〔德〕恩格斯（Friedrich von Engels）著：《马克思恩格斯选集》，北京：人民出版社，1972 年。

〔美〕皮尔森（Carol S. Pearson）著，张兰馨译：《影响你生命的 12 原型》（*Awakening The Hero Within: Twelve Archetypes to Help Us Find Ourselves and Transform Our World*），台北：生命潜能文化公司，1998 年 8 月。

〔美〕浦安迪（Andrew H. Plaks）讲演：《中国叙事学》，北京：北京大学出版社，1996 年 3 月。

〔美〕桑塔格（Susan Sontag）著，刁筱华译：《疾病的隐喻》（*Illness As Metaphor & Aids and Its Metaphors*），台北：大田出版社，2000 年 11 月。

〔美〕桑塔格（Susan Sontag）著：《疾病的隐喻》，黄灿然节译：《见证与愉悦》，天津：百花文艺出版社，1999 年 9 月。

〔英〕菲利浦·汤姆森（Philip Thomson）著，孙乃修译：《论怪诞》（*The Grotesque*），北京：昆仑出版社，1992年2月。

〔意〕南怀仁（Ferdinand Verbiest）、利类思（Luigi Buglio）、安文思（Gabriel de Magalhaens）合著：《西方要纪》，《四库全书存目丛书》，册256，台南：庄严文化公司，影印清康熙刻昭代丛书本，1997年6月。

〔俄〕列夫·谢苗诺维奇·维果茨基（Lev Semenovich Vygotsky）著，李维译：《思维与语言》（*Thought and Language*），台北：胡桃木文化，2007年2月。

〔美〕威尔赖特（Philip E. Wheelwright）：《原型性的象征》，收入叶舒宪编：《神话—原型批评》，西安：陕西师范大学出版社，1987年7月。

Anthony C. Yu,"The Quest of Brother Amor: Buddhist Intimations in The Story of Stone," Harvard Journal of Asiatic Studies 49/1(June 1989).

〔美〕余国藩（Anthony C. Yu）著，李奭学译：《重读石头记：〈红楼梦〉里的情欲与虚构》（*Rereading the Stone: Desire and The Making of Fiction in Dream of the Red Chamber*），台北：麦田出版公司，2004年3月。

〔美〕康妮·茨威格（C. Zweig）、〔美〕杰里迈亚·亚伯拉姆斯（J. Abras）合编，文衡、廖瑞雯译：《人性阴暗面》（*Meeting the Shadow: The Hidden Power of the Dark Side of Human Nature*），北京：中央编译出版社，1998年1月。

阿诺德·P. 欣奇利夫著，李永辉译：《论荒诞派》，北京：昆仑出版社，1992年2月。

怀利·辛菲尔著，傅正明译：《喜剧人物的状貌》，《喜剧：春天的神话》，北京：中国戏剧出版社，1992年7月。